走进中国现当代文学研究课堂

张桃洲◎主编

中国社会科学出版社

图书在版编目（CIP）数据

走进中国现当代文学研究课堂／张桃洲主编.—北京：中国社会
科学出版社，2018.4
　ISBN 978 - 7 - 5203 - 1575 - 3

　Ⅰ.①走…　Ⅱ.①张…　Ⅲ.①中国文学—当代文学—文学研究
Ⅳ.①I206.7

中国版本图书馆 CIP 数据核字（2017）第 288695 号

出 版 人	赵剑英
责任编辑	李炳青
责任校对	沈丁晨
责任印制	李寡寡

出　　　版	中国社会科学出版社
社　　　址	北京鼓楼西大街甲 158 号
邮　　　编	100720
网　　　址	http：//www.csspw.cn
发 行 部	010 - 84083685
门 市 部	010 - 84029450
经　　　销	新华书店及其他书店

印　　　刷	北京明恒达印务有限公司
装　　　订	廊坊市广阳区广增装订厂
版　　　次	2018 年 4 月第 1 版
印　　　次	2018 年 4 月第 1 次印刷

开　　　本	710 × 1000　1/16
印　　　张	25.5
字　　　数	405 千字
定　　　价	98.00 元

目　录

第一讲　重写文学史与现当代文学研究的"整体观"

第二讲　现当代文学研究的"现代性"视角：效力和限度

第三讲　观念的迁变与文学史构建的新探索

第四讲　文学史分期的必要与可能
——以"当代文学"为例

基本文献

第五讲　现当代文学研究的重要议题
之一：文学语言

基本文献

第六讲　现当代文学研究的重要议题
之二：革命及其他

基本文献

第七讲　现当代文学研究的重要议题
之三：期刊、出版等

基本文献

第八讲 现当代文学研究的重要议题 之四：史料

基本文献

第九讲 现当代文学研究中的 文本细读法

基本文献

开 场 白

张桃洲

一

欢迎各位同学加入现当代文学研究的队伍，成为这支学术队伍的新生力量。读研究生，一个核心或关键的任务就是"做研究"，而所谓"做研究"，就是发现问题、提出问题，然后探究问题、解决问题。对于新加入现当代文学研究队伍的同学来说，"做研究"有一个基本前提，就是先要了解这个研究领域的总体格局与状况，看看已经有了哪些重要的研究者和研究成果，也就是前人研究了些什么、是怎么研究的。而这也正是我们这门课的主要内容。

不过，这里还是要简单讲讲现当代文学研究是什么。我希望大家首先应明白：现当代文学研究的一个基本对象或者说基础其实是现当代文学史，这决定了我们的研究是从原始的史实（材料）出发，从中挖掘或梳理一些有价值的问题；我们探讨和处理的对象是现当代文学历史上的作家作品和现象，通过研究去寻索隐含于其间的特征或趋向。这可以说是现当代文学研究有别于其他研究的专业属性。比如，大家可能注意到一些文艺学的论文也选取了现当代文学的题目进行研究，涉及现当代文学的思潮、现象及作家作品等，但细察之后会发现他们研究的路径很不一样，文艺学的做法往往是先有一个理论框架，再把现当代文学思潮、现象或作家作品作为材料置入理论框架里，用于对后者的佐证或说明，也就是说现当代文学思潮、现象或作家作品是为其理论服务的。这种做法与文艺学的研究目的和动力——致力于一种理论建构或阐释——是一致的。当然，这是文艺学研究涉及现当代文学时的一般表现，也不全部是这样。

不难看出，现当代文学研究在思路和方法上与之恰好相反。说到这儿，可能有同学会产生疑惑，这也是现当代文学专业的同学经常会提出的一个问题：文艺学处理现当代文学时是理论在先，但他们毕竟有理论；那么现当代文学研究是不是也需要一个理论，用一个诸如解构主义、后殖民主义、女性主义之类的理论解读作家作品？如果没有理论的加入，我们的研究会不会显得缺乏深度？对此我只能说，要依具体研究对象和情形而定，如果研究过程中某种理论的使用是必要或者恰当的，有助于问题的廓清或研究的深化，那就用之；否则就不要用。恰当性是一个标准。千万不要为用理论而用理论，牵强附会要不得，那样肯定会适得其反。我们看到现当代文学研究中很多有价值的成果并没有运用理论，比如史料的整理或者某个不引人关注的文学群体的发掘与论述，其目标是尽量呈现文学史的原初面貌。当然，你可以说这里面也隐含着某种理论（问题），史料的择取、编排和叙述方式等，的确不会是没有原则、依据的。也许，高明的现当代文学研究对理论的运用，应该是不那么刻意、生硬和不易觉察的。

再有，比较文学专业的一些论文也做现当代文学方面的题目，怎么看待他们的研究？在我看来，比较文学在本质上是一种重要的研究方法。其实现当代文学研究也常常会用到比较的视角，最为普遍的是中外作家作品的比较。大家知道，整个现当代文学的发生与发展，同外国文学的影响是分不开的，这就为在现当代文学研究中进行中外比较研究提供了基础和依据。严格地说，所谓文学比较研究应当是一种影响研究（讨论影响与被影响的关系），但也有一种比较文学研究叫平行研究，以发现、分析不同文学之间的相似点为目的（不管是否存在影响与被影响的关系，因此有些研究难免就显得很牵强）。就比较文学专业而言，在某些不太好的研究那里，现当代文学思潮、现象或作家作品仍然只被视为印证或通向某种比较文学原理的材料，他们的研究被一种强大的理论诉求所吞噬。这一点太令人奇怪了。由此看来，比较文学专业对现当代文学的处理，以及进行中外文学比较方面，其路径与现当代文学研究也是不大相同的。

现当代文学研究在研究对象和研究内容等方面，与文艺学、比较文学形成了一种交叉关系，但研究方式与后二者有很大差别。这正是现当代文学研究的自我定位。总的来说，这种差别源于研究视点（立足点）的不同。我赞赏某些文艺学论文对作家作品的透辟分析，但不太赞成现当代文学研究以效仿的名义，进行一种看似文采飞扬的悬空的理论建构，那是抽空了具体的文学史背景和语境的自由发挥，常常是经不起史料的检验和论述逻辑的推敲的。这里不存在不同专业孰优孰劣的问题，我这么说是要提醒大家注意自己研究的边界，或者现当代文学研究在整个文学学科中所处的位置。

应该意识到，我们做研究并不是孤立地去做，选择一个作家作品或一个文学流派，或一种文学现象、一类文学问题等，都不宜单独进行讨论，而是应该将其置放到一个更大的关联域中予以考量、分析。这与现当代文学本身的属性是密不可分的。那么，什么是现当代文学本身的属性？如何理解我们现当代文学研究的对象——现当代文学（其历史、成就、特征与不足）？对这些问题的回答会关乎我们研究的趋向。在我看来，作为我们研究对象的仅有一百年历史的现当代文学，其独特的属性是基于一个词——"现代"。对我们来说，这个词乃是决定性的、具有根本意义的。因为，这个词与我们的当下（从大的生存境遇到日常生活状态）联系太紧密了，我们已经和正在经历的一切，我们的政治经济制度、社会及文化格局，我们观念的成因、思维方式、言行举止乃至喜怒哀乐，都离不开这个词的巨大作用——它既是原动力，也是归宿。毫无疑问，这一百年来中国文学的发展也同样如此。因此，我们从事的现当代文学研究，不应该是一种书斋式的、与己无关的研究，恰恰相反，我们的研究与我们自身是休戚相关的，我们的研究对象不是故纸堆里的死物，而是鲜活的、能够让我们与之共悲喜歌哭的切近的存在。我们通过研究，试图从这一百年来的文学里寻索我们生存的来路与去路。我希望大家能够明白这一点。

二

在大致理解了现当代文学研究的性质、定位之后，我们再去了解现当代文学研究的历史与现状，就会更有针对性些。所谓了解现当代文学研究的历史与现状，就是对已有的研究胸中有数，脑海里有一幅关于现当代文学研究的基本"版图"，或者说能够把握学术史的谱系、脉络。因为时间关系，我这里只是简单勾画一下现当代文学研究的粗略"版图"。

大家知道，现当代文学研究可以说伴随新文学的诞生就有了，胡适、周作人等新文学先驱其实也是现当代文学研究的重要奠基者，及至20世纪30—40年代朱自清、废名、沈从文等在大学开设新文学课程，为现当代文学研究打下了很好的基础。不过，现当代文学研究作为一门学科的确立，还是在20世纪50年代，以王瑶《中国新文学史稿》及张毕来、丁易、刘绶松等的"新文学史"的出版为标志；到了1980年代，在王瑶、李何林、唐弢等先生的带动下，这门学科算是成型并趋于成熟。王瑶、李何林、唐弢这三位先生分别在北大、北师大、中国社会科学院培养了一批研究现当代文学的学生。而上海、南京等地一些现代文学的参与者如施蛰存、许杰、贾植芳、陈白尘、陈瘦竹等，在新时期之后以作家身份推动了现当代文学研究，也指导了一批研究者。

王瑶先生20世纪80年代在北大培养了一批现当代文学研究的中坚力量，北大的现当代文学研究代际传承比较清晰。王瑶先生之后有谢冕、严家炎、孙玉石、钱理群、洪子诚等先生，之后又有温儒敏、陈平原、陈晓明（原在中国社会科学院）等先生，更年轻的则有高远东、吴晓东、姜涛、贺桂梅等。其中，谢冕先生的当代诗潮研究、严家炎先生的现代小说流派研究、孙玉石先生的《野草》研究和现代主义诗歌研究、钱理群先生的鲁迅研究和20世纪40年代文学研究（《1948：天地玄黄》）、洪子诚先生的当代文学与新诗史研究、温儒敏先生的现实主义文学研究、陈平原先生的近代小说和学术史研究、陈晓明先生的当代小说思潮研究、高远东的鲁迅研究、吴晓东的象征主义诗学研究、姜涛的《新诗集与中国新诗的发生》、贺桂梅的《"新启蒙"知识档案——80年代中国文化研究》等，都富于开创性和启发性。原属北大的黄子平先生（后来主要在香港浸会大学）的研究也很重要。

李何林先生20世纪80年代在北师大培养的重要学生有王富仁先生，王先生也是现当代文学专业第一位博士学位获得者，他的博士论文《中国反封建思想革命的一面镜子：〈呐喊〉〈彷徨〉综论》在鲁迅研究领域具有重要的转折意义。随后的蓝棣之先生的新诗研究（新月派、现代派研究）给人印象深刻。目前活跃的学者有：刘勇的现代文学与宗教文化研究、邹红的戏剧研究、李怡的新诗研究和民国文学研究、张清华的先锋文学研究等。

中国社会科学院早年会聚了一批著名的新文学作家，如郑振铎、何其芳、沙汀、俞平伯、卞之琳、钱钟书等。唐弢先生1980年代在中国社会科学院培养了一些重要学者，如刘纳（她的名作是《嬗变——辛亥革命时期至五四时期的中国文学》）、汪晖（他后来去了清华大学，成名作是《反抗绝望》，现在主要研究思想史）等先生。中国社会科学院也集结了一批有影响的现当代文学研究者，如樊骏、刘再复、林非、朱寨、张炯、杨匡汉、张梦阳、袁良骏、杨义（其三卷本"现代小说史"很有名）等先生。还有赵园先生，她是王瑶先生的女弟子，现代小说研究做得相当不错，后来转入明清思想史研究。目前活跃的学者有：孟繁华、李洁非、张中良（笔名秦弓）、赵京华、孙歌、赵稀方、黎湘萍、董炳月、刘福春（他的新诗史料搜集与整理堪称一绝）、贺照田、何吉贤等。此外，同属研究机构的中国现代文学馆，里面的吴福辉先生的海派文学研究也有特色。

清华大学不以文科见长，但有不少分量很重的现当代文学学者值得关注，除汪晖外，还有解志熙、王中忱、孟悦、旷新年，以及作家出身的格非。中国人民大学现当代文学研究的重要学者有：程光炜（新诗研究和当代文学史研究）、李今（原在现代文学馆，研究海派小说）、孙郁（鲁迅研究）、杨联芬（原在北师大，孙犁研究和近代女性文学研究）、姚丹（西南联大文学研究）、张洁宇（现代诗歌研究）等。在北京的高校和研究机构如中央民族大学、北京语言大学、北京社科院等，也有一些有影响的研究者，如敬文东（当代诗歌研究）、张泉（研究华北沦陷区文学）等。还有咱们首师大的现当代文学研究，大家应该了解张志忠老师的当代文学思潮研究、王家平老师的鲁迅研究、李宪瑜老师的《新青年研究》等；我们的现当代诗歌研究的实力是很强，像吴思敬老师、王光明老师都是此领域的知名学者。此外，北京还有一些"非学院"的研究者，像李辉的现代作家传记书写、陈徒手的当代作家心态研究等，也值得关注。

上海的复旦大学和华东师大历来是现当代文学研究重镇，前面说过，这两所学校有些老作家，虽然不是学者身份，但也为学科做了很多工作，带动了研究的进展。两校中老一辈的学者有钱谷融、张德林等先生。提到这两所学校，一般会谈及陈思和、王晓明这两位在1980年代成名且很有代表性的学者，前者的"新文学整体观"，后者的《鲁迅传》和文化研究，都给人留下深刻印象。目前两校活跃的学者有郜元宝、李振声、杨扬、罗岗、张新颖、倪伟、倪文尖等。此外，上海大学、上海师范大学、同济大学，也有一些不错的学者，如夏中义、朱大可、张闳、王光东、王鸿生、杨剑龙、薛毅、钱文亮等。

江浙一带的高校，如浙江大学骆寒超先生的新诗研究很有个性；南京大学的现当代文学研究学者，如叶子铭先生的茅盾研究、许志英先生的五四文学研究、汪应果先生的巴金研究、朱寿桐先生（现在澳门大学）的文学社团研究、沈卫威（原在河南大学）的学衡派研究，以及倪婷婷、吴俊（原在华东师大）、张光芒（研究启蒙文学）等的研究，各有特色；南京师范大学的朱晓进（研究文学政治文化）、贺仲明（现在暨南大学，研究乡土小说），苏州大学的范伯群（研究现代通俗文学）、朱栋霖（曹禺研究成就显著）等，值得关注。

中部地区的武汉大学、华中师范大学、湖南师范大学等高校，老一辈学者有陆耀东（新诗研究）、黄曼君、凌宇（沈从文研究）等；中青年学者有昌切、王泽龙、谭桂林（现在南京师大）、周仁政等。南方的中山大学、暨南大学、厦门大学、福建师范大学、华南师范大学等高校中，老一辈学者有黄修己、孙绍振（新诗研究）等先生，中青年学者有南帆、林岗、俞兆平、杨春时、周宁、郑家建等；福建师大的现代散文研究有特色。西南、西北地区的四川大学、西南大学、山西师范大学、兰州大学、四川师范大学等校，值得关注的学者有苏光文（研究抗战文学）、吴小美、王本朝（现代文学制度研究）、李继凯、段从学等。北方及中原地区，如南开大学的乔以钢（研究女性文学）、李新宇、罗振亚，天津师范大学的高恒文（研究周作人），河北师范大学的陈超（从事当代诗歌批评），山东大学的孔范今、黄万华（沦陷区文学及台港文学研究）、孙基林（第三代诗歌研究），山东师范大学的朱德发、魏建，青岛大学的刘增人（研究文学期刊）等的研究，值得留意。河南大学有重视文学史料的学术传统，数代学者传承下来，学风很好，前面谈及的解志熙、沈卫威等先生都是这儿毕业的；此外，耿占春的新诗理论及批评十分突出。

以上只是凭印象进行的名单罗列，可能有一些遗漏。当然，"版图"的勾画还可选择另外的角度，比如，文体（小说研究、诗歌研究等）、作家（鲁迅研究、郭沫若研究等）、论题（语言研究、形式研究等）和代际。

现当代文学研究还有一个重要版块，就是海外学者的研究。不少海外学者的现当代文学研究是很有特色的，可作为国内相关研究的补充和参照。当然，也有一些研究者对他们有所非议，认为海外学者要么隔靴搔痒，要么带有西方视角的偏见。不管怎样，我觉得还是应当重视他们的研究。海外现当代文学研究分两种情况，一种是外籍学者的研究，另一种是华裔学者的研究。前者如普实克、高利克、金介甫、葛浩文、顾彬、安敏成（《现实主义的限制》）、耿德华（《被冷落的缪斯》）等；日本的现当代文学研究特别是鲁迅研究很有特色，重要学者有竹内好、木山英雄、伊藤虎丸、丸山升等。后者如夏志清（大家熟知他的《中国现代小说史》），李欧梵（《铁屋中的呐喊》），叶维廉（《中国诗学》），王德威（《被压抑的现代性》），刘禾（《跨语际实践》），陈建华（《"革命"的现代性：中国革命话语考论》），张旭东、唐小兵、周蕾（《妇女与中国现代性》），王斑（《历史的崇高形象——二十世纪中国的美学与政治》），史书美（《现代的诱惑》）等。大家应该对顾彬"中国当代文学是垃圾"的说法印象较深，但显然充满了误读；夏志清《中国现代小说史》的文学史观在今天仍有值得辨析之处；王德威的"没有晚清，何来五四"的言论曾经颇具冲击性；李欧梵的《上海摩登》和史书美的《现代的诱惑》从不同角度探讨了中国现代文学的现代性，呈现了这一议题的多面性。这些，都可以丰富我们的现当代文学研究。

三

我为这门课推荐了 10 篇论文，作为课堂上进行研读和讨论的基本材料。这 10 篇论文是：黄子平、陈平原、钱理群的《论"二十世纪中国文学"》，吴炫的《一个非文学性的命题——"二十世纪中国文学"观局限分析》，袁国兴的《中国现代文学研究中的"现代性"话语质疑》，洪子诚的《"当代文学"的概念》，钱理群的《关于 20 世纪 40 年代大文学史研究的断想》，李陀的《汪曾祺与现代汉语写作——兼谈毛文体》，南帆的《文学、革命与性》，温儒敏的《论〈中国新文学大系〉的学科史价值》，解志熙的《老方法与新问题：从文献学的校注到批评性的校读》，姜涛的《"全装修"时代的"元诗"意识》。它们分别对应着现当代文学研究的 9 个专题，侧重于展示较新（自 20 世纪 70 年代末以降）的现当代文学研究的重要话题和成果。

"重写文学史""新文学整体观"是 20 世纪 80 年代中期现当代文学研究的焦点话题，《论"二十世纪中国文学"》一文正是回应这样的呼声和观念，基于思想解放运动的背景和倡导文学自律的理论诉求而出现的，如今重读此文需要关注的问题有："二十世纪中国文学"这个问题是怎么提出来的？在对现当代文学历史的重新认识中发挥过什么样的作用？如今它的有效性和不足分别在哪里？或者说在当下情境如何评价它的学术史意义？今天看来，未能褪去政治化烙印的"二十世纪中国文学"观，与其身处的"去政治化"、倡导文学自律的氛围形成了某种悖论，从而显出其"带着政治化的方式去理解和书写政治"的困境。该文发表后引起了很人反响，认同者甚多，批评者也不少。作为对"二十世纪中国文学"观的较全面的回应，吴炫发表于 20 世纪和 21 世纪之交的《一个非文学性的命题——"20 世纪中国文学"观局限分析》一文，试图从"现代性""共同性""文体性"三个方面对其进行质疑。从今天的学术语境来看，吴炫的分析本身同样显出不可避免的局限，因为他提出的"非文学性"带有逻辑为主的特征，其作为立论基础的"文体性"因偏于"纯文学"的理解而造成了某种缺失，其"个体性"的提法也由于缺乏论述的具体针对性而处于错位、悬空状态。

从"现代性"角度切入现当代文学研究一度备受追捧，这不仅与"现代性"话题自身的延展性有关，而且关乎文学史叙述中话语建构的问题。从"现代性"命题本身的自足性来说，它的起源、终结、特征以及其与"民族性""本土性"的关系和其在文学思潮、文学流派、文艺理论表述、文学历史进程中的体现，在现当代文学研究中都得到了相应的关注。袁国兴的《中国现代文学研究中的"现代性"话语质疑》一文将讨论重心放在现代文学研究中的"现代性"话语层面，探讨"现代性"理论进入现当代文学研究的适应性、恰当性，或者说二者关系的融合与沟通。该文对"现代性"持冷静的批判态度，不仅剖析了文学现代性立场本身的局限性，而且在对一般现代性意识与文学意识之间存在的悖论关系的阐释中凸显出了文学的独创性特征，由此得出了文学研究过程中"文本"回归的论断。其"质疑"受到了俞兆平等人的质疑，几个回合的质疑与反质疑的交锋，在某种程度上提供了现当代文学研究变革的契机。

钱理群的《关于 20 世纪 40 年代大文学史研究的断想》一文是其关于 20 世纪 40 年代文学研究的初步构想和总体设计。在其设计中，暗含着"纯文学"立场与"杂史"写作相对立的文学史观念，意在突出一种"文化史中的文学史"，其关注点被置于文本之外，涵括了政治、经济、文学制度、文化事件等层面。与此同时，该文又从文学内部入手，凸显了 40 年代文学写作中特有的诗歌、小说等"文体互渗"现象。该文的宏阔目标在于如何建构一种兼顾文学内外的全方位的文学史。迄今为止，该文提出的一些设想和话题，在现当代文学研究中还未能得到落实和展开，有些讨论并不充分，留有进一步推进的余地。

"文学史分期"是现当代文学研究中一个绕不开的话题，大致有"现、当代合一说""近、现代合一说""百年文学整体说""近 10 年与此前文学分开说"等观点，文学史分期究竟应以什么为标准或依据？"当代"在文学史叙述中应该如何理解和使用？是研究者关注的基本问题。洪子诚的《"当代文学"的概念》一方面回应了近年来有关"文学史分期"的讨论，另一方面试图对"当代文学"内涵的变迁及其合法性做出辨析。该文以知识考古学的方式，对"当代文学"的概念的生成与 20 世纪 40—50 年代文学"转折"之间的关联，以及不同概念之间的复杂关系，进行了细密的梳理，借此探讨文学观念背后的生产机制。

在近些年的现当代文学研究中，所涉及的议题十分广泛，既有语言、文体等所谓文学内部的探究，又有关于革命、身体等主题的探讨，还涵括了诸如期刊、出版、制度等所谓文学外部的研究。李陀的《汪曾祺与现代汉语写作——兼谈毛文体》一文，即讨论了现当代文学研究的重要议题——现代汉语写作的语言问题，也就是文学与语言的关系问题。该文透过"汪曾祺"的"现代汉语写作"，参以对"毛文体"的历史考辨，探讨了现代汉语写作的活力所在和面临的处境。南帆的《文学、革命与性》一文巧妙地把"文学""革命""性"放在一起讨论，力图展示现当代文学发展过程中三者之间微妙的互动共生关系，及其背后隐含的文学观念的变迁。温儒敏的《论〈中国新文学大系〉的学科史价值》一文是近年来有关文学出版、期刊、报纸等"传媒研究"的代表性成果，以一种"正面阐发"的理论方法，讨论"中国新文学大系"出版过程中的复杂因素和各种考量，及其以具有包容色彩的经典性所彰显的学科史价值。

史料之于现当代文学研究的重要性，时下渐渐为研究者所觉察并已然形成了某种共识。解志熙的《老方法与新问题：从文献学的校注到批评性的校读》通过实例分析，强调了当前研究中重视基础性史料、史料准确性及史料语境与来源等的必要性和紧迫性，并进一步提出如何在尊重史料的基础上实现研究创新，认为一方面要求研究者正确运用史料的同时跳出一般意义上的认识"陷阱"，在梳理史料的过程中"重新提问"，以实现理论和方法的共同创新；另一方面要研究者努力做到研究的"内外结合"，关注文学与时代思潮、社会文化等方面的关系，达到史料基础与研究创新之间的平衡。

姜涛的《"全装修"时代的"元诗"意识》一文，堪称以"内外结合"方式进行"文本细读"的范例，该文透过对陈东东诗作《全装修》的"文本细读"，立足于"元诗"意识这一理论着眼点，考察了"元诗"意识在 20 世纪 80—90 年代诗学转换语境中的潜在变化，借此凸显诗歌写作行为意义的问题。该文体现了"文本细读"所应具有的宏阔视野和问题意识，因此并非简单、封闭的"文本细读"，而是具有研究价值的"细读""文本"。

显然，近 40 年间的现当代文学研究绝非仅限于上述话题。各种"主义"的渗入所导致的理论方法的变化本身，就构成了一个有意味的话题。在今后，如何以研究本身带动理论方法的翻新，而不是相反，为理论方法的翻新而翻新，现当代文学研究还有大量工作需要去做。

四

在为时一学期的课堂上，我们的任务是研读和讨论这些论文。主要包含两个方面或步骤：一是从基本框架、内容、文字入手，对论文（理论文本）进行细读；二是梳理论文所涉话题引起的反响，包括呼应与质疑，这就要求大家对相关文献进行检索——虽然不可能一网打尽，但尽量拓展和打捞。

这里我要重点讲一下对论文进行"研读"和"细读"是什么意思。大家应该对"细读"（Close Reading）这个词不再陌生，作为一种方法，它来自英美新批评派，它较为强调文学作品的自足性，着眼于作品的结构及其所包含的词汇、句式、手法乃至风格，通过对作品的语义分析以呈现其内在的"张力"。请留意，"文本细读"的"文本"这个词也是一种新的说法，或者说新的用法，与后结构主义理论有关，其实就是作品。文学作品是一种"文本"，但"文本"经过演绎变成了一个无所不包的概念。建筑、项目、事件、群体、社会形态等都可被视为一种"文本"，一种大的"文本"，供人们进行解读。无疑，我们课堂上要讨论的论文也是"文本"，一种理论文本。不过，我们读理论文本的方式应该与读文学作品这样文本的方式不大一样（同理，解读建筑、事件之类的"文本"也会采取另外的方式），这是首先要明确的。

读一篇论文你会先注意什么？应该是标题。盯住论文标题是读一篇论文的第一步，也是读论文过程中不可缺少的一部分。一般来说，论文的重心与主旨会在标题中有所体现，且常常通过主、副标题的设置来建立论述的层次感，主标题是对论文内容的提炼，副标题则是对论文的方向、范围与方法做出限定与说明，这就是论文的关键词。对标题的把握有助于阅读"先见"的建立，在阅读中通过将论文标题进行反复的"自我暗示"会增强阅读的聚焦感，也会增进对论文主旨的持续、有效的探究。随后，论文的写作年代和作者写作论文时的具体情境（如果能够了解的话），也应引起你的注意。一篇论文得以产生的时空条件及其与所处时代语境的关系，不是可有可无的因素，它们会影响对论文的理解。比如，一篇对北岛诗作《回答》分析的文章，是完成于诗作出现的当时，还是诗作流传若干年后的今天，会有非常大的差别，因为其间要经历时空的跨越和各种语境的变迁。此外，读论文过程中还应保持审时度势的眼光，对论文的架构进行窥探式的把握与分析，在了解论文的结构安排与逻辑思路的基础上形成对论文写作层次的直观认知，由此激发出进一步阅读的兴趣和问题意识，将问题意识带入阅读的全过程，不断提升阅读的有效性。

有一点要特别提醒，我们拿到一篇论文，往往习惯于预设一个目标，要总结它所谈论的内容。可是，正如法国理论家马舍雷（P. Macherey）所说，"作品中重要的是它未曾言明之物"，"为了说出什么，就必须有其他事情不被说出"。他将未被说出的称为"沉默"，而批评家的任务是让那些沉默"说话"。这意味着我们"读"一个文本应该学会转移重点，不必将关注点仅仅放在文本讲出的部分，或者它的有形的字面意思，而是要拓展到它没有讲出的部分。这大概是阿尔都塞所说的"第二文本"，一种潜在的文本。依照马舍雷的建议，应该追问那些沉默的缘由，探究说出部分与未被说出部分的关系。马舍雷的观点有马克思主义生产理论的痕迹，同时受到弗洛伊德学说的影响，特别是后者关于潜意识或无意识的阐述。按马舍雷的说法，未被说出部分要么是有意忽略或回避的，要么是无意间没有注意到的，不管怎样都形成了某种"症候"。它们或者是已说出部分的补充，或者造成了对已说出部分的颠覆。那些未被说出部分（沉默）有如巨大的底座，支撑了已说出部分的出场，甚至成为后者的源泉。由此，我们读一个文本就是要读懂那些未被说出的东西，那些湮没在显形的词句之下、处于隐匿和被压抑状态的事物（意义）。马舍雷的观点，也许会令人想到中国古代美学中的"虚"这样一个范畴。中国古代美学讲求"留白"，如一幅画中的空白，它不只是一种技法，而更多的是一种观念。这样的观念大概源于老庄哲学，所谓有用无用的相辅相成，无用之用乃为大用。这种观念下的实与虚的关系，确实有点类于已说出部分和没有说出部分的关系。我们读一篇论文，就是要学会探"虚"。

还有，我们读一篇论文，应该采取一种对话的态度，要懂得博采众长、融会贯通。比如，近年来人文研究中有一个富于启发性的论题——对"起源"的探讨。它会让我们想到中国新文学的起点、源头问题，早先人们关于新文学起源的谈论过于单一，后来随着观念的转变、思路的扩展，相关论述才变得层次丰富起来。实际上，对起源的探讨并不在于确定一个公认的起点，它意在建立一种谱系学的认知框架。谱系学（Genealogie）观念的一个重要来源是尼采（《论道德的谱系》），后来经过福柯的阐发，变成了一种解构式认识历史的利器。福柯提出了一个新的话语概念，运用考古学方法，探测了历史进程中的非连续性——各种交叉、断裂、回环往复之处。他摒弃了关于历史认识的总体性视角，而强调局部与差异，同时拒绝了以往对所谓历史"规律"的渴求，取消了历史知识的等级制，因为他眼里的历史是分散的、交错的。或者如德里达所说是"延异"的，处于一种无规律的"播撒"状态。探讨文学起源最好的一本书，是日本学者柄谷行人的《日本现代文学的起源》，堪称一部经典，尽管它是一些批评性论文的汇集，缺乏文学史的系统性，但它承接了尼采、福柯的思想观念，通过批判文学现代性观念本身，以一些特殊的视点（"风景""内心""自白""儿童"等），揭示了日本现代文学生成中的"制度性"因素及其与日本现代民族国家之间的共生关系，重新检讨了日本现代文学的起源问题，给人以极大的启发。

此外，读一篇论文，要考虑以其所涉话题为基点生发开去，进行扩散式阅读，将更多的资料纳入视野。今后大家在研究中会体会到，探究任何一个具体对象或问题，都会面临大量已有研究成果的学术集合，以及与各个成果分支相关的很多文献，包括历史的、社会的、文化的、美学的乃至宗教的各种资源，及其复杂关系，还要加入自己的体验。总之，大家先要有心理准备，做现当代文学研究，要涉猎的资料十分驳杂，因为前面已经说过，任何看似单一的个案其实都不是孤立的，要学会建立问题之间的联系。也许你会觉得太烦琐，但不要紧，慢慢去做，慢慢积累，我想你终将收获良多。

第一讲

重写文学史与现当代文学研究的"整体观"

基本文献

论"二十世纪中国文学"

黄子平　陈平原　钱理群

我们在各自的研究课题中不约而同地逐渐形成了这么一个概念，叫作"二十世纪中国文学"。初步的讨论使我们意识到，这并不单是为了把目前存在着的"近代文学""现代文学"和"当代文学"这样的研究格局加以打通，也不只是研究领域的扩大，而是要把二十世纪中国文学作为一个不可分割的有机整体来把握。

所谓"二十世纪中国文学"，就是由十九世纪末二十世纪初开始的至今仍在继续的一个文学进程，一个由古代中国文学向现代中国文学转变、过渡并最终完成的进程，一个中国文学走向并汇入"世界文学"总体格局的进程，一个在东西方文化的大撞击、大交流中从文学方面（与政治、道德等诸多方面一道）形成现代民族意识（包括审美意识）的进程，一个通过语言的艺术来折射并表现古老的中华民族及其灵魂在新旧嬗替的大时代中获得新生并崛起的进程。

在进一步的研究工作展开之前，我们想侧重于"非历时性"即共时性方面，粗略地描述一下对这个概念的基本构想。历史分期从来都是历史哲学的重要范畴之一，文学史的分期也同样涉及文学史理论的根本问题。"二十世纪中国文学"这个概念所蕴含的内容远远超出了分期问题，由它引起的理论方面的兴趣，对我们来说，至少与史的方面引起的兴趣同样诱人。初步的描述将勾勒出基本的轮廓。从消极方面说，不这样就不能暴露出从总体构想到分析线索的许多矛盾、弱点和臆测。从积极方面说，问题的初步整理才能使新的研究前景真正从"迷雾"中显现出来。

我们热切地希望从这两方面都引起讨论，得到指教。匆促的"全景镜头"的扫瞄难免要犯过分简化因而是武断的错误，必然忽略大量精彩的"特写镜头"而丧失对象的丰富性和具体性。不过，从战略上来考虑，起步的工作付出这样的代价或许是值得的。进一步的研究将还骨骼以血肉，用细节来补充梗概，在素描的基础上绘制大幅的油画，概念将得到丰富、完善、修正，甚至更改。

目前的基本构想大致有这样一些内容：走向"世界文学"的中国文学；以"改造民族的灵魂"为总主题的文学；以"悲凉"为基本核心的现代美感特征；由文学语言结构表现出来的艺术思维的现代化进程；最后，由这一概念涉及的文学史研究的方法论问题。

一

二十世纪是"世界文学"初步形成的时代。

1827 年，歌德曾经从普遍人性的观点出发，预言"世界文学的时代已快来临了"（有意义的是，这是歌德读了一部中国传奇——可能是《风月好逑传》的法译本——之后产生的想法）整整二十年后，马克思和恩格斯在《共产党宣言》中指出，由于世界市场的开拓，一切国家的生产和消费都成为世界性的；物质的生产是如此，精神的生产也是如此，各民族的精神产品成了公共的财产；民族的片面性和局限性日益成为不可能，于是由许多种民族的和地方的文学形成了一种世界文学。历史业已雄辩地证明了这一论断的正确。到了二十世纪，已经不可能孤立地谈论某一国家的文学而不影响其叙述的科学性了。文学不再是在各自封闭的环境里自生自灭的自足体了。任何一个遥远的国度里发生的文学现象，或多或少地总要影响到我们这里的文学发展，使之在世界文学的总体格局中的位置发生哪怕是最微小的变化。甚至在我们对这些文学现象一无所知的情况下也是如此。国别文学纳入世界文学的大系统之后获得了一种"系统质"，即不是由实体本身而是由实体之间的关系来决定的一种质。

"世界文学"初步形成的大致上限，可以确定在十九世纪末。各个民族的文学走向并汇入世界文学的路径有所不同。在十九世纪初陆续取得独立的拉丁美洲各国，是在当地的印第安文学传统受到灭绝性的摧残的情况下，寻求摆脱殖民主义的桎梏，创建属于南美大陆的文学。外来的西班牙语和葡萄牙语长期为宫廷和教会服务，辞藻日趋矫揉造作，不能表现拉丁美洲的大自然与社会风貌。到了十九世纪八十年代，拉丁美洲成了地球上最世界性的大陆，各种文化在这里互相排斥互相渗透。《马丁·菲耶罗》和《蓝》等优秀作品的出版，标志着"西班牙美洲终于有了它自己的诗歌，一种忠实于其文化的多方面性质的抒情表现"。（《拉美文学史》）这是由欧洲大陆文化、印第安人文化、黑人文化等相互撞击而产生的文学结晶，拉美文学以其独特的声音加入到世界文学的大合唱之中。本土的古老文化传统极为雄厚的亚洲非洲大陆则与它有所不同。"十九—二十世纪之交的非洲各国文学的特征是许多世纪以来几乎毫无变化的传统文学典范开始向现代型的新文学过渡，这是由于这些国家克服了闭关自守，开始接受——尽管是通过殖民制度下所采取的丑恶形式——技术文明和世界文化，接触现代社会的一整套复杂问题。"（《非洲现代文学史》）在亚洲，日本伴随着明治维新思想启蒙运动，接受西洋文学，于十九世纪八十年代开展了文学改良；印度伴随着 1857 年反对英国殖民统治的民族斗争，借助西方文化的刺激，民族文学开始复兴（第一个有世界性影响的大诗人泰戈尔，十九世纪八十年代开始创作）。在欧洲大陆，对自己的文学传统开始了勇猛的反叛的现代主义先驱者们，敏锐地从东方文化、非洲黑人文化中汲取灵感，西欧文学因受到各大洲独立文化的迎拒、挑战、渗透而产生了深刻的变化。这些变化大都发生在十九世纪八十年代或更晚一些。

　　论述"世界文学"形成的复杂过程不是本文要承受的任务。我们只想指出，一种大体相同的趋势在中国也"同步"地进行着。中国人有意识地向西方学习，是从鸦片战争开始的。但从学"船坚炮利"到学政治、经济、法律，再到学习文学艺术，经过了漫长的历程。从 1840 年到 1898 年这半个世纪中，业已衰颓的古典中国文学没有受到根本的触动也未注入多少新鲜的血液。1895 年的甲午战争是中国近代史的一大转折，因太平天国失败而造成的相对稳定和长期沉闷萧条被打破了，"中学为体西学为用"被证明不过是一种愚妄的"应变哲学"。1898 年发生了流产的戊戌变法。就在这一年，严复译的《天演论》刊行，第一次把先进的现代自然哲学系统地介绍进来，以一种前所未有的世界历史的眼光和自强精神，影响了中国好几代青年知识分子。同一年，梁启超作《译印政治小说序》（翌年林纾译《巴黎茶花女遗事》正式印行），西方文学开始大量地输入，小说的社会功能被抬到决定一切的地位。同一年，裘廷梁作《论白话文为维新之本》，文学媒介的问题被明确地提了出来。与古代中国文学全面的深刻的"断裂"开始了：从文学观念到作家地位，从表现手法到体裁、语言，变革的要求和实际的挑战都同时出现了。暴露旧世态，宣传新思想，改革诗文，提倡白话，看重小说，输入话剧。这是一次艰难而又漫长（将近历时五分之一个世纪）的"阵痛"。一直到1919年的五四运动，才最终完成了这一"断裂"，使"二十世纪中国文学"越过了起飞的"临界速度"，不可阻挡地汇入了世界文学的现代潮流。五四时期是二十世纪中国文学的第一个辉煌的高潮，"扎硬寨，打死战"的精神，彻底的不妥协的精神，是一种在推动历史发展的水平上敢于否定敢于追求的伟大精神，显示了一种能够把现实推向更高发展阶段的革命性力量。而"科学"与"民主"，遂成为二十世纪政治、思想、文化（包括文学）孜孜追求的根本目标。

二十世纪中国文学是在一种充满了屈辱和痛苦的情势下走向世界文学的。它那灿烂的古代传统被证明除非用全新的眼光加以重构，否则不但不能适应和表现当代世界潮流冲击下的中国社会，而且必然窒息本民族的心灵、思维能力和创造性，而且也脱离了奔向觉醒和解放大道的人民大众的根本要求。因此，一方面，它如饥似渴地向那打开的外部世界去寻找、学习、引进，不管三七二十一"拿来"再说（试想想林纾所译的大量三流作品和五四时涌入的无数种"主义"和学说），开阔宽容的胸怀和顶礼膜拜的自卑常常纠缠不清被人混淆。另一方面，它必然以是否对本民族的大众有用有利并为他们所接受。作为一种对"舶来"之物进行鉴别、挑选、消化的庄严的标准，严肃负责的自尊和实用主义的褊狭便也常常纠缠不清令人困扰。中国文学的现代化同时展开为互相联系又互相对立的两个侧面：所谓"欧化"（其实是"世界文学化"）和"民族化"。在这样一种相反相成的艰难行进中，正如鲁迅曾精辟地指出的，存在着内外两重桎梏亦即两重危险，这都是由于我们的"迟暮"（即落后）所引起的。当着世界的文学艺术已经克服了"欧洲中心主义"，开始用各民族的尺度来衡量各民族的艺术的时候，我们却可能误以为旧的就是好的，无法挣脱三千年陈旧的内部的桎梏。当欧洲的新艺术的创造者已开始了对他们自己的传统勇猛的反叛的时候，我们因为从前并未参与世界的文艺之业，只好对这些新的反叛"敬谨接收"，便又成为可敬的身外的新桎梏。鲁迅指出，必须像陶元庆的绘画那样，"以新的形，尤其是新的色来写出他的世界，而其中仍有中国向来的魂灵"，"内外两面，都和世界的时代思潮合流，而又并未桎亡中国的民族性"（《而已集》）。实际上，存在着一个以"民族—世界"为横坐标，"个人—时代"为纵坐标的坐标系，二十世纪中国文学的每一个创造，都必须置于这样的坐标系中加以考察。

因此，"世界文学"中的中国文学，就超出了最初的"师夷长技以制夷"的狭隘眼界，意味着用当代的眼光、语言、技巧、形象，来表达本民族对当代世界独特的艺术认识和把握，提出并关注对一个时代有重大意义的根本问题，从而自觉或不自觉地与整个当代人类的共同命运息息相通。从这样开阔的角度来看十九世纪至二十世纪之交的文学上的"断裂"，就能理解：这一次的变革为什么大大不同于漫长的中国文学史上众多的诗文革新运动；落后的挨打的"学生"为什么会既满怀着屈辱感又满怀着自信"出而参与世界的文艺之业"；世界的每一个文学流派、思潮为什么无论怎样阻隔或迟或早地总会在这里产生"遥感"；貌似"强大"的陈旧的文学观念、语言、规范为什么会最终崩溃并被迅速取代，等等。在一个以"世界历史"为尺度的"竞技场"上，共同的崇高目标既是引起苛刻的淘汰又唤起最热烈的追求。任何苟且、停滞、自我安慰或自我吹嘘都只能是暂时的和显得可笑的。"世界文学"逼迫着每一个民族：不管你有多么辉煌的过去，请拿出当代最好的属于自己的文学来！

这是一个仍在继续的进程。中国文学将不仅以其灿烂的古代传统使世界惊异，而且正在世界的文艺之业中日益显示其自身的当代创造性。应该说，闭关自守是一项双向的消极政策，世界被拒之门外，自己被围于域中。因而，开放也总是双向的开放。按照"二十世纪中国文学"的概念看来，过去我们对中国文学如何受外国文学的影响而产生新变研究得较多，对"世界文学中的中国文学"研究甚少，对二十世纪中国文学在世界上的地位和影响更是模模糊糊。实际上，国际汉学界已经出现这样一种趋向，即由对中国古代文学的浓厚兴趣逐渐转向对现代中国文学的研究。对我们来说，单向的"影响研究"亟须由双向的或立体交叉的总体研究所代替。

二

然而，二十世纪中国的文学进程绝不像以上所描述的那样"豪情满怀""乘风破浪"。因为事情是在列宁所说的"亚洲一个最落后的农民国家"中进行的，因为经历着的是一个危机四伏、激烈多变的时代，因为历史（即便只是文学史）毕竟是一场艰难地血战前行的搏斗（试想想二十世纪中国作家所经历的那些劫难）。

因此，一方面，文学自觉地担负起"启蒙"任务，用科学和民主来启封建之蒙，其中最深刻最坚韧的代表者是鲁迅："说到'为什么'做小说吧，我仍抱着十多年前的'启蒙主义'，以为必须是为'人生'，而且改良这人生。"（《南腔北调集》）另一方面，正如普列汉诺夫说过，每个时代都有它自己中心的一环，都有这种为时代所规定的特色所在。现代民族的形成和崛起在世界范围内由西而东，这独具特色的一环曾分别体现为十八世纪至十九世纪之交的德国古典哲学，十九世纪俄罗斯革命民主主义者的文学理论与批评，在二十世纪的中国，则是社会政治问题的激烈讨论和实践。政治压倒了一切，掩盖了一切，冲淡了一切。文学始终是围绕着这中心环节而展开的，经常服务于它，服从于它，自身的个性并未得到很好的实现。除了政治性思想之外，别的思想启蒙工作始终来不及开展。在二十世纪中国文学中，"为艺术而艺术"的口号始终不过是对现实积极的或消极的一种抗议而不可能是纯艺术的追求，文学在精神激励方面有所得，在多样化方面则有所失。"一切文艺固是宣传，而一切宣传并非全是文艺。"文学家与政治家对社会生活的关注角度毕竟有所不同。梁启超是最早的"小说救国"论者，但他也强调："今日之最重要者，则制造中国魂是也。"鲁迅则更进一步深化，提出"改造国民性"的历史要求，在文学创作中，以"立人"为目的，刻画四千年沉默的"国民的魂灵"，以疗救病态的社会。这样的提法包含了比政治更广阔的内容，其中既包含了关心国家兴亡民族崛起的政治意识，又契合文学注重人的命运及其心灵的根本特性。通过"干预灵魂"来"干预生活"，便成了二十世纪中国文学自觉的使命感，文学借此既走出了象牙之塔，与民族与大众的命运密切联系在一起，又总能挣脱"文以载道"的旧窠臼，沿着符合艺术规律的轨道艰难地发展。就这样，启蒙的基本任务和政治实践的时代中心环节，规定了二十世纪中国文学以"改造民族的灵魂"为自己的总主题，因而思想性始终是对文学最重要的要求，顺便也左右了对艺术形式、语言结构、表现手法的基本要求。

在二十世纪初，鲁迅与许寿裳在东京讨论"改造国民性"问题的同时，就提出了"怎样才是理想的人性"和"中国国民性中最缺乏的是什么""她的病根何在"的问题（《亡友鲁迅印象记》）。实际上，在"改造民族的灵魂"这一总主题中，一直有着两个相反相成的分主题。一个是沿着否定的方向，以鲁迅式的批判精神，在文学中实施"文明批评"和"社会批评"，深刻而尖锐地抨击由长期的封建统治造成的愚昧、落后、怯懦、麻木、自私、保守，并把"哀其不幸怒其不争"的态度，凝聚到类似阿Q、福贵、陈奂生这样一些形象中去。另一个是沿着肯定的方向，以满腔的热忱挖掘"中国人的脊梁"，呼唤一代新人的出现，或者塑造出理想化的英雄来作为全社会效法的楷模。如果说，在第一个分主题中，诞生了不朽的形象阿Q及其"精神胜利法"，其艺术生命力和艺术魅力持久不衰，说明了对民族性格的挖掘在否定的方向上达到了难以企及的深度；那么，在第二个分主题中，理想人物却层出不穷，变幻不已，有时是激进而冷峻的革命者，有时却是野性的淳朴或古道侠肠，有时却又回到了"忠孝双全"或"温良恭俭让"，有时则是不食人间烟火的"高、大、全"。这显示了探讨的多样性和阶段性，显示了在不同的文化背景和社会历史背景左右下对"理想人性"的不同理解。人性和民族性毕竟是具体的、丰富的，对其不同侧面的挖掘或强调，有时会因历史进程的制约而产生一种奇怪的现象：在前一阶段受到批判或质疑的那些品性，在后一阶段却受到普遍的褒扬和肯定。在历来作为理想的化身的女性形象身上，这种奇怪的位移甚至"对调"的状况表现得最为鲜明集中，"新女性"往往被"东方女性"不知不觉地挤到对面去了。这固然说明了铸造新的民族的灵魂的艰难，更说明了启蒙的工作，从否定方向清算封建主义的工作，一直进行得不够彻底。这可能是一个延续到下一个世纪去的根本任务，文学的总主题将沿着这个方向继续深化并且展开。

与"改造民族的灵魂"这一总主题相联系，在二十世纪中国文学中，两类形象始终受到密切的关注：农民和知识分子。在这两类形象之间，总主题得到了多种多样的变奏和展开：灵魂的沟通，灵魂的震醒，灵魂的高大与渺小，灵魂的教育与"再教育"的互相转化，等等。文学中表现了一种深刻的"自我启蒙"精神，那种苛酷的自责和虔诚的反省，是以往时代的文学和别一国度的文学中都没有的。在危机四伏的大时代中，责任如此重大，使命如此崇高，道德纯洁的标尺被毫不含糊地提高了，文学中充满了自我牺牲的圣洁情感。这种牺牲包括了人们受到的现代教育、某些志趣和内心生活。知识分子的自我启蒙是深刻的、真诚的，有时候又带有某种被扭曲，以至病态的成分，也使文学产生了放不开手脚的毛病，缺少伏尔泰式的犀利尖刻和卢梭式的坦率勇敢——"智慧的痛苦"常常压倒了理性的力量，文学显得豪迈不足而沮丧有余。

如果把"世界文学"作为参照系统，那么，除了个别优秀作品，从总体上来说，二十世纪中国文学对人性的挖掘显然缺乏哲学深度。陀思妥耶夫斯基式的对灵魂的"拷问"是几乎没有的。深层意识的剖析远远未得到个性化的生动表现。大奸大恶总是被漫画化而流于表面。真诚的自我反省本来有希望达到某种深度，可惜也往往停留在政治、伦理层次上的检视。所谓"普遍人性"的概念实际上从未被二十世纪的中国文学真正接受。与其说这是一种局限，毋宁说这是一种特色。人性的弱点总是作为民族性格中的痼疾被认识被揭露，这说明对本民族的固有文化持有一种清醒严峻的批判意识。"立人"的目的是为了使"沙聚之邦，转成人国"，更体现了文学总主题中强烈的民族意识：就其基本特质而言，二十世纪的中国文学乃是现代中国的民族文学。

一个古老的民族在现代争取新生、崛起的历史进程中，以"改造民族的灵魂"为总主题的文学是真挚的文学、热情的文学、沉痛的文学。顺理成章地，一种根源于民族危机感的"焦灼"，便成为笼罩二十世纪中国文学的总体美感特征。

三

二十世纪是一个充满了危机和焦虑的时代。人类取得了空前的进展也遭受了空前的挫折。惨绝人寰的两次世界大战、核军备竞赛、能源危机、环境污染和生态平衡破坏、人口爆炸……人和人类面临前所未有的严峻的挑战。二十世纪文学浸透了危机感和焦灼感，浸透了一种与十九世纪文学的理性、正义、浪漫激情或雍容华贵迥然相异的美感特征。二十世纪中国文学，从总体上看，它所内含的美感意识与二十世纪世界文学有着深刻的相通之处。古典的"中和"之美被一种骚动不安的强烈的焦灼所冲击所改变，所遮掩。只需把十九世纪初的龚自珍的诗拿来比较一下就行了，尽管也是忧心忡忡，却仍不失其"亦剑亦箫"之美。半个多世纪之后，梁启超的《新中国未来记》尽管流畅却未免声嘶力竭，一大批"谴责小说"尽管文白夹杂却不留情面地揭破旧世态的脓疮，更不用说《狂人日记》这样的震聋发聩之作了。但是，细究起来，东、西方文学中体现出来的危机感却有着基本的质的不同。在西方现代文学中，个人的自我丧失、自我异化、自我分裂直接与全人类的生存处境"焊接"在一起，其焦灼感、危机感一般体现在个人的生理、心理层次（如萨特的《恶心》）以及"形而上"的哲学层次（如贝克特的《等待戈多》）。这种焦灼感、危机感既极端具体琐碎，又极端抽象神秘，融合成一片模糊空泛的深刻，既令人困惑又令人震惊地揭示了现代人类在技术社会中面临的梦魇。在中国文学中，个人命运的焦虑总是很快就纳入全民族的危机感之中（最具代表性的，如郁达夫的《沉沦》）。"落后是要挨打的！"这句话有如一个长鸣的警报响彻二十世纪的东方大陆，焦灼感和危机感主要体现在伦理层次和政治层次，介乎极端具体和极端抽象之间，而具有明晰的可感性。欧洲中心主义和个人主义意识，使得西方文学把自己的命运直接等同于人类的命运，把所处境遇的病态和不幸直接归结为世界本体的荒谬，而感时忧国的中国作家，则始终把民族的危难和落后，看作世界文明进程中一个触目惊心的特例，鲁迅因此而发生"中国人要从'世界人'中挤出"的"大恐惧"（《热风·随感录第十六》）。在文学中就体现为一种恨铁不成钢的、充满了希望的焦灼。但是既然同为焦灼，便有其不容忽视的共同点。尤其是像鲁迅的《狂人日记》《野草》，或宗璞的《我是谁》《蜗居》，或北岛的《陌生的海滩》，或刘索拉的《你别无选择》这样的作品，从内容到语言结构，都具有与二十世纪世界文学共通的美感特征，尽管其内心的焦灼彻头彻尾是中国的，然而却是"现代中国"的。

倘若"焦灼"是一个不规范的美感术语，我们可以进一步指出这一焦灼的核心部分是一种深刻的"现代的悲剧感"，在这个核心周围弥漫着其他一些美感氛围，时而明快，时而激昂，时而愤怒，时而感伤，时而热烈，时而迷惘。说中国古代文学中缺少悲剧感，这当然是一种偏颇，是"言必称希腊"，即把古希腊悲剧当作唯一尺度的结果。每一个民族都有各自的对悲和悲剧的特殊体验和理解。但是，说二十世纪中国文学中有了与古典悲剧感决然相异的现代悲剧感，则是铁铸般的事实。在封建社会的"超稳态结构"之中，"大团圆"结局体现了中国人对现世生活的执着和热爱，对"善有善报，恶有恶报"的良好愿望。在一个新旧交替的大碰撞大转折时代，对"大团圆"的抨击，则无疑是由于"睁了眼看"，直面惨淡的人生的结果。从王国维的《红楼梦评论》引入西方的现代悲剧观开始，中国文学迅速吸收并认同的，与其说是古希腊或莎士比亚的悲剧意识，不如说是由叔本华、尼采的"生命哲学"引发的人生根本痛苦，由易卜生所启发的个人面对着社会的无名愤激，由果戈埋、契诃夫所启示的对日常的"几乎无事的悲剧"的异常关注。因而，试图到二十世纪中国文学中寻找古典的"崇高"是困难的。从鲁迅的《呐喊》《彷徨》，茅盾的《子夜》《霜叶红似二月花》，老舍的《骆驼祥子》《茶馆》，曹禺的《雷雨》《北京人》，巴金的《寒夜》，以及新时期文学中的《犯人李铜钟的故事》《人到中年》《李顺大造屋》《西望茅草地》《黑骏马》等一大批优秀作品中，你体验到的与其说是"悲壮"，不如说更是一种"悲凉"。"悲凉之雾，遍被华林"：一方面，是一个历史如此悠久的文化传统面临着最艰难的蜕旧变新，另一方面，是现代社会尚未诞生就暴露出前所未有的激烈冲突；一方面，"历史的必然要求"已急剧地敲打着古老中国的大门，另一方面，产生这一要求的历史条件与实现这一要求的历史条件却严重脱节，同时，意识到这一要求的先觉者则总在痛苦地孤寂地寻找实现这一要求的物质力量；一方面，历史目标的明确和迫切常常激起最巨大的热情和不顾一切地投入，另一方面，历史障碍的模糊（"无物之阵"）和顽强又常常使得这一热情和投入毫无效果……这样一种悲凉之感，是二十世纪中国文学所特具的有着丰富社会历史蕴含的美感特征。它不同于欧洲文艺复兴时冲破中世纪黑暗带来的解放的喜悦，也不同于启蒙运动所具备的坚定的理性力量。在中国，个性解放带来的苦闷和彷徨总是多于喜悦；启蒙的工作始终做得很差，理性的力量总是被非理性的狂热所打断和干扰；超出常规的历史运动带来了巨大进步的同时也带来巨大的失误；灾难常常不单是邪恶造成的，受害者们也往往难辞其咎；急速转换的快节奏与近乎凝固的缓慢并存，尖锐对立的四分五裂与无个性的一片模糊同在。正是这一切，使得二十世纪中国文学既具有与同时代的世界文学相通的现代悲剧感，又具有自身独特的悲凉色彩。你感觉到，像五四时期"湖畔诗社"的诗，根据地孙犁的小说以及 20 世纪 50 年代的那些田园牧歌般的作品，在整个一部悲怆深沉的大型交响乐中，是多么少见的明亮的音符。更多地回响着的，总是这块大地沉重地旋转起来时苍凉沉郁的声响。

在二十世纪中国文学进展的各个阶段，人们不止一次地感觉到悲凉沉郁之中缺少一点什么，因而呼唤"野性"，呼唤"力"，呼唤"阳刚之美"或"男子汉风格"。这种呼唤总是因其含混和空泛，更因其与上述"意识到的历史内容"，与艰难曲折千回百转的历史行程不相契合，而无法内在地由文学创作中表现出来，往往变为表面化的外在的风格色彩。尽管如此，这种呼唤毕竟体现了对柔弱的田园诗传统的某种反感，体现了对大呼猛进的历史运动的一种向往。因此，以"悲凉"为其核心为其深层结构的美感意识，经常包裹着两种绝不相似的美感色彩：一种是理想化的激昂，另一种却是"看透了造化的把戏"的嘲讽。在二十世纪中国文学的发展历程中，这两种色彩，时而消长起伏，时而交替相融，产生许多变体。大致是在变革的历史运动迈进比较顺利的时候，或是在历史冲突比较尖锐而明朗化的时候，理想化的激昂成为主导的色彩；在变革的步伐变慢或遭到逆转的时候，或是历史矛盾微妙地潜存而显得含混的时候，洞察世事并洞察自身的一种冷嘲成为主导的色彩。也有这样的历史时刻，那时冷嘲被"激昂化"而变成一种热讽，激昂被"冷嘲化"而变成一种感伤，于是两者相互削弱、冲淡，使得一种严肃板正的"正剧意识"浮现出来成为美感色彩的主导。在二十世纪中国文学中，分别地象征着激昂和嘲讽这两种美感色彩的，是郭沫若的《女神》和鲁迅的《呐喊》《彷徨》。一般地套用"浪漫主义"或"现实主义"这样的术语很难说明问题。大致说来，着眼于民族的新生的辉煌远景，着眼于历史目标的明确和迫切的作家，倾向于引发出一种理想化的激昂；着眼于民族灵魂再造的艰难任务。着眼于历史起点严峻的"先天不足"的作家，倾向于用冰一般的冷嘲来包裹火一般的忧愤。激昂和冷嘲同是一种令人不满的现实状况的产物，前者因其明亮和温暖常常得到一种鼓励，后者却因其严峻和清醒，往往更深刻地揭示了历史运动的本质。

内在地把握二十世纪中国文学的总体美感特征，实际上，就是从审美的角度来本质地揭示文学中"意识到的历史内容"，就是把握一个古老的新生的民族对当代世界的艺术的和哲学的体验。即便最粗略地勾勒出一点线索，也能意识到这方面认真而又扎实的研究一旦展开，就将在"深层"整体地揭示出一时代的文学横断面，使我们民族在近百年文学行程中的总体美感经验真切地凸显出来。

四

从"内涵"来把握二十世纪中国文学的有机整体性，不容忽视的一项工作就是阐明艺术形式（文体）在整个文学进程中的辩证发展。在中国文学史上，从来未尝出现过像二十世纪这样激烈的"形式大换班"，以前那种"递增并存"式的兴衰变化被不妥协的"形式革命"所代替。古典诗、词、曲、文一下子失去了文学的正宗地位，文言小说基本消亡了，话剧、报告文学、散文诗、现代短篇小说这样一些全新的文体则是前所未见的。而且，几乎每一种艺术形式刚刚成熟，就立即面临更新的（即使是潜在的）挑战。中国文学一旦取得了与当代世界文学的内在的"共同语言"，它就无法再关起门来从容地锻打精致的形式。伴随着新思想的传播和现代自然科学的引入，艺术思维的现代化也就开始了，艺术形式的兴废、探索、争论，只能被看作是这一内在的根本要求的外化。"语言是思维的直接现实"（马克思语），文学语言的变革理所当然地成为艺术思维变革的一个突破口。只有从这一角度，才能理解从"诗界革命"

（"我手写我口"）直到白话文运动这些针对着语言媒介而来的历史运动的根本意义，才能发现二十世纪中国文学的每一次大的进展都是摆脱"八股"化语言模式（旧八股、新八股、洋八股、党八股、帮八股）的一场艰苦卓绝的搏斗。后世的人已经很难想象标点符号的使用在当时曾经历了怎样的鏖战，很难想象鲁迅何以称赞刘半农对于"'她'字和'牠'字的创造"是五四时期打的一次"大仗"。二十世纪初文艺革新的先驱者们不止一次地提到文艺复兴时期的伟大范例——乔叟、但丁摒弃拉丁语，用本民族"活的语言"创造出"人的文学"。他们自觉地、深刻地意识到了，被后世文学史家轻描淡写地称为"形式主义"的这场语言革命，其实正是民族的文化再造的重大关键。

白话文运动中蕴含着两个互相联系着的根本意图：一是"传播"新思想，"开启民智，伸张民权"，必须使新思想"平民化"、通俗化，从形式上迁就普遍落后的文化水平的同时，也就隐伏着先进的思想内容被陈旧的形式肤浅化的危险；一是传播"新思想"，必须引进新术语、新句法，采用中国老百姓还很不习惯的新语言、新形象和新的表达方式，"信而不顺"，因而在传播上就存在着无法"译解"的困难。我们从这里不难看出，这两者之间是有矛盾的：雅俗之争，普及与提高之争，"主义"与"艺术"之争，宣传与娱乐之争，民族化与现代化之争，贯穿了近百年中国文学发展的每一个重要阶段。它们之间的张力也左右了二十世纪文艺形式辩证发展的基本轨迹，各类文体的探索、实验、论争，基本上是在这一"张力场"中进行的。其中，散文小品最为幸运，小说次之，戏剧相当艰难，诗的道路最为坎坷不平。这主要由各类文体自身的本性、它们与传统与读者的关系等复杂因素所决定。

诗是文学中的艺术思维进行创新时最敏锐的尖兵。诗歌语言是一般文学语言的"高阶语言"，它从一般文学语言中升华又反过来影响一般文学语言，因而先天地具有某种"脱离群众"的"先锋性"。二十世纪世界诗歌语言正发生着惊天动地的巨变（唯有物理学语言及绘画语言的变革可与之相比）。在这种情势下应运而生的中国新诗，不能不在一个古老的诗国中走着艰辛曲折的道路。新诗的每一步"尝试"都可能显得"古怪"、变得"不像诗"。好不容易摸索、锤炼，开始"像"诗的时候，又立即因人们群起效之而很快老化。在诗体上，这一过程表现为"自由化"

和"格律化"在某种程度上的"轮流坐庄"。新诗的历程,始终像朱自清在《中国新文学大系·诗集·选诗杂记》里所说的,呈现为一种"怎样从旧镣铐里解放出来,怎样学习新语言,怎样寻找新世界"的坚韧努力。诗体的解放、复活、创新等复杂的运动,最鲜明地、凝练地、集中地体现了二十世纪中国文学在艺术思维上的挣扎、挫折、进展和远景。而且,在各类文体中,新诗最敏感最密切地与当代世界文学保持着"同步"的联系。拜伦、雪莱、惠特曼、波特莱尔是与泰戈尔、瓦雷里、马拉美、凡尔哈伦、马雅可夫斯基、艾略特、奥登、里尔克、艾吕雅、聂鲁达等一起卷进中国诗坛来的。如果意识到诗是一种"无法翻译"的文学作品,这一"同步"所蕴含的深刻意义就很值得探究。

诗的思维的"先锋性"导致了新诗在形式上的探索走得最远,引起的论争也最激烈,其中,"矛盾的主要方面"应是诗自身的这种活跃的不安分的本性。与此相对的则是戏剧,它不但以"观众的接受"为其生存条件,而且直接受物质条件(舞台、演员、剧团组织、经济支持等)的制约,"矛盾的主要方面"不在戏剧本身的探索,而在观众素质的提高。洪深在《中国新文学大系·戏剧集·导言》中用了大量篇幅翔实地记载了话剧在二十世纪初的萌发和初步进展,证明了离开上述条件的综合考察是无法说清楚戏剧文学的辩证发展的。如果说诗体的发展显示了最活跃的艺术神经锐敏的努力,那么,戏剧形式的发展则显示了现代艺术与大众最直接的"遭遇战"。它成为整个艺术形式队伍中缓慢然而扎实前进的一个强大的"殿军"、后卫。但是,物质条件有其活跃的推动力的一面,不能低估现代物质文明对二十世纪中国戏剧艺术的影响(包括电影、电视消极方面的压力和积极方面的启发)。戏剧艺术的创新一旦有所突破,常常得到巩固和持久的承认(试想想常演不衰的《雷雨》《茶馆》及其众多的仿作)。这与诗歌风格的迅速更替又成一对比。从二十世纪六十年代起,布莱希特的戏剧体系开始影响中国话剧,新时期以来,它与"斯坦尼"、与中国古典的写意戏剧体系开始形成多元发展和多元融合的趋势。这可能是考察中国话剧的未来发展的一个分析线索。

介乎诗和戏剧之间的,是二十世纪中国文学中最重要的文学类型——小说。在研究这一类型的整体发展时,必须仔细地划分出长篇小说、中篇小说、短篇小说这样一些亚类型。短篇小说对现代生活的"截取方式"具有类似于新诗的某种"先锋性",这一亚类型在二十世纪中国文学中因其短小快捷、形式灵活多变始终受到高度的重视。按照茅盾当时的说法,鲁迅的《呐喊》《彷徨》"一篇有一个新形式",尔后,张天翼、沈从文都在短篇体裁上有多样的试验。新时期以来,短篇小说的变化更是千姿百态、值得高度重视的是,从二十世纪初鲁迅创作小说一开始就显示了与当代世界文学有着"共同的最新倾向"(普实克语),这一无可怀疑的"同步"现象,即自觉地打通诗、散文、政论、哲理与小说的界限的一种现代意识,使得抒情小说这一分支在鲁迅、郁达夫、废名、沈从文、肖红、孙犁、茹志鹃、汪曾祺、张洁、张承志等优秀作家手中得到充分的发展。显然,在中国小说现代化的过程中,民族的"抒情诗传统"(文人艺术)对"史诗传统"(民间艺术)的渗透起了决定性的推动作用。由赵树理所代表的以讲故事为主的叙事分支则显示了"史诗传统"的现代发展。在新时期:中篇小说的崛起越来越引人注目,对这一文学现象的理论总结也正在深化。被称为"重武器"的长篇小说是文学对一时代的历史内容具有"整体性理解"的产物。在矛盾极端复杂、极端多变的二十世纪中国,由于值得探究的种种原因,试图从总体上把握这一时代的宏愿总是令人遗憾地未能实现(例如,茅盾、李劼人、柳青,等)如果作家还没有形成自己的历史哲学和"长篇小说美学",这些宏愿就仍然诱人地、一往情深地伫立在二十世纪中国文学的面前。

二十世纪中国文学中的散文、小品、杂文,由于与民族的散文传统最为接近(而且我们似乎也不要求它们为老百姓"喜闻乐见"),很快就达到极高的成就。叙事、抒情、说理、嘲讽,迅速打破了"白话不能写美文"的偏见,显示新文学的实绩。散文是作家个性最自然的流露,因而在个性得到大解放的时代,散文得以繁荣是毫不足奇的。二十世纪第一流的散文家都有深厚的中国古典文学修养都精通外国文学,受过现代高等教育,有丰富的人生阅历。如果说诗歌是一时代情感水平的标志,那么,散文则是一时代智慧水平(洞见、机智、幽默、情趣)的标志。散文的发展显示出一时代个性的发展程度和文化素养程度。值得注意的是,散文在体裁上有极大的"宽容性",在这一部类中的形式创新所遇阻力较小。但也由于缺少压力转化而来的动力,某些新的艺术形式(如《野草》式的散文诗)未能得到顽强坚韧的推进。成熟的甚至业已僵化的散文形式（如杨朔式的散文）也就较少遇到新旧嬗替的挑战。尽管偶尔在某些问题上（如"鲁迅风"的杂文是否过时）有一些争论，其着眼点却都落在"立场、态度"这些政治、伦理的层次上。但是，散文内部的各个亚类型（抒情散文、小品、杂文、报告文学），在二十世纪中国文学的发展进程中，有着微妙的消长起伏，其中的规律性值得总结。

二十世纪世界文学艺术的大趋势，是尽力寻找全新的思维方式、感觉方式和表达方式，以开掘现代人类丰富复杂的内心世界及其对外部世界的"掌握"。艺术形式的试验令人眼花缭乱，实在是文学的一种自觉意识的表现，与现代自然科学及现代社会生活的发展有深刻的联系。二十世纪中国文学（当它开放的时候，从总体上说，它毕竟是开放的）在这一点上与世界文学是息息相通的。鲁迅就是一位对文学形式具有自觉意识的大师，他所创造的一些文学体裁（如《野草》和《故事新编》）几乎不但"前无古人"，而且"后无来者"。在东、西方文化的碰撞、交流之中，一些崭新的、既是民族的又是现代的艺术形式，已经、正在和将要创造出来，显示出中华民族在世界历史的现代进程中，在艺术思维方面的主体创造性。但是，我们也看到，受制于社会物质文明水平和普遍落后的文化水平，以及因循守旧的价值取向和文化心理，我们的艺术探索是如此充满了艰辛曲折。贯穿近百年来无休止的、有时不得不借助于政治手段来下结论的艺术论争，不但说明了探索的艰难，也说明了探索的必要和势所必然。我们是否已经有了足够的理由和信心，来预期下一世纪到来时，这一探索必将更加自觉、更加活跃和更有成效呢？

五

概念的建立首先是方法更新的结果，概念的形成、修正和完善又要求着新的方法。

客观发生着的历史与对历史的描述毕竟不能等同。描述就是一种选择、取舍、删削、整理、组合、归纳和总结。任何历史的描述都依据一定的历史哲学，依据一定的参照系统和一定的价值标准，采取一定的方法。文学史的描述也是如此。"二十世纪中国文学"这一概念首先意味着文学史从社会政治史的简单比附中独立出来，意味着把文学自身发生发

展的阶段完整性作为研究的主要对象。这一点将带来一系列问题的重新
调整（如问题的提法、问题的位置、问题的意义，等等），在当前的研究
阶段，只需强调如下一点也就够了。

在"二十世纪中国文学"这个概念中蕴含着的一个重要的方法论特
征就是强烈的"整体意识"。一个宏观的时空尺度——世界历史的尺度，
把我们的研究对象置于两个大背景前：一个纵向的大背景是两千多年的
中国古典文学传统，当我们论证那关键性的"断裂"时，断裂正是一种
深刻的联系，类似脐带的一种联系，而没有断裂，也就不成其为背景；
一个横向的大背景是二十世纪的世界文学总体格局，不单是东、西方文
化的互相撞击和交流，而且包括亚洲、非洲、拉丁美洲文学在二十世纪
的崛起。

在这一概念中蕴含的"整体意识"还意味着打破"文学理论、文学
史、文学批评"三个部类的割裂。如前所述，文学史的新描述意味着文
学理论的更新，也意味着新的评价标准。文学的有机整体性揭示出某种
"共时性"结构，一件艺术品既是"历史的"，又是"永恒的"。在我们
的概念中渗透了"历史感"（深度）、"现实感"（介入）和"未来感"
（预测）。既然我们的哲学不仅在于解释世界而且在于改造世界，未来感
对于每一门人文科学都是重要的如果没有未来，也就没有真正的过去也
就没有有意义的现在。历史是由新的创造来证实、来评价的。文学传统
是由文学变革的光芒来照亮的。我们的概念中蕴含了通往二十一世纪文
学的一种信念、一种眼光和一种胸怀。文学史的研究者凭借这样一种使
命感加入到同时代人的文学发展中来，从而使文学史变为一门实践性的
学科。

1985 年 5—7 月于北大

（发表于《文学评论》1985 年第 5 期）

一个非文学性命题

——"20 世纪中国文学"观局限分析

吴炫

前 言

应该说，黄子平、陈平原、钱理群 1985 年提出的"20 世纪中国文学"① 观念，因为触及中国文化和文学现代性的百年追寻，触及中国文学走向世界的持续梦想，也触及中国文学在语言、文体和技法的现代变化，而成为一个新的"整体性"概念，受到现代文学研究和文学批评理论界的重视。在这些领域内，越来越多的论文、著作与教材② 以"20 世纪中国文学"观为研究视角并逐渐规模化，也足以说明，这个文学研究观念是应学术界和文学界解放思想、突破政治对文学束缚的时代性要求而产生的，也是应"中国文学的现代化"这一文化性召唤而诞生的。尽管学界近年对 20 世纪的文化与文学批评思潮有所反思，也尽管有人对这一研究观做修补式的批评③，但因为现代性、世界性的总体趋势对文学的要求在所必然，"20 世纪中国文学"观一直没有受到根本性的再思考与质疑，也足以说明这个研究观的某种魅力。

---

① 黄子平、陈平原、钱理群：《二十世纪中国文学三人谈》，人民文学出版社 1988 年版。
② 这方面著述以孔范今的《二十世纪中国文学史》为代表，山东文艺出版社 1997 年版。
③ 谭桂林：《"二十世纪中国文学"概念的性质与意义的质疑》，《海南师院学报》1999 年第 1 期。

　　值得强调的是，我对这个研究观突破"现、当代"的政治性研究模式持充分肯定的态度，对通过这个观念所显示的世界性、全球性的研究胸怀与视野也引为同道。只是，当中国文学研究进入 21 世纪，再回首百年中国文学寥若晨星的经典，面对很多符合现代性和贴近西方性要求的作品只能轰动一时的事实，再正视一下中国文学走向未来的茫然与尴尬，我们就会发现"20 世纪中国文学"观所隐含的一个重大局限："20 世纪中国文学"用"现代性、共同性和技术性"体现的对文学的把握、描述，主要是从文化、思潮、技术和材料等角度对文学的观照，而难以触及文学"穿越"这些要求、建立独特的"个体化世界"所达到的程度，难以触及文学对文化的我称之为"本体性否定"特性——这种特性在古今中外经典文学中均有体现。① 因此，"20 世纪中国文学"观就既难以解释《百合花》与《红日》在同样政治背景下为何有文学价值的差异，也难以解释在同样的现代性背景下，鲁迅与胡适、周作人在文学史上的地位之不同，更难以解释曹雪芹的《红楼梦》、金庸的《鹿鼎记》这些不能简单被"传统与现代"进行二元划分的作品……因此在根本上，"20 世纪中国文学"观虽然突破了政治对文学的束缚，但并没有突破文化对文学的束缚。而文化研究虽然不同于政治性研究，文化研究虽然比政治研究视域更为开阔、内涵更为丰富，但根本上说它依然是一种"非文学性"研究。令人担忧的是，由这一命题的传播和呼应，我们看到了中国文学走向世界的步伐执着而又成效有限，也可以看出 20 世纪中国文学工作者，一直是将文学放在"从属于什么"的工具性位置上而不自觉，更可以看出由"现代性"到"反现代性"，再到当下颇为时髦的"全球化"，虽然内涵与概念有所变化，但我们对"文学性"以及"文学研究"的理解，恐怕多少还停留在传统"文以载道"的层次上。

非文学性之一：现代性

　　如果说，20 世纪有一个概念可以统摄国人的普遍性追求，并且既可

---

　　① "本体性否定"为否定主义基本范畴。参见吴炫《否定主义美学》，吉林教育出版社1998 年版。

以涵盖孙中山、毛泽东、邓小平的政治理想，也可以涵盖以王国维、鲁迅为代表的中国知识分子的审美理想，那么我想就应该是"现代性"了。不管我们在"现代性"的理解上有多少歧义，但"现代性"在政治上囊括以公有制为基础的社会主义、以市场经济为基础的中国式现代化努力，在思想上依托西方近代人文主义、现代主义和近代以降的科学民主观念，尤其是历史进步论观念，在文化上产生了白话文运动、新启蒙运动和新民主主义革命，在文学上产生以西方现代主义为底蕴的审美观……这恐怕没有多少歧义。作为一个与中国传统文化相对立的概念，与文学相关的"现代性"，突出地表现在人的现代性、世界观的现代性和审美的现代性上。这分别体现为：以人的尊严、自由和爱为主要内容的"大写的人"成为 20 世纪中国文学的主要表现对象，并体现为中国作家对封建伦理予以批判的异己性尺度，巴金的《家》中觉新和觉慧的形象塑造可谓其范例；以进化论、进步论为作家的社会理想与审美理想，来安排文学世界中"埋葬旧世界，建立新世界"的社会历史进程，来处理文学作品的情节发展、人物命运，茅盾的《子夜》和周立波的《暴风骤雨》可作为代表；从王国维引进叔本华的悲剧观始，对中国传统文化的悲观性体验，以及西方意义上的大写的人在中国的绝望性处境，分别在"五四"文学和新时期文学中均有体现，鲁迅的《彷徨》、老舍的《茶馆》、谌容的《人到中年》和韩少功的《西望茅草地》可谓代表。就现代性的上述三个方面内容而言，一个基本事实是，20 世纪中国人的生活深受西方影响，表现这种生活的文学也不能不受这种影响的制约，并由此构成了 20 世纪中国文学与传统文学的区别。我想，通过现代性问题，"20 世纪中国文学"研究观在把握这种区别的意义上是可以成立的，并在一定程度上体现出中国文学受文化制约的特点，梳理出中国文学发展的现象性轨迹。

　　问题在于，"现代性"首先是对文化而言的，而不一定是对文学而言的。如果说，由于民族生存危机和振兴期待，中国文化确实存在价值重建问题，那么这个问题对文学而言将复杂得多。先不说中国文化的现代性是否就是西方性，中国文化的现代性研究意味着什么，仅就文学在性质上与文化是一种"本体性否定"关系而言①（即文学在材料上源于文

---

① 吴炫：《本体性否定与艺术批评》，《民族艺术》1999 年第 2 期。

化，但在性质上与文化不同而分立），文学与文化的现代性也是两回事。这不是说文学与文化现代性是两回事，而是说文学与传统的文化和现代的文化都是两回事。再具体地说，不是文学所描写的内容与文化是两回事，而是通过这些内容，作家对世界的"个体化理解"使得其作品的意蕴因为其独特而与文化是两回事。因此，文学的生存状态受文化的制约——这个制约在今天就是现代性，但文学的存在状态（即文学实现文学性的程度）则体现为对文化制约的摆脱，以及对文化性生活材料的个体性穿越。文学史之所以以记载古今中外经典作品为重心，不是因为文学经典体现出文化的需求，正好相反，是因为经典作品体现出对文化普遍性的超越性品格。如果说极富生命力的文学经典是文学性的高度显现，那么，文学性与作家穿越文化性制约的程度就成正比，能否通过这种穿越，建立起一个"个体化艺术世界"，这便是检验文学性的试金石。在这个意义上，我以为，以"现代性"为首要内涵的"20 世纪中国文学"观既不能体现出文学对现代文化"穿越"的一面，作为一个整体性的对立概念它也不能说明古代的经典作品摆脱传统文化（诸如儒道释束缚）所达到的程度。比如，当我们说到《红楼梦》的时候，其主人公贾宝玉就既不是"传统"所能说明的，也不是"现代"所能说明的。贾宝玉不事儒家之功名，也以成天厮混在女儿堆里违背道家宗旨，更没有什么现代人的自我意识和个性解放观念——曹雪芹就是以这个什么也不是的"怪物"所统摄的红楼世界与他所处的时代构成了"本体性否定"关系。所以《红楼梦》是一个独特的个体化世界。同样，如果我们说《围城》是20 世纪中国文学的力作，那么，不仅钱钟书难以被划分为传统性作家或现代性作家，其笔下人物方鸿渐也难以被划分为传统性人物或是现代性人物。方鸿渐的时髦、脆弱、虚伪、肤浅既区别于鲁迅笔下的知识分子，也区别于当代不少作家笔下的知识分子，从而成为一个能揭示 20 世纪中国知识分子诸多问题的个案。这个个案使得《围城》是关心社会问题的，但并不以西方人的尺度来显示这种关心，《围城》中是有作家自己的审美理想的，但这个审美理想又很难被其他作家的现代性完美理想所涵盖。《围城》中既有传统性的生活内容，也有现代性的生活内容，但这些都被作为异化了的材料融在作家个体化的艺术世界之中了，因此它不是"传统性"所能说明的，也不是"现代性"所能说明的，而只能归结为文学性——一种性质上纯粹的"个体化世界"。

以此观之，我们就可以看出"20 世纪中国文学"观的问题之一：当我们用"人的解放和自由"这一现代性的首要内容来整体性地涵盖鲁迅《伤逝》、巴金《家》、郭沫若《女神》的时候，这种共性内容只能说明三部作品的文化性，但却难以说明三部作品的文学性。因为文学性从来不是停留在对"人的自由和解放"观念的形象演绎上，也不是停留在对这一观念的富有个性的形象表达和情感抒发上——如果将文学性理解为一座金字塔，并且将这座金字塔划分为三个层次，那么形象和有个性的形象只是金字塔的第一和第二层次，而第三层次则是以作家对"人的解放与自由"有"个体化理解"为标志的。这样，"形象—个象—独象"就体现为"文学性"增强的过程，也是对作家要求越来越高的过程。"独象"或"由个体化理解派生的个体化世界"的含义是：真正优秀或经典的作品，不仅是形象生动鲜明或个性风格突出的作品，而且也有作家"自己的"世界观融入，并且由这样的世界观派生出自己的创作方法。所以，"意识流"在乔易斯那里不只是一种创作方法，而且也是对世界的一种哲学性理解。而 20 世纪 80 年代中国的新潮文学，恰恰只是在前者的意义上来接受"意识流"的。于是，像王蒙那样的以"意识流"之形，来表现自己"认同"的传统理性主义世界观，便成为中国走向世界的一个特色。而一旦我们以"独特方法—独特形式—独特理解"的一体化的文学性为坐标，我们就可以看出上述三部作品的价值差异：巴金的《家》以觉慧为代表，基本上是"娜拉出走"的中国版，也是思想上认同西方"自由"观念的一个结果，这说明巴金还没有对"人的解放"产生自己独到的理解与体验；而郭沫若的《女神》中的人的自由和解放的形象——抒情主人公形象，表面上看起来内涵丰富，但实际上是中西方既定的人的解放形象的杂糅：杜十娘意义上的叛逆者、道德理想主义者、乌托邦者、西方个人主义者、西方近代主体论者、"文化大革命"似的破坏者和红卫兵似的狂热者……都可以在这个抒情主人公身上找到，但郭沫若就是没有自己的对人的独到理解与发现。这就反衬出鲁迅《伤逝》中提出的"娜拉走后怎么办"的深刻性和思想上的独到性——鲁迅是面对中国问题的复杂性而对各种廉价的"人的解放"形象提出怀疑的，也是面对中国社会变革的紧迫性而对传统的僵化的人的观念持批判立场的。但鲁迅之所以没有塑造出一个正面的"人的解放"形象，原因就在于他将中国的新人放在了一个"不是现在所是"的独特的理解期待中，并且依据这个期待对中国人的自由问题进行了同样独到的发现与批判。我想，由于"20世纪中国文学"观难以涉及上述作品在对"人的解放"问题上的"个体化理解"的强弱，也就难以触及在同一现代性命题下作家不同的创造性努力之问题。这个盲点，必然造成"20世纪中国文学"观在研究体例上秉承五四时期的郁达夫和茅盾的立场①，仅以"人的文学"或"为了人的尊严与权利"②为表述与把握方式，而不可能以"对人的不同理解"为研究视角，自然也就不能给读者从文学性的角度来观照中国现代文学实现自身的程度。也就是说，"文学性"不是看作家是否表现了"人的尊严与权利"，而是看作家如何对这一"共识"产生个体化的理解、体验与表现的，看这种"个体化"是否达到哲学层面上的独一无二。

　　这种情况同样体现在以"历史进步论"为审美理想的思维方式中。当"20世纪中国文学"观将"现代性"定位在历史进步的观念上的时候，而这种进步不仅是指文化上的进步而且也是指文学上的进步之时，首先有两个问题令人尴尬：一是20世纪中国文化虽然进入现代化进程，但是中国人一个世纪也没有找到古人那样的文化优越感，比之古代知识分子，中国现代知识分子的精神和心灵更处在无所依托的状况之中——进步二字不是一个观念性存在，就是一个暂未实现的理想存在。这使得至少在整体上，我们不能简单说中国现代文明比古代文明进步。二是与文化保持同步的文学并没有因为汲取大量西方现代意识（其中包括"进步论"）而产生一批比古代文学更为优秀的作品，恰恰相反，在经典的数量和质量上，古代、现代、当代呈现的是滑坡趋势。别的不说，仅就长篇小说而言，在20世纪汗牛充栋的中国长篇小说中，要找出超过明清"四大名著"的作品，恐怕就是困难的。如果20世纪中国文学的进步性只是体现在观念的现代性（西方性），而经典文学作品不如古代文学，那这"进步"恐怕只能说是中气不足

---

　　① 郁达夫：《中国新文学大系·散文二集·导言》，上海良友图书印刷公司1935—1936年版。茅盾：《中国新文学大系·小说一集·导言》，上海良友图书印刷公司1935—1936年版。
　　② 孔范今：《二十世纪中国文学史·导论》，山东文艺出版社1997年版。陈思和：《中国当代文学史》第12章，复旦大学出版社1999年版。

的。更重要的是，就作品而言，以进步论作为审美理想的作品在艺术价值上不如对"进步"持怀疑态度的作家作品却是一个基本事实。茅盾的《子夜》和杨沫的《青春之歌》都是以民族资产阶级和资产阶级思想的衰退来体现某种历史进步观念的产物，但其艺术价值却显然不如对进步论持质疑态度的作品——鲁迅的《在酒楼上》和金庸的《鹿鼎记》。其原因就在于：鲁迅和金庸用"个体化理解"穿越了群体化的历史进步观念，更穿越了无产阶级必胜的政治性进步观念，从而建造起一个有自己思想底蕴的艺术世界——鲁迅以对中国历史深刻的循环性认识，批判了肤浅的历史进步观念，但又没有认同历史循环的观念；金庸则以非历史主义倾向解构了各种线性发展的历史观，尤其解构了"胜者为王"的传统历史观。因此，如果说鲁迅与金庸有"现代性"，那还不如说他们有"个体化"的价值立场更为准确。这也是鲁迅和金庸可以将一大批从属于历史进步观念的作家在艺术上抛在身后的原因。因此，一方面，"20 世纪中国文学"之所以被提出，即隐含着依托现代性的进步倾向，由此还会推导出 20 世纪文学比古代文学进步的结论，并进而可能推导出 21 世纪文学优于 20 世纪文学的结论。但否定主义文学史观认为：我们既不能说金庸的《鹿鼎记》比曹雪芹的《红楼梦》进步，也不能说西方的现代主义文学比古希腊文学进步，它们只能是"不同、并立、相互尊重"的文学关系。文学史实际上就是建立以经典文学为龙头的这样的不同的空间结构；另一方面，以进步和发展为单位的文学史，不仅会造成事无巨细的史料堆积与梳理——因为不能缺少任何时间段，从而缺少必要的价值判断意义上的"空白"（诸如以公开出版物为标志的"文化大革命"文学），同时在对作品进行价值判断时，还容易因为封闭性而缺乏古今的参照，从而留下明显的时代局限。而以"经典"结构建立起来的整一的中国文学史，不仅可以使作品判断具有横跨古今的真正的历史感而且可以突出经典之间的不同关系，使经典缺乏的历史因贫困而显出"空白"。

在"20 世纪中国文学"提出者这里，"悲凉"和"焦灼"，是作为"笼罩二十世纪中国文学的总体美感特征"来把握的，并由此构成"与古典悲剧感绝然相异的现代悲剧感"①。尽管提出者没有充分阐明这个与

---

① 黄子平、陈平原、钱理群：《二十世纪中国文学三人谈》，第 12、15 页。

"古典悲剧感"相异的"现代悲剧感"是什么，但在其论述中，现代性的"历史目标的明确和迫切常常激起巨大的热情……"但"历史障碍的模糊和顽强又常常使得这一热情和投入毫无结果"① 所造成的落差太大的"幻灭"与"悲凉"可能是特征之一。先不说这个落差太大的现代性追求是否暴露出以西方性为参照的不切合中国实际的问题（这个问题学界近年才注意到，如果成立，这样的审美追求可能就是有问题的），仅就"悲凉"而言，我以为它也是一个典型的中国古典美学范畴，而不是西方现代美学范畴。或许在提出者这里，"悲凉"既包含充满意义体验的现代绝望感，也包含"万事皆空"的禅意般的悲凉，但如果西方意义上的现代绝望感对我们而言具有乌托邦性，而传统"大团圆"式的、"善有善报"式的审美理想也具有乌托邦性，那么，在乌托邦性这一点上，它们就是等值的。正像我们不能因为道家与儒家的不同，而说禅宗意义上的"悲凉"不适合前者——如果儒道哲学没有触及中国人的原创性问题，而西方的现代主义也没有触及中国人的创造力问题，那么，面对这个不起真正作用的审美追求，传统的"悲凉"美学就是均适用的。只不过，我更想说的一个问题是，在文学性的意义上，"悲凉"不仅是对 20 世纪非悲凉的文学经典挂一漏万的——比如，它很难解释孙犁的《荷花淀》和茹志鹃的《百合花》，而且对悲凉类型的文学也是模糊了其内涵差异的——比如，鲁迅的《野草》与老舍的《茶馆》的区别，更重要的是，作为一个总体化的美学特征，它似乎也可以囊括曹雪芹的《红楼梦》与陈子昂的《登幽州台歌》，这就使它不仅是 20 世纪中国文学的美学特征，而且是中国文学贯穿始终的一个美学特征。尤其是，极度的乐观导致极度的幻灭确实可以勾勒 20 世纪中国文学的一种运行态势，也可以勾勒中国 20 世纪 80 年代到 90 年代文学运行的轨迹，但真正优秀的文学作品却既能穿越"幻灭"，也能穿越"乐观—幻灭"的运行轨迹，显示出明显的"个体化理解"立场。比如，《荷花淀》的"清新爽洁之美"与《野草》的"无对抗之物的孤战之美"便不受"幻灭""乐观—幻灭"以及"乐观—幻灭—乐观"的模式所限，尽管这个美学特征可以涵盖茅盾的《蚀》、徐星的《无主题变奏》等文学性尚不充分的作品。而且，即便《红楼梦》

① 黄子平、陈平原、钱理群：《二十世纪中国文学三人谈》，第 19 页。

与《登幽州台歌》也不能简单地用"悲凉"来涵盖：贾府的破败或许是悲凉，但宝玉出走却蕴含了一种新的可能——尽管是很无力的可能——且由此稀释了悲凉，使红楼世界的意蕴意味深长起来。《登幽州台歌》具有一种文人诗少有的孤独感、独立感而少了一份李煜、李清照那种类型化了的寂寞、凄清、色空。如果说《登幽州台歌》既不是"婉约"与"豪放"所能把握的，也不是"悲凉"和"抗争"所能把握的，那么，这部作品才能因其独特而具备充分的文学性。文学性在此就显现为现有美学风格与范畴的难以涵盖性。作品的独具的魅力也就由此而生成。

非文学性之二：共同性

"共同性"是与"现代性"相关的一个范畴。在"20世纪中国文学"提出者这里，"共同性"是通过横向和纵向两个方面体现出来的。横向上的"共同性"主要指的是世界性。即自鸦片战争以来的"二十世纪是'世界文学'初步形成的时代"①，在研究上就体现为中西方文学所应该显现的相同形象与特征。纵向上的"共同性"主要指的是打破现当代的政治性分野，在共同的审美理想下看20世纪中国的任何一种文学思潮以及作家作品。这种注重"总体特征"的思维方法，被倡导者们认为是"20世纪中国文学"的基本研究方法。②

我首先想说的是，我们确实需要用"世界性眼光"来看待和要求20世纪的中国文学，但"世界性眼光"却并不等于全球所显现的共同的东西——对文明来说，它可能主要指我们应该建立与传统和西方均有所区别的有中国"特色"的文明，而对文学来说，它可能主要指在世界文学范围内确立自己不同于西方的"特性"。这种特性可以用来显现自己现代形态的文学的成熟，告别模仿的幼稚阶段。或者说，文学的个体性特征今天应该放在世界范围内来显现，这就是今天的"文学性"眼光。我们可以说，当前随着市场经济的全球化，重视生存快乐的价值观可能会是世界性的、普遍性的，但这不等于每个民族的传统文化会被同化，也不

① 黄子平、陈平原、钱理群：《二十世纪中国文学三人谈》，第2页。
② 同上书，第98页。

等于每个国家的当代经济结构、政治结构和心灵依托会相同。正好相反，相同的伴随不同的是这个世界永恒的平衡真理。伴随着现实生活的趋同，作为与现实不同的文学，也就可能更会被强化出不同的东西。如果说在20世纪，对自己文化的批判是一个世界性主题，悲观与绝望是一个世界性的美学趋向，迷茫者、叛逆者、分裂者是一个世界性的类型化文学形象——诸如黄子平所说的高加林、哈姆雷特、浮士德、于连、俄国文学中的多余人①等，那么，这只能体现不同的文化与文学都"在进行反思"的一面，但不可能体现不同的文化与文学"在进行怎样反思"，以及反思的结果"如何之不同"的一面——而只有后者，才是文学创造性所显现的地方，也是文学研究应该着力下功夫的地方。因为用"叛逆者"这样笼统的共同性概括，也可以说明《红楼梦》中的贾宝玉；但贾宝玉成为贾宝玉的东西，贾宝玉区别于其他"叛逆者"和"多余人"的特质，也就在这样的概括中遁失了。而鲁迅成为鲁迅的那种"虚妄"——他不同于叔本华、尼采以及老庄的那种独特的"悲观"，也就在一个共性的"悲观"中湮没了。这种情况同样表现在钱理群先生所说的"周作人式的思想结构"② 中。我之所以认为"中西融会"的路难以行通，正因为既定的思想无论在历史上还是现实中都难以融会成一种独特的思想——这就是中国当代知识分子脑海中什么思想都有，但就是没有自己的思想的原因，也是他们融会了一个世纪的中西文化，至今依然是文明的碎片之原因，当然更是无名氏那样融会中西方价值观念、最后建立"圆全"式审美理想的乌托邦性所在。且不说周作人的"得体地活着"是否与传统思想藕断丝连，仅就儒、道、佛、希腊、日本等各种思想是否能"调和"出一个"得体地活着"而言，我以为就很值得怀疑。而思想研究或文学研究的重点不是要说出周作人思想中"有各种思想"，而是要分析周作人如何对这些既定思想予以批判和穿越，进而创造性的改造它们，从而诞生自己的"个体化理解"的。因为在根本上说来，20世纪的中国学者和作家都不同程度受上述各种中西方思想的影响，但周作人之所以不同于鲁迅，正在于他对"共同的东西"实行了"个体化超越"之努力。文学

---

① 黄子平、陈平原、钱理群：《二十世纪中国文学三人谈》，第34页。
② 同上书，第43页。

史如果不能以"个体穿越共同"为致思方向，那么它或者只能产生一个大而无当的"世界文学史"，或者便不能对"20 世纪中国文学"的特性，对 20 世纪中国文学的经典作家与一般作家实现文学性的差异，在"个体化世界"的意义上做更为充分的说明。因为顺着共同性思路，中国 20 世纪 80 年代的新潮文学与西方现代派也具有共同性，但这共同性除了说明中国作家的生存挣扎所导致的模仿性、在文学革命问题上的简单性以外，恐怕不太可能给中国新潮文学的文学质量以有力的阐释。所以，通过模仿走向世界是容易的，而通过创造能够面对世界则是不容易的。文学史研究如果不能以"个体化创造"为龙头，激活一些共同的文化与文学性材料，并予以比较、分析、筛选，其前途可能是十分有限的。

于是，这就导致"世界文学"观照下的中国文学的一个基本理论问题。可以说，戊戌维新运动以后，中国人从被动地接受西方人的眼光、语言、技巧、形象，到主动地以民族特色的表现来"走向世界"，从而形成了 20 世纪中国文学的一个恒久不衰的论题：民族性与世界性。"20 世纪中国文学"观主张从"单向的'影响研究'"向"双向的或立体交叉的总体研究"① 转换，一定程度上切入了 20 世纪中国文学在中西文化冲突中的一种两难的状况，可谓对 20 世纪中国文学在这个问题上的较为准确的把握。但事实上，无论是"民族性"还是"世界性"，它们都是一个整体性、群体性概念，而两个整体能否"交流"出一个新的整体，不引入"个体化"概念是难以说清楚的。由于传统的"文以载道"之"道"是一个群体性的观念（儒道释），也由于新文化运动是用西方的整体性之"道"（人道主义）来批判中国传统的整体性之"道"，这就导致"20 世纪中国文学"观只能在中西方两个整体间进行描述与分析性的"双向研究"，但由于缺乏外在于此二元对立的"第三种批评"② 立场——即真正有价值的文化研究和文学创作是以"个体化"立场，同时对西方的世界性和传统的民族性采取批判的态度的——这就使两个现有的整体在碰撞中容易处于破碎的杂糅状态。实际上，从我的"本体性否定"理论看来，任何一种文化与文明都既是一个整体更是一个"个体化创造"的整

① 黄子平、陈平原、钱理群：《二十世纪中国文学三人谈》，第 8 页。
② 吴炫：《第三种批评及其方法》，《花城》1997 年第 2 期。

体——相对于既定的，它是个体的；相对于未来的个体，它又是整体的。因此整体就是现实的，而个体就是创造的。如果说，以《圣经》为代表的西方文化是一个不同于东方的"个体性整体"，那么，西方的古代文明、近代文明和现代文明作为一个思想性整体，则是在这个大整体的内部对《圣经》的不同的、个体化理解。这就形成了古典主义、人文主义和现代主义的"本体性否定"张力——就这种"主义"作为一种整体思想而言，它是西方人不同时期再创造的结果。于是，"创造—个体—整体"在此便是统一的。这正如中国的古代文明，是以"儒道释"作为对《易经》的一种创造性理解，并形成一个整体一样，而所谓的新文明则意味着要对《易经》形成不同于"儒道释"的新的阐释，并在这种新的阐释中，将"儒道释"思想和任何西方思想予以创造性改造，从而形成一个区别于中西方既定思想的新的"个体性整体"。

由于迄今为止没有任何一种文明是"杂糅"其他文明而成的，也由于20世纪新文化运动"中西融会"实践的破碎性，所以，用"双向研究"的思路一般只能描绘我们一个世纪来的文化行为，却不能甄别出这种文化行为所蕴含的问题，而不能面对这样的问题，我们在理论上就不能很好地阐明"怎么融会"的问题，在实践上也就不能很好地分析出鲁迅与无名氏——这两位在新文化建设上有共同方位的作家价值立场之差异、个体化程度之差异。那就是：鲁迅和无名氏虽然分别表现出对西学和传统之学的批判，努力追寻自己对新文化的"个体化理解"，但鲁迅最终将这种追寻放在了难以言说的审美状态，以不轻易说出来而保证了这个"新文化"的个体性、创造性，并使得鲁迅"在沉默中感到充实"。而无名氏以他笔下的"印蒂"自喻，经过各种艰辛努力，最终却选择了一个与传统暗合的"全圆"式的、中西杂糅的宇宙性乌托邦，并以失败的实践而告破产，可谓"在言说中感到空虚"——这样的一个"同途异归"在20世纪中国文学史上是意味深长的。也可以说，鲁迅由于超越了所谓"世界性"和"民族性"的对立，所以有了他独特的人物塑造、文学形式与价值立场；而无名氏由于最终没有"穿越"中西方思想这两个"整体"，其自我最后便还是被这两个"整体"所湮没了。在这个意义上，与其说越是民族的便越是世界的，不如说越是个体的便越是世界的——"个体化世界"既在材料上保持着和传统民族性、西方世界性的联系，又在性质上与二者保持着"本体性否定"的区别关系。大到一种文化、文明，小到一种思想和作品，文学史如果不能以这样一种思维去分析对象，便很难给在"不中即西"这两个整体间进行尴尬徘徊的中国学人、作家开拓一条可行性路径。

这意味着，以"共同性"作为整体思维来突破近代、现代和当代的文学史划分，在文化的意义上有可能把握出中国人在 20 世纪不同时期面临的共同任务，指明谭嗣同、孙中山、毛泽东、邓小平进行不同政治性努力的相同根源，有可能使中华民族通过现代化重新屹立于世界之林——尽管他们对"现代化"的理解不尽相同。在文学的意义上，它有益于解释 20 世纪 80 年代的文化启蒙和文化批判运动对五四新文化运动的衔接问题，也有益于解释 80 年代的新潮文学与五四文学的"拿来主义"的循环性。尽管这种审美理想已经延续到 21 世纪，从而暴露出"20 世纪中国文学"以百年为时间单位的明显局限，但并不妨碍这种共同的审美理想是始于 20 世纪之意，也不妨碍我们在 21 世纪来把握与 20 世纪相类似的文化事件和文学事件。但问题的关键在于：

第一，"共同性"可以把握 20 世纪中国文学现象何以相似的原因，但难以提炼出作家们在相似的表象下进行"个体化理解"的努力程度，进而也难以将"不同性"作为文学评价的尺度。"20 世纪中国文学"提出者也注意到"不同性"问题，但这"不同性"只是与政治的不同性，而未注意到文学也应在文化思想上体现"不同性"的要求和努力。如果说文学性的最高境界是既穿越了共同的政治束缚，也穿越了共同的文化思想束缚，并且以陀思妥耶夫斯基的"地下人"、卡夫卡的"变形人"、曹雪芹的"新人"、陈子昂的"孤独人"、鲁迅的"虚妄人"来体现作家的"个体化审美理想"，那么我以为，"共同性"思维是不可能甄别出 20 世纪中国作家在实现"个体化审美理想"上所达到的程度，也难以分析由这种审美理想所带来的作品意味之不同。其结果，"20 世纪中国文学"的思维方式便与近代、现代、当代这种政治的共同性是一脉相传的。如此一来，"20 世纪中国文学"可以将现代作家沈从文与当代作家汪曾祺在"道家文化"的意义上统一起来，甚至还可以将青睐道家文化的贾平凹与阿城包括进来，将不同地域与风俗的作家在道家文化的视角下集合起来，乃至在艺术史的意义上将沈从文的亲戚——画家黄永玉囊括进来，然而这种"总体涵盖"除了说明中国作家都是"道家"的后代以外，或者除了说明上述作家是有不同个性、风格和地域风情的"道家"后代以外，它就既不能把握出阿城和黄永玉穿越"道家"文化的个体性努力（黄永玉的艺术已摆脱了儒道和西方的束缚，自成一个艺术世界），也难以对汪曾祺师承沈从文的世界观、进而影响了自己的文学世界的独特性取一种批判的眼光，更难以在文学性的意义上确立黄永玉优于沈从文、阿城优于汪曾祺的文学史之地位。因此，否定主义文学史观主张以"甄别"来穿越"概括"，以"个体"来激活、改造"双向或立体的影响"。这意思是：否定主义文学史观不排斥以文化或时代特征来"概括"一个时期文学的总体风貌，也不排斥对现代作家受各种思想影响及其可能造成的矛盾状态的梳理，但只将这种风貌和梳理作为文学史的文学性分析的出发点，来甄别同一时期的不同作家或同一文化价值取向的不同作家对这种出发点是如何摆脱的。这样，文学与文化之间就不是"互动"的、"双向"的，而是说文学"被"文化影响是注定的（文学是否接受文化的影响是一个伪问题），这样，文学所做的全部事情，就是一个作家如何以自己的个性、自己的对世界的独特体验与理解来"穿越"这种影响，来"变异"共同的文化材料。所以，文史哲的统一不是统一于共同的文史哲，而是统一于"个体化"的文史哲，统一于文学以文学的方式对文化的文史哲的性质改造。鲁迅、周作人、无名氏之所以被我放在这里"甄别"，正在于通过这种甄别，我们才看出鲁迅优于周作人与无名氏的文学成就，不在于对西方思想保持警觉，而主要在于对中国传统思想也保持警觉。所以，没有"得体"与"圆全"的束缚，鲁迅才有对中国文化问题的独到发现与批判。

第二，以文化代替政治固然增添了对20世纪中国文学的概括力，但是在文学表现形式上，除一部分乡土文学和寻根文学，20世纪的中国文学更多的是政治形式，是随着政治的变动而改变的。所以《小二黑结婚》也好，《李双双小传》也好，《乔厂长上任记》也好，离开了不同的政治性内容是无法说清的。这就导致了一个问题：政治内容和文化内容是文学中不同层面的内容，它们各自有各自的共同性，因此两者之间在文学的意义上构不成冲突关系。尤其是晚近中国文化之衰落造成20世纪中国人日常生活中的强烈的政治性，以及由这种政治性产生的不稳定性，进而成为 20 世纪中国文学的显现形式，这应该是 20 世纪中国文学的一大特点。而文学的不同性如果从文学表现、文学内容、文学境界三个方面体现，那么由政治生活的不同造成的文学表现形式的不同也应该属于文学性研究的一个方面。因此，对《百合花》这样的力作，我们就应该一方面注意它在表现形式上与同类作品《党费》《李双双小传》等的区别，在表现内容和文化意味上与《荷花淀》《大淖纪事》等作品的区别，这才可以有效地把握其实现文学性的程度。文学史研究一方面不应该拒绝政治性内容和文化性内容，另一方面它更应该关心作家"穿越"共性的政治和文化内容，使之成为自己的内容的努力——《百合花》正是在这个意义上获得它一定的文学品位，从而和其他类型化的、不能打动人的政治性小说区别开来。所以，政治的共同性和文化的共同性均无以说明《百合花》的文学价值，也无以确立这部作品的文学史意义。于是，否定主义文学史观对文学中的政治与文化内容采取之思维方式就表现为："穿越政治—穿越文化—走向人类。"举例而言，《百合花》优于《李双双小传》的地方在于作家一定程度上穿越了政治对文学的要求，将对世界的理解点切入了"新媳妇"内心深处的人性触角：当我们每个人面对他者的伤残和死亡时，人性总会召唤我们用珍爱生命的方式对待之，从而化解政治的、阶级的、私人的、男女的诸种恩怨。然而，《百合花》之所以又难以在 20 世纪中国文学和世界文学范围内称之为"经典"，原因则在于前有鲁迅、郁达夫、钱钟书对中国现代人性异化问题的更为深刻的揭示与批判，后有苏联的《第四十一》等小说对"超阶级"的人性的更深刻的展示，进而反衬出茹志鹃对人性美还停留在"感知"的层面。这种感知作为一种"个体化理解"，也就还没有像鲁迅等人那样上升到文化批判哲学层次，更本真地触及中国人生命状态中存在的问题。或者说，《百合花》的"个体化理解"还停留在对政治的穿越，而鲁迅等人在《孔乙己》《阿Q正传》中所体现的"个体化理解"已达到了文化并且开始了对中国文化的穿越性思考、体验。于是，《百合花》的"文学史"地位便由此显现出来。

非文学性之三：文体性

"20 世纪中国文学"观另外着重强调的是，以白话文代替文言文、以新诗、新小说代替旧体诗、旧小说，以新的创作方法代替旧的创作方法，这是 20 世纪中国文学在文学语言、文体和表现形式等领域发生的又一重要变化。在此前后，钱理群、温儒敏、吴福辉编著的《中国现代文学三十年》等也以"旨在反对文言，提倡白话，反对旧文学，提倡新文学的文学革命"① 的提法相呼应。然而我想说的一个问题是：这些变化对文学来说均还不是本体性的变化，而是技术性、文体性以及载道的"道"的变化，并且体现出中国传统文学发展的一贯特点。仅依据这些变化，我们还不能轻易地说中国已经发生了真正深刻的"文学革命"，而只能说五四文学革命只是真正的中国文学革命的一个开端——既然是开端，它便可能成功，也可能流产。

这意思是说，"白话文革命"或许是 20 世纪中国文化变革中的一件大事——现代中国人的生活从生命形态到观念形态再到语言形态，从此均与生活的世俗状态更为贴近，但由此把它作为"20 世纪中国文学"的一件大事，那便将文学放在了从属于文化甚至等同于文化的地位。这种从属和等同的一大弊端便是：它难以解释在文言文写作中的古代诗词与散文的夺目光辉是因为什么，也难以解释在白话文写作中的 20 世纪中国文学的工具性、平庸性、贫困性是因为什么，自然更解释不了什么才是真正的"文学革命"这一理论命题。以此类推，它也不能解释为什么在"白话文革命"以前，中国就有优秀的白话文小说，而在 20 世纪中国文学中，一些"半文半白"的小说的艺术价值为什么高于纯粹的白话文小说？本来，语言革命是人们价值观念革命和生活状态变化的一个方面，当裘廷梁在他的《论白话为维新之本》一文中说"愚天下之具，莫文言若"时，其文言之弊与愚民联系起来，显然属于文化革命范畴。但是当

---

① 钱理群、温儒敏、吴福辉：《中国现代文学三十年》，北京大学出版社 1978 年版，第 7 页。

胡适在他的《文学改良刍议》中说"一时代有一时代的文学"①，陈独秀在他的《文学革命论》中提出"三大主义"②作为文学革命的目标时，他们就犯了将"文学工具革命"等同于"文学革命"的错误——这错误直到"20世纪中国文学"提出者这里，也没有得到应有的纠正。意思是说，我们可以将"白话文革命"作为中国文化现代化的一个重要方面，并且通过这一方面去看待20世纪中国的文学革命的某些变化，但是"文学革命"在根底上首先是指文学观念、文学形式、文学创作方法等方面的革命——我们可以说王国维引进叔本华哲学、鲁迅推崇厨川白村的"苦闷的象征"文学观均有进行文学革命的意向（尽管这种意向因为不是中国人自己创造的，而很难在中国土地生根——比如，中国人的"苦闷"总是与现实得失有关），但这种文学观的变化可以以白话文为载体，也可不以白话文为载体，或可以"半文半白"的语言为载体——这正像西方的"艺术即表现""艺术即形式"这样的文学革命并没有以语言革命为前提一样。反之，说"白话文"的中国现代作家和知识分子在思想和行为方面的僵化性、封建性，有的比之用文言写作的古代作家恐怕也是有过之而无不及的。如果"文学革命"只是换瓶不换酒，那么其"文学形式"在这里也只能是"道"与"器"的关系。这个"器"的改变也只能属于"文体"的改变。这种"改变"在性质上应该说是古已有之。

当然，陈独秀"抒情的平民文学、立诚的写实文学、通俗的社会文学"这"三大主义"确实涉及文学内容的变化，周作人以"人的文学"（即西方人道主义为本的文学）作为新文学内容的注解也涉及文学内容的改变，然而对素有"文以载道"传统的中国作家来说，这也依然可理解为是"道"的内容改变，而不一定是文学从属关系的改变——即在"器"上变文言为白话，在"道"上变封建的人为西方近代的人。"20世纪中国文学"倡导者虽然也注意到"语言远远不只是一种表达工具，它跟一个民族的文化心理、思维方式有着密切的关系"③，从而保证了现代白话文与现代人文观念的一致性，但严格说来这依然属文化变革的范畴。这

---

① 《新青年》1919年第1期。
② 《新青年》1919年第2期。
③ 黄子平、陈平原、钱理群：《二十世纪中国文学三人谈》，第80页。

种一致性体现在我们生活的各方面，包括意识形态的各个领域而不独指文学。如果说，文学作为一种与文化不同质的"个体化世界"，其内容最终应该由作家自己对世界的看法或思想性体验"穿越"普遍的人文观念及世界观，应该由这种体验派生的形象、形式来"穿越"既定的艺术形象与形式，从而达到对既定的形式与内容的"本体性否定"的话，那么，我所倡导的"形象形式、有个性的形象形式、有个体化理解的独特的形象形式"这一文学"本体性否定"的三种境界①，就远远不是"白话文与现代人文观念的统一"可以说明的，也不是胡适"明白、动人、美"这一"妙"文学观所能说明的。我所指的文学"本体性否定"三境界，一方面是说：文学语言主要是指"形象形式"，它不等于文言文、白话文或英语，所以文学语言革命不能等同于白话文革命。或者说，文言文、古白话、白话文顶多只能是对文学文体、载体的演变产生作用，形成文学形象形式语言的文化性特征——这个特征对文学是文化类的要求，而不直接影响文学形象与形式的质量。另一方面，白话文与现代人的心理确实是相关的，但这种相关性只是现代文学所表现的一般的文化性材料，所以现代人务实也好，对人尊重也好，对前途悲观也好，都是只能等待文学来进行"个体创造"的材料，而不能等同于文学或文学语言本身。因此，当胡适又说"文学是社会生活的表示"② 时，"妙"便成了对现代社会生活"表示"的注解，也便成了对文学材料"形象再现"的注解。这就直接为后来的"文学反映论"埋下了伏笔。这样，整体上以西方思想为参照的中国作家，在"白话文革命"和"文学革命"之后，依然采取文学依附于新文化和新政治的生存方式，在文学创作方法上又摆脱不了对西方文学"形象、技巧"的模仿，也没有产生既区别于"文以载道"，也区别于西方各种文学观的中国当代自己的文学观，只是追求文学表达方式上的智慧与好看，我们又怎能说 20 世纪的中国发生并已完成了真正的"文学革命"呢？

与此相关，以"小说革命"为龙头的文学文体革命，在"20 世纪中

---

① "文学三境界"一说运用于文学批评实践，最早参见拙文《贾平凹：个体的误区》，《作家》1998 年第 11 期。

② 《胡适语萃》，华夏出版社 1993 年版，第 1 页。

国文学"观阐述"文学革命"问题时占有突出地位，诸多现代文学史研究者也持同一立场。"20 世纪中国文学"观着重强调"从'内部'来把握二十世纪中国文学的有机整体性，不容忽视的一项工作就是阐明艺术形式（文体）在整个文学进程中的辩证发展"①，并从诗、小说、话剧、散文在 20 世纪的异军突起来阐明这种"内部的""艺术形式"意义上的变化。具体说来那就是：话剧的兴起，诗从传统的"格律诗"转化为"自由诗"，小说的主导性地位以及小说与西方接轨后的千姿百态，散文的个性化、兼容化及多元化等。应该说，这些确实涉及中国文学在 20 世纪发生的重要变化，但它们是不是文学性的变化或文学本体意义上"形式"的变化，这还是一个疑问。

首先，从先秦散文到汉赋，从唐诗到宋词，从元曲到明清小说，中国文学历来不缺乏"文体革命"，但它们之所以没有被称为"文学革命"，显然是因为它们的非现代性或非西方性。这样，西方的东西进入才叫"文学革命"，而本土性的变化不叫"文学革命"，"文学革命"便成了一个异域性或异质性概念。但如果异质或异域性革命才叫"文学革命"，那么西方"艺术即表现"对"艺术即摹仿"的革命便不叫"文学革命"，而中国文学史在"五四"之前也就没有"文学革命"。这显然是有问题的。进一步说，如果文化和文学的世界性交流与"文学革命"不是一回事，如果"文学革命"主要是指由本土产生的重大文学变化，而这种变化囿于中国文化的承传性特点，主要体现在自古有之的"文体革命"上，那么"五四""文学革命"的特殊意义就不能定位在"小说、话剧、散文"等文体的兴起和引进上，而应该从文学的性质上去定位。但如果像前面所说的，20 世纪中国文学将西方的人文主义作为新的"道"去"载"，而"文"与"道"的关系并未改变，文学思维方式、文学观念和文学形式也未改变，"五四"的"文学革命"不能称之为严格的"文学的革命"，也就成了逻辑推论。这个推论也将直接影响着微观研究 20 世纪中国小说，从早期的抒情小说、故事小说、场景小说到晚近的武侠小说、形式小说、原生性小说、私人生活小说，小说"文体形态"的纷繁可谓空前，但除了鲁迅的《孔乙己》、金庸的《鹿鼎记》等少数作家的作

① 黄子平、陈平原、钱理群：《二十世纪中国文学三人谈》，第 18 页。

品，以及"晚生代"的少数作品有可研究的内容以外，真正在小说形态上具有原创性的作家并不多。这就使得模仿性的"纷繁"与非模仿性的"独创"并不等值——而 20 世纪中国小说研究如果不注意后者，其历史定位就是有限的。这个定位将使"20 世纪中国文学"只具有真正的文学革命的"准备意义"。

其次，将"文学形式"与"文学文体形式"相混淆是"20 世纪中国文学"观的一个明显的理论局限。"20 世纪中国文学"观尽管注意到"文学语言……是一种表现性或造型性语言"①，但可惜总是将其与白话文联系在一起造成"表现性—自我表现—语言—白话文"的研究思维模式，最终还是以白话的"明白晓畅"这类的"文体形式"代替了个体的"造型"研究，从而既忽略了不同作家对白话文不同的艺术处理，也忽略了这种处理是否具有告别传统、也区别西方的创造性意义。比如，"二十世纪中国文学"观也注意到"鲁迅的《呐喊》与《彷徨》'一篇有一个新形式'"② 这种"文学形式"问题，但由于思维模式的限制，也就不可能对"一篇有一个新形式"进行个案研究（诸如研究这些"新形式"是否是文体、技巧、方法、结构和意蕴的内在统一），也没有由此去深入研究以鲁迅为代表的现代经典小说家，以"杂取诸多"的小说创作方法对"一篇有一个新形式"的打通，从而在中国特色的典型化创作方法意义上，对 20 世纪中国小说创作方法的持续影响，进而进行历史性定位。

最后，忽略"小说观"创新，仅在"小说形式""小说文体"上做文章是"20 世纪中国文学"观更为具体的文学理论盲点，并从另一个角度暴露出偏向于"文体革命"的弊端。如果说 20 世纪初叶的中国小说家们多将小说作为"揭示社会问题，直面现实人生"的工具，那么作家们在小说观上就还没有形成明显区别于西方批判现实主义的特征，而 20 世纪 80 年代和 90 年代的新潮作家的小说观多以"纯粹形式"封闭自己或以"私人感受"自娱也不同程度地暴露出参照西方现代主义和后现代的问题。如此一来，小说再兴旺，小说文体再纷繁，小说技巧再被重视，那也很难有 20 世纪中国小说家们自己的小说理论，20 世纪中国小说面对

① 黄子平、陈平原、钱理群：《二十世纪中国文学三人谈》，第 81 页。

② 同上书，第 25 页。

世界小说的观念特征也就具有模糊性。这个模糊性，再次证明中国 20 世纪小说在总体上是模仿世界的，而不是能够独立面对世界的。它反衬出我们与世界经典小说家们的某种差距：博尔赫斯、乔伊斯、昆德拉不仅是有自己的创作方法与小说文体的作家，而且还是可以谈出自己的小说观念的作家。它也反衬出我们与古代文学的距离——因为古代的诗论、诗体以及诗技同样是内在统一的。

这就归结到否定主义文学史研究在"文体"问题的基本思路："文体"演变在中国常是"文学革命"的先兆，但"文学革命"是否能真正发生，则取决于作家们是否能创造"自己的"文学观念以及与此相匹配的文学创作方法，来对各种引进的文学观与文学手法进行"本体性否定"。所以，真正的"文学革命"得有真正的文学理论的创造来支撑。所以，用一种既定的东西来"打倒"另一种既定的东西是容易的，但像"摹仿""表现""形式""言志"这种文学创造则是不容易的，否则，便很可能只是"换瓶不换酒"。我们之所以没有将"汉赋、唐诗、宋词"的演变称为"文学革命"，正在于"文以载道"的观念没有发生根本变化，致使周作人所说的"缘情说"，在我看来只是"载道"的另一种形式。"20 世纪中国文学"观在梳理、描述 20 世纪中国文学已发生的"内部"变化是有成效的——这个成效可以在文学适应"现代性努力"总目标下成立，但是在揭示这个属于"内部"变化所达到的深度上，尤其是将这个深度与建立有"中国特色"的"现代化"这一创造性目标联系起来看，其局限就不言而喻了。"20 世纪中国文学"观也注意到"这一段的文学不太像文学"[1] 的问题，并以为 20 世纪中国文学是未来的纯粹的中国文学的"过渡"[2]。但由于"20 世纪中国文学"依附的是"现代性"坐标，而非"未来纯粹的中国文学"（当然也谈不上对这种纯粹文学的理论设计）之坐标，这就使得"20 世纪中国文学"观不能与研究对象保持必要的审视距离，从而难以发现 20 世纪中国文学在"内部"所隐含的"问题"，并用这些"问题"带动和深化对 20 世纪中国文学的描述，使纷繁复杂的 20 世纪中国文学显示出"文学性贫困"的头绪。钱理群先生在他

---

[1]　黄子平、陈平原、钱理群：《二十世纪中国文学三人谈》，第 37 页。

[2]　同上书，第 36 页。

近期的《矛盾与困惑中写作》中说："我没有属于我自己的文学观、文学史观。因此，我无法形成，至少是在短期内无法形成对于 20 世纪中国文学的属于我自己的、稳定的、具有解释力的总体把握与判断，我自己的价值理想就是一片混乱。"① 这种自省，实际上便是对依附于 20 世纪中国文学之中、缺乏自己的一个对"纯粹的中国文学"的理解支点的自省。这种自省，我以为也应该是所有赞同"20 世纪中国文学"的现代文学研究者的自省。在我的理解看来，未来"纯粹的中国文学"，不是与文化不相干的文学，也不是脱离政治的文学，而是自觉地将其材料化、统摄于"个体化理解、形式和方法"的文学追求，也是以此为标准审视文学历史与现状的文学研究与文学批评——文学史研究自不例外。

结　语

综上所述，我以为真正的"文学性"思路，是以"文学穿越文化政治"的思维代替"文化政治推动文学"的思维，从而体现文学对文化政治现实进行"本体性否定"的文学性要求（注意，这不是说文学脱离政治与文化，脱离政治与文化恰恰是受制于政治与文化的逆反性方式。因此"逆反"不等于"本体性否定"）。这意味着"20 世纪中国文学"观虽然以文化思潮突破了古、近、现、当代这种政治性划分，但并没有突破"文化政治社会推动文学"的思维模式。于是，它可解释 20 世纪中国文学在文学语言、形式、文体等方面已经发生的变化，可解释这些变化的外在推动因素和作家对这些因素的顺从，但很难解释这些变化呈现的文学价值之差异，也难以解释是什么原因造成了文学价值的差异，更难以将这些原因放在作家的思维方式、价值立场等个体性内容上来审视。而"文学穿越文化政治"的思维，在宏观方面，是注重考察文化政治的变化是如何转化为文学革命的文学性因素的，尤其要考察哪些因素如何使得文学变化开始区别于文化政治的变化，特别要考察"文学革命"的内容在哪些方面突破了文化的非文学性要求。比如，在考察陈独秀的"三大革命"时，就要将"山林文学"与"社会文学"对立的"非文学性"揭

---

① 《新华文摘》1999 年第 4 期。

示出来，因为写"山林"与写"社会"都可以写出好文学，也都可能写出坏文学，关键是看作家怎么去写；再退一步说，即便脱离社会的"山林文学"应该推倒，那么"迂晦和艰涩"也不一定就应该消灭。尤其是如果我们将"迂晦、艰涩"与"看不懂"联系起来，我们就会将《尤利西斯》这样的艰涩之作也一并排除。而这种排除，显然不是出自于文学需要。在微观方面，它以作品为单位，来看作家们如何"个体化地处理"文化的普遍性要求。这就不仅意味着我们要发现鲁迅的作品"一篇有一个新形式"这种已然的存在，而且要回答鲁迅为什么"一篇有一个新形式"的问题，更要分析其他作家为什么不能做到的原因，从而确立以文学经典（文学区别于文化政治的所达到的最高程度）衡量文学状况的价值坐标，进而确立不同文学作品不同的文学地位。这样最符合文化政治性要求的作品，就不一定是最具有文学史意义的作品。

此外，以文学的"经典关系结构"代替文学的"文化时间结构"，进而建立一种从古至今的"整体的中国文学史"就自然成为逻辑推论。这就不仅意味着要突破古代文学史、现代文学史、当代文学史的政治时间分割，而且要突破20世纪文学史、20世纪以前的文学史、20世纪以后的文学史这样的文化时间分割。对写文学史的人而言，这种"整体的文学史"就是面向未来文学创造的一种"既定现实"—— 真正具有创造性的文学是面对并试图穿越整个文学史的，而不是只面对或穿越古代文学史或现代文学史的。因此，以"面向未来"的文学史意识替代"总结过去"的文学史意识，从而产生一种"问题统摄知识、问题启示未来"的新型文学史意识，也就成为否定主义文学史观的逻辑展开。这意味着，包括"20世纪中国文学史"在内的现有文学史，总是以研究文学的发生、发展、结束，以归纳一个时期的文学的"总体特征"，并帮助我们了解一个时期的文学为鹄的。文学史由此成为一个标准的文学史料传授领域之一。而现有的已出版的一些《20世纪中国文学史》著作，在体例上之所以比过去的文学史还没有明显的突破，原因即在于此。否定主义文学史观在这个问题上的思路是：由于中国文学对文化政治的依附性生存方式，这就使得文学"穿越"文化政治的"本体性否定"的努力常常处于弱化状态。20世纪中叶"文学为政治服务"的文学现实则是弱化的极端体现。因此，分析不同的历史时期文学如何担当文化政治之工具的教训，突出经典文学摆脱工具使命的努力，是使 21 世纪中国文学成为"纯粹的文学"的关键，也是使 21 世纪的中国作家能自觉地懂得以何种方式穿越文化政治（今天也包括经济）束缚的关键。对经典匮乏的 20 世纪中国文学而言，文学史不仅要描述这段历史，更要挖掘中国作家是如何因为自身的因素而使得经典匮乏的。而揭示这样的问题，某种意义上只是为未来而揭示的——过去的已不可改变，未来则因为多种可能而具有改变的可能。关键是我们应从历史中知道如何改变的途径——这就是今天的文学史应具有的功能。

（发表于《中国社会科学》2000 年第 5 期）

研　读

　　赵园在总结、评价 1985 年中国现代文学研究情况的文章《1985：徘徊、开拓、突进》中说道："发表于本年度的有关论文中，最有分量的也许应推陈思和的《新文学史研究中的整体观》和黄子平、陈平原、钱理群的《论'二十世纪中国文学'》两篇。"这两篇论文在发表前都是作为作者们在 1985 年"中国现代文学研究创新座谈会"上的发言稿。两篇文章一经发表就引起现代文学研究界的轰动，不仅被视为中国现代文学研究转型的标志，也奠定了 20 世纪 80 年代中后期现代文学研究的理论基础。这两个概念具有极强的学术生命力，它们不仅依然被学者们使用，尤其是以"二十世纪中国文学"为名的文学史编纂也相当可观，更重要的是，很多大学的课程安排和专业设置也是以此命名的。

一　《论二十世纪中国文学》的发生

（一）20 世纪 80 年代文学场中的现代文学学科

　　在 20 世纪 80 年代文学场中，中国现代文学学科也进行了调整和发展，针对的是这个学科从 20 世纪 50 年代建立到 70 年代极端化期间所产生的问题，大致有两个阶段。第一是从 20 世纪 70 年代末到 1983 年，基本是承担了"拨乱反正"的政治任务，"拨乱"是对"文化大革命"期间极端化的批判，"反正"是基本恢复到"十七年"时期的学科框架中，标志是唐弢、严家炎主编的三卷本《中国现代文学史》和王瑶的《中国新文学史稿》的修订再版（上海文艺出版社 1982 年版）的出版。这两部文学史的经典地位决定了"1980 年代前期现代文学研究的'底本'，总体上仍然是既有革命意识形态的'政治决定论'",即基本仍在毛泽东《新民主主义论》对现、当代文学的描述、评价和设想的框架之内。因此,钱理群在回顾这一阶段的现代文学研究时也说是有很强的"政治性"。

在20世纪80年代初期,学界对于"史"的强调、讨论,主要针对极左时代对于"史"的忽视。在当时,对"文学史"学科属性的认识上,学者们大多认为文学史属于历史学科的分支。于是,历史研究的基本方法就被强调,具体到中国现代文学研究上就是在"从历史实际出发"的号召下对现代文学史料的大量整理和将"论从史出"作为科学的研究方法。这一时期很多研究成果都属于史料整理的性质,其思路和方法类似于"乾嘉朴学"式的"实证主义"。经过几年的史料积累,现代文学研究又暴露出新的问题:这种研究方法在纠正"文化大革命"极端化问题方面是有效的,但是随着学科恢复到"十七年时期"的基本框架后,学人们发现单纯的史料积累已经远远无法满足学科发展的需要。与之相关的是,作家作品的重评也遇到了"瓶颈"。他们开始清楚地意识到,数量上的积累已经达到了现代文学学科原有的"边界",如果不改变中国现代文学作为新民主主义革命史和社会史一部分的学科属性,学科的发展就很难再取得成绩。就像"二十世纪中国文学"提出者们所谈到的,他们对于"用材料的丰富""补救理论的困乏"表示怀疑,这个学科已经到了需要"换剧本"的时候了。

第二个阶段,"从1983年《丛刊》第3期开辟'如何开创中国现代文学研究新局面'的专栏,就意味着现代文学研究进入了学科自身建设的新阶段"。如果我们细读1983—1985年的论文就会发现,"二十世纪中国文学"和"新文学整体观"中很多观点并非作者们首创,而是他们这一代学人们的共识,如钱理群和陈思和都有这样的观点,即当时青年学人们都有这样两个想法:第一是"走向世界"的观念,这是横向的比较研究,第二是打通近、现、当代,这是纵向的开拓。

(二) 1985 年旳文学场

1985年文学场中发生了对"二十世纪中国文学"概念提出具有影响力的事件。第一是有关20世纪80年代中后期知识谱系的问题。1985年一系列文化事件都不是孤立的，而是相互影响的一种复杂关系。"文化热""美学热"无疑影响到"寻根文学"和"二十世纪中国文学"的发生，而这些文学事件又是"文化热""美学热"对 1985 年文学场影响的具体表现；"二十世纪中国文学"中有关"整体性"的研究方法明显受到1985 年"方法论热"中系统论的影响；"二十世纪中国文学"中有关"纯文学"的知识话语正是来自"文化：中国与世界"丛书；而它有关"现代化"和"现代性"的认识，也是来自 1985 年现代主义话语建构所提出的想象。

第二是以研究机构、大学以及文学刊物为媒介的"学术研究的小环境"。在"二十世纪中国文学"正式提出后，北京大学组织了几次座谈会，比较重要的有研究生院学生会组织的北京大学不同专业研究生、博士生的座谈会，北京大学中文系师生的座谈会和与海外汉学研究者的座谈会。

第三是南京大学许志英教授的《五四文学革命指导思想的再探讨》发表后受到严厉批判，这一文学事件直接影响到"二十世纪中国文学"的发生。这篇文章发表在 1983 年第 1 期的《丛刊》上，之所以遭到批判，是因为触及了五四文学革命的性质和指导思想的关键问题。"当时许志英的文章及其争论提醒了我们：现代文学这门学科还是在'党史'的笼罩之下。所以我们现在要突破它，就是要摆脱现代文学史作为党史的一部分的属性……所以干脆把时间往前提，使这个学科能够从革命史的附属中解脱出来。"

第四是"中国现代文学研究创新座谈会"的召开。这次座谈会是由中国现代文学馆主办的，于 1985 年 5 月在中国现代文学馆旧址万寿寺举行。这次座谈会意义重大，成为中国现代文学学科转型的标志之一，在会上陈平原和陈思和分别宣读了他们的论文，于是"二十世纪中国文学"和"新文学整体观"引发了热烈反响。根据钱理群、陈平原等人的回忆，这次座谈会的目的就是"创新"，而且是有意"由年轻人唱主角"、以"青年学者"为主，老一辈学者主动给青年学人提供一个表现自己的空间，钱理群等人不负众望、一鸣惊人。座谈会主要围绕以下三个主要议题进行：一、关于中国现代文学的内涵和外延问题；二、关于文学研究方法的革新问题；三、关于中国现代文学研究与当代文学的关系问题。

（三）"二十世纪中国文学"的产生

在"三人谈"的"缘起"一节中，作者们聊了有关产生这个概念的原因和过程。钱理群在准备其硕士毕业论文时，受到列宁有关二十世纪是"亚洲的觉醒"的说法的影响，对比鲁迅和周作人兄弟二人人生选择和文学创作道路的分野，"认为鲁迅就是二十世纪中华民族崛起的一个代表人物"。陈平原早期的文学研究主要是对"在东西方文化碰撞中"的作家作品进行个案研究，发现很多问题仅仅局限在五四文学的范围里很难弄清，于是就往前追溯到晚清，详细梳理了晚清时期译介的外国文学作品和理论专著以及小说的流变，因此才将二十世纪中国文学的发生时间定于晚清，具体是 1895 年中日甲午战争失败后。虽然在上面提到，三人将"时间"提前有话语策略方面的考虑，但是并不意味着三人是信口雌黄。陈平原是经过充足的史料积累和研究基础上才提出这个观点。黄子平早年主要从事当代文学批评，因《"沉思的老树的精灵"——林斤澜近年小说初探》（《文学评论》1983 年第 2 期）一举获得文名。在对新时期作家作品的研究中发现，新时期文学的很多现象和五四文学时期很像，于是尝试打通现、当代。钱理群最后总结道："看来我们是从两个方面逐渐形成'二十世纪中国文学'这么一个概念的：一个方面是从研究的对象出发，从各自具体的研究课题出发，寻求能够更好地说明这些课题的理论框架，先后发现了一些总体特征，然后上升到总体性质；另一个方面，就是从方法论的角度，寻求一种历史感、现实感和未来感的统一，意识到文学史、文学批评、文学理论三者的不可分割，这样就有可能使文学史的研究成为一门具有'当代性'和'实践性'的学科。"而"意识到文学史、文学批评、文学理论三者的不可分割"则是 20 世纪 80 年代中期典型的话语特征。20 世纪 80 年代中国学人对三者关系的认识直接来源于韦勒克、沃伦合著的《文学理论》，而这部文学理论被认为是建构 80 年代中国"纯文学"知识体系最关键的一部著作。"《文学理论》广受欢迎的原因，或许正在于它将文学研究区分为'外部研究'与'内部研究'的核心观点，与当时力图使文学'非政治'化的历史诉求一拍即合。"三人在具体阐述这个概念时分别从文学的外部与内部进行，这种文学观点和研究方法显然是受到这部《文学理论》的影响。

据钱理群回忆，当时会上的发言是"推陈平原作代表，是因为他在我们中间年纪最小，由他开炮，更有冲击力，而且他刚来北京，也需要亮一个相。再加上第一次提出'20世纪中国文学'的概念，就必须讲清楚'发生学'的问题，陈平原熟悉晚清，当然他讲最有把握"。但有意思的是，"文章不是陈平原写的，而是黄子平写的，什么原因呢？我们意识到了文章发表后肯定要闯祸的，所以文章必须要写得比较'圆'，比较'巧'。首先我不行，我的文字太直，我们中间最会写文章的人是黄子平，他的文字比较活，能把一个问题说得云里雾里的，所以就让他写了"。洪子诚评价《论"二十世纪中国文学"》一文时，就说："很有气魄，学术想象力，丰富，文章本身也写得机警，一些难讲的问题避开了。"

"发言后，反应很好，《文学评论》准备发表专题论文。文章还没正式出来，恰好我到《读书》编辑部，跟董秀玉她们聊天，谈起这事，她们很感兴趣，说《读书》想介入当代中国的思想文化建设，可以给我们篇幅，让我们再进一步发挥。"于是，《论"二十世纪中国文学"》发表在《文学评论》1985年第5期"我的文学观"专栏里，而《"二十世纪中国文学"三人谈》在《读书》上连载（"缘起""世界眼光""民族意识""文化角度""意识思维"和"方法"分别刊载于1985年第10、11、12期和1986年第1、2、3期上）。《文学评论》和《读书》在中国学术界的权威地位不言而喻，两份刊物同时拿出如此之大的篇幅来系统介绍"二十世纪中国文学"，对于这个概念的经典化起到了非常大的作用。

（四）"85学人"学术群体

这一代研究者应被看作20世纪70—80年代转型时期高等教育体制改革的产物：他们都获益于1978年开始恢复、在1981年正式实施、1982年开始完善其制度化建制的研究生学位制度，并成为不同人文领域的首批硕士、博士学位的获得者。研究生学位制度在80年代初期的确立，对当代中国文化体制尤其是知识生产体制有着重要影响。这种新制度培养出来的研究者，既不同于50—60年代主导文艺方向的文化官员兼作家，事实上也不同于50—60年代教育体制培养出来的学者。正是他们，在80年代中期以后的文化场中发出越来越响亮的声音，发挥着越来越重要的社会（同时也是专业）影响。很大程度上也可以说，由于其得以出现的

体制延续到今天，因此这种影响也持续至今。他们在 20 世纪 80 年代中国
文化场的集体"亮相"，便是由甘阳主持的"文化：中国与世界"编委
会。从代群来看，这批新生代研究者或可称为"85 学人"。陈平原这样说
道："回头看八十年代学术，1985 以前和以后，是两回事。我估计，这与
整个人文环境和人才培养有关系。……作家不念大学，也可以写出好小
说。但学界不一样，有没有受过良好的学术训练，差别很大。几届研究
生出来，整个学界风气大变，这点很明显。"这一知识群体事实上与文学
界的"知青作家""朦胧诗诗人"，与电影领域的"第五代"导演，以及
音乐、美术界的新生代，属于同一个代群并具有相类似的历史和文化经
验；也大致相当于李泽厚所谓的"'红卫兵'一代"或刘小枫所谓"四
五一代"。作为"一代人"，并不意味着他们在年龄上的相似（比如，
"二十世纪中国文学"论的三位作者，钱理群就远不同于有过知青经历的
黄子平、陈平原），而主要表现在其历史经验、社会位置与自我意识的相
似。他们共同的历史意识，即在对社会主义历史实践和革命范式的话语
体制的普遍质询，以及一种突破这一话语体制而寻找"别样世界"的历
史冲动。这种历史意识表现在"85 学人"这一学术群体，则是对一种脱
离并超越既有"政治""意识形态"话语形态的"纯粹的"或"新异"
的"学术"的追求。甘阳如此表述："……我觉得我们是在 discourse 上造
成一个很大的变化，就是你开始不需要成天好像还要一半的时候和这个
传统的 discourse 做斗争，你可以直接用新的 discourse、新的语言谈问题，
这个是编委会最大的贡献了。"这种对"新的 discourse、新的语言"的追
求，尽管也可以作为 20 世纪 80 年代文化变革的总体特征，不过对于学术
新生代而言尤其合适。这不仅表现为他们力图与既有话语体制相断裂的
明确主观意识，也表现在他们的学术道路所透露的更为有迹可循的话语
资源和历史路径。是黄子平、钱理群、陈平原这三位当时的学术新锐而
并不是严家炎或王瑶等中老年学者，提出了断然不同于"革命范式"的
"二十世纪中国文学"，或许可以从这个层面找到一定的历史原因。

　　钱理群、黄子平、陈平原三人的学术背景大体来说，三人的知识结
构有相同的一面，"基本上来自三个大的知识系统，一是早期正统的马克
思主义、社会主义的革命教育；二是 1980 年代后伴随'思想解放'而来
的西方 19 世纪文艺复兴的思想传统，主要是人道主义；三是伴随'文化

热'而来的西方现代思想传统，如存在主义、精神分析学等等"。但是，即使是这三个大的知识系统，三人的侧重依然有不同。钱理群回忆说："比如所谓'走向世界'的问题，当时就是你刚才说的，有一个西方思潮。陈、黄跟这个跟得比较紧，比较熟悉，但是我当时年龄比较大，学外语很吃力，我当时想与其花这么多时间精力学外语，半懂不懂的，不如干脆放弃，而且我对西方理论本身也不大感兴趣，因为我是更重视经验、体验，除了对马克思理论有一点了解以外，其他的理论都不太了解。我当时的想法是把现代文学搞透，死守这一块。所以你看'20世纪中国文学三人谈'里面谈到现代文学时我话最多，我也最感兴趣。这对我来说其实是一个很大的局限，既不熟悉古代，又不熟悉外国，所以当时对于'走向世界'是一个很朦胧的感觉，对'世界'的认识很模糊。"此外钱理群在访谈中也说过，他对新时期文学的阅读截止到1985年，我们知道，新时期文学的"文化"观念、"世界文学"观念都是在20世纪80年代中期被建构起来的。例如，黄子平就积极参与到当时"寻根文学"的发动和组织中，因此表现在"三人谈"中绘制中国作家文化地图时钱理群谈得最多的是现代作家，尤其是绍兴文化，而黄子平、陈平原谈得最多的是当代作家，尤其是寻根文学作家。三人是带着自己已有的学术积累和方法参与到谈话中的，钱理群侧重于从一个宏观角度来把握二十世纪中国文学，他将其视为现代民族文学，鲁迅是最典型的代表，这直接源于当时他对鲁迅和周作人的研究。黄子平更强调微观研究，如文学语言以及文学思维等，这与当时他的批评文章相似。而陈平原更喜欢从文学史变革的角度来谈，尤其强调近代文学是中国文学现代化进程中的一个重要组成部分，这与他当时阅读近代文学史料有关。

（以上部分参考及引用资料来源：1. 钱理群、黄子平、陈平原：《二十世纪中国文学三人谈》，北京大学出版社2004年版。2. 钱理群、杨庆祥：《"二十世纪中国文学"和80年代的现代文学研究（钱理群访谈）》，《上海文化》2009年第1期。3. 陈平原、查建英：《陈平原访谈：关于八十年代》，《社会科学论坛》2005年第6期。4. 贺桂梅：《"20世纪中国文学"论与现代文学学科体制》，《现代中文学刊》2010年第3期。）

二　《论二十世纪中国文学》的构架

所谓"二十世纪中国文学"，就是由十九世纪末二十世纪初开始的至今仍在继续的一个文学进程，一个由古代中国文学向现代中国文学转变、过渡并最终完成的进程，一个中国文学走向并汇入"世界文学"总体格局的进程，一个在东西方文化的大撞击、大交流中从文学方面（与政治、道德等诸多方面一道）形成现代民族意识（包括审美意识）的进程，一个通过语言的艺术来折射并表现古老的中华民族及其灵魂在新旧嬗替的大时代中获得新生并崛起的进程。

基本构想大致有这样一些内容：走向"世界文学"的中国文学；以"改造民族的灵魂"为总主题的文学；以"悲凉"为基本核心的现代美感特征；由文学语言结构表现出来的艺术思维的现代化进程；最后，由这一概念涉及的文学史研究的方法论问题。

（一）走向"世界文学"的中国文学

首先介绍了世界文学形成的大体进程。世界文学初步形成的大致上限，可以确定在十九世纪末。各个民族的文学以不同的路径走向并汇入世界文学。一种大体相同的趋势在中国也"同步"地进行着。从1989年到1919年的五四运动才最终完成了十九世纪至二十世纪文学的"断裂"，使"二十世纪中国文学"越过了起飞的"临界速度"，不可阻挡地汇入了世界文学的现代潮流。二十世纪中国文学是在一种充满了屈辱和痛苦的情势下走向世界文学的。中国文学的现代化同时展开为互相联系又互相对立的两个侧面：所谓"欧化"（其实是"世界文学化"）和"民族化"。在这样一种相反相成的艰难行进中，我们要努力做到"内外两面，都和世界的时代思潮合流，而又并未梏亡中国的民族性"（《而已集》）。实际上，存在着一个以"民族—世界"为横坐标，"个人—时代"为纵坐标的坐标系，二十世纪中国文学的每一个创造，都必须置于这样的坐标系中加以考察。

（二）以"改造民族的灵魂"为总主题的文学

启蒙的基本任务和政治实践的时代中心环节，规定了二十世纪中国文学以"改造民族的灵魂"为自己的总主题，因而思想性始终是对文学最重要的要求，顺便也左右了对艺术形式、语言结构、表现手法的基本要求。在"改造民族的灵魂"这一总主题中，一直有着两个相反相成的分主题。一个是沿着否定的方向，以鲁迅式的批判精神，在文学中实施"文明批评"和"社会批评"，深刻而尖锐地抨击由长期的封建统治造成的愚昧、落后、怯懦、麻木、自私、保守，并把"哀其不幸，怒其不争"的态度，凝聚到类似阿Q、福贵、陈奂生这样一些形象中去。另一个是沿着肯定的方向，以满腔的热忱挖掘"中国人的脊梁"，呼唤一代新人的出现，或者塑造出理想化的英雄来作为全社会效法的楷模。与"改造民族的灵魂"这一总主题相联系，在二十世纪中国文学中，两类形象始终受到密切的关注：农民和知识分子。如果把"世界文学"作为参照系统，那么，除了个别优秀作品，从总体上来说，二十世纪中国文学对人性的挖掘显然缺乏哲学深度。与其说这是一种局限，毋宁说这是一种特色。人性的弱点总是作为民族性格中的痼疾被认识、被揭露，这说明对本民族的固有文化持有一种清醒严峻的批判意识。

（三）以"悲凉"为基本核心的现代美感特征

二十世纪中国文学与二十世纪世界文学同具焦灼的审美特征，但这种危机感有着质的不同。西方文学把自己的命运直接等同于人类的命运，把所处境遇的病态和不幸直接归结为世界本体的荒谬；而感时忧国的中国作家，则始终把民族的危难和落后看作世界文明进程中一个触目惊心的特例。焦灼的核心部分是一种深刻的"现代的悲剧感"。"悲凉之雾，遍被华林"。以"悲凉"为其核心为其深层结构的美感意识，经常包裹着两种绝不相似的美感色彩：一种是理想化的激昂；另一种却是"看透了造化的把戏"的嘲讽。在二十世纪中国文学中，分别地象征着激昂和嘲讽这两种美感色彩的，是郭沫若的《女神》和鲁迅的《呐喊》《彷徨》。

（四）由文学语言结构表现出来的艺术思维的现代化进程

艺术形式（文体）在整个文学进程中的辩证发展。白话文运动中蕴含着两个互相联系着的根本意图：一是"传播"新思想，"开启民智，伸张民权"，必须使新思想"平民化"、通俗化从形式上迁就普遍落后的文化水平的同时，也就隐伏着先进的思想内容被陈旧的形式肤浅化的危险；二是传播"新思想"，必须引进新术语、新句法，采用中国老百姓还很不习惯的新语言、新形象和新的表达方式，"信而不顺"，因而在传播上就存在着无法"译解"的困难。它们之间的张力也左右了二十世纪文艺形式辩证发展的基本轨迹，各类文体的探索、实验、论争，基本上是在这一"张力场"中进行的。其中，散文小品最为幸运，小说次之，戏剧相当艰难，诗的道路最为坎坷不平。这主要由各类文体自身的本性、它们与传统以及与读者的关系等复杂因素所决定。

（五）这一概念涉及的文学史研究的方法论问题

"二十世纪中国文学"这一概念首先意味着文学史从社会政治史的简单比附中独立出来，意味着把文学自身发生发展的阶段完整性作为研究的主要对象。在"二十世纪中国文学"这个概念中蕴含着的一个重要的方法论特征就是强烈的"整体意识"。一个宏观的时空尺度—世界历史的尺度，把我们的研究对象置于两个大背景之前：一个纵向的大背景是两千多年的中国古典文学传统，一个横向的大背景是二十一世纪的世界文学总体格局，不单是东、西方文化的互相撞击和交流，而且包括亚洲、非洲、拉丁美洲文学在二十一世纪的崛起。在这一概念中蕴含的"整体意识"还意味着打破"文学理论、文学史、文学批评"三个部类的割裂。

三　《论"二十世纪中国文学"》产生的影响

（一）1986 年有关"二十世纪中国文学"的两次座谈

一九八六年七月二日，北京大学中文系举行座谈会，就"二十世纪中国文学"这一命题，现代文学与当代文学教研室的部分教师和研究生进行了热烈的讨论。张颐武认为，"'二十世纪中国文学'的理论核心是文化学的文学理论"，提供了一个新的参照系统，重新奠定了文学史研究的基点，"这是理论的增殖，而不是理论的更替"。谢冕则认为，根据"二十世纪中国文学"的理论，新诗研究中的一些难题可以解决。他说，用"悲凉"来概括这一百多年文学史的总体特征，是很大胆、很有见地的。孙玉石谈了他对"二十世纪中国文学"理论的三点不同意见：第一，不同意"二十世纪中国文学"的总主题是"改造国民灵魂"，"对人的价值的重视、对人的解放的思考才是本世纪文学的总主题"；第二，强调"悲凉"是"二十世纪中国文学"的总体美学特征，是一个发现，但缺少民族特色；第三，不同意"深刻的片面"的说法。林基成也不同意对"二十世纪中国文学"总主题的概括，他把它概括为"从人的发现到人的实现"。洪子诚、张钟等在肯定"二十世纪中国文学"的基本概念与框架的同时，建议作者在进一步研究与论述中，加强文学与时代的关系的探讨，注意把"二十世纪中国文学"与中国社会的内在变化联系起来考察，注意第一次世界大战、第二次世界大战、十月革命对"二十世纪中国文学"的影响。严家炎主要从研究方法的角度对作者们的缺陷提出了批评，他指出，论"二十世纪中国文学"的"文章精彩，可太空，例证少，琢磨的工夫不够"。

　　一九八六年十月二十五日，来京参加纪念鲁迅逝世五十周年学术讨论会的五位外国学者，专程前往北京大学，与黄子平、陈平原、钱理群等进行对话。日本东京女子大学教授伊藤虎丸首先谈道，《论"二十世纪中国文学"》一文在日本的中国文学研究界引起了反响，一些年轻人对文章提出的观点表示赞同。他说，日本的学者之所以对《论"二十世纪中国文学"》感兴趣，在于它对人们思考"怎样把握中国现代文学和日本现代文学的共同目标、共同课题"是有启发意义的。他认为，亚洲各国接受西方历史、文化的核心是"人"，因此是否可以由此考察亚洲各国文学是怎样接受西方文化的冲击的，从而找到一种共同的"文学史"。日本京都大学人文科学研究所所长竹内实指出，中国五四以后的小说，接受的多半是俄国十九世纪小说的影响，而二十世纪文学是以海明威、萨特等为代表的。所以在谈到"二十世纪中国文学"的时候，要注意"世界文学是一个概念，二十世纪世界文学是另一个概念，这里边的内涵是有区分的"。美国芝加哥大学远东语文系教授李欧梵认为，"二十世纪中国文学"的概念对于中国文学史的考察是非常有意义的，它代表了中国这一代知识分子从中国"本身的文学里面探讨一种世界意义的愿望"，所以，"它是一种文化探索的表现"。另外两位日本学者分别谈了他们认为被"二十世纪中国文学"论者所忽略的两个问题。东京一桥大学教授木山英雄感到，"文化主体的形成"对于"二十世纪中国文学"来说，是很重要的，应该予以充分论述。东京大学教授丸山升认为，二十世纪文学的最大的问题之一是社会主义，这是应当引起重视的。

　　［以上内容引自萧思《有关二十世纪中国文学种种反响的综述》；钱理群、黄子平、陈平原《二十世纪中国文学三人谈·漫说文化》，北京大学出版社 2004 年版，122—135 页。］

（二）相关学术成果

1. 呼应

以下学术成果包括的书籍和论文中，并非谈论了单一方面的问题，也并不局限于仅在一方面产生重要性。在此为了将《论"二十世纪中国文学"》一文产生的影响按不同侧面缕析清楚，故侧重所列文献的某一重点方面，并且不在其他方面重复罗列。

　　"整体性"方面，陈思和的《中国新文学整体观》一书把中国现代文学史全过程看成一个有机性整体，脱离了政治分期对文学研究的桎梏，打破文学理论、文学史、文学批评三个部类的割裂，从整体性来把握二十世纪中国文学。李凤亮的《二十世纪中国文学研究的整体观及其批评实践——王德威教授访谈录》对二十世纪中国文学的"整体性"进行了呼应。刘登翰的《分流与整合——二十世纪中国文学的整体视野》一文重新"发现"了台港澳文学，对黄子平等的《论二十世纪中国文学》做了进一步的补充。

　　"世界文学"方面，王晓初的《论二十世纪中国文学现代性形成的历史轨迹》以西方文学的现代性为参考系，在中西的二元结构中考察二十世纪中国文学的现代性。贺桂梅的《重读〈二十世纪中国文学〉》也强调了全球化的历史语境。王文生的《二十世纪中国文学研究的回顾与前瞻》提出二十世纪的中国文学史研究是在西方文艺思想影响下进行的，关于黄子平等的文章中鲜少涉及的二十世纪下半期，他认为这段时间对中国文学史研究影响最大的理论来自苏联。

文学史分期问题方面，王德威《被压抑的现代性：晚清小说新论》一书是讨论现代性分期问题的一部重要著作，第一次打破了中国内地学界关于现当代的分立，将视野引入"晚清"这一重要领域。有关这一问题的讨论非常之多，本篇研读论文也属于这一话题的讨论之中，大量学者对此皆有研究，如杨春时、严家炎、何锡章、黄万华等。

此外，另有王晓明《从万寿寺到镜泊湖关于"二十世纪中国文学"研究》；陈晓明《中国二十世纪文学的研究》；孔范今《"新文学"史断代上限前延的依据和意义——对"二十世纪中国文学"的一种必要阐释》等文献值得参考。有关"现代性""文学性"方面的一些反响也非常多，因为话题宽广、涉及内容众多在此不赘述。

2. 反思

探讨去政治的有效性方面，贺桂梅的《重读"二十世纪中国文学"》指出了这篇论文可能存在的时代局限性，认为当时对文学"独立性"的倡导，显然应当看作特定历史语境中对抗体制化的主导话语形态的方式。胡希东在《"二十世纪中国文学"意识形态悖论》批判了响应"二十世纪中国文学"的几位学者。他认为，二十世纪中国文学本身与政治纠缠，很难以纯文学的姿态呈现于文学叙述中。崔宗超的《作为一种话语的二十世纪中国文学》认为二十世纪中国文学这一话语的超越之处正在于其"去政治化""非意识形态化"的理论预设，却也可能因此使新形成的"意识形态"霸权指向被遮蔽、被忽略。

时代的局限性方面，谭桂林在《"二十世纪中国文学"概念性质与意义的质疑》从概念的时间指涉范围、非主流文学现象论述的欠缺、"二十世纪中国文学"理论体系的保守性等方面提出论辩。

有关"西方中心论"的危险方面，全炯俊的《"二十世纪中国文学论"批判》认为《论二十世纪中国文学》这篇文章忽视了对于作为现代的内容的现代性的深刻批判省察，因为资本主义世界市场里还深刻的存在着资本主义的矛盾。陈晓明的《曲折与激变的道路——二十世纪中国文学理论与批评的历史变异》认为中国文学理论与西方文学理论要解决的问题截然不同。尽管二十世纪的世界历史都是大变动、大变革，西方也同样如此，但中国变革之剧烈在很大程度上是西方列强对中国的侵略之下的应激反应，这就预示了两者将走上不同道路。

其他一些反思还包括，刘俊《论"二十世纪中国文学"与三个"中心主义"》；吴炫《一个非文学性命题——"20世纪中国文学"观局限分析》；胡希东《"二十世纪中国文学"意识形态悖论——二十世纪中国文学的"时间"维度与文学史书写》；赵黎波《启蒙文学史研究范式的确立——"二十世纪中国文学"概念的文学史意义研究》等。

（三）二十世纪文学史的编纂

"二十世纪中国文学"的提出不仅是一个文学概念，更是一个史学概念，它对中国新文学发展源头的重新考证、对新文学发展总体特征的概括，无不是在以一种新的史学视野和观点来重新审视已有"定论"的中国现当代文学的发展演变。其对"阶级论""机械进化论"等文学史模式的直接怀疑，从突出研究者"主体性"的角度重新书写中国现代文学等都对中国现当代文学史的编写带来了一定的冲击。在此情形下，掀起了一波又一波编写"二十世纪中国文学史"的热潮。其中，孔范今主编的《二十世纪中国文学史》是较早也较有影响力的一部。之所以说孔本《二十世纪中国文学史》的编写有着不同凡响的意义，其原因之一是它较早也可以说是最早将"二十世纪中国文学"理念付诸编写实践的。

孔本《二十世纪中国文学史》出版于1997年，较之许多21世纪才付梓印刷的史著无疑提前了一步。不仅是出版时间上，孔本《二十世纪中国文学史》占有先机，以14万言阐述自己的编纂理念也是孔本文学史的主要特色之一。孔范今在长达160页的导论中通过"论一：新文学史概念提出的依据和意义"；"论二：经济变革与20世纪中国文学"；"论三：政治变革与20世纪中国文学"；"论四：文化变革与20世纪中国文学（上）"；"论五：文化变革与20世纪中国文学（下）"；"论六：历史结构的悖论性与文学的补偿式调整和发展"六部分阐述了"二十世纪中国文学史"的编写理念和学术思考。

在孔范今《二十世纪中国文学史》出版后不久，黄修己、唐金海、周斌、雷达、赵学勇、程金城、朱栋霖、丁帆、朱晓进等人在不多的几年内也出版了二十世纪中国文学史或二十世纪中国文学通史等。唐金海、周斌在《20世纪中国文学通史》中提出了编史的"长河意识"和"博物馆意识"。此种观念的提出使得他们的《20 世纪中国文学通史》显得与众不同。其"长河意识"所包含的"整体观""源流观""分期观"和"博物馆意识"包含的"历史属性""主体属性""稳定性"属性的划分均是对中国现代文学史修史深入思考的表现。

我们注意到，唐本《20 世纪中国文学通史》收录了一些中国现代文学史不曾收录的内容。仅从目录上看，全书的"特色"就较为突出。在全部十四章的划分中，"文学理论与文学批评""港澳文学""台湾文学""少数民族文学""话剧电影文学"均辟出了专章加以探讨，这在以往文学史的编纂中是不多见的。以"文学理论与文学批评"一章为例，其具体内容包括："文学理论与文学批评及其流变轨迹；杰出的文学理论批评家（梁启超、王国维、胡适、朱光潜、胡风）；有代表性的文学理论批评家"等。从这些章节的划分看，在关注文学创作的同时《20 世纪中国文学通史》已经关注到了与作品同时产生的批评，这样，创作和批评就形成了一种互动关系。当这种关系形成之后，作家作品的罗列就不再单调和突兀，读者很容易就把握了当时的时代对创作作品的评价倾向，在有利于更好认识作家作品的同时也更容易认识当时的批评家，无疑是较有价值的尝试。对二十世纪中国文学的书写不仅是大陆研究者所着力关注的，中国台湾省和海外的一些研究者对此同样投入了较大的精力并编写出了较具思考性的二十世纪中国文学史著。

与内地现代文学研究者遥相呼应的台湾新文学研究者皮述民、邱燮友、马森、杨昌年也在 1997 年出版了他们的《20 世纪中国新文学史》。在皮述民、邱燮友、马森、杨昌年的《20 世纪中国新文学史》中特别辟出了《导论》作为第一编，即"第一编导论：危机四伏（1901 年以前）"。在此编中，三位研究者从"西方势力的扩张与中国门户的开放"和"西风东渐对中国社会和文化所带来的冲击"及"中国古典文学面临的西方文学挑战"三部分论述了 20 世纪中国文学变革的外在因素。这在中国现代文学史的书写中是相对少见的，也可见出海峡的学者研究视野的差异。马森在《序言》中提及，"为什么要编一部《20 世纪中国新文学史》，而非过去已有的同类著作，分别编为'中国现代文学史'、'中国当代文学史'或地区性的'台湾文学史'呢？除了针对大学新文学史课程的需要之外，也有些学理上的道理……现当代文学分别书写，主要的考虑可能是因为二者的性质有别，其次的考虑可能是以免篇幅过长。一般研究文学史的学者都以 1949 年作为现当代文学的分水岭，这种区分所以成为学术界的共识，不但因为大陆的所谓'社会主义文学'与'五四'以来的以写实（或拟写实）主义为主流的现代文学大异其趣，而且也因为台湾与内地自 1949 年后形成了各自发展的格局。台湾的当代文学，不论认为它是中国文学的一部分，还是自成一系，都是不容忽视的，因此以 1949 年划分现当代文学，对台湾文学同样也是适用的。我们之所以企图把现当代文学合为一书，当然是为了符合我们描绘一条河流的愿望，使这两个时代有一个合理的衔接。纵然二者性质有异，但在历史的流动中仍有其连贯之迹可寻，不截断河流才能使读者对现当代文学有一个整体的概念"。综观《20 世纪中国新文学史》全书，编写者虽以"20 世纪"命名，并不是内地所倡导的"20 世纪中国文学"的直接体现。尽管如此，对"20 世纪中国文学"的理解两岸学者却有着诸多的相似之处。试图突破"现代"和"当代"的人为划界，找出现代文学与当代文学的联系之迹是世纪之交两岸新文学研究者的共同期待。这也从一个侧面说明了"20 世纪中国文学"作为一个整体看待已成为诸多学者潜意识里的共识了。只是作为一部在台湾大学使用的教材，《20 世纪中国新文学史》对台湾文学的论述占有着较大的篇幅，这显然是大陆编写的教材中不可能出现的。

　　德国汉学家顾彬的《二十世纪中国文学史》也是颇值得一提的著作。顾彬的《二十世纪中国文学史》出版于 2008 年 9 月。如严家炎所说："这部著作的一个明显长处，是具有世界文学的眼光，把中国二十世纪文学放在世界近现代文学的大背景下来考察。马力安·高利克教授曾说：'二十世纪中国文学如果脱离了西方语境就无法被理解。'此话确实非常中肯：顾彬的这部著作就很注意吸收和运用比较文学学科的方法和成果。"（严家炎：《交流，方能进步——顾彬〈二十世纪中国文学史〉给我的启示》，《中国现代文学研究丛刊》，2009 年第 2 期）严家炎的看法是有一定道理的。顾彬在《二十世纪中国文学史》的写作中更多地把中国文学的发展放到了世界文学发展的大背景下进行考察，这是国内诸多史著所不具有的"特色"。顾彬曾说："如果不想把 20 世纪中国文学史写得枯燥乏味，如果不想毫无评论地罗列事实，就一定得和评价沾点边"，

"我本人的评价主要依据语言驾驭力、形式塑造力和个体精神的穿透力这三种习惯性标准"。顾彬的这种要求转化到实际操作中就表现为"评论的简洁"和"很高的审美鉴赏力"。这也是顾本《二十世纪中国文学史》的特色之一。当然，由于顾彬是从海外汉学家的视角审视中国文学发展的，在其给20世纪中国文学史研究吹进一丝新鲜的热风时，由于诸种原因的限制，其自身的局限性也相当明显。实际上，严家炎在赞赏作者才情的发挥时已经委婉地指出了其存在的一些问题，如"疏忽了若干较重要的作品"和"误读"等。[参考王瑜《"20世纪中国文学"及其编写再论》，《江西教育学院学报》（社会科学版）2012年第8期]

严家炎《二十世纪中国文学史》出版于2010年9月。第一个引起人们关注和讨论的是现代文学史的边界问题。《二十世纪中国文学史》在内容和史料上的一大贡献，是对于晚清文学新的"现代性"个案的发现，并且将其视为现代文学大步前移的标志，这就是严家炎关于"现代文学"起点的"三大发现"：1878年黄遵宪的《日本国志》、1890年陈季同的《黄衫客传奇》和1892年韩邦庆的《海上花列传》。严家炎的论据相当充分，认为从文学史评价的角度——"文学主张""对外交流"和"创作成就"来看，三部作品符合中国文学"现代性"的"三大标准"："言文合一""世界文学"的、"标志性作品"，从而将现代文学发生的时间提前了三十年，现代文学史的边界也由五四前夕推进到了晚清。《二十世纪中国文学史》在学术史上的另一大贡献是对于"现代文学"的内涵与外延都做了明确的界定，而且把"现代性"意识在相当程度上贯穿于全书的始终，这是一种境界很高的文学史意识。但是在当下的思想环境下，坚守原初意义上的"现代性"意识，来评价1949年之后特别是"十七年"文学是勉为其难的。（参考张福贵《经典文学史的书写与文学史观的反思——以严家炎〈二十世纪中国文学史〉为中心》，《文艺研究》2012年第8期）

（四）重写文学史

"重写文学史"口号最初是由1988年《上海文论》第4期开辟的"重写文学史"专栏提出的，但作为一次文学思潮与运动，重写文学史的实践其实早就开始了。1985年5月，在北京西郊的万寿寺召开的"中国现代文学研究创新座谈会"上，陈平原介绍了由他和钱理群、黄子平三人共同提出的关于"二十世纪中国文学"的设想，他们强调中国现代文学发展与世界现代文学发展的同步性，力图把中国 20 世纪文学的发展历史作为一个整体进行研究，打通所谓近代、现代与当代的界限，建立中国 20 世纪文学史的新的研究格局。几个月后，《文学评论》在当年的第 5 期上发表了由他们三人署名的《论"二十世纪中国文学"》，在文学界引起了强烈反响，甚至被称为是当时的学术界的一次"革命性的行动"，"为近百年中国文学的研究提供了一种新的眼光、新的原则、新的格局与新的观念"。可以说，"20 世纪中国文学"论为"重写文学史"的正式出台，起到了极大的推动作用。

"重写文学史"的大背景，是"文化大革命"结束以及十一届三中全会之后兴起的全社会的思想解放（或新启蒙）思潮。有人把"重写文学史"的起点追溯到 1978 年前后对于《部队文艺工作座谈会》以及"文化大革命""左"倾路线的否定，这是有道理的。陈思和就曾指出："'重写文学史'的提出，并不是随意想象的结果，近十年中国现代文学的研究确实走到了这一步……这在当时是出于拨乱反正的政治需要，实际上却标志了一场重要的学术革命。"（旷新年：《"重写文学史"的终结与中国现代文学研究转型》，《南方文坛》，2003 年第 1 期）如果我们把"文化大革命"结束后的一系列文学思潮联系起来看，我们会发现，从最初的"为文艺正名"，到后来的关于文学主体性和"向内转"的讨论，一直到"重写文学史"的提出，其实是一脉相承的，是在思想解放思潮下对文学深入思考的体现。

"重写文学史""不是哪一个人或哪几个人发动的，是那个时候许多学者的共识"（王晓明语）。当然，1988 年《上海文论》开设"重写文学史"专栏，无疑为这股思潮起到了极大的推动作用，引起社会的强烈反响，许多刊物纷纷开设类似的专栏，进行"重写文学史"的讨论和实践，比如，1989 年，《中国现代文学研究丛刊》第 1 期开设了一个"名著重读"的新栏目，认为与《上海文论》"重写文学史"是一次"南北合作"。除此之外，《文学评论》开设了"行进中的沉思"专栏，《文艺报》开设了"中国作家的历史道路和现状研究"专栏，就连主要针对中学语文教育的《语文学习》也在 1990 年代初开设了"名作重读"栏目，钱理群是专栏的主要作者。

　　"重写文学史"专栏讨论到 1989 年第 6 期就结束了，持续时间只有一年半，专栏文章 40 余篇，但作为一种学术精神或学术理念，"重写文学史"的思想并没有终止。1991 年，远在海外的《今天》杂志从《上海文论》手中接过了"重写文学史"的思想，从 1991 年第 3、第 4 期开始一直到 1996 年，几乎每一期都有一两篇文章在此栏目下发表，1993 年第 4 期还推出《重写文学史专辑》，日本的中国现代文学研究权威刊物《野草》也曾刊发一组关于"重写文学史"的评论。而国内学术界在 20 世纪 90 年代则将这一学术命题由提出落实到深入研究的学术实践中。

　　在重写文学史论争中出版了很多文学史著作，这也最能显示文学史"重写"的收获，其中代表性的有钱理群、温儒敏和吴福辉三人于 1998 年合作出版的《中国现代文学三十年》（北京大学出版社），洪子诚于 1999 年出版的《中国当代文学史》（北京大学出版社），陈思和于 1999 年主编出版的《中国当代文学史教程》（复旦出版社），以及谢冕、孟繁华主编的《百年中国文学总系》（11 卷，山东教育出版社 1998 年开始出版）等。

　　（以上参考陶东风、和磊《中国新时期文学 30 年（1978—2008）》，中国社会科学出版社 2008 年版。）

（作者：李秀荣）

讨　论

张桃洲：李同学的研读做得很细，相关材料很丰富。确实，这三位学者合作的这篇论文从问题的提出到发表，有一些值得留意的学术背景。论文"横空出世"的一个重要契机，是 1985 年第一届中国现代文学年会，青年学者在这次会议上比较集中地亮相，发出他们理论的声音。这篇论文正是三位学者向会议提交和宣读的。其对应的是呼唤思想解放、倡导文学自律的时代诉求。还有，20 世纪 80 年代的氛围背景也产生一种推动力，各种思潮、观念重新焕发活力，并且出现针对五四的纪念活动等。在此有一种要求文学回归审美、追求自律的观念得到强化。这里出现了一个 20 世纪 80 年代特有的悖论——"去政治"和恪守政治的交织。一方面，文学要求挣脱束缚，追求文学自身的艺术性、内部规律和本体价值，本体观念在这时非常强烈；但另一方面，这种追求借用的动力却是思想解放的政治运动，一个"去政治"的诉求实际上借用的是一种政治色彩很重的思想与手段。它的诉求和动力之间有这样一种张力关系。文学在此表达着自己的声音但也受制于历史条件。所以"二十世纪中国文学"观的话语仍然带有某些政治烙印，与其"去政治化"、倡导文学自律的"想象"之间存在着悖论。一定程度上，"二十世纪中国文学"观是"以政治化的方式去政治"，它诚然有其重要的文学史价值，但这个概念并不是一个完美无缺的真理。

一个概念的历史价值、贡献和局限何在，我们要有一个相对清晰的把握，这有利于我们对概念的认识，也是我们发现新方式来认识历史的途径。

学生 A：自"二十世纪中国文学"论提出，学术史研究领域就出现了不少质疑和反思的声音，其中以四种批评观最具代表性，分别为肖君和的《论"走向世界的中国大众文学"——兼评"二十世纪中国文学"》、林兴利等人的《一份颠覆"二十世纪中国文学"的新话语蓝图》、谭桂林的《"二十世纪中国文学"概念性质与意义的质疑》以及吴炫的《一个非文学性命题——"20世纪中国文学"观局限分析》。

（1）以肖君和为代表，一种以政治革命框架和反帝反封建思想框架为出发点的批评观，主要侧重于政治批评。

（2）以北京大学新加坡三位留学生林兴利、黄浩威和陈慧莲为代表，一种以西方后现代主义文化批评为标准的批评观。

（3）以谭桂林为代表，一种以反帝反封建思想框架和反思现代性为框架的批评观，侧重于反思现代性批评。

（4）以吴炫为代表，一种以文学性框架为主的对现代性、共同性和文体性给予总体质疑的批评观。

以上四种批评观是在"二十世纪中国文学"论提出之后陆续提出来的。从它们提出的过程中我们可以窥见中国现代文学批评视角和研究框架不断演变的进程。即从新时期前期以反帝反封建思想框架为中心，将政治框架和现代性框架结合起来的批评视角，转向新时期后期以文化批评和反思现代性的框架为主的批评视角。这种批评视角的转变，不仅使纯粹的政治标准考察视角逐渐走出了研究者的视野，而且扩大了中国现代文学研究的边界，对以往曾经忽视的"边缘化"作品给予了关注，其中文化批评强调对文本中政治、伦理、知识等权力话语的解构，力求使文学批评更加关注于文本本身，而反思现代性背后也更加强调"另类"在主流话语中的地位。我想，这样的学术思辨才是"二十世纪中国文学"论引发讨论最大的意义。

学生B：回顾完这些批判性的历史反响，我们再回到概念本身"二十世纪中国文学"，这之中有三个关键词"二十世纪""中国""文学"。"二十世纪"作为一个时间概念表面上强调的是时代性、整体性，实质上强调的是背后的"世界化""现代化"的意识形态叙事支撑。"中国"自然彰显的是民族特色，"文学"则强调的是文学的独立性和艺术审美性，潜台词是对政治意识形态钳制的反抗。作者们在论述"二十世纪中国文学"这一概念时也很重视文学自身的发展，内部的发展等。总之，尽管

《论二十世纪中国文学》一文，存在一些论述空泛、例证不足以及部分概念不确切等硬伤和瑕疵，但是，我们更应该充分考虑它产生的历史语境，重回历史现场来认知，这样才能给予正确的定位和认知，而不是单纯的寻找缺陷。

学生 C："二十世纪中国文学"经历过万人追捧的热闹、喧嚣过后，它已经顺利完成了自己的历史使命，成了安静伫立于现代文学研究史上的一个里程碑。它的时代已经过去，虽不再是舞台中心的主角，但它的存在却给予拓荒者和开路人无言的指引，引导着现代文学研究继续开垦出一篇灿烂的天地。

学生 D：这篇文章牵扯到的问题很多，包括"20 世纪文学"这个概念本身的问题，包括对现代性的立场的质疑，西方中心论的问题等。我认为对这些问题的认识非常重要，但同时我们对其他人的认识和反思如何做出自己的判断也同样重要。如文章中涉及的有关"进入世界文学"的话题，是一个值得商榷的观点，作者所谓"中国文学走向并汇入'世界文学'总体格局的进程"，并把"世界文学"作为参照系统来谈论中国文学，这样的认识是以中国为本位还是向西方看齐呢？20 世纪中国文学进入世界文学，在作者笔下好像是自愿的，文化条件成熟了就能进入。但这种文化选择是自由的吗？要考虑到当初的社会经济背景则是全球资本市场由对中国的封锁到有限度的接纳。这样来看，这个概念仿佛就成了乌托邦似的概念，不是由政治权利构成的，而是理想化的。

学生 E：深入来看这是个跨越学科的问题。单是对世界文学概念的理解，就包括文艺理论、比较文学等方向都涉及对这个话题的讨论。对整体的文学格局思考也涉及文化霸权和后殖民等问题。

学生 C：以"二十世纪中国文学"的概念的几个整体特征，也可反观 1985 年以后甚至当今文艺的特征及问题。从大背景来说，现今无疑是一个与世界文学大交融的时代；从主题来说，"改造民族的灵魂"的总主题已经发生了变化，当今文学的政治、经济、人文环境相比 20 世纪都发生了巨大的变化，时代的发展使得生活、思想、娱乐等方式都发生了相应的大变化，文学的存在形式、功能也必须相应的改变。因此，文学的主题如果还是"改造民族的灵魂"以唤起民众的觉醒就有些牵强。那么文学的主题应该是什么，我认为应该回到表现"人"的文学，对"人"

"人性""人与世界"的关系等的挖掘似乎应该成为文学始终的任务。在当代，美感特征也不再是纯粹以"悲凉"为核心，而是显得更加多元：娱乐至死精神包装下的压抑、沉痛、欢乐、颂扬、揭露体现的是人民生活的大杂烩，很难再说哪一种情感基调是核心。从技术方面，当今文艺的畏缩不前，正说明了新的语言艺术和表现艺术亟待出现。时代的土壤没有孕育出现伟大的作品和伟大的作家，这是一种缺失和遗憾。一颗种子的培养，需要必需的养料。肥沃的土壤，充足的阳光，必要的水分。文艺的创造就需要广阔丰富的社会生活、自由的空气、创作者本身的素养等。到底是哪一点不够呢，值得思考。

学生 F：1985 年钱理群、陈平原、黄子平三人共同提出了"二十世纪中国文学"的概念，并在内涵和外延上展开了一定的论述。而后，中国现当代文学研究界普遍开始反思，以独立的学术意识和新的研究眼光重新打量曾经奉为圭臬的、一些在以前研究过程中形成的某些所谓的"公论"，文学创作和批评界进入了面对当前文坛的冷峻反思。在这样的学术背景下，关于中国现代文学史的写作问题进入学者们的反思视野。由陈思和提出来的"中国新文学整体观"的概念以及之后展开的"重写文学史"的理论探讨与实践在文坛上引起了很大反响。钱理群等三人提出的"二十世纪中国文学"的概念是希望把二十世纪作为一个不可分割的有机整体来把握，并将目前存在的"近代文学""现代文学""当代文学"这样的研究格局打通。从"二十世纪中国文学"论到"新文学整体观"，再到"重写文学史"等思潮，是 20 世纪 80 年代文学观念、价值取向的系统呈现。虽然，由于历史的局限而有所不足和缺陷，但它们至今在不同程度上以不同方式结构着新文学研究的格局，因此其魅力、价值不言而喻。这也是当今学术界仍然需继续研究、探讨、修缮之所在。

学生 G：很多人都对这个概念提出了反思，学者吴炫在《一个非文学性命题——"20 世纪中国文学"观局限分析》一文中对"二十世纪中国文学"这一"整体性"概念的局限进行了分析，有一定合理性，但其阐释也很有限。首先，"非文学性"这个概念逻辑大于事实，抽空了概念的实质；其次，吴炫所指称的"非文学性"特征之二是"共同性"，继而提出了个人的观点——与"共同性"相对的"个体性"，但并没有介绍"个体性"的背景、根基，悬空了概念的内涵；最后，吴炫提出"文体性"是"非文学性"的特征之三，但吴炫所使用的"文体性"这个概念是很抽象的，并且"文体不具有文学意义"这一观念也是错误的。并且，吴炫所理解的"文学性"只是形式、审美意义上的"纯文学"，但"文学性"从定义来说是"使文学作品成为文学的东西"，其概念包含内部和外部两个方面，因此吴炫的理解也是片面的。

张桃洲：吴炫这篇论文是对"20世纪中国文学"包含的观念进行质疑的，发表于"20世纪中国文学"提出后15年的2000年。现在又有十多年过去了，在今天又怎么看待这个质疑，怎么从当下的学术视野和角度重新反思这样的质疑，都是值得注意的问题。这里涉及对一些学术话题受到的质疑进行再质疑。今后的讨论还会多次涉及怎样构架文学史的问题，与这里谈论的话题依旧会形成呼应，后面我们再拓展。

这篇论文有的同学读起来可能觉得有些隔膜，因为它不完全是一篇现当代文学研究论文，虽然谈论的是一些我们并不陌生的现当代文学问题，但它的方式和思路并不单纯是现当代的（作者的出身和学术领域是文艺学和美学），所以造成了阅读的障碍。大家要注意论文作者吴炫曾出版了两部著作：《否定本体论》和《否定主义美学》。"否定性"恰好是这篇论文的一个重要理论基点，可见它们有一脉相承之处。另一个值得关注的关键词是"非文学性"，它也出现在论文的主标题中。何为"非文学性"？这显然是针对"文学性"提出的。这几年学术界有不少关于"文学性"的讨论，大家可进一步查阅。我们对吴炫这篇论文的分析就要基于"文学性"——"非文学性"这对概念展开。

有必要说明的是，以今天的学术进展和眼光，我们还要看吴炫这篇论文自身的局限，这就是所谓反思之反思。比如，"文学性"——"非文学性"的问题。近年来对"文学性"的讨论中，有一种对"文学性"的疑问：文学能够自己规定自己吗？这是个看似简单但却比较尖锐的问题。文学的内在属性是否需要某种其他的、外在的东西来规定呢？从这一点来看，吴炫这篇论文提出的"文学性"可能要面临一种质疑。它对"二十世纪中国文学"的质疑是基于"文学性"的立场，而其中某些表述在今天似乎过于抽象，其"文学性"更多是一种孤立的、悬空的"文学性"，把文学从社会文化政治经济等因素中孤立出来，认为文学可以自己规定自己，对那些因素进行"穿越"和"本体性否定"。置于今天的学术语境，这样的思路恐怕是有些问题的。当然，也还会有一种强烈的反弹的声音：如果文学不能规定自己，文学里面的结构、质地、范式由什么来规定呢？大家可以对此反复、辩证地进行思索。

学生 H：以今天的眼光来看，无论革命文学史观还是主体论文学史观都存在明显的缺陷，指出这些缺陷的目的，不是否认这些文学史观的历史意义和历史价值。作为曾经存在并发挥过巨大影响力的理论力量，它们在具体历史语境下的合理性、它们对历史的巨大作用都是无法否认的；反思的目的，只是要为我们今天关于文学史的认识提供借鉴。

文学研究中的历史精神，不是体现在要将纷纭复杂的文学现象"秩序化"并纳入某种既定的历史阐释框架中，并把这样做所得到的某个结论宣布为"真理"，而是要对每一种叙述或阐释本身进行追问：应该研究各种不同价值取向的"叙述"究竟是如何"工作"的，或者说，一种"解释话语"是如何与那些与它相关的其他各种"话语"互相作用的。要时刻认识到：我们所自以为客观的或科学的批评与研究其实是一个充满竞争的领域，是不同意识形态因素进行生产和再生产的场所。因此，应该对各种自以为或宣称为"客观中立"的研究行为进行反思，应清醒意识到每一种研究行为的历史性，意识到我们对"过去"的任何描述都不可避免地与某种立场相联系，弗雷德里克曾说："我们同过去交往时必须要穿过想象界、穿过想象界的意识形态，我们对过去的了解总是要受制于某些深层的历史归类系统的符码和主题，受制于历史想象力和政治潜意识。"在这里，尤其是要抛弃线状的、进化论或目的论的、本原论的历史观，因为在这种历史观下，丰富复杂、生动活泼的历史总是被强制筛选并被强行纳入某种预设的理论框架之中。

不是在一个预设的"未来"的前提下，而是在不时地质疑和反思自己在批评活动中所起的作用和所扮演的角色的同时，在各种相关话语或事件互相作用的基础上，"重建"某一具体文学事件所可能发生的具体语境，唯其如此，文学史研究才能更好地领会到"历史"的复杂性。

张桃洲：学者汪晖曾讨论过一个概念："短的二十世纪"，他借用了英国历史学家霍布斯鲍姆的说法，后者认为 20 世纪是从 1914 年第一世界大战爆发起，至 1991 年苏联解体止，故称"短二十世纪"。这确实有一定道理。相对于 19 世纪的漫长，20 世纪实在过于短促，它结束得非常早，两次世界大战以后，世界处于冷战格局，20 世纪 80 年代末开始的苏联解体打破了这个格局，于是 20 世纪随之结束了，一种全球化浪潮汹涌而至，世界趋于多极以至无极化，人类曾经面临的问题如阶级、革命问题等，演变成了别的问题，如文化、种族冲突等。汪晖将"短二十世纪"这个概念应用到对中国现代历史特别是 20 世纪 80 年代后思想文化的观察、论述和解释之中。这为关于"20 世纪中国文学"的讨论提供了更开阔的社会文化与学术理论背景。这提示我们在讨论"20 世纪"这样概念的时候，要留意概念本身的内涵和边界。

还有一点，作为一个文学史概念，"20 世纪中国文学"与此前的"新文学""现代文学""当代文学"及最近很流行的"民国文学"等概念的关系，值得细致考量。比如，有人认为"民国文学"出来后，就可以把其他文学史概念都 Pass 掉。这种想法是有问题的，用一个概念取代别的概念，使后者完全消失，这几乎不可能。实际上，一些概念常常是可以并存、同时使用的。"民国文学"确实带来了一些新的研究角度，可以激活某些思路，延伸研究的视野，但这些角度对于现当代文学研究并不是唯一的。这个概念不可能成为文学史研究中的唯一概念。每一个哪怕是旧的概念都有它存在的理由和它继续存在的可能性。诚然，每一种新概念会有它独特的贡献，但它同以往概念的关系也需要理顺。在多年研究中，我们生产了很多概念，概念之间的关系需要详加讨论。比较好的一种方式是，概念与概念之间和平相处、互相补充。一个新的概念出现之后，以前的概念也会仍然承担不同的功能，新旧概念是此起彼伏、此消彼长的。这种共生、互补、互相激发的关系，大家应该予以考虑。

第二讲

现当代文学研究的"现代性"视角：致力和限度

中国现代文学研究中的
"现代性"话语质疑

袁国兴

一 文学现代性话语的历史负担

当代中国没有哪一种话语能比"现代性"更具有影响力与诱惑力；现代文学研究由于其"出身"和人们所赋予的"责任"，都使它必然首当其冲地闯入这一领地。问题也恰恰由此产生。现代性、文学性以及二者之间的关系有许多看似不言自明的理论预设，实在还有不少中间环节、言说过程甚至理论前提需要进一步探讨。

人世生活里，有不少观念意识的流行，不是由于它自身的圆满无缺而被普遍接受，而是由于不断被人重复，淡化了人们的思维触角所致。因此有时我们需要回顾历史。

1951 年王瑶先生出版了影响中国现代文学学科的奠基之作《中国新文学史稿》，几乎与其同时问世的另外几种现代文学史著作，比如张毕来的《新文学史纲》、刘绶松的《中国新文学史初稿》等，也都不约而同地使用了"新文学"的概念指称"现代文学"。应该说他们为自己著作的命名与其著作的文本内容做到了表里如一，白话文、新样式的文学是他们关注的对象，其他体裁和样式的文学不在此列，以此排除了作品选择上的矛盾，达到了理论和形式上的内在统一。可是，1958 年前后，在举国一片"大跃进"的呼声中，情况悄悄地发生了变化，多种集体编著的

《中国现代文学史》著作问世，基本内容虽然还是那些，称谓却发生了改变。其实"中国现代文学"这一语词并不是在这时才出现于现代汉语文库，钱基博1933年就出版了他的《现代中国文学史》，1944年任访秋出版了《中国现代文学史》，连名字都与后来的一模一样；所不同的是，二者都从晚清末年的文学讲起，大致到著作出版的年代为止。这样，同样是称"中国现代文学"，具体意念却有了些许差别：一个秉承了"新"文学体系，一个显露的是时代与时间的观念。然而，既然同称"现代"，其中就有某种可以同称的理由，一种为人的意识难以觉察的意向在悄悄地发生着作用。

当文学史领域盛行"新"文学时，人们着重的是一种文学素质，"现代"文学虽然也必然看重文学"素质"，可是"新"文学意向清晰，"现代"文学却复杂得多。最浅近的事实是，当人们从某种需要出发去论述现代文学发展时，还要特别强调"我们所说的现代文学，不仅是指时代的文学，还是指一种文学的特质"；也就是说人们下意识地认同了现代文学的某种时代性。如果这仅仅是称谓上带来的不便，还可另当别论，重要的是这种"混淆"和"误用"有时还是人们的一种潜在追求。半个多世纪以来中国现代文学史研究的历史性演变，在事实上印证了这一点。当我们翻开历史，现代文学研究的每一"新"拓展都或多或少与打开"新文学"的视界有关，从对"民族主义"作家老舍、曹禺的解冻，到张爱玲、张恨水市民文学的肯定，哪一个能离开"思想"的解放，能离开对"新文学"观念的更宽泛理解？这就促使我们不能不回过头来思索，现代新文学研究到底发生了什么。

人们似乎已经发现了现代性问题给我们带来的多种难题，世俗现代性与审美现代性问题的提出，向着解决这些难题的方向迈出了坚实的一步；但是我们看到，更多之时，审美现代性的提出没有被人当作理论的出发点，而是当作了化解现实困难的实用性工具。在现代文学领域，审美现代性被用作了充填以往不被认可的另类文学的框架，这本身就是一个误解。因为即便如此，我们仍然解决不了"两种现代性"给我们带来的麻烦。在一个具体的社会环境中，在一个具体作家、具体作品中，"世俗的"和"审美的"现代性是如何获得同时表现的？一方面我们说，"'现代性'是指从文艺复兴、特别是自启蒙运动以来的西方历史和文化。

其特征就是'勇敢地使用自己的理智'来评判一切"①。这无疑是世俗现代性所指。另一方面我们也看到，这样的"现代性已经或即将终结……理性、自由和正义不再是可以实现的理想目标，而是批判和超越本身"②。"所以现代主义的艺术家无法接受俗世的时间进步观念，而想出种种方法打破这种直接前进的时间秩序，从波特莱尔的《恶之花》到乔艾斯的《尤里西斯》皆是如此。"③ 这又是审美现代性的范本了。在当代中国的现代性文学话题讨论中，有两种声音：一种声音主张，现代性表现为理性与进步；另一种声音主张，现代性的载体是现代派——反理性。二者的共同言说基础是：最新的、最时髦的，也是最好的。所谓世俗现代性与审美现代性只是在于把什么视为是最"现代"的，没人敢对"现代"本身发生怀疑。本来在中国这样的判断不会发生任何分歧，最大的威胁倒是来自于西方。"现代"与"后现代"，哪一种文学是最新、最好的？世俗现代性和审美现代性的提出，含有为"既定方针"寻找理论根据的企图，全部的可能只在于怎么样能将纷纭的文学现实套进现代性框架中来。然而，只要人们认为只有一种文学是现代的，其他都不具备这样的素质；那么，最终将没有一种文学可以成为现代的。正像有的学者指出的，要求文学意识与当下时态的社会意识相一致，"这一思想不仅发生在我们这一时代，被我们作为精神的旗帜高举着，同时也发生于过去的时代，被过去的人们高举过"④。"比如唐朝成熟和风行的格律诗被称为'今体诗'或'近体诗'，在当时是以其现代性与'古体诗'相区分的。"⑤ 在这个意义上，"现代性可以作这样的解释：传统在于守成，现代在于创新；传统偏向封闭，现代偏向开放；传统维护规则，现代超越界限；传统寻求平衡，现代趋向极端……现代性不是时间概念，而是精神倾向的概念，它在某一时期被人们使用，并不限定地只属于这一时期的

① 余碧平：《现代性的意义与局限》，上海三联书店2000年版，第2、20页。

② 同上。

③ 李欧梵：《现代性的追求》，生活·读书·新知三联书店2000年版，第149页。

④ 刘锋杰：《何谓20世纪中国文学的现代性》，《现代性与中国文学》，山东教育出版社1999年版，第156页。

⑤ 杨义：《关于中国文学现代性的世纪反省》，《现代性与中国文学》，山东教育出版社1999年版，第195页。

人们。"① 这样一来，任何时代都有了其当下的现代性，现代性意念便与我们过去常用的时代性意念等同了，为什么还要为一个并不解决什么实质性问题的概念争论不休呢？人们一厢情愿地为具有不同素质的文学争正统地位，其结果不过是在证明自己的"现代"意识是特殊的眼镜视像，而不是"大一统"的现代化蓝图。

让我们再一次回到历史。钱基博、任访秋的"现代"包容的是历史和时代内涵，撰著"新文学史"的王瑶后来也认为，"'现代'既然是一种历史性的时代概念，它最主要的内涵就是时代精神"②。事实上，在中国现代文学史研究的发展中，从"新文学"到现代文学，从新民主主义的固守到"二十世纪中国文学"的倡导，从一般理论问题的探讨到具体作家作品的研究，我们正一步步从某种制约文学研究的观念意识中解脱出来；从意识走向情感，从思想走向文学，"现代性"文学意念本身也是在这一理论背景下提出来的。那么我们为什么反过来还要固守原来的正宗意识，把我们在文学中发现的（其实是人们当下意识需要的）承载了某些"意识"的文学算作现代文学，把其他的我们一时还发现不了对我们有什么直接意义的那部分文学排除于现代文学之外；这与我们过去曾经经历过的那段历史时期统治文学研究的倾向在形式逻辑上到底有多少区别？在文学中，形象大于思想，形式大于理念。文学中的各类"性"最终都会时过境迁，有永久生命力的还是可被欣赏的文本自身。这恐怕就是王瑶先生从"新"文学研究起步，最终认同了"历史性的时代概念"的原因吧。

二 文学现代性判断的立场和局限

尽管对什么是现代性，人们众说纷纭、莫衷一是，但仔细分析却发现现代性话语中有一点是大家公认的：现代性是一种素质，一种价值，

① 刘锋杰：《何谓 20 世纪中国文学的现代性》，《现代性与中国文学》，山东教育出版社 1999 年版，第 156 页。

② 王瑶：《中国现代文学》，《中国现代文学史及〈野草〉〈故事新编〉的争鸣》，知识出版社 1990 年版。

一种主体意识。它依赖于言说者的主体判断。"所谓现代性（modernity），就是社会在现代化过程中，在社会各个领域所出现的与现代化相适应的属性"①，显然这种属性依赖于主体的认识与判断。"'现代'指的是'文学的一种作用'，传达了理性、人文精神、进步以及西方文明。"② 所谓"理性""人文精神""进步""西方文明"哪一个不是形而上的价值认定？"人们认可了现代性是对文学作品的一种价值认定，可是任何价值认定都与认定者当下需要和认识相关，社会形态各异，社群需要不一，我们用什么去保证对现代性认识的一致和标准的权威性呢？现代性意念依赖于主体的认同隐藏着一个深刻的矛盾："得到的并不需要，需要的却没有得到。"如果我们承认"现代性"是我们的迫切需要，那恰恰说明它的"缺少"，一旦充分具有，便会有另外的一种"现代性"取代我们当前的现代性。有的学者已经敏锐地指出了，"'现代性'永远是在向人类提问：我们'现在'应该怎样才能做得更好呢？在此意义上，'现代性'具有'解构'和'重建'的双重取向。它注重的是'当前'，对过去的批判态度，以新知识和新发现构筑更美好的未来"③。在中国现代文学史上我们不是一直在追求和演绎着这样一种逻辑吗？如果说在人类的宿命性悲哀中永远避免不了以今日之是觉昨日之非，现代性追求似乎永远实现不了。

如果说，从当下的实际需要出发，为了达到某种目的和企图，对"现代性"的追求虽然难于做到理论的圆满和统一，但毕竟还有一定合理性；那么对这一话题的进一步质疑还在于：所谓的现代性不是一个，也不是两种，而是有多少种不同情况，就有多少种不同的现代性。相对于把现代性认定为"现代派"或者是"后现代"、是"理性"还是"反理性"的过于具体和对象化，认为现代性是一种精神倾向是聪明的（虽然这种精神倾向的认定与"进步"意念的首肯没有太大差别）。"现代性概念首先是一种时间意识，或者说是一种直线向前、不可重复的历史时间意识，一种与循环的、轮回的或者神话式的时间认识框架完全相反的历

---

① 逄增玉：《现代性与中国现代文学的几个基本问题》，《现代性与中国文学》，山东教育出版社 1999 年版，第 210 页。

② 王德威：《被压抑的现代性》，《批评空间的开创》，东方出版中心 1998 年版，第 120 页。

③ 佘碧平：《现代性的意义与局限》，上海三联书店 2000 年版，第 2、20 页。

史观。"① 既然如此，同样坚守这样的历史观和认识论，由于不同社会和群体所面对的具体情况不同，现代性的实现途径也会不同。王富仁先生的文章《中国现代主义文学论》，从"现代主义文学"在中国实现这一侧面论述了这一问题。② 但在我看来他似乎还可以走得再远一些，虽然中国文学也要走现代主义这一条路，但现代性的言说法则却不是因为走现代主义这一条路才具有了现代性，而是因为坚持了"创新""向前"的精神所致。

我们这样论述问题，并不是已经简单地认同了现代性的"精神趋向"说。在我看来这种意识本身也有局限。社会进化论的思想在别的领域、别种场合下，已受到了越来越多的质疑，为什么在现代化、现代理论、现代性问题上，却很少听到怀疑的声音？我这样说不是说我反对现代化，而是说要对现代化倾向同样保持清醒的批判态度，不能因为现代化的庄严与伟大，就使得许多与现代化相关的问题得以掩盖，使得许多相关不相关的议题搭上这趟班车，毫不费力地也可进入了快速道——须知，鱼目混珠的情形在不好谈也可以谈的文学领域从来都不乏先例。反思早在我们把现代性问题炒成文学研究热点之前就已经在别的领域展开了。"工具主义理性不仅已经扩展了它的范围，而且也有控制我们的生活的威胁。当人们将"现代化、现代意识、现代性"这一有连带关系的话语模式挪用到文学研究中来时，"化"的含义又是什么？如果说社会经济可以现代化，因为经济存在着直接的可比性，有先进和落后之说，现代经济制度优于过去的经济制度，取而代之，一律化之，似乎顺理成章；文学却不这样简单。文学没有"落后"和"先进"之分，甚至"落后"的社会也可以有"先进"的文学，现代派或现代性的文学都根本无法取代《红楼梦》的存在，伟大文学作品都是特定时代的产物，是独一无二的创造；不仅如此，有时越古老的——也可以说越没有现代性的——文学和文艺样式可能越有不可取代的价值。在这个意义上经常听到的所谓文学的现

---

① 汪晖：《韦伯与中国的现代性问题》，《批评空间的开创》，东方出版中心 1998 年版，第 2 页。

② 余碧平：《现代性的意义与局限》，上海三联书店 2000 年版，第 2、20 页；王富仁：《中国现代主义文学论》，《天津社会科学》1996 年第 4—5 期。

代化是什么意思？怎么个"化"法？除了要求文学把眼睛向近，注重身边发生的林林总总而外，还有其他方式来使文学实现现代化吗？

三 一般现代性意识与文学意识的矛盾

长期以来我们忽略了对文学特质的确认，现代性话语同样重复了以往的不足。现代性话语的重心偏重于思想意识形态，可是如前所述，思想、意识的判断有较为明确的标准，一般可以用对还是错来划分，文学虽然也有思想意识的成分，但它还有思想意识不能完全包容的成分。人们承不承认这样的现实，能不能容忍它的存在，有时不仅仅是"思想"问题，还是文学意识是否健全的表征。1911年《小说月报》刊登了一个从西方介绍进来的话剧《美人心》①，主人公梅丽与爱人同为革命党人，后来爱人被捕叛变了革命，梅丽大义灭亲，亲手枪杀了他。按照我们长期获得的文学意识，作品到此可以结束了，可是这部作品却有神来之笔，最后梅丽一个人来到爱人的墓前，撞死在墓碑上，为一个叛徒殉情了！这样的作品情节设计，在我们惯常的文学意识中根本不能存在，但它却是生活里不时会遇到的情境。母亲对犯罪儿子的偏袒，友情左右了行为的选择，于法不能容忍，于情却显得犹豫。鲁迅小说《在酒楼上》中的吕纬甫，去给自己的弟弟迁坟，不得已重置了衣冠冢。于理这是"无聊"，于情却意义重大，不仅仅是安慰母亲，吕纬甫也未尝没有这种心理要求。文学作品中往往在涉及情和理的关头，会有杰出的文本出现，尽管最终大多是法理战胜了情感，但它事实上承认了情感法则与法理意识的常常不和谐。这，就是文学。

人是受动性的，人的思想行为与其生活的社会时空紧密相关，当这一社会时空发生改变之时，不仅仅是要对"新"进行创造，还要有对"旧"的合理安置，伴随着新生活方式引进的同时，还策划着对原有生活方式的放弃；因为原有生活方式已与人自身融为一体，这就意味着放弃不是一件容易做到的事，它不简单的是一种被动行为，更要有主动的行为参与。老舍、鲁迅作品中有怀旧，郁达夫、茅盾、朱自清、张爱玲、

---

① 啸天生译:《美人心》,《小说月报》1911 年第 2 期。

萧红也有怀旧；推而广之，哪一个中国现代作家作品中找不到淡淡的乡愁、缱绻的失意、寻根的"动摇"和彷徨？在中国现代社会的特殊历史条件下，哪怕它们表现得是那么隐讳和不愿被人指认出来，却无法真正抹去它们的身影——因为文学是人情感的呈现，思想意识只是它借以裹肤的外衣。

　　如果有谁认为文学的"守旧"是"落后"和"保守"，显然是低估了文学的热情和能力。思想和意识常常以自己的条理化和清晰，过于自信；理念的排他性常常使自己走上不能自我修补的不归之路。这是一个古老而又年轻的哲学话题。鲁迅的作品"恰是在质疑现代性的历史观"，"向前走的目的不一定是'进步'，而可能是死亡"①。但没人否认在鲁迅的作品中这又是最具思想魅力之所在，相比于那些高喊进步、革命的言说有更大的价值。历史上有多少文学"禁书"——不被理性认可的文本，在不同的"现代"显示出了它少有的"价值"，又有多少被奉为圭臬的理论学说，很快成为过眼烟云？这不是理解和能力的问题，是理性规则的自身局限。虽然对抗理性的宿命是人类崇高感的源泉，但文学本身以其特有的飘逸避开了选择的艰难，我们为什么还要去走本不属于自己的路？

　　在上述意义上，文学与普通现代性的话语模式有了通译上的几乎无法化解的隔阂。文学也有创新，但那却不是现代性意念所能包容的。爱森斯坦在谈到中国的京剧时特别指出："艺术领域中的现代化——也包括技术领域，是这个戏剧应该极力加以避免的。……人类小戏剧文化，完全可以保留这个戏剧现有的极其完美的形式，而不会影响自己的进步。"②这里所说的"进步"，不是现代派、现代意识、现代性，而是基于文学艺术的独创性，是文学艺术的独一无二素质。文学艺术不能赶时髦，当时下流行什么时，有作为的艺术家，一定站出来说"不"，这是文学艺术的生存法则。在当前，社会的方方面面都在敲锣打鼓地走向现代化，有作为的文学家恰恰应该这时站出来为这一进程做一点拾遗补缺的工作——那是真正的"现代"，是非文学所不能有的特殊构成。

----

①　李欧梵：《现代性的追求》，生活·读书·新知三联书店 2000 年版，第 148 页。
②　《斯坦尼斯拉夫斯基、梅耶荷德、爱森斯坦等一九三五年在莫斯科谈论会上的发言》，《京剧丛谈百年录》，河北教育出版社 1999 年版，第 608 页。

四 文学现代性形态的多侧面性

文学现代性话语还有一个问题往往被人忽略了，文学性是由多方面因素构成的，以人们不大认同的文学意识与文学形式的分别来说，二者就不能完全一致。在最时髦的形式中隐藏着守旧和落后意识的现象并不鲜见。进入到1990年代以后，中国当下的文化思潮，批判意识下降，保守主义回潮，在这个大背景下，文学艺术中技巧形式的"创新"与思想意识的"守旧"随处可见。不仅现在如此，证之于以往的文学现实，这种现象也不鲜见。中国现代文学史上，1940年代的解放区文艺，在形式上是白话文、新民歌、秧歌剧，不可谓不现代；但正如人们早就看到的那样，在婆婆歪、媳妇孝，最后换取了家庭和睦的叙事中，却很难说这样的意识是现代的，起码与"五四"时期的冲出家庭、离家出走模式，话语言说方式并不一致。对于这样的作品，我们说它是有现代性，还是无现代性？以当代文学的红色经典《青春之歌》为例，林道静冲出家庭以社会革命为己任，表现了一个十足的现代女性风采。可是她崇拜江华，景仰卢嘉川，其中又有多少成分与传统中国女性的依附男性心理有联系？把对革命的向往与对男性恋人的服膺搅扰到一起，这既是现代的，又是传统的，是用传统的词汇、概念，讲述的现代故事。1930年代曹禺戏剧的出现，是中国话剧成熟的标志。在曹禺戏剧中有基督教意识，有现代派观念，有表现主义技巧，一句话，有十足的现代性。可是我们不要忘了，在《雷雨》中，周朴园出场时，先"向内半转身"，然后才露出他的尊容，这是传统戏曲的"亮相"方式。《日出》中用幔帐把舞台划分成两部分，也是传统戏曲的惯用技法。鲁迅小说化用了当时中外文学的多种最"先进"经验，《阿Q正传》的开头部分却与传统中国小说以及史传文学传统有分解不开的联系。是的，以往人们也不是没有看到这些，人们把它看作对民族文学经验的借鉴。可是在这里我们却不能不借此来表明，作品形式的现代性，其实包容着许多并不现代的成分。这是需要人们发掘和发现的。

文学艺术在人文社会科学领域的独特性，在一定意义上取决于它的"现象学"特点，取决于它的形式特征的完整性、有机统一性和在明确社会意念看来的某种模糊性。有价值的文学文本，在于提供了人在现世生活里所遇到的不能从根本解决的那些难题的"完全形态"。这就包括哈姆雷特情感的认同，阿Q精神的是与非，堂·吉诃德意识的取舍等。它们把人的精神世界的全部矛盾和盘托出，让人更加直接地面对自我。如果我们的上述议论还有一定合理性的话，那么当我们拿着一个现代性标准去检视文学现实的时候，就会发现，现代性的确定和统一，与文学的不确定和意识分离，发生了矛盾。现代性在文学中不是一个，它由多侧面因素构成，而这些多侧面因素又往往不完全协调，有的现代，有的传统，有的激进，有的保守，甚至有的好，有的坏，但你却不能把其中的某些因素去掉，否则文学自身也要受到损害。是的，现在人们所说的现代性是指作品的整体倾向；但是我们不要忘了，在这样的整体思维中，一定有意无意地掩盖了其他方面的倾向，把不被我们看好的某些意识剔除，这即使不是有意为之，也是视而不见。可是在文学中，人们明确意识到的与一时还没有明确意识到的东西同样重要。如果说在一部作品中，在某个时期的文学现实中，文学意识难免有所偏倚，那么在总体文学视野里，在文学历史长河中，却不见得如此，文学的持久性和在社会中的不可取代价值就产生在这里。长期以来，在文学研究领域存在着两种文学发展观念。一种是把文学发展看作从某个起点向终点的运动，新的总比旧的好，文学是在不断进步、不断自我完善、不断向新的更高境界前进的过程。虽然现在明确主张这样观点的人已不多见，但在实际文学研究领域，在人们普遍使用的文学概念、范畴以及观念意识深处，总能不时见到它的身影。与此相对的另外一种文学发展观念是把文学变化轨迹描述为一种"场态"，它包含着如下一些观念：新的不见得比旧的好，没旧也就没新；一种文学现象的存在以它种文学现象存在为前提，二者共同构成文学存在的方式，都有不可或缺的结构价值；文学发展不是新的取代旧的，而是另辟蹊径，求新而不求同。在中国现代文学史上，经过20世纪初期全力引进西方的观念意识以后，文学形成了一股"全盘西化"的热潮。这时以沈从文为代表的一种文学现象出现了。沈从文作品能够作为中国现代文学的一种经典存在，原因就在于它弥补了现代文学发展的一种结构性空缺，提供了当时人们生活意识的别一种真实存在，促成了中国现代文学发展的某种生机和活力，加强了中国现代文学表现的深度和广度。如果我们不能抹杀以沈从文为代表的中国现代文学"一类"文学创作价值,而沈从文等的创作又不具有"典型"的现代性;那么它不是我们对沈从文等作品的现代性发掘不够,而是我们研究问题的出发点值得思考。如果像有人说的那样,"反现代性"也是现代性,那么就是说"现代性"不是一个——并非具有共同素质——我们又为什么要用共同的观念意识去解说它?这除了能满足我们对现代性追求的热情而外,能在学理上和智慧上给我们带来什么呢?

文学研究中的现代性话语缺陷,在于把文学与一般社会形态的对应关系夸大了,对文学的自身特性注意不够,它的些许合理性被某些并不适宜于文学的意识湮没了。我们认为,把现代性作为文学中的一种意识、倾向指认出来未尝不可,但它绝不是现代文学中大家必须遵守的创作模式,不是评价文学的惟一标准,不能代替文学的审美性和独特性追求。现代文学就是现时代的中国文学,如果说我们要找出它的某些现代特征的话,那么这里所说的现代性,与古代文学中所表现的古代性没有什么两样,都是文学的一种时代特征,是现时代人们精神生活意识到与没有意识到的情感意识的整体性呈现。在这个意义上,我们质疑现代性文学话语的目的,还不在于现代性话语意识本身,而在于以什么作为文学创作和评价的出发点与评价标准问题。在我们看来,文学坚持做和应该做的,仅仅是,也只能是:关注现实人生的精神需求,努力创造新颖的文学文本,不唯外,不唯古,只唯实。在文学史上,创造了"死去了的阿Q时代"的鲁迅我们需要,唯美的、颓废的郭沫若、郁达夫我们也需要;"乡下人"沈从文我们需要,"城里人"穆时英、施蛰存我们也需要;革命的周立波、赵树理我们需要,不革命的张爱玲、张恨水我们也需要……关键是看你是否有读者群、有可被欣赏的趣味、有自己的独创价值。如果一定要用现代性标准去衡量,那么在某一时期、某一场合下,难免要有所取舍,将一些暂时不被人看好其实未必没有永久价值的作家作品排除在外,否则就无法实现现代性意识的统一——中国现代文学史的经验告诉我们,这并不是一个好的言说策略。

(发表于《文艺争鸣》2002 年第 4 期)

研　读

一　背景

20 世纪 80 年代，最早用现代性理论考察中国现当代文学的，是海外学者李欧梵。他正参与费正清主编的《剑桥中华民国史》，在撰写其中的中国现代文学史部分时，他用了一句话来标识 1895—1927 年的文学趋势，即"现代性的追求"。

周扬的著名报告《关于马克思主义的几个理论问题的探讨》，季红真的《文明与愚昧的冲突——新时期文学的基本主题》和钱理群、黄子平、陈平原揭出的"二十世纪中国文学"的命题，都蕴含着启蒙现代性的文学观，并且为其后现代性理论在中国现当代文学研究中的充分展开奠定了积极的基础。

20 世纪 90 年代，市场经济在中国大规模地兴起，在巨大的社会转型中，文学和思想文化都遭受了猛烈冲击，经受着商品化和人欲横流的世俗化的侵蚀。面对这一未曾预料到的社会现象，思想界和文坛都产生了明显的裂痕，做出了各自不同的评判和选择。张颐武等一批学者，从理解和认同市场化时代的合法存在入手，认可纷繁现实的合理性，调整自己的评价尺度和理论立场，寻求一种新的文学态度，于是出现了后现代性取代现代性的言说。

1996 年，由杨春时、宋剑华合作撰写的《论二十世纪中国文学的近代性》一文发表后，被《新华文摘》全文转载。该文由此引发了一场关于"20 世纪中国文学是否具有现代性"问题的讨论，并逐步形成以《学术月刊》《文艺研究》和《南方文坛》等杂志为核心阵地的争鸣场面，为时将近两年。之后,宋剑华将有关争鸣文章收集,编成一本名为《现代性与中国文学》的文集,由山东教育出版社于 1999 年 11 月出版,至此,这场讨论宣告结束。

1999 年 8 月 8 日至 11 日,由吉林大学文学院、中国社会科学杂志社和延边大学在长春共同举办了"20 世纪中国文学现代性问题"的中青年学者学术研讨会。

2004 年 7 月 5 日至 7 日,厦门大学中文系、文艺研究编辑部,厦门大学学报(哲社版)编辑部联合主办了"现代性与 20 世纪中国文学思潮"全国学术研讨会,来自全国各地的 40 余位专家、学者应邀赴会,进行了为期 2 天的学术研讨活动。

二 文本分析

(一) 文学现代性话语的历史负担

1. "现代性"话语既承担了"新文学"概念对文学特质的侧重,又承担了"现代文学"概念在提出时对时代与时间特征的体现。

2. 世俗现代性和审美现代性的提出向着解决这些难题的方向迈出了坚实的一步。然而,世俗现代性和审美现代性的提出,含有为"既定方针"寻找理论依据的企图。

3. 文学中的各类"性"最终都会时过境迁,有永久生命力的还是可被欣赏的文本自身。作者提出将现代性定义回归到时代精神本身。

(二) 文学现代性判断的立场和局限

立场:现代性是一种素质,一种价值,一种主体意识,它依赖于言说者的主体判断。

局限:1. 现代性判断标准缺乏权威性。

2. 文学"现代性"不同于社会经济的现代化,不可取而代之,一律化之。

(三) 一般现代性意识与文学意识的矛盾

现代性话语的重心偏重于思想意识形态,然而"情理法则"的不和谐却往往使得文学文本更具有内部张力。

文学与普通现代性的话语模式有了通译上几乎无法化解的隔阂，文学也有创新，但那却不是现代性意念所能包容的。

（四）文学现代性形态的多侧面性

文学性由多方面因素构成，以人们不大认同的文学意识与文学形式的分别来说，二者就不能完全一致，在最时髦的形式中隐藏着守旧和落后意识的现象并不鲜见。现代性的确定和统一，与文学的不确定和意识分离，发生了矛盾。

文学研究中的现代性话语缺陷，在于把文学与一般社会形态的对应关系夸大了，对文学的自身特性注意不够。把现代性作为文学中的一种意识、倾向指认出来未尝不可，但它绝不是现代文学中大家必须遵守的创作模式，不是评价文学的唯一标准，不能代替文学的审美性和独特性追求。

三　反响

（一）直接反响

袁国兴这篇论文发表后与俞兆平进行了一场论争，这是最直接的反响。

1. 俞兆平对《质疑》的辩难

袁国兴的《质疑》引起了学界的关注，其中以俞兆平发表于2003年第2期的《文艺争鸣》上的文章《"现代性"与中国现代文学的研究视野——兼与袁国兴先生商榷》（以下简称《视野》）为典型，《视野》的副标题——"兼与袁国兴先生商榷"——便直观展示出俞兆平写作此文章的目的。在文章的开头，俞兆平就将《质疑》定性为对中国现代文学研究中的"现代性"概念及其功能的"矫枉过正"，旗帜鲜明地表达出对"质疑"所持的态度。《视野》通过对中国现代文学研究中的"现代性"话语的概念及其功能的分析，完成了对《质疑》的批评。

首先，《视野》认为《质疑》在"'现代性'概念的内涵基础及时间阈限"层面表现出认知层面的模糊性。《视野》认为，"现代性"概念有其自身的特殊性，在认识的过程中应区别于"时代性""古代性"等普遍性的概念，而《质疑》则将"现代性"概念与"时代性""古代性"等概念进行了类同化的思考，其对待特殊性概念与普遍性概念的态度是模糊的。《视野》以"现代性"的概念为出发点，指明了"现代性"所具备的"特定的社会和思想的结构性基础"，并援引刘小枫在《现代性社会理论绪论》中提出的"现代结构"①（以启蒙运动为思想标志，以法国大革命和俄国十月革命为政治标志，以工业化及自由市场或计划市场为经济标志的社会生存品质和样式）来佐证自身对现代性概念"特殊性"的论断。与此同时，《视野》还界定了"现代性"概念的时间阈限，即"始自欧洲 17—18 世纪启蒙运动及工业革命，进而延续至今的近几个世纪"②，如此便从"现代性"的概念层面驳斥了《质疑》中将"现代性"与"时代性""古代性"概念混为一谈的做法。《视野》在此基础上提出了"现代性"概念的内涵基础，即"现代性是人们对近二三百年来现代现象的认识、审视、反思，是对现代化进程的理论概括和价值判断"③，并将"科学、民主、个性"作为现代文学现代性的重要内涵。《视野》对《质疑》中出现的模糊主体概念的做法的批判极具说服力，因为主体概念通常是论文写作的出发点与落脚点，处于论文写作的中心位置，写作中心一旦出现偏颇甚至存在缺陷，围绕中心展开的论述多表现出无力感。

其次，《视野》认为《质疑》对"现代性"功能的认识尚处于表层，《质疑》的作者并未深入理解"现代性"所具备的"同体逆向张力"也即"双刃剑"的特征。《视野》看来，"现代性"两个层面——历史现代性与审美现代性——处于矛盾对立却又相互制衡的结构系统当中，审美现代性不仅揭示和批判历史现代性的负面质素，还呈现出了对历史现代性的反思，《质疑》在思考"现代性"话语时只认识到二者的"矛盾对立"，偏重与审美现代性对历史现代性的批判特征，而缺少了对二者"相互制衡"因素的理性思考。因此，《质疑》排除了现代性命题之中的"二

①　刘小枫：《现代性社会理论绪论》，生活·读书·新知三联书店 1998 年版，第 63—64 页。

②　俞兆平：《"现代性"与中国现代文学的研究视野——兼与袁国兴先生商榷》，《文艺争鸣》2003 年第 2 期。

③　同上。

律背反"向度，也从根本上否定了"现代性"内涵中的"同体逆向张力"。《视野》还抓住《质疑》在思理上的模糊性，认为其在引证实例进行分析时所持有非此即彼、二元对立的态度是不合理的，此点也印证了《视野》中对《质疑》在认知"现代性"同体逆向张力的功能时表现出模糊性的判断。《视野》提出了关于审美现代性的要义，并深入地解读了审美现代性表征出的"艺术的自律性"和"对历史现代性负面质素的反思和批判"及"以独特美学构型形成对庸俗现代性的解构"① 等特征，以此来完成对《质疑》所持的审美现代性观点的框正。

最后，《视野》指出了《质疑》在"现代性"功能的认识中存在的第二个问题，从现代文学研究方法论的角度提出了对《质疑》的批评。《视野》认为《质疑》在"现代性"话语能否成为中国现代文学研究方法的思考中所持的怀疑态度是不可取的，因为这种怀疑态度是在对"现代性"概念的误读中产生的，其中掺杂着作者强烈的主观意识。《视野》看来，"现代性"话语应纳入全球性、跨学科"现代性"研究视野当中，同时也是中国现代文学研究摆脱目前的研究困境的途径之一。《视野》还引用了金耀基关于"现代性"的"六点内涵"②（工业化、都市化、"普遍参与"、世俗化、高度的结构分殊性、高度的"普遍的成就取向"）来建构自身对"现代性"概念认识的理论基础，同时也回应了论文的标题中"中国现代文学的研究视野"这一言说范畴。

由此来看，《视野》在认定《质疑》中存在着对"现代性"的主体概念认识的模糊性的基础上，生发出了《质疑》在认识"现代性"功能（同体逆向张力、作为现代文学研究方法的有效性）时存在的视野局限性问题。《视野》将"现代性"的概念与功能作为批判《质疑》的理论基石，并且贯穿到全部的论述当中，同时还兼顾了中国现代文学的研究视野，最终完成了对《质疑》的整体批判。如此选取质疑点的眼光值得学习，其引述例证的方法也值得借鉴。

---

① 俞兆平：《"现代性"与中国现代文学的研究视野——兼与袁国兴先生商榷》，《文艺争鸣》2003 年第 2 期。

② 金耀基：《从传统到现代》，中国人民大学出版社 1999 年版，第 98—104 页。

2. 袁国兴对《视野》的反驳

袁国兴针对俞兆平对《质疑》的批评,于 2004 年第 4 期《文艺争鸣》上发表《中国现代文学研究中的"现代性"话语再思考——兼答俞兆平先生》(以下简称《再思考》)一文进行回应,针对《视野》中提出的问题进行了反驳。文章的开始,袁国兴便表明了对《视野》所持的"不能苟同"态度,并试图澄清《视野》中提到的相关问题。

《再思考》首先驳斥了《视野》中认为其对"现代性"与"时代性"混为一谈的观点,作者提出了"文学研究现代性视角的多方面阐释,并不能抹杀对'现代性'是特定的时代性体现这一认识"① 的看法。《再思考》认为,《视野》在指出《质疑》中模糊现代性与时代性关系的过程中,其论说基础是存在问题的,俞兆平在为"现代性"设定"时间阈限"的行为,正印证了"现代性"与特定时代性的关系命题,此种做法颇具"以子之矛,攻子之盾"的悖论感。《再思考》还指出了《视野》提出的所谓的用"现代性"视角来研究中国现代文学的做法与现代文学研究中一以贯之的"从社会发展视角透视文学发展"的做法在本质上是同一的,因此从本源上否定了《视野》将"现代性"话语用之于中国现代文学研究视野的合理性,在反驳《视野》的同时正回应了《质疑》中对中国现代文学研究中的"现代性"话语质疑。

《再思考》从"现代主义"的现代性是现代性发展的特定阶段的产物以及中国现代文学的"现代性"特殊性两个角度,对《视野》中对"现代性"概念的认知进行了驳斥。《再思考》认为,《视野》的"现代性阈限"尽管涵盖了启蒙运动至今的几个世纪的时间,但其在论述的过程中将"现代性"的范围仅仅框囿在"现代主义"文学倾向的范围,如此便造成了意识倾向与表述倾向的不一致,这是充满悖论感的。《再思考》还重点论述了中国现代文学中"现代性"的特殊性的重要作用,并将自身对"现代性"话语的反思始终置于"中国现代文学"的研究范畴当中。《再思考》肯定了"历史现代性"在文学作品的构成中所起的作用,而《视野》将"现代性"话语用之于现代文学研究的过程中忽视了文学作品

---

① 袁国兴:《中国现代文学研究中的"现代性"话语再思考——兼答俞兆平先生》,《文艺争鸣》2004 年第 4 期。

中存在的"历史现代性"倾向，过分地从"审美现代性"角度来解读作品，这与"西方的、普遍的、一般的现代性文学研究意念"① 无异。《再思考》指出《视野》忽视了"中国现代文学"这一预设，由此掩盖了现代文学的本土性特征，一定程度上也导致了研究的片面性。《再思考》还从"文学的本性"角度出发，驳斥了《视野》中的思想意识研究倾向。《再思考》认为，《视野》混淆了"文学研究"与"一般思想文化研究"的概念，其研究中过多地呈现出了"思想意识"的倾向，而将用"现代性"话语进行的研究置于一般性的思想文化研究层面来解读，从而忽视了"现代性"研究方法的特殊性。并且，《再思考》指出了《视野》在"审美现代性"层面存在着认识的矛盾性，《视野》的"同体逆向张力"包含了审美现代性反作用于历史现代性的功利性倾向，而这与其引述的康德的"艺术的自律性"是自相矛盾的，二者处于相互解构之中，如此便消解了其论述的有效性。

文章的最后，作者再次重申了《质疑》的研究视域，认为《质疑》是从中国现代文学的本体出发，而非从某种理论概念出发来对中国现代文学研究中的"现代性"话语进行思考，其质疑的落脚点是"针对中国现代文学研究的实际状况，不是对现代性问题的整体探讨；'质疑'的是'现代性'研究的局限和纰漏，不是对现代性视角的'推翻'"②，由此完成了对《质疑》中提到观点的再强调。

（二）相关研究

1. 关于中国文学"现代性"起源的研究

王德威的两篇论文有力地谈论了这个问题，《被压抑的现代性：晚清小说的重新评价》（王晓明主编：《批评空间的开创：二十世纪中国文学研究》，东方出版中心 1998 年版）及《被压抑的现代性：没有晚清，何来"五四"？》（《想象中国的方法：历史·小说·叙事》，生活·读书·新知三联书店 1998 年版）。王德威的观点："没有晚清，何来'五四'？"

---

① 袁国兴：《中国现代文学研究中的"现代性"话语再思考——兼答俞兆平先生》，《文艺争鸣》2004 年第 4 期。

② 同上。

这一论题的提出引起了激烈的争论，原因在于王德威不但把中国文学的现代性起点定在了晚清，而且认为晚清作者有千奇百怪的实验冲动。

范伯群在《在 19 世纪 20 世纪之交，建立中国现代文学的界碑》（《复旦学报（社会科学版）》，2001 年第 4 期）中认为严复、夏曾佑所刊载的《本馆附印说部缘起》和梁启超的《论小说与群治之关系》是"文学观念更新"的发力启动点，所以中国文学现代转型的启动点是在1897—1902 年间。王一川的《晚清：中国文学现代性的发生时段》（《江苏社会科学》2003 年第 2 期）认为文学的现代性应从：文学活动的时空布局"文化语境压力、体验模式、传播媒介、语言、形象等"来考察。如晚清时期现代性在边缘地区的萌生、晚清语境中强烈的文化变革压力等。郭志刚在《"穿越时空"：论文学的现代性》《北京师范大学学报（社会科学版）》2003 年第 5 期中认为"五四"才是中国现代文学之始的阶段，由此进入现代性转型。温奉桥编《现代性与 20 世纪中国文学》（中国海洋大学出版社 2004 年版）赞同了五四起源论。王铁仙的《郑州轻工业学院学报（社会科学版）》2004 年第 2 期一文则明确地提出中国文学现代性的转型时间，即 1918 年，理由是：这一年"人的文学"的思想既为众多新文学提倡者和拥护者所赞同，又有鲁迅的《狂人日记》以及同样富于人的现代意识的文学性论文《我之节烈观》的问世。杨联芬于《晚清至五四：中国文学现代性的发生》（北京大学出版社 2003 年版）一文中将研究视角聚焦于长期处在"五四"重重遮蔽之中的晚清民初文学，但它并非全面叙述晚清至五四时期文学发展的历史，而是以"现代性"作为理论资源和研究策略，严肃而深入地考察了这一时期几个十分突出而且意涵丰富的文学现象和作家作品。

2. 关于"现代性"的终结

随着"后现代主义"理论在 20 世纪 80 年代后期逐渐盛行，并在1990 年代中期大行其道，"后现代"论者提出了一种可以被称为"现代性终结论"的观点，其认为随着 1980 年代末 90 年代初商品化经济席卷全国，过去大一统的经济发展模式已经结束，而相应的在文学上，现代性的宏大叙事也逐渐让位于以非同一性、碎片化、去崇高、多元化为标志的后现代叙述，代表人物有王宁、张颐武等。张颐武的《对"现代性"的追问：90 年代文学的一个趋向》（《天津社会科学》，1993 年第 4 期）；

《现代性的终结：一个无法回避的课题》（《战略与管理》，1994 年第 3 期）。王宁的《后现代主义与中国文学》（《当代电影》，1990 年第 6 期）。

当中国的后现代主义者跟随着西方后现代大师的步伐宣告着"现代性"的终结时，却有学者对此不以为然，提出了截然相反的观点，以杨春时、宋剑华为代表的一部分学人认为："20 世纪中国文学的本质特征，是完成由古典形态向现代形态的过渡、转型、它属于世界近代文学的范围，而不属于世界现代文学的范围；所以，它只具有近代性，而不具备现代性。"重要文献有，杨春时、宋剑华的《论二十世纪中国文学的近代性》；杨春时的《试论 20 世纪中国文学的前现代性》《文学的现代性与中国现代文学》《古典主义传统与当代文艺思潮》；宋剑华编《现代性与中国文学》，宋剑华的《20 世纪：中国近代批评的历史终结》《现代主义：20 世纪中国文学一个未竟的使命——致王泽龙谈〈中国现代主义诗潮论〉》《现代意识与现代性》等。

在杨春时、宋剑华将 20 世纪中国文学的性质定为近代性之后，便引起了学界许多人的异议，这些论文就杨、宋观点的很多方面进行了质疑与商榷。最先发起质疑的同样是发表在《学术月刊》上的几篇文章。朱寿桐的《论中国新文学的现代性品格》（《学术月刊》1997 年第 3 期），龙泉明的《20 世纪中国文学的现代性论析》（《学术月刊》1997 年第 9 期），刘锋杰的《何谓中国文学的现代性》（《学术月刊》1997 年第 9 期）。除了上述针对性极强的一些辩驳论文外，还有一些文章从论证 20 世纪中国文学现代性的存在这一角度间接地对杨、宋两人的观点表示质疑，后来这些文章也被宋剑华辑录于《现代性与中国文学》一书之中。如刘海波、魏健的《回顾与回答——关于 20 世纪中国文学性质的思考》（宋剑华编：《现代性与中国文学》，山东教育出版社 1999 年版），逄增玉的《现代性与中国现代文学的几个基本问题》[《东北师大学报》（哲学社会科学版）1998 年第 3 期]，陈剑晖的《现代性：百年文学的艰难历程》，杨义的《关于中国文学现代性的世纪反省》，伍方斐的《现代性：跨世纪中国文学展望的一个文化视角》等。

3. 有关"现代性"特征的研究

王一川发表于 1998 年第 2 期《文学评论》上的《现代性文学：中国文学的新传统——兼谈中国现代文学与文学研究》，将现代性问题进行了细致的划分：一为科技现代性，二为政体现代性，三为思维现代性，四为道德现代性，五为教育现代性，六为法律现代性，七为学术现代性，八为审美现代性，同时提出了汉语现代性。从审美现代性和汉语现代性两个方面来论述。耿传明《"现代性"的文学诉求：中国现代文学的文化特性考察》[《厦门大学学报》（哲学社会科学版）2004 年第 5 期] 一文则划分了三种不同的现代性态度，其一是理性建构式的信念式、终结性的现代性态度；其二是世俗化、体验性的现代性态度；其三是"反现代"的"审美救世主义"态度。张晓初的《中国现代文学之"现代性"思考》（《文艺研究》，2005 年第 12 期）认为 20 世纪中国文学之"现代性"包括多重内涵和向度：它们是现代民族国家的文学建构、启蒙主义的文学叙事、文学的自律性追求和现代都市通俗文学的萌动"。王富仁的《中国现代主义文学论》（宋剑华编：《现代性与中国文学》，山东教育出版社 1999 年版）一文认为"中国现代主义文学"是一个独立的概念，是一个不完全等同于西方现代主义文学的独立的创作方法。是对西方现代主义、浪漫主义、现实主义创作方法的融合，是把中国文学提高到现代性高度的文学，体现作家对现代世界的感受和情绪。这种观点已经完全跳出了西方的现代性话语范畴，以中国文学自身的实际发展情况来为本民族文学的"现代性"正名。

赵恒谨的《中国新文学的现代性追求》（学林出版社 2006 年版）将中国新文学现代性精神也分为四类：启蒙文学精神、爱国主义文学精神、都市文学精神以及通俗文学精神。胡鹏林《文学现代性》（中国社会科学出版社 2007 年版）一书中的"文学观念的现代性转化"一章则将 20 世纪中国文学观念划分为四次现代性转化：清末民初以王国维戏曲论、审美论和梁启超的小说论、国民论为代表的文学观念，五四时期以胡适、鲁迅的文学进化论、革命论为代表的文学观念，以《在延安文艺座谈会上的讲话》为代表的社会主义文学观念以及最后文学观念的多元化。

4. "现代性"与"民族性"

有的研究者则涉及"现代性"与"民族性"的探讨，如龙泉明的《传统文学、西方文学与中国文学的现代性转换》，徐珂的《对〈论 20 世纪中国文学的近代性〉的商榷》，王晓初的《承传与变异：走向现代的中国文学——二十世纪初叶中国文学发展略论》，陆耀东的《文学转型：传统与创新》，李俊国的《民族性与现代性：一个互涉互文的当代美学命题》，武新军的《现代性与古典传统——论中国现代文学中的"古典倾向"》，朱德发、贾振勇的《现代的民族性与民族的现代性——论中国现代文学的价值规范》，任传霞的《在冲突中延续——论中国文论现代性追求中传统与现代性的关系》。

5."现代性"与文艺理论

余虹《五四文学理论的双重现代性追求》一文分析了五四文学理论内在的政治现代性与艺术现代性的追求，并揭示由这两种诉求所导致的文学工具论与文学自主论的内涵及其相互冲突。童庆炳《中国文学理论现代性转型的标志与维度》一文充分肯定了其转折性，并进一步把转型的维度分为文学观念、文体观念、批评观念、文论话语四个方面。论述简明，条理清晰。南帆《现代性、民族与文学理论》一文则在现代性、阶级认同、民族认同的复杂关系背景下探讨了中国文学理论的存在状态。王钦峰《社会主义和中国文学理论的现代性》一文认为中国文艺理论的现代性具有与西方资本主义分裂型现代性不同的特定质态，并提出"社会主义现代性"一说。钱中文《文学理论现代性问题》《再谈文学理论现代性问题》两篇文章也颇具视野。

除以上诸方面外，现代性相关话题还包括"现代性"与文学思潮、"现代性"与文学流派、"现代性"与文学史、"现代性"与文类特征等。另外，对"现代性"话语的质疑除本课篇目探讨外，还有李怡《现代性：批判的批判——中国现代文学研究的核心问题》，高玉《意义与局限：现代性与中国现代文学研究》等文章。

（林　琳　张凯成）

讨　论

张桃洲："现代性"确实是近年来十分热门的话题，中外相关文献可谓汗牛充栋。最近几年现当代文学研究也引入了这个概念，不过正如大家已经看到的，在研究界引起了争议。这里涉及从什么样的角度理解"现代"，是现代文学的现代、现代文化的现代，还是现代社会的现代？是值得思考的。比如，《中国现代文学三十年》前言中说，现代文学就是"现代人的思想情感和现代的表达方式"。这样的判断参考了施蛰存对"现代"的理解，施蛰存眼中的"现代"代表"新"的东西和现代生活："这里面包含着各式各样独特的形态：汇集着大船舶的港湾，轰响着噪音的工场，深入地下的矿坑，奏着 Jazz 乐的舞场，摩天楼的百货店，飞机的空中战，广大的竞马场"，这和乡村的宁静、时间的停滞、偏僻的甚至古典化的气息都形成了鲜明对照。他也提到了"现代的辞藻"，这是语言层面，涉及"现代"文学形式上的演变。施蛰存的观点代表了当时以及后来相当长的一段时间内人们对于现代的理解，是比较有代表性的。就像对这一阐释的了解一样，我们在学习过程中，会不断和它遭遇并进行辨析，会不断发现对这个词解释的变化。

与"现代性"相关的词语有：现代化、现代主义、现代派、后现代（主义），等等，我们要理解它们之间的关联与差异。由"现代性"衍生出了许多讨论的话题，如"现代性"起源研究、"现代性"的终结、"现代性"特征研究、"现代性"与"民族性"、"现代性"与文学思潮、"现代性"与文学流派、"现代性"与文艺理论趋向、"现代性"与文学史、"现代性"与文类特征，等等。

在当今的语境里面，人们对"现代"的感觉可能又是别样的，比如，有人认为当下时期和"现代"很不一样了，于是称之为"当代"。有一种"当代艺术"，似乎强调艺术的现场感、介入性、混杂性、装置性，和以往艺术有很大不同，已经不能用"现代"概括了。必须指出的是，我们讨论一个话题不是为了彻底解决它，我们并不能完全理解一个概念或观念，而是需要不断调整自己理解的过程，不断形成自己的见解。记住，不要把自己的认识固化。

学生 A：这篇文章主要是对现代性问题研究的反思。我认为对"现代性"的反思，一定要建立在对"现代性"概念以及中国现代文学的现代性内涵的正确认识和理解之上，在谈论袁国兴的"现代性之反思"之前，首先要对不同意义上的现代性概念做出基本的区分并了解，这是我们研究的基点。

现代性有两个层面，一为感性层面，二为理性层面，两者相互渗透而又彼此区别。理性层面的现代性体现了启蒙理性的力量，追求的是总体性的、理性化的统一秩序和模式，它是工业革命、市场经济和科技进步的产物，被称为启蒙现代性。而感性层面的现代性也称为审美现代性，其表现形态是现代主义文学和艺术，具有激烈地反对资本主义世俗化的倾向，它是对科技理性造成人的片面化、单面化的一种反抗，是对现存的文化和价值规范的批判与否定。

中国现代文学研究由于有了"现代"二字作为自己的冠名词，多了一种审视角度，也多了一层意念需要辨析。中国现代文学中的"现代"可以有两种解释，一是指现代的历史时期，二是指现代的文学素质。在讲到现代文学史时，新与变，对传统文学的革新的特质被凸显了，而对传统文学的继承性却在一定程度上被遮蔽了。而实际上，现代文学在很大程度上有着对传统文学和古代文论的继承。

况且，政治、经济与文化的复杂纠缠，历史与伦理的二律背反，东西方文化的激烈碰撞与融合，现代社会和文学机制与体制的新型空间，现代性的人生体验等都渗入文学的进程中，左右着现代文学的历史发展，构建起极其丰富多样的文学景观。这就要求作家们在继承传统文学的同时，努力把握现代性；在学习西方文学的同时，也力求保持民族性。想要形成具有自身独特性的优秀文学并保持永久的生命活力，必须将"现代性"与"民族性"这两个看似矛盾的性质加以巧妙糅合，追求"现代性"并不意味着"全盘西化"。

所以从袁国兴的论述来看,他避免了将西方"现代性"话语套用到中国现代文学的研究中,而反思了"现代性"话语在文学研究中的局限,这一点很具有启发性。

学生 B:袁国兴提出的质疑确实有很多合理的地方,但我们也需要对他的反思进行再反思。反思的意义不在于否定,而在于突破;不在于颠覆而在于重建。袁国兴的质疑无疑是颠覆性的,不免显得有些偏激。比如俞兆平在《"现代性"与中国现代文学的研究视野——兼与袁国兴先生商榷》一篇中就认为"现代性"在现代文学研究中的功用是无须质疑的,而袁国兴在此的姿态比较轻率和浮躁。我们应该认识到,现代性的概念产生于西方,我们的现代性观念,无论在思想上或制度上都是引进西方的。袁国兴在之后作为对俞兆平的回应的那篇《中国现代文学研究中的"现代性"话语再思考——兼答俞兆平先生》中说明了对这一点是赞同的,但他依然反对套用西方谈论中国,西方被他放在了视野之外。而我的观点是,西方的现代性话语在我们最初接受它时,我们就被它一定程度所定义,它也被我们内在化了。所以我们并不是拿现代性视野考察中国文学,而是在避免穿凿附会的同时挖掘我们文学中本身具有的西方现代性和本土现代性。我们研究时至少不应该完全放弃以西方的文学现代性进程为参照。承认现代性的西方身份,以及其内涵和框架有高明之处,其实是可以从中西比较中受益的。

学生 C:时至今日,思维方式僵硬化、研究方法固定化、理论概念定型化等现象在文学研究中普遍存在,这严重阻碍了文学研究的创造性与开拓性,文学研究需要从思想意识到方法论层面的全面变革。袁国兴、俞兆平之间的论争正提供了这样一种变革的途径,即对固有研究成果、方法应保持精敏的审思态度与坚决的批判精神,以此出发提出自身的质疑点。同时,在对质疑点的阐释中,首先应明确自身的态度,并努力找寻质疑点的理论支撑,使得质疑建构在坚实的立论基础之上。论述应有理有据,兼顾层次,有步骤、有计划地完成对既有成果、观念、方法的解构与重建。

学生 D:现代文学的概念过于强调现代,遮蔽了一些文体和作品。现代的学者在使用这个概念的时候并没有将之局限在此,在文学史叙述中现代文学并非只有现代性文学，还有包括革命文学等。现代性这个概念也是在被不断扩充的，它甚至包含了吞噬它的反面，就像李欧梵在《上海摩登》中所说的，西方现代性中不仅包含着工业革命的、先进的、文明的现代性，也包括对资本主义、工业革命反叛的、先锋的现代性，这两面都是其中的部分。在此我有一个疑问，就是现代性作为一个宏大的元叙述的概念，它可能吞噬了太多东西，那我们在谈论现代性的时候是在谈什么？

学生 E：对何谓"现代性"这一问题，所谓"仁者见仁，智者见智"，至今未曾有人给出过确切的答案。毋庸置疑，"现代性"是一个学术名词，也可以说是一个理论上的概念，是学者和批评家对于一些历史文化现象在理论的层次上所做的一种概括性的描述。"现代性"的起源问题虽不甚清晰，但不可否认的一点是，"现代性"这一概念源自西方。或许在中国和其他亚洲国家，有别于西方的现代性其实已经以独立的姿态更早出现，但人们并没有意识到，也不曾把它上升到理论的高度。

学生 F：从现代性角度切入对中国现当代文学研究的时候，"现代性"应该处于何种位置？观念、意识还是方法？这都需要我们进行溯源和思考。要知道西方有一个现代性发展的线索，而西方之外的和原发性的现代性是不一样的，像如同它是否具有现代性，这种所谓"现代性"是怎么来的，具有什么形态，这样的问题都会产生许多疑问。我们可以梳理出现代性的概念在中国有一个发展过程，在 20 世纪 80 年代重写文学史热潮中有个现代性意识的萌芽，但还没有深入作家作品。李欧梵在参与编写《剑桥中华民国史》时便将 1895—1927 年的中国文学潮流定性为追求"现代性"，他作为海外学者注意到了中国文学有这样的现象，但实际上中国学者并没有意识到现代性话语的存在。到了 90 年代之后，反而是"后现代性"的引入，引发了对于"现代性"的反思。"现代性"在中国并不是一个原发性的概念，是后发性的对概念的激活。

学生 G：所以这个概念的复杂性，也就造成了我们使用这个概念，尤其是应用到文学研究中时面临的困难和混乱。现代性从作为一种知识体系，到作为一种逻辑想象，再到作为一种阐释框架，为我们想象晚清以来中国文学的进程不断提供着新的方式，新的角度和新的话语，它不但扩展了文学的研究视域，开拓了新的研究方向，而且使过去在文学史叙述过程中被忽略遮蔽的文学现象重新纳入文学史视野，改变了现当代文学的研究格局以及文学史的叙述模式。但是由于现代性本身的张力，文学界对于现代性的理解越来越趋于混乱与驳杂。以前种种关乎启蒙、人性、历史、审美等的命题都被纳入广义的现代性的旗帜下。如"现代性""现代主义""现代化"的含混使用；现代性与传统性，现代性与后现代性概念理解上的分歧等。尽管现代性概念具有极强的包容性，但也并不意味着它能包含所有的文学命题，也并不意味着所有的文学命题都必须套用现代性的概念。

学生 H：那么我们看袁国兴的观点，认为现代性不是评价文学的唯一标准，就很具有合理性了。文学的现代性就只是文学的时代特征。他的这篇文章，目的在于质疑现代性文学话语评价中国现代文学的合理性和有效性。我们可以看出作者重视的是文本自身而不是不解决实际问题的概念或批评范式。他的总的观点就是，现代文学研究，应该从"中国现代文学"本体出发而不是从某种理论概念出发去进行研究。"现代文学研究"与"现代性文学研究"应分开来看待。他重视文学的本体价值、认为现代性视角存在局限和纰漏的观点很有价值。但对于他否决了"现代性"在现代文学研究中的功用，以及他论述中的一些不够成熟的表述我们还应该再思考。

学生 I：我比较赞同袁国兴在几篇文献中所表达的观点，文学研究还是应该回归到文学文本本身，而过于关注现代性问题的研究的确有点本末倒置。如果"现代性"正像卡林内斯库所说的那种有诸副面孔，以及查尔斯·泰勒所言"现代性是一个复数"，那么我们应当将现代性的研究作为扩大我们文学研究视角的途径，而不是将它作为我们文学研究的束缚。

学生 J：我对袁国兴文章赞同的地方：

1. 袁国兴对"现代性"问题保持一种冷静清醒的批判态度，与以往的学者一味的盲从相比，袁国兴用谈论"现代性"问题的态度较为客观。

2. 认同他对文学现代化的认识。按照人们对"现代化"的认识，"现代化"是一个动态的过程，是人类走向进步的历程，多指政治、经济、技巧等方面。袁国兴认为文学的进步与落后与社会的发展并没有多大关联。相反，在社会还比较落后的社会时期的亚里士多德、巴尔扎克、曹雪芹的作品在今天却是无人超越的。

3. 强调文学的独创性。本人也认为文学的独创性和经典性是文学无可比拟的价值所在。

不赞成的地方：

1. 作者认为，现代学者把"现代性"作为评价文学的唯一标准，我觉得目前学者还没有达成这方面的共识。

2. 作者在文章中流露出"现代性"研究价值的否定（倒数第二段）。我觉得虽然人们对"现代性"概念的理解趋于混乱，对"现代性"的使用有泛滥之过，但它毕竟是文学研究的一种新的方式、新的角度，拓展了文学研究的视野，开拓了新的研究方向。

学生K：在我还没有思考"现代性"这一概念的时候，我潜意识中由这三个字联想到的，认为现代性就是现代社会或者说这个时代所具有的一种特殊的与以往时代都不同的一种性质、一种属性。只有我们这个时代才有的，生长在这个时代的一切都是现代的，都比以前的时代进步了，无论是什么，时髦的、最新的就是具有现代性的。后来我们开始上现代文学课了，通过看文献和讨论，我又觉得现代性其实是指一种理性的、开放的、先进的、超越现在的精神的体现，在文艺领域这种精神体现的更明显。现在，我又觉得每个时代都有其当下的现代性，它表现为有意识和无意识的在当前基础上的一种"进步"和"提升"，出现新知识、新思想、新发现等，就是现代性的体现。即使在落后的时代，也有新的进步的东西出现。所以说每个时代都有其当下的现代性。这是我对现代性理解的三次变化。

张桃洲：我补充和强调几种有关"现代性"研究的著作，供大家参考，希望最好能找来看看。商务印书馆前几年推出了一套"现代性译丛"，其中《现代性的五副面孔》《现代主义的政治》《一切坚固的东西都烟消云散了》《时间性与现代性》值得一读。李欧梵《上海摩登》与史书美《现代的诱惑》也从不同方面研究了中国现代文学的"现代性"。诗歌方面，臧棣的《中国现代性与中国新诗的评价》一文论述了新诗与旧诗的关系，很有见地。柄谷行人的《日本现代文学的起源》我已经说过了。最后郑重推荐我们专业张志忠老师的《华丽转身：现代性理论与中国现当代文学研究转型》(首都师范大学出版社 2009 年版),该书以文献长编的形式、以论题为单元,梳理了现当代文学研究中的"现代性"话题,思路很清晰,材料很丰富,便于大家查找相关资料。

第三讲

观念的迁变与文学史构建的新探索

关于 20 世纪 40 年代大文学史研究的断想

钱理群

90 年代初我曾有一个写《四十年代大文学史》的计划，所谓"大文学史"是"文化、思想、学术史背景下的文学史"。应该说我是做了十分认真的准备的：看了许多原始资料，也进行了许多思考。但最后写出来的只有《1948：天地玄黄》这一本书；此外就是大量的读书笔记与研究设想——这是我的研究习惯：每有所思，即在随手拉来的乱纸片上胡乱写几句"随想"，或抄录一些材料，塞进一个个大纸袋里，最后积累下来，已经有好几个抽屉了。但由于后来研究兴趣的转移，这些随想与材料就没有了"见天日"的机会。有时，在整理旧物时，翻出这些十多年前的杂乱的文字，仿佛见到被遗弃的不成形的婴儿胚胎，心里真不好受：如果我的注意力不被当下中国的现实所吸引，就在这历史的"生荒地"上开掘下去，十数年坚持下来，或许在学术上会有更大的成就。但我的内心的驱使，却必然地要发生这样的转移，而且在可以预见的一段时间内，都不会重新回来，这都是"命运"使然，无法改变，因此也谈不上后悔不后悔——后悔怎样，不后悔又怎样呢？最近，我又将这些破纸片翻了出来，却不知道怎么办才好。转而想，自己既已无暇与无力将这些曾经有过的思绪与遐想变成学术成果，不如将其中一部分略加整理，公布出来，说不定会给年轻一代的研究者以某种启示，引发出真正富有创造力的研究呢。

下面，就是我的这些片断的"关于 40 年代大文学史研究的胡思乱想"——

四十年代文学史（多卷本）总体设计

一、全书写作以"面对 20 世纪，总结 20 世纪"为基本指导思想。

本书是"20 世纪中国文学史"总体学术工程的一部分；本书的写作带有"试验性"，即"中间突破，带动两头"——在本书完成以后，取得经验，将同时从"世纪初"和"五十年代"开始第二阶段的写作。

20 世纪三大事件：战争与文学与人，共产主义运动与文学与人，民族解放运动与文学与人。本时期是这三大问题的交叉。

本书的写作目的，总的说来，是要探索这一时期中国民族（尤其是他们中间的知识分子，更进一步说，是知识分子中最敏锐、最感性的作家）的精神历程与由此形成的精神特征，使中国人更好地认识自己，也使世界更好地认识中国人。以特定历史时期、战争情境中的"人"为中心：文学中的人，创作、接受文学的人。

二、全书在文学史研究、写作的体例、方法上，将遵循"以我为主，吸取古今中外各家之长"的原则，以期对现有中国现代文学史的研究有较大的突破。借鉴《史记》《美国文学思想》《艺术哲学》《十九世纪文学主潮》《意大利文艺复兴时期的文化》等。

全书预计分五大卷（各卷可根据情况设立分册）：

第一卷，年表：本时期以"作家、作品"为中心的尽可能广泛的资料，包括社会、政治、经济、文化环境、朝政对文坛的重要举措，国际间、民族间文学交流，文人行踪，轶事，交往，社团，集会，活动；文学期刊，作品发表，出版，翻译，改编，评论，等等。

第二卷，文学思潮、文化背景：影响文学发展的社会、历史、哲学、文化思潮、社会心理、思维方式的变化。

本时期国、共两党的文化政策，文学与政治的关系。

本时期几大思潮（民族主义、启蒙主义、自由主义、人民本位主义、生命哲学、存在主义）与文学的关系，作家的不同选择。各种社会文化思潮的核心问题，是人对自身的认识。

本时期思维方式的变化：群体意识与个体意识的消长；战争对思维方式的影响：对立思维，对对立、斗争的美化；对痛苦的美化，其本质即通过苦难与斗争创造出新的人和新的世界，战争正是斗争与苦难的极致；战争中期所发生的战争投机（市侩主义，物质机遇）对人们生活、心理的影响；英雄与市侩，时代偶像的变化：从战争初期的士兵英雄到战争中后期大后方的汽车司机。

本时期的哈姆雷特精神与唐·吉诃德精神：时代（一代人）的精神气质、面貌、心理的把握与描绘。

揭示一个时期的哲学、文化思想与人的日常生活的关系。

注意：作家不是科学家和哲学家，而是一些比较敏感的人，文学与一定的社会文化思潮的关系，并不是任何时候都是对应的。有时，甚至相反。一定要注意个性的特殊性。

第三卷，作家生活与精神研究，即所谓"文人身心录"。

战争初期全民族的大流亡中，流亡者及其文学。

大后方的生活方式，作家生存与精神的双重危机。

沦陷区特殊的生存环境与作家的选择。

延安与敌后根据地的新民主主义的新生活，作家的精神蜕变与面临的新矛盾。

直接参加战争对作家及创作的影响（穆旦和缅甸之战）。

在中国的外国作家及在海外的中国作家及其创作（叶君健、萧乾、林语堂、郁达夫等）。

第四卷，文学本体发展研究。

如本时期文学发展的不同倾向的相互对立和渗透：实录与虚构，写实与象征，日常生活化与传奇性，凡人化与英雄化，散文化与戏剧化、诗化，客观化与主观化，民族化与现代化，以及雅与俗，文学语言的变化，等等。

第五卷，代表作家列传，代表性作品点评。

代表性，应包括两个部分，一是时代顶峰（即代表时代水平）作家与作品，一是畅销作品及其作者（有时这两者是叠合的），以呈现"一个时代的整体社会与文学风貌"。既要注意精英文学，又要注意大众文学、通俗文学。这涉及史学观、文化观、文学史观：要始终关注大多数人、普通人的文化心态，文学需求、接受与欣赏。

因此，不仅要有郭沫若、茅盾、老舍、巴金、沈从文、沙汀、丁玲、萧红、萧军、路翎、张爱玲、赵树理、孙犁、汪曾祺、朱自清、周作人、艾青、冯至、穆旦、胡风、冯雪峰、曹禺、夏衍，也要有张恨水、无名氏、徐訏、韩启祥、还珠楼主、王度庐、宫白羽……不仅要有《霜月红似二月花》《四世同堂》《寒夜》《淘金记》《财主底儿女们》《围城》《传奇》《果园城记》《北望园的春天》《太阳照在桑干河上》《北京人》《芳草天涯》，也要有《兄妹开荒》《北极风情画》《风萧萧》《秋海棠》《蜀山剑侠传》《偷拳》等。

无论写列传还是评点作品，都要将其置于时代、历史情境中。在"书"的研究（即作品论）中，不仅要注意文本的研究，而且要注意其生产、传播与接受过程的研究。如发表、出版情况，广告，评论，翻译，改编，借用，模仿。戏剧的演出，诗的朗读、张贴，小说改编成电影、戏剧、曲艺作品：不同文体有不同的传播方式。注意接受效果：近期（同时代）效果与远期（长时间）效果。注意接受中介：学校及社会图书馆，书商与出版团体的关系。注意战争引起的印刷、出版状况的变化。注意读者群研究。例如，解放区作品是否真正为农民所接受？或者说，要通过什么途径才能为农民所接受？这就需要研究解放区的农村教育，农村文化活动等方面的问题。

三、全书要求资料性与理论性的统一，大量原始资料的提供，大量新材料的发现与开掘。要附"索引"。以描述为主，理论分析要求要言不烦，点到即是。摆脱进化论的影响，避免以"现代主义"作为价值判断的尺度。

全书将采用新的文学史的叙述方式，即借鉴"报告文学"的写法：不是套用文学的虚构，相反，每一个材料都要有根据，是强调叙述的现场感，注意历史氛围的烘托，历史细节（特别是有典型意义的细节）的自觉运用。

战争中的衣、食、住，生活方式的变化

战争对于人的基本存在方式的影响：战争条件下的衣、食、住。能表现社会心理的，除文学艺术外，还应有建筑、服装和日常行为举止。

抗战时期的住宅：延安的窑洞，重庆的茅屋，都很有特色，文人们

也写了专门的文章。梁实秋，吴伯箫，丰子恺。许多作家都十分动情地回忆他的居住地，如郭沫若对他的住宅里的白果树的怀念。

抗战初期的文人"投笔从戎"的戎装。

延安的八路军军服与军事共产主义生活的想象。共产主义理想对人的基本存在方式的影响：生活外表的革命化、穷困水平上的平等；社会活动带有更自由和更乡村化的性质。

大后方（重庆，昆明）生活困窘中的知识分子的衣着——老舍、吴组缃的描写，朱自清的云南马夫的披毡。"一边是荒淫无耻，一边是庄严的工作"的重庆的时代服装。

张爱玲、苏青笔下的上海、香港的服饰。

文学作品中对饮食文化与风俗文化的描写的特殊意义——不同于五四时期的乡土文学，大后方与解放区也有不同。

躲警报：出入于生死之间——老舍与吴组缃在防空洞里以作家的名字作对联。穆旦关于防空洞的诗。汪曾祺的回忆。

泡茶馆：深入到民俗文化中，相应的清谈风——汪曾祺的小说与茶馆的关系。沙汀的代表作《在其香居茶馆里》《茶馆小调》。茶馆里的戏剧演出。

解放区的小组会（学习小组会，民主生活小组会）引起知识分子的新鲜感，以及以后产生的问题。大后方的读书会。延安的大生产运动中的知识分子，纺线、种菜的新的生活方式，吴伯箫的回忆。废名敌后乡居生活。中国知识分子的乌托邦情结，民粹派的影响。

解放区对民间庆典的改造：1941 年的春节活动对传统闹社戏的改造，新的游行（还有抗战胜利时的凯旋式游行）。对农民文化、民族文化的发现，对农民化生活方式、情感表达方式的推崇，对农民秧歌、腰鼓……的发掘，新的采风运动。李季的"震动"。马凡陀山歌。

人与人交往关系的变化——无论在延安，在重庆，都有新的东西，值得注意。

这一时期的"文艺沙龙"。摆龙门阵，讲故事，由此影响的文学的叙述方式。

延安的晚会。交际舞。王实味的批判与反批判。

抗战初期，解放区，抗战胜利后学生运动、工人运动中的歌咏活动。

漫画，活报剧。

解放区集会上的拉歌成为一种交往方式，何其芳到延安的第一印象。李泽厚关于太平天国的论述：集体主义乌托邦社会。

抗战各阶段、各地区的流行歌曲：《义勇军进行曲》《五月的鲜花》《我的家在松花江上》《嘉陵江上》《黄河大合唱》《生产大合唱》《南泥湾》《团结就是力量》《跌倒算什么》《解放区的天》……

抗战时期的文人演讲也很有意思：郭沫若的演讲，闻一多的《最后一次演讲》。创作中的演讲风，对着听众讲故事的拟想对小说叙述的影响。

战争对婚姻（人的基本存在方式）的影响。

丰子恺笔下的"奇异婚姻"。作家之间的婚变，如萧红、萧军、端木蕻良的婚姻。大后方建立在金钱基础上的畸形婚姻。冰心的《关于女人》内含的"妇女问题"。

解放区家庭生活的急剧变化：战地浪漫曲（老干部、工农干部与女知识青年的婚姻）。解放区农民的婚姻（康濯：《我的两家房东》、赵树理：《小二黑结婚》、孔厥：《受苦人》、丁玲：《夜》、孙犁：《荷花淀》）。解放区民主改革中对妓女、二流子的改造。

战争英雄主义、浪漫主义，战争与宗教

抗战初期，中国是否有过一个"狂欢的气氛和参军冒险的热情"。战争中后期的学生参军，直接的战争体验对创作的影响（穆旦等）。以后的兵役问题：吴组缃、沙汀的小说。

战争英雄主义与五四以来的激进主义思潮的关系。"革命是人民群众的盛大节日"——战争也是这样的"盛大节日"。人们的"战争观"（以毛泽东的战争理论为代表）。

"毁灭后再重建"的文化激进主义倾向与文化保守主义的作用。

战争英雄主义的另一种表现形态：八路军、新四军、解放军这类"战斗集体"中的集体英雄主义，集体荣誉感。"一种特殊的荣誉感怎样成为一个特殊阶级的标志"。解放区文学里的表现：沙汀的《记贺龙》，刘白羽的小说。

解放区的"魅力"在于它的建筑在原始共产主义基础上的生活方式与道德的纯洁性。而只有置于战争背景下才能理解这种"魅力"。应该研究：这样一个原始共产主义的武装集团在战争环境中的特殊精神状态、道德、原则，这是 20 世纪乌托邦理想的一次重要实践，在这一时期的解放区文学艺术里有集中的反映。在战乱中人们容易陷入对宗教的迷信，宗教的激情"毋宁说是从一般人民遭受的灾难，不如说是从对这种灾难的恐惧中产生的"。英雄主义与圣化。

宗教爱国主义——宗教徒参加抗战。巴金的《火》。

宗教背后是一个信仰的问题。在某种程度上，20 世纪 40 年代正是建立"信仰"，创造"现代神话"的时代。一些内在矛盾并没有充分显露出来。在农民那里，"菩萨"变为"毛泽东像"，是一个很值得注意的现象。赵树理的《李有才板话》，丁玲的《太阳照在桑干河上》都有描写。

周作人的文章提到民间宗教中对"无生老母"的信仰，一种在战乱中寻找归宿的生命欲求，皈依情结，很值得注意。周作人这样的五四知识分子对民间宗教（道教）态度的变化，也很有意思。

战争中的宗教与文学，是一个大题目。

这一时期的政治文化，文学与政治的关系

战争，反抗异族侵略的全民族战争，所引起的文学观念的变化：在"战时文化体系"中，文艺必须服从于"全民总动员"的需要。这就形成了文艺思潮的主流：充分发挥文艺的特点，为抗战服务。毛泽东提出要有"文武两条战线"："要战胜敌人（按：不仅是外敌，还有内敌），首先要依靠手里拿枪的军队；……还要有文化的军队，这是团结自己，战胜敌人的必不可少的一支军队。"这样的观点很能够为有强烈的国家、民族、社会使命感的知识分子所接受。梁实秋试图将知识分子对国家、民族的责任与文学创作本身的追求区分开来，未能成功。

战争同时引起了文学组织方式的变化：军事化、集中化的需要，促使文学政治干预的高度自觉化与高度组织化。

国统区：国民党的文化政策，对文艺的控制。共产党对国统区的文化政策与领导。两党之间、两党与作家之间的复杂关系。对国统区文化

机构的考察，新闻、出版、教育的体制、管理。第三厅的组成、作用。全国文协的组织、活动。

各战区司令官与文人的关系，各战区的演剧队。桂林地区文人聚集与李宗仁的桂系的关系。冯玉祥的作用（与吴组缃的关系，他自己的创作与通俗文学的提倡），蒋介石夫妇与冰心的关系——政治对作家及其创作的影响，除体制、政策之外，还要通过具体的人与人之间的接触、关系来实现。在中国这样的国家，人事关系有时更重要。

周恩来建议以郭沫若为旗帜的深意。郭沫若、茅盾身边的共产党人（冯乃超、叶以群）的作用。为郭沫若、茅盾等"祝寿"活动与中国共产党的统一战线策略。

共产党领导的国统区民主运动的影响——闻一多、朱自清的"转变"，"人民本位主义"思潮的抬头。

国统区的整风运动：对乔冠华、陈家康等党内"才子"的批判，对夏衍的批判，对胡风的批判。

解放区：党的文艺政策，通过政权及政党的领导，对文艺的创作、传播、读者接受，予以全面的、有计划、有组织的引导与干预。对文学规范化、模式化的要求。"新的小说"即"社会主义现实主义文学模式"的产生：这是真正的"党的文学"，是"整个革命机器中的'齿轮与螺丝钉'"（毛泽东），不仅要用党的意识形态来观察、分析一切，而且要把党的意识形态化为自己的艺术思维，无论是人物或人物关系的设置，情节的设计，以至小说的结构，无不贯穿阶级斗争的逻辑（《太阳照在桑干河上》《暴风骤雨》《江山村十日》）。

解放区"新民主主义"模式的出现，对作家的吸引与由此产生的矛盾。

在考察知识分子（作家）与共产党的关系时，毛泽东与周恩来的个人魅力与影响不可忽视。毛泽东对鲁迅旗帜的树立与利用。毛泽东与丁玲、萧军、艾青、欧阳山……的关系。毛泽东《沁园春》及其诗词创作的反响。延安诗词学会，朱德、谢觉哉、董必武、叶剑英等对古典诗词的爱好对知识分子的影响。陈毅及其下属的新四军文人（阿英、李一氓、丘东平……）。

沦陷区：日本占领军的文艺政策。占领军控制下的作家组织与文学期刊。大东亚作家大会。周作人与汪精卫的关系，汪精卫、周佛海……本人的文学创作与活动。民间与官方文艺刊物中的共产党人的活动（关露与《女声》杂志等）。

对每一个文化（包括政治文化）现象的考察与描述，都要抓住"典型人物"——要记住：历史是通过个人活动进行和完成的。

抗战时期文人从政与参军现象值得注意——沈从文的质疑及对他的反批评。

战争与社会、文化、文学思潮的关系

中国的抗战，某种程度上是一次"以农民为主体的民族解放战争"。这一性质决定了这一时期社会文化思潮的一些特点。

民族主义思潮的兴起，传统文化价值的复归。哲学、历史学上的反映。文学民族性的凸显，民族形式问题的提出与讨论。

对农民的重视，人民本位主义思潮的抬头。国统区对战国历史的重新阐释。郭沫若呼唤楚文化，将儒家思想概括为"把人当作人"（《十批判书》《虎符》）。周作人将以"仁"与"民为贵"为中心的"原始儒家思想"概括为"儒家人文主义"。《白毛女》（某种程度上也是解放区文学）的主题："旧社会把人变成鬼，新社会把鬼变成人"：五四时期"人"的主题与"歌颂新社会"的革命意识形态的结合，另一面则是《在延安文艺座谈会上的讲话》对人性论的批判（批判本身也说明当时在延安人性论的"泛滥"。这揭示了五四"人"的主题与以阶级论为中心的革命意识形态相冲突的一面）。中国共产党对五四的重新评价（毛泽东的《新民主主义论》。从"资产阶级领导的五四"到"无产阶级领导的五四"）。对农民革命战争的肯定、歌颂与对农民起义历史教训的总结：毛泽东的《中国革命和中国共产党》，郭沫若的《甲申三百年祭》，阿英的《李闯王》。对屈原的重新评价与塑造：郭沫若、闻一多笔下的"人民诗人"。（与鲁迅对屈原的评价相对比："鲁迅终于没有把屈原认可为一种理想人格，其原因就在于屈原性格究竟是一种优良传统而不是一种现代精神"，"屈原时代不可能有近代个性自由观"，20 世纪 30 年代鲁迅甚至在"屈原一焦大一胡适之间画了一个性格等式"。）

新文艺的两大调整：新文艺与民族传统文化关系的调整（新文艺的诞生主要是受外来文化的影响），新文艺与农民关系的调整（新文艺是知识分子发动的思想启蒙运动，是以市民阶层为主要接受对象的），由此造成了向传统与农民的两大倾斜，《在延安文艺座谈会上的讲话》是这两大倾斜在理论上的代表。解放区文艺某种程度上是一次新文艺与农民的对话，"农民的主人公地位不只是表现在通常文学的意义上，而是代表了作品的整个精神，整个思想。因为农民是主体，所以在描写人物，叙述事件的时候，都是以农民的感觉印象和判断为基础的，没有写超出农民生活或想象之外的事体，没有写他们所不感兴趣的问题"（周扬：《论赵树理的创作》）。

对民间文学的再发现。解放区文艺更是新文艺向民间文艺汲取营养的自觉尝试。民族文学传统对小说创作的影响，由五四时期偏于"诗传统"的影响，到这一时期更自觉地转向对中国自身的"传统小说"的借鉴。端木蕻良论《红楼梦》。张天翼论《儒林外史》。《红楼梦》的影响（茅盾，端木蕻良等）。赵树理向"说书体"小说的靠拢。

这一时期人们对战争的思考有一个发展过程：战争初期主要关注"战争"与"民族"的关系，时代主题是"全民抗战"。中国抗战文学是"世界反法西斯主义文学"的一个部分。到抗战中、后期，对战争的体认与体验就拉开了距离，向两个方向发展。一方面是随着"建国"主题的凸显，围绕着"由谁来主掌国家权力，建立什么样的现代民族国家"而展开了国、共两党的激烈斗争，在意识形态上，掌权的国民党政府强调"国家"意识，提倡"国家统一意志下的民族文学"（"一个国家，一个主义，一个领袖"），在野的共产党则突出"阶级"意识，"人民"意识，提倡"工农兵文学"，同时高举"民主"旗帜（解放区以土地为中心的民主改革，国统区的以反独裁，建立联合政府为中心的民主运动）。两者间形成了尖锐的对立与冲突：战国策派引起的论争，陈铨的《野玫瑰》与郭沫若的《屈原》的不同评价。另一方面，随着战争的日常生活化，在一部分知识分子中，开始进入形而上层次的思考："战争"与"人"，人的生存状态，人的存在，生与死，生命的无常与永恒等等。在生命哲学、存在主义思潮的影响下，发生了向现代主义文学的倾斜，并未形成潮流，但明显出现了现代主义与浪漫主义（对"纯情"的追求）合流的倾向。

对生命力的强调："爱国也需要生命，生命力充溢者方能爱国"，与"自然"相融合的人，"从容的各在那里尽其生命之理"：那就是维持中国人在战争杀戮、死亡中活下去的自然生命力（沈从文）。元气淋漓的生命力：路翎、无名氏的追求；自然、和谐的生命力：废名的追求。沈从文兼具二者。

这一时期文学的主题模式与形象

鲁迅曾把20世纪中国人的基本要求概括为三条："一要生存，二要温饱，三要发展"，但在20世纪40年代的中国，整个民族，以及民族中的每一个生命个体，都遭遇到生存、温饱与发展的三大威胁；这样时代的中国人的文学，就有了两大主题——"生存"的主题：生存状态的自审与生命价值的追寻；"流亡"的主题：民族的流亡，生活的流亡，精神的流亡；在流亡中对精神归宿的追求。

"他有十足的资格做一个流浪人"（刘西渭：《萧军论》）——战争带来的作家主体（从生活境遇、水平、方式到精神状态）的变化。

文学作品中的流浪汉、跋涉者的形象：与"战士"同时成为战争中的"英雄"。路翎的小说。

文学中的"追寻"与"皈依"的主题模式。无名氏的小说。

"家""家园"与"旷野"——两大题材和意象。《四世同堂》（老舍）、《寒夜》《憩园》（巴金）、《瞬息京华》（林语堂）、《前夕》（靳以）；《呼兰河传》（萧红）、《果园城记》（师陀）、《长河》（沈从文）、《幼年》（骆宾基）；《财主底儿女们》（路翎）。"家"的内在意义与意蕴的变化：不再是"牢笼"（《家》），而是可以皈依的"精神家园"。

"女人"的形象：西方式的解放妇女转向东方型的母亲。瑞珏、愫芳（曹禺《家》《北京人》），魏太妃（郭沫若：《虎符》），韵梅（老舍：《四世同堂》）。孙犁：《荷花淀》《嘱咐》的美学意义：战争中的女人是足以对抗丑的极致的"美的极致"。

"土地"的意象。端木蕻良：《大地的海》。

"童年"追忆与儿童视角。《呼兰河传》（萧红），《幼年》（骆宾基），《初吻》《早春》（端木蕻良）。

"农民"的意义：政治学的"革命依靠对象"（《暴风骤雨》《太阳照在桑干河上》《种谷记》），农民中的"新人"形象（《暴风骤雨》里的赵玉林，《高干大》里的高生亮）；人类学上的"永恒的生命之根"——一个永远难忘的瞬间："在战火纷飞之中，一个农人依旧执犁耕田；战火平息后，周围的一切全部毁灭，只有这执犁的农人依旧存在"（参见贝西尔《美国医生看旧重庆》）。这正是要努力寻找的，能够照亮一个时代——抗战时期 40 年代中国的历史细节。

沦陷区对"乡土文学"的提倡的特殊意义。

中国现代文学与中国知识分子中的"乡下人"——"我是乡下来的人"（芦焚），"虽然在这大城里过了几年了，我几乎还是像一个乡下人一样生活着，思想着。假如我所写的东西里尚未能脱除那点乡下气，那也就是当然的事体吧"（李广田）。

"中国人的性格中有山明水秀的平和，也有狂风暴雨的野性。他们生活在自己的感官中，一切可以摸到、看到、听到、闻到的东西都叫他们快乐。"对于废名来说，除了"乡下人"和"自然"的融合外，还有与"传统文化"的融合。战争后期的一个趋向：到人的生命本体，到中华民族文化的深层去寻找力量与归宿，结果都注意到中国的农村，中国的农民。这样的趋向不仅存在于解放区，也存在于国统区。两者的同与不同。这也是后来国统区的很多知识分子接受新政权的重要的内在的原因。在这方面，废名也是一个典型。

同时存在的另一种倾向：坚持五四对传统文化、传统生活方式、国民性的批判立场（胡风为首的七月派）。

"皈依"仍无出路，"离去—归来—再离去"的五四模式：永远的漂泊者、跋涉者（《果园城记》）。

生命的"皈依"向现实政治的"皈依"转变——李广田：《引力》，何其芳：《从成都到延安》《白天和黑夜的歌》。

这一时期的文体，文学语言，文学风格

小说思潮及其演变："小说"（像小说）与"反小说"（不像小说），文体的"纯"与"杂"（相互渗透）。文体的创变。

"戏剧化的小说"。对战争的英雄主义、浪漫主义的体验方式与审美方式。以塑造人物（特别是"新人"、英雄人物）为中心的，注重情节的传奇性，矛盾、冲突的尖锐，场景的集中，精心设置结构的小说体式。"典型环境里的典型性格"的小说理论。

"非（反）戏剧化的小说"。对战争的非（反）英雄主义与非（反）浪漫主义的"凡人的"体验方式与审美方式。

对"不是小说的小说"的倡导与试验："用旧说部的笔法写一部散文体的小说"（芦焚），写"随笔风的小说"（周作人），"将以前所写的小说都给还原，即是不装假，事实都恢复原状"（废名），"一切艺术都容许作者注入一种诗的抒情，短篇小说也不例外。由于对诗的认识，将使一个小说作者对于文字性能具特殊敏感，因之产生选择语言的耐心"（沈从文），"我用的是参差对照的写法，不喜欢采取善与恶，灵与肉的斩钉截铁的冲突那种古典的写法，所以我的作品有时主题欠分明"（张爱玲），"我们宁可一个短篇小说像诗，像散文，像戏，什么不像也行，可是不愿意它太像小说，那只有注定它的死亡"，"一个短篇小说是一种思索方式，一种情感形态，是人类智慧的一种模样。或者：一个短篇断想小说，不多，也不少"（汪曾祺）。

对象的平凡化、生活化，对象的抽象化、情趣化、模糊化、情绪化，心态的松弛、和谐，态度的主观心灵化，自由地抒写心灵，"万事随人意"，"要同游手好闲的人，茶馆里谈天一样自由才好"（废名）。这类随笔式、散文化的小说里的"气味"（这是周作人提出的概念，"所谓言与物者何耶，也只是文词与思想罢了，此外似乎还该添上一种气味"）：废名作品中的寂寞的苦味，"慈爱"的、"充满人情，却似乎有点神光"的仙气，还有点乖戾之气。

文体（散文、诗歌、戏剧、小说之间）的渗透之外，还有民俗学、哲学、历史、宗教……向文学的渗透。

一个有趣的现象：诗人写小说（卞之琳的《山山水水》，冯至的《伍子胥》），戏剧家写小说（夏衍：《春寒》），散文家写小说（李广田：《引力》），学者写小说（钱钟书：《围城》）；也还有小说家写戏剧（茅盾：《清明前后》，路翎：《云雀》）。这样的"越界"写作都给文体的创变带来新的活力，也提出了新问题。

　　小说内部因素——叙述、描写、抒情、议论，人物、情节、细节、环境（自然环境与人文环境）的变化。

　　抒情方式的变化。沈从文（《看虹录》）、冯至（《伍子胥》）抒情小说的试验："抒情的客观化（故事化）与抽象化（叙事的诗化）"，抒情与哲理的结合，诗与哲学的结合（这也是同一时期"九叶集"派诗人的追求：将"象征"与"玄学"引入"诗学"）。形式变化背后的理念与动因——沈从文的小说观：处于战乱造成的政治、经济危机中，人"必需有一种或许多种抽象的原则学说，方能蛮有兴趣的活下去"；小说的基本功能就是把"机智的说教，梦幻的抒情，一切有关人类向上的抽象原则学说"，"综合到一个故事发展中"，从而将人的"生命引导到一个崇高理想上去"，进而影响"国民心理"（《论短篇小说》）。沈从文这一小说观、文学观与五四时期蔡元培"美育代替宗教"的思想的关系。

　　胡风与路翎对"小说的描写，作者的见解愈隐蔽愈好"的美学观的质疑：路翎认为，正是"要尊重读者的想象力，作者不需多说话"这类似是而非的观念，导致了小说中"叙述的摒弃"，"作者比较深沉的感情由所谓含蓄而逃亡"，他要做出自己的"反抗"，恢复"叙述"与"分析"在小说中的地位（《胡风路翎文学书简》）。

　　废名谈"经历过许多大乱"以后文学追求、小说观念的变化：其一，以"恢复原状"为创作的最高要求，认为小说的想象、虚构，对情节、结构的注意，都有"装假"之嫌；其二，要抛弃诗的梦的主观色彩，变成客观"实录"；其三，对"事实（人情风俗）"的"意义"的关注，把"议论"（分析）引入小说。这就出现了一种以"淡化情节，不注重结构与人物刻画，同时拒绝诗化，追求叙述、描写与议论相结合"为特征的"散文化小说"（《莫须有先生坐飞机以后》）。通常的小说笔法是"把道理含在现象中"，散文就明明白白地说了出来；而废名正是要将散文笔法用于小说，"明明白白地说出来"。

　　对"实录"的追求背后的不同理念与实践。

　　在抗战初期、解放区与1948年的香港都有用"实录的形式"写"实在的故事"的提倡："把人民斗争和生活中具有典型意义的事实，用说故事的方法朴实地记录下来，不加渲染，不加铺张"（《大众文艺丛刊》）。所强调的是小说作为"人民创造的历史的忠实记录"的功能，"教育、鼓励人民"的作用。这是一种"报告文学体"的小说。抗战初期：萧乾：《刘粹刚之死》，田涛：《潮》《流亡图》等。解放区小说大体都有这样的特征：《吕梁英雄传》《地雷阵》等。

一个有意识的尝试：在虚构的故事中穿插某些真实的时代背景和名人逸闻——《财主底儿女们》中汪精卫、陈独秀的出现。

另一种追求："现在进行式"的小说："真正的小说应该是现在进行式的，连人，连事，连笔，整个的小说进行前去，一切像真的一样，没有解释，没有说明，没有强调、对照的反拨，参差……绝对的写实，也是圆到融会的象征，随处是象征而没有一点'象征'的意味"（汪曾祺）。废名也有类似的说法："写实的（技巧），要把当时的真实经验生动地表现出来。而每一个经验都是特殊的，具体的，因此，比较难懂。"追求不经人为的结构的，更接近日常生活的原生形态的"真实"，同时又内化为作者的内心体验，既是"特殊的，具体的"，又内蕴含着普遍的形而上的意味，这是"写实"与"象征"的不落痕迹的"圆到融会"：这正是汪曾祺所追求的"现代小说"。

废名在谈到"写实"的技巧的同时，还谈到了"回忆"的技巧。袁可嘉解释说："废名先生所谓写实的即是戏剧的，关键在表现上的逼真和生动，废名先生所谓回忆，即是沉思，把经验和事物推到一定的距离（时间的，同时是空间的）之外。"（《今日文学的方向》座谈会）所创造的是一种"过去进行式"的小说。

"回忆"是 20 世纪 40 年代重要的诗学概念。

张爱玲这样谈到战争体验中的"古老的记忆"："人是生活在一个时代里的，可是这时代却像影子似的沉没下去，人觉得自己是被抛弃了。为了证实自己的存在，抓住一点真实的，最基本的东西，不能不求助于古老的记忆，人类在一切时代之中生活过的记忆，这比望将来要更明晰，亲切。于是他对周围的现实产生了一种奇异的感觉，疑心这是一个荒唐的，古代的世界，阴暗而明亮的。回忆和现实之间时时发现尴尬的不和谐，因而产生了郑重而轻微的骚动，认真而未有名目的斗争"。（《自己的文章》）

萧红的回忆诗学和她的创作实践，可以做一篇大文章。

废名的回忆："温故而知新"；距离感：现实与梦幻的交影；心态的寂寞感。

一个充满"语言缝隙"的小说文本。诗人卞之琳的《海与泡沫》：诗性的描写语言与质朴的叙述语言，个人话语的压抑与偶尔凸显，群体语言中的军事、政治斗争与地理政治语汇的游戏化。这是改造中的知识分子写作的一个饶有兴味的语言现象。

文学总体结构上的变化：新、旧，雅、俗之间关系、地位的变化。由二元对立向相互交融、互动的转化，以及对这一转化倾向的抵抗，新文学立场的坚守（胡风）。

"雅俗共赏"的时代美学追求。朱自清《论雅俗共赏》："抗战以来又有'通俗化运动'，这个运动并已经开始转向大众化。'通俗化'还分雅俗，还是'雅俗共赏'的路，大众化却更进一步要达到那没有雅俗之分，只有'共赏'的局面。这大概也会是所谓由量变到质变罢。"

抗战初期的"通俗化运动"。老舍、老向、赵景深……的通俗作品创作。

沦陷区关于"通俗文学"的讨论：北京《国民杂志》，上海《万象》。《万象》的自我定位与期许："我们虽然不敢说《万象》是一朵'新的文艺之花'，但行销的普遍是事实，为'一般大众所喜爱'似乎也无可否认。……我们要起来提倡通俗文学运动，因为通俗文学兼有新旧文学的优点，而又具备明白晓畅的特质，不但为人人所看得懂，而且足以沟通新旧文学双方的壁垒。"

抗战初期"全民总动员"的时代需要，大后方与沦陷区文学的商业化倾向，解放区"为老百姓喜闻乐见"的意识形态引导：文学通俗化的不同背景与动因。

"供消费"的"大众艺术"与"供反省"的"先锋艺术"之间的对立与渗透：张爱玲的意义。

徐訏的追求："小说是书斋里的雅静与马路的繁闹融合的艺术。"

通俗小说本身也存在着贴近日常世俗生活与"创造另一世界"，即"凡"与"奇"的不同追求。这既是言情小说与武侠小说的两种体式的文体要求，又是反映了在战乱中人的"平凡人生"与"奇异人生"的两极追求的。（张爱玲："我记得香港陷后我们怎样满街地寻找冰激凌和嘴唇膏。……香港重新发现了吃的喜悦。真奇怪，一件最自然最基本的功能，突然得到过分的注意。"同时，是还珠楼主的"奇幻想象力与雄伟文体"

所创造的"非常世界"："海可煮之沸，地可掀之翻"，"天外还有天，地底还有底"，"灵魂可以离体，身体可以化身"。）张爱玲写生活的"常态"，却将其小说命名为"传奇"，这是意味深长的。

通俗小说向新小说的靠拢（张恨水，宫白羽）。新小说的通俗化。《新儿女英雄传》《吕梁英雄传》：革命英雄传奇，革命意识形态对传统模式的借用。《北极风情画》《塔里的女人》：新言情小说，现代生命意识与传统模式的结合，旧小说与现代趣味的统一。

路翎为代表的七月派小说家"死不媚俗"的"先锋"姿态。

文学语言的发展与变化。

"（中国）民族间自有系维存在，反不似欧人的易于分裂，此在平时视之或无甚足取，唯乱后思之，正大可珍重。……此是何物在时间空间上有如是系维之力，思想文字语言礼俗，如此而已。……现今青年以汉字写文章者，无论地理上间隔如何，其感情思想却均相通，这一件小事有很大的意义。"（周作人：《汉文字的前途·附记》）

抗战时期关于语言问题的几次讨论，很值得注意。民族形式论争中的语言问题（参看汪晖的论文）。解放区对"党八股"的批判。香港等地关于"方言文学"问题的论争（邵荃麟、冯乃超：《方言文学问题论争总结》；茅盾：《再谈方言文学》，以及有关实践：香港文协组织的方言诗歌创作与活动）。

解放区工农兵文学中两种语言倾向。周立波式：老百姓方言、土语、歇后语的大量运用（《暴风骤雨》），周立波的预言："农民语言用在文学和一切文字上，将使我们的文学和文字再来一番巨人的革新。"（《〈暴风骤雨〉是怎样写成的》）赵树理式："不但在人物对话上，而且在一般叙述的描写上，都是口语化的，他几乎少用方言、土语、歇后语这些，他尽量用普通的、平常的话语，但求每句话都能适合每个人物的特殊身份。"（周扬）

张爱玲的语言试验。对傅雷批评的回应："至于《连环套》里袭用旧小说的词句……我当初的用意是这样：写上海人心目中的浪漫气氛的香港，已经隔有相当的距离；五十年前的香港，更多了一重时间上的距离，因此特地采用一种过时的辞汇来代表这双重距离。有时候未免刻意做作，所以有些过分了。我想将来是可以改掉一些的。"（《自己的文章》）

废名的语言试验。自觉地将古语引入小说，典故的化用。

路翎的语言试验。胡风对他的小说的"欧化形态""大众的语言的优美性被你摒弃了"的批评和路翎的辩解："精神奴役创伤，也有语言奴役创伤，反抗便是趋于知识的语言。"（见《胡风路翎文学书简》）

注意周作人的评价："中国用白话写小说已有四五百年的历史，由言文一致渐进而为纯净的语体，在清朝后半成功的两部大作可做代表，即《红楼梦》和《儿女英雄传》，现代的小说意思尽管翻新，用语有可凭藉，仍向着这一路进行，至老舍出，更加重北京话的分子……"（《〈骆驼祥子〉日译本序》）

在20世纪40年代环境、背景、修养很不相同的作家那里，都发现了在日常生活的白话口语基础上，创造富有艺术表现力的"纯净的语体"的努力。这是"俗白"而又"艺术化"的语言，白话终于成了文学语言。用老舍的话来说，就是"把顶平凡的话，调动得生动有力"，烧出白话的"原味儿"来。从胡适提出"国语的文学，文学的国语"的理想，到40年代，中国的现代汉语文学语言开始成熟。

这其中又有不同的语言资源。萧红（《呼兰河传》）、骆宾基（《幼年》）——来自童年（自然）的充满直觉、质感的本色语言。孙犁（《荷花淀》）、赵树理（《孟祥英翻身》）——来自民间文化的充满泥土味的语言。老舍（《四世同堂》）——来自北京市民的干净、漂亮的语言。冯至（《伍子胥》）——来自学院的生命沉思中的具象与抽象相结合的诗化语言。还有剧作家曹禺的戏剧语言：《北京人》《家》都显示出比20世纪30年代的《雷雨》《日出》《原野》更为纯净的诗化特征。

穆旦的诗歌语言试验的意义：几乎不带丝毫文言字词、句法，完全用白话口语来表达唯现代人才有的现代诗绪和现代诗境。

语言的自觉性：观察世界的眼光，感受世界的方式，思维方式、审美态度，决定了对语言符号、言说方式的选择。

文学风格问题。

文字风格与时代文化氛围的关系。抗战初期历史沸腾时期急就章的粗犷，到抗战中后期历史沉潜期的典雅与细腻：骆宾基从《东战场别动队》到《北望园的春天》。

风格的多样性。

不同风格的讽刺小说：沙汀式，钱钟书式，老舍式。

作家的"几幅笔墨"。端木蕻良的粗犷、阔大（《大地的海》《浑河的急流》），精致、温馨、缠绵（《初吻》《早春》），神秘、典雅（《雕鹗堡》《蝴蝶梦》）。路翎的狂躁、酷烈（《饥饿的郭素娥》）与节制、隽永（《求爱》集中的短篇）。即使是萧红这样的以《呼兰河传》的明丽、纯真的笔墨征服了众多的读者的作家，也有《马伯乐》这样的嘲讽、冷峻之作。

一种被忽略了的风格：繁富、华丽的，堆砌、雕琢的，妖艳、怪异的美：无名氏的《金色的蛇夜》《海艳》，李拓之的《文身》。

长篇小说史诗性的追求：一个历史时代的全景式的动态的大规模的反映（茅盾：《第一阶段的故事》《锻炼》）；广阔地展现"现实的历史动向，即一代的心理动向"（路翎：《财主底儿女们》）；作者主观上深厚的历史感，对民族历史文化的反思（老舍：《四世同堂》）；哲学意蕴的自觉追求（《无名书》前三卷）；沉郁、凝重、博大的美学风格。

端木蕻良也是这一时期重要的小说家，他写了一部未完成的长篇小说：《大时代》。20 世纪 40 年代的中国文学正是这样一个"大时代"的文学。描述这段历史的文学史著作也应该显示一种恢宏的气势。

以上抄录、整理的文字，大体写于 1989 年至 1993 年间，距离现在已有十年。其中有些部分在我的有关论著中已有所展开，大多数则仍是些材料和思想的碎片。这是我一直深感不安的。这一次的整理，或许对我是一个督促：希望有一天还能再回到 20 世纪 40 年代中国的这块土地上来——我是诞生在那个年代的：1939 年 3 月，我在重庆山城第一次睁眼看这个世界。现在已经看了 65 年，许多人和事越看越不明白，就想回到历史的起点上，从头看起。我知道，自己内心深处的 40 年代"情结"是根源于对生我养我的这块土地的永远的依恋。此时我心中默念的，正是同样孕育于那个大时代的艾青的诗句——

　　　　为什么我的眼里常含泪水？
　　　　因为我对这土地爱得深沉……

2004 年 2 月 4 日至 8 日整理

（发表于《中国现代文学研究丛刊》2005 年第 1 期）

研　读

一　研究背景

（一）倾力于 20 世纪 40 年代文学史研究的动因

钱理群在论文中谈及自己在 20 世纪 90 年代就曾有一个写《四十年代大文学史》的计划。近年来，20 世纪 40 年代文学史研究引起学界的广泛关注，如贺桂梅《转折的时代——40—50 年代作家研究》，陈思和在《关于编写中国 20 世纪文学史的几个问题》也曾谈到相关问题。在关注20 世纪中国文学总体历史的描述的同时，钱理群从 80 年代末开始，就将他的研究重心转向 40 年代中国文学的考察。在钱理群看来，40 年代的文学既是五四以来的中国现代文学历史的自然发展的结果，又孕育了后半个世纪中国当代文学历史的发展（钱理群认为，这后 50 年形成了一个独立的文化形态，他称之为"共和国文化"）；因此，抓住"40 年代"这一中间（过渡、转换）的环节，切入这一点，可以起到总揽全局（20 世纪中国文学与历史的发展）的作用。40 年代社会以战争为背景，风云变幻，文学发展受到社会政治的深刻影响，作家对民族命运的关注处于前景位置，漫长的战争也促使作家关注战争背景的普通人的生活、思考社会与个人的关系。同时，新文化运动以来，经历了一定发展时间的文学逐渐成熟。在以上两种因素的影响下，40 年代文学呈现出丰富性、复杂性、深刻性的特点。由于 40 年代文学发展状况的特殊性，这一阶段的文学史不仅与此前新文学的发展一脉相承，而且深刻地影响了新中国成立后的文学发展状况，因此许多研究学者关注 40 年代文学史研究，将此作为切入点深入研究中国 20 世纪文学。

（二）文学史观与学术风格

钱理群先生学术研究的特点一：注重体察中国现代知识分子的命运沉浮和精神变迁，挖掘人的生存困境。

薛毅："其最大的特点是：要对中国现代作家作品的研究，与中国现代知识分子的命运和思想联系起来，把文学史的研究与历史、文化、思想紧密联系在一起，从而去揭示人的生存困境并不断追寻和开掘，具有哲学和思想意义上的心灵探索和启蒙主义色彩，因而其独特的研究也就具有超出文学史研究意义之外的哲学内涵与思想价值。"（《试谈钱理群独特的学术个性》）

葛红兵："钱理群对鲁迅、周作人、曹禺等的解读就包含了一系列这样的发现，准确地揭示了现代人焦灼的绝望，追求的忧伤，无家的孤独，怀疑的混乱而使我们洞悉作为人的普遍困境，从而理解我们自身和这个时代的本质。这种深刻的人文关怀，救赎意识显示了我们这个时代深处急切呼唤着的精神位格。""在钱理群那里，人本关怀是以历史热情的面目出现的。发现历史人物在特定时空中心灵的分裂和聚合，并将之提升到类的范畴从而关注人类整体的困顿命运，钱理群正是以此展示了一个文学史家最深广的人类学，哲学可能性。"（《我们这个时代的精神位格》）

钱先生的第一本专著《心灵的探寻》，展开的正是一个成长于 20 世纪 50—60 年代的知识分子与 20 世纪中国变革的先驱者鲁迅之间的心灵对话，钱先生由审视自己一代知识分子的驯化，奴化倾向和自我麻木的倾向，而深入地把握住了鲁迅作为启蒙主义者的清醒的社会批判意识和绝望中抗争的人格力量。

《周作人论》是第二本专著，也是周作人研究的拓荒作。它全面系统地研究了周作人的启蒙主义文化贡献。在此基础上，在《周作人传》里，钱理群从周作人身上揭示出了一代自由主义知识分子在 20 世纪中国的人文姿态，痛苦的选择和挣扎，以及寂寞的命运和沉落的悲剧。

《丰富的痛苦》紧紧把握住了世界文学的两大典型形象——堂吉诃德和哈姆雷特的"东移"过程，由英法到德国、俄国、中国，观察和研究在这个过程中各国的作家，知识分子如何阐释这两大形象，如何在创作中丰富，发展这两大形象，以及这些作家，知识分子自身命运与这两大形象有如何相关的联系，由此，从一般的文学形象向着人类精神文化与知识分子的命运方向展开，对知识分子的不同精神侧面进行不断再思考。

同样，在《大小舞台之间——曹禺戏剧新论》里面，钱理群深入挖掘了曹禺在不同的时代所显示的创作水平的巨大差异的原因，展示了一个软弱的天才在中国社会、历史、文化背景下的"生存困境"。

钱理群先生学术研究特点二：抓历史细节，典型现象，营造历史现场感，回到历史本身。

郭春梅："不是用抽象的概括性语言来勾勒文学发展的线索，而是力图回到历史本身，从纷繁复杂的历史现象中选取有代表性的细节和场景描写来呈现时代生命与文学历史，是钱理群文学史写作中的一个非常引人注目的特点。""在钱理群看来，文学史是一连串的典型现象，历史细节的连缀，但又不是对材料的简单堆砌，而是通过新的叙述赋予旧材料以活力（因此每一条材料的引述都具有一种发现的意义），并在材料（典型现象）中间建立起一种新型关系，这就构成了对于历史的复述（与再述）。"（《生命的"挣扎"与"救赎"——钱理群学术研究述评》）

吴晓东："钱理群作为一个文学史家的敏感和禀赋体现在他很少发纯玄理性的议论，而往往从文学史实，事件和具体文本出发，从具体的历史细节以及文学史细节中引出问题，从典型现象的诗意描述中生发概括。""对历史的具体性和细节性的关注，追求一种回到历史的设身处地的现场感，还表现了钱理群对文学历史的偶发性，特异性和原生味的执迷。隐含在这种执迷背后的，是一种文学史观以及一种历史观。"（《钱理群的文学史观》）

钱理群："要恢复那些能够显示文学发展的偶然性、个别性、特殊性的文学现象（细节）在文学史描述中的地位，提醒人们在勾勒历史发展中的人的生命流动的轨迹时，不要忽视轨迹图像之外未能包容的生命（文学）现象，及其孕育的生命流动的另一个方向，文学发展的另一种可能性。"（《我这十年研究》）

钱先生从不用抽象的概括性语言来勾勒文学史发展线索，而是力图回到历史本身，选取有代表性的细节场景，来表现整个时代生命和文学历史。

"由一个人看一个世界","由一个年代看一个时代"是钱先生文学研究的一以贯之的思路。对鲁迅、周作人、曹禺的研究也皆是由此切入,并且不断深入延展开来的。《1948:天地玄黄》则是以1948年文艺界的重大历史事件为主体内容,以时间为线索,梳理了这一年的不平常之事。在每个事件之前,都用叶圣陶先生的日记作为引子,给人以身临其境之感,在转之以第三人视角,用"电影摇镜头的方式"一一呈现"南方大出击""校园风暴""诗人分化""批判萧军""朱自清逝世前后"等这些鲜活又典型的历史事件,从而以这一不平凡的一年为基点,洞开20世纪40—50年代大变革大转折浪潮下的世界。而《关于四十年代大文学史的断想》更是沿着这种思路展开的,对四十年代文学史的构想,是为了将之放进20世纪中国文学史的总体学术工程中,从中间突破,以带动两头,完成对整个20世纪中国文学的庞大叙述与观照。

钱理群先生学术研究特点三:单位意象法。

单位意象法就是"从作家在作品中惯用的反复出现的词语入手,找出作家独特的单位意象,单位观念,然后对单位意象,观念进行深入的多层次开掘,揭示其内在的哲学,心理学,伦理学,历史学,美学等的丰富内涵,并挖掘其中所沉淀的传统文化,外来文化的多种因子,以达到对作家与古今中外广大世界息息相通的独特精神世界与艺术世界的具体把握。"(葛红兵:《我们这个时代的精神位格——钱理群:作为一种文学史研究现象》)

薛毅:"他发现每一个有独特性的思想家和文学家,总是有自己惯用的,几乎已经成为不自觉的心理习惯的,反复出现的观念,意象;它们凝聚着作家对生活独特的观察,感受与认识,表现着作家独特的精神世界与艺术世界。因此,可以从作家在作品中惯用的,反复出现的词语入手,找出作家独特的单位意象,单位观念,对此进行多层次的开掘,揭示其丰富内涵,可以达到对作家与古今中外广大世界息息相通的独特的精神与艺术世界的具体把握。"(《试谈钱理群独特的学术个性》)

钱理群先生的老师王瑶先生早在1980年《关于现代文学研究的断想》中指出:"文学史要求通过对大量文学现象的研究,抓住那些最能体现这一时期的文学特征的典型现象,从中体现规律性的东西。"钱先生继承了这一研究思路,并且不断发展,将抓单位意象这一方法稳定内化为自己最为独特的学术个性，同时，在构筑文学史时，这种方法平衡融合了"文学性"与"史的角度"，在梳理文学发展脉络，对文学途径进行宏观描述的同时，不失具体性，诗性和情景感。

我们可以以几部著作为例。在《心灵的探寻》中，钱理群从最具能体现鲁迅精神世界的《野草》中找到其特有的单位观念，于是我们可以在每一章的标题中看到这样的相对应的意象："于一切眼中看见无所有""于天上看见深渊""于无所希望中得救""先觉者与群众之间""改革者与对手之间""叛逆的猛士与爱我者之间""生与死之间""冷与热""爱与憎""沉默与开口"等。而在《大小舞台之间》中，钱理群从曹禺的戏剧以及序言等文本中，截取最能抓住作品核心内涵或者最能进入人物心理的词语，在解读《雷雨》时，他抓住了"生命""郁热""极端""挣扎""残忍""距离""悲悯"等意象，让我们直观地感受到这部剧作的精神气质，也更容易了解繁漪这个主人公内心深处的苦痛，个性深处的危险，等等。在解读《日出》时，他用"从挣扎到被捉弄""习惯的桎梏""渴望毁灭""生命的光"来概括陈白露的精神世界。与此类似的是，他用"欲望""复仇"来诠释《原野》，以"沉静""孤独：生命的相通与阻隔""沉默：生命的空洞与丰富"来进入《北京人》的世界。

二 《关于 20 世纪 40 年代大文学史研究的断想》文本分析

●20 世纪 40 年代大文学史总体设计

基本指导思想："面对 20 世纪，总结 20 世纪"。

"中间突破，带动两头"。

写作目的：探索这一时期中国民族，尤其是知识分子的精神历程与由此形成的精神特征。

体例与方法：

1. "以我为主，吸取古今中外各家之长"的原则。

2. 资料性与理论性的统一，借鉴报告文学写法，有历史根据，有现场感，重历史细节。

内容框架设计：

第一卷：年表

第二卷：文学思潮与文化背景

国共两党文化政策；几大思潮；思维方式变化；时代精神变化；日常生活变迁等。

第三卷：文人身心录

作家生活与精神研究，包括流亡中，大后方，延安及敌后根据地作家，参战作家，寄居海外中国作家及在中国生活的外国作家。

第四卷：文学本体发展研究

实录与虚构，写实与象征，日常生活化与传奇性，凡人化与英雄化，散文化与戏剧化，诗化，等等。

第五卷：代表作家列传，代表性作品点评

精英文学，大众文学，通俗文学兼顾；文本研究与文学生产，传播，接受研究相结合。

●战争中的衣，食，住，生活方式的变化

●战争英雄主义，浪漫主义，战争与宗教

战争英雄主义与五四以来的激进主义思潮的关系；文化激进主义倾向与文化保守主义的作用；集体英雄主义；道德纯洁性；宗教迷信；宗教爱国主义。

●政治文化，文学与政治的关系

文学政治干预的高度自觉化与高度组织化；国统区对文艺控制；司令官与文人；树立郭沫若旗帜；人民本位主义思潮；国统区整风运动；解放区党的文艺政策；新民主主义模式；知识分子与共产党；沦陷区文艺政策；文人从政与参军。

●战争与社会，文化，文学思潮的关系

民族主义思潮兴起，传统文化价值复归；对农民重视，人民本位主义思潮抬头；新文艺两大调整；对民间文学的再发现；对战争的思考的变化过程。

●主题模式与形象

生存与流亡的主题；流浪汉，跋涉者的形象；追寻与皈依的主题模式；家园与旷野两大意象；女人的形象；土地；童年；农民；乡下人。

●文体，文学语言，文学风格

小说思潮及其演变；文体渗透：戏剧化的小说；非戏剧化的小说；不是小说的小说；诗人写小说；抒情方式的变化；实录的形式；现在进行式的小说；回忆诗学；通俗化运动；等等。

三　反响

首先是钱理群对自己的设想的强调与回应。一种是在这之后的文学史书写实践，比如，《1948：天地玄黄》《中国现代文学编年史——以文学广告为中心（1915—1927）》等。其二是对自己讲述自己的文学史观念的文章，即学人自述，全称是《我的文学史研究情节、理论与方法——〈中国现代文学编年史——以文学广告为中心〉书后》。在这篇文章里，他概述了自己文学史研究的三个阶段：包括独立文学史观的追寻、新的目标与选择、新的总结与开拓等，对于了解钱理群的文学史观和文学史研究方法很有帮助。另有《昨天的小说与小说观念——四十年代小说论概述》《略谈"典型现象"的理论与运用——中国现代文学研究方法的一个尝试》《传统与现代：中国新文学研究的回顾与反思（笔谈）》等文章可以参考阅读，以进一步了解钱老师的学术构架。

《中国现代文学三十年》可以说是重写文学史最初的尝试。现在结合这篇大断想以及钱理群后来的文学史书写创作可以看到一个不断变化的过程。最初的这本《中国现代文学三十年》在当时语境下发掘了许多自由主义的作家，比如，沈从文，可以说是走出现代文学史的研究从属于现代革命史研究的束缚的尝试，这个阶段寻求的是文学史研究的独立性。再后来是"尝试文学史的教科书模式"，指导现今"探索个人化的文学史写作模式"的努力。

以下介绍几部与此论文密切相关的著作。

1. 钱理群主编：《对话与漫游：四十年代小说研读》

这本书分为上，中，下三篇，整体上是总分总的结构，上篇"领读者言"中，作者漫话20世纪40年代小说的思潮，作者认为40年代小说理论与创作没有独立的特质，但是由于时代的因素，多了一些新质。突出了历史乐观主义以及理想主义战争观对于文学表现形式的影响，作者说："建立在战争浪漫主义基础上的新理想主义，英雄主义的战争文学，正是通过戏剧化（矛盾）冲突的高度集中，审美感情，判断的强化与钝化，封闭式的结构等等手段，制造战争神话，信仰，信念（意识形态）神话，以及被英雄化了的人自身的神话。"这对于理解 20 世纪 40 年代小说的文体，语言，风格等起到了引导作用，在这种背景性的介绍与总体勾勒下，我们能将具体的文学作品与大的时代背景联系，做出更妥帖更精准的理解。

中篇"众声喧哗"是具体的文本分析，这些作品由不同的讲解者来介绍，折射着不同的解读视角与分析方法。这些作品，在四十年代都出于比较边缘或者非主流的位置上，比如，萧红的《后花园》，沈从文的《看虹录》，路翎的《求爱》，卞之琳的《海与泡沫》等等，都不是作家最具代表性的作品，研读这些小作品，透露着一种重新发现的眼光。

下篇是全书的收尾，总结了 20 世纪 40 年代小说的历史地位与总体结构。这部分对于理解《四十年代大文学史的断想》的意义，大有裨益，它指明了 40 年代文学在 20 世纪中国文学的整体布局中的特殊位置，这也是钱先生"拎起中间，带动两头"设想的必要性与可能性所在。

2. 钱理群：《1948：天地玄黄》

这本书以 1948 年文艺界的重大历史事件为主体内容，按照月份为单位，以时间为线索，梳理了这一年的"大事件"。其独特之处在于每件事之前都现以亲历者叶圣陶先生的日记作为引子，给人以历史的亲临感与真实感，随后再以第三人称视角铺展事件的具体过程，同时有丰厚的历史材料为支撑，字里行间贯穿着一种历史的紧迫感与钱先生真诚的情愫。"南方大出击""校园风暴""批判萧军""朱自清逝世前后"等事件，助于理解 20 世纪 40 年代的文学思潮，作家遭遇下创作心态的变化等。同时就这本论著的风格而看，极其鲜明的表现了钱先生"以一个年代看一个时代"的学术追求，与本论文的断想顺随了相类似的思路。

3. 贺桂梅：《转折的时代——40—50 年代作家研究》

这本书是很有特色的关于现当代文学转折的研究。此书选取萧乾、沈从文、冯至、丁玲、赵树理五个具体作家，通过他们在 20 世纪 40—50 年代历史转折时期的回应方式，精神遭遇，创作变化，内心冲突的描述来试图对 20 世纪 40—50 年代的转折过程做思想，文化，文学多层次的立体勾勒。

　　这本书采取作家个案带问题序列的研究方式，每一位作家的遭遇与经历都折射着一个思想史命题，例如，沈从文对应着"文学与政治"的问题，冯至对应"个体与时代"，丁玲对应"知识分子与革命"，赵树理对应"传统与现代"等等。在作家论层面看，其特色是，不仅仅从社会，政治，历史巨变的外在因素出发，来看作家的命运沉浮，更关注的是作家内在的思想，精神脉络，他们基于自身的认知方式，情感结构，和微观判断而做出的反应，以及这种反应与外界碰撞所产生的后果。这样就摆脱了压迫反抗或者强制屈服的二元对立思考模式，更深层次的因素则涉及了"现代文学"到"当代文学"的关系的复杂考量。

　　最后，这篇论文涉及的内容非常丰富，每个关键点都可以写成一篇文章或是一本书，所以和它相关的论文也很丰富，包括以相似学术视角来看待文学史书写问题的、进入具体实践的等。可参考的有：李怡先生的《开拓中国"革命文学"研究的新空间——建构现代大文学史》《从历史命名的辩证到文化机制的选择——我们怎样讨论现代文学的"民国"意义》《文学的"民国机制"问答》；秦弓的《现代文学的历史还原与民国史视角》；贺仲明的《20世纪40年代战争规范与制约下的文学论争》；王丽丽、程光炜的《中国现代文学的又一次探索——试论四十年代的文学环境》等。

（康玮玮）

讨　论

张桃洲：我先说明一下，这篇不是严格意义的或者说学院化的论文，各位不必在形式上效仿，因为那是大家笔法，你们处于学习阶段，一时半会儿学不来的。这篇文章有两点值得注意：一是它的"大文学史"观，如何理解这个"大"字请大家多考虑；二是它涉及的议题非常驳杂，每一小段提出的问题如果展开的话都是很好的学术论文的题目，甚至是毕业论文的选题，大家可以选择自己印象比较深的、感兴趣的点进行深入研究。

学生 A：在这篇论文中，钱理群梳理了此前对于 20 世纪 40 年代文学研究的构想，以希对青年学者的研究有所指导。这是一个十分宏大的视野，让人回想起他有关"20 世纪中国文学"的文学史观。在谈论 20 世纪 40 年代文学史研究方法时，他提出研究要"面对 20 世纪，总结 20 世纪"，文学史著作要显示出"大时代"的文学的恢宏气势。提出"大文学史"就是"文化、思想、学术史背景下的文学史"。在钱理群的文字里，常常出现"20 世纪""中国""大""时代"这样的字眼。从这里可以看出钱理群的思想之博大、眼光之宽广，他视野开阔，常从大处入手，论述重要的命题，显现了其宏大的力量。同时，从五卷本的划分方式和文学与战争、政治、宗教等之间的关系，以及对具体文学现象的分析，又可以看出钱理群文学史观的精细之处，也就是采用"小叙事"的方式来叙述"大文学史"。研究眼光的宏大和对细节的重视结合，实现了"大"和"小"的有机统一。

钱理群关于 20 世纪 40 年代文学史研究的方法论对于当前学术界研究无疑具有重大意义，但同时面临诸多问题，需要继续深入研究相关作家及作品。有些作家作品仍未走进研究者的视野，因此需扩大文学史研究范围，为这一学术工程奠定基础。同时，这是一项十分巨大的学术工程，需要巨大的人力、物力、财力，仅靠某几个人的力量无法完成，必须整合专家、学者资源共同研究，才能实现这一宏大的学术工程。

学生 B：我觉得这种投入和努力一定会很有价值的，钱理群先生提出的这种"大文学史"的研究，对当前文学史的接受与写作都很有启示，也正是我们现阶段依旧欠缺并亟待完善的工作。

随着时代发展，进入市场经济时代，影视传媒的异军突起，特别是互联网等技术的普及，文学的地位在当代明显地被边缘化了。但文学给人艺术上的美感不应该被遗忘和消逝，而且在这个物质化的年代，多元的价值观念更容易使人们走向自我的困惑和迷失，此时文学所承担的文明传承和精神拯救更加沉重。面对阅读人群的减少、阅读习惯的渐渐淡漠，人们对大众文化、消费文化的倾斜，文学史的写作应该有自己的改进。当代我们需要涵盖广的文学史著作，线条清晰明朗、单一，适合作为教材使用。但是在普通文学史阅读和研究的角度，或者说站在大众的角度，也应该有不同的文学史的出现。

面对文学研究或文学史的书写与研究，不仅要抓住宏观上的大线索和脉络，而且要注意将与文学文本相关的时代、作家、文学思潮等因素结合起来分析；注重史料，以还原历史的语境下做研究；以典型、细节带动全篇。在本文中，"断想"的提出，及作者《1948：天地玄黄》的写作，都在提示这一种新的文学史的写作方法。从单个问题点、多个方面切入文学史写作，形成一条主线索，多个并行辅线条的共同存在的叙事方式，并在各个叙事线中找到交叉。形成事件、细节带动叙事，客观性、故事性、趣味性相结合，符合当代文学的接受习惯。一本好的文学史著作，也可以像大众文化代表的影视作品一样吸引普通受众，各个典型镜头展现具体情节，深刻、鲜明，以镜头、事件的张力，以点带面。政治、经济、文化的广阔历史背景都可以用电影蒙太奇镜头的方式一一闪过，用于寻找能够照亮一个时代的"历史细节"，在这些"瞬间永恒"里蕴涵着极其丰富的历史内容，同时又具有极其鲜明、生动的历史具体性。而长篇叙事或是主线索又可以如长镜头般的流畅、优美，可以展现文学史清晰的线索和脉络。

这样趣味性和学术性并重的文学史无疑会给读者更强的阅读欲望，而对一本文学史的喜爱无疑也会带动文学史中列举作品的阅读，这不仅对于一本书，而且对于整个文学接受都是大有裨益的。

学生 C：我发现钱理群很重视国内战争背景下影响的文学。那么我扩大一步的想，在 20 世纪 40 年代末，国际局势也发生了很大变化，比如，第二次世界大战结束后，世界形成了美/苏两大阵营，资本主义/社会主义社会对立，中国现代作家也有了不同的选择，那么他们在文学道路上的选择与人生道路变迁是什么样的？二者的关系又是怎样？这可否作为一个研究点？

综观钱理群的研究，似乎偏重于思想研究和文化研究，这确实拓展了研究视野，且提出了行之有效的理论方法。但文学的审美研究也应是十分重要的一个方面。理论阐释是否能涵盖不易把握的文学审美性？追求理论阐释是否会导致忽略文学作品的艺术审美特点？

学生 D：关于文学史怎么写以及写什么的论题，一直被我们争论不休。关于写什么，张志忠老师的观点：审美优先，文学性优先，可以带给我们一些启发。

学生 E：我认为，在写文学史时，应该尽量如实描述文学的本来面貌，避免把自己的主观意识加入书中。但可以选择不同的切入点。文学史所要承担的使命就是展示文学的本来面貌，从而给予客观的评价。所以文学的研究，包括文学史的研究，不只是理论的研究，原始资料对于我们是很重要的。原始资料，这个概念本身就具有一个宽泛的范围，以《1948：天地玄黄》为例，作家就是在查阅很多资料的基础之上完成的。如：年谱、日记、传记、文学期刊、报纸、文学文本等。一时代有一时代之文学，只有对那个时代的基本情况有所了解，掌握一定的资料，我们才能进入那个时代，才有资格对那个时代的文学有发言权。

我们还要对史料进行真假的辨别。这同样很重要。

学生 F：史料的搜集、整理都是十分庞杂的工作，尤其是关于 20 世纪 40 年代文学史的构想，有如此多杂乱的细节，包括历史事实，文学史实以及衣、食、住，生活方式的变化等，想要将搜集到的史料有效运用到文学史写作的实践里，到底以什么样的结构来编排书目，才能既翔实地反映时代特征和前面所提到的对中华民族的精神特征，又不乏文学史编排的历史连贯性以及逻辑性？

学生 E：这确实是个实际的问题。设想和实践中间还缺乏方法论的引导。

学生 G：我们这门课叫"中国现当代文学研究方法论"，我想，开课的目的不仅是丰富我们的视域，更重要的是能够应用在这门课上学到的理论指导自己的研究方向，结合我的专业，我认为自己受到了以下两点启发：

一是在研究方法上的启示意义——树立一种"大电影史"观，即是"文化、思想、学术史背景下的电影史"，从时代背景、文艺思潮、电影运动、这一时期电影在主题、人物形象、拍摄技巧等对电影有全方位的把握。比如，20 世纪二三十年代的古典主义追求，三四十年代的现实主义反映，五六十年代的英雄主义赞颂，七八十年代的影像美学的表达，九十年代以后的自由个性抒写，在对每一个年代的电影史的研究上，大部分电影史都会经常忽略相对应年代的文学或文化上的影响，如果能够有一个像四十年代大文学史的研究体例一样的体系，我想更能将文学与电影有机的融合起来。

二是对文学与电影的关系的思考，这两种貌似不同的艺术形式却有密不可分的联系，比如，对文学名著的改编，改编的原则，改编的方法，改编的方向一直以来都是编剧和导演所关注的问题，如对鲁迅作品、张爱玲作品、茅盾作品等的改编，又如近些年的《墨攻》《画皮》《花木兰》《孔子》以及对四大名著的翻拍，向文学和历史回归成为一股潮流，这些电影上映之后褒贬不一，影视对于现当代作品的改编更是层出不穷，无论是 20 世纪 30 年代文学改编电影的初创之作《春蚕》（1933 年），还是近年流行的现当代文学的影视改编作品《色戒》，以至《蜗居》《金大班》等，都向我们提出一个共同的问题：究竟该如何处理好文学与电影的关系？这既是电影工作者们探讨的焦点之一，也是中国文学走向世界的重要途径。

学生 H：我的思考关于战争与文学与人。钱理群先生在本文中提到，20 世纪的三大事件：战争文学与人、共产主义运动与文学与人，民族解放运动与文学与人。本时期是这三大问题的交叉。20 世纪 40 年代的中国文学，有了两大主题：生存的主题、流亡的主题。人们同样也很容易地意识到，20世纪40年代文学中的"流亡者"形象，大都是知识者；因此，我们可以说，"流亡"是作家对于处于战争条件下的在中国知识分子的历史命运、精神特征的一个艺术发现——自然，这也是作家的自我反省与自我发现。钱理群先生将流亡概括为这一时期知识分子特有的精神气质和艺术特征。40年代的知识分子作家首先是作为一个战乱中在饥饿与死亡线上挣扎的流亡者，除去国家、民族的群体生命体验之外，更有着战争阴影笼罩下的个体生命体验与个体生命境遇的观照，也即"战争"与"人"（及"战争"与"文学"）的真实思考。所以知识分子所追寻的心灵归宿在现实中，最终指向了延安，而在延安的大改造，则带给了令知识分子幻灭的悲剧。孤独的精神个体被视为是"没有改造好的"，甚至是"可疑"与"危险"的，知识分子的"改造"就这样成为现实生活与文学的"主题"，并且为渴求"光明"、寻找"归宿"的作家们自觉接受。当知识分子本向内心光面的最终指向——延安之后，却面临着从战争浪漫主义之中抽身，舍弃那些所谓的孤独和绝望、类似小资产阶级情调的情感，而最终转向"改造文学"与"颂歌文学"的大流之中。

当年人在"旷野"里所感到的孤独、绝望，所产生的梦幻中的依恋，这一切"旷野"情怀、生命体验现在竟被视为"小资产阶级情调而抛弃"。历史再一次错过了机会，四十年代"流亡者"文学经过"战争浪漫主义"转向了"改造"文学与"颂歌"文学——下一时期（五六十年代）的文学正悄悄孕育在这"转向"之中。由此，对四十年代文学史全方位的叙述就能构成对此后文学史写作的有力支撑，也就是钱理群老师所设想的"中间突破，带动两头"的实验性意义。

学生 I：我有一个疑问。我曾看到过一种所谓巨大卷的文学史，编著者虽然是把出版、报纸、广告等都加入文学研究和注释里面，但构架依然是文学史原来的书写方式，这种新的尝试如何生发出新的东西，而不只是材料的补充呢？

张桃洲：你所说这种文学史写作的状况确实有，可以说是在写作上换了一种角度，但总体的思路并没有变，依然重视一般意义上的作家作品、文学发展脉络，没有根本改变文学史构架的格局。

学生 D：这可能是一种想要尽量还原过去的环境和空气的努力，比如，从出版的角度来做研究，将文学论争所在的报刊、读者的反映等都容纳进来。但这样很难把大量材料和论述结合起来。钱理群老师大文学史的设想也很可能要面临这个问题。

张桃洲：这就是我们所说的文学内部研究和外部研究的问题。对大量外部材料进行很好的整理和呈现，就能有根据来阐释外部的这些因素从类型上、主题的选取上和写法上等等，怎么改变了文学的创作。但同时，讨论文学本身的改变，不是简单把内和外加起来的事情，要做得非常细致。所谓的外部因素参与文学创作时产生的效力、作用，需要我们细致考辨。

学生 J：我感觉钱理群老师有很多个人情感投射到了文学史的写作里面。比如，写到沈从文、胡风时，对于知识分子走到了大众的对立面，个人主义和集体主义无法相融洽的时候被集体主义相诋毁时，他抱着很大的怜悯来写。但我认为写作文学史应该有一种客观的、公允的态度。在文学史写作中如何避免个人情感的倾注和投射呢？

张桃洲：钱先生的研究带有很强的个人性情，他们这一代人感同身受的地方，以及特有的责任感、启蒙意识，都使得他对研究 20 世纪 40 年代问题抱有很大激情。这是他的研究状态。但我们要知道，他的很多判断并不单只有主体意识，还是保持了相当的客观性的。人文学科研究现在研究好像越来越科学化，变成了对数据、材料这样一些冰冷的内容的整合，历史研究可能尤其如此，所以追求一种客观、冷静、理性的姿态。但这和文学研究其实存在一种矛盾。一方面存在研究的学理性和客观态度，但另一方面，研究者的感受性、情感温度很多时候是难以避免的。想要保持一种纯粹的理性客观态度，也许可以做到，但对不同的人程度都会不一样，整齐划一来要求很难。

学生 K：我也感觉不能完全避免写作中出现的情感投射。但筛选材料时会因个人情感、个人角度有所遗漏，导致文学史"一家言"的可能。

张桃洲：应该说这种状况非常多，文学史材料以什么方式来选，放在哪里，通过什么角度来叙述、转述，研究者与研究者之间的差异会非常大。但对相对好的、成熟的研究者来说，他们会注意到材料的多样性、全面性。他们会保持相对全面、客观的态度来对所有材料把握、呈现，还能辨析出问题来。也许有视野的盲点难以克服，但当中更可贵的则是他们有强烈的感受力和热忱。

学生 L:"大文学史"似乎是一个相对陌生的字眼,目前似乎还没有对此有精确的界定。从这部文学史的框架设计来看,它对于以往文学史的突破有以下几点:

第一,将年表独立一卷并置于最前面。一般的文学史著作,文学大事记总是置于后面的附录部分。此年表中所涉及的内容远远超出了文学的范围但又与文学有所粘连,覆盖的范围也相当广阔,极其考验研究者史料的把握能力。将年表置于最前也有其好处,能够最直观地创造出一种历史现场感,将作家作品放置大背景下做更加周全圆融地考察,避免片面单薄地研究。

第二,设立作家身心录一卷。对于知识分子精神历程的关注是一直以来钱先生的坚持,记得在读《大小舞台之间——曹禺话剧新论》时,就感受到钱先生对曹禺在时代变迁中精神与心态的微妙变化的敏锐捕捉,并将其与创作的变化联系起来,揭示了具有怯弱个性的个体在外部环境的挤压与冲撞下的悲剧性结局。有些质量不高的文学史中的作家作品论总是采取作家简介加作品分析的平铺直叙的叙述模式,若能将作家的生活遭遇与创作上的变化糅合在一起,更利于我们阅读作品时深入内髓。

第三,在总体设计中,钱先生一再强调不能忽视个例,既要有文艺政策指导下的作品,也不能漏掉边缘的非主流的作家作品,既要有雅的精英文学,也要有俗的大众化作品,力求全面周正,摆脱多年来政治的介入和偏见,展现本时期最真实的文学风貌,对作家作品做公正恰切的评价。同时将文体发展独立出来重点考察,这是对文学主体性的尊重。

钱先生的"大文学史"的设计也引发我对中国现当代文学史写作问题的一些反思。米兰·昆德拉在《小说的艺术》中,认为将作品的审判权交给未来是一种向权贵谄媚的行为。他是反对历史进化论的,他不仅仅反对历史进化观,还反对对小说进行任何道德评价。回望中国文学史的书写历史,我们似乎一直未能摆脱这种评判,黄修己回顾新文学史的编纂历史时,曾概括了几个阐释体系,阶级论、进化论、启蒙论的阐释体系,在文学史的建构过程中,尽管我们一直在寻求突破,但却一直未能摆脱这种局限,比如,王瑶的《中国新文学史稿》明显受到阶级论的影响,历史进化论的影响更是难以清除,直至 1985 年钱理群三人提出"二十世纪中国文学"的概念,仍可以看到这种影子。而 20 世纪 80 年代以来重写文学史浪潮中，启蒙论则成为新的参照，比如，朱栋霖的《中国现代文学史》则明显属于启蒙论的体系之中。钱先生自《中国现代文学三十年》以来，一直在做这方面的努力，在摸索着寻找更加合理独立的阐释体系，建构更加公正深刻的文学史。

虽然这部"断代史"并未付诸实践，但是给予青年一代有益的启示，为有志于从事现当代文学研究的后辈们提供了可供参考的思路。与此同时，这种气势恢宏的大文学史观也引发我对于当下文学批评现状以及发展趋势的一些侧面思考。

首先，基于"文学史"角度看，这种大文学史是否是严格意义上的"文学史"，有待于商榷。例如，其中战争中的衣食住行等生活方式的变化，作家的婚恋经历等等是不是离文学史有点儿远，是不是更加贴近文化史、风俗史。就我的阅读偏好来讲，文学史编著的过于全面庞杂，并不是一件好事，能清晰的勾勒面貌，并凸显发展线索，展现时期之间，地域之间，作家作品之间，文体之间的传承与嬗变，是基本要求，同时又必须点出代表性作家作品的突出地位，有点、线、面的立体层次感，最适宜于读者又快又准的把握文学发展的全貌。但是，必须指出的是，钱先生这里的"大文学史"设计应用于某一时期文学史的静态呈现，是有可行性的，它的优点就是全面厚重，其缺点就是线索不好把握。

其次，我联系到如今，在大文化研究盛行的今天，文学史到底该如何建构，文学研究如何进行才能称为是"文学"研究，也是值得深思的问题。文学研究不能脱离与此相关的政治、社会、文化、风俗、哲学领域，但是也当保持文学独立的特殊的品性。

当今的文学批评界，好像是泛文化批评的天下。充斥着各种眼花缭乱的"主义"与"思潮"，似乎只有这样，才能显示出研究者的理论功力，批评家们喜欢拈大题目，做具有气势感和深刻感的评论，仿佛只有这样才是痛快淋漓的。谈"审美"，谈"艺术"似乎软弱无力，说"感动""悲悯"似乎成了故作矫情。评论界好像患了理论癖，非要把鲜活有生命的作品囚禁在各种"主义"的框架内，批评家们纷纷操起手术刀，对作品层层解剖，武断作诊。很多精悍单纯的作品，也被过度阐释，剥离了初衷，示以众人的是混沌的面目。我们只知道它"反映了什么"，和当下的社会，政治，文化有何瓜葛，但却忽视了它"如何反映的"，而

"如何"二字恐怕才是文学的真正意义所在吧。

另外，那些不为文学研究浪潮所推动，执着认为文学是世界的一方净土的批评家们，继续用自己的热忱照亮"审美""艺术"的世界，但是我们也能明显地察觉到，在越发浮躁和混乱的时代，他们也曾黯然神伤，眼中闪动过一丝没落与迷惘，不可否认的是，文学已经被泛滥的文化大潮挤压到边缘的位置，而且这似乎是越演越烈的，不能挽救的趋势。北京大学的曹文轩老师曾经在现代文学馆做了一次"混乱时代的文学选择"的讲座，他曾真切地坦言自己的文学信仰与当下的时代格格不入，也曾质疑和迷惘。美国著名学者布鲁姆的《西方正典》执拗地以精英主义的姿态向人们展现"艺术的世界""美的力量"，同时说"我们正在败退，并无疑的还将败退，这是令人沮丧的"。

关于文学批评与文化批评的论争，是当下最热点的讨论话题，就文化研究热产生的社会背景来看，在这个机器复制时代，大众消费文化流行起来，审美越来越日常化生活化，文学艺术已经不再独属于精英阶层，而是大众触手可及的"精神食粮"，批评也不仅仅再局限于文学文本，行为、身体、广告，甚至街头标语都成了人们研究的对象。我们无法拒绝这个时代，也就无法扭转文化批评愈发兴盛的趋势。有时觉得，这样的争论并无多大必要，我们必须正视现实。

然而作为文学的爱好者，我拒绝将文学作为实用工具，虽然文学的边缘化已经是不可回避的事实，但是无须过于神伤慨叹，在这样一个浮躁的时代，这是意料之中的结局。懂得欣赏爱与美，借助于文学对心灵的淘洗，我们会有更丰富的生命体验和精神财富，这本来就不是所有人能够意识到的问题，更不是多数人有暇顾及的。也许正是在这样的环境中，我们的坚守，才更加弥足珍贵。因为我们正忙着生存，同时也未忘却生活。

第四讲

文学史分期的必要与可能
——以"当代文学"为例

基本文献

"当代文学"的概念

洪子诚

 这里所要讨论的，主要不是被我们称为"当代文学"的性质或特征的问题，而是想看看"当代文学"这个概念是如何被"构造"出来，和如何被描述的。由于参与这种构造、描述的，不仅是文学史家对一种存在的"文学事实"的归纳，因而，这里涉及的，也不会只限于（甚至主要不是）文学史学科的范围。

 在谈到 20 世纪的中国文学时，我们首先会遇到"新文学""现代文学""当代文学"等概念。这些概念及分期方法，在 80 年代中期以来受到许多的质疑和批评。另一些以"整体地"把握这个世纪中国文学的概念（或视角），如"20 世纪中国文学""晚清以来的中国文学""近百年中国文学"等被陆续提出，并好像被越来越多的人所接受。许多以这些概念、提法命名的文学史、作品选、研究丛书，已经或将要问世。这似乎在表明一种信息："新文学""现代文学""当代文学"等概念，以及其标示的分期方法，将会很快成为历史的陈迹。虽然也有的学者觉得，它们也还有存在的理由和价值。① 为着"展开更大历史段的文学史研究"，

---

 ① 在"20 世纪中国文学史"将要大量出现的时候，最早提出这一概念的学者之一近日参与编写的文学史著作，却仍沿用"现代文学"的名称。他们认为，"尽管这些年学术界不断有打破近、现、当代文学的界限，开展更大历史段的文学史研究……的建议，并且已经出现了不少成果"，"但由于本书的教科书性质"，以及现有的学术研究格局，"以'三十年'为一个历史叙述段落，仍有其存在的理由和价值"。参见钱理群、温儒敏、吴福辉《中国现代文学三十年·前言》，北京大学出版社 1998 年版。

从一种新的文学史理念出发，建构新的体系，更换概念，改变分期方法，这些都很必要。但是，对于原来的概念、分期方法等加以审察，分析它们出现和被使用的状况和方式，从中揭示这一切所蕴含的文学史理念和"意识形态"背景，也是一项并非不重要的工作。

20世纪80年代中期，北京和上海的学者分别提出"20世纪中国文学"和"新文学的整体观"的学术思路，其中便已或明或暗地包含了对"现代文学"与"当代文学"学科划分的批评。随后，陈思和在他的论著中，又进一步将中国20世纪文学史的研究，历时地区分为"中国新文学史"研究、"中国现代文学史"研究和"20世纪中国文学史"研究三个阶段。[①] 陈对"现代文学"与"当代文学"是"人为的划分"的提示，对"现代文学"概念的"意识形态"含义的指明，以及在观察这一问题时注重历史过程的视角，都富启发性。这可以作为我们讨论问题的起点。当然，如果吹毛求疵而略作补充的话，尚可以指出，第一，所说的第二个阶段，准确地似应是"现代文学史与当代文学史"研究阶段。也就是说，"现代文学"是对应着"当代文学"概念的，它们的出现既在同一时间，其含义也只是在对应、相互限定的关系上才能确立。[②] 第二，文学史的概念和分期方法，都包含着政治、历史、社会、教育、文学等因素的复杂影响和制约——因而，也可以说都有着"意识形态"的含义；从某种意义上说也就都有"人为"的性质，而不独"现代文学"为然。问题只在于这种"意识形态""人为性"的具体含义的分别。第三，这种"人为的划分"，对于"现代文学"与"当代文学"来说，不仅是文学史家"事后"（对已逝的"历史"）的描述，而且更是文学运动的发起者、推动者对所要争取的文学前景的"预设"，对某种文学路线的实施。就后者而言，这里提供了观察文学史研究和文学运动开展之间复杂关系的

---

① 参见陈思和《中国新文学研究的整体观》，《复旦学报》1995年第3期。本文的引述据《陈思和自选集》，广西师范大学出版社1997年版，第1页，《关于编写二十世纪中国文学史的几个问题》（这篇文章曾以"一本文学史的构想"为题，编入陈国球编，香港三联书店1993年版的《中国文学史的省思》，编入《自选集》时作者作了"重大修改"，《陈思和选集》第22—26页）。

② 王宏志说，"众所周知，'现代文学'一词，其实是相对于'当代文学'而言"（《历史的偶然》，牛津大学出版社1997年版，第47页）。虽说是"众所周知"，但还未见到对这个问题的较充分论述的文字。

实例。

　　这样，对"当代文学"概念辨析，便有了讨论的基点。这就是，从概念的相互关系上和从文学史研究与文学运动开展的关联上，来厘清其生成过程。讨论的是概念在特定时间和地域的生成和演变，这种生成、演变所反映的文学规范性质。另外的角度，譬如从"语义"上，从概念的"本质"上，来讨论"当代文学"的含义及相应的分期方法的真伪、正误，也许不是没有意义，但不是这篇文章的目的。

"新文学"与"现代文学"

　　在讨论"当代文学"的生成时，我们无法离开对"新文学"与"现代文学"概念的考察。正如前引的陈思和文章中指出的，"新文学"概念（或作为文学史学科的"新文学史研究"）与"现代文学"（"现代文学史研究"）之间的使用，呈现为相衔接的两个阶段。同时又可以进一步指出，"新文学"概念（或"新文学史研究"）被"现代文学"（或"现代文学史研究"）取代的过程，也就是"当代文学"概念（或"当代文学史研究"）生成的过程。甚至可以说，这种"新文学"与"现代文学"概念的更替，正是为"当代文学"提供生成的条件和存在的空间。大致在 20 世纪 50 年代中期以前，有关五四以来新文学的文学史论著和作品选，大多使用"新文学"名称。在这期间，"现代文学"概念很少见到，个别以"现代文学"命名的著作，也主要作为"现时代"的时间概念使用。① 如《中国新文学的源流》（周作人，1932），《中国新文学运动史》（王哲甫，1933），《中国新文学运动述评》（王丰园，1935），《新文学概要》（吴文祺，1936），《中国新文学大系》（赵家璧主编，1935—1936）等。同样使用"新文学"名称的朱自清的《中国新文学研究纲要》和周扬

---

　　① 如任访秋的《中国现代文学史》（上卷，河南前锋报社 1944 年版）。这里的"现代"，是"现时代"的意思。此前的《现代中国文学作家》（钱杏邨）、《现代中国女作家》（黄英）、《现代十六家小品》（阿英）等的"现代"，也都是这样的意思。

的《新文学运动史讲义提纲》，虽然晚至 1982 年和 1986 年才正式发表①，但都产生于二三十年代，是作者在学校里授课的讲稿。使用"新文学"概念的这种情况，一直持续到 20 世纪 50 年代一段时间。除了丁易的《中国现代文学史略》（1955）外，王瑶的《中国新文学史稿》（上卷 1951，下卷 1953），蔡仪的《中国新文学史讲话》（1952），张毕来的《新文学史纲》（1955），刘绶松的《中国新文学史初稿》（上、下卷，1956），这些出版于 20 世纪 50 年代前半期的文学史著作，也都用"新文学史"一词。

但是，从 20 世纪 50 年代后期开始，"新文学"的概念迅速被"现代文学"所取代，以"现代文学史"命名的著作，纷纷出现。② 与此同时，一批冠以"当代文学史"或"新中国文学"名称的评述 1949 年后大陆文学的史著，也应运而生。50 年代中后期发生的这种概念更替，粗看起来会觉得突然③，实际上它的演变逻辑并非无迹可寻。这种更替，是文学运动的开展的结果。当时的文学界赋予这两个概念不同的含义。当文学界用"现代文学"来取代"新文学"时，事实上是在建立一种文学史"时期"划分方式，是在为当时所要确立的文学规范体系，通过对文学史的"重写"来提出依据。

在 20 世纪二三十年代，因为在时间上和心理上与发生的事情有较近的距离，因此，对于五四文学革命及这一"革命"的成果的陈述，尤其在事实的限定和材料的处理上，不同的作家和学者之间，有较多的共通

---

① 《中国新文学研究纲要》原稿本保留下来的有三种，20 世纪 80 年代初经赵园整理后，发表于《文艺论丛》第 14 辑，上海文艺出版社 1982 年版。周扬的《新文学运动史讲义提纲》是 1939—1940 在鲁艺的讲课提纲，正式发表于《文学评论》（北京）1986 年第 1、2 期。

② 如孙中田、何善周、思基、张芬、张泗洋的《中国现代文学史》（上卷，吉林人民出版社 1957 年版）、复旦大学中文系现代文学组学生集体编著的《中国现代文学史》（上册，上海文艺出版社 1959 年版）、吉林大学中文系中国现代文学史教材编写组的《中国现代文学史》（第 1 册，吉林人民出版社 1959 年版）、复旦大学中文系 1957 级文学组学生的《中国现代文艺思想斗争史》（上海文艺出版社 1960 年版）、中国人民大学语言文学系文学史教研室现代文学组的《中国现代文学史》（上下册，中国人民大学出版社 1961 年版等）。但台湾、香港等地区此时概念的使用却不相同。

③ 这种突然更替的现象，会让人不解。贾植芳埋怨说："不知从何时起，'新文学'这个概念渐渐地为人弃置不用了，取而代之的是'现代文学'。……这样，就使我们这门学科不知不觉地陷入一种形与体的自相矛盾之中。"《中国现代文学词典·序》，上海辞书出版社 1990 年版。

性。他们大体上把"新文学",看作对"旧"文学(或"传统"文学)取得革命性变革的文学现象。尽管如此,对"新文学"的陈述和阐释,一开始就存在许多不同,且预示着立论和阐释方向上后来的严重分裂。在上面已经提到的新文学史论著中,以及《五十年来中国之文学》(胡适)、《现代中国文学之浪漫的趋势》(梁实秋)、《现代中国文学作家》(钱杏邨)、《论民主革命的文学运动》(冯雪峰)、《论现实主义的路》(胡风)等著作中,我们既可以看到一些共同点,也能看到许多的分歧;看到不同的立足点,不同的取材方式,不同的评价体系。这种历史叙述的不同,与叙述者的身份,知识背景,个人的历史处境有直接或间接的关联,为他们所信奉的历史观和文学观所制约,当然,也表达了不同集团、派别对于社会政治、经济、文化的现实评价和未来设计。在梁实秋那里,可以看到他对白璧德等的"新人文主义"理念的应用,看到对"新文学"的"浪漫"倾向的批评和对文学的节制、纪律的提倡。在钱杏邨的论著中,可以看到他的"新时代的眼光"的激进尺度,如何把鲁迅、郁达夫、叶圣陶、徐志摩、茅盾等归入落伍或抓不住时代而开始"反动"的行列。在朱自清那里,历史的复杂存在被尊重(换目前的一种说法,就是承认"现代性"的复杂性和矛盾性),在文学进步的理想中,作家的各种主张和创造被相当宽容地包容,尽管他并非缺乏自身的思想艺术态度……对"新文学"的各种历史叙述方式,在20世纪三四十年代,如果可以区分为几种主要类型的话,那可能是:侧重于"自由主义"思想和文学"自律"的立场的叙述;强调文学的启蒙功用和文化批判立场的叙述;以阶级分析和文学与经济、政治的决定性关联为依据的叙述,等等。

1940年初,毛泽东发表了《新民主主义论》,连同在此前后的《中国革命和中国共产党》等论著,对中国社会现状作了系统的分析。《新民主主义论》的论述,对中国左翼文化界产生了巨大影响,文学史研究也不例外。毛泽东在这里提出了观察文化问题的方法论,确立了讨论问题的基本前提。这就是,在物质与精神,存在与意识,政治、经济革命与文化革命之间的关系上,强调前者对于后者的"决定"作用。他指出,"一定形态的政治和经济是首先决定那一定形态的文化的;然后,那一定形态的文化又才给予影响和作用于一定形态的政治和经济"①。这为左翼文学界开展的文学运动，和与这一运动紧密相连的对文学的历史叙述（文学史研究），确立了应予遵循的原则。从文学史叙述的方面，这一原则可以称为多层的"文学等级"划分。毛泽东认为，现阶段的中国社会形态是"半封建半殖民地"的，因而，中国革命的性质是反帝反封建的民主革命。但是，他又认为，在进入20世纪之后，由于资本主义已发展到"帝国主义"阶段，并且发生了俄国十月革命，在这种情况下，中国的资产阶级民主革命已属于世界无产阶级革命的组成部分，领导权已掌握在无产阶级及其政党手中，它已不属"旧"民主主义革命范畴，而是"新"民主主义革命。这一革命，将导向社会主义革命的目标。这一论述，在文化的分析上，必然地推导出这样的结论：第一，与现阶段中国社会存在着不同的经济成分和阶级政治力量相对应，"文化"也不是一个"整体"，而有各种文化形态，需要从分析其阶级性质来加以区分，并确定不同文化形态的等级地位。"帝国主义文化"和"半封建文化"是反动的，"应该被打倒的东西"，反映新的经济基础和先进阶级的意识的，则是"新文化"。但是，第二，"新文化"也不是一个无须做进一步分析的"整体"，它同样也由各种不同的因素构成。它们组成"统一战线"。各种因素、力量在这个"统一战线"中的地位不是对等的，有主导与非主导、团结和被团结、斗争和被斗争的结构性区分。无产阶级文化、"社会主义的因素"是起决定作用的因素，资产阶级、小资产阶段的文化，则属于通过斗争、团结而予以争取、改造的因素。第三，在毛泽东看来，中国社会与人类社会历史的演化，都要经历从封建社会到社会主义社会发展的过程。因而，现阶段的"新民主主义革命"当然不是革命的终点，在完结革命的第一阶段之后，"再使之发展到第二阶段"，以建立"自有人类历史以来，最完全最进步最革命最合理"的社会制度。因而，"新民主主义文化"是一种"过渡"性质的文化，必然要发展为更高一级的社会主义和共产主义文化。文学发展阶段的问题，伴随对社会发展阶段的确认而被确认。

这是以"不断革命"方式建立"新文化"的主张。在20世纪，这种

---

① 《新民主主义论》，《毛泽东选集》（一卷本），人民出版社1966年版，第657页。

激进的文化主张虽然早已存在，并在 20 世纪 20 年代末的"革命文学"倡导、论争中进一步意识形态化。但是，40 年代初的这一论述却有其重要意义。这不仅指这一理论的建构，是通过对中国社会的特殊性的分析来达到，因而更具说服力。更重要的还有，与既往的激进的文化主张不同的是，它与现实的政治实践联系在一起，并在政治运动中，不断推动其"体制化"的实现（激进文化主张作为众多的文化观念中的一种是一回事，这种主张在政治权力的保证下成为体制化的规范力量，又是另一回事）。在文学史的概念问题上，这一论述引发的结果，是赋予"新文学"（后来便用"现代文学"来取代）以新的含义，而作为比"新民主主义性质"的"新文学"更高阶段的文学（它后来被称为"当代文学"），也已在这一论述中被设定。20 世纪 50 年代中后期，"现代文学"对于"新文学"概念的取代，正是在文学史叙述上，从两个方面来落实《新民主主义论》的论述。一是新文学构成的等级划分。正如周扬等组织、由唐弢主编的《中国现代文学史》的"绪论"所说的，中国现代文学是"无产阶级领导的人民大众的反帝反封建的新民主主义的文学"，"它具有新民主主义的统一战线的性质"：它包含着多种阶级成分——无产阶级、资产阶级、小资产阶级，以及"残馀的封建文学"和"法西斯文学"①；这时使用的"现代文学"概念，是在划分多种文学成份的基础上确定主流，达到对"新文学"概念的"减缩"和"窄化"。二是文学"进化"的阶段论。不像"新文学"在时间范围上的不很确定（如王瑶的《中国新文学史稿》虽然作为"附录"，还是写入了"新中国成立以来的文艺运动"一章②），而明确"现代文学"是指五四文学革命到 1949 年的这一时间。至于 1949 年革命性质发生变化之后的文学，需要有另外的概念来指称；因为文学的性质也已经不同。这从文学时期的划分上，从"学科"分界上，"厚今薄古"地确立"新民主主义性质"的"现代文学"与"社会主义性质"的"当代文学"的阶梯（等级）序列。

---

① 《中国现代文学史·绪论》，人民文学出版社 1979 年版。

② 1982 年上海文艺出版社的修订重版本，删去了这一附录。

"当代文学"的生成

　　一般都会认为，出版于 20 世纪 50 年代初的王瑶的《中国新文学史稿》，是"第一部""力图以毛泽东的《新民主主义论》《在延安文艺座谈会上的讲话》为指导"的新文学史。[①] 当然，严格说来，周扬在延安鲁艺的讲稿《新文学运动史讲义提纲》，才是最早以《新民主主义论》作为新文学史论述基准的尝试。但"讲义提纲"迟至 20 世纪 80 年代才正式发表，在很长时间里并未对文学史研究产生直接影响。至于王瑶的《中国新文学史稿》（连同刘绶松、蔡仪、张毕来等 20 世纪 50 年代的著作），虽然仍使用"新文学"的概念，但正如有的学者指出的，已经属于"现代文学史研究"的范畴。[②] 不过，《史稿》虽然"力图"贯彻《新民主主义论》的"指导思想"，但也还不是那么"彻底"。尤其是具体作家作品的选取与品评上，显然与"指导思想"存在许多矛盾。因而，它多次受到批评。[③]

　　但是，《新民主主义论》的文化问题论述，不仅制约了对文学历史的叙述，更重要的是决定了文学路线的方向和展开方式。也就是说，对"当代文学"的生成，需要从文学运动开展的过程和方式上去考察。基于这一理解，这里使用了"预设"和"选择"这两个词。"预设"的含义，类乎有学者提出的，中国现代文学的那种"逆向性"特征：即从一种文学形态的理想出发，展开创造这种文学的实践。不过，"逆向性"其实是相当普遍的现象，尤其是 20 世纪中外那些先锋性的文学实验，都是以理论设计"先行"的方式进行；并非中国的"诗界革命""小说革命"，五四文学革命，20 世纪二三十年代的革命文学，20 世纪 40 年代的延安文学才是这样。不同的地方可能是，有些先锋性的文学运动的推动者，他们关注的是这种实验自身；而中国现代激进的文学实验者，则把他们的"预设"看作必须导向全局性的，而伴随着强烈的对"异端"的排斥。这

---

① 黄修己：《中国新文学史编纂史》，北京大学出版社 1995 年版，第 133 页。

② 陈思和：《关于编写中国二十世纪文学史的几个问题》，《陈思和自选集》，第 24 页。

③ 参见《〈中国新文学史稿〉（上册）座谈会记录》，《文艺报》1952 年第 20 期。

样，"预设"就不仅仅是一种"新"的文学形态的构造，而且是这种文学形态在整个文学格局中支配性地位的确立。

对"当代文学"生成过程的考察，应该从20世纪40年代后期开始。40年代初的延安文艺整风和延安文学实验，可以看作"当代文学"的"直接渊源"：它被左翼文学的主流派看作"继'五四'之后的第二次更伟大、更深刻的文学革命"①，并认为是"规定了新中国的文艺的方向"②。抗日战争结束以后，在"新中国"——一个独立的民族国家和"中国的工业化和农业近代化"将要出现被预告、被感知的情势下，把这一文艺方向推向全国，成为全局性的文学构成，是20世纪40年代后期左翼文学界关切的主题。当然，在"战后"的日益政治化、冲突日益激烈的文坛上，随着政治变动而产生的各种文学力量重组的前景，是许多作家都感觉到的。不同思想倾向和创作追求的作家和作家群，为着自身的主张的实现，和其他的派别构成紧张的关系。但是，有"资格"和能力为文学的"全局"建立规范，左右文学界的路向，对文学实施有效的选择的，只有左翼文学力量。这种支配性的地位的取得，一方面靠左翼文学的威望和广泛影响，它对于民族意识和情绪的较有成效的表达。另一方面，又是因为正在迅速取得胜利的政治力量的保证。1948年，朱光潜攻击左翼文学界"以为文艺走某一方向便合他们的主张或利益，于是硬要它朝那个方向走，尽箝制和奸污之能事"③。这种说法，自然是出于和左翼文学在政治、文学观念上的巨大分歧，但更在表达对"硬要它朝那个方向走"的文学一体化的不满——这种不满，从心理上说，是意识到"政府的裁判"外的"另一种'一尊独占'"④的力量的强大和难以抗衡。

左翼文学界在推动"当代文学"生成上所做的"选择"，是对20世纪40年代作家作品和文学"派别"进行"类型"的划分。类型分析的尺度，是对文学观念、作家作品的"性质"进行阶级分析。这种方法在20

①　周扬：《坚决贯彻毛泽东文艺路线》，《文艺报》第4卷第5期，1951年6月25日。

②　周扬：《新的人民的文艺》，《中华全国文学艺术工作者代表大会文集》，新华书店1950年版。

③　《自由主义与文艺》，《周论》第2卷第4期，1948年8月6日出版。

④　沈从文：《新废邮存底·十七》，《沈从文文集》第12卷，花城出版社1984年版，第51页。

年代后期，就为"革命文学"的倡导者所实行；他们将苏俄和日本无产阶级文学运动中确立的这种理论和策略，应用在对当时文坛状况的分析中。这种尺度，直接从左翼作家把文学看作阶级意识形态的文学观念中导出，来自他们对文学与阶级斗争、政治斗争关系的理解。但是，也与现代中国文学与现实政治的特殊联系的状况相关。因而，在20世纪40年代后期，这一尺度的实施，便完全以毛泽东关于中国现代社会及其文化形态的分析作为依据。当然，作家和文学作品，作家的观念、情感和文化态度的表达，清楚地按阶级属性加以区分并非易事——因为难以提出可以确定把握的方法。创作本身的复杂性，政治观点与创作之间关系的复杂性，使类型边界的确定变得困难，在阐释上也就留下很大的随意性空间。不过，这可能也是左翼的类型分析者所希望的。最后，能成为重要依据的，将是作家现阶段的政治立场，即对中国革命和左翼文学运动的态度。

左翼文学对20世纪40年代的文学现象（创作和理论主张）的分析，首先是在文学界（这在当时开始称为"文学阵营"）中划分敌、我。处在激烈的政治情势下的40年代作家，被划分为"革命作家""进步作家"（或"中间作家"）和"反动作家"几类①。"革命作家"的含义和所指对象，一般说不应产生歧义。但这也不好一概而论。如胡风及其追随者，坚信对于革命一贯的忠诚，但在20世纪40年代后期，这种身份已不被左翼主流派别所认可。在20世纪50年代，则先被归入小资产阶级类型，后又列入"反革命"行列。丁玲、冯雪峰等的类属，也有相类的情形。"中间作家"（或"广泛的中间阶层作家""民主主义作家""进步作家"等），则指虽然赞同新文学的反帝反封建的方向，对革命抱同情和靠拢态度，但"世界观"还是小资产阶级的，在文艺观念上与革命大众文艺存有歧见的作家。这被当作教育和团结的对象；左翼文学界认为他们必须改造自己的文艺观和写作方式，才有可能参与对"当代文学"的创造。至于列入反动作家名下的，有主张"唯生主义文艺"和"文艺再革命"的徐中年，标榜"文艺的复兴"的顾一樵，与国民党官方有直接关系的潘公展、张道藩等。主张"为艺术而艺术"的沈从文、朱光潜，以及萧

---

① 参见郭沫若《斥反动文艺》和邵荃麟《对于当前文艺运动的意见》等文。

乾等作家，在 20 世纪 40 年代后期，也被列入"反动"的行列：应该与沈、朱、萧等人当时在国共两党斗争中暧昧的政治态度，和他们对左翼文学的激烈批评有直接关系。这种划分敌我的分析方法，在后来有了进一步发展。50 年代末，在"资产阶级道路"和"混到左翼文艺队伍"中的反革命的名目下，列入了"胡适一派""陈西滢一派""新月派""第三种人""托派分子王独清"，延安的王实味、李又然、萧军、丁玲，国统区的冯雪峰和胡风一派，"解放后"的陈涌、钟惦棐、秦兆阳等。到了"文化大革命"期间，则有了更为"纯粹化"的划分。——这些因为不属于"当代文学"生成的讨论范围，这里姑且置之不论。

　　类型划分的另一方面，是针对文学思想和创作现象。"属于革命文艺的敌对方面"的文艺，包括"封建性的"和"买办性的"两种类型，它们是"地主大资产阶级的帮凶"和"帮闲文艺"。萧乾的创作被归入"标准买办型"的范围，沈从文的创作则是"黄色"的。而"色情、神怪、武侠、侦探"等，则是"迎合低级趣味"的"封建类型"文艺。除了这些"要无情地加以打击和揭露"的对象外，左翼文学的分析，更着重揭露 20 世纪 40 年代进步、革命的文艺运动所表现的右倾、衰弱的状况。这种状况，在 1948 年邵荃麟执笔的总结性文章①中，主要归纳为两个方面：一个方面是"表现于那种浅薄的人道主义和旁观者底微温的怜悯与感叹态度"。持这种态度的作家认为，他们应该埋头在自己的创作上，"在文艺中去安身立命，用较冷静的头脑，去观察、分析这社会"；他们并"在接受文艺遗产的名义下……渐渐走向对旧世纪意识的降伏"。其结果，是在创作上表现为对"超阶级的人性，以至所谓'圣洁的爱'与'永恒的爱'的追求"，和"方法上""走向于繁琐的和过份强调技巧的倾向"。这是"政治逆流中知识分子软弱心境的一种反映"，是"旧现实主义""自然主义"对作家的征服。右倾和衰弱的另一个方面，"则表现了所谓追求主观精神的倾向"。这种"内在生命力与人格力量"的追求，"自然而然地流向于强调自我，拒绝集体，否定思维的意义，宣布思想体系的灭亡，抹煞文艺的党派性与阶级性，反对艺术的直接政治效果"。可以看到，这种类型分析的结果，是提出一份需要批评、削弱、纠

---

①　邵荃麟：《对于当前文艺运动的意见》，《大众文艺丛刊》第一辑。

正的对象的"清单"。由于尺度的严格，被"压抑"的范围相当广泛。这种区分，在建立的创作倾向、文学流派的系列中，不仅将左翼文学置于最高的等级（这是包括胡风等在内的左翼文学各派别都赞成的），而且在左翼文学中，将"解放区文学"置之优于国统区左翼文学的地位（这却是胡风等所不愿承认的）。"市民文学"和涵盖面广泛的"通俗小说"等，虽说有些犹疑（对不同批评家而言），也放在"市民阶级与殖民地性的堕落文化"之中。另外，20世纪40年代特殊语境中发育的创造力，文学发展的多种可能性，许多都在严格筛选中疏漏不取。在20世纪40年代，战争分割的不同生活空间，生活经历与体验的多样性，使作家获得"进入"艺术创造的多种方式。战争既把生活推向危急的境况，但也生成许多"空隙"，使冷静的观察、分析有了可能：超越对于时事问题的干预性质的反应，在深层上来思考社会人生的悖论情境。知识者在民族危机和社会矛盾重压下理智与情感、灵与肉、知与行、抗争与逃遁等的紧张心理冲突，在获得自我审察的情况下得到较充分表现。在日常生活情境中展开的叙事，平衡了对于重大事件与主题的过度沉迷。而对外来影响和本土资源的更为自觉的"综合"，也获得可观的成效。这些，体现在冯至、沈从文、师陀、路翎、钱钟书、张爱玲、巴金、曹禺、穆旦、郑敏等这一时期的创作中。这一切，都被作为资产阶级和小资产阶级的"个人主义"的表现，当作需要予以清除、纠正的现象，而拒之于"当代文学"构成之外。

对"当代文学"的描述

进入20世纪50年代，那些被作为"反动"或"错误"的文学类型和创作倾向大体上已受到清理，"新的人民的文学艺术已在基本上代替了旧的、腐朽的、落后的封建阶级和资产阶级的文学艺术"①（当然，按照激进的文化主张，文学的"纯粹化"运动不会有终点，20世纪50—70年代的批判运动所进行的不间断的"选择"，说明了这一点）。也就是说，以解放区文学为代表的左翼文学，已成为"当代文学"的构成的最主要

---

① 周扬：《为创造更多的优秀的文学艺术作品而奋斗》，《周扬文集》第2卷，第235页。

资源。不过，在一开始，文学界的领导者在宣称已出现新的文学形态，已进入新的文学时期上，持较为慎重的态度。这是因为，"社会主义工业化和社会主义改造"刚刚开始，经济基础的变化并未完全实现，在这种情况下，说文学的性质已发生改变，显然有悖于《新民主主义论》的经典论述。因此，在 1952 年周扬说，"目前中国文学，就整个说来，还不完全是社会主义的文学"，但"已经开始走上了社会主义现实主义的道路"①。

到 20 世纪 50 年代中期，"当代文学"的构造是个重要的时间。首先，1956 年在"所有制"的"社会主义改造"上取得的胜利，和对中国已"进入"社会主义的宣告，使周扬有理由正式提出"社会主义文化"和"社会主义文学"的说法。② 其次，反胡风和反右派运动的开展，把胡风、丁玲、冯雪峰等有影响的左翼作家及相关派别，划入敌对营垒，加强了周扬等的左翼文学主流派别的地位。另外一点是，由于有了十年的时间，在文学界领导者看来，已有了可以拿出来陈列的成绩。因此，以"建国以来"这一短语作为独立文学时期的标示的意向，有了明确认定的有利时机。1959 年，邵荃麟在《文学十年历程》③ 中指出，"这年轻的社会主义文学是继承过去三十年革命民主主义文学而发展过来的"，他并说，"社会主义文学在前一阶段的末期（指'革命民主主义文学'的阶段末期，即 40 年代后期——引者）已经孕育成熟了，当革命进入社会主义阶段"，就以"生气勃勃的姿态，显示出强大的生命力量"。1960 年召开的第三次文代会上，周扬题为《我国社会主义文学艺术的道路》报告，在"正式文件"上确定了 1949 年以来"当代文学"的社会主义性质。这样，"革命民主主义文学"和"社会主义文学"这一"性质"上的区别，便成为两个文学时期划分的主要依据。与此同时，周扬等急迫地组织"现代文学史"编写，以使他们在反右派运动中对文学的"两条道路斗

---

① 周扬：《社会主义现实主义——中国文学前进的道路》，《周扬文集》第 2 卷，第 186—191 页。

② 周扬在中共八大会上的发言《让文学艺术在建设社会主义伟大事业中发挥巨大的作用》，《人民日报》1956 年 9 月 25 日。

③ 邵荃麟：《文学十年历程》，作家出版社 1960 年版，第 33 页。

争"的叙述"正典化"①。而一批由研究机构和大学编写的"当代文学史"的教材和论著，也纷纷出版②。"当代文学"作为一个独立的文学时期，在当时已经不容置疑。

"当代文学"的特征、性质，是在它的生成过程中描述、构造的。1949 年周扬在第一次文代会上的报告，虽说是讲解放区文学成绩的，却为"当代文学"的描述，建立了特殊的话语方式，并在以后得到补充和"完善"。对当代的"新的人民文艺"（社会主义文艺）的性质的叙述，通常这样开始：新中国文学（当代文学）继承了五四文学革命，尤其是延安文学的传统，而在中国进入新的历史阶段之后，文学也进入新的历史时期，而写下了"崭新的一页"，文学变化为社会主义的性质。在说明当代文学的"崭新"特征时，列举的方面主要有：从"内容"上说，社会主义革命和社会主义建设成为主要表现对象，工农兵群众成为创作中的主人公；在艺术形式和风格上，则是民族化和大众化的追求，肯定生活、歌颂生活的豪迈、乐观的风格成为主导的风格；"作家队伍"构成的变化，工人阶级作家成为骨干；文学与人民群众建立了从未有过的密切联系，并在现实中发挥重要作用；等等。这种由周扬等创立的叙述模式，由最初之一的当代文学史（中国科学院文学研究所的《十年来的新中国文学》，1963）所采用，习习相因，在 30 多年后仍为最新成果的当代文学史所继续。③

"当代文学"所确立的文学评价体系，是从意识形态和政治观念上来估断文学作品的等级。由此得出的结论是，当代的"社会主义文学"不

---

①　邵荃麟在座谈周扬的《文艺路线上的一场大辩论》的发言中说，"我们现在出现的一些现代中国文学史"，"对两条道路的斗争的情势的描写，还是不够清楚。没有明确地把左翼阵营中的思想斗争，看做是两条道　路斗争"；"周扬同志在这方面把脉络弄清楚了，对写文学史有很大的帮助……特别希望写文学史的同志研究一下"。在 20 世纪 60 年代初由周扬主持的高校文科教材编写工作中，"中国现代文学史"是被重点关注的项目。

②　华中师院文学系的《中国当代文学史稿》，北京大学中文系 1955 级学生和部分青年教师的《中国现代文学史当代文学部分纲要》，山东大学中文系部分教师和学生编著的《1949—1959 中国当代文学史》，都完成于 20 世纪 50 年代末。华中师范学院和山东大学的两部，在 20 世纪 60 年代初正式出版。中国科学院文学研究所的《十年来的新中国文学》，也在 1950 年代末开始编写，由作家出版社 1963 年版。

③　中国社会科学院文学研究所、少数民族文学研究所：《中华文学通史·当代文学编》，华艺出版社 1997 年版。

仅是封建、资产阶级文学难以比拟，而且也比"新民主主义性质"的文学胜出一筹，它是"前所未有的一种新型的文学"。因而，不要说张恨水、冯玉奇，就是巴金、冰心，在当代的新文学面前，也是落伍了的。①而赵树理的《传家宝》的艺术价值尽管赶不上曹禺的《雷雨》，但是，"它在社会主义思想的指导下对于现实生活发展的有力的理解，却要比《雷雨》更为正确一些"②。这是那些写"民主主义性质"文学作品的作家（巴金、曹禺、老舍、冯至、何其芳、张天翼……）为什么在"社会主义文学"面前"自惭形秽"、纷纷检讨的原因。因而，当批评家写出《从阿 Q 到福贵》③《从阿 Q 到梁生宝》④ 这样的论文题目时，不仅是在通过形象的对比来论述"中国社会的变化"和文学形象的多样性，而且是在指明文学性质的演化等级和作家作品的思想境界等级。当代文学由于获得社会主义性质而"前所未有"，使它不论在什么样的情况下也不能被质疑。20 世纪 50 年代，冯雪峰、秦兆阳、刘绍棠、刘宾雁、吴祖光、钟惦棐等曾认为，"建国后"的文学（或电影）不如过去，"新文学"的后 15 年（指 1942 年以后）不如前 20 年，苏联和中国近期的文学出现了"倒退"——他们的立论方式显然犯了大错。即使看到"当代文学"存在某些缺陷，正确的叙述方法应该是："社会主义文学还是比较年轻的文学"，怎么能拿衡量"有两千多年历史的封建时代的文学和有四五百年历史的欧洲资产阶级时代的文学"的尺度来要求这种文学呢?⑤ 或者应该是，问题的症结要从作家自身，即思想改造和深入生活不够上去寻找。对"当代文学"的这种叙述，在社会生活和文学的历史关连上，强调的是它的"断裂性"。另一些作家和批评家，当他们强调的是某一方面的"连续性"（"想从社会主义文学的内容特点上将新旧两个时代的文学划分出一条绝对的界线来，是有困难的"⑥）时，他们就必定要被看作异端。

　　在"当代文学"特征的描述上，"题材"总是被充分地突出。上面提

---

① 参见丁玲《跨到新的时代来》，《文艺报》第 2 卷第 11 期（1950 年 6 月 10 日出版）。
② 蒋孔阳：《关于社会主义现实主义》，《文艺月报》1958 年第 4 期。
③ 默涵：《从阿 Q 到福贵》，《小说》第 1 卷第 5 期（1948）。
④ 姚文元：《从阿 Q 到梁生宝》，《上海文学》1961 年第 1 期。
⑤ 周扬：《文艺战线上的一场大辩论》，《人民日报》1958 年 2 月 28 日。
⑥ 秦兆阳：《现实主义——广阔的道路》，《人民文学》1956 年第 9 期。

到的周扬第一次文代会报告，在讲到"真正新的人民的文艺"时，举出的首先是"新的主题、新的人物、新的语言、形式"。"主题"在这里，也就是后来通常说的"题材"的意思。在对《中国人民文艺丛书》的177篇（部）作品的"主题"加以统计之后，他分别列出写抗日战争、人民军队、农村土地斗争、工业农业生产各有多少篇，说通过这些作品，"可以看出中国人民解放斗争的大略轮廓与各个侧面"，可以看到"民族的、阶级的斗争与劳动生产成为作品中压倒一切的主题"。"题材"的紧要价值，是由于"当代文学"直接参与了对于"革命历史"的建构，也作为现实秩序的合法性和真理性的证明；因此，"写什么"就是一个原则的问题。此后，对"当代文学"的叙述，"题材"问题总是会放在首要位置。第二次文代会（1953），中国作协第二次理事扩大会议（1956），"建国十周年"（1959），第三次文代会（1960），这些场合对文学创作成绩加以检阅时，都按照这种方式进行。

　　"题材"的这一方式的区分，成为当代文学史普遍采用的类型概括方式。从20世纪50年代起，就产生了当代特有的题材意识。现实题材优于历史题材，"革命历史题材"优于"一般"历史题材，写重大斗争生活优于写日常生活：这为"题材"划定了重大与不重大的分别——它既成为评定作品价值的重要尺度，也规范了作家的言说范围。最具"当代性"的是，出现了"农业题材"（或"农村题材"），"工业题材""革命历史题材"（或"革命斗争历史题材"，或"反映新民主主义革命时期的斗争历史"）等特定概念。"农业题材"已经不是新文学中的乡土小说或乡村小说，"工业题材"许多虽写到城市，也与都市小说、市民小说毫不相干。这些题材概念所内含的，是对于"社会中的主要矛盾和主要斗争"的表现的要求，而拒绝涉及"次要的"社会生活现象（日常生活，儿女情、家务事）；不接触政治问题，"提出都市市民日常生活中的一两点小小的矛盾而构成故事"，是受到批评的倾向。① 那些称为"主要矛盾和主要斗争"而被提倡的，是变动的、"常新"的事情，是人的变革欲求和冲动的体现，也是政治观念意识的载体。而农村、都市的日常生活，"次要

---

　　① 茅盾：《在反动派压迫下斗争和发展的革命文艺》，《中华全国文学艺术工作者代表大会纪念文集》，新华书店1950年版。

的"、琐细的生活情景和日常行为，在习俗、人情、普通人的伦理状况中，有着更多的历史连续性。但是"当代文学"对这种"连续性"始终抱警惕的态度，不允许它的过多侵入而损害它的"社会主义"的性质。

概念的分裂

"当代文学"概念的内涵，在它产生的过程中，就一直有着不同的理解。但在文学"一体化"时期，另外的理解不可能获得合法的地位。不过，在"文化大革命"中，文学的激进力量显然并不强调1949年作为重要的文学分期的界线。在他们看来，"十七年"是"文艺黑线专政"，无产阶级文艺的"新纪元"，是从"京剧革命"才开始的。江青他们还来不及布置"真正的无产阶级文学史"（或"新纪元文学史"）的编写，但在有关的文章中，已明确提出了他们的文学史（文艺史）观。① 他们很可能把"京剧革命"发生的1965年，作为文学分期的界限，把1965年以后的文学，称为"当代文学"（当然，更大的可能是另换一个名称）。他们会使用同一评价体系，但更强调"纯粹"，对文学现象会实施更多的筛选与压抑，会运用更强调"断裂"的激进尺度事实上他们已在这样做。

"文化大革命"后，人们用以判断社会和文学的标准也遂四分五裂。因此，尽管"现代文学""当代文学"的概念还在使用，使用者赋予的含义，相互距离却越来越远。这种变化也有一些共同点，这就是在文学史理念和评价体系的更新的情况下，重新构造文学史的"序列"，特别是显露过去被压抑、被遮蔽的那些部分。20世纪40年代后期那些在"当代文学"生成过程中被疏漏和清除的文学现象、作家作品（张爱玲、钱锺书、路翎、师陀的小说，冯至、穆旦等的诗，胡风等的理论……）被挖掘出来，放置在"主流"位置上。"现代文学"与"当代文学"的等级也颠倒了过来；"现代文学"，而不再是"当代文学"的学科规范、评价标准，成为统领20世纪文学的线索（这为20世纪中国文学和"重写文学史"的命题所包含）。"现代文学"概念的含义，也发生了"颠倒"性的变化。在写于20世纪60年代的《中国现代文学史》（唐弢主编）中，"现

---

① 初澜：《京剧革命十年》，《红旗》1974年第4期。

代文学”是对文学现象作阶级性的“多层等级”划分、排除后所建立的文学秩序。而在 20 世纪 80 年代，“现代文学”在一些人那里，成了单纯的“时间概念”，或者，成为包罗万象的口袋：除新文学之外，“尚有以鸳鸯蝴蝶派为主要特征的旧派文学，有言情、侦探、武侠之类的旧通俗文学，有新旧派人士所作的格律诗词，还有少数民族地区流传的口头文学，台湾香港地区的文学以及海外华人创作的文学”，还应该装入作为“五四新文学逆流的三民主义、民族主义文学、沦陷时期的汉奸文学，‘四人帮’横行时期的阴谋文学等等”[①]。当然，一种更为普遍性的看法是，“现代文学”既是一个时间概念，也是个揭示这一时间文学的“现代”性质的概念，“即是‘用现代文学语言与文学形式，表达现代中国人的思想、感情、心理的文学’”[②]。——我们实际上是“回到”20 世纪二三十年代朱自清、郑振铎等的那种理解。

“当代文学”概念的演化和理解评、怀疑的意见外，在一些人那里，也只被看作单纯的，不得已使用的时间概念。试图赋予严格的学科含义的，则寻找新的解释。有的论者将“当代文学”的时间界限，确立于 1949 年到 1978 年期间，认为这段时间“在中国新文学史和新文学思潮史上，都具有相对独立的阶段性”[③]。另外的一种权宜性的解释是，把 20 世纪 50 年代以后的文学称为“当代文学”，其内涵和依据在于，这是一个“‘左翼文学’的‘工农兵文学’形态”，在 50 年代“建立起绝对支配地位”，到 80 年代“这一地位受到挑战而削弱的文学时期”[④]。

（发表于《文学评论》1998 年第 6 期）

---

① 参见贾植芳为《中国现代文学词典》所作的序言，上海辞书出版社 1990 年版。
② 钱理群、温儒敏、吴福辉：《中国现代文学三十年·前言》，北京大学出版社 1998 年版。
③ 朱寨主编：《中国当代文学思潮史》，人民文学出版社 1987 年版，第 3 页。
④ 洪子诚：《中国当代文学概说》，青文书屋 1997 年版。

研　读

　　本文试图从概念的相互关系和文学史与文学运动开展的关联上来清理当代文学的概念。因为所有事物都是有联系的，除了直接联系还有间接联系，概念间的相互关系错综复杂。当代文学的概念是对当代文学和当代文学运动的抽象把握，在进行抽象把握的时候难免要把一些界定当代文学的最基本的东西从当代文学史和文学运动中剥离出来，所以，作者说："要'清理'其生成的过程。"

　　作者着重强调了一个时间，那就是 20 世纪 80 年代以来，当代文学概念的研究首先一定是要在当代文学史和文学运动中厘清。但其中一定包含着政治、历史、文学等诸因素的影响，其中也包括对文学运动的发起者、推动者预言的考虑。所以，要想用概念把当代文学的特性概括出来，不但要研究当代文学史、当代文学运动，这是内部因素，还要注意当时的历史、政治和大的文学环境对当代文学研究的影响——这是个方法论。

一　文本分析

　　第一段讲这篇文章要讨论的主要不是当代文学的性质和特征的问题。那是什么问题？性质和特征是什么？性质和特征就是所表述的对象身上最普遍的，能够把对象物和其他物相区别的范畴。而本文要说的是概念也就是说，要把定义厘清，比如，物质的概念是能够为意识所反应的客观存在。所以，本文要找的不是特性，而是从当代文学史和当代文学运动中抽离出来当代文学的概念。所以作者说他这篇文章是想看看"当代文学"这个概念是如何被"构造"出来，如何被描述的。这个构造加了个引号，可能是作者认为这个词最适合用来表述他的意思，也可能是并没有完全表述清楚他的意思，但很显然，这里包含了作者对自己方法论的强调，他是想通过刚才说的对当代文学史和文学运动以及各种影响因素的基础上抽离出概念，而不是仅仅表述特征。所以作者的目的是想从大的方面来总括"当代文学"的概念，而不是对当代文学史实进行特征的提取，所以作者说："由于参与这种构造、描述的，不仅是文学史家对一种存在的'文学事实'的归纳，因而，这里涉及的，也不会只限于（甚至主要不是）文学史学科的范围。"

下面一段开始作者开始采用刚才所说的方法论，要从"概念的相互关系上"来把握当代文学，这里，作者提到了"新文学""现代文学"和"当代文学"的分期方法，与之相对的，还提出了，一种整体的把握中国文学的方法，其中有张桃洲老师第一节课让我们讨论过的"20世纪中国文学"的概念，还有"晚清以来的中国文学""近百年中国文学"等方法。面对这些"整体地"把握20世纪中国文学的理论，作者引用《中国现代文学三十年》里前言的话，认为把文学分成"新文学""现代文学""当代文学"还是有价值的，而这本书的编者就有钱理群教授，第一节课的《论"二十世纪中国文学"》作者里也有钱理群教授，所以，作者只是想说明，"当代文学"这样一个概念在当时（这个论文发表于1998年），仍然是一项重要的工作，仍然是有价值的。

然后作者引用了陈思和对20世纪文学研究的划分，分为"中国新文学研究""中国现代文学研究"和"20世纪中国文学史"这样的分类，这个要看陈思和的这篇论文才知道，陈思和的论文后面的注释里面有《中国新文学研究的整体观》。开头的第二段陈思和先生就说："五四以来，中国的政治生活发生了巨大的变化。人们习惯于以政治的标准来对待文学，因此把新文学史拦腰截断分为'现代文学'与'当代文学'的概念。这实际上是一种人为地划分，等等，妨碍了人们对新文学史的进一步研究。"然后接着又说："从中国现代文学研究的现状来看，前几年随着政治上拨乱反正和实事求是路线的深入，本来被左的影响肢解得支离破碎的现代文学，终于恢复了比较完整的原貌。"这句话，就是这篇文章最大的价值，因为有以上问题，就需要把问题弄清楚，只有弄清楚问题，才能改正。其实读到这里就有疑问了。为什么这种人为地划分就影响了人们对新文学史的进一步研究呢？这一点，从著作里作者做了一些论述，说把文学的源头割断了，这种划分妨碍了当代文学溯及源头的能力。这种说法是否属实，可能是经历过的人才知道，但从现在的情况看研究仍在继续，所以，通过两篇文章的对比，我得出我自己的观点。

在陈思和先生这篇论文里，作者分了 3 部分，第 2 部分作者又给出一个题目叫"文学是一个开放的整体"，把文学归结为"六个历史层次，三个发展阶段，构成了一个开放型的整体"。这个部分作者把从"五四"起到七八十年代的作家划分成了六个层次，又把"五四"、"延安整风"和"1978"划分为三个阶段。这样一个整体的文学构思就出来了。然后《当代文学概念》的作者洪子诚先生就把它概括为"中国新文学史""中国现代文学史"和"20 世纪中国文学史"。

这是洪子诚发生此文的难点，弄清这点以后就能理解为什么洪子诚说要从概念的关系上来说明"当代文学"这样一个概念了。

洪子诚在第一部分的最后一段里说："这样，对'当代文学'概念辨析，便有了讨论的基点。"

第二部分，作者说："一批冠以'当代文学史'或'新中国文学'名称的评述 1949 年后大陆文学的史著也应运而生。20 世纪 50 年代中后期发生的这种概念更替，粗看起来会觉得突然，实际上它的演变逻辑并非无迹可寻。这种更替是文学运动开展的结果。"

作者说这是文学运动开展的结果，为什么这样说？20 世纪 50 年代的什么文学运动？事实上可以从 50 年代后期的历史、政治环境说起，社会主义 1956 年建成，接着意识形态的力量又做了一次展示，文学跟着转向，所以由于其突然性和一致性，作者说是一场"文学运动"。这一点也在本节的倒数第一段："激进文化主张作为众多的文化观念中的一种是一回事，这种主张在政治权利的保证下成为体制化的规范力量，又是另一回事。"毛泽东的《中国革命和中国共产党》以及《新民主主义论》分别于 1939 年和 1940 年都已经发表了，1942 年也整风了，而新中国成立后，为什么没有立竿见影？而到了 50 年代中期才显威力？作者就是要说明这一点，而这一点的说明则符合了作者说要从文学运动来介绍"当代文学"概念的设想。

而以下的几个部分，作者仅仅是做了一些介绍，从生成、到对当代文学的描述，再到作者对全文作总结。这里面作者分别介绍了几个内容，总结起来的话就是：1. 由于政治和历史原因产生的误会需要澄清，通过文学的变迁来理顺当代文学史，这就是开头作者说的，要"清理当代文学生成的过程"。2. 历史的再现"十七年"时的文学评价体系，尤其着重介绍了"题材"对于评价文学作品和作家的作用。这两个部分照顾了作者开头提出的通过文学史来介绍当代文学的设想。

到此作者实现了从概念之间的关系，文学运动和文学史这三点来清理当代文学概念的过程，而通过这几个方面的清理，我们对当代文学是个复杂的范畴有了一个认识，所以，一开篇作者说："这篇文章所讨论的……不是特征和性质，而是想看看当代文学这个概念是如何被构造出来和被描述的。"

最后作者进行了一下归结，对当代文学概念的剖析完成，但作者并不是用一句话表述，而是整篇文章都在表述，最后的归结，又归附到时间概念上，作者说："当代文学概念的演化和理解的分裂，大体也呈现了这样的状态。除了强大的批评、怀疑意见外，在一些人那里，也只被看作单纯的，不得已使用的时间概念。试图赋予严格的学科含义的，则寻找新的解释。"接着作者介绍了两种新的解释：一种把当代文学定在1949到1978年，另一种则认为是从20世纪50年代以后到80年代。

二 反响

（一） 洪子诚先生的阐释体系

最先应注意到的是洪子诚先生自己对当代文学有关的论述。当然，洪子诚先生的观点是在不断变化的，如果想弄明白他的这种观念在当时和后来发生的影响，最直接的就是看洪子诚先生对自己的观点的反映和思想慢慢地变化。

在《近年的当代文学史研究》一篇中，洪子诚先生讲了当代文学史研究的问题，他认为："在今天，'当代'的概念已经四分五裂。研究者需要重新确定研究对象的独立存在，避免移情和冷漠，同时对自身限度保持清醒意识，使研究形成一种对话关系……当代文学的时间还很短。它也不是没有自身的'学科话语'，它的体系、概念、描述方式，当时就已基本确立。只不过到了 1980 年代，这一套的学科话语，受到广泛的怀疑和弃置。"文章内容即在现代文学和当代文学的学科关系上，20 世纪80 年代确实出现了"现代文学"对当代文学的强大优势和压力。但是，20 世纪 50—70 年代，则正好相反，"文化大革命"后左翼文学为主流的当代文学出现了危机，当代文学史的地位，它的阐述价值也连带出现了危机。在《我们为何犹豫不决》中洪子诚先生主要谈了当代文学研究方向的转化，及转化的背景和历史。同时谈到了 17 年加"文化大革命"这30 年的文学的定位。与《当代文学的概念》一文的关系比较紧密，但论述中站的是另外一个角度。与李扬合著的《当代文学史写作及相关问题的通信》一文，以问答方式的信件形式阐释问题。在《历史清理的方法》一文中洪子诚先生对 20 世纪 50—70 年代的文学研究的方法论做了概括，并评价了 20 世纪 50—70 年代文学的研究方向，对如何研究和建立一个新的基点做了论述。注意这里的一体化不是"整体化"而是把 20 世纪 50—70 年代当成一个整体来说，可见当代文学里面还有很多复杂的问题。

当然洪子诚还有很多其他相关的论著，并且可以进行一个大致的时间顺序性梳理。在此粗略罗列一些。包括《目前当代文学研究的几个问题》(《天津社会科学》1995 年第 2 期)，《当代文学的一体化》(《中国现代文学研究丛刊》2000 年第 9 期)，《当代文学中的"非主流"文学》(《南开学报（哲学社科版）》2005 年第 4 期)，以及在《回答六个问题》里谈到了他对文学史写作理论的看法，对于了解他的思想也很有帮助。不再一一做介绍。

(二)"当代文学"相关问题的众说纷纭

1. "当代文学"的发生和起点

① "当代文学"的发生

陈晓明从"发生学"角度阐释了"当代文学"的发生。因为中国当代文学与起源于五四的现代文学不同，社会主义革命文艺的真正起源是在延安解放区，而毛泽东的《在延安文艺座谈会上的讲话》则是其根本的源头。新中国成立的文学运动，就是要在一个断裂的历史前提下，开创崭新的社会主义革命文学。这些文学运动构成了中国当代文学的起源和发生事件。通过第一次文代会对革命文学历史源头的确认，通过对胡风和沈从文等来自"国统区"的作家的驱逐，通过对有"小资产阶级"个人情感的文学创作行为的清理，特别是对胡适所代表的资产阶级启蒙主义思想的肃清，革命文艺试图获得一个纯粹而坚定的起点。（《开创与驱逐：新中国初期的文学运动——中国当代文学史的发生学研究》，《学术月刊》，2009 年第 5 期）

李杨则从"知识谱系学"角度来考察，通过对"现代文学""当代文学"及"新文学""文学史"等概念的知识谱系分析，揭示了 20 世纪 50—70 年代的"当代文学"概念与 20—30 年代的"新文学"概念之间的内在关联，对 80 年代建构在"文学"与"政治""启蒙文学"与"左翼文学"二元分立基础上的主流文学史观提出了质疑。（《文学分期中的知识谱系学问题——从"当代文学"的"说法"谈起》，《文学评论》2003 年第 5 期）

"当代文学"的发生从根本上说，是由于一种崭新的政治实践。1949年中华人民共和国成立，新文学被分化为两个不同的部分，这种分化是随着新中国社会主义革命的历史要求而发生的。在 1949 年中华人民共和国成立前夕，周扬等人奉命编辑的"人民文艺丛书"的出版体现了对于新中国文艺的规划和社会主义文艺的构想，也是"当代文学"的雏形。

"当代文学"实际上就是要在"新文学"的历史分裂和对"现代文学"的克服和超越中来确立自己的独特性和本质，正如在 1917 年"文学革命"过程中"新文学"是通过对于"古典文学"的克服和超越而确立自身一样。"新文学"将"封建主义"性质的"古典文学"作为与自己既有联系又相对立的传统，而 1949 年社会主义新文学的发展则将 1949 年以前"新民主主义"性质的"现代文学"作为既相互联系又有区别的传统。五四新文学曾经在对传统的古典文学的革新过程中建立了自己的一套写作规范、区分标准和排斥机制。同样，1949 年社会主义新文学的确立也是通过自己的一套写作规范、辨别标准和排斥机制而获得的。

②当代文学的起点

既然如此，那么"当代文学"的起点就应该是以 1949 年为界。但是，关于起点问题和指向问题也产生了分歧。高玉认同"当代文学"以1949 年为界的合理性，但是他认为应该把"十七年文学"和"'文革'文学"从当代文学中切割出去，纳入"现代文学"范围，这主要是因为它们已经历史化，不再具有批评性。因此他将当代文学 30 年，大致划分为四个阶段：新时期文学、20 世纪 80 年代文学、20 世纪 90 年代文学、21 世纪文学。(《当代文学及其"时间段"划分》)

而杨建兵将 1942 年作为"当代文学"的起点，把这以后的文学称作"当代文学"(《再论中国当代文学分期》)。许志英在《给"当代文学"一个说法》中认为可以保留"当代文学"的提法，指出"当代文学"是一个流动的概念，始终指近十年的文学。张业松在《关于"当代文学"的"说法"》中对"当代文学是指近 10 年的文学"的观点并不认同，他认为无论是从特殊的角度（即具体考虑 20 世纪 90 年代文学与此前阶段的文学的关联的角度）还是普遍的角度（即不论文学演化的实际情况如何均以最近 10 年为断限）来看，人为指定"近 10 年的文学"为一个可与"古代文学"和"现代文学"比肩而立的文学时期，似乎都有点武断。

2. "当代文学"与政治

"当代文学"和政治意识形态有着特殊的亲密关系。"当代文学"是随着中华人民共和国的建立而真正确立的，但是它的起源可以追溯到"解放区文学"，尤其是 1942 年毛泽东《在延安文艺座谈会上的讲话》发表以后赵树理等新的文学实践。1942 年毛泽东《在延安文艺座谈会上的讲话》使中国文学发生了历史性的变化，为"当代文学"奠定了思想理论基础，是"当代文学"诞生的重要标志。"人民文学"话语逐步取代了"人的文学"话语。《从延安文艺座谈会上的讲话》成为中国当代文学的发生、发展和变化的最重要的坐标和参照，中国当代文学所发生的历史性冲突都是来源于《从延安文艺座谈会上的讲话》以及毛文艺思想的不同解释和态度。

昌切在《再审当代文学》中认为，20 世纪 80 年代中期以前的当代文学，与近代文学、现代文学构成一种有别于古代文学的连带共生关系。根据政治权威的论断，以社会革命的性质为基准，在同一革命（政治）叙述的框架中，近代文学、现代文学和当代文学依次被指认为旧民主主义文学、新民主主义文学和社会主义文学。这三种性质的文学沿着社会革命形态进化的道路衔接递进，相互依存，不可分割。因此，当代文学是相对于旧、新民主主义文学（近、现代文学）而言，由社会主义的公有制形式所决定，作为国家意识形态重要组成部分的社会主义文学。正如詹姆逊所说："一切事物都是社会的和历史的，事实上，一切事物说到底都是政治的。"

3. "当代文学"与"新文学""现代文学"

按照洪子诚的说法，"中国现代文学史"和"中国当代文学史"应该被视为"同时"产生的。"新文学"概念被"现代文学"取代的过程，也就是"当代文学"概念生成的过程。甚至可以说，这种"新文学"与"现代文学"概念的更替，正是为"当代文学"提供生成的条件和存在的空间。从某种意义上来说，"当代文学"的发生是以"现代文学"的死亡和超越作为代价的。孟繁华更为明确地提出：没有"现代文学"就没有"当代文学"。

邓艮在《"新文学"：一个文学史概念的百年浮沉》（《东南学术》2007 年第 5 期）中谈论了关于"新文学"和"现代文学"的概念，他认为"新文学"作为一个重要的文学史概念，遭遇了无数次的质疑、替换、扭曲和不断重述，它所经历的每一次改写只能使其本身的文学史面目变得更加模糊而难以把握。而"现代文学"概念的流行有一定的偶然性，其实并没有谁能证明其他相应术语、概念的优势不是"新文学"题中的应有之义。

4. "当代文学"的"当代"

既然要谈"当代文学"的概念，那么我们就要对这个概念里起到限定作用的关键词做出分析——"当代"。究竟什么是"当代"，因为"当代"的所指不同，自然"当代文学"的所指也就会不同。

①"当代"即"当前"，一个纯粹的时间概念

唐弢认定"当代"含有"当前"的意思，"当代文学"指的是眼前正在进行的文学，也就是"当前的文学"。正因为这样，"当代文学是不宜写历史的"，"当代"是一个纯粹横面意义上的概念，与"史"的意义即文学的纵向发展是格格不入的。

②"当代"是一个特殊的历史时期

朱寨强调"当代"不是"当前"的意思，而是一个特定的历史时期。他将 1949 年中华人民共和国的成立到 1978 年中共十一届三中全会的召开这一历史时期称为"当代"。他认为"当代文学"的命名是为了区别于与其前后相衔接的"现代文学"和"新时期文学"。由此，他便有了一个逸

出一般规范之外的"当代"概念，即他的"当代文学"是不包括"新时期文学"的。这种"当代文学"的分期和定义具有独特的理论视野和严格的逻辑性，也是迄今为止对"当代文学"既特别又相当确切的分期和定义（朱寨主编的《中国当代文学思潮史》）。

③"当代"是一个文学批评概念

陈思和也曾专门谈论过"当代"这个概念，他认为"当代"不应该是一个文学史概念，而是一个指与生活同步性的文学批评概念。每一个时代都有它对当代文学的定义，也就是指反映了与之同步发展的生活信息的文学创作。"'现代'一词是具有世界性的文学史意义的，而'当代'一词只属于对当下文学现象的概括，要区分现当代文学的分期其实无甚意义。"（《试论九十年代文学的无名特征及其当代性》）这一观点得到了郜元宝的高度认同和精彩发挥，他在《尚未完成的"现代"——也谈中国现当代文学的分期》中讲道："'当代文学'与其说是文学史概念，不如说是文学批评概念，任何一部介绍'当代文学'发展的'当代文学史'都只能是一种权宜之计，都不是从史的角度对一段业已完成的文学的充分叙述，而是从批评的角度对身边正在进行的文学的相对比较系统的描写。"

5. 书写"当代文学史"

影响较大的当代文学史有《中国当代文学史初稿》《中国当代文学概观》等，把"当代文学"界定为社会主义性质的文学。这些教材在内容上难免存在一些差异，但显然都不是实质性的。王庆生主编，多人撰写的《中国当代文学史》，这种当代文学史编写得比较早，在坚持当代文学原有性质的前提下数次改写续写，时限下延，内容扩充，影响很大。於可训的《中国当代文学史概论》，把"现代文学"与"当代文学"看成具有连续性和整体性的"新文学"的两大阶段，保留了"现代文学"与"当代文学"原有的性质。分为上、中、下三编，分别从社会文化背景、文学思潮和各体文学创作三个方面评述三个时段（1949—1976、1976—1989、1989—2000）。还有董健、丁帆、王彬彬主编的《中国当代文学史新稿》，孟繁华、程光炜合著的《中国当代文学发展史》，吴秀明主编的《中国当代文学史写真》，王晓明主编的《世纪中国文学史论》、孔范今和黄修已分别主编的两部《世纪中国文学史》，谢冕主编的《百年中国文学总系》，等等。

对当代文学史编纂本身也是当代文学现象的一部分，唐弢曾提出"当代文学不宜写史"，并且说："现在出版了许多本《当代文学史》，实在是对概念的一种嘲弄。"吴秀明的《论当代文学独特的时间顺序与空间结构——兼谈当代文学史的时空关系处理问题》，南帆的《当代文学史写作：共时的结构》，陈思和的《编写当代文学史的几个问题》等文章中都对当代文学史著作中出现的一些问题进行了辨析。

6. "重写文学史"

对"当代文学"概念的厘清，包含着文学史分期的相关探讨，和 20 世纪 80 年代重写文学史的潮流一并兴起。最初是 1988 年 7 月《上海文论》中陈思和、王晓明主持的"重写文学史"专栏，目的是"冲击那些似乎已成定论的文学史结论"，探讨文学史研究多元化的可能。重写文学史也就意味着对一部分作家作品进行重新评价的问题。王瑶、唐弢等老一辈学者支持"重写文学史"，但也有与此相悖的看法，认为文学史没有重写的必要，例如，汪曾祺的《重写文学史还不到时候》，此外还有一种观点，认为无论是赞成还是反对，都没有摆脱传统的思维模式，"就好像在烙饼一样，都在讨论该不该翻这个饼，却忽略了怎么样才能把饼做的更可口。"（陈思和、王晓明：《关于重写文学史专栏的对话》）

学界观点众说纷纭，对于"重写文学史"持支持和谨慎态度的学者皆有。旷新年在《"重写文学史"的终结与中国现代文学研究的转型》中认为夏志清的《中国现代小说史》构成了 20 世纪 80 年代以来"重写文学史"运动最重要的动力。但"重写"中对于一度成为"历史空白"的历史的过分关注和倾斜，使历史又一次失去了重心，从而再一次颠覆了"文学史"。他认为从 90 年代以来，"重写文学史"已经成为现代文学研究的一种方法，固化为缺乏自我反思能力的新教条，沦为新的僵化思维。杨庆祥、王晓明的《历史视野中的"重写文学史"》中王晓明再次谈起"重写文学史"时承认当时是为了否定原来的文学史，是一个相对激进的思想，有一个彻底否定"左倾"文学的趋势。80 年代"重写文学史"也有它的短处。温儒敏、李宪瑜、贺桂梅、姜涛的《中国现当代文学学科概要》认为"重写文学史"表面上看，涉及的是对个别作家、作品的评价，但它的内在挑衅性，却表现在对既定的文学史秩序的冲击上。"重写"过于简单地搬动二元对立的方法，评价的政治色彩太浓，历史主义意识缺乏，但其冲击性更具有价值，不仅打破了文学史的固有图景，带来了新的研究可能性，还将文学史这一"神话"本身的内在历史机制也暴露出来，也为90年代研究的新变埋下了伏笔。

7. 现代与当代的分期及学科关系问题

洪子诚认为讨论文学分期，实际上关系到两个方面的问题，一是文学的"事实"，二是对这些"事实"的叙述。原因在于许多"事实"都是"叙述"上的事实。我们已经讨论过的钱理群、黄子平、陈平原的《论"二十世纪中国文学"》和今天的课程有紧密的联系，可以一起讨论。另外陈思和的《新文学史研究中的整体观》，蒲河的《什么是当代文学?》，张炯的《也谈当代文学研究的"危机"》，孟繁华的《当代文学：终结与起点》，张颐武的《当代中国文学研究：在转型中》，曹文轩的《对一个概念的无声挽留》，谈蓓芳的《再论中国现当代文学的分期》，许志英的《给当代文学一个说法》等文章观点都值得思考。

（刘祎）

讨　论

张桃洲：20 世纪 80 年代以来，"中国当代文学"的合法性逐渐成为大家关注的话题，洪子诚老师对"当代文学"这一概念的讨论是在注重其生成性、起源的意义上展开的，他十分重视 40 年代文学对当代文学的作用以及"1949 年"这个时间节点对当代文学的规训，关注事件本身是如何作用于文学的，以及文学与非文学之间的张力，提出了文学"转折"的问题。

正如洪老师指出，"当代文学"的概念，一开始提出时是有确切的所指的，可以说有其独立的历史性。比如，周扬、邵荃麟等人对"当代文学"有明确设计，确立了它的范围、内涵，包括的作家作品、文学现象等，他们所说的"当代文学"就是指一种文学类型，能代表社会主义时期的历史，以及当时那种先进的梦想。当时这个概念的提出有很强的排他性，使某一个历史时期或者说具体的历史阶段的文学被归纳，但后来这个概念出现分裂就泛化了，变得众说纷纭。

在论文中，洪老师反复讨论"当代文学"这个概念是怎么来的，他的论述非常有学理性、穿透力，不是单纯评判"当代文学"好不好，而是将这种问题悬置，不去纠缠，从概念产生入手，探索它发展的轨迹、演化过程。

这篇论文是可以细读的，可以逐段、逐句进行研读。由此我们了解洪老师的研究思路，对历史、文学史的构造也会有更多的认识，更多的收获和发现。

学生 A：洪子诚老师所著《中国当代文学史》，还有和钱理群、温儒敏等人编写的《中国现代文学三十年》是很多学校现当代文学的课本，我们从开始接触现当代文学似乎就接受了其中文学史分期的方式，即从1917年1月《新青年》发表《文学改良刍议》为发端到1949年7月第一次全国文学艺术工作者代表大会的召开，这两个起讫点之间的文学为现代文学；1949年新中国成立至今的文学属于当代文学的范畴。

当代文学与现代文学分界是以新中国成立这一政治事件为标志的，新中国的成立改变了中国社会的面貌，也对中国的文学产生影响，如文中所说的表现在文学题材、作家构成、主题思想等方面，这是不可忽视的。

但是"当代文学"的概念出现的直接原因是政治原因，当时政治对文学有很强的规定性，这是在当时对文学进行阶级分析的情况下，为"更先进"的"社会主义文学"而提出的。在"文化大革命"结束前，由于评价标准的单一和严格，很多作品是无法进入"当代文学"的，"当代文学"的概念一直被窄化，其主体就是"左翼文学"。在"文化大革命后"，"当代文学"的概念受到质疑，其内容得到极大的扩充，当时的"潜在文学""小资产阶级文学""反革命文学"被挖掘出来，长期被压抑和忽视的作家如沈从文、朱光潜、萧乾等人重新得到重视，后来文学研究者提出"重写文学史"，主张用新的文学标准对当时的作家作品重新评价。原来的"当代文学"含义发生了变化，在这种情况下，当代文学的"当代"似乎就只是一个单纯的时间范围。

以1949年为时间分界会给文学研究带来不便，如很多作家和流派都跨越了1949年，但其写作风格并没有因为新中国的成立而发生明显改变，如赵树理，这种时间上的分期使现代文学的研究受到局限，似乎成为人为的壁垒。如此看来，文学史上"现代"和"当代"的划分确实有其不合理之处。

我们需要用发展的眼光来研究文学史，不同作家不同时间段的作品都不是孤立的，不应有时期上的限制，以整体的眼光研究文学思潮、作家作品才是科学、合理的。

学生B：长期以来，对于一百年来的文学史分期问题，学术界一直存在着争议，对"当代文学"这个概念也质疑不断。近几年，随着文学史研究的不断深入，文学史家的眼界不断扩展，对分期问题和概念问题十分关注，很多人撰文提出新的意见，并且还召开专题讨论会进行探讨。希望通过学者们孜孜不倦地努力，最终可以有一个大家较为认同的结论，以方便对文学史进行更好地研究。

学生 C：你的这个想法我觉得太过理想化了。如果按照一切历史都是当代史的说法，文学史研究很可能会面临刘再复所言西西弗斯神话一般的悲剧，一代又一代文学史家重复地将巨石推上山顶再滚落，每一度重新阐释都充满了艰辛和劳苦，但却没有尽头，我们也许终将得不出一个所谓"正确的"定论，但这种不懈的努力你能否认它的价值吗？每一次的新的思想的迸发和新的阐释角度等，不也是文学史良性发展的形态吗？仅仅指望有一个相对能让多数人满意的结论，未免太过轻松和草率。想要得出真理式的定论，在我看来也不是一个应有的研究方法和姿态。

学生 D：说到文学研究方法问题，我想到三本当代文学史的出版带来的一些启示：洪子诚的《中国当代文学史》、陈思和的《中国当代文学史教程》、王庆生的《中国当代文学》。洪子诚所用的方法是还原历史，回到事实。陈思和所用的方法是艺术标准的当下性。而第三本是教育部主导所编的教材，有规范性。三种方法代表不同的倾向，我们该如何取舍，还是折中选择，这其中模糊不清。但是我们不是要去进行价值判断，我们需要的是对文学的理解，和把握文学的本质，只要在这个前提下，保持多样性是合理的。毕竟面对争论，一致性是否就是最好的出路呢？

但是，对于文学史、文学研究方法以及文学性，我还是有话要说。文学史编著其实就是拿一定的标准去遴选作品，最终的目的是给现时代的人看。而目前文学史著作的通常目标是假定的正确，以及能为后代检验为不朽，并且有经典化的倾向，作为范本而存在。以我来看好像这种潜在的出发点是有问题的，即做着过去的事却看着未来。忽视了现在，现在意味着现在的标准，现时代的生活和现代的人，同时兼顾客观和真实。在这种前提下由现代人的文学性标准，和它相关的研究方法，出版的现代人看的文学史，这是我愿意看到的，因为我们没必要考虑几十甚至几百年后，到那时他们会再来编出他们自己的文学史。

学生 E：你的这种想法有些过于看重文学史建构在当下的有效性，但我觉得任何文学研究都应该有更高的理想而不单是满足于现阶段的"实用"，并把我们的工作做到尽量趋近于理想的状态，所以我们不能满足于文学史写作、文学概念确立甚至文学史分期的"现时"意义。

我们在现阶段所能做的文学史研究，确实受到当下的时代环境、思想传承、学术眼光等多方面因素制约。我们的理解力和洞察力同时受益并受制于当下的历史条件。这就使得我们的文学史研究常常无法破除一种"时效"的限度。比如，这篇论文涉及的各种概念也都有很强的时期性，不管是"现代文学""新文学"，还是"当代文学""十七年文学"，所有这些概念都是建构在一定历史时期的，这个时期距离我们都很近，都是身处在现当代的作家学者和研究者们根据一定的理论依据所提出的概念。

由于时代的局限性，我们现在所普遍使用或认同的文学概念，很可能在未来一个时间段后将会显示出它的局限性；我们现在不太认同的观点或概念，将来或许会被普遍的认可，所有这些理论将会被历史重新认证。就像新诗的出现，开始被强烈抵制，现在我们给予了它很高的评价。尽管有缺点，而徐志摩、艾青等人的白话诗我们至今传唱；就像曾经盛极一时的写作要塑造"高大全"的人物形象，要有阶级冲突，正反对比，实践证明，这些人为的规定造就了一大批苍白空洞的文学作品。文学现象如此，文学理论也如此。

也就是说这些概念都是会经过时间的磨砺，最终能给我们现在这段文学史客观定位的将是在未来的某一时间里。所以我们在看待问题时，不妨小小的跳出当下的圈子，尽量站得远一点，在历史的高度上去定位一些概念，看待一些现象。

学生 F：文学史研究确实需要把眼光放长远，并且尽量从高处来审视过去的和当下的文学发展状况。所以，从另一种角度来看，也许我们并不应该以今天的理解来苛求"当代文学"具备当时难以具备的诸多因素，也不要强求马上就给予"当代文学"以一种明确的界定和命名，而是从"当代文学"所命名的这段文学史时段中，体会某种独特的文学现象、特

征，以便揭示影响"当代文学"发展的某些重要因素和主导模式，思考
与"当代文学"相关的诸多关系。

学生 G：那照你这样说就很难破除旧的概念内涵和文学史分期中不合
理的东西了，而且面临着难以调节的悖论。洪子诚老师在这篇文章中指
出了"当代文学"这个概念的"构造"是"人为"的，它的涵盖力十分
有限，如果研究的出发点保持在这个概念原先所划分的时间框架中，就
还是会发现它不合理的地方，当这个"当代文学"不成立了，又怎么能
按照它所规定的时段来研究呢？

洪子诚老师文中清理的就是当代文学的"起源"问题，但可贵的是
他并不是简单地抛弃所谓"人为的划分"，而是以学术立场探讨这种划分
是怎样建构出"当代文学"的，从而为当代文学学科的独立性和合法性
辩护。

学生 D：文学史不依附于政治史而具有独立性是我们所要追求的重要
目标。这就涉及我们如何看待文学标准和文学性的问题。

在谈论 20 世纪文学史的时候，最敏感的就是文学性。因为重写文学
史就意味着是个证伪过程，把那些编写者认为不算是文学的作品排除在
外。在这底下有一个挥之不去的命题，何为文学性？聪明的学者都避而
不谈，而且每个人都有自己的一套见解，在这个关乎文学全局的问题面
前，因为无法达成一致，而且也无法准确描述，集体就保持了暧昧，搁
置，绕过它。这是这个学科之所以无法得到尊重的来源，也是这个学科
建立的基础，因此我觉得我们不是大而化之的讲文学，或者很具体的讲
某一个人的文学，文学应该是有自己的特性，这方面缺乏研究，可能很
复杂，也可能很困难，但是我觉得缺乏文学性的文学，就等于没有根，
你可以指着任何一篇字书叫文学，但是事实并不是这样。

学生 F：文学性是文学的内在规定性，或者说是文学之为文学的东
西，我认为很大程度上是文学性保证了文学的独立性。但文学性现在还
是个难以清晰界定的概念，而文学真的能保证文学性的"纯洁"吗？目
前看来这是个虚幻的设想。文学家、艺术家们向来呼吁文艺要保持独立

性，要远离政治，要搞纯艺术，很遗憾的是，文艺从来就和政治联系密切。就算竹林七贤原远离朝野，简居深山，透过他们的作品，人们还是能看出当时政治的混乱腐朽，唐诗的大气包容，正是盛唐景象的缩影。说了这些，就是要说明：文学作品是人所创造的，一个人是社会的人，他的作品就会具有社会性，这是不可避免的，只是程度多少的问题。所以这种和政治难以剥离的状态也未尝不可以说是文学的内在规定性中的一方面。

况且中国当代文学总是会渗透一些意识形态的东西。最明显的莫过于毛泽东当年提出文学创作标准：第一是思想标准，第二是艺术标准。这不符合文学创作的规律，却很符合中国的国情。就连"当代文学"的生成也是源自延安文艺整风和延安文学实验，而 1960 年召开的第三次文代会上，周扬题为"我国社会主义文学艺术的道路"的报告，在正式文件上确定了 1949 年以来当代文学的社会主义性质。对当代文学的描述也是充满了意识形态的东西，这是现今我们所要讨论的任一种概念都无法避免的。

所以从"文学性"这个概念来考虑，我们会发现许多涉及当代文学的概念都充满模糊和不确定。"文化大革命"之后，人们用以判断社会和文学的标准也遂四分五裂。当代文学的概念演化和理解的分裂，大体上也呈现这样的状态。除了批评、怀疑的意见外，在一些人那里，也只被看作单纯的，不得已使用的时间概念。我们该如何进行文学概念上的界定和取舍？

学生 H：如果"当代文学"与"现代文学"具有"共生性"，那么两个概念都不是客观的，而是"人为"的产物。既然是人为的，那么就缺乏统一的标准来界定。

"当代文学"是在左翼文学运动合历史、合逻辑地延伸中生成，并在社会主义的所有制改造完成以后被描述定型，在"文化大革命"结束以后社会的变迁和文学标准的变化中发生"概念的分裂"的。由此可见，洪子诚所关注的应该是当代文学的构造过程即其生成、衍化的历史轨迹问题。那么，"当代文学"的概念就还是没有被正名，我们可以了解它是如何被构造出来的，但是究竟"当代文学"的概念是指称什么呢？我们依然在众说纷纭的"当代文学"概念中，不同的人在定义着不同的"当代文学"，用不同的角度讨论着这个概念是否还有理由存在下去。面对越来越多的"当代文学"的可能的命名与阐释，"当代文学"一词，可能只具有某种象征的意味，与"古典文学""现代文学"相比，缺乏起码的明确性。

学生 H：为什么我们不争论古代文学的划分，而对于新文学、现代文学和当代文学是分开还是整合的问题要经过一番讨论和研究？

这是一个"正名"的问题。那么我们这篇文章也有一些"正名"的味道。为什么要"正名"？因为名还没有正。等到名正的一天相信就不会有人再讨论这个问题了。这个名要不要正？虽然只是个名字，但在大家没有认同之前，还是要取得大家的认同。但是它就是一个名字，只要能取得大家的认同，叫起来方便就行了。不必拘泥里面的细节。最后作者说，关于这个问题，还有不同的划分，有主张把 1949 年到 1978 年的文学化成当代文学的，有主张 20 世纪 50 年代以后的文学成为当代文学的，并且都把各自的依据也列了出来。1949 年到 1978 年的文学在中国新文学史和新文学思潮史上，具有独立的阶段性；而主张 50 年代以后划分的则认为这是一个"左翼文学"和"工农兵文学"的形态，到了 80 年代"这一地位受到挑战而削弱的文学时期"。

只要能抓住文学史实的某个贯穿性的特点，足以让这段文学史和文学运动有个名字就行了，而不是讨论这样命名有什么道理，最好是有个强权规定就这样办了，这样最好。但很显然，难就难在大家还是想争论一番，而意见始终不统一，想拿出不同的意见，而这个强权呢，是一句玩笑，是不存在的，过去存在过，现在不存在了。而当代文学的概念谁有敢说和那个强权没有关系？其影响还在。所以，当代文学就当代文学，反正都已经这样叫了，不管哪种叫法只要能取得大家的认同就行了。当然里面可能还是有很多争论。

因而，我认为，有必要争论，但目的是达到大家的合意，而不是把 20 世纪中国文学揉成一个整体或者划开，里面的瑕疵，可以不去管它，只要大家都承认就好了。当大家不再争论的时候也就证明我们又站在了一个新的高度。

洪子诚先生通过规范的方法对文学的研究做出了巨大的贡献，其学术成就之突出令人侧目。关于现代文学和当代文学的争论不是一个简单的划定时限去"一刀切"的问题，作者以往的观点有不当之处。怎么能够使研究在一定框架内延续，怎么能够使后来者更容易理解和把握中国文学的文学史实以及文学理论的脉搏才是一个大问题。在这个问题上洪子诚先生和陈思和等各位先生都做出了令学习者肃然起敬的贡献。文学不但包括文学的本体还包括文学家的活动和文学运动甚至包括依附于这些方面的文学理论研究。文学理论研究不过是一把整理文学的"梳子"，怎么改进这把"梳子"是一个有意义的问题，也是一个值得研究的问题。以上洪子诚先生就对这把"梳子"进行了好的规范和论证，把当代文学的"概念"问题通过严谨的规范的方法框定出来。高山仰止，我们每个人的观点都在不断的变化，也随着对高山的仰望而收获云彩。

张桃洲：有人对洪老师的悬置价值判断的做法有些质疑，这其实是一种误解。洪老师的悬置判断并非表明他没有见解，只是他把对历史、文学现象的认识隐藏在他的叙述中，不像一般人那样对事物要求一种明确的定性，以一种斩钉截铁的绝对语气进行判断。但在洪老师看来，同时也是洪老师的行文风格，文学研究的论断应该留有余地，不要把话说得那么死。

学生 E：限定的表述更好还是含混的表达更好，从我个人来说更倾向洪老师的表达。如果要给出特别精确的限定，那么就要对表述的对象有十足的全知信心，如果当描述对象有复杂性、多面性时，就会感到语言的无力感，不能完全表达。

如果涉及所谓"历史的真相是什么"的讨论，刚才提到的"一切历史都是当代史"这句话暗含了前提，任何试图阐释历史真相的努力都无法跨越当代人所处的历史语境。很多学者说，我们是"只缘身在此山中"，可能需要拉开距离才能看清历史，才能对纷繁复杂的现象有一个明晰的认识。况且真相只有一个吗？可能每一个真相的碎片都是真实的，产生歧义的是误读，只是进行误读的主体认为自己是对的。所以"当代性"就应该是含混的。百年以后的文学若正是力求还原百年以前的当时的历史、重新审视当代文学，会产生的"概念的分裂"可能会更大。

学生 I：就像洪子诚老师所说的那样：我们生活在这个年代，并试图处理和叙述这个年代，这个年代所发生的一切成为我们生命的一部分，而我们也是这个时代的一部分。"当代文学"这个话题存在许多争论，主要还是因为我们正在经历着，或需要等到"当代文学"成为历史，下一个"当代"来临的时候我们才能看清这一时期的文学在历史中充当怎样的角色。

张桃洲：我总结一下，多年来很多学者认为当代文学不宜写史，因为在他们看来，"当代文学"是当下的、变化的、流动的、始终发展的，而写史需要有距离的观察和认识，需要时间的检验。由于洪子诚老师的努力，在他完成《中国当代文学史》以后，加上一系列研究成果出现，"当代文学"从以前只是作为批评性的评论对象，也进入了学术研究的状态。前几年程光炜老师带着学生做"八十年代文学"的研究，他主张"重新历史化"，也是使距离我们时间不远的文学现象进入学术探讨的范围，进行历史的描述，为写史做准备。

洪老师这篇论文是具有纲领性意义的。它一开始就提出，要讨论"当代文学"的构造性，这是学术研究的重要转变。它不是为"当代文学"找到一个起点、源头，立一个概念就行了，而是力图呈现各种因素交织在一起的情形。这与早些年兴起的"新历史主义"有关，该理论提醒我们不要简单、直接讨论历史现象的特征，而要讨论其来源。如果讨论历史本身，没有进行清理和辨识，有可能陷入"讨论假问题"的境况。这是理解洪老师文章的出发点。

"新历史主义"代表人物海登怀特认为：历史与叙述有很大关系。怎么讲历史、以什么角度和语调来讲述，所产生的效果都是不一样的。我们很熟悉"一切历史都是当代史"，这句话隐含了当代人为了适应当代形式，以当代人的眼光、视角、需要来加以描述历史。那么，是不是没有历史的本相和真实呢？不是，叙述可能会添加、抹杀、歪曲、迷惑历史，这提醒我们认识历史的复杂性和多面性，从而消解历史本质论的思维方式。历史的多面性和历史的内核其实并不矛盾。

第五讲

现当代文学研究的重要议题之一：文学语言

汪曾祺与现代汉语写作——兼谈毛文体

李　陀

一

写这样一篇东西有相当的困难，因为我不想把它写成一篇学术味十足的论文，汪曾祺不会喜欢这样的文字，在他温和的微笑后面，我看见他在不以为然地摇头。可是讨论汪曾祺和汉语写作，不可能不涉及许多学术性非常强的课题，例如，不把现代汉语看作某种已经定型的语言，而是相反，强调现代汉语只不过有百年左右的形成、发展历史，强调它当下还继续处在剧烈的成熟演变当中，然后再把汪曾祺的写作和这个历史联系起来，看他的写作怎样纠缠于这个历史当中，又怎样成为这样一段历史发展的某种推动力——这就很难躲开现代汉语语文学这个专业性非常强的学科领域。这个领域，不仅云雾缭绕，山路崎岖，而且各家各说之间争议激烈，近几十年中一直共识不多而歧见不少，一个只熟悉文学批评的人怎么敢随便涉足其中？

不得已，只有采取一个有点懦弱却不易出错的法子：不进入现代汉语的语言学内部的讨论，小心地擦着这个学科领域的边边走，只讲文学写作和现代汉语形成之间的关系，只在这"关系"里做点文章。这办法虽然有点笼统，有点朦胧，可是值得一试，因为这方面的讨论并不多。

汪曾祺外表谦和，给人以"心地明净无渣滓"① 的印象，但实际上

---

① 《蒲桥集》，作家出版社 1992 年版，第 63 页。

骨子里又好胜又好奇。有人若不信，只要读一读他在 1982 年写的《桃花源记》《岳阳楼记》两文，就不会认为我是瞎说。当年在《芙蓉》双月刊的目录上一见这个题目，我真是吓了一跳，且深不以为然：这老头儿也太狂了！用现代白话文再写《桃花源记》和《岳阳楼记》？但当我一口气将这二记读完之后，竟高兴得近乎手舞足蹈，那心境如一个游人无意间步入灵山，突然之间，眼前杂花生树，春水怒生。不久后我见到汪曾祺，问他："汪老师，《湘行二记》你是有意为之吧？"汪曾祺不动声色地反问："怎么了？""那可是重写《桃花源记》和《岳阳楼记》，这事从来没人干过。"汪曾祺仍然声色不动，眼睛望着别处，默然不答。我以为老头儿要回避问题，不料他突然转头向我调皮地一笑："写了也就写了，那有什么！？"汪曾祺就是这样一个人。这样一个人我想会支持我在讨论他的写作时，再做一点冒险的、犯禁的事，至少试试。写了也就写了，那有什么！

就现代汉语的形成、发展和汉语写作之间的互动关系而言，可说的当然不只汪曾祺一人。如果从晚清时期办白话报那些先行者算起，一百余年来从事现代汉语的创造这一宏大工程的人，包括有名的和无名的，有名无实的和有实无名的，进入"经典"的和被排斥在"经典"之外的，恐怕得以万、十万、百万甚至千万来计算吧！何况，文学写作只不过是各种各类写作中的一种，对现代汉语的形成来说，其他形式的写作，如新闻写作、理论写作、历史写作都起了不可或缺的重要作用，其实都应该做详尽的研究。这也是一项大工程，恐怕不但要追究现代汉语形成史、现代汉语语言学史和现代汉语写作史之间的复杂关联，还要对各种类别的汉语写作之间的相互作用做深入的研究，这令人望而生畏。不过，就拿汪曾祺开头吧，他有这个资格，就凭他有那个气魄，也有那个禀赋，重写了《桃花源记》和《岳阳楼记》——用白话文。

二

在讨论汪曾祺的写作对现代汉语发展所具有的重要意义之前，我想对现代汉语形成的历史过程，尤其是其中特别重要的某些"节骨眼儿"做些回顾。但这样做，哪怕是再粗略，也要很大的篇幅，非我所能。这里只对 20 世纪 30 年代"大众语运动"先做一点分析，也许不能算是偷懒，因为这件事在现代汉语形成史上算得一件大事，一个重要的节骨眼儿，其中暴露和掩盖的问题，或许比五四前后的白话文运动更尖锐，更复杂，分析起来也更有意思。用这样一幅图画作为讨论汪曾祺的汉语写作的背景，可以了。

陈望道先生在 1934 年 7 月《中学生》第四十七期以南山署名发表了一篇题为《这一次文言和白话的论战》的文章，其中对"大众语"的讨论有如下形容：

> 这一次文言和白话的论战，从汪懋祖先生五月初在《时代公论》上发难以来，已经继续了三个多月。论战的范围，从教育扩大的文学、电影，从各个日报的副刊扩大到周刊、月刊。场面的广阔，论战的热烈，发展的快速，参加论战的人数的众多，都是"五四"时代那次论战以后的第一次。……现在的阵营共有三个，就是大众语，文言文，（旧）白话文。大众语派主张纯白，文言文派主张纯文，旧白话文派，尤其是现在流行的语录体派主张不文不白。主张不文不白的这一派现在是左右受攻，大众语派攻它"文"的一部分，文言文派攻它的"白"部分。究竟哪一部分被攻倒，要看将来大众语和文言文的两方面哪一方面战胜①。

这段引文中有一个细节值得玩味，就是"白话文"这个词前面为什么加了一个带括号的"旧"字？白话文就是白话文，为什么还要特别强调"（旧）白话文"？陈望道对此似乎没有做特别的说明。② 但翻阅一下"大众语"讨论留下的文献，有一件事在我们今天的人看来十分触目，那就是所谓"白话文运动"质地不纯，这运动中不仅有《创造月刊》《现代评论》，还有《良友》画报、《红玫瑰》杂志，不仅有鲁迅、胡适、郭

---

① 《陈望道文集》第三卷，上海人民出版社 1981 年版，第 78 页。
② 在《这一次文言和白话的论战》一文中，陈望道没有对"（旧）白话文"多做解释，翻阅《陈望道文集》第三卷其他有关文章亦未见说明，但在《大众语论》一文（第 87 页）又有"文言文、通俗白话和大众语三种不同文体"的提法。

沫若，还有新式“礼拜六派”①诸家，不仅有“高跟鞋式”欧化白话
文②，还有张恨水式的“旧式白话”。白话文运动在实际发展中形成这样
一个局面，大约很出乎那些新文学运动的发起者的意料，在他们的理想
里，文言文被打倒之后，本应是一个被新式白话文的光辉照亮了的语文
新天地，谁料半路杀出了个程咬金！令人尴尬的是，五四之后的白话文
运动不仅分化成欧式白话和旧式白话两股潮流，而且凭借着各自背后的
出版机构的支持展开了一场竞赛，更不幸的是，如果以拥有的读者数目
来看，旧式白话的写作明显占了上风！时至 20 世纪 30 年代，那么多新派
或左派知识分子都对白话文运动不满，欧式白话文的这种失利，在竞赛
中处于下风，无疑是一个非常重要的原因。只是这些人或出于清高，或
出于蔑视，往往不肯面对事实，不肯承认“旧式白话”（这里主要指所谓
“礼拜六”式白话）是白话文运动一个重要组成部分，更不肯承认“旧式
白话”的写作也为现代汉语的形成提供了不可缺少的动力。陈望道的
“（旧）白话文”的用法，多少反映了当时知识界这种尴尬又无可奈何的
处境。

对五四之后白话文发展的不满，当然不是自“大众语”讨论才尖锐
化。早在 1931 年，瞿秋白就写了《鬼门关以外的战争》的长文，系统总
结了新文学运动的得失，激烈抨击现在“新文学”的新式白话，却是
“不人不鬼的言语”，其中即便有“刮刮叫的真正白话，也只是智识阶级
的白话”，“更加充分暴露出‘新文学界’的小团体主义。因为‘新文学
界’只管自己这个小团体——充其量也不过一万人”。不仅如此，他还批
评这个小团体“和旧式白话文学讲和平，甚至于和一般的文言讲和平，
而没有积极的斗争”，总之，新文学运动根本没有实现自己的目的，瞿秋
白因而大声疾呼，要发动“第三次的文学革命”来建设“真正现代普通
话的新中国文”。如何来实现这样一个目标呢？瞿秋白在文中提出了他的
设想，主要是：第一，建立一种“言语一致”的文学，“使纸上写的言
语，能够读出来而听得懂”；第二，“正确的方法实行欧洲化”，“中国的

言语欧洲化是可以的,是需要的,是不可避免的";第三,"现代普通话的新中国文必须罗马化","要写真正的白话文,要能够建立真正的现代中国文,就一定要废除汉字采用罗马字母"。① 如果说《鬼门关以外的战争》是20世纪30年代现代汉语发展的一个纲领性文献,那大概是不错的。整个"大众语运动"的发展过程就是很好的证明。五四之后开展的白话文运动是否是那么严重的失败? 新式白话的写作固然穿着欧式高跟鞋,但用是否和大众的口语一致作标准来衡量其得失,这是不是合适? 旧式白话的写作是不是真的一无可取? 它能够获得那样广泛的读者到底是什么原因? 这两种白话文对现代汉语的创立都做出了什么贡献? 这些问题对大众语运动的提倡者来说都是不存在的。他们都深深沉浸在一个语言学的乌托邦之中——创立一种"大众说得出,听得懂,写得来,看得下"②,"把语文的距离缩到最少甚至零"③ 的新语言。正是在这种乌托邦冲动的驱使下,大众语运动很快与汉语拉丁化运动合流,把实现大众语这一目标与消灭汉字等同。今天的中国人已经很难理解发动五四运动的先贤们,怎么会对汉字有那样的敌意,必去之而后快。但他们是认真的,例如鲁迅,就正是在"大众语"讨论中声明"汉字和大众,是势不两立的"④,并斩钉截铁地说:"汉字不灭,中国必亡。"⑤

现代汉语的实际发展当然没有沿着"大众语"的方向延伸,历史为现代汉语的流变做了另外一种设计。如果以今天的立场对大众语运动做一些后设的批评,我以为有一点应该特别提出讨论,那就是在整个"大众语"论战中,论者往往都把新旧语言的冲突、替代,与在特定话语场当中发生的不同文学话语之间的斗争混为一谈。而五四之后发展起来的新文学运动和白话文运动,恰恰一个属话语领域,另一个则大致是语言领域。新文学运动对于传统的文言写作来说,既是一场话语的激烈冲突(科学民主对孔孟之道的批判),又是一场空前剧烈的语言变革(白话文对文言文的颠覆),这两者错综在一起,却不是一回事。只是由于某种历

---

① 参见《鬼门关以外的战争》。

② 《陈望道文集》第三卷,第88页。

③ 同上书,第83页。

④ 《中国语文的新生》,第102页。

⑤ 同上书,第119页。

史机缘，它们碰了头①。麻烦的是，这种错综还渗透到白话文运动内部，在新式白话和旧式白话之间也存在着类似的情形。大众语运动的推动者后来对汉语的发展采取那样激进和极端的态度，恐怕都与此有关。

　　和文言写作的命运不一样，旧式白话的写作，不管新白话作家们多么不情愿承认，它依然是白话文运动的一部分，在某种意义上，甚至可以说是新文学运动的一部分②。它一方面参与传统文言被推翻后形成的宽阔文化空间的重新分配，一方面又不失时机地迅速进入在上海等都市兴起的商业文化，从而使旧白话比新发明的新白话更为流行。如果文言写作在 20 世纪 30 年代后终于完全衰落，旧白话所起的作用不能低估。要是没有旧式白话文的蓬勃发展，仅靠"充其量也不过一万人"的新白话小团体，是否能那么快就能够把在历史上延续了两千多年的文言统治推翻呢？难说。只是生活在 30 年代的新白话作家们并不这样看。不管新式白话阵营内有多少激烈的冲突（陈独秀和胡适之间、鲁迅和梁实秋之间、左联和新月派之间、左联内部各派之间），也不管这一阵营围绕"文学的革命"和"革命的文学"发生过多少分化和组合，新式白话写作在话语层面上都受制于一个东西，那就是现代性——他们不仅一齐高举科学和民主的旗帜，而且共同分享着理性、进步等启蒙主义的理念遗产。正是"现代性的追求"③，使新白话写作能够以他们的"新"，和鸳鸯蝴蝶派的"旧"相区别、相冲突，并且在话语实践中形成长达数十年的斗争历史。④这种不可调和的话语冲突，使新白话作家们不可能承认旧白话写作也是新东西，是白话文运动不可分割的一部分，并且在现代汉语形成史中和

----

　　① 任何一种话语都要通过某种语言形式才能被表达、传播、转述，但话语不是语言符号。话语和 discourse 的对译，目前已得到普遍的认可，不过由于望文生义，许多人仍然把话语和语言混同。具体到五四时代，由于正值现代汉语在一场文学革命的催生之下渐渐成形，文学话语和文学语言两者的关系就出现了十分特殊复杂的交错，这是需要今天的研究者特别注意的。

　　② 瞿秋白在《鬼门关以外的战争》一文中曾说旧式白话小说"某种意义上是'新的文学'"，这种提法很重要，很少见于其批评家和文学史家。参见《瞿秋白文集》（二），第 627 页。

　　③ 参见李欧梵《追求现代性》一文，《现代性的追求》，麦田出版社 1996 年版，第 285—289 页；还可参考李氏英文著作 "In Search of Modernity: Some Reflections on a New Mode of Consciousness in 20th Century Chinese History and Literature," in Paul A. Cohen and Merle Goldman eds., Ideas Across Culture: Essays in Honor of Benjamin Schwartz（Cambridge: Harvard East Asian Monographs, 1977), pp. 109 - 135。

　　④ 但这种斗争他很少表现为激烈的正面议争，而是争夺文化和话语空间。

他们有联盟关系。相反，前者凭借自己的理论优势，在文化消费市场之外，把鸳鸯蝴蝶们打了个落花流水。在刘禾的《跨语际实践》一书的"新文学大系的建造过程"一章中，对此有这样的评述："可以说，由于五四新文学的作家们关注和推动理论，他们才能对鸳鸯蝴蝶派取得优势。在特定的话语场中，理论有生产合法性的作用，从长远观点看，这个场中象征资本比真实货币有更好的投资效益。鸳鸯蝴蝶派完全依赖文化娱乐市场而兴盛，其行情完全决定于大众消费，而五四新文学作家则是依仗理论话语和设置经典、文学批评以及文学史写作等学术机制立足。理论一边生产其论述对象的合法性，同时也使自己获得合法性；理论有能力命名，能够援引权威，能够雄辩，它还能将象征资本增值、生产和再分配。五四新文学的作家和批评家正是凭借这种象征意义上的权威，把自己描述为现代文学的开拓人，与此同时把论敌置于所谓传统阵营，从而在这样为双方命名和论说中获利。"① 《中国新文学大系》影响深远，此后有关的现代文学史写作，一律都把旧式白话写作关在门外，至于这种写作对现代汉语的形式和发展有什么意义，提出了什么新的可能性等问题，也都理所当然地被撇在视野之外。

　　事情还有另外的一面。《中国新文学大系》的初衷是总结和保护五四新文学，但它恰恰与大众语运动相对立，甚至是对后者的反动。因为大众语运动的推动者不仅反对旧白话，也反对新白话，而且重点是在批判新白话："白话文在形式上继承了封建文言文的象形方块字，这是对封建文言文的一大妥协"②，"'五四'时代所提倡的白话文，早就包含着妥协的病根"③，"'五四'的白话文运动只是给中国的死文学尸身剥了一层皮，大众语运动就是要更进一步设法火化这尸身"④。在这样激烈的变革要求面前，"大系"还把新白话写作经典化，实际上不能不是对建设大众语的否定。"大系"的出版正值大众语的论争渐入尾声，这或许有些偶然。不过，为什么"大系"一直流传到今日，大众语运动却是昙花一现，

　　① Lydia H. Liu, Translingual Practice: *Literature, National Culture and Translated Modernity-China 1900—1937* (Stanford: Stanford University Press, 1995), p. 233.
　　② 叶籁士：《大众语·土语·拉丁化》，《中国语文的新生》，第81页。
　　③ 黄宾：《关于白话文与文言文的论争的意见》，《中国语文的新生》，第97页。
　　④ 闻心：《大众语运动的几个问题》，《中国语文的新生》，第87页。

这大概并不偶然。前者与正在为建构民族国家而进行的文化建设过程有着深刻的联系（这里不可能对此做详细讨论）①，而后者"把语文的距离缩到最少甚至零"的设想，乃是一种语言学上的乌托邦。

20 世纪 30 年代激进知识分子们梦想的大众语没有成为现实，但它并不是过眼烟云。它的乌托邦精神不久后即在另一种不但对整个中国的社会变革，而且对现代汉语的发展产生深刻而广泛的语言实践中复活——那就是毛文体。我过去已经在几篇文章中，对毛文体作为一种革命的话语实践进行了一些讨论②，但对它作为一种语言实践则未及深入，这里正好做些补充。

我过去的文章主要是把毛文体当作一种话语，当作一种 discourse 来讨论的，因此毛文体这一命名带来很多误解。许多人问我，为什么不干脆直接叫作毛话语？在《丁玲不简单》的一个注解里，我曾经对此有过一点简单的解释："毛文体其实也可称做毛话语，但这样命名会过多受到福柯的话语理论的限制，对描述革命体制下话语实践的复杂性有不利之处。"③ 这个不利之处主要是忽略毛话语在实践中的另一个层面：在逐渐获得一种绝对权威地位的历史过程中，毛话语同时还逐渐为自己建构了一种物质的语言形式，也可以说是一种文风，一种文体。换句话说，这个话语在一定意义上又是一种文体，它和此种文体有一而二，二而一的不能分解的关系。在延安整风时期，毛泽东对"整顿文风"格外重视，《反对党八股》和《在延安文艺座谈会上的讲话》都专门讲语言问题，那绝不是偶然的。今天再看这些文献，联系整风中对"学习"的强调，我以为不难看出延安整风在更深刻的意义上，是一次整顿言说和写作的运动，是一次建立整齐划一的具有高度纪律性的言说和写作秩序的运动。这个"秩序"既要求所有言说和写作都要服从毛话语的绝对权威，又要求在以各种形式对这种话语进行复制和转述的时候，还必须以一种大致

---

① 刘禾在 *Translingnal Practice* 一书第 8 章 "The Making of the Compendinum of Modern Chinese Literature" 中有详尽论述，可参见。

② 这几篇文章是：《雪崩何处？》，《文学报》1989 年 6 月 5 日；《现代汉语和当代文学》，《新地文学》1991 年第 1 卷 6 期；《丁玲不简单——毛体制下知识分子在话语生产中的复杂角色》，《今天》1993 年第 3 期；《转述与毛文体的生产》，《文化中国》1994 年 9 月号。

③ 参见《今天》1993 年第 3 期，第 241 页。

统一的文体来言说和写作。因此，延安整风可以说是毛文体形成历史上的一个最重要的环节。但是，这一切不能都看成是毛泽东个人的发明。我们在瞿秋白的《鬼门关外的战争》，以及稍后的《普洛大众文艺的现实问题》《大众文艺的问题》①等文中都可以发现这种把一定的革命话语与特定的"大众化"的"语体"相结合的冲动："这个革命就是主张真正用俗话写一切文章。"②不只是瞿秋白，其实在20世纪30年代前后展开的几次论战，例如，早些的有关"革命文学"的论战，后来"大众文艺"的论战，以及抗战爆发后进行的有关"民族形式"的论战，都贯穿着这种冲动。至于1934年开展的"大众语"运动，只不过是把戏演到了一个高潮而已。毛文体对汉语写作的整饬有自己的历史（对此有很多的研究要做），但这个历史又和现代汉语的形成历史有密切关系，尤其和"大众语"这条线索有更密切的关系。由此我们才不难理解，当毛文体在话语和语言两个层面建立革命秩序的时候，为什么中国知识分子的言说和写作会一下子"一面倒"。当然，不能把事情过于简单化，不用说，这种"一面倒"还有其他社会和政治的原因（这也应该做更多的研究），不过自五四之后中国知识界对大众语的神往和迷恋对毛文体形成的影响，我以为绝不可低估。很多对中国革命持批评态度的人，特别是一些西方人，在解释中国知识分子和毛泽东领导的革命的关系的时候，总是喜欢用"压迫"来作理由，似乎知识分子参加革命都是被"抓壮丁"，都是在铁链的牵动下才做出了选择。这是对历史的严重歪曲。仅就毛文体而言，我们只要看看当年在大众语讨论高潮中推出的《我们对于推行新文字的意见》这一篇宣言，再看看在这宣言上以蔡元培为首的688名文化人的签名③，就一定会得出一些更复杂的看法，会有一些更历史化的诠释。

　　毛文体无疑是现代汉语发展历史上一个非常重要的阶段或方面，它在几十年的长时间里影响、左右或者完全控制了上亿人的言说和写作，大概再也不会有另一个语言运动能和它的影响相比。不过，这里我想强调的是它对现代汉语的成熟所起的巨大的推动作用。很多语言学家把现

---

　　①　见《瞿秋白文集》（二）。

　　②　同上书，第858页。

　　③　《中国语文的新生》，第120—124页。

代汉语的规范化归功于 20 世纪 50 年代后开展的推广"普通话"运动，认为这一运动最大成绩，是为全民族确立了典范的现代白话文和普通话，使口语和书面语都有了一种民族共同语为依据。这种看法在一定程度上并不错，比如经过这种规范化之后，不仅文言文完全失去合法性，连半文半白的汉语写作也差不多绝迹。但是语言学家们似乎忽视了毛文体在这一规范化中的作用。是毛文体为这一规范化提供了一整套修辞法则和词语系统，以及统摄着这些东西的一种特殊的文风——正是它们为今天的普通话提供了形和神。这些都不能低估。不过，事情还有另一面，那就是毛文体对现代汉语发展的严重束缚，这也不能被低估。大众语论战中暴露出的那些现代汉语发展中的矛盾和困难，不但在毛文体中未能真正解决，反而更尖锐了。因为毛文体真正关心的，是在话语和语言这两个实践层面，对言说和写作进行有利于革命的改造和控制，而不是汉语多元发展的诸种可能性。这一局面的首次突破靠了两件事，一件是 70 年代末"朦胧诗"的崛起，另一件是 80 年代"寻根文学"的出现。我始终认为这两个文学运动无论对现代汉语的发展，还是对打破毛文体的统治，都有着重大的意义。而汪曾祺正是"寻根文学"的始作俑者，他的短篇小说《受戒》早在 1980 年就发表了。

三

1986 年我写了一篇题为"意象的激流"的文章①，同年 7 月我到德国南部的根斯堡（Guenzburg）参加一个现代中国文学讨论会，并且在会上宣读了这篇文章——那时候我还不明白所谓 paper 是什么东西，如今明白了，西方的"paper"也是一种"体"，而且是一种糟糕的文体。这个会大约算是一次盛会，当时各国从事研究中国现当代文学的学者差不多都到了，但我惊奇地发现，大多数与会者可以说根本不知道 20 世纪 80 年代中国文学界都发生了什么事，他们大多还在那里研究"伤痕文学"，而且基本上是当某种政治情报来读。是，有人知道阿城，可是我向他们提起汪曾祺，提起莫言和何立伟，提起韩少功的《爸爸爸爸》和王安忆的

---

① 《文艺研究》1986 年第 3 期。

《小鲍庄》，听者脸上都一片茫然，我一惊之下也只好瞠目以对。

至 20 世纪 80 年代末，汪曾祺可以说已经有了大名，这大概很出乎他的意外。从前我曾多次听他说：我的小说可有可无，永远成不了主流！但是在 1986 年为《晚翠文谈》写序的时候，他有这样的话："在中国文学的园地里，虽然还不能说'有我不多，无我不少'，但绝不是'谢公不出，如苍生何。'"① 可见他改变了一点看法。不过他仍然说："人要有一点自知。我的气质，大概是一个通俗抒情诗人。我永远只是一个小品作家。我的一切，都是小品。就像画画，画一个册页，一个小条幅，我还可以对付；给我一张丈二匹，我就毫无办法。"② 今天读这些文字，不禁怆然。这个自视很高又十分自谦的可爱的老头儿，可曾想到在一个重大的历史转变时刻中，自己是一个关键人物吗？当然没有。在《意象的激流》里，我曾给汪曾祺画过这样一幅像："说他是这一群体的先行者，一头相当偶然地飞在雁群之前的头雁。这是有点奇怪，有点不寻常，因为这只头雁是个老头儿，当年是西南联大的学生，听过闻一多的课，平日好书，好画，好花木，好与各样的怪人闲谈，还是个真正的艺术家，绝不像一个先锋人物。"然而就是这样一个人，在把现代汉语从毛文体中解放出来这样的重大历史转变中，做了一名先行者，一名头雁。

如今头雁飞走了，留下一片清冷。

四

汪曾祺非常重视语言。他曾在《自报家门》这篇自传体散文中说："我很重视语言，也许过分重视了。我以为语言有内容性。语言是小说的本体，不是外部的，不只是形式，是技巧。"③ 说语言是小说的"本体"，语言即是内容，这很容易使人联想到现代主义小说的写作路子。事实上，早年的汪曾祺也确曾对这类写作有过兴趣，也承认自己"年轻时受过西

---

① 《汪曾祺文集·文论卷》，江苏文艺出版社 1993 年版，第 202 页。

② 同上。

③ 《蒲桥集》，作家出版社 1992 年版，第 366 页。

方现代派的影响，有些作品很'空灵'，甚至很不好懂"①。在西南联大读书期间写的短篇小说《复仇》，就是这种作品之一。应该说汪曾祺从一开始写作，语言就不是特别欧化的，很少用那种从"翻译体"演化过来的、有着强烈的印欧语句法形态的句子。但是由于《复仇》这篇作品的大的叙述框架是"现代派"的路数，在这个框架下的语言就不能不受制，特别是句法，不能不带有清楚的欧化味道，以开篇的一段为例："一枝素烛，半罐野蜂蜜。他的眼睛现在看不见蜜。蜜在罐里，他坐在榻上。但他充满了蜜的感觉，浓、稠。他嗓子里并不泛出酸味。他的胃口很好。他一生没有呕吐过几回。一生，一生该是多久呀？我这是一生了么？没有关系，这是个很普通的口头语。谁都说：'我这一生……'就像那和尚吧——和尚一定是常常吃这种野蜂蜜。他的眼睛眯了眯，因为烛火跳，跳着一堆影子。他笑了一下：他心里对和尚有了一个称呼，'蜂蜜和尚'。这也难怪，因为蜂蜜、和尚，后面隐了'一生'两个字。明天辞行的时候，我当真叫他一声，他会怎么样呢？和尚倒有了一个称呼了。我呢？他会称呼我什么？该不是'宝剑客人'吧（他看到和尚一眼就看到他的剑）。这蜂蜜——他想起来的时候一路听见蜜蜂叫。是的，有蜜蜂。蜜蜂真不少（叫得一座山都浮动了起来）。"② 这里频频使用相当西化的"自由间接引语"（"浓、稠……他的胃口很好。他一生没有呕吐过几句"等）和"自由直接接引语"（"我这是一生了么？没有关系，这是个很普通的口头语"等）③，再加上适度的心理描写（"他充满了蜜的感觉"等），很有意识流的效果。这种叙述技巧在句法上很难避免欧化，表现在不长的段落中人称代词出现频率很高：十五个"他"和五个"我"。其中十三个"他"和三个"我"都是作主语。人称代词是这全段叙述的轴心。另外，除了个别句子之外，绝大部分句子都有完整的主谓结构，大多数句子都有动词作组织全句的中心。这样的行文和修辞，明显是一种"翻译体"的作风。除了小说起首"一支素烛，半罐野蜂蜜。"这样的句子

---

① 《蒲桥集》，作家出版社 1992 年版，第 363 页。

② 《汪曾祺文集·小说卷》（上卷），第 14 页。

③ 有关叙述学方面的分析，参见刘禾《语际书写：现代思想史写作批判纲要》（香港：天地图书公司 1997 年版）中"不透明的内心叙事"一章。

（上句和下句之间还隐约对仗），《复仇》的语言整体上是相当欧化的。如果汪曾祺一直这样写，那还会有今天我们熟悉的汪曾祺吗？

　　是什么原因使汪曾祺很快就离开了这样的写作路子？我们已经不得而知，连《自报家门》也对此语焉不详。《复仇》写于1944年。《老鲁》写于1945年，相隔顶多一年。但《老鲁》开篇就是："去年夏天我们过的那一段日子实在很好玩。我想不起别的恰当的词儿，只有说它好玩。"和《复仇》完全不同的另一种语言。如果这两个句号前的句子，还可以用主谓结构来加以分析的话，那么像小说第一个段落中这样的句子："到这里来教书，只是因为找不到，或懒得找别的工作。这也算是一个可以栖身吃饭的去处。上这儿来，也无须通过什么关系，说一句话，就来了。"或者："校长天天在外面跑，通过各种关系想法挪借。起先回来还发发空头支票，说是有了办法，哪儿哪儿能弄到多少，什么时候能发一点钱。说了多次，总未兑现。大家不免发牢骚，出怨言。然而生气的是他说谎，至于发不发薪水本身倒还其次。"① 用主和谓就说不清了。这里，许多句子脱胎于鲜活的口语，已经很难用欧式语法去规范。我这样说或许会有人反对，认为这些句子仍然有语法，能够进行严格的句法分析。对此我不想多加争辩，因为自《马氏文通》至今，汉语到底能不能用欧式语法学做范型去分析，汉语中的语法到底是什么东西，可以说一直未有定论。近些年来，语言学界对此争论越多，分歧日深，但不少语言学家，如王力、陈望道、张世禄、张志公等都有汉语语法不能再以西洋语法做准绳，而应从汉语自身特点出发的意见。② 这些意见值得从事汉语写作的作者深思。很多作家（绝大多数罢）并不研究语法学，也不关心西语和汉语在语法上有什么区别，可是由于五四之后"翻译体"大兴，无形中渐渐成为白话文写作的模范，使欧化的语法深刻影响了白话文的形成，使它变成一种文绉绉的脱离日常口语甚远的书面语语言。这里可以举朱自清先生著名的散文《桨声灯影里的秦淮河》中的一段文字为例："夜幕垂垂地下来时，大小船上都点起灯火，从两重玻璃里映出那辐射着

---

① 《汪曾祺文集·小说卷》（上卷），第55页。
② 参见申小龙《中国文化语言学》，吉林教育出版社1990年版，第102—103、154—155页。

黄黄的散光，反晕出一片朦胧的烟霭；透过这烟霭，在黯黯的水波里，又逼起缕缕的明漪。在这薄霭和微漪里，听着那悠然的间歇的桨声，谁能不被引入他的美梦去呢？只愁梦太多了，这些大小船儿如何载得起呀？"① 语言确实美，这种语言在某种意义上可以说是白话文成熟的标志，想到此文写于 1923 年，我们不能不对那些创立和建设现代汉语的先驱者肃然起敬，他们竟在白话文运动发起后仅几年的时间内，就能把现代汉语的写作推进到这种境地！但是，这种语言又不能不使我们想到瞿秋白的尖锐批评："新文艺——欧化文艺运动的最初一时期，完全是资产阶级知识分子的运动，所以这种文艺革命运动是不彻底的，妥协的，同时又是小团体的，关门主义的。这种运动里面产生了一种新式的欧化的'文艺上的贵族主义'：完全不顾群众的，完全脱离群众的，甚至于是故意反对群众的欧化文艺。"② 瞿秋白是革命家，他一说到文艺和语言就总是把它们和革命联系起来，因此特别极端和激烈。可是这有个好处，就是把问题提得格外尖锐。如果把问题只局限在现代汉语发展的可能性这一视域里，瞿秋白的批评至少有这样的警示作用：若是白话文写作不想陷入某种"贵族主义"，那就必须向活生生的"群众"使用的口语打开大门。我们今天已经不能知道汪曾祺在 1944 年前后是否读过瞿秋白的这类文字，也不知道关于大众语的讨论是否引起过他的注意和思考。无论如何，自 1945 年之后，汪曾祺毅然和欧化的白话文分了手，再没有回头。

王安忆在 1987 年写过一篇讨论汪曾祺写作的文章，写得真是好。文章题目是"汪老讲故事"，王安忆说："汪曾祺老的小说，可说是顶容易读的了。总是最平凡的字眼，组成最平凡的句子，说一件最最平凡的事情。"③ 确实如此。王安忆又说："汪曾祺讲故事的语言也颇为老实，他几乎从不概括，而尽是详详细细，认认真真地叙述过程，而且是很日常的过程。"④ 汪曾祺这种"平凡"和"老实"打哪儿来的？我以为有意地用口语化的语言写作是主要原因。举个例子："我家的后园有一棵紫薇。这

---

① 《朱自清选集》，香港：文学出版社 1955 年版，第 3 页。

② 《瞿秋白文集》（二），第 880 页。

③ 王安忆：《故事和讲故事》，浙江文艺出版社 1991 年版，第 184 页。

④ 同上书，第 186 页。

棵紫薇有年头了，主干有茶杯口粗，高过屋檐。一到放暑假，它开起花来，真是'紫'得不得了。紫薇花是六瓣的，但是花瓣皱缩，瓣边还有很多不规则的缺刻，所以根本分不清它是几瓣，只是碎碎叨叨的一球，当中还射出许多花须、花蕊。一个枝子上有很多朵花。一棵树上有数不清的枝子。真是乱。乱红成阵。乱成一团。简直像一群幼儿园的孩子放开了又高又脆的小嗓子一起乱嚷嚷。"① 试把这段文字和前引朱自清先生的文字比一比，其间的区别一目了然。一比之下，朱自清的语言不是确实显得有点贵族气吗？或许有人会说，这么比不公平，《桨声灯影里的秦淮河》是1923年写的，汪曾祺这篇《紫薇》写于1987年，中间差着64年呢！但是，看看今天的文学写作，一个事实恐怕人人都看得明白：朱自清式的这种欧化味很足的白话文，至今仍然控制着大多数作家和千千万万爱好文学的人的写作，而能够走汪曾祺这种路子的，少而又少。这样说不一定是在朱和汪之间比孰优孰劣，也不是要在两种写作路数里确定谁是模范，而是强调汪曾祺的白话文给人一种解放感——原来白话文可以这么写！我还记得差不得十多年前，有一次汪曾祺怎么样让我吃了一惊。那是读他的《虎头鲨、昂嗤鱼、阵螯、螺蛳、蚬子》这篇专讲吃的散文，其中有这样一段："苏州人特重塘鳢鱼。上海人也是，一提起塘鳢鱼，眉飞色舞。塘鳢鱼是什么鱼？我向往之久矣。到苏州，曾想尝尝塘鳢鱼未能如愿。后来我知道：塘鳢鱼就是虎头鲨，嗐！"② ——就是这个"嗐！"吓了我一跳。熟悉普通话，特别是熟悉京白、京片子的人，都能领会各种不同语气的"嗐"能表达多少不同的意思。但是，"嗐！"也能够融入优美的散文？可人家汪曾祺就这么写了—— 一声"嗐！"韵味无穷，意境高远。叶圣陶先生曾主张把学校中的作文课改叫作"写话"，大概也是想从"正名"入手，缩短说和写的距离。我以为现代汉语到了汪曾祺手中，已经到了"写话"的境界。

自五四以来，尝试把口语融入写作的人当然绝不止汪曾祺一个。老舍也热衷于此，并且是极少数被公认为非常成功的作家。但是倘若拿这两个人相比，我以为汪曾祺更胜一筹。这不仅是因为老舍的语言中留着

① 《蒲桥集》，第232页。
② 同上书，第198—199页。

更多的早期白话文的"文艺腔"的痕迹，而且还有一个更大的理由：以小说而论，老舍的口语因素多半只构成一定的"语言特色"，多半是在人物情态的描写和对话等具体叙述层面中表演，一到小说的总体的叙述框架上，还是相当欧化的。拿《骆驼祥子》来说，老舍主要是通过小说主人公祥子的意识活动作贯穿线索，来展开故事——这种叙述方式本身就是一种"翻译体"；与这叙述相配合，作家大量使用了心理叙事、自由间接引语和自由直接引语等技巧，这不能不使小说总体上显得很"洋"（这方面，刘禾近著《语际书写》论之甚详，可参看①）。汪曾祺与此不同，他的小说往往在大的叙述框架上，就有意顺从现代汉语中口语叙事的规则。王安忆说："汪曾祺的小说写得很天真，很古老很愚钝地讲一个闲来无事的故事，从头说起，'从前有座山，山上有座庙'地开了头。比如：'西南联大有一个文嫂'（《鸡毛》）；比如：'北门有一条承志河'（《王四海的黄昏》）；比如：'李二是地保，又是更夫'（《故里杂记》）；比如：'全县第一个大画家是季匋民，第一个鉴赏家是叶三'（《鉴赏家》）。然后顺着开头徐徐地往下说，从不虚晃一枪，弄得扑朔迷离。他很负责地说完一件事，再由一件事引出另一件事来。"② 我以为王安忆对汪曾祺小说的叙事和语言的特征，描写得相当准确。读汪曾祺的小说确乎如此，什么都平平淡淡，但读完之后你却不能平静，内心深处总会有一种隐隐的激动，沧海月明，蓝田玉暖，不能自已。为什么汪曾祺的小说会有这样的魅力，它是怎么达到的？那大约是另一篇大文章的题目。如果只从语言层面讨论，我想这或许和他把某些口语功能，不是作为语言特色，而是作为某种控制因素引入小说的总体叙述框架有关。汪曾祺曾多次说他的小说的最显著的特点是"散"。在《汪曾祺短篇小说选》自序里，他说："我的一些小说不大像小说，或者根本就不是小说。有些只是人物素描。我不善于讲故事。我也不喜欢太像小说的小说"，"有人说我的小说跟散文很难区别，是的"。"我的小说的另一个特点是：散。这倒是有意为之。我不喜欢布局严谨的小说，主张信马由缰，为文无法"。③ 他还在

① 刘禾：《语际书写：现代思想史写作批判纲要》，上海三联书店出版社 1999 年版。
② 《故事和讲故事》，第 184 页。
③ 《汪曾祺文集·文论卷》，第 193—194 页。

《自报家门》一文中这样说："我的小说似乎不讲究结构。我在一篇谈小说的短文中，说结构的原则是：随便。"① 汪曾祺的小说在结构和叙述框架上的"随便"，使他的小说有一点像"聊大天"，而且聊到哪儿算哪儿，毫无顾忌。

这种"随便"有时候到了一种惊人的程度。以《大淖记事》为例，全篇字数约一万四千多字，开篇近三千字真是"信马由缰"地闲聊，全是关于"大淖"这地方的风俗画，至第二节结尾才出现了主人公小锡匠十一子，但也是一闪即逝。随后的第三节又是风俗画，全不见故事的痕迹。至小说的第四节才出现了另一个主人公巧云，可是仍然是聊天式地描写巧云的生平和种种琐事；一直到本节的结尾，两个主人公才终于相遇，故事似乎要开始了，这时汪曾祺已经用掉了近八千字。出乎读者意料，第五节开始，故事又断了，转而讲述水上保安队和"号兵"们的事，又是一幅风俗画，直至这一节将尽，才有巧云和十一子在大淖的沙洲中野合这一发展，但是寥寥数行，惜墨如金。小说第六节——最后一节——全力讲故事，但整节不足三千字。如果较真儿，把《大淖记事》全部用于讲故事的文字加起来，至多五千字，只及全篇幅的三分之一。是不是由此就可以说，汪曾祺写小说全然不讲结构？我想不能。汪曾祺曾说他的"随便"是一种"苦心经营的随便"②，这也不是随便说的。在好几篇文章中，汪曾祺都说及他对苏轼的写作主张的钦服："我倾向'为文无法'，即无定法。我很向往苏轼所说的：'如行云流水，初无定质，但常行于所当行，当止于所不可不止，文理自然，姿态横生。'"③ 这种对"为文无法""文理自然"的追求，我认为反映了一种对汉语特性的深刻认识。

比起欧洲语言来，汉语到底有什么特性？这种特性又该怎样在理论上表达？这在语言学界已经有了很多讨论。我对此是外行，没有多少发言权。但我对申小龙近年来在《中国文化语言学》《中国句型文化》等一系列著作中，从汉语的人文内涵出发来探讨汉语特性这一研究有相当的

---

① 《蒲桥集》，第365页。
② 同上书，第366页。
③ 同上。

好感①。特别是对今天的现代汉语写作，我以为申小龙的研究有重要的意义。以文学而论，"翻译体"对写作的影响绝不只在修辞或句法层面，作家如果在欧化的语言中浸淫日久，句法上的限制必然会形成对总体叙述或结构层面上能力的限制，换言之，会对汉语叙事的想象力形成限制。在这方面，申小龙下述看法值得从事汉语写作的人重视："较之西方作家视语法为牢房的焦虑，汉语作家对民族语法的心态则要从容自在得多。汉语是一种非形态语言。由于语词及其组合不受形态成分的制约，汉语语词单位的大小和性质往往无一定规，有常有变，可常可变，随上下文的声气、逻辑环境而加以自由运用。语素粒子的随意碰撞可以组成丰富的语汇，词组块的随意堆叠、包孕，可以形成千变万化的句子格局。汉语这种富有弹性的组织方略，为主体意识的驰骋、意象的组合提供了充分的余地。它放弃了西方形态语言视为生命之躯的关系框架，把受冷漠的形态框架制约的基本语粒或语块解放出来，使它们能动地随表达意图穿插开合，随修辞语境增省显隐，体现出强烈的立言造句的主体意识。"②汪曾祺一定会同意这些意见。只不过，汪曾祺的小说写作更强调以鲜活的口语来改造白话文之"文"，一方面使书面语的现代汉语有了一个新面貌，另一方面使汉语的种种特质有机会尽量摆脱欧化语法的约束（完全摆脱自然是不可能的③），得到了一次充分的表达。

　　讲到用口语化的语言写作，不能不提到的一个人是赵树理。《小二黑结婚》《李有才板话》，即使今天看，还是现代汉语写作中的珍品。拿赵树理和汪曾祺做比较，是非常有趣的。比如，他们小说开篇常常很相像，都是"从前有座山，山上有座庙"的方式。看赵树理："刘家峤有两个神仙，邻近各村无人不晓：一个是前庄上的二诸葛，一个是后庄上的三仙姑。"（《小二黑结婚》）"阎家山有个李有才，外号叫'令不死'。"（《李有才板话》）"李家庄有座龙王庙，看庙的叫'老宋'"。（《李家庄的变迁》）"福贵这个人，在村里比狗屎还臭。"（《福贵》）赵汪之间的亲缘关

---

　　①　当然我也不是没有保留地同意申小龙著作中的所有意见，例如，在现代汉语语言学研究中如何"挪用"西方当代理论，就似乎可以采取更慎重的态度。

　　②　申小龙：《中国文化语言学》，第197—198页。

　　③　完全没有欧化，就不可能有今日的现代汉语，请参见笔者《现代汉语和当代文学》一文。

系不是很明显吗？何况，汪曾祺对赵树理非常推崇，曾经说："赵树理是非常可爱的人，他死于文化大革命。我十分怀念他。"① ——用这样动情的口气说一个人，这在汪曾祺是很少见的。和赵树理一样，汪曾祺热爱甚至可以说迷恋民间文化，不只民间的戏曲、故事、歌谣让他着迷，甚至连北京八面槽附近的一家接生婆门口的"广告"："轻车快马，吉祥姥姥"，也得他由衷的赞美，说："这是诗。"② 20 世纪 50 年代在北京做《说说唱唱》和《民间文学》编辑的时候，他和赵树理还共过事（当然那时赵树理已经是名作家），共同致力于民间文艺的发掘、整理和发扬的工作。回顾这段经历，汪曾祺说了这么极端的话："我编过几年《民间文学》，得益匪浅。我甚至觉得，不读民歌，是不能成为一个好作家的。"③从这里我们可以看出赵树理对汪曾祺的写作的深刻影响，甚至可能比老师沈从文的影响还深。

不过，汪曾祺的语言和赵树理的语言有很大的不同。正是这个不同，使汪曾祺在为现代汉语的发展提供更广的视野和更多的选择的时候，比赵树理有了更大的贡献。不同在哪里？我以为主要是：汪曾祺除了从民间的、日常的口语中寻求语言资源之外，同时还非常重视从古典汉语写作中取得营养。"我受影响最深的是明朝大散文家归有光的几篇代表作。归有光以轻淡的文笔写平常的人物，亲切而凄惋。这和我的气质很相近，我现在的小说里还时时回响着归有光的余韵。"④ "我的散文大概继承了一点明清散文和五四散文的传统。有些篇可以看出张岱和龚定庵的痕迹。"⑤有了这些"余韵"和"痕迹"，汪曾祺的语言就在现代汉语和古代文言之间建立了一种内在的联系。为什么那些平平凡凡、普普通通的日常口语一融入汪曾祺笔下，就有了一种特别的韵味？秘密就在其中。举《受戒》起头的一段为例："这个地方的老名有点怪，叫庵赵庄。赵，是因为庄上大都姓赵。叫做庄，可是人家住得很分散，这里两三家，那里两三家。一出门，远远就可以看到，走起来得走一会，因为没有大路，都是弯弯

---

① 《汪曾祺文集·文论卷》，第 3 页。

② 同上书，第 32 页。

③ 同上书，第 4 页。

④ 《蒲桥集》，第 358 页。

⑤ 《汪曾祺文集·文论卷》，第 205 页。

曲曲的田埂。庵，是因为有一个庵。庵叫菩提庵，可是大家叫讹了，叫成荸荠庵。连庵里的和尚也这样叫。宝刹何处？——荸荠庵。"① 这是一段大白话，白得几乎连形容词都没有，但读起来如长短句，自有一种风情。倘我们读一读归有光的《寒花葬志》，我以为不难发现《受戒》这段大白话的节奏、韵律与《寒花葬志》有自然相通之处。很明显，文言写作对"文气"的讲求被汪曾祺移入了白话写作中，且了无痕迹。反过来，"痕迹"非常明显地以文言直接入白话的做法，他也不忌讳，不但不忌讳，相反，大张旗鼓。举《端午的鸭蛋》一文中的一段："高邮咸蛋的特点是质细而沙多。蛋白柔嫩，不似别处的发干、发粉，入口如嚼石灰。油多尤为别处所不及。鸭蛋的吃法，如袁子才所说，带壳切开，是一种，那是席间待客的办法。平常食用，一般都是敲破'空头'用筷子挖着吃。筷子头一扎下去，吱——红油就冒出来了。"② 这里文言成分和白话成分水乳交融，自自然然，一点不勉强。再如《观音寺》中这样的行文："我们在联大新校舍住了四年，窗户上没有玻璃。在窗格上糊了桑皮纸，抹一点青桐油，亮堂堂的，挺有意境。教员一人一间宿舍，室内床一、桌一、椅一。还要什么呢？挺好。"③ 也是白话，可是和赵树理的白话相去甚远，多了一股文人气。这种带股文人气的白话又和五四之后的"旧白话"不同，没有那种半文半白带来的遗老遗少味儿。

无论五四的白话文运动，还是20世纪30年代的大众语运动，都把文言混入白话文视为心腹大患。后来的汉字拉丁化运动，其重要的目的之一，就是想通过拼音化的"新文字"，把汉语书面语写作中的文言残余扫荡干净。但是这种扫荡遇到了顽强的抵抗，特别是在商业化的通俗小说写作领域，那种文白相杂的文体一直受到广大读者的欢迎，代表了现代汉语发展的另一股潮流。有讽刺意味的是，这种以市场为依托的"旧白话"文体也实现了"大众化"，而且比朱自清模式的白话文更"大众化"。如果当年张恨水的写作还不足以服人，那么当代金庸的写作就再也不能被忽视了——已经很难再把《天龙八部》中的语言简单地说成是

① 《汪曾祺文集·小说卷》（上卷），第158页。
② 《蒲桥集》，第196页。
③ 同上书，第162页。

"半文半白"，或是"旧白话"，它大概应该算作另一类型的现代汉语。或许可以说，通俗小说中半文半白的写作，经金庸的笔，被集大成，被提升，被炼制，被显示为现代汉语发展的另一种可能性。

在"严肃文学"领域写作中尝试文白相亲、文白相融的作家当然并不仅是汪曾祺一个，但是，我以为能在一种写作中，把白话"白"到了家，然后又能把充满文人雅气的文言因素融化其中，使二者在强烈的张力中得以如此和谐，好像本来就是一家子人，这大概只有汪曾祺能罢。说到这里，我想我们应该庆幸现代汉语最终没有实现拉丁化。如果用一种表音的文字写出"吱——红油就冒出来了"，"还要什么呢？挺好"，自然谁都会明白，还挺生动；可是"质细而沙多"，"油多尤为别处所不及"，"室内床一、桌一、椅一"该怎么办呢？

五

汪曾祺在现代汉语写作中进行的种种试验（本文并没有对此进行全面的讨论）显然都是有意而为，但是，老头儿大约没有想到，他在语言中做的事情还有重要的文化政治方面的意义，那就是对毛文体的挑战。

现代汉语的形成、发展并不是单纯的语言运动，它始终与自晚清开始的一部话语斗争史纠缠不清。因为在中国大变革中产生的新老话语，都想占有刚刚出现的、正在形成中的白话文作为自己的物质媒介。由于新生的白话文不能在很短的时间中形成固定的形式，这个"占有"过程往往又夹杂着话语实践对语言形成的种种干预。我想这是毛文体形成的大的历史背景，也是毛文体作为一种话语在其实践过程中所面临的历史环境。这样的历史背景和历史环境不能不使都处于中国革命过程中话语实践和语言实践有更密切的关联。当然，任何一场社会革命都会关心怎么样用通俗生动的语言来动员社会和群众，都会关心如何寻找一种媒介使话语实践和社会实践相联结。但是，毛泽东和他领导的革命所创造的机制，却通过"毛文体"找到了实行这种联结的有效方法，形成了一种相当特殊的毛话语对社会的统治和支配形式。

毛泽东的《反对党八股》是毛文体形成史上的重要文献。在这篇文章里，毛泽东一共列出八条"党八股"的罪状，其中前五条（"空话连篇，言之无物"，"甲乙丙丁，开中药铺"，等等），都是有关文风或文体的，而后三条（即"不负责任，到处害人""流毒全党，妨害革命""传播出去，祸国殃民"），则都是关系到能否"采取生动活泼新鲜有力的马克思列宁主义的文风"、会不会"使革命精神窒息"①的严重问题了。显然，在这里"文风"问题已经和要不要革命、如何革命直接联系到了一起。因此，由于这篇文献，文风和文体被提高到前所未有的高度。这就为让革命话语获得与之相适应的革命文体的斗争，不但获得合法化，而且获得合理化。当然，一篇《反对党八股》当然不足以推动毛文体的形成，这个过程要复杂得多，我在《丁玲不简单——革命体制下知识分子在话语生产中的复杂角色》一文里对这个过程做了一点初步的分析，希望将来能深入一些。特别是，在延安整风时期作为要整顿的"三风"之一的文风，在后来怎样被渐渐落实到与一整套修辞原则和词语系统相配合的文体的过程，还需要做更细致的分析。无论如何，一旦在革命的理论话语和一定的文体写作之间建立了一个固定的关系，文体就成了一种隐喻。随着毛文体自身的成熟，随着它的绝对权威的建立，要不要进入毛文体写作就更成了一种隐喻——对知识分子来说，在毛文体和其他可能的写作之间做选择，实际上是一个要不要革命的问题。

　　在20世纪80年代"朦胧诗"出现之后，官方批评家和许多老诗人都对之进行了激烈的批评，但是批评的重点主要不是诗的内容的政治性，而是因为它是"古怪诗"，因为"看不懂"。按理说，看不懂有什么关系？看不懂可以不看嘛！何必动这么大肝火？何必把它和什么诗歌发展方向之类的问题扯在一起？但是，看似肤浅的意见后面其实有深刻的原因："朦胧诗"在文体上犯了规、越了格。它意味着，一群胆大妄为的青年诗人公开拒绝了毛文体，这在隐喻层面就是拒绝毛文体对话语秩序的权威性，这当然是一种犯上作乱式的挑战。1953年郭沫若在人民文学出版社出版了一本诗集，叫作《新华颂》。这大概是郭沫若一辈子里写得最糟的诗，也许是自有诗歌以来最糟的诗，例如，其中有这样的"诗句"："钢铁可以打成针/宝石可以钻成花/谁说咱们脑筋不开化/以前的日子咱们当牛马/读书识字莫说它/有嘴谁敢说半句话/如今呢，咱们当了家/文化就

---

①　《毛泽东选集》第三卷，人民出版社1953年版，第831—846页。

是咱们的文化。"[①] 能相信这是写《女神》的同一个郭沫若写的吗？但是，不像有些人批评的那样，郭沫若写这些诗是因为没有骨气，要讨好新中国和共产党（找一找郭沫若1928年写的诗，例如，《电车复了工》《梦醒》《传闻》《外国兵》，等等，已经有类似的诗风。那时正值"白色恐怖"时期，郭沫若又讨好谁呢？）如果说郭沫若一个人没有骨气，成百上千的进入毛文体的诗人、作家都是没有骨气吗？反对"朦胧诗"的风波起自20世纪80年代初，正值"思想解放"，批评"朦胧诗"的人更没有必要为了讨好谁才那样闹一通。不，郭沫若写那些糟诗是认真的，激烈反对"朦胧诗"的人也是认真的。对他们来说，以什么样的文风和文体写作，是象征、是隐喻，是他们在革命实践中能不能取得主体位置的关键，也是他们一生是否有意义的关键。

任何一种话语生产都不会没有进入社会实践的功利目的。但是，并不是处于激烈竞争和斗争中的各种话语都能进入社会实践，能够进入社会实践的话语在影响社会变革的程度上也各不相同，情形是非常复杂的。因此，从话语理论角度看，话语实践和社会实践的关系恐怕还是一个需要深入讨论的领域。话语实践在什么样条件下才能转化为社会实践？又在什么样的条件下两者会相互渗透？在话语史中，话语实践和社会实践的联结都有过什么样的先例？它们提供了什么样的历史经验？又为我们提供了什么样的对未来的想象？这些问题无论对研究历史，还是研究今天，都是难以回避的。如果话语理论只从话语实践层面着眼而忽略上述问题，我以为会使话语分析产生一种方法论上的萎缩。

毛文体以及生产毛文体的相关机制，最值得我们今天分析和总结的地方，正在于它成功地把语言、文体、写作当作话语实践向社会实践转化的中间环节，并且使这种转化有机地和毛泽东领导的革命成为一体。在毛文体的号召和制约下，知识分子的写作已经不再是简单地写小说诗歌，写新闻报道，写历史著作，或是写学术文章，它获得了另外一种意义，即经过一个语言的（文体的）训练和习得过程，来建立写作人在革命中的主体性。在这个过程中，千千万万个知识分子正是通过"写作"，完成了从地主阶级、资产阶级或小资产阶级立场向工农兵立场的痛苦的

---

① 《新华颂》，人民文学出版社1953年版，第61页。

转化，投身一场轰轰烈烈的革命，在其中体验做一个"革命人"的喜悦，也感受"被改造"的痛苦；在这个过程中，也正是"写作"使他们进入创造一个新社会和新文化的各种实践活动，在其中享受"理论联系实际"的乐趣，也饱尝意识形态领域中严峻的阶级斗争的磨难。如果说正是毛文体的写作使知识分子在革命中获得主体性，那么反过来，知识分子又正是通过这样的写作，使话语实践和社会实践在革命中实现了转化和联结。毛泽东领导的革命之所以能够在不到 30 年的时间里，就把原来不过在几十个知识分子心中浮动的革命思想，转化为几亿群众参加的急风暴雨式的社会运动，知识分子的写作这个环节可以说是一个关键。但是，这不是一般的写作，而是毛文体的转述、复制和集体生产。

或许我们可以把"文化大革命"看作毛文体写作的顶峰。1997 年第 5 期的《天涯》在"民间语文资料"栏目中发表了一篇《十一岁红小兵日记》，日记时间是 1969 年 12 月 24 日至 1972 年 1 月 1 日，共 26 期。今天再看这些充满革命套话的所谓"日记"，自然味同嚼蜡，但是只要一想这些文字出于一个十一岁孩子之手，想一想当年曾经有上千万的孩子和上亿的成人都用这种文体写作、思想、说话，不能不让人心惊肉跳。1971 年 10 月 6 日的一篇日记如下："今天，通过学习毛主席的《反对自由主义》这篇光辉著作后，我思想有了开窍，想起开学来我有很大退步，我感到惭愧，想起去年有了很大进步，今年就有了很大退步，这是为啥呢？是因为我骄傲自满，认为差不多了，躺在老本上睡大觉，所以退步了。'金猴奋起千钧棒，玉宇澄清万里埃。'我决心今后要努力学习毛主席著作，彻底改造世界观，丢掉包袱，赶上形势，当一名毛主席满意的合格毕业生。"很多人读了这些文字都一定会觉得熟悉，甚至感到一种带苦味的亲切。由于缺少对毛文体发展阶段的细致研究，我不能肯定这种使我们又熟悉又亲切的语言是什么时候（大致在哪些年）成为现代汉语在中国大陆写作中的标准样式的。至少毛泽东在延安批评"党八股"的时候，大约不会想到他会提倡这样的文风。然而，这样的文风和文体毕竟牢牢地统治过几亿中国人。

想到这一切，我们不能不感激汪曾祺在 1980—1981 年忽然提笔又写起了小说，其中有我们今天已经耳熟能详的《受戒》《异秉》《大淖记事》和《岁寒三友》诸篇。

六

关于汪曾祺的写作，没想到一口气写了这么多。因为是边想边写，文章将要结束时未免心中忐忑，怕有什么大的偏颇。我想我得声明，说汪曾祺对现代汉语的发展有大贡献，绝不是说这事只有他在做，汪曾祺把这事包了，当然不是。在现代汉语形成、发展的近百年的历史中，以写作推动现代汉语发展的作家实在太多了。首先就是鲁迅。如果说中国人在这么短的时间内（当然这也是被逼无奈——从某种意义上，连中国的语言变革也是西方"列强"逼出来的），创造出"白话文"这样的汉语是个奇迹，鲁迅的写作就是奇迹中的奇迹。从一定意义上说，即使今天，在鲁迅先生逝去半个多世纪之后，也还是没有人能在汉语写作上和他匹敌。研究鲁迅的著述早已汗牛充栋，数不胜数，但鲁迅先生对现代汉语发展的深刻影响，还根本没有说清楚，作为现代汉语发展的一个取之不尽的资源，鲁迅的写作的意义也没有被足够的评价。这一切都还有待后人。另外，近百年来无数的翻译家通过对外国名著的译介，完成了大量著作，其中许许多多都是优美的现代汉语，形成了"翻译体"这种独特的汉语形式。他们的写作对现代汉语的形成和发展，起了至关重要的作用，这恐怕人所共知的事实。但是，把文学或理论的翻译也当作现代汉语写作的重要组成部分，研究这种写作与现代汉语发展之间的复杂关联，这件大事似乎还没有多少人认真去做。与此非常相似的，是当代诗歌评论和研究的不足。诗歌本来就是语言变革和发展的前沿，自"朦胧诗"以来的当代诗歌运动，我以为可能是现代汉语出现以来一次最大规模的实验性写作。在眼下历史条件所允许的范围内，诗人们对汉语的想象可以说发挥到了极限，对汉语发展的可能性的探索也几乎到了极限。20年来的诗歌写作所积累起来的语言经验，对未来的现代汉语发展的重要意义，我们今天大约还不能充分估计。但是这一切都没有得到理论界应有的关注，我自己不懂诗，对讨论和分析诗歌写作没有足够的知识，只能干着急。让人干着急的不只是诗，很多我很熟悉的小说，读起来喜悦，但评起来就觉得棘手，若是想讨论这些小说写作与现代汉语发展之间的关联，自然更觉棘手。林斤澜就是这样的作家之一。林斤澜是汪曾祺的挚友，也是酒友和文友，只要这两个人凑在一起，他们身边的气氛就会变得新鲜，如清风徐来。但是林斤澜的写作与汪曾祺全然不同，全走生涩险怪的路子，尤其是语言，似乎专以破坏常规语法和修辞为乐，有一种"冷露滴梦破，峭风梳骨寒"的峻峭作风。这在现代汉语写作中是相当少见的，我每每欲写点分析文字，但都因自己语言学及语法学知识不够而掷笔作罢。

总之，文学写作和现代汉语之间关系的研究是一项大工程，除了汪曾祺之外，还有很多写作都值得花力气深入讨论。考虑到语言符号对人的生存的重要意义，考虑到我们所"运用"的语言其实在决定着我们如何认识和改造世界，包括改造我们自己的范围和限度，这类研究花多大力气都是值得的。

在这方面，似乎常常是作家比理论家更为敏锐。在 1997 年 1 月号的《上海文学》上，李锐发表了一篇题为《我们的可能》的专门讨论语言和文学写作之间关系的文章。这篇文章涉及的问题很多，有很多洞见，但最吸引我的，是李锐对当前写作中书面语的尖锐批评："在长年的写作之中，在许多年对前人和同时代人的阅读中，早已'自然而然'地'下意识'地'习惯了'书面用语，并常常以之为'雅'，以之为美，以之为是'艺术的'和'文学的'。固守在这个书面语的岛礁上，渐渐地，竟然忘记了口语的海洋。"这是我所见到的对今日写作最激烈的抨击，它把当年大众语论争中对白话文写作的质疑，又重新提了出来，当然是在全然不同的新的历史环境中，又是以一种自我检讨的方式。但我以为这是非常有意义的。因为这样的批评和质疑，不是只针对某种"文学创作"，而是针对文学写作和现代汉语当下的关系，这就把这问题提大了，使我们有可能把已经关闭了很久的一个重要的批评空间重新打开。说到这里，我不能不提到另一个同样在语言上表现了丰富想象甚至狂想的长篇小说《马桥词典》。这篇文字即将收尾，我已经没有可能对《马桥词典》做哪怕是最粗糙的评价，我想在这里引述韩少功本人在这本书的"后记"中的一段话，也许更说明问题："词是有生命的东西。它们密密繁殖，频频蜕变，聚散无常，沉浮不定，有迁移和婚合，有疾病和遗传，有性格和情感，有兴旺有衰竭还有死亡。它们在特定的事实情境里度过或长或短的生命。我反复端详和揣度，审讯和调查，力图像一个侦探，发现隐藏在这些词后面的故事，于是就有了这一本书。"五四前后那些为建设新汉语而殚精竭虑的先贤们，可曾想到中国的作家有一天会这样面对和思考语言和写作吗？倘他们地下有灵，多半会目瞪口呆。

可是我知道，汪曾祺喜欢《马桥词典》，他永远会喜欢新的想法。

七

我最后一次见到汪曾祺，是1996年夏天，大约七月。我陪刘禾去他在虎坊桥的寓所拜访。坐下不久，他就把事先预备好的一副对联和一幅画拿出来送给刘禾。画是几串淡紫色的藤萝花，开得很旺，一片"真是乱，乱红成阵"的景色，花旁有一只小蜜蜂，正飞得嗡嗡作响。汪曾祺笑着问刘禾："喜欢吗？不喜欢我再另画一张。""喜欢！喜欢！"刘禾急忙把画往自己身边拉，好像担心老头会把画抢回去。

我过去也曾几次说起想要汪曾祺一幅画，但和他约定，得什么时候我自己想个好题目，请他就题作画。只是由于始终没寻思出一个好主题，这事就拖下来了。看着刘禾得的字画，我突然有了主意，便请汪曾祺写幅字给我，内容用我"文化大革命"期间写的一首旧诗中的一联："唱晓雄鸡终是梦，横眉孺子竟无踪。"汪曾祺让我在纸上写下，他接过去看了看，又看了我一眼，小心地把那张纸收了起来。当我们离开汪曾祺的家，在路灯下沿着暗暗的胡同向大街走去的时候，刘禾回头看了看说："这老人真可爱！"然后叹了口气，又说："这样的人可越来越少了。"我回答说："也许是最后一个了。"

我一直惦记着汪曾祺是否给我写了那幅字，但是后来再没有见到他。

我一直不能相信这个老头儿真的不在了，我有一种感觉，如果我拿起电话，拨通63519173这个号码，我还能听到一个略带沙哑但是非常亲切的声音："是我，汪曾祺。"

（发表于《今天》1997年第4期）

研　读

引　言

　　纵观《汪曾祺与现代汉语写作——兼谈毛文体》这篇论文，其语言风格并不像严格意义上的论文。相较于论文的严肃客观性而言，这篇论文似乎更像是一篇怀人记事散文，其中对于现代汉语以及毛文体的一些探讨更像是怀人之余的一些学术讨论。事实上，李陀也不可能将文章写成严格意义上的论文，因为李陀自己也说了，"如今明白了，西方的'paper'也是一种'体'，而且是一种糟糕的文体，比毛文体也高明不了多少"。①

　　汪曾祺先生于 1920 年 3 月 5 日生于江苏省高邮市，是中国当代作家、散文家、戏剧家，同时也是京派作家的代表人物。其文学作品清新质朴、散淡飘逸，汪先生本人也被誉为"抒情的人道主义者，中国最后一个纯粹的文人，中国最后一个士大夫"。然而天妒英才，1997 年 5 月 16 日上午 10 点 30 分，汪曾祺先生因病抢救无效而不幸去世，终年 77 岁。举行遗体告别仪式时，参加仪式的亲朋中就有李陀。

　　李陀先生与汪曾祺先生私交甚好。1986 年，李陀调到《北京文学》担任副主编，与主编林斤澜搭档。年末的时候，李陀和林斤澜商量，请汪曾祺每期为《北京文学》的封二的版面写一篇有关衣食住行的小散文。于是，自 1987 年开始，《北京文学》将封二改为汪曾祺的专栏，栏目名字叫作"草木闲篇"。这段往事李陀先生在他的《常常想起一个人》中有

---

① 李陀：《汪曾祺与现代汉语写作——兼谈毛文体》，《今天》1997 年第 4 期。

所描述，并在文中一一列举了 1987 年"草木闲篇"的十多篇文字的篇名，如《云南茶话》《张大千和毕加索》《鳜鱼》等，怀人之情溢于言表。因此，当 1997 年《今天》杂志要开辟一个"汉语与写作"的新栏目并请李陀写一篇文章参加讨论时，李陀首先想到了汪曾祺。

　　其实在这篇文章之前还有一段"引子"，简要说明了为什么作者在讨论现代汉语写作时会选择从汪曾祺这个作家的创作切入。

　　　　《今天》编辑已准备开辟一个"汉语与写作"的专栏，并命我写一篇文章参加讨论。我马上想到汪曾祺。

　　　　翻开《蒲桥集》一页页看下去，不能想象这些优美文字的主人已经不在人世。可是汪曾祺的确不在了，他撒手这些文字，也撒手我们热爱这些文字的人，一去不返。我还清楚记得汪曾祺举行遗体告别仪式时的情景。那是一个细雨绵绵的傍晚。仪式非常简单，就是为数不多的一些亲友来默默地向他告别，没有音乐，没有鲜花。来人中作家有六位：林斤澜、李锐、余华、史铁生、何志云和我。在汪曾祺身边也站了一会儿，我走到房子外边，站在丝丝细雨当中，不知所措。好像还应该做点什么，可是做什么？又能做什么？做了又怎么样？

　　　　但是，现在"汉语与写作"的讨论给了我一个机会——我突然明白可以为汪曾祺做点什么：写一篇文章讨论他的写作，不是深究其文学上的"成就"（这个词功利色彩太重，和汪曾祺不太兼容），而是把他放在更大的一个视野里，把他当做在现代汉语的形成演变的历史中，扮演了重要角色的历史人物来看待。我深信汪曾祺不是一般的作家，这个和蔼平易的老头儿所应该得到的尊敬，会远远在许许多多今日正声名显赫的诸般人物之上。

　　　　我想这或许是最好的纪念。

　　从以上文字中，我们可以看到，李陀对汪曾祺先生的感情笃深，也能看到，对于汪曾祺先生的创作，李陀是持十分肯定的态度的。更何况，汪曾祺是有资格被书写的，"就凭他有那个气魄，也有那个秉赋重写了

《桃花源记》和《岳阳楼记》——用白话文"①。因此在论文的第一部分，李陀明确指出，不想将这篇文章写成一篇学术味十分浓的论文，因为"汪曾祺不会喜欢这样的文字"②。因此，在这篇很难躲开许多学术性非常强的课题的文章里，作者采用了"不进入现代汉语的语言学内部的讨论，小心地擦着这个学科领域的边边走，只讲文学写作和现代汉语形成之间的关系，只在这'关系'里做点文章"③的略显朦胧的方法。

一　背景

1. 这篇文章可能最早发表在《今天》杂志上。1997 年第 4 期《今天》开辟《汉语与写作》的新栏目，让大家畅谈现代汉语的得失。本文为《汉语与写作》的第一篇文章，文中谈到五四运动以来汉语所面临的危机。现在看来，文言文的青春和白话文的危机都已经远去。而在当时，白话与文言的斗争是决定着民族国家兴衰的。不少人希望通过批评文言文而改造民族，通过赞美白话文而振兴中华。

2. 纪念：汪曾祺先生逝世于 1997 年 5 月。

3. 李陀的系列文章：《雪崩何处？》《现代汉语和当代文学》《丁玲不简单——毛体制下知识分子在话语生产中的复杂角色》《转述与毛文体的产生》《"语言"的反叛——近两年的小说现象》

4. 20 世纪 90 年代思潮与新左派

置于更大的背景下来讲，大概也与 20 世纪 90 年代的思潮有关系。李陀被视为新左派的人物，李陀有一篇南都周刊的《访谈》：《九十年代的分歧到底在哪里？》他提到 90 年代争论的话题的实质有二：一是第二次世界大战后，特别是 20 世纪七八十年代以后，世界到底发生了什么变化？怎么看待这变化？二是在这同一时期，在世界这个大范围里，知识发展有没有发生变化？是什么性质的变化？我想他的这篇文章或者这段时期的文章都在这种思考之下。

---

① 李陀：《汪曾祺与现代汉语写作——兼谈毛文体》，《今天》1997 年第 4 期。
② 同上。
③ 同上。

二 文本分析

李陀的《汪曾祺与现代汉语写作——兼谈毛文体》一文以汪曾祺的小说语言为切入口，试图探讨现代汉语写作的一种新的可能性，新必然是相对于旧而言的，在李陀笔下，汪曾祺之新主要体现在对自 20 世纪 40 年代以来形成的毛文体的突破，在论述这突破的具体表现的同时，作者同时引入了现代汉语成熟规范道路之上的几个重要节点作为背景知识，并于此基础之上涉及了 20—30 年代新白话与旧白话的纠合、毛文体产生背景、毛文体成功原因、知识分子被纳入毛话语系统中的深层动因、语言改革与话语权之间的微妙关系以及现代汉语写作面临的新困境等诸多问题。乍看起来，文章很是枝蔓，但"书读百遍而见义"，经过多次的阅读之后，是不难发现李陀的这篇文章按照一个层层递进的基本思路，有条理地将自己所要探问的问题都清晰地呈现了出来。尽管很多地方都只是提出问题，下力气追问的地方不多，但文章中不乏亮点，不仅为我们的学习打开视窗，也提供了许多新的思考路径。

文章被作者分为七节，夹叙夹议，理论、背景知识、作品相结合，行文风格颇有他的研究对象——汪曾祺——"散"的特色。第一节作者借汪曾祺曾用白话文改写《桃花源记》和《岳阳楼记》一事来引出话题。

为讨论汪曾祺对现代汉语写作的意义具体体现在何种层面，作者采用了追根溯源的方法，先回顾了现代汉语形成的历史过程。在第二节中，20 世纪 30 年代大众语运动与 40 年代毛文体的正式确立成为参考的主要对象。参阅相关资料，我们知道 30 年代大众语运动出现的原因主要是基于对 20 年代胡适所倡导的白话文运动的不满，在白话文运动之后，文言文还没有被彻底打倒，反倒在市场需求的刺激之下，产生了旧白话这样一个变种，并真正在文化空间的重新分配中分得一杯羹。这让心高气傲的新文化运动先驱们既气愤又无可奈何，所以急需在"市井"的旧白话和"高贵"的欧式白话之间寻找到一种理想的"大众语"，把偏离了预设轨道的现代汉语发展扭转回来。那么，大众语的倡导者们是基于一种什么立场去反对旧式白话的呢？在李陀看来，大众语执着地扛起"第三次文学革命"的大旗的背后，透露出的是一种别样的，被大多论者忽略的心态。大致总结为以下两点：第一，一种新的话语系统被提出，就必然带有着要进入社会实践的功利目的，因此，大众语运动的倡导者们是要在这场争夺话语权的拉锯战中，重新确立自己为现代汉语命名的主体地位。第二，新式白话，或者扩大范围，非旧式白话，因为理论优势而携带着的合法性地位赋予了这一阵营的激进知识分子以崇高感和使命感。在分析过原因之后，作者没忘为旧式白话正名：它不光是白话文运动的重要组成部分，更为现代汉语的形成提供了不可缺少的动力。

但大众语并未肩负起令现代汉语"纯净化"的目的，这支接力棒转而由毛泽东20世纪40年代在延安发表《在延安文艺座谈会上的讲话》后所确立的毛文体送到终点。李陀的文章将毛泽东所确立的这一套语言秩序划分为"文体"与"话语"两个层次。文体是指其通过语言实践所建构的一种物质的语言形式，话语则主要体现在因对汉语写作的整饬而获得的霸权地位。也就是说，通过言说和写作的具体实践，使毛泽东的文体渗透到了社会各阶层的具体言语活动之中，同时，每个个体对毛话语的绝对臣服促使它成为当时所共同遵守的语言准则。

李陀在第三、四节开始进入论文的核心讨论话题，即汪曾祺的小说语言具体是如何突破毛文体给现代汉语发展带来的严重束缚的，汪曾祺的先行意义，作者将之比喻为"头雁"。汪曾祺极其重视小说的语言，他的小说观可以简单概括为"写小说就是写语言"。与欧式白话的典型代言人朱自清相比，汪曾祺的小说语言因为显著的口语化特征而将白话从贵族气息浓重的新式白话中解放出来。但口语化并不只是作为一种语言特色而存在于汪曾祺的小说之中，这一点在与老舍的对比中愈发凸显。接下来，作者还将同样具有鲜明口语特色的赵树理与汪曾祺作比。将作者的观点加以提炼，我们可以把汪曾祺小说的独到之处概括为两点：首先，他的小说结构是一种"苦心经营的随便"，这使他的小说不同于以启蒙主义为变革发端的西方文学对结构的过分苛责，而是达到了有张有弛，开合有度的状态。其次，汪的小说语言看似极简洁、极朴实，背后却下了类似于杜甫"炼字"的气力，"为人性癖耽佳句，语不惊人死不休"，无论是白话文还是古典文言，都在汪曾祺看似无心实则有意的安排下，不着一字而尽得风流。那么，为什么说汪曾祺的这种语言特色就能够对毛话语的坚实系统发起了有效的冲击呢？作者在文中并没有表达的过于明白，但其在第五节里对毛文体成功原因的深度阐释，可以对我们逆向论证这一命题有所启示。

文思结合，语言是思维的工具，外在的语言秩序、话语形态都只是表层现象而已，其深层所体现的还是思维模式。由于特殊的历史原因，中国近代的语言实践变革都与其主张者背后所代表的意识形态取向有着紧密联系。如果说白话文运动的倡导者还只是以"白话"作为自己的物质媒介，来争取更多的大众信服自己的理论主张，那毛泽东作为一名政治领导人，则把这之间的微妙联系绑定得更为彻底，直接将文体文风问题上升为革命问题。确定这点认识之后，自然而然地要面对一个新的疑问：与毛泽东身处同时代的众多知识分子缘何轻易放弃了自己原先所占有的话语秩序，转而投入毛文体的巨大笼罩之中？如果只是政治原因，李陀认为是不足以服人的，因为即便在改革开放多年后，熟悉的毛话语依然存在于我们生活的各个角落。对于这个问题的回答，我们可以从作者的不同文章中找到不止一个答案。在本篇文章中，作者认为，对于当时的知识分子来说，选择何种文风文体写作，只是一种手段，重要的是采用的这种手段能不能为他们在革命实践中获得主体位置。从新文化运动伊始，中国的知识分子就背负着救亡图存的启蒙任务，只有在时代的主旋律事件中（当时就是革命）确立自己的主体性，才能取得存在价值。毛话语以及支持着它的庞大国家机器，对寻求信仰，建立个人与社会连接点，以证明自己"有用"的知识分子来说，或许是最好的安身立命之所。

李陀在《丁玲不简单——革命时期知识分子在话语生产中的复杂角色》一文中从对毛文体自身进行剖析之后，给出了另一个答案。毛文体或者毛话语具有一个其他话语系统都不具备的先天优势——它是一种和西方现代话语有着密切关系，却被深刻地中国化了的中国现代性话语。五四以降，中国知识分子就被夹在寻求西方现代化与反对西方列强的矛盾之中，毛话语的双重性恰恰符合了中国的复杂语境，可以用作改造中国社会实践的助推器。

毛文体整齐划一的高度集中性牢牢控制了现代汉语写作与言说两个层面的实践，同时阻碍了汉语多元发展的可能性。对于这一话语系统的冲击，分别由 20 世纪 70 年代末的朦胧诗和 80 年代的寻根文学各发起一次，而汪曾祺恰恰是在这一富有含义的时间点走入了更广泛的大众视野，所以将其作为寻根文学的发起人是没有异议的。此时，我们再回到当初的问题，为什么说汪曾祺的小说起到了突破毛文体束缚的作用？李陀在谈突破时，同时提到了朦胧诗的崛起，论述了朦胧诗与毛文体是同构的，他们都在自闭的话语系统中带有鲜明的排他性，看似对立，只是因为一个立足于"压迫"，另一个立足于"反抗"。相形之下，汪曾祺的独到之处就显而易见，其"突破"效果也不难理解——汪曾祺的小说与无一定规的民族语法气质相合，完全突破了机械的二元对立模式，并不立意去抵抗或冲破什么，以道家的"无为"之法另辟蹊径，体现出强烈的自发的主体创造意识。

但汪曾祺只能作为一个美丽的偶然存在在现代汉语写作长河之中，他的别致与飘逸并不足以形成一股力量去真正推翻束缚我们的桎梏，所以李陀在第六节也不得不面对这样一个棘手的问题：我们该如何对待在当今全球化语境下的现代汉语写作？这是作者的疑问，也是所有创作者的焦虑。要依靠全盘"西化"来作为打破政治体制和反抗专制的唯一出路吗？那又如何处理当代作家自信缺失的问题？这是否会造成汉语作为语言主体的被忽视？沿着汪曾祺的路径，回归口语，回归民族文化，把"不彻底的现代性"贯彻到底是否具有可行性呢？问题只能通过作家的写作实践来回答了。

即便是论文，李陀的一支笔也是信马由缰，但发现问题、提出问题、解决问题的严密逻辑却作为骨架良好地支撑着文章的层层递进。一些来不及展开的问题，如同为反抗姿态的知识分子写作、近 20 年来的诗歌（不光诗歌，可以包括散文、小说等各种体裁）写作所积累起来的语言经验，对未来的现代汉语发展有何重要意义，等等，都可以作为新的课题，吸引我们继续深究下去。另外，李陀花大力气去强调的语言的重要性——"我们所运用的语言其实在决定着我们如何认识和改造世界，包括改造自己的范围和限度。"——让我对文学中语言的理解，上升了一个新高度。

三　相关研究

这篇文章引起的反响，我在这里分为三个大方面来讲，即：《今天》的文学栏目及共同话题，汪曾祺小说的语言研究和毛文体。

首先，这篇文章是由《今天》发起的《汉语与写作》的栏目的代表篇目。栏目开设于1997年第4期的《今天》，尽管只坚持了短短的四期，发表的文章也是为数不多，但是它却与《今天》的海外语境紧密联系在一起，海外的漂泊与迁徙，使《今天》对语言的关注也有了一个从"华语文学"到"汉语文学"的变化过程。这其中既有作家对汉语问题的思考，也有来自学者的相关研究；为专栏撰写文章的既有国内的学者、作家，也有来自海外的声音与观点；再者，这些文章既有从语言本体出发，对语言自身的问题进行探讨和分析，也有着眼于语言的外部，关注的是语言与历史和文化之间的变迁。

此栏目中多篇文献都与《汪曾祺与现代汉语写作》这篇文章有联系，包括陈思和的《小说文体实验的第二次浪潮——以1997年几部小说创作为例》；李锐的《我对现代汉语的理解——再谈语言自觉的意义》；韩少功的《工具，有时也是价值》；哈金的《当代汉语诗人面临的语言问题》。

其次，有关汪曾祺小说的语言研究。杜悦在《富于独特美感的语音形象——汪曾祺小说探微》中认为语音形象美的构建是我国古典文学的优良传统，在此传统受到五四白话文运动的阻断，语音形象未能受到中国现当代作家足够的重视的背景下，汪曾祺致力于语音美的营造并将之拓展至小说文体，为汉语美文建设做出了特殊的贡献。郑群英在其硕士学位论文《"写话"：汪曾祺小说文学语言研究》中阐发了李陀提出的"写话"概念，运用西方现代与中国传统的语言学、修辞学、阐释学的理论观点，跨学科的研究方法，着重从语义学的角度，试图论述汪曾祺小说"写话"语言的内部生成机制、独特的形态特征及审美文化价值。周志强在《作为文人镜像的现代韵白——汪曾祺小说汉语形象分析》中将汪曾祺的小说语言叫作"现代韵白"，其小说中的现代韵白语言，实际上体现了一种凝结着现代文人认同情结的现代白话文形象。谢锡文的《汪曾祺小说语境分析》从语用学的语境出发，探讨汪曾祺小说的语言，并认为汪从艺术形式中"所必须的无限小的因素"出发，借助语词构造语境，充分利用语境的诸多功能，使问题峻洁而意蕴悠长，作品的审美价值在有限的语词之间获得无限的增涵。杨学民、李勇忠的《从工具论到本体论——论汪曾祺对现代汉语小说语言观的贡献》中，作者深入分析了现代汉语小说的语言脉络，认为汪曾祺在现代汉语小说语言理论发展史上的意义主要在于，他以本体论小说语言观替代了传统的工具论小说语言观，并提出了以审美为核心，广泛汲取多种语言资源的营养，锻造一种诗化小说语言的一系列原则和方法。

最后，有关毛文体。毛文体是什么？李陀在《丁玲不简单——革命时期知识分子在话语生产中的复杂角色》用毛文体这个概念来表述以毛泽东作象征的那一段革命时期的主流话语。毛文体可以概括为，以一定的修辞技巧和表达方式生产主流意识形态所需要的话语。它规定了一个秩序，是国家话语所规定的系统，小资产阶级知识分子接受工农兵群众的改造，乃是毛文体最重要的构成部分。即：毛文体＝毛话语＋大致统一的语言形式（文体、文风／一整套修辞法则和词语系统）具体文献可参看，华全红硕士学位论文《丁玲延安时期文学创作的转向——兼议毛文体对作家的影响》；马杰硕士学位论文《汪曾祺的小说创作与现代文学传统》等。

此外，还有有关大众语运动和汉语言发展状况等相关反响。

（赵　晨　赵雨佳　曾　毅）

讨 论

张桃洲：这篇论文的行文风格显然与李陀先生曾经的作家身份有关。该文以对"汪曾祺""现代汉语写作"成就的阐述为依托，参以对"毛文体"的历史考辨，探讨了现代汉语写作的诸多问题，特别是语言本身的问题。

论文花了较多篇幅谈论现代汉语生成的背景，也就是现代汉语怎么来的、包含哪些构成性元素等。对于这段历史大家要做一点功课，比如，我们首先要了解它是从基于口语的白话发展而来的，但又加入了很多元素（词汇等方面），特别是它的语法其实是外来的，带着欧化的烙印和逻辑思维的特点；现代汉语经历过 20 世纪 30 年代大众语运动、20 世纪 50 年代普通话运动等重大调整。有一点必须明确，现代汉语是一种历史性的存在，也就是说它的生成与发展无可逆转，同时它又经过了种种历史变革，经过不断丰富、演化，才成了目前的样子。

学生 A：李陀先生的这篇论文的中心是文学写作与现代汉语形成之间的关系和现代汉语的形成、发展和汉语写作之间的互动关系。文章不仅梳理了现代汉语的形成过程，而且给我们提出了许多很有价值的问题，比如，鲁迅在现代汉语写作上的意义，文学作品及理论著作的翻译与现代汉语之间的关系，当代诗歌的研究和评论等一系列问题，有待于我们去研究。我的老师曾经送给我们十个字："历史在场感"和"同情的理解"。"历史在场感"是说，在我们的学习中，不论是研究文本还是理论著作，都应该尽量去还原当时的历史环境，把研究对象放置到它所应当存在的那个"当下"去。而不是以现在这个时代你的眼光去打量历史，那样会对你的理解造成很大影响，会有偏颇。"同情的理解"是说，我们在阅读作品时，最好尽量地去身临其境，感同身受地阅读，把自己融入作品中去，和里面的人物一同去经历他所经历的悲欢离合。这样我们才能更加理解人物的性格，作品的意义。

学生 B：看过这篇文章后，我一直在想，如果大众语当初真的成了通用的语言，那我们现在的语言是一种什么样的情景呢，放弃了中国古老的方块字，而用拉丁字母，是对文字的一种改良还是不该有的舍弃？我个人认为完全的文言合一是没有必要的，也是不可能实现的，如果要求完全的文言合一，那只能是通过书写的口语化来实现，假如所有的文字都写成了口语的样子，那文学的韵味和魅力岂不大打折扣，甚至荡然无存了吗？文学作品就成了单纯的对于口语的记录，而文字本身不同于语言的特色就会被抹杀掉，我觉得这是提倡大众语的最大的弊端，应该也是大众语最终没有成为通用语言的一个重要原因。在写作中融入口语化的语言，这是一些作家的风格，这样也当然可以凸显作品风格，可是完全没有必要要求所有的文字都写成口语化的样子。

学生 C：这样让我想到了白先勇先生总结现代汉语命运时曾说过："百年中文，内忧外患。"我们的语言发展到现在经历了很多曲折，设想种种可能性既有趣又时常令人感慨万千。韩少功的《现代汉语再认识》是 2003 年在清华大学的一个讲座，非常有意思，里面也讨论了很多问题，比如说口语该怎么进入作品？能不能进入作品？进入作品的是什么？谁的口语？普通话吗？那粤语可不可以？这都非常值得商榷。关于这个，大家可以看看李劼人的《死水微澜》、张贤亮的《一亿六》，都是四川话进入文章，我只说个人阅读体会，我会说四川话，所以我读来感觉是十分亲切的，不知道大家看是什么感觉。再有，关于毛文体显现的复杂影响方面，五零、六零后的作家很难摆脱毛文体的影响，但是他们有意识地在摆脱，比如，阎连科的《坚硬如水》《为人民服务》，就是有意识的反抗，我觉得这里面也大有文章可做。

学生 A：从五四新文学到毛文体到新时期文学这个发展过程来看，毛文体是对五四新文学的突破，新时期文学又是对毛文体的突破，汉语语言文体也是处在不断发展的状态。现代汉语虽然发展时间不长，但它给我们带来的思维方式，情感方式和叙述方式以及同这个和世界的联系方式都发生了巨大的变化，深刻影响并参与了民族国家，社会和文化的重构。现代汉语让我们和世界上其他语言和文化之间的沟通变得容易，也让我们与自己的文化传统之间有了较深的隔膜，这是现代汉语发展必然出现的现象。从20世纪80年代开始，像晚年孙犁、汪曾祺、史铁生、王小波，还有后来的许多作家，他们都在以不同的方式进行着修复和完善现代汉语的工作。他们的语言体现着对民族精神自由的追寻，共同丰富着我们的现代汉语。

学生B：没错，现代汉语至今依然在不断发展变化着。在此我再总结一下几次对现代汉语有较大影响的文学潮流。

首先是先锋小说。先锋小说第一次将小说中的语言提升到最重要的位置，表现出一种鲜明的语言本体意识，小说的创作逐渐变成了一种作家的文字展示，在小说叙事方法、语言运用方面进行了大胆的创新实验。试图将语言的地位提升到小说本体的高度。它凸显了小说语言旺盛的生命力，拓展了语言表达的更多可能性。先锋小说的叙事打断了因果、时空链条；语言力求陌生化；在叙事手法上经常让叙述者出现在文本中对创作行为加以评论。先锋小说的语言实验突出地表现在对语言的反常规运用方面，频繁出现词语的超常搭配，对修辞格的运用也与通常用法迥然有异。

然后是第三代诗歌对于现代汉语的影响。第三代诗歌是针对于朦胧诗而发起的，它反对朦胧诗语言的隐喻，要求重新恢复语言的命名功能，正如于坚说的，要"回到语言的元隐喻本性，而不是它的修辞行为"。在他看来，"诗'从语言开始'到'语言为止'"。于坚对诗歌语言的理解与追求，与韩东、尚仲敏等人的观点相一致，共同形成了第三代诗歌的诗学理论。第三代诗歌在创作上形成高度的语言意识，用口语化的语言拓展了当代新诗发展的空间。

学生D：到了20世纪90年代网络时代来临后，又产生了新的对现代汉语造成扭转和冲击的事物，包括新的媒介出现、人们的日常生活方式的转变等。随着人类科技的发展，各行业的新式"武器"也极大地丰富了起来，传媒工具原来越发达：电话、手机、电邮到4G网络的出现，肯定也不是终点，各类网络交流成为一种新的生活方式：微信、QQ、微博、各类平台的Email……成了人类新的生存必需。随着人类持续的对世界探究，以及商业利益的驱使，出现了很多新产品，这一方面满足市场竞争的需求，另一方面满足自我个性表达的强烈愿望。然而，新产品的产生必然带来思维方式和世界观的变化。人们认识、了解世界的宽度、广度、自由度上，都有了全新的改变，其话语方式也相应有所改变。于是，网络语言应运而生，网络对汉语的冲撞是非常之大的，网络语言的产生及其流行，必然对社会通用的规范语言产生积极和消极的双重影响。

学生 E：李陀写这篇文章的时候，网络还没有大规模兴起，可以说还没有进入文学传播的领域。网络语言的影响在这篇文章里是没有的，但是这应该是一个问题。所以网络作为一种媒体进入文学传播后两三年，很快就有人认识到这是一个问题。现在这方面的研究已经有了大量成果，对于网络语言、网络文学、网络诗歌以及它们的形态、对纸媒的冲击等，这类研究早已出现并持续了许多年。网络对我们文学写作的影响，对我们日常生活的影响都非常巨大，比如，很多网络语言已经被收录到字典、词典中。但一些词终究是不能进入正规表达中的。这里面有很复杂的原因。这种生态给文学带来的影响应该重视。

学生 F：我本科的时候读汪曾祺只觉得他写得好，但是也没有深入地想过他写的怎么好，好在哪里？拿到这篇文章后，李陀前面分析汪曾祺写作的口语化，我是很认同的，但又总觉得少点什么，看到后面李陀分析汪曾祺从古典汉语写作中汲取营养，我才明白了一些之前阅读中得到的特殊感受，这种文人气，这种诗意的书写也是汪曾祺必不可少的。我认为汪曾祺的口语化写作拉近了文学和生活的距离，他个人的文化素养又使现实生活在其文学作品中充满了诗情画意。正像他自己所说的："我认为作家的责任是给读者以喜悦，让读者感觉到活着是美的，有诗意的，生活是可欣赏的。这样他就会觉得自己也应该活得更好一些，更高尚一些，更优美一些，更有诗意一些。小说应该使人在文化素养上有所提高。小说的作用是使这个世界更诗化。"

下面是我觉得对汪曾祺的语言表达得很贴切的一段话，是评论家张宗刚在汪曾祺去世六周年写的一篇叫《落花无言，人淡如菊》中的一段话："他的小说语言，如同水中磨洗过的白石子，干净、圆润、清清爽爽。这种语言魅力显然得益于古典文学与民间文学的完美化合。汪曾祺将精练的古代语言词汇自然地消融在文本中，又从民间文学吸取甘美的乳汁，兼收并蓄，克刚化柔，扫除诗歌、散文、小说之界阈，独创一种新文体。豪华落尽见真淳，这一点上，汪曾祺很像陶渊明。"

学生 G：从现代汉语发展的角度看，如果说鲁迅开创并奠定了白话汉语的基本形态，沈从文、老舍、赵树理、孙犁等分别从不同的方向为现代汉语的进一步发展和完善做出了贡献，那么，汪曾祺则提供了成熟的白话汉语的典范。

李陀后来写《先生之风，山高水长》这篇文章中说："在《汪曾祺与现代汉语写作》一文里，我是把汪曾祺写作的意义放在了现代汉语的形成和发展这么一个大背景里给予评价，认为不管这位谦虚的老头儿怎么低调，他对现代汉语发展的贡献绝不能低估，我们就是给了再高的评价也绝不过分。"

大家有没有注意到，李陀在这篇文章中，有 7 次把汪曾祺称作"老头儿"，这里说一下，汪曾祺的家人都是这样称呼他的，就连汪曾祺的孙女也是称呼他"老头儿"的。我觉得李陀在这里这样称呼他，就给这篇学术性的文章增添了一种亲切感。汪曾祺曾经这样评价过自己，他说，我觉得我还是个挺可爱的人，因为我比较真诚。我们都说文如其人，我觉得汪曾祺就是这样的，他做人是真诚的，他的文章，他文章的语言也是可爱、真诚的。

学生 H：探讨汪曾祺在写作上的特性，可以借助"余韵""痕迹"这两个词，这是一个入口，解释为什么平凡的日常口语融入了汪曾祺作品中就会有韵味。他的语感非常绝妙，并且有对文气的讲究。联系到这篇文章中分析汪曾祺和赵树理的关系，从这些方面来看他们差别很明显，赵树理没有迂回，欠缺一种"气"，没有汪曾祺那种气韵、气度。

张桃洲：语言不仅是一个美学问题，它与思维习惯、社会秩序、文化积习等方面的因素息息相关。李陀《汪曾祺与现代汉语写作——兼谈毛文体》一文即是从语言角度，把"汪曾祺""现代汉语写作""毛文体"三个关键词联系起来，关注口语向书面语转化的过程。现代汉语的演变是一个复杂的过程，口语、白话、文言、翻译都在其中发挥着作用。汉字的简化是其中一个引人关注的话题，因为汉字的简化可能会导致语言古雅之美的消失。

另外，这篇论文中所关注的一些理论节点是值得注意的，作者看问题的新颖角度也会对我们有启发。

第六讲

现当代文学研究的重要议题之二：革命及其他

文学、革命与性

南　帆

一

　　文学、革命和性三者构成了奇怪的三角关系。文学对于革命和性都流露出异乎寻常的兴趣。文学的爱好之一是充当历史的讲解员。解说历史的时候，革命是会聚往事的适当形式。革命制造了种种戏剧性事件和有声有色的暴力场面，个人的生活或者国家命运可能因为革命而出现一系列令人嗟叹的转折，这些都是文学向往的素材。另外，文学对于性表示了持久的关注。"青年男子谁个不善钟情？妙龄女人谁个不善怀春？"既然如此，哪一个人情练达的作家不善于抒写性爱的美妙和动人？许多时候，文学甚至将爱情——围绕性爱而产生的感情事件——形容为"永恒的主题"。众多的文学经典因为描写了爱情而赢得了不朽。尽管人们对于这两种文学传统已经司空见惯，但是，两者之间的会合似乎是不久以前的事情。什么时候开始，文学将性的问题纳入了革命问题？这样，一个不安分的生理器官开始同暴风骤雨式的革命衔接起来了——荷尔蒙显现了独特的政治功能。

　　迄今为止，性仍然是一个危机四伏的话题。多数公共场合，放肆地谈论性无异于惹火烧身。文学曾经不断卷入性所制造的危险纠纷，遭遇种种麻烦。从书报检查制度、电影的审查和分级到删节本、禁止出版、法庭诉讼，"淫秽""有伤风化"或者"不道德"的恶名固执地追逐在某些作家的身后。尽管如此，文学总是坚定地站在解放的立场，甚至不惜冒险向道德纲纪发出挑战。不论是《西厢记》《金瓶梅》《肉蒲团》《三言二拍》还是《十日谈》《查太莱夫人的情人》《南回归线》《洛莉塔》，一批长长的书单曾经惊世骇俗，令人侧目。虽然许多作品一度遭受封锁和囚禁，但是，它们最终还是冲出了观念的桎梏，废除禁忌，让性越来越充分地暴露在光天化日之下。

性的巨大能量让文学意识到，性的持续暴动隐藏了不可忽视的政治意义。弗洛伊德的精神分析学证实了这一点。性并非仅仅是卧室里面的故事；性压抑或者性苦闷并非仅仅缺乏某种私密的肉体享乐。在弗洛伊德描述的复杂图景之中，性的压抑与反叛广泛地涉及文明制度的基础。精神分析学详细地阐述了——有时难免是虚构了——家庭、部落以及整个社会如何围绕性重新分配权力。这样的描述无疑包含了强大的政治意识。这甚至使精神分析学的某些重要概念——例如，无意识——频繁地为反抗性的政治理论所援引。稍后，女权主义坦率地承认，女权主义理论是性别政治的产物；性别差异派生的文化差异是革命的焦点。根据性别路线，女权主义认为女性是男权文化压迫之下的弱势群体。这个意义上，性别的归宿也就是革命阵营的划分。

革命的主题之下，性不再是单纯的繁殖，性欲不再是某种必须克制的生理骚动；性是一个寓含了内在紧张的社会事件。尽管生物结构是性的基础，尽管生物学可以考察某些细胞的异常活动解释爱情，然而，不可否认的是，性时常制造了强烈的社会震撼。作家至少是第一批正视这种震撼的人——正是他们察觉到，性的不竭能量隐藏了巨大的革命资源。人们已经习惯地将经济压迫描述为政治革命的原因，阶级是革命团体的基本单位；相形之下，人们对于性压抑的爆炸性后果视而不见——性的话语通常不可能进入谈论社会事务的公共领域。但是，精神分析学派和女权主义理论至少表明，性同样具有挑战社会秩序的政治资格，性别以及性爱倾向同样是革命团体的组织依据。某些人粗鄙地将性形容为被窝里的革命，尽管如此，人们至少可以看到，某些经济压迫无法解释的革命可以在性压抑之中得到解释。文学甚至可能发现，即使在公共领域相对平静的时期，性所制造的冲动依然不减。市侩哲学如此盛行的现实之中，不是只有性的激情才能某种程度地保持浪漫的风姿吗？

革命，再革命——革命是20世纪历史之中极为耀眼的剧目。革命逐渐拥有一套完整的话语体系，革命文学无疑是革命话语的一个组成部分。

这种诡诘的历史语境之中，性的话语如何进入文学，并且发出了特殊的革命呐喊？

二

福柯曾经说:"在任何一个社会里，人体都受到极其严厉的权力的控制。那些权力强加给它各种压力、限制或义务。"这时，权力机制利用既定的知识形式"操练肉体"——"一种强制人体的政策，一种对人体的各种因素、姿势和行为的精心操纵。人体正在进入一种探究它、打碎它和重新编排它的权力机制。一种'政治解剖学'，也是一种'权力力学'正在诞生。"① 漫长的封建社会，人体的控制也已形成一套极为严密的规定。如果说，福柯发现了军队、学校和医院是训练人体的重要场所，那么；日常的礼仪、举止以及服饰无疑是一张无所不在的网络。人们可以从儒家的经典著作《礼记》之中发现，儒家学说对于人体的规范训练几乎面面俱到；这种训练显然从属于"亲亲、尊尊、长长、男女有别"的封建意识形态。对于统治机构说来，人体不是某种单纯的物理存在，人体必须充当意识形态的物质基础。

不言而喻，性是身体训练和控制的重点部位。性的危险源于性所制造的巨大快感。不论是生理冲动还是美学的占有，性的快感具有如痴如醉的效果。人们可能疯狂地追逐这种快感，甚至不惜冒犯既定的社会秩序。这样，性欲可能对封建社会的三纲五常产生巨大的威胁。性快感是潜伏在身体内部的危险因素，身体立即演变为道德与欲望相互争夺的空间——"存天理，灭人欲"的道德理想最终必须迫使身体就范。这个意义上，限制性快感的诱惑是身体控制的战略目标。

这里，人们同样可以引用福柯的观点证明，封建意识形态的身体控制并不是彻底阉割性的存在。权力机制不仅在某些方面压制和禁止性的活跃；同时，权力机制还可能在另一些方面表彰和阐发性的存在。② 除了

----

① 福柯:《规训与惩罚》，刘北成、杨远婴译，生活·读书·新知三联书店 1999 年版，第 155、156 页。

② 参见福柯《西方和性的真相》，《福柯集》，上海远东出版社 1998 年版。

维持性的生殖功能，封建社会同时允许性在某些范畴浮现。文学史告诉人们，性曾经在因果报应的主题之中充当一个重要道具，例如，《金瓶梅》；在一个更为深刻的意义上，性甚至证明了"色空"的观念，例如《红楼梦》；某些古人的笔记著作之中，性还协助解释了房中术和养生之道。尽管性快感和性享乐不可遏制地从作家的笔墨之间闪露出来，但是，多数作家必须承诺，封建意识形态终将赢得观念的制高点——即使制造这样的结局勉为其难。这个意义上，人们可以进一步发现，《长恨歌》或者《红楼梦》之所以被誉为经典，恰恰因为它们痛苦地表现了性快感与封建意识形态之间相持不下的搏斗。后者对于前者的封锁，也就是社会秩序对于叛乱因素的封锁。如果说，封建意识形态的强大控制之下，文学不得不委屈地约束性快感所隐含的冲力，那么，20世纪的革命开始聚集各种力量之际，文学解放了什么？

发轫于20世纪之初的五四新文化运动已经得到了全面的肯定。可以毫不夸张地说，五四新文化运动的革命奠定了20世纪的文化历史。封建社会已经奄奄一息，这场声势浩大的革命试图对于封建意识形态进行彻底的清算。人们激烈指控噬人的三纲五常，性的问题无疑是一个焦点。"我是我自己的"① ——这样的宣言表明，叛逆的一代强烈地渴求性的自主权。对于文学说来，生殖、因果报应、色空、房中术或者养生之道这些指定的范畴已经远远不够了。性有权利在一些新的范畴得到表现，例如，自由恋爱或者个性。这样的吁求无疑包含了颠覆封建意识形态的尖锐挑战，身体逃离了礼教的枷锁而恢复了自由的天性。这时，性的种种故事理所当然地成为革命的组成部分。革命的名义让一系列苦闷、忧愁、烦恼和悲伤赢得了崭新的美学意义。这时，丁玲的《莎菲女士的日记》明目张胆地抒写了女性的性渴望，作家再也不愿意利用封建士大夫的怜悯而含蓄地倾诉某种闺怨或者思春之情；鲁迅的《伤逝》毁弃了"始乱终弃"的模式，人们不得不结合个性、自由、经济独立等一系列前所未有的概念解释主人公的悲剧。对于性的暴露程度，巴金的《家》或者曹禺的《雷雨》远远不如《金瓶梅》，不如《红楼梦》，但是，《家》和《雷雨》之中性的含义远为激烈地显示出对于封建家族势力的憎恨。性不

———————————

① 此为鲁迅小说《伤逝》之中子君的宣言。

仅是一种秘而不宣的生理行为，性同时是革命，是政治，甚至寓托了民族或者国家的命运。郁达夫的《沉沦》使用大量的篇幅描绘一个异乡游子的颓废的性苦闷。他在最后的自沉之际发出了绝望的呼吁："祖国呀祖国！我的死是你害我的！你快富起来！强起来罢！你还有许多儿女在那里受苦呢！"许多人已经察觉这种设计的生硬之处——主人公的性苦闷并未有机地嵌入民族或者国家的形象；但是，至少在当时，让性充当民族或者国家的晴雨表并非偶然。

考察文学、革命和性的三角关系时，黄子平的论文《革命·性·长篇小说》是一篇富于启示的参考文献。① 黄子平首先回溯了晚清的"言情小说"。虽然所谓的"言情小说"曾经蔚为大观，然而，"诲淫"的恐惧致使这批小说的性描写十分节制："相对于'五四'小说家如郁达夫、张资平、郭沫若辈在'性'描写方面的大胆直露惊世骇俗，他们的前辈可以说是自愧不如。"黄子平看来，茅盾的长篇小说已经娴熟地将"革命"与"性"的互相缠绕置于视域的核心："茅盾发现，'时代女性'的幻灭、动摇和追求，是穿梭织就这全景的最有利的经纬线。女性的身体符号，再次成为揭出一时代心理冲突的叙事焦点。在别人只看到'革命加恋爱'的地方，茅盾看到'革命'与'性'的光怪陆离的纠葛。"的确，黄子平引用的《幻灭》形象地表述了二者的内在联系："'要恋爱'成了流行病，人们疯狂地寻觅肉的享乐，新奇的性欲的刺激；……在沉静的空气中，烦闷的反映是颓丧消极；在紧张的空气中，是追寻感官的刺激。所谓'恋爱'，遂成了神圣的解嘲。""单身的女子若不和人恋爱，几乎罪同反革命——至少也是封建思想的余孽。"《虹》《幻灭》《动摇》这些小说之中，激烈的革命与纵欲气息的混合形成了奇特的景观。

性快感已经不再是龌龊的吗？性的能量的确可以被伟大的革命所征引吗？或者用弗·詹姆逊的话说，"是否把这种颠覆性的力量作为一种革命的'要求'"？詹姆逊还是习惯地在"寓言"的意义上肯定了快感——这种快感意义不仅是局部的，自足的；同时，它还必须如同一个寓言暗示出更为宏大的总体乌托邦和社会体系的革命。"辩证法在本质上就具有创造一些途径将此时此地的直接情境与全球的整体逻辑或乌托邦结合起

---

① 黄子平：《革命·性·长篇小说》，《文艺理论研究》1996 年第 3 期。

来的双重责任。"如果说，一个既定的经济要求不是沦为经济主义，那么，它就会包含了更大的设想——快感亦是如此。"总之，一个具体的快感，一个肉体潜在的具体的享受——如果要继续存在，如果要真正具有政治性，如果要避免自鸣得意的享乐主义——它有权必须以这种或那种方式并且能够作为整个社会关系转变的一种形象。"①

按照这样的观点，性的意义将被置于一个复杂的网络上给予解释。革命是一个巨型的历史震撼；革命的背后隐藏了一个巨大的历史结构，革命力量的积聚必须追溯至一系列交错的政治利益、经济利益、文化背景以及种种社会关系的起伏。性可能积极地投入这样的网络，但是，性的能量不得不与政治、经济、阶级、阶层等各种元素互相权衡。这种能量可能得到接纳，也可能遭受某些方面的抵制或者改造。总之，性仅仅是革命之中的一个拥有某种爆发力的主动因素。如果将性的冲动形容为革命原动力，这更像是一种修辞意义上的夸张。但是，对于某些文学派别——例如，"垮掉的一代"——说来，革命的全部范围几乎就是性。这肯定包含了某种美学的原因。性所隐含的心理压力掀开了卫道士设置的重重路障，这种反抗姿态的确类似革命；无论是践踏秩序、蔑视权威还是放纵自由、为所欲为，革命的狂欢与性的狂欢具有某种气势上的美学对称。这导致了二者的相互象征。20 世纪 70 年代的某些"嬉皮士"甚至将他们心目中的革命收缩到性的范畴之内：让正统社会难堪，反社会的性行为即是革命。毒品、摇滚乐是煽动反常性行为的最佳致幻剂。没有必要复杂的政治说教，没有必要深刻的思想意识，性的自我沉醉已经足够。他们的设想简明扼要：如果性的范畴保持了自由和开放，世界必将会更加美好。这时，所谓的世界革命还有什么必要呢？②

三

考察文学、革命和性的三角关系，革命与禁欲主义的联系是另一个

---

① ［美］弗·詹姆逊：《快感：一个政治问题》，《快感：文化与政治》，中国社会科学出版社 1998 年版，第 150 页。

② ［美］詹姆士·克利夫德：《从嬉皮到雅皮》，陕西师范大学出版社 1999 年版，第 64、65、87 页。

无可回避的问题。或许，纵欲和禁欲的矛盾恰恰是描述革命的双重焦点。二者如何在革命的理论框架之内并存？的确，革命开端所带来的解放是激动人心的。摧枯拉朽、势不可挡的气概撕开了传统的紧身衣，一种自由的气氛开始弥漫。纵欲即是对于这种自由气氛的响应。可是，暴风骤雨式的革命渐渐进入纵深之后，一个奇异的转变不知不觉地出现了：什么时候开始，性重新成为一个禁忌的对象？所以，黄子平不无迷惘地问道："革命的成功使人们'翻了身'，也许翻过来了的身体应是'无性的身体'？革命的成功也许极大地扩展了人们的视野，在新的社会全景中'性'所占的比例缩小到近乎无有？革命的成功也许强制人们集中注意力到更迫切的目标，使'性'悄然没入文学创作的盲区？也许革命的成功要求重写一个更适宜青少年阅读的历史教材，担负起将革命先辈圣贤化的使命。"①

　　显然，禁欲主义迅速地让人们联想到宗教——多数宗教派别在禁欲方面出奇地一致。不论是个人的道德品质还是集体的组织制度，20 世纪的革命是不是从古老的宗教之中得到了某种启示？弗·詹姆逊对于这个问题表示出一种犹豫："左派是否具有清教徒的历史渊源，甚至是否存在着某种真正的革命精神即永远注定保持一种清教徒的姿态，这些问题对于我们的论题是很重要的，但凭经验又是完全不可能回答的。"② 尽管如此，人们至少可以参考宗教的某些特征描述革命的另一个阶段。

　　按照马克斯·韦伯的著名考察，禁欲主义是清教徒的严苛戒律。在清教徒那里，一切和肉体有关的享乐都是堕落。清教徒对于文化和宗教之中所有涉及感官和情感的内容一概保持彻底的否定。他们的修行生活是为了让肉体不再依赖自然从而皈依上帝的天国。③ 换言之，禁欲主义时常意味着肉体享乐之上的理想出现。革命纵深的标志同样是，革命理想高悬于个人欲望之上。这时，革命初期的狂热、激烈、亵渎与放纵已经过去，革命开始显现为一个有组织、有纲领、有目的的严密过程。种种

---

　　①　黄子平：《革命·性·长篇小说》，《文艺理论研究》1996 年第 3 期。

　　②　［美］弗·詹姆逊：《快感：一个政治问题》，《快感：文化与政治》，中国社会科学出版社 1998 年版，第 150 页。

　　③　参见马克斯·韦伯《新教伦理与资本主义精神》下篇，生活·读书·新知三联书店1987 年版。

享乐欲望所包含的冲击力已经在摧毁传统体制之中消耗殆尽，革命设想的实现不得不依赖革命者艰苦卓绝的努力。性所煽动的革命无法在历史之中走得很远。性的革命之中隐含了渴求享乐的一面，嬉皮士的性解放甚至以"要作爱，不要作战"为口号。进入革命的纵深，享乐可能成为意外的干扰。这时，只有禁欲是持续革命的保证。革命意志否弃淫荡，革命的坚忍必须杜绝纸醉金迷的感觉。禁欲促使革命者放弃个人的享乐、放弃个人的趣味甚至放弃个人的生命而参与某种危险的事业。甩下卑微的肉体躯壳而仰望精神的宏大境界，这意味着革命理想的巨大号召力。禁欲是这种号召力的组成部分。如果革命的理想没有昭示出一个辉煌的前景，如果这种辉煌的前景无法彻底地征服某些人的内心，那么，革命者不可能抛下所有的现世利益而投身其中。拒绝现世的、个人的、肉体的快乐而崇拜地聆听某种遥远的、神圣的声音，这种禁欲主义已经同宗教十分相像了。

禁欲主义与革命的关系表明，革命——尤其是大规模的政治革命——时常隐藏了两个阶段的转换。这样的转换之中，个人的意义改变了。放纵与纪律、叛逆与服从、个体与组织、肉体与精神，革命逐渐从前者转向了后者。革命的原动力是对于个性、自由和享乐的憧憬，但是，这样的憧憬寄寓在理想之中的时候，革命的实践是禁欲的——这样的憧憬只能求助于禁欲的阶段而迂回地抵达。这个阶段可能持续相当一个时期，组织与纪律可能在这个时期体制化。这时，个人主义就会因为自由和享乐的内涵而被视为革命的绊脚石。20世纪的革命之中，个人主义的自由与享乐时常被定位于革命的对立面：资产阶级思想。资产阶级崛起之际对于个人主义的推崇被提取出来，资产阶级得到了巨大财富之后的奢侈享乐被视为个人主义的必然后果，这样，革命回身向纵欲的风气举起了批判之矛。20世纪上半叶，文学史清晰地显现了这种迂回的弧线。五四时期，个人以及欲望均是启蒙话语肯定的内容；然而，20年代末期提出了"革命文学"之后，个人主义或者自由主义迅速地成为众矢之的。人们时常可以听到这种抱怨：山河破碎，民不聊生，诗人还有什么理由喋喋不休地表白那些渺小的欲望或者失恋呢?[1] 多数诗人往往情不自禁地

---

① 参见《"革命文学"论争资料选编》（上、下），人民文学出版社1981年版。

倾心于爱情的主题，但是，他们必须抽干爱情之中的个人因素，让爱情与革命相互重叠。郭小川曾经在20世纪50年代发表了两首著名的爱情叙事诗《白雪的赞歌》和《深深的山谷》。《白雪的赞歌》之中，一对革命夫妻在战争之中失散了。丈夫下落不明。空洞而漫长的等待生涯之中，妻子对于另一个医生产生了奇异的感情。然而，诗人理所当然地将个人的感情与政治贞操相提并论——于是，妻子终于成功地克制了爱情的瞬间动摇而等到了丈夫的返回。因为这是"战士和战士之间的爱情"，所以"我们的感情跟雪一样洁白"。相反，《深深的山谷》揭开了爱情与革命之间可能产生的分裂：一对卷入革命洪流的知识分子同时卷入了爱情。"延安三个月的生活／我们过得充实而且快乐／延河边上每个迷人的夜晚／都有我们俩的狂吻和高歌。"然而，男主人公的小资产阶级个人劣根性很快暴露在严峻的革命形势之中。他竭力回避前线，并且认为知识分子在烽火连天的地方无所作为。他奔赴延安的革命激情已经消耗殆尽，剩下的仅仅是一己的打算。他自己已经意识到："我的这种利己主义的根性／怎么能跟你们的战斗的集体协调？"这时，爱情与革命之间开始互相敌视——男主人公不得不选择自杀作为他的最后结局。对于革命说来，如果爱情坚持个人、自由和欲望的意义，那么，自杀只能是一个必然的结局。

如果革命的纵深遇到了越来越大的阻力，革命者必须凝聚为一个坚固的整体才能有所突破。这是革命组织的意义。这时，性关系所构成的联盟——时常拥有爱情的名义——是革命集体之中的一个不透明的肿块。围绕性所缔结的情侣具有一种非凡的，甚至是无视功利的坚固联系，这种私人空间可能对于政治纲领的长驱直入形成障碍。于是，这时还可以说，禁欲是清理和纯洁革命组织的一个有力措施。人们可以从《青春之歌》之中发现，余永泽的温情以及因此产生的家庭多大程度地遮蔽了革命理想对于林道静的启蒙，林道静耗费了多少额外的精力才能挣脱这种性关系的纠缠而投奔革命队伍。如果说，《林海雪原》或者《铁道游击队》还保存了某些爱情的痕迹，那么，20世纪六七十年代的文学已经将禁欲主义视为革命者的基本标志。人们曾经发现，《智取威虎山》《沙家浜》《白毛女》《红色娘子军》这些特殊的现代剧一律无情地斩断了革命者的性关系。这并非偶然——这毋宁说是文学、革命与禁欲主义三者之间关系的范本。这样的事实终于让人们意识到，革命不仅带来了身体的解放；另一些时候，革命重新开始了身体的控制。

四

张贤亮的《绿化树》和《男人的一半是女人》是 20 世纪 80 年代最为著名的中国小说——尤其是《男人的一半是女人》。这是张贤亮《唯物论者的启示录》系列之中的前两部。这两部小说的震撼在于，打破了持续已久的禁欲主义气氛，坦称肉体之躯包含了性。至少在当时，"性"还是公众舆论之中一个讳莫如深的字眼，张贤亮充当了盗火者的角色。当然，张贤亮并不是为某一个生理器官恢复名誉，《绿化树》和《男人的一半是女人》力图揭示的是性、政治、革命之间的隐蔽联系。在张贤亮那里，这三者之间存在了特定的呼应："政治的激情和情欲的冲动很相似，都是体内的内分泌。它刺激起人投身进去：勇敢、坚定、进取、占有、在献身中获得满足与愉快。"或许，暴露这三者之间的呼应即是"唯物论者的启示"之一？

《男人的一半是女人》之中，革命的政治已经由于畸形的发展而演变为新的专制体系。这是一种严酷的异化。这种专制体系是对于个体生命内涵的全面封锁——这样的封锁包含了精神和身体。章永璘——《男人的一半是女人》之中的主人公——的精神还没有完全寂灭，他至少还记得庄子与马克思的言论。然而，这些言论仅仅是他抵御耻辱的盾牌。身体的封锁体现为强制的牢狱囚禁。这时，禁欲理所当然地属于这种囚禁的一部分。对于章永璘说来，适宜于性的环境已经完全取缔。若干年之后，这样的囚禁终于显示了生理的效果：性无能。章永璘向他的妻子解释说，这种性无能大约源于长期的压抑。

> "压抑，啥叫压抑？"她大口大口地吸着烟，又大口大口地吐出来。"压抑，就是'憋'的意思。"她发出哏哏的嘲笑："你的词真多。""是的。"我照着我的思路追寻下去。"在劳改队，你也知道，晚上大伙儿没事尽说些什么。可我憋着不去想这样的事，想别的；在单身宿舍，也是这样，大伙说下流话的时候，我捂着耳朵看书，想问题，憋来憋去，时间长了，这种能力就失去了。"

可是，令人惊异的是，章永璘的性功能恢复之后，他的政治激情几乎同时苏醒了。他试图冒险地向头顶上那个强大的专制体系挑战。性的英雄必须同时是政治英雄——章永璘的所有文化修养迅速成为政治能力的一部分。洗刷了性无能的耻辱之后，国家的命运立即占据了章永璘的视域中心——这个意义上，女性如同挑起他政治欲望的春药。这几句女权主义深恶痛绝的言论的确是章永璘的心声："啊！世界上最可爱的是女人！但是还有比女人更重要的！女人永远得不到她所创造的男人！"尽管章永璘的离家出走无异于政治盲动，但是，人们至少可以察觉，性与政治革命之间的联袂演出再度开始了。

这个意义上，《男人的一半是女人》暗示了性的不可止遏的冲击能量。这是革命的驱动之一，但是，这一部小说同时暗示出，性的能量还拥有另一幅世俗的构图。黄香久的愿望代表了民间的悠久传统："小农经济给人最大的享受，就在于夫妻俩一块干活！中国古典文学对农村的全部审美内容，只不过在这样一个基点上——'男耕女织'。"换言之，性的传统观念同时包含了渴求安宁、恐惧革命的保守性。《男人的一半是女人》后半部分展开了革命与保守之间的冲突。

事实上，先于《男人的一半是女人》发表的《绿化树》更为微妙地书写了性的保守意义。这里的章永璘是个饥饿的获释犯人。农场上一个叫作马缨花的漂亮女工爱上了章永璘，利用种种巧妙的方式为章永璘提供粮食。《绿化树》之中，性交织于复杂的生存技巧。马缨花利用自己的暧昧身份——一个富有魅力的寡妇——赢得额外的粮食，这些粮食作为爱情的贡品呈献给章永璘。这里的性体现出放纵与世俗的双重性。性的种种成规对于马缨花并不存在；她从来没有为这种隐蔽的性交易感到内疚。另外，马缨花关于性的理想图景与黄香久异曲同工："她把有一个男人在她身边正正经经地念书，当作由童年时印象形成的一个憧憬，一个美丽的梦，也是中国妇女的一个古老的传统的幻想。"放纵与世俗的双重性甚至为马缨花制造了两张面容。某些时候，章永璘会因为马缨花的率真、自由而惊叹；另一些时候，章永璘又会明显地察觉知识分子与民间性爱传统之间的距离。

阅读马克思的《资本论》是章永璘维持生命的另一个精神源泉。这样的阅读无疑是知识分子的残存标志。尽管两部小说并没有正式的表白，但是，人们还是会意识到一个问题：性与政治革命之间的呼应是否仅仅源于知识分子那种不安本分的性格？尽管海喜喜——一度是章永璘的情敌——远比章永璘强壮，但是，他心目中的性并没有突破世俗常规的爆发力。换一句话说，如果性的能量形成革命的冲动，知识是否扮演了某种催化剂？投身爱情的时候，章永璘不断地察觉他与马樱花、黄香久之间的距离，这是否意味了知识分子更为自觉地为性的能量隐含的冲击力而激动？

王安忆的《小城之恋》似乎是另一个有趣的证明。《小城之恋》之中的"他"与"她"分别拥有年轻的、硕健的身体。性如同一个魔鬼藏匿在他们的身体内部，暗暗地聚集着狂暴的能量。畸形的练功、斗嘴，互相虐待和折磨，这一切均是性的魔鬼即将现身的前奏。性的冲动真正苏醒之后，不可阻遏的欲望呼啸地夺门而出。这样，无法控制的时刻到来了。"他"和"她"的心目中，性欲是深深的罪孽。他们百般自责，羞愧欲死——"她"甚至已经考虑赴死，但是，即使如此，他们的身体还是无法逃离性的魔爪。身体顽强地违背他们的意志而渴求结合，一切礼教习俗都阻挡不了汹涌的欲望。人们可以从这里发现，性的背后潜伏了惊心动魄的冲击力。然而，《小城之恋》还给人们的仍然是这样的结局：如果没有汇入浩浩荡荡的革命形势，性的冲击力不久就会燃成一堆灰烬。生理的渴望削弱之后，"他"迅速地沉沦为庸常之辈；"她"的命运重复了不断再现的主题——后代的诞生与母亲的身份终于让她经过性欲的焚烧而得到了真正的净化：

> "妈妈！"孩子耍赖的一叠声的叫，在空荡荡的练功房里激起了回声。犹如来自天穹的声音，令她感到一种博大的神圣的庄严，不禁肃穆起来。

王安忆的另一部小说《岗上的世纪》从肯定的意义上再度引申了性的能量。这部小说隐含了两层的故事。表面上，这是一个性交易之中欺诈、失信与残酷复仇的情节，这样的情节曾经在知识青年与乡村干部之间屡屡上演。然而，这种情节背后另外一个故事意外地诞生了：性的觉醒终于让麻木的身体摆脱了沉睡而赢得了真正的生命——《岗上的世纪》隐喻了性的创世纪意义。王安忆看来，身体的相互渴求甚至可以击穿欺诈和仇恨所制造的坚硬的隔绝。事实上，相互重创的双方的确在性的相互需求之中重归于好，并且握住了生命的真谛。这显明，性所具有的力量是无可比拟的，缺少的仅仅是一个神圣的目标。

性的无所作为恰恰是由于，多数人毫无异义地默认了习以为常的世俗目的——生殖。但是，革命不是也可以从身体开始吗？为什么放弃利用这种不可多得的能量？这时，知识分子理想、浪漫的革命与叛逆、亵渎、自由精神仿佛找到了一个新的、同时又难以启齿的寄寓之点。

五

很大程度上，张贤亮的《男人的一半是女人》成为一个性的解禁标志。夸张的口吻，惊心动魄的语句，大段的独白，郑重其事的自我暴露，这些话语姿态无不刻画了一个性解放的勇士形象。可是，这种冲击没有遇到太多的阻力，封锁出其不意地迅速溃败。20世纪90年代出头露面的一批作家——例如，韩东、朱文、述平、刁斗以及卫慧或者棉棉——那里，性已不再是一个犯忌的问题。相对于张贤亮式的故作矜持，他们仿佛漫不经心，甚至玩世不恭。暴露性经验、性乐趣、性器官或者性关系，这一批作家的胆量远远超出了他们的前辈。张贤亮们年近半百的时候才小心翼翼地提到了性；相形之下，20世纪90年代的作家可以形容为文化意义上的性早熟。

当然，20世纪90年代的作家偶尔还会同某些富于道德责任感的批评家打一场遭遇战。朱文的《我爱美元》曾经遇到了激烈的攻击，批评家尖刻地称其为"流氓"。这些作家理所当然地进行了言辞锋利的反击，他们的小说甚至变本加厉。如果这一切无法解释为幼稚的意气用事，那么，人们不得不追问：文学试图为性制造哪些含义？

在这些20世纪90年代作家那里，例如，在朱文的《关于一九九〇年的月亮》《我爱美元》或者《大汗淋漓》那里，在韩东的《障碍》或者《烟火》那里，性即是性——性恢复了肉体的快感这个基本事实。性快感的意义恰恰在于，不必额外地遭受种种特殊含义的打扰。性正在摆脱一系列传统的附加物。这些作家笔下的性快感首先不再为爱情负责。企图利用性器官的交接达到心灵的沟通，这如同一种可笑的呓语。柏拉图式的精神恋爱早该绝迹，种种肉麻的浪漫游戏已是古董。性仅仅是肉体的激动。如果性不得不启动思想，那即是精心设置勾引的圈套。充当勾引者的时候，这些作家的心爱主人公诡计多端，不屈不挠；一旦离开那张大床，他们首先想到的是如何甩开对方。除了偶尔插入的小小感伤，他们绝不会可耻地为性爱而抒情。许多时候，他们的性爱仅仅集中于性器官之上；性器官的亢奋周期也就是他们对于异性产生兴趣的时限。这种性爱体现出赤裸裸的利己主义。作家们甚至不愿像劳伦斯那样利用性的战栗体验生机勃勃的生命狂喜；他们主人公的向往仅仅是从漂亮的异性那里得到一阵短暂的肉体快感。《大汗淋漓》之中的那个顽强的女性追逐者将这一切表述得无比简单："我真想和那个女人睡上一觉啊。妈的。"

尽管如此，人们没有理由将这些小说想象为性学教科书。小说展示的放荡仍然是某种生活的组成部分。这批小说时常以某些困顿潦倒的知识分子为主人公，这并非偶然。一批富有先锋意味的诗人或者作家入选，代表某种不驯的边缘群体。他们拒绝主流，蔑视秩序，我行我素，个性独异是他们无视种种传统性道德的口实。一方面，他们将勾引异性视为自豪的成就，另一方面，他们试图在形形色色的性爱经验之中制造深刻的经历。《障碍》之中的主人公对于一段兴味横生同时又颇为尴尬的性爱插曲表发了如下的感想：

> ……我们除了爱的圣洁之体验（所谓"没有一丝邪念"）外，是否也需要性的荒淫之感受？是否更需要了？是否荒淫无耻是圣洁的物质保证呢？

有趣的是，这些诗人或者作家的性勾引生涯是与居无定所、借债、聚众清谈、实验性写作、梦游似地闲逛这些生活方式联为一体的。人们可以发现，这些边缘人物神情漠然地游离于 20 世纪 90 年代的时尚之外。这批小说极少出现家族、门第以及各种势力通过联姻结成社会同盟这一类故事。90 年代盛行的那种经济旋涡之中的性爱故事——公司、经理、轿车、酒会、白领丽人、三角纠纷——通常为这些作家所不屑。在我看来，这些作家笔下的性爱故事毋宁说是欲望与幻想的混合体：

> 他们身后不存在政治或者经济的重大背景。对于他们说来，性爱仅仅是个体事务。他们的性爱已经将社会关系削减至最为简单的程度。这里没有种种交易，甚至也不存在家庭关系。性爱不需要资金，不需要庞大的权力网络，不需要周密的生产体系和起早贪黑的奔波。性爱的快乐只需要两副血肉之躯，故事仅仅发生在一个小小的房间里面。①

不言而喻，这些诗人或者作家的性爱故事与日渐强大的市场秩序格格不入。他们宁愿保持某种乖戾的形象抵制世俗气息的包围。他们刻意坚持个人的空间；这种空间既不向市侩开放，也不接纳所谓的爱情。性爱仅仅是肉体的快乐，心心相印是无稽之谈。这些诗人或者作家开始某些自命不凡的思考时，他们多半不愿让刚刚还共享床第之乐的异性逗留眼前——他们迫切地渴望个人独处。这如同一个隐喻：他们独守个人空间的同时已经对公共领域丧失了任何兴趣。即使性关系这种亲密的私人交往仍然是一种不可信赖的负累。这个意义上，他们的"个人形象"不是令人钦佩的叛逆领袖或者伟岸不群的个性；他们更像是一些不合作者，一些面目怪异的游离分子。他们不愿承担公众事务，他们的性爱故事并不想赢得弗·詹姆逊颁发的"民族寓言"的光荣称号。抛弃浪漫幻觉，抛弃公共领域和集体主义，回到肉体的享乐，回到纯粹的私人性——尽管他们竭力废除性爱故事所包含的深度，可是，这种废除本身不啻于另一种革命。《我爱美元》之中，那一对宝贝的父子有过一段令人回味的对话：

> "生活中除了性就没有其他东西了吗？我真搞不懂！"父亲把那叠稿纸扔到了一边，频频摇头。他被我的性恼怒了。
>
> "我倒是要问你，你怎么从我的小说中就只看到性呢？"

---

① 南帆：《九十年代文学书系·先锋小说卷导言》，载《边缘：先锋小说的位置》，社会科学文献出版社 1998 年版。

　　"一个作家应该给人带来一些积极向上的东西，理想、追求、民主、自由等等，等等。"

　　"我说爸爸，你说的这些玩艺，我的性里都有。"

　　传统文化秩序之中，性是一个讳莫如深的问题。这些作家突然放肆地将性快感、性乐趣、性幻想暴露在前台，这是压抑的解放。可是，真正的解放到来了吗？即使坦然地正视性的问题，自由是否已经如期而至？这样，人们转入这个问题的另一个维面：性别之战。

六

　　如前所述，谈论革命与性的关系时，"性"是一个外表光滑的完整概念。这个概念安装在阐述革命的话语体系之中，运转自如。然而，这个概念的普遍主义性质终于遭到了女权主义理论的质问。按照女权主义的理论，"性"的完整概念仅仅是一个抽象的幻觉——这个概念必须分解为具体的男性和女性。"性"这个概念的普遍主义性质时常藏匿或者掩盖了一个重要的事实：这个概念内部的男性和女性是不平等的。围绕性而诞生的一系列文化秩序充满了残酷的压迫。这种文化秩序力图维护恒久的男权中心，女性是备受欺凌的弱势群体和牺牲品。凯特·米利特甚至认为："主要的社会和政治区别，其基础竟然不是财富和地位，而是性别。"性别统治是其他等级制度统治的样板。① 不言而喻，持续的压迫和欺凌必将孕育出同等激烈的反叛能量。一场声势浩大的社会革命不可避免。当然，这时的"性"不再是一个挑战社会秩序的完整社会单元；革命的火焰恰恰从"性"这个概念的后院开始燃烧。只有女性扮演了革命主体之后，凯特·米利特所形容的"性的政治"才真正开始。

　　进入20世纪80年代，中国的个性解放或者启蒙主义开辟了一个崭新的话语空间。这时，男性和女性和谐地会聚于"个性"的大旗之下，共同掀开专制体系的禁锢。巨大的压力曾经让某些知识女性身心疲惫，于是，她们渴望将头颅倚上一个坚强的肩膀——"寻找男子汉"的口号开

---

① ［美］凯特·米利特：《性的政治》，社会科学文献出版社1999年版，第96、156页。

始在某些女性作家圈内流传。"寻找"的确表明了女性的某种理想,张辛欣不无迷惘地问道:"我在哪儿错过了你?"可是,这种朦胧的理想很快被真实的男性形象撞破了。《爱,是不能忘记的》之中,张洁对于男性保持了一种遥远的纯洁思念;《祖母绿》突然面对面地发现了男性的种种猥琐和卑下。她的《方舟》再度推开了男性——《方舟》之中的三位女性已经在彻底的失望之中掉头而去。如果说,张洁更多地在蔑视男性之中体现了某种居高临下的姿态,那么,20世纪90年代的陈染和林白正面地撞上了男性的傲慢与狂妄。她们不约而同地描述了女性的弱小者面对的男性压力:陈染的《私人生活》与林白的《一个人的战争》均可纳入"成长小说"。两部小说之中瘦弱的女主人公渐渐地发育成熟,但是,她们并没有顺利地步入社会。强大的男权文化终于将她们逼回狭小的房间,逼回自己的内心——她们是性别意义上的失败者。

《私人生活》之中的倪拗拗的确迈不出"私人生活"的圈子。更为确切地说,男性的铜墙铁壁将她幽闭在这个圈子里。对于倪拗拗产生威胁的第一个男性是她的老师 T 先生。这种威胁不仅是精神的打击,同时还包含了身体的入侵——除了将倪拗拗形容为"问题儿童",T 先生还对她动手动脚。倪拗拗的母亲并非女儿的保护伞,她在态度强硬的 T 先生面前谦恭地唯唯诺诺,因为 T 先生高大健壮——"他是一个男人"。另一方面,倪拗拗对于父亲——另一个男人——无比失望。父亲时常对家庭之中的女性滥施淫威。母亲、倪拗拗、老保姆无不反复地领教他的刚愎和自私。倪拗拗的第一次性经验并没有改变她对于男性的厌恶:"这个自己曾经献身的地方,其实是一块空地,一种幻想。"她唯一喜爱过的男性是漂亮的尹楠。可是,这个羞怯的小伙子很快就搭乘国际航班消失在异国他乡。母亲和禾——一个她所依恋的寡妇——去世之后,倪拗拗终于陷入孤独。这是一个意味深长的场面:倪拗拗在浴缸里为自己设置一个被窝。她凝视过镜子之中自己的形象之后,进行了性的自慰。从自己身上分裂出另一个自我照顾自己,哪怕是在性的意义上。这无疑是孤独者的写照。

饶有趣味的是,房间、卧室、镜子、性自慰这些孤独的意象同样出现在林白的《一个人的战争》之中。主人公多米从小就未曾得到父亲的护佑。她孤独地居住在一所黑暗而又空洞的大房子里,依靠自己的瘦弱身躯抗拒无边的恐惧。没有强壮的男性胳膊阻挡凄风苦雨，这无形地取缔了她向男性索取温情的心理习惯。成年之后，一系列遭遇让多米的异性爱情破灭了。矢村不过是徒有其表的勾引者，N 的自私让多米格外失望。多米觉得，爱情更像一种虚构的火焰；爱情不是异性的忘我投入，人们毋宁说用这种火焰燃烧自己。这终于导致一种彻底的怀疑：为什么必须将爱情交付给异性？于是，多米的爱恋情怀回到了自己的性别群体。从镜子之中凝视自己，在想象之中与自己对话，这是多米逃离男性之后产生的自恋。小说的最后一段题词声称："一个人的战争意味着一个巴掌自己拍自己，一面墙自己挡住自己，一朵花自己毁灭自己，一个人的战争意味着一个女人自己嫁给自己。"的确，这个男权中心的社会里，多米找不到自己的位置；她只能低下头来回到自己，这是一个无可改变的结局。

可是，某些女性还是向这种无可改变的结局发动了凄绝的冲击——例如，《致命的飞翔》之中的北诺。林白的这篇小说出现了两个女性。她们分别在男性的权力下面挣扎，试图赢回某些存活的空间。李芮更多地选择了妥协式的回旋："指望一场性的翻身是愚蠢的，我们没有政党和军队，要推翻男性的统治是不可能的，我们打不倒他们，所以必须利用他们。"北诺同样愿意委曲求全，但是，一次疯狂的性虐待终于激起了不可忍受的耻辱与仇恨。这样，纤纤素手终于握住了一柄钢刀：

> 女人拿着刀仔细看他，她在他身上找到了一个合适的地方，那就是他脖子上一侧微微跳动着的那道东西，她就从那个地方割了下去。
>
> 鲜血立即以一种力量喷射出来，它们呼啸着冲向天花板，它们像红色的雨点打在天花板上，又像焰火般落了下来，落得满屋都是，那个场面真是无比壮观。

这如同一种同归于尽的壮烈仪式。这里包含了绝望的残暴。然而，尽管毁灭一切的决绝暗示了女性所承受的重压，可是，这种报复不可能真正摇撼男权文化的强大基础。这种革命更像是仇恨驱使之下的盲目暴动。事实上，女性正在更为深刻的意义上构思"性的政治"。陈染的《破开》宣谕了一系列女性自我拯救的主张——与其说这是一篇趣味横生的小说，不如说更像一份寓言式的性别社会学纲领。

《破开》毫不掩饰地宣称，"性沟"是未来人类的最大争战。小说之中的两位女性对于男性社会无比轻蔑——"破开"意味了与男性一刀两断。这是一种前所未有的性别觉悟：

> 在我活过的三十年里其实一直在等待。早年我曾奢望这个致命的人一定是位男子，智慧、英俊而柔美。后来我放弃了性别要求，我以为做为一个女人只能或者必须期待一个男人这个观念，无非是几千年遗传下来的约定俗成的带有强制性的习惯，为了在这个充满对抗性的世界生存下去，一个女人必须选择一个男人，以加入"大多数"成为"正常"，这是一种别无选择的选择。但是，我并不以为然，我更愿意把一个人的性别放在他（她）本身的质量后边，我不再在乎男女性别，也不在乎身处"少数"，而且并不以为"异常"。我觉得人与人之间的亲和力，不仅体现在男人与女人之间，它其实也是我们女人之间长久以来被荒废了的一种生命力潜能。

这样，女性性别在她们的社会模型之中成为首要的社会组织原则。摒弃男性也就是摒弃爱情，但是，她们坚信女性之间的"姐妹情谊一点不低于爱情的质量"。女性已经没有什么事情不能自己解决。"就是生孩子，我们女人只要有自己的卵巢就行了，科学发展到今天，已经足以让每一个有卵巢的女人生育自己的孩子。"也许，女性社会的唯一空缺是，没有男性制造的肉体满足。这是《破开》犹豫地止步之处：女性有没有权利彼此满足性的欲望？虽然小说还没有越过最后一个传统观念，但是，彻底的解放势在必行。女权主义理论至少为女性夺回了一个性别财产：身体。如何支配自己的身体，这是女性的基本权利。

《破开》可以视为女性革命的产物。这部小说力图重新组织男权重轭之下的女性社会。当然，这份纲领有待于一系列政治细节和经济细节的填充，这种填充可能极大地修改甚至颠覆既定的设想。尽管如此，我更愿意对这份纲领的指导思想之一提出异议。如果说女性革命是一个弱势群体的抗议，那么，这份纲领之中潜伏了某种令人不安的因素。某种程度上，这份纲领仍然推崇精英主义的强者哲学。女权主义理论曾经不无自豪地发现，生物学意义上，女性的性能量远比男性强大；① 许多场合，《破开》进一步完善了女性的性别优越观念：女性之所以有理由形成一个群体，恰恰因为她们的智慧和精神素质超出了男性——这甚至是男性恐惧女性的原因。在陈染那里，这种表述更像某种社会理想而不是策略性的组织口号。如果这种表述之中对于弱者的轻蔑得到了扩张的机会，新的强权与压迫机制即将形成。轻蔑弱者得到了强权支持之后曾经在历史上产生了惊心动魄的效果，这甚至是某些种族屠杀的堂皇借口。这时，革命就会脱离初衷而走向自己的反面——这种女性革命的结局与男权逻辑又有什么不同呢？

七

性的暴动充当了革命的原动力，这并非偶然。根据弗洛伊德的学说，性与革命之间的联系可以追溯到身体的生物机能。革命的能量集聚在身体内部，等待一个暴烈的释放。身体所具有的性本能是这种能量的发源地。弗洛伊德证明，性本能的冲动固执地指向了快乐，这种快乐带有某种不顾一切的放肆。但是，文明社会无法容忍性本能的自由放纵。种种强制的规范与观念牢笼严密地封锁了性本能的涌现。对于未成年的儿童说来，这种封锁曾经由威严的父亲转述；进入社会之后，父亲享有的家庭权力广泛地分布于教育机构和行政机构。这些权力的结合形成了一个坚固的现实原则，性本能的快乐渴求在现实原则那里遭到了严重的挫折。弗洛伊德承认，这种挫折是文明进步的必要代价。文明就是对本能的压抑。只有彻底驯服凶猛的性本能，社会的公共秩序才不会分崩离析。上述这些故事是在心理学的范畴之内重新叙述了统治权威的来历。自我、本我与超我三者之间的关系如同社会政治之中被压迫阶级与统治者之间的关系。弗洛伊德的一个洞见在于，他认为那些遭受封锁的性本能并没有死寂，它们不过是深藏到无意识领域，暗中窥伺再度发作的机会。无意识并非一个安宁的后院，一大批猛兽潜伏在暗处虎视眈眈。如果这些

---

① 　［美］凯特·米利特：《性的政治》，社会科学文献出版社1999年版，第176页。

性本能没有得到"升华"注入伟大的文明，同时，这些性本能也没有因为反常的压抑形成神经症，那么，无意识始终是文明秩序的一个重大威胁。这时，人们终于发现，身体内部隐藏了巨大的叛逆冲动。一旦这种能量冲出超我所设置的阀门，它们理所当然地投奔到革命的主题之下。

性本能的持续冲动与文明秩序的恒久压抑——弗洛伊德将这一切解释为本能与文明的搏斗——简洁地将压迫与反抗的模式压缩到心理学范畴。但是，另一些理论家试图重新从心理学范畴跨向社会政治——他们重新在压迫与反抗之中发现了社会政治。"可以把心理学作为一门特殊的学科加以阐述和实践，只要精神能顶住公共的势力，只要私人性是实在的、是可以实在地期望的、并且是自我形成的；但如果个体既无能力又不可能自为存在，那么心理学术语就成了规定精神的社会力量的术语。"的确，马尔库塞在《爱欲与文明》之中发现了心理学的政治意义。[①]这部著作看来，文明对于快乐的剥夺是历史的、社会的；这"仅仅是人类生存的特定历史组织的产物"[②]，或者说，这是特定历史阶段的异化。理性代表了现实原则暴戾地征服了感性，取缔感性的快乐是为了维护特定社会文明秩序的完整。事实上，现有的文明之中，这种感性的快乐只能缩小到审美之中予以实现——"想在审美方面调节感性与理性的哲学努力就表现为企图调和为被某一压抑性的现实原则所分裂了的人类生存的两个方面。"[③]这同时解释了，为什么文学时常与道德纲纪产生分裂——为什么文学时常在自己制造的独特空间之中对性爱表示了不合时宜的、奇特的好感。

但是，马尔库塞认为，理性与感性、现实原则与快乐原则的分裂已经到了结束的时刻。审美为政治提供的思想启示是：恢复感性与快乐的权利。这里，马尔库塞已经在弗洛伊德的启示之下对于性本能进行了更为深刻的理论阐述——他将性欲扩展为爱欲：

---

①　[美]马尔库塞：《爱欲与文明·第一版序言》，《爱欲与文明》，上海译文出版社1987年版，第12页。

②　同上书，第19页。

③　同上书，第131页。

　　　　由力比多的这种扩展导致的倒退首先表现为所有性欲区的复活，
　　因而也表现为前生殖器多形态性欲的苏醒和性器至高无上性的削弱。
　　整个身体都成了力比多贯注的对象，成了可以享受的东西，成了快
　　乐的工具。①

　　这是从生殖器至上的性欲改变为整个人格的爱欲化，肉体从某种工
具——包括生殖工具——的指定位置之中退出，成为自由享用的源泉。
可是，这种前景的实现必须拥有特定的政治和经济条件。马尔库塞的
《爱欲与文明》竭力论证的是，现代社会的经济条件已经成熟——现在的
问题是，政治如何表态？

　　马尔库塞承认，弗洛伊德所描述的压抑具有历史的合理性。如果人
类社会试图积累必要的物质资料，人们不得不限制爱欲的快乐而强制自
己从事某些劳动生产。可是，马尔库塞力图在某一个历史刻度上中止弗
洛伊德的推理：如果这种物质资料相当发达之后，人类是否有理由尽快
地摆脱异化状态而将快乐视为基本的社会目标？简言之，马尔库塞断定，
文明社会所生产的大量财富已经为压抑的解除做好了一切准备："恰恰是
这个文明的成就本身似乎使操作原则成为古董，使对本能的压抑性利用
变得过时。"② 这个转折点来临之后，人们对于历史的设计开始彻底改观：
"以前的革命导致了生产力的规模、更为合理的发展，但今天在过度发达
的社会里，革命将逆转这股潮流，它将消除过度的发展，消除其压抑的
合理性。"③ 这时，劳动业已结束了非人的苦役；劳动不过是某些身体器
官的消遣而已。所有的技术与财富只有一个目标：创造一个更为适合人
类居住的环境，让人类自由地享受宝贵的生命。

　　这种设想无疑包含了一种新的逻辑。尽管接踵而来的一系列问
题——诸如，社会管理机构，军费开支，个人意愿与集体利益，尤其是
遏制隐藏于身体内部的攻击欲望——有待于澄清，但是，这种逻辑遭遇

---

　　① ［美］马尔库塞：《爱欲与文明·第一版序言》，《爱欲与文明》，上海译文出版社 1987
年版，第 147 页。
　　② 同上书，第 128 页。
　　③ ［美］马尔库塞：《爱欲与文明·1966 年政治序言》，《爱欲与文明》，上海译文出版社
1987 年版，第 6 页。

的最大阻力毋宁说来自现有经济的运行方式。迄今为止，大量财富的积累是与既定的生产方式和分配方式联系在一起的。市场体系、商业社会以及维持这种生产方式和分配方式的军事力量无一不被解释为这些财富源头。资本与市场的扩张性格不可能接受马尔库塞式的忠告。聚敛更为雄厚的资本、开拓更为巨大的市场空间赢得更为高额的利润回报，这种循环已经被视为制造财富的生命线。激烈的竞争之中，没有多少人愿意中止这种循环而回到一个基本的目标：快乐。那些富甲天下的公司总裁肯定明白，他们的财富与他们个人消费之间的比例犹如沧海之一粟，然而，他们仍然无法将多余的财富遣散给那些衣不蔽体的贫民。他们的财富数额是竞争的需要，个人消费标准已经不再构成一个有效的衡量尺度。利用既有的财富孵化出更多的财富——所有的人都穿上了红舞鞋狂奔不止的时候，马尔库塞的逻辑不是空中楼阁又是什么呢？

　　市场体系、商业社会已经如此强大，它们不仅派生出一系列自我维护的体制和意识形态；更为奇特的是，它们甚至产生了吞噬对手的机制——马尔库塞的《单向度的人》深刻地揭示了这种机制。如同马尔库塞那样，市场已经体察到爱欲与快乐的诱人之处，然而，市场所做的是，将爱欲与快乐轻车熟路地改造为价格不菲的商品。或许可以说，性关系从来没有像今天这样紧密地与市场结合为一体。无论韩东、朱文、陈染、林白甚至马尔库塞坚持什么姿态，他们都可能在更大范围内成为市场的俘虏。市场正在许诺种种良辰美景，革命在许多人心目中声名狼藉。这时，性与革命及时地分道扬镳，另谋出路。遭到了艾滋病的狙击之后，20世纪60年代的性解放已经明智地转向了风度翩翩的雅皮士，中产阶级的性享乐不会再发出危险的尖啸。人们偶尔还会看到性的犯禁之举，但是，这种犯禁没有冲击秩序的激情而更像是商品的刺激性包装。90年代，贾平凹的《废都》是一个内涵丰富的例子。这部小说曾经因为大面积地绘述床笫之事而悚动一时。显然，《废都》之中的性本能已经没有桀骜不驯的锋芒，《废都》之中的颓废气息更多地续上了古代传奇之中落魄文人寄情于风尘女子的传统——《废都》之中女性对于文人趋之若鹜不过是一种自恋性想象。有趣的是，《废都》竟然虚构了"此处删去多少字"的节本形式促销。如果说，禁书和删书曾经是叛逆的文学与封建卫道士激烈交锋的场所，那么，如今这种形式已经被市场收买而成为挑逗顾客的策略。这个事例让人联想到，市场甚至能够将革命的遗迹巧妙地改造为商品。

马尔库塞当然明白，他的设想可能与现行的社会产生多大的冲突。所以，他不无悲愤地说："在今天，为生命而战，为爱欲而战，也就是为政治而战。"① 在他那里，爱欲不再是一些试管里面的故事；爱欲已经加入政治，成为革命的内在组成部分。这个意义上，文学热衷于革命和热衷于性是一致的。革命不仅发生于经济、阶级、民族、社会关系这些传统的政治学范畴，同时，革命还发生于身体内部——革命是爱欲的解放。文学早已意识到，爱欲是革命的重大资源；然而，对于 20 世纪说来，这也许是知识分子力图冲出重围而开发的最后一个资源。

（发表于《文艺争鸣》2000 年第 5 期）

---

① ［美］马尔库塞：《爱欲与文明·1966 年政治序言》，《爱欲与文明》，上海译文出版社 1987 年版，第 11 页。

研　读

一　论文基本内容

正如题目所示，该论文主要探讨"文学、革命与性"这三者之间的关系，如果说革命与性是现实世界的存在物，那么文学无疑充当了联系二者的纽带。

文学与革命：个人与社会在革命风暴中发生一系列的转折，这些矛盾与冲突为文学提供了丰富的素材，"革命文学"的出现就表明了"文学与革命"的联系。

文学与性：这二者的关系，长久以来得不到正视。性爱的压抑，聚集了整个封建礼教道德对于人性的摧残；文学开始从性爱角度来切入人性，宣泄人性中本来应该是自然吐纳的原始欲求。

革命与性：这是该论文的论述重点，作者主要探讨的问题可以简单地总结为——"性话语如何进入文学，并且发出了革命的呐喊？"

论文分为七个小节，每个小节的内容梗概可以归纳为如下：

第一，总述三者关系，提出论文的研究问题。

第二，性如何成为一种革命？——举例五四新文化运动到新中国成立后的 20 世纪 60 年代和 70 年代的文学作品。

第三，性与革命的悖论关系：革命与禁欲；举例新中国成立后的 50—70 年代的文学作品。

第四，80 年代，性爱描写的文学作品：张贤亮、王安忆的作品为例。

第五，90 年代，性爱描写的文学作品：性，意图摆脱一系列的附加物。

第六，90 年代以来，女性作家笔下的性爱文学作品：提出"性别革命"。

第七，西方的弗洛伊德及马尔库塞的理论、性与市场的结合、总结观点。

二　相关理论、文献和反响

（一）相关理论

1. 弗洛伊德的精神分析学

人格分为三种：本我、自我，超我。本我——本能、欲望；自我——现实的自我；超我——受社会伦理道德影响的规范的自我。

弗洛伊德认为，人类的性文明史就是人被压抑的历史。本能（力比多）与文明是对立的，因此，在他那里，性的发展史就是一个从自由到压抑的过程。

弗洛伊德曾说："人体从头到脚皆已顺着美的方向发展，唯独性器本身除外，它仍然保持其属兽性的形象，且不论在今日、在往昔，爱欲的本质总是兽性的。要想改变情欲的本能委实太难了……文明在这方面的成就总不能不以相当程度地牺牲快乐来换取。"[①] 在他看来，压抑是为了获取文明不得不付出的代价。如果令每个人的本能自由地迸发，社会将不成其为社会，文明就会丧失。因此，文明只能是压抑的文明。

2. 马尔库塞的《爱欲与文明》

马尔库塞改造了弗洛伊德的思想，他认为，人类可以拥有非压抑性的文明。他将弗洛伊德的性史改写为从自由到压抑性文明（匮乏期），再到非压抑性文明（富足期）这样一个过程。

他说："在最适当的条件下，成熟文明中优厚的物质财富和精神财富将使人的需要得到无痛苦的满足，而统治再也不能按部就班地组织这样的满足了……快乐原则与现实原则之间的对抗关系，也将朝着有利于快乐原则的方向发生变化。爱欲，即爱本能将得到前所未有的解放。"[②]

---

① ［奥］弗洛伊德：《精神分析引论》，商务印书馆 2007 年版。
② ［美］马尔库塞：《爱欲与文明》，上海译文出版社 1987 年版。

马尔库塞力图说明的是，尽管在匮乏的时期和匮乏的社会，人们必须为文明付出受压抑的代价，但是在一个富足的时期和社会，人的本能和文明的冲突将可以被克服，爱欲将可以自由奔放。

3. 福柯的理论

福柯的思路与前两者极为不同，他不认为，在人类性史上存在着这样界限分明的时期：古代的性自由奔放期、后来的性压抑期，和现代的性解放期。他也不认为曾有过一种自上而下的、由某一机构或阶层来实施的压抑；而认为社会对性的禁锢始终是自下而上的、弥漫的，甚至大量的表现为自我禁制；它存在于工厂、学校、医院、监狱、军队等社会组织之中，是一种普遍存在的"惩戒凝视"，其目的就在于制造"驯服的身体"。

福柯始终把"性"与"权力"紧密结合，"对性来说，权力主要是发号施令的机构。这就意味着，首先，性被权力置于某种二元体系内：合法与不合法，被允许与被禁止；其次，权力向性发出一种同时具有可被人理解的形式的指令：性必须通过自己与法律的关系了解自己；最终，权力通过发布指令起作用：权力通过语言，更准确地说，通过某种言说行为，实现了其对性的控制，而这种言说行为在其实现的同时，更创造了法的规则。权力在讲话，这就是规则"。①

为此，他还提出了"性意识的机制"这个概念，并写了《性意识史》和《规训与惩罚》这两本书。他在书中建立了"性科学"和"性爱艺术"两种类型的对立，并把"性爱艺术"归于西方以外的社会，而把"性科学"归于西方社会。他强调："必须写一部性意识史，使它不受压制—权力、禁止—权力这种观点的支配，而受表扬—权力、知识—权力的观点支配。应该尝试抛却关于强制、享乐和言说的规则，这规则不是对性这一复杂领域的抑制剂，而是其构成成分。"②

4. 女权主义理论

西方女权主义大致经历了三个理论发展阶段："女权"（强调男女平权）——"女性"（强调女性性征的优越性）——"女人"（不要求男女

---

① ［法］福柯：《福柯集》，杜晓真译，上海远东出版社1998年版，第339页。
② 同上书，第394页。

在任何方面都平等，而是提倡男女互补，充分尊重男女各自的独立人格）。

处于第二阶段的女权主义以解构、颠覆为特征，片面性、偏激性较明显，而第三阶段则代表着女权主义运动的合理方向，它以"双性同体"为主要理论主张。"双性同体"有两层含义：一是指男女和谐共处，互相尊重，这是主要的方面；另一是指个体自身精神气蕴上的双性因素的平衡。

（二）相关文献及反响

由精神分析到女权主义，从五四时期到 20 世纪 90 年代，南帆通过对"性"这一关键词的谱系学研究，将理论工具与文学文本完美结合，并对中国现当代文学进行了一次整体性的把握。这种文学史关键词的谱系学研究一方面显示出论者宏观把握材料的能力，另一方面又凸显了文学史种种文学现象之后的本质性内容。尝试以关键词的方式串联历时一个世纪的文学创作可以说为文学研究提供了一个不错的范例，特别是从"性"出发的批评文章不管是在南帆其他的研究当中，还是在别人的论著当中也绝不是个例。

在《躯体修辞学：肖像与性》这篇文章当中，南帆发现了以往写作中以男权主义为中心的"躯体修辞学"对女性躯体的压抑，直到 20 世纪 80 年代中期以后，以莫言、残雪和女性主义为代表的创作才实现了对"躯体修辞学"的反叛。在《四重奏：文学、革命、知识分子与大众》当中，南帆继续以关键词的方式展示文学、革命、知识分子、大众四种力量的相互渗透与纠缠，特别是意识形态与文学的双向互动更是与《文学、革命与性》一脉相承。而《爱欲、禁忌和话语》则以尤凤伟的小说为具体文本，将南帆的"性"理论进行了一次实践。

"性"作为一个 20 世纪文学创作中不可忽视的关键词，自然也引起了其他论者的关注。他们从不同侧面、结合不同文本对这一理论进行了丰富与开掘，提供了数量众多的论著与批评文章。如刘剑梅的著作《革命与情爱：文学史、女性身体与 20 世纪中国小说中的主题重复》。本书将革命加恋爱为题材的小说作为主要的研究对象，通过对蒋光慈、丁玲、穆时英等不同时期不同派别的小说家的作品进行文本细读，尽量全面地展示革命加恋爱题材小说的丰富性与细节性。以革命加恋爱模式为切入点，为读者提供了这一创作倾向本身所具有的矛盾性、多样性，尽可能真实地还原出当时的社会文化与作家的创作状态。在《权力·主体·话语》当中，李遇春借重福柯的话语理论，梳理出了20世纪中国文学当中四次话语转型的过程，并由此区分出四种不同的话语型。不同的话语型也产生出不同的文学类型，在对不同文学类型的解读过程中，性成为一个重要的角度。

除了上文提到的黄子平的《革命·性·长篇小说》以外，还有不少文章涉及"性"这一关键词。贺桂梅的《性/政治的转换与张力——早期普罗小说中的"革命＋恋爱"模式解析》是一篇学术价值很高的学术论文。在这篇文章当中，贺桂梅区分了"革命决定或产生了恋爱"和"为了革命而牺牲恋爱"这两种不同的创作模式，认为前者以茅盾为代表，后者以丁玲为代表。并且后一种模式最终在文学创作当中取得支配性地位，这一趋势表现出了一种"净化"的过程。在《现代文学叙事体系中"阶级的身体"》当中，葛红兵向我们展示了革命叙事对长相、体格、衣着等的控制。高大英俊的正面人物和佝偻猥琐的反面人物曾经是小说创作中普遍存在的模式要求。此外，葛红兵的《中国当代文学中的身体话语》也将"性"作为重点关注的对象，认为性一方面可以表现为男性征服女性的性别政治，另一方面也可以成为一种政治规划。前者如莫言的《红高粱》当中，"我爷爷"是以性的方式实现的对"我奶奶"的占有；后者体现在革命时期的一系列政策条例对女性的身体的要求，如婚姻分配方式和鼓励生育，等等。

以上提到的文章以外，葛红兵的《身体写作——启蒙叙事、革命叙事之后："身体"的当下处境》、李梅的《我们的身体就是社会的肉身——论"身体叙事"的文学含义》、郭冰茹的《借助身体、爱欲与革命的书写来认同自我——丁玲早期小说新论》、谢有顺的《文学身体学》，等等，都将身体和性作为文学研究的切入点。这些文章和南帆的《文学、革命与性》一起，将文学中的性以及革命与性的关系推到了研究的前沿，并为读者所认可与接受。这对突破传统的社会历史研究方法，扩大文学史研究的视域来说，无疑是一次有益的深化。

三 疑问

（一）为什么涉及"性"的文学作品曾被长久地压抑与封锁？

在思考福柯理论的时候，一直有一个很大的困惑。我们认为，一方面，中国的情况就像福柯所说的古罗马社会，在那个社会中，"性爱艺术"最关心的不是对性行为的是非辩驳，而是把性活动视作一个整体，而更关注于对快感的享乐与节制；另一方面，中国的现状像弗洛伊德心目中的维多利亚时代，"禁欲主义"是每个人为文明付出的代价。但是，中国与西方的状况有很大的不同。

从表面上看，在西方，人人都在谈性，而中国人基本都对此三缄其口；在西方，性科学的研究铺天盖地，而中国还局限于实验室或私人的卧室。在西方，"性"成为社会学、政治学、哲学、心理学等诸多领域研究的重点话题之一，而在中国，"性自由"与"消费主义、成功学"并称为当代社会的"三颗毒药"。

如果从宏观的社会学角度来阐释，我们认为，在当代社会，西方与中国对待性问题的最大不同在于：在西方，与"性"有关的争论往往是围绕正常与异常、正确与错误而展开；而在中国，与性有关的讨论则围绕着崇高与羞耻、上流与下流的问题。就像李银河所说的那样，"在西方社会，性处于对抗之中——压抑与反抗、正常与病态，罪行与非罪行的对抗；在中国社会，性被故意忽视，性在崇高与低下、浩然正气与鬼魅邪气之间属于后者"。这样，就不难解释，凡涉及"性"的文学作品会被长久地压抑与封锁。

总之，在我看来，原因可以归结为以下几点。

1. 在中国，从封建社会到当代社会，中国人深受宋代的程朱理学思想影响，他们所宣扬的"禁欲"等封建的伦理观，潜移默化地影响着中国人的世界观与价值观，继而成为潜藏在每个中国人心中的"无意识"。

2. 中国，基本上可以算作个无宗教而有信仰的国度。佛教虽然在一段时间盛行，但小乘佛教所宣扬的是"律己"和"苦行"，大乘佛教则宣扬的是"渡人"，即感化、教化苍生。他们都要求世人降低自己的欲望，安守本分，以最大限度地压缩人类的动物性本能来造就一个道德上的圣人。

3. 此外，人们还常常认为，"立功、立德、立言"这类事情才是人生的"三不朽"，个人的欲望、价值、快乐与行为方式无足轻重，个人的价值在群体文化中从来都是被忽视的。

（二）20 世纪 20 年代以及 80 年代，中国"性爱文学"的这两个活跃期有何异同？

20 世纪 20 年代，性爱文学首先是作为"问题小说"在文坛上出现的。1918 年，周作人在《人的文学》中，首次把"两性的爱"作为"人的文学"所要表现的"人的道德"。随后，罗家伦在《新潮》杂志上发表《是爱情还是苦痛?》，使得性爱问题成为文学用来表现社会人生问题的表达手段之一。在 20 年代，"创造社"的文学作品最能体现这一手段。他们小说的特色之一就是，以大胆的性心理描写和自我宣泄，来表现五四转折时期青年所特有的苦闷和彷徨。

以郁达夫的短篇小说《沉沦》为例，他在文中对性苦闷的大胆描写形成了对旧道德强烈的解构色彩。作者直白地描写了主人公的偷窥、自渎等性变态行为，这种严肃和大胆使得其小说打破了传统小说中温柔敦厚的书写风范，更打破了传统小说所承载的陈旧道德礼教的束缚。郁达夫对主人公身上的"性苦闷"进行了大胆的剖析，表现了其自觉反抗旧性道德的意旨。主人公对性爱的追寻，正是一种个人主体性的吁求，同时也是一种现代人呼唤个性觉醒的呐喊。

更为重要的是，在郁达夫笔下，"性"不再只是性爱，它被寓托了国家的命运，并由此成为一种革命。主人公在妓院的游历中，并没有和女人发生肉体关系，而是大声朗诵一首爱国诗，以此来报复隔壁唱着日本歌的男人。可以说，祖国的贫困和虚弱，是造成主人公性压抑与性苦闷的潜在原因。

总之，20 世纪 20 年代"性爱文学"活跃期的产生，主要是基于对封建旧道德的反抗、对人的个性觉醒的呼喊。性，不再是单纯的生理意义，而成为一种政治，一种革命。

20 世纪 80 年代末"性爱文学"的复苏，也是出于一种对权力压抑的反抗。在新中国成立后的十七年文学中，"性"往往被转化为兽欲的代名词，性爱描写承受着道德和政治的双重审判，因而两性之爱曾一度被上升为同志之爱、阶级之谊。随着新时期社会生活的解冻，人的价值被重新发掘，人的情感和欲望得到合理性的尊重和肯定，性爱描写从 20 世纪 80 年代开始重新被正视。

张贤亮的《男人的一半是女人》，是新时期小说对性禁忌的大胆突破。作者第一次把"性"上升到完整的"人性"高度，深刻谴责了灭绝人性的"文化大革命"时期，控诉了极左政治和禁欲主义对人的戕害，主人公章永璘就是一个从肉体到精神都被政治所"阉割"的"半个男人"。张贤亮之后，相继涌现了大批描写性爱的文学作品，例如刘恒的《伏羲伏羲》、莫言的《红高粱》等。

然而，与 20 世纪 80 年代不同，20 年代的性爱文学自产生之时，就潜藏了深刻的矛盾性。这种矛盾性，其实质是基于理性与欲望的冲突。正如南帆所言："革命不仅带来了身体的解放，另一些时候，革命重新开始了对身体的控制。"① 随着革命文学发展的深入，文学被理解为一种阶级意识形态斗争的手段和工具，在"革命加恋爱"的创作模式中，革命获得了压倒性的胜利。性爱，作为个性觉醒的功能逐渐被削弱，革命逐渐走向了"禁欲主义"。革命与性，构成了一种悖论关系：一方面，革命作为一种宏大叙事和集体逻辑，试图渗透并掌控个体的一切私密性空间；另一方面，性，作为一种源自生命本能的原始欲望，具有冲破压制、颠覆革命的功能，从而又使其在某种程度上，形成了对革命的反讽与消解。

（三）乡村"性话语"与都市"性话语"的书写差异？

20 世纪 20 年代末，文坛上出现的"新感觉派"是一个基于上海等都市文明和商业消费文化而产生的文学流派。他们的创作受到当时风行一时的日本"新感觉派"的影响，关注都市人的现代感与空虚感，采用新的叙事模式，例如，心理分析、印象叠加、蒙太奇手法、意识流、联想象征等，表现都市生活的纸醉金迷、光怪陆离以及都市人生存的荒诞、性爱关系的混乱与病态。在刘呐鸥等一批作家笔下，都市人的性爱关系具有明显的商业化特征，"性"成为一种可以待价而沽的商品。以张资平

---

① 南帆：《文学、革命与性》，《文艺争鸣》2000 年第 5 期

为例，在他笔下，对都市性爱关系的批判发生了变异，强烈的否定性与批判性逐渐转移为对性爱关系异化的同情和忧虑，五四时期性爱问题的严肃性和启蒙性，被逐渐消解为观赏性和消遣性。

由此可见，在这一时期，都市"性话语"的构建矛盾重重、危机四伏。

20世纪30年代，自诩为"乡下人"的沈从文在创作小说时，开始有意识地以自然性爱来构建自己的"湘西世界"，在他笔下，"乡下人"的情欲是其生命热力的标志，性爱成为自然生命的属性。在"湘西世界"里那些饱含着健康情欲的生命形态，是对都市虚伪、病态情欲的一种有力批判。在沈从文看来，性爱是人类纯粹自然的生理特征，优美的人性与健康的性爱必然相连，因而他所关注的领域是由"性"上升到"人性"的这一命题。他反对"新感觉派"以都市为背景的、扭曲情感、猎奇争艳、空虚伪饰的情爱游戏，而大力赞扬乡村人那些出乎自然、真诚自由、和谐健康的性爱。沈从文的文学性爱观，间接影响了后代乡土"性话语"的构建。

新时期的20世纪90年代，一批乡土作家在创作时开始有意识地把性爱描写作为一种反抗现代性的手段之一。以莫言为例，他在作品中借助性爱这一载体，张扬人的原始生命力。在他的小说中，性爱充满了野性，生殖与身体构成了统一关系，生殖现象成为身体的自然属性，因而乳房、生殖器乃至排泄、粪便等一系列身体器官与身体行为得到了赤裸裸的描写。在莫言的小说中，最清洁、最美丽的东西与最肮脏、最粗俗的东西总是紧密联系在一起，而最难以启齿的"性爱"，则成了人类生命力的表征，并具有了反抗文明退化的功能。

可以说，乡土作家是从"性"之中，发现了人类生存之"根"，性欲是生命的存在形式，是生命强有力的证明，是生存的原始动力。

在这一时期，也出现了大批进行私人化"身体写作"的都市作家，例如卫慧、棉棉等。在她们笔下，性爱描写抛弃了批判社会和发掘人性的"神圣使命"，而进入了一种性爱本体论的领域。作品中充斥的是对原始情欲的描写与讴歌，性爱具有了刺激性、挑逗性等旨在吸引人眼球的露骨描写。有些作品充满了色情化、兽性化，陷入了"自然主义"的泥淖。

与乡村性爱文学不同，都市"性话语"逐渐走向了另一个极端，即媚俗化与商业化、观赏性与娱乐性，人文精神与审美价值的缺失成为一批文学作品的创作态势。

（四）如何看待当前性爱文学与市场经济的关系？

福柯在《西方和性的真相》一文中，提出："我们的社会，与其说是一个注定要性压抑的社会，倒不如说是一个注定要'性表达'的社会。"[①] 性的长久被压抑，潜藏了人们心理上积压已久的不满。人们对性问题的表达权一旦突破禁锢，就如洪水出闸般纷然涌至。

当代文学性爱话题由"情"到"性"、由"爱"到"欲"的分水岭，是 1985 年张贤亮的中篇小说《男人的一半是女人》。这篇小说的发表，在中国当代性爱文学上具有划时代的意义。此后，一批把性作为文化现象探索的小说频频出现，如莫言的《红高粱》、刘恒的《伏羲伏羲》、王安忆的"三恋"系列和《岗上的世纪》等，皆富有较强的冲击力和突破性。这些小说在相当程度上，表现出了一个共性，即把"性"作为人类文化现象的个案，进行形而上的思考，展现了生命的原始冲动和灵魂的躁动不安。

而 1993 年贾平凹《废都》的出版，可以说是性爱文学后期的开始。作为一部具有象征意义的作品，《废都》以当时创纪录的发行量和铺天盖地的商业炒作轰动一时。更让人趋之若鹜的，是书中有大量出格的性描写和让人浮想联翩的空白方框，大有当代《金瓶梅》之风。紧接着，又有陈忠实的《白鹿原》、莫言的《丰乳肥臀》等作品，形成了文学创作的一股热潮。它所表现出来的倾向是与以往明显不同的，那就是"性爱"与商品经济大潮的结合。文学的商品化的需要，成为性爱文学活跃期的内在动力。文学被抛入市场后，必然要受到市场经济的制约，去尽力采取或者并非本意采取的方法，以达到赢利的目的，而市场，又是从日渐"弃雅从俗"这个当代审美文化大氛围中产生的。

大量私人性爱文学的出现，受到市场机制的关注，因而"性"就可以不再以革命的面貌出现，而是可以作为一种文学"商品"出现在大众

---

① ［法］福柯：《福柯集》，杜晓真译，上海远东出版社 1998 年版，第 392 页。

面前。我认为，对于这种类型的文学作品，不应该单纯地加以否定或是肯定；它只是作为一种身体叙事方式而出现，它本身无可厚非，该注意的是其作品的精神内涵是否健康。诚然，现在市场上出售的作品质量，良莠不齐，但是我们该规范的不只是作品本身，还有整个文学市场机制的运行。

古希腊人以饮、食、色为人类三大欲望、三大诱惑，中国人自古也有"饮食男女，人之大欲存焉"的说法，既然社会上，可以允许有关于饮食文化的文学作品出现，为什么不能有健康的性爱文学题材作品的存在呢？

有许多学者都认为，人类的性爱活动存在着三个环节：一是爱情，二是性欲望，三是道德；这三个环节互相关联，构成了一个稳定的三角形，缺少任何一个环节，其性爱就不可能完满健全。因此，"性爱文学"热潮的产生，本身并不值得大惊小怪，重要的问题是，应该如何去表现人类的这一自然本性，如何把握表现的尺度。也就是说，不是"该不该写"和"能不能写"，而是"应该怎么写"的问题。如何超越性爱描写媚俗的层面，怎样确定生活中性爱的正确坐标，才是作家应该关注的重点。

（五）如何看待当下的"同性恋文学"？

提到"性"，人们总会自觉地联系到男女两性，而"同性恋"问题很少有人会想到。我认为，当下文学对"同性相恋"的关注，正是另外一种将性与革命相联系的表现方式。别忘了，书写"性"的一个重要意义，就是为了表达权力。

中国封建社会对"同性恋"问题并不避而不谈，但是它却不能摆脱备受谴责的命运。不仅因为同性相恋有悖于正常伦理意义上的婚恋观念，还因为同性相恋就不能孕育子嗣，不能延续香火，而这与传统观念"不孝有三无后为大"相违背。

在当代，台湾的白先勇先生，在其唯一的一部长篇小说《孽子》中，表现了对社会对"同性恋"问题的挤压与排斥；孽子之"孽"，就在于对传统伦理规范的忤逆。白先勇先生在写作《孽子》之际，年龄已经四十开外了。一个年逾不惑、拥有崇高社会地位的人，在那个闭塞的年代，敢于通过自己的作品，向世人公布，起码是暗示自己的性取向，是非常需要魄力的。白先勇的桀骜不驯，潜伏于他温和的外表之下。在他笔下，平淡叙述背后深藏的，是悲悯。因而作者在扉页上写道："写给那一群，在最深最深的黑夜里，犹自彷徨街头，无所依归的孩子们。"这不是一本单纯的小说，故事情节并不重要，重要的是一种表达的欲望，一种为同性恋者书写的气魄。

蒋勋先生在《孤独六讲》中，曾提出过一个概念——"伦理孤独"。我认为，当前的确是个存在"伦理孤独"的社会。没有合理的论证，人们就认定异性相恋是正常的、合法的，而同性相恋就是异常的、病态的，并对此保持歧视与鄙夷的态度。当人们随着新闻媒体的喧嚣，对那些作品指指点点时，并不是在真正表达见解，而只是习惯了站在传统伦理教育的角度上去发言。

因为社会大环境，"流浪"是同性恋者的宿命；公众关爱是奢望，是他们无法企及的东西，即使暂时拥有，也只会让他们惶恐不安，只能拒绝被爱，一直逃离。我想，对于"同性恋"文学，不要只把它当作一种"亚文化"，而要从中窥探出其解构伦理、个性觉醒的作用，并开掘出一种反抗与重塑的革命含义。

（六）从文化研究的视野出发，如何看待新时期以来女性作家的"身体写作"？

"作为专门术语的文化研究，并不是一般意义上的对于文化的研究，而是一种特定的研究文化的视角与方法"，[①] 文化研究"打破了各个学科之间的界限，在一种跨学科的自由穿行中体现了自己灵活运用各种思想和知识资源进行的创造性研究特色"。[②]

身体研究是一个严肃的命题，研究"身体写作"并不是鼓吹身体或者欲望化写作，而是用一种忧虑的眼光和辩证的态度，来关注"身体写

---

① 陶东风主编：《文学理论基本问题》，北京大学出版社 2007 年版，第 9 页。
② 同上。

作"的批判性、颠覆性,以及重塑性和建构性。

在陈染、林白笔下,对于身体的书写脱离了国家、民族、阶级意识形态等宏大叙事的角度,她们关注的是女性自身的私人性经验。受西方女权主义理论的影响,在这些作家笔下,"身体"成为剖析女性生存状态与心理特征的切口。她们的作品常常热衷于表现自恋、同性恋或者进行精神幻想,以此关注自我性征,书写身体之美,这种私人化的身体写作方式,往往具有幽闭、隐秘的特点。在陈染和林白笔下,女性对自我身体的迷恋,以及同性之间的感情,都是女性反抗男权话语的一种手段,女性意识由此觉醒。

而以卫慧、棉棉为代表的作家,逐渐成为欲望和性的代言人。在《上海宝贝》《糖》等作品中,充斥了大胆袒露的性爱经验描写,身体似乎逐步沦为性宣泄的工具。她们不约而同地把爱与性相分离,她们的"身体书写"不再具有自我认知的特征,同时她们也并没有体验到纯粹的生理享受。无怪乎有研究者指出,这些作家"打开了身体,却又不能尽情地享受这个打开的身体"①,她们的写作就像是一群戴着镣铐跳舞的舞者。

木子美的《遗情书》在"身体写作"中,可以说是一个异数。在她笔下,身体已经彻底沦为性经验的工具,性爱是纯粹的娱乐与游戏。她不赋予"身体"以任何反抗与颠覆的革命力量,而把它单纯视作感官娱乐的载体。这种纯粹媚俗化的"身体写作",成为当前消费主义文化的附属物,反映了商业化、市场化的浪潮对文学创作的毒害与侵蚀。

在当前消费主义文化的浪潮下,"身体"不再仅仅是作为一种觉醒和反抗的窗口,而是成为消费主义的"符号",与食物、衣服、化妆品等一样待价而沽。身体,负载消费社会的意识形态,被大众所窥视与玩赏。女性作家的"身体写作"潜藏着危机,它既不能成为男权主义的牺牲品,也不可淹没于消费主义文化的浪潮中。如何保持清醒、如何健康地书写,是当前"身体写作"的困惑和重点。

(杨秀明 柳 冰 寇硕恒)

①　陶东风:《当代中国文艺思潮与文化热点》,北京大学出版社 2008 年版,第 370 页。

讨　论

张桃洲：这篇论文的作者南帆先生是一位非常有才气的批评家，他是一位偏重于做批评的学者。这篇文章有它的深度、广度，视野非常开阔，涉及 20 世纪文学与革命的关系、与"性"及身体关系等相关的重要议题，并且在这方面的论述有一定的代表性。

学生 A：我总结一下文学、革命与性三者之间的发展历史：从晚清的旧派小说就可以看到革命与性的端倪，但是革命加恋爱作为一个主题与创作模式是在 20 世纪 20 年代末开始流行的，在左翼作家的笔下的文学创作得到尽情抒写。但是中国知识分子对这个公式热情重复之中，我们也可以看到他们由小资产阶级转变为无产阶级的焦虑，由个人转向集体存在的焦虑。20 世纪 50 年代始直到 70 年代末，由于文学的意识形态性被革命主流话语强调到了极端的程度，甚至文学作为人学的 19 世纪以来的传统命题也被抹杀，中国文学全面地进入一个无性的时代。性爱主题的解冻似乎略晚于 70 年代末期起步的思想解放运动，直到 80 年代中期，性爱才以主题的形式重新显现于文学创作的境域，到了 90 年代的商品化社会，文学中的性似乎早已泛滥成灾，大众也早已见怪不怪。

学生 B：上至《诗经》时代，下至 20 世纪 90 年代小说，可以说，"性"是文学作品所要表现的一个永恒的主题。这里我们粗略的将"性"在文学作品中的表现分为两大类，即"性亢奋"与"性无能、性压抑"。

同时，文学革命时期的作品以另一种性的极端状态来表现革命的主题，即性压抑、性无能或者与之相近的"阉寺性"。"性无能"在文学中并非一个萎靡的象征，同"性亢奋"一样，是表现"革命"重要手段。革命所毁灭的不仅仅是革命的对象，也可以是革命者本人。革命极容易落人复仇的窠臼，而伤害的对象也是复仇者所不能把握的。文学、革命、性组成了一个动态的结构，循环的结构，"性"或者"纵欲"属于那种最为彻底的革命，它有着一种近乎法西斯式的偏执。

南帆在评说王安忆的《岗上的世纪》时讲道："事实上，相互重创的双方的确在性的相互需求之中重归于好，并且握住了生命的真谛。这表明，性所具有的力量是无可比拟的，缺少的仅仅是一个神圣的目标。"对此我有不同的意见。这"神圣的目标"未见得就是"神圣的"，或者说"神圣的目标"在根本上是不存在的。这种"神圣的目标"可能就是基于个人欲望而编制的一个美丽的谎言，或者说，"个体性欲望"与"神圣目标"本质上是一样的，只不过经过了一个催眠性的改造过程，放大过程。

南帆对于20世纪90年代作家作品如此解读，"性快感的意义恰恰在于，不必额外地遭受种种特殊含义的打扰。性正在摆脱一系列传统的附加物"。如此，"性"成为一个超然的存在，具有一种形而上的意味。然而，"摆脱一切意义，为性而性，自然而然"，只是一种理想，像道家老子般的洒脱，留下《老子》五千言，骑青牛，出函谷关，翩然而去，诸如此类的类于宗教理想的东西终不可实现。

学生C：而且，我认为过于看重谈论形而上的"性"，很可能会把"性"与意识形态之间正当存在的关系遮蔽起来。从文学史的角度来看，革命与性爱的关系似乎总是在清楚记录着文学作为政治工具的困境，记录了私人空间被公共空间吞没的困境。而至如今，文本中有关崇高、集体主义、革命、乌托邦梦想都已经被严重地解构和批判，文学中的情与爱不再负担任何可依赖可追求的理想目标，可是我们在文学中读到的被放逐的性好像变得更加迷惘了，这个时候我们不得不思索是否我们的生活中在质疑一切宏大强调的同时丢失了某种东西，是否我们需要重新找到丢失了的社会理想和人文精神。有没有可能我们一方面重新点燃理想之光，另一方面充分尊重每一个个体的选择和私人空间呢？革命与性的结合，难道仅仅是官方的现代文学历史中意识形态的反映，还是其本身就是整个历史叙述中不可缺少的组成部分？如果我们想再次用性别来清晰地表达政治认同，就必须正视历史中的革命与性的相互作用，而非盲目地在所谓的纯文学的"本质"当中飘荡。

　　学生 D：对此我也有一些类似的疑惑：

　　首先，在 20 世纪这个动荡的历史中，革命与恋爱的表述不断变化而且不断冲突，我们应该如何看待具有大量政治和文化含义的色情描写呢？再进一步细致来看，在 20 世纪 20 年代末 30 年代初，当中国的知识分子拿性自由、性解放启蒙大众的时候，革命是否缺少了合法的对人的情欲渴望的表达？另外，他们是否缺乏了面对西方现代性所带来的严重危机的清醒意识？

　　其次，王安忆在《两个 69 届初中生的对话》中说："如果写人不写其性，是不能全面表现人的，也不能写到人的核心，如果你真是一个严肃的、有深度的作家，性这个问题是无法逃避的。"性伦理表现无疑是女性文学纵深发展的必然阶段，开拓了女性文学创作的独特话语和文化空间，但是越来越大胆的性展示，真的就是女性文学的终点吗？真的就是女性反抗、挣脱性束缚、向着自我迈进的表现吗？我们该如何解决女性在古老传统和现实挑战中的生存困境？

　　学生 C：对于文学中对革命与女性关系的表述和当下对女性写作的热议，不得不对女性主义的某些理论有所涉及，女性主义理论中对于女性的本质有着截然的反映：一方面认为女性身体是由社会生成的，如朱迪斯·巴特勒；另一方面则认为女性身体的生理特点天然就具备了一种柔软的如液体般的游离性，它常常会游离出企图将其包含的权力结构和社会空间。相对于男性身体的稳定性，女性身体象征着各种无法控制的流动的形式；其自然性和流动性对男性的理性和先验世界会造成一定的威胁和挑战，所以表达女性欲望的写作是一种反叛的写作。所以，在解读政治或历史文本中的女性时，应当同时考虑到女性身体的社会性与自然性，而非一味进入女性私人化、去政治化的狭隘视角。不可否认，当今的女性写作实践方面，同一作家的作品出现自我复制和重复的现象不在少数。在不同作家那里，狭窄的写作观念使女性作家在题材选择上大量雷同。用"身体叙事"对抗政治宏大叙事在初始获得积极评价后，对"身体"和"性生活"的无节制表现，使"身体"几乎成为女性写作的全部含义，而任何参与社会公共角色的政治声音与责任感则多半被屏蔽在外。题材和视角单一、表现手法单调，制约了女性写作的发展。至此，女性写作陷于沉寂几乎是不可避免的。在特定阶段，女性写作和女性主义文学批评强调女性生理性别，显露长期受到遮蔽的女性躯体及其欲望是可以理解的。但随着人类的发展和进步，文学创作更多地应当超越自然性的生理差别；女性写作和女性主义文学批评最终还是要回到具体的历史和社会场景中，才能获得不朽的生机——那将是女性文学自我突破的另一场革命。

学生E：从性与女性写作关系的问题上出发，我对南帆论文产生了一个疑惑：他的男性视野是否有足够的穿透力和包容性来谈论和评价相关话题？

南帆是一个才华横溢的学者，在论文选择的被阐释文本中也就不免体现出自己的感情色彩。在论文的第四节《小城之恋》中，"后代的诞生于母亲的身份终于让她经过性欲的焚烧而得到了真正的净化"，女人是经由女人到母亲的身份转变，即男性社会对女性的身份认同后才得到了新生。在论文的第六节中，作者不希望女性蔑视男性的居高临下，不希望女性正面回击男性的傲慢狂妄，对于《私人生活》《一个人的战争》中女主人公对男性的反叛进行全盘否定，就连《致命的飞翔》也并不能撼动男权文化。作者一直担忧于女性的觉醒反叛会冲击男权社会带来不该发生的革命，并希望将女作家创造的性别政治单一化、男性化。

学生C：他的男性视角确实有局限，但同时也有突破女性视野盲区的地方。

学生F：文中阐述了女权主义理论里对"性"的定义，即"性"必须分解为具体的男性和女性，而在这个概念中，男性与女性是不平等的，女性是备受欺凌的弱势群体和牺牲品。在性别视野下的持续的压迫与欺凌，也同样会孕育出同等激烈的反叛能量，一场声势浩大的社会革命不可避免。由此，性别与革命间也建构了联系。南帆通过分析陈染、林白的女性文学作品，反思了女权主义下的"性的革命"，并且尖锐地指出其背后的隐患——"对于弱者的轻蔑得到了扩张的机会，新的强权与压迫机制即将形成。轻蔑弱者得到了强权支持之后，曾经在历史上惊心动魄的效果，这甚至是某些种族屠杀的堂皇借口。这时，革命就会脱离初衷而走向自己的反面。这种女性革命的结局与男权逻辑又有什么不同呢？"

我不同意南帆的这种观点，我觉得作者是从狭义上来解读"女权主义"的理论。在我看来，"女权主义"所倡导的，并不是一种暴力革命，相反，我把它定义成一种"非暴力革命"。它的革命目的，不在于权力的"绝对控制"，而在于取得权力的"平衡"。女性所期待的，不是踩在男性的头顶上，俯瞰宇宙洪荒，而是能和男性一起，并肩站立在同一水平面，去分享和拥抱整个世界。

另外，如果按照南帆的理解思路，女性真的获得了强权的支持，形成了新的权力机制。说到底，这又有什么不合理呢？自古以来革命的结局，不都是以新的阶级利益取代旧的阶级利益吗？难道仅仅因为革命结局的殊途同归，弱者就没必要进行反抗，就应该继续忍受下去，而放任强者的放肆压迫吗？这难道不是一种诡辩思维吗？我个人认为，革命的意义并不应该用最后结果去定义，而要用"反抗的过程"去衡量。

学生 G：除了刚才大家所提之外，我还有几点对这篇论文的疑惑：

1. 遗漏乡土性文化

在《男人的一半是女人》中，尽管故事的发生背景是在农村，但主人公却是个地地道道的知识分子。乡土中国蕴藏的巨大性能量以及政治力量，例如，《白鹿原》等文本还有待讨论。

2. 忘了一个骑士

要讨论性与政治的关系，王小波的《革命时期的爱情》是不可越过的经典文本。"革命时代的中国，性受到了压抑。这种压抑是一种政治文化现象，同时也转变成为了一种生理身体后果。"

3. 文体局限

除了在论文第三节中浮光掠影提到了《白雪的赞歌》和《深深的山谷》，几乎未涉及诗歌这一重要题材，21 世纪以来女性诗歌、黑夜意识的崛起和下半身诗歌的流行都蕴藏了巨大的政治能量。以"文学"为论题就略显空泛了，黄子平的《革命·性·长篇小说》（《文艺理论研究》1996 年第 3 期）界定了的文体范围就清晰得多。

学生 H：我也有一个疑惑在此一并提出。我基本赞同作者关于文学、革命和性的观点，但同时我也认为关于作者如何讲述革命和性的问题，最主要是读者如何阅读的问题。正如革命可以改变身体，也可以改变人们谈论和阅读自己身体的方式。而"性"并非身体的全部，却在很多时候成为"革命"所要解放或压抑或牺牲的能量。因此关于文学作品中对革命和性的书写，很大程度上是每个读者阅读习惯和阅读角度造成的。

所以就这篇论文内容而言，我想正如作者所说，爱欲是革命的重大资源，而对于 20 世纪来说，这也许是知识分子冲出重围的最后一个资源。

学生 I：伴随着经济改革和市场化的进程，打击乐、摇滚乐、广告艺术、畅销书、网络文学以及一系列由严肃作品改编而成的影视文化占据了市场的主导地位，文学变得日益通俗化和大众化，商业对艺术有着明显的巨大影响。20 世纪 90 年代呈现的社会对大众文化的热情已经取代了 80 年代对精英文化和文化热的关注，中国知识分子就此从他们启蒙的精英位置上被拉了下来。商品经济带来了文化队伍的分化，这种分化导致了两个极端：一种是像张承志那样的人追求根本性的东西，另一种是更大量的人向世俗发展，趋向大众的趣味。在商品经济大潮的冲击下，精神和灵魂的问题，终极关怀的问题更迫切地出现在我们面前。所以，在商业社会的浮躁现实里，文学将何去何从必须要成为每个知识分子认真思考的问题。在商业文化面前，知识分子显示出的恐慌和混乱表现了知识分子内在的软弱性，这是需要知识分子对自身进行深刻的剖析和内省的。

张桃洲：对于现代文学中的"革命加恋爱"这一主题，贺桂梅、刘剑梅、黄子平、周蕾、陈建华、刘禾、王斑等海内外学者先后进行过不同方面的研究。这是南帆先生这篇论文主题的一个分支。对论文和刚才大家讨论中谈到的"身体"议题，我再补充几句：对"身体"的关注从福柯意义上的"控制与反抗""规训与惩罚"到女性主义者的"写身体以反抗束缚"，经历了一个对抗男性社会、逐渐摆脱二元结构的演变。当前，一些作家试图从女性视角提出更宽泛的立足于人性本身的问题，消解了此前的对抗姿态，这是值得注意的新趋向。

第七讲

现当代文学研究的重要议题之三：期刊、出版等

基本文献

论《中国新文学大系》的学科史价值

温儒敏

在现代文学学科史上，论影响之大，很少有哪部论著比得上 1935 年上海良友图书公司出版的《中国新文学大系》（1917—1927）。这部十卷本的大书，是新文学第一代名家联手对自身所参与过的新文学历程的总结与定位。《大系》为第一个十年的新文学留下了珍贵的文献资料，也留下了作为"过来人"的先驱者所带有的自我审视特点的评论。其各集的"导言"所具有的文学史研究眼光和方法，对后来的文学史写作有不可替代的巨大影响。甚至可以说，后来几十年关于新文学发生史与草创阶段历史的描述，离不开《大系》所划定的大概框架，而《大系》所提供的权威的评论，也被后来的许多文学史家看作研究的经典，文学史教学常把《大系》列为基本的参考书。所以，应当充分意识到《大系》在现代文学学科史上的重要性及其突出的地位。

一

在 20 世纪 30 年代初期，出现过一阵文学史写作的热潮，除有专题研究新文学的著作问世，还有一些研究者在从事史料收集工作。如 1933 年出版了刘半农编的《初期白话诗稿》，收白话诗运动发难期间 8 家 26 首白话诗手迹原稿影印成册，以宣纸的线装书出版，一时成为文学界话题。刘半农在此书序言谈到曾将这部诗稿送给陈衡哲看，说明将印行这部诗

稿时，陈说，那已是三代以上的事，我们都是三代以上的人了。① 陈衡哲
这两句话真是感慨遥深，又似乎有些讽刺意味：蔚然一时的五四新文学
运动那么快就成为遥远的历史了?! 这种感慨当然不光陈衡哲、刘半农
有，许多五四"过来人"和学者都有。也许正是这种越来越强烈的历史
意识，使一些学者意识到必须及时抢救整理五四新文学的文献资料。阿
英就编有《中国新文坛秘录》② 和《中国新文学运动史资料》③，而《大
系》这套书选题的敲定以及最初的编辑思路的形成，都从阿英《中国新
文学运动史料》中得到过启发。④

　　《中国新文学大系》无疑是现代编辑出版史上的一个成功的典型。主
持《大系》责任编务的是良友图书公司的赵家璧，当时还只是一位青年
编辑。能够组织那样一批文坛上的压阵大将来共同编纂了这样一套大书，
很重要的原因，就是顺应了上面所说的要为新文学的发生做史的需求，
当然，正好也满足了先驱者们将自身在新文学草创期"打天下"的经历
和业绩，进行"历史化处理"的欲望。所以赵家璧提出《大系》的编辑
设想，希望"把民六至民十六的第一个十年间（1917—1927）关于新文
学理论的发生、宣传、争执，以及小说、散文、诗、戏剧主要方面所尝
试得来的成绩，替他整理、保存、评价"⑤，这项计划非常顺利就得到了
普遍的支持。20 世纪 30 年代初，单命文学兴起，文坛已经很政治化，原
先相对统一的新文学的阵线，已经明显分化，赵家璧邀请参与《大系》
编辑工作的多位顶级名家中，尽管政治倾向不同，有的甚至彼此对立或
有人事的纠葛，但在参与和支持《大系》的编辑出版这一点上，态度又
都是一致的。《大系》的编辑过程，也受到了一些政治的干预。如《诗
集》原来准备请郭沫若主编的，但被当时国民党的图书杂志审查会否决
了。"理由"是郭沫若写过指名道姓骂蒋介石的文章，结果只好临阵换
将，换上朱自清。阿英等左翼作家起初在帮助赵家璧设计《大系》编辑

① 参见《初期白话诗稿》的刘半农序，北平星云堂书店 1933 年出版。
② 署名阮无名，上海南强书局 1933 年版。
③ 署名张若英，上海光明书局 1933 年版。
④ 参见赵家璧《话说〈中国新文学大系〉》，《新文学史料》，人民文学出版社 1984 年第一
辑。
⑤ 同上。

框架时，也曾格外注意其"在当前的政治斗争中具有现实意义"。但考虑到若完全找左翼作家编，不来一点平衡，肯定无法出版。所以最后决定的编辑人选，的确照顾到不同政治倾向的"平衡"，当然也要看重其在文坛的地位①。这样，《大系》就成全了几乎说得上是"完美"的"角色搭配"。

《大系》的出版得到了文化界、文学界的广泛注意，被称为当时出版界的"两大工程"之一（另一"工程"是郑振铎主编的《世界文库》）。当时的一篇书评就这样评说："《大系》固然一方面要选成一部最大的选集，但另一方面却有保存文献的用意。《新文学大系》虽是一种选集的形式，可是它的计划要每一册都有一篇长序（两万字左右的长序），那就兼有文学史的性质了。"②

的确，这部原意主要在于保存文献的书，因为聚集了新文学先驱者和一代名家，不同"角色"有匀称的搭配，他们选择作品的眼光和写作"导言"所体现的不尽相同的文学史观点，形成了复调的对话，使《大系》成为一个高等级的又能容纳众说的文学史"论坛"。"选家"的工作在这里同时又是文学史家（带作家和历史参与者特殊身份）的历史叙述和发挥。

《大系》主要依文体类型编选，这里不妨稍加展示十卷本的内容分配范围，以及各卷编者（又是导言撰稿者）的安排。

全书总序：蔡元培；

《建设理论集》，胡适编选并作导言，收倡导新文学运动及探讨如何建设新文学的文论 51 篇；

《文学论争集》，郑振铎编选并作导言，收 107 篇，涵括新文学发难期的响应与争辩，与林琴南、学衡派、国故派、甲寅派的论争，文学研究会与创造社对旧文学的批评，以及围绕白话诗运动、小说革新与戏剧改良的讨论，等等；

《小说一集》，茅盾编选并作导言，主要收文学研究会作品 29 家

---

① 参见赵家璧《话说〈中国新文学大系〉》，《新文学史料》，人民文学出版社 1984 年第一辑。

② 姚琪：《最近的两大工程》，载《文学》1935 年第 5 卷第 1 号。

58 篇；

　　《小说二集》，鲁迅编选并作导言，主要收《新青年》、新潮社、浅草—沉钟社、莽原社、未名社以及属于"乡土文学"的作品 33 家 62 篇；

　　《小说三集》，郑伯奇编选并作导言，主要收创造社的作品 19 家 37 篇；

　　《散文一集》，周作人编选并作导言，编者称此集"不讲历史，不管主义党派，只主观偏见"而编，收有徐志摩、梁遇春、郁达夫、陈西滢等 17 家 71 篇散文；

　　《散文二集》，郁达夫编选并作导言，编者也称此集编选不以派别，而"以人为标准"，以编者个人喜好为归旨，收有鲁迅、周作人、冰心、林语堂、丰子恺、朱自清等 16 家 148 篇作品；

　　《诗集》，朱自清编选并作导言，大致采取编年的方法，以体现"启蒙诗人努力的痕迹"，收诗人 59 家诗作 390 首；

　　《戏剧集》，洪深编选并作导言，收初期话剧 18 家 18 部作品；

　　《史料索引集》，阿英编选并作导言，收有关第一个十年文学史的综合性研究论著、主要刊物、社团的发刊词、宣言、简章等文献，作家小传、创作、翻译、杂志编目以及资料索引。

　　从上面所列布的各分册的情况来看，这部以资料汇集的面目出现的《大系》，是有一个完整而周密的结构的。有关文学革命的论争及新文学的理论建设就占了两集，分量不轻，显然，要借此集中梳理新文学的发生史。其他各卷虽然从文体着手，其实也有对"发生史"的叙述和评说。此外，以七集的分量展示文学创作的实绩，大致以文体来分卷，其中小说和散文所占的卷数较多，也反映这两种文体成绩突出。当然在以文体分卷的前提下，又适当考虑到社团流派。如小说分为三卷，大致是以文学研究会，创造社以及其他社团来划分的。这种以文体为结构框架，并适当注意流派分类的方法，后来成为一种常见的文学史结构的模式，许多文学史写作自觉不自觉都受到影响。

　　《大系》是新文学的一种"现身说法"与"自我证明"，一方面，它是对一个流动当中的文学现象，作相对有序的整理；另一方面，也是当事人对这个文学过程发难期的荣誉权，进行再分配。① 历史的参与者如何又"参与"对历史的描述，仍在进行中的文学史现象如何在"过来人"的叙说中得以沉淀，这是一个生动的例证。沉淀的工作尤其表现在有关文论的两集中。胡适为《建设理论集》所作导言论及新文学的发生，较多强调"多元的、个别的、个人传记"的原因，大讲他个人在美国留学阶段对白话诗的讨论，以说明新文学运动的渊源，而相对淡化了文学革命所赖以发生的整个新文化运动背景，淡化了包括陈独秀在内的一代先驱共同营造的文化空间的整体性作用。这的确带有改写"荣誉权分配方案"的味道。不过也从一方面反映了胡适的"实证主义"立场：他更看重的是在历史（也包括文学史）发展变迁中起作用的偶然的、具体的因素，而不大重视决定历史发展的整体性的原因，特别是社会的、政治的原因。此外，胡适在导言中重申"历史进化的文学史观"，重申"国语的文学"与"人的文学"是文学革命的"中心理论"，并以此概括初期新文学的主要理论建树。这种文学史评断，是值得重视的。相比较而言，郑振铎为《文学论争集》所写的导言，在论及新文学发难期的历史时，比较注重作为社会文化思潮的整体性发展的合力，注重新文化运动中各路人马的通力合作的功能。该文系统整理了新旧两派在文学改革上引发的争论，以及新文学阵营内部的不同倾向。《文学论争集》收罗的论争材料面比较广，照顾到各种代表性观点，和导言结合起来，便可得见文学变革时期较为活跃的思想局面。

二

《大系》的编选要尽可能保存新文学第一个十年的资料，反映这一段文学发展的历史轨迹，这个目的是达到了的。但具体到某一卷，由于编选者的学术个性不同，选取的角度、范围也可能不一样，有的甚至多少偏离了原定的编辑宗旨。例如，周作人和郁达夫编散文一、二集，就宣称"不讲历史"，只凭"主观偏见"和个人的喜好去选。散文二集共选16家148篇作品，因为编者格外喜爱鲁迅和周作人的散文，结果鲁迅的

---

①　参见杨义《新文学开创史的自我证明》，载《文艺研究》1999 年第 5 期。

选了 24 篇，周作人的选了 57 篇，占去所选总数的一大半，比重显然过大。周作人喜欢议论性小品，所选文也大都偏向此类，抒情性描写性的艺术散文选得较少。这种编选角度很能看出选家的性情与审美趣味，却不一定能很好的反映历史。郁达夫是才子意气，不愿坐下来认真按既定的标准去选编，他只是以个人赏鉴的态度，喜欢的就选，不喜欢就不选，甚至所选范围也不以第一个十年为限。不过从他的选文倾向来看，最注重的是作家"个性的表现"，他选的大都是"个人文体"的作品。这是散文二集的一个特色。

　　郁达夫这个选本的选目虽然不够完全，甚至可以说失之偏嗜，但他那篇导言却写得很有分量，对现代散文的特征有诸多精彩的见解。研究现代散文不能不读此作。郁达夫指出五四之后滋长的现代散文第一个特征，"是作家个性的渗透比以往来得强"，"带有自叙传的色彩"，这也因为五四是王纲解纽的时代，个性得到比较充分的发展；第二个特征是写作范围扩大，形式种类也多，这是超越古代散文的长足进步；第三个特征是"人性、社会性和大自然的调和"，"作者处处不忘自我"，"也处处不忘自然与社会……一粒沙里见世界，半瓣花上说人情"。这些概括切合现代散文的实际，常为后来的研究者所引用。郁达夫在导言中重点评述了几位散文家的艺术个性，也很中肯。如他将周氏兄弟不同的散文风格作比较时指出："鲁迅的文体简练的像一把匕首，能以寸铁杀人，一刀见血。"而周作人的文体"舒徐自在，笔信所至，初看似乎散漫支离，过于繁琐，但详细一读，却觉得他的漫谈，句句含有分量……近几年来，一变而为枯涩苍老，炉火纯青，归入古雅遒劲的一途了"。又进一步分析说，鲁迅"有志于改革社会"，"一味急进，宁为玉碎"，而且"性喜疑人"，"所看到大都是社会或人性的黑暗面，故而语多刻薄，发出来的尽是诛心之论"。鲁迅散文那冷冰冰的表皮之内，又潮涌发酵着"一腔热血，一股热情"。而周作人头脑冷静，行动夷犹，"走进十字街头的塔，在那里放散红绿的灯光，悠闲的，但也不息的负起了他的使命"，"到了夜半清闲，行人稀少的当儿，自己赏玩赏玩这灯光的颜色，玄想玄想那天上的星辰，装聋作哑，喝一口苦茶以润润喉舌，倒也是于世无损，于己有利的玩意儿"。类似这样的评点，虽不是讲历史，却是论性情，对于了解文学史上的那些名家很有导引作用。

　　周作人选《散文一集》也是秉乎性情的。他按个人的"偏见"，慢条斯理地挑出一些小品味浓的作品来鉴赏，并不在乎其在文学史上的地位。如果要从他的选目中了解这一时期散文发展的历史线索和概貌，是不明晰的。他这种选法并不大符合《大系》整理保存资料的宗旨。他写的导言，却称得上是一篇有关现代散文的经典论作。你可以不赞同其中意见，却不能否认其理路圆熟，自成一家。从1921年初发表那篇有名的《美文》开始，周作人陆续在许多序跋中认真考察评说过新文学的散文，虽多为断片，意思大抵还是一贯的，到写这篇导言，就将其以往发表过的有关散文的论说连缀发挥，成一系统。周作人是以历史循环的观点看待文学思潮兴迭更替的，他的导言也同样以这种观点考察新文学第一个十年间的散文。关于新文学的散文的评价自然有不同的立场与观点，如鲁迅就肯定五四散文的成绩，但反感那些"供雅人摩挲"的"小摆设"。①鲁迅是更注重文学的社会价值的。而周作人如他自己所说，他对文学（散文）的态度是"苛刻而又宽容"的，那就是看文学发展"不以主义与党派的兴衰为唯一的依据"，不光以某种文艺主张来决定文学的地位，然而又很看重创作的性情与风格。他是从另一层面强调文学的个人性。周作人所编的《散文一集》及其导言的理论价值要远远大于史料价值。

三

　　与郁达夫、周作人这种本乎性情，别具机杼的编选角度不同，茅盾编《大系》《小说一集》、鲁迅编《小说二集》与朱自清编《诗集》，都非常注重文学史现象的勾勒与文学历史现象的浮现，真正是文学史家的操作。从茅盾《小说一集》来看，所选的29家小说中，约有一半在艺术上很粗糙，在当时影响并不大，后世的文学选本通常也不会收的，茅盾还是选了，主要是出于"再现文学历史的考虑"。茅盾深知，这些作品放在后来的文坛上并不出奇，但只要在当年是"奇货"，能体现文坛的某种倾向，那么就选编到集子中。同样，选取那些曾经比较知名的、有较好艺术质量的作品，也是放到文学发展的历史场景中去观摩。

_____

①　鲁迅：《小品文的危机》，《鲁迅全集》第4卷，人民文学出版社1981年版，第576页。

茅盾为《小说一集》所写的导言，其特色之一是史料丰富，而且大都是第一手资料，他很注重调查与量化，靠史料来说话。例如，其中所介绍的 1922 年至 1925 年全国文学团体与文学期刊蓬勃滋生的情状，有关 1921 年小说题材分布情况的统计材料，等等，就经常为许多研究者所引用。茅盾交代这些资料是为了说明当时的创作潮流和趋向。例如在引述 1921 年 8 月《小说月报》对当时发表的一百二十多篇小说题材分野的统计分析之后，发现写青年男女恋爱的占 98%，因而才得出当时作家"对于全般社会现象"不了解，不注意，而个人主义兴味太突出的结论，并进而分析了当时小说"观念化"的倾向与原因。茅盾是一位非常重视文学社会性的批评家，他的导言着力勾勒第一个十年小说作家社会关注点以及作品题材的变化，常能作深入的社会心理剖析，从"文坛整体"的宏观上去把握文学潮流递变局势。如指出五四时期讨论"人生观"的热烈气氛（多指问题小说），"一方面从感情的到理智的，由抽象的到具体的，于是向一定的'药方'在潜行深入；另一方面则从感情的到感觉的，从抽象的到物质的，于是苦闷彷徨与要求刺激成了循环。然而前者在文学上并没有积极的表现，只成了冷观的虚弱的写实主义的倾向；后者却狂热的风靡了大多数的青年。到'五卅'的前夜为止，苦闷彷徨的空气支配了整个文坛，即使外形上有冷观苦笑与要求享乐和麻醉的分别，但内心是同一苦闷彷徨"。茅盾认为第一个十年的新文学"好象没有开过浪漫主义的花，也没有结写实主义的实"。茅盾追求"史诗"式的能反映中国社会历史变动的作品，所以他对初期作品很少反映"全般社会机构"表示不满，他的评估是苛严的。

和茅盾一样，朱自清编选《大系》《诗集》，也很注重历史线索的勾勒，他说他的选目标准"大半由于历史的兴趣"，要借以考察"启蒙期诗人努力的痕迹"。如果将朱自清此前所写的《中国新文学研究纲要》[①] 和这本《诗集》及其导言结合起来读，这一段诗史的轮廓就更清晰了，这个选本显然是以《纲要》作底子的。《诗集》所选的范围相当宽，诗人的位置又大致按其成名时间及影响作编年的排列，接连起来读，很可以感

---

① 朱自清的《中国新文学研究纲要》，系讲稿，作者生前未发表过，整理稿发表于《文艺论丛》1982 年第 4 辑。

受到初期诗人们怎样从旧体诗词的镣铐里解放出来，怎样借鉴域外的经验，怎样摸索新的诗歌语言，怎样表达那为时代激变所触发的种种情感。由这些选目还能"看出那些时代的颜色，那时代的悲和喜，幻灭和希望"。《诗集》的导言写得简明扼要，历史感很强，很复杂的现象经过大刀阔斧的梳理，便呈现这样一条清晰的线索：新诗起于1917年，从1918年到1923年，诗风最盛。这时候的诗普遍重说理，在诗中表现人生哲学、社会哲学，形式是自由的，所谓"自然的音节"。1926年《晨报·诗刊》出现以后，风气渐变，诗就走上精致抒情的路上去了，一方面可以说是进步，另一方面作诗读诗的却一天少于一天，不再有当年的狂热了。

在屡述初期新诗的历史时，朱自清也多用编年纪述的客观的文字。如开头一段写道："胡适之氏是第一个'尝试'新诗的人，起首是民国五年七月。新诗第一次出现在《新青年》四卷一号上，作者三人，胡适之外，有沈尹默、刘半农二氏；诗九首。胡适作四首，第一首便是他的《鸽子》。这时是七年正月。他的《尝试集》，我们第一部新诗集，出版是在九年三月。"这种叙述用的也是编年体，史实的选择自然要有决断，具体交代也半点不含糊。更多的时候是在"述"史的同时又在评断引发。例如，讲胡适最初讲诗体解放，"其实只是泛论"，真正产生影响的是《谈新诗》中提倡"说理的诗"，"似乎为《新青年》诗人所共信"，其他诗人那时"大体上也这般作他们的诗。《谈新诗》差不多成为诗的创造和批评的金科玉律了"。这里是在讲史实，却又蕴涵有评论，从叙述语气中就明显可见当时的氛围。接下来说到"说理"成了"这时期诗的一大特色"，他引用周作人的话说"这是古典主义影响却太晶莹透彻，缺少了一种余香与回味"，史述与史评也就能结合起来，而且很有理论的引发。自然，这种理论分析有叙史者的艺术体验，活色生香，并没有任何卖弄与做作。

朱自清自己是诗人，评论诗作往往能抓住要点，讲出新鲜的意见，给人印象极深。如讲中国缺少情诗，有的只是"忆内""寄外"，或曲喻隐指之作，坦率的告白恋爱者极少，为爱情而歌咏爱情的更是没有。而五四新诗时做到了"告白"的一步。真正"专心致志做情诗的"，是"湖畔"四诗人，他们"差不多可以说生活在诗里"。这就通过展示背景而把"湖畔"的特色与文学史地位突出来了。接着还深入地比较评析，指出"湖畔"诗人中"潘漠华氏最是凄苦，不胜掩抑之致；冯雪峰氏明快多了，笑中可也有泪；汪静之氏一味的天真稚气；应修人氏却嫌味儿淡些"。寥寥数语，既交代了史实，为这一文学流派定了位，又有相当深切的评析，确实有功力。朱自清评述史实虽然很严格依循历史的线索，可也不是干巴巴堆砌史迹与宣告评判。最有味儿的是他评述中理论的引发。例如，评郭沫若的诗时认为有"两样新东西"，"都是我们传统里没有的"，一是泛神论，二是"动的和反抗的精神"。接下来就引发到："中国缺乏冥想诗。诗人虽然多是人本主义者，却没有摸索人生根本问题的。""看自然作神，作朋友，郭氏诗是第一回。至于动和反抗的精神，在静的忍耐的文明里，不用说更是没有的。"这些观点虽然不一定很确切（指对传统文明的评说），但在史的评述中所引发的理论联想，是很吸引人的。

四

在《大系》诸集中，特别具有典范意义的是鲁迅所编的《小说二集》及其导言。此集所选的作家范围很广，即所谓"杂牌军"，除文学研究会与创造社之外，其他小说作家都纳入此集考察的视野之中，但鲁迅梳理有条不紊。从选目看，也是按编年体的方法，大致依照小说作家出现的时间顺序排列，适当归依其各自所属的社团或流派，所选的大都是能体现艺术个性并有过一定影响的作品。有些作家的群体性原不是那么明显，也没有特定的团体背景，然而鲁迅通过相对集中的选目显示出其彼此比较接近的创作倾向，把他们作为大抵的一派或一种现象来看。如蹇先艾、裴文中、李健吾、许钦文、王鲁彦、黎锦明，等等，就通过选目和导言中的评说将其定位为"乡土文学派"。这一经典的命名后来被学术界普遍接受。又如初期在《新潮》杂志上发表小说的作家，虽然不归属于单一的派或团体，但鲁迅认为他们都是"有所为"而发，又都未能脱尽旧小说的痕迹，所以也在选目中集中加以表现，以显示起步这一段小说作家的共有倾向。后来有些学者就采纳了鲁迅这一看法，称之为"《新潮》作家群"，也可以说是一准流派。《小说二集》虽然被划定的选目范围都是两大社团外的"杂牌军"，但鲁迅还是锐利地识别其中有文学史意义的

"现象"，归纳出几种不同的创作流向。这种选目的确定本身就需要相当的学术眼光。

　　鲁迅的《小说二集》导言，堪称是文学史的经典学术之作，最好与其《中国小说史略》联系起来读，那样可以更好地体味鲁迅治文学史的思路。这里特别要指出的，是导言善于从复杂的文学创作流变中抽取有典型意义的"现象"，以这些典型"现象"为点，去把握文学发展的线索。这些典型"现象"的点，表面上往往集结于某一社团流派，但鲁迅却并不止于介绍这些团派的面目，而更注重考察其作为"过程"的表现。于是我们就在导言中看到这些作为文学史现象突出来的"点"和对"点"的评说：最早在《新青年》上发表《狂人日记》等小说的，是鲁迅，因为"那时认为'表现的深切和格式的特别'，颇激动了一部分青年读者的心。然而这激动，是向来怠慢了绍介欧洲大陆文学的缘故"。鲁迅此后的小说"虽然脱离了外国作家的影响，技巧稍为圆熟，刻划也稍加深切，如《肥皂》，《离婚》等，但一面也减少了热情，不为读者们所注意了"。在这里，完全以史家笔触客观的介绍他自己的作品在初期的影响，并不自矜，也毫不夸大，由读者最初的颇为"激动"到后来"不为注意"了这种读者反映的变化，正作为"过程"反证着现代小说发难期的历史场景。

　　随后介绍了《新潮》，指出这作家群"技术是幼稚的，往往留存着旧小说上的写法和语调；而且平铺直叙，一泻无余；或者过于巧合，在一刹时中，在一个人上，会聚集了一切难堪的不幸。然而又有一种共同前进的趋向……他们每作一篇，都是'有所为'而发，是在用改革社会的器械"。这种评说并非从单一角度褒贬，而是准确地抓住了小说创作"新旧"递变过程的表现，进行"现象"的评析，其所提出的评断，也常为后来学者所引用。

　　接下来又介绍《新潮》流散后，"为人生"的创作衰竭，"为文学"的一群崛起，其中有弥洒社和浅草—沉钟社。鲁迅透视了他们标榜"为文学"，是有计划"垄断文坛"者（指文学研究会和创造社等比较先起的影响大的社团）的意思，而他们"很致力于优美"的作品，又大都在"咀嚼着身边的小小悲欢，而且就看这小悲欢为全世界"。或者"向外，在摄取异域的营养，向内，在挖掘自己的魂灵，要发见心灵的眼睛和喉舌，来凝视这世界，将真和美歌唱给寂寞的人们"。然而最后也因为"时移世易，百事俱非"，他们的歌唱得不到多少听者，于是"只好在风尘澒洞"中，放下"箜篌"了。这里讲一种文学思潮的兴起与衰落，刻意折射着一部分社会心态的变迁。

当述及1922年至1925年北京文坛成了"寂寞荒凉的古战场"之后，鲁迅又发现其间从四处乡间跑来北京"侨寓"的一代年轻作者，所写作品往往"隐现着乡愁"，鲁迅称之为"乡土文学"。这一命名也成为经典之论，被后起的研究者所广为采纳。鲁迅"命名"不同于生硬地照搬某些洋概念，更不同于简单的拿文坛的事例去"证实"某种概念的存在，而是把构成文学史现象的最有特征的表现，上升为一种理论的概述与定位。类似的"命名"在鲁迅的其余论述中都有表现，如论述莽原社为"聊以快意"的一群，狂飙社对恶浊社会的讥刺搏击以及"虚无的反抗"，"未名社"在将"泥土的气息"移在纸上，等等，鲁迅寻找这种种不同创作倾向之间的转换或对立的关系，实际上这几个社团又都环环紧扣，此起彼伏地装点了20世纪20年代中期的文坛。

鲁迅通过发掘提炼特定的文学现象来把握文学进程，并在解释这些现象时，充分注意其与社会思潮的联系，注意形成典型文学现象的创作心态与情感表达方式。这样，所谓"历史的联系"就是很具体可感。鲁迅通过文学现象的提炼去展示文学发展过程的方法，能做到抓住要点总揽全局，抓环节体现过程，这是文学史研究的一种卓有成效的方法，至今仍不失其方法论上的启示意义。

五

《中国新文学大系》其他各集的编选以及导言写作都各有千秋。如蔡元培的总序纵览古今中外文学史，有追既往而测将来，高屋建瓴，充分肯定了新文学的业绩，又对新文学的发展寄予殷切期望。由于蔡元培不是以作家和当事人的身份出现，他可以更超越一些来看五四新文学，并把新文学运动与整个中国文化现代化联系起来，使这篇总序比起他各卷序言有更为开阔和雍容的气度。郑伯奇的《小说三集》导言评价了以创造社为核心的浪漫主义小说创作的特色与发展途径。其对创造社文学风尚形成的原因分析有真切独到的见解。洪深的《戏剧集》导言以较多的文字非常详尽地搜求整理了初期话剧运动的史料，全面评价了现代话剧初创期的得失。这篇长序，几乎就是一部早期话剧史。阿英在《史料索引集》序言中简要回顾了既往的新文学研究的状况，提出了"在史的时间意义上"整理史料的意见。

《大系》的各集都是由权威的文坛元老编的，过来人谈个中事，虽然不免有情感倾向的介入，甚至有为争得"荣誉权"而导致偏执之处，然而比起后代人修史，他们的评论又有着后写的文学史不可替代的鲜活性和真切感。而且由于编辑者角色搭配本身就很匀称，有历史均衡性，而各集编目的角度与各自撰写导言的立场观点也互有参差，无形中进行了一种多元互补的有整体感的历史对话，这也正是这部《大系》最诱人的学术特色。《大系》保存了新文学初期丰富的史料，也最早从历史总结的层面汇集了当时对新文学各种代表性的评价，可以说是一次新文学史研究的"总动员"。从此，新文学史研究的学科意识及其地位在学术界得到空前的加强。

（发表于《文学评论》2001 年第 3 期）

研　　读

一　论文框架

这篇论文从学科史的角度，探讨《大系》作为一种资料性与研究性的经典出版物的特色与价值，重温新文学先驱者对初期新文学的总结评价，以及其中所体现的文学史研究方法、角度与眼光。文章通过对不同选集特点的区分，从五个部分展开论述。

第一部分：历史参与者如何参与历史的描述

作者在这部分介绍了《大系》形成的时代背景、形式体例及结构框架。时代背景方面，《大系》编纂于20世纪30年代，当时正在兴起一股文学史写作思潮，这股思潮背后隐含着五四先驱对于自我描述欲望的共同心理。形式体例方面，《大系》由选集和导言两个方面组成。这两个部分是相辅相成的，导言申明编者的理论主张，选集是其理论眼光的体现。导言赋予大系的文学史意义，选集背后同样蕴含着史家眼光。鲁迅先生曾说过"选集的意义也许比全集还要大"就是这个意思。在结构框架上，《大系》确立了"注重理论，以文体为结构框架，适当注意流派分类"的叙述结构，这种结构框架也影响了后来的文学史书写模式，至今仍然没有被打破。

在这一部分中，作者也提到了荣誉权再分配的问题，历史参与者如何叙述历史微妙地体现着新文化学者们对自身合法性和主体性不断强化的过程（以胡适、郑振铎为例）。

第二部分：编选角度与选家的性情趣味

该部分以郁达夫、周作人为例，介绍了二人独特的编选角度。郁达夫、周作人编选散文一、二集，宣称"不讲历史"，全凭"主观偏见"和个人喜好。如郁达夫所选共 148 篇，其中鲁迅 24 篇，周作人 57 篇，其余 67 篇。这种选集方式看似任性而为，却未必没有文学史眼光，近百年后我们重新回顾现代散文的发展，被选入作品最多的周氏兄弟确实代表了散文发展的两大旗帜，足以抗衡天下人。

　　另外，郁达夫在导言中对现代散文特征的总结以及对作家作品的点评很见功力，"虽然不讲历史，却是论性情，对于了解文学史上的那些名家很有导引作用"。周作人的导言则是自己多年关于散文的思考的总结，理路圆熟，自成一家。是关于现代散文的经典论作。体现了周作人历史循环观点和强调个人个性的主张。

　　第三部分：文学潮流递变线索的勾勒

　　注重文学史现象的勾勒与文学历史现象的浮现的是茅盾和朱自清，茅盾力图还原文学史场景，史料丰富，注重社会性批评，并指出第一个十年的新文学"好像没有开过浪漫主义的花，也没有结成写实主义的实"。

　　朱自清此前曾编写《中国新文学研究纲要》，可见其对梳理历史的重视，在《大系》的编纂过程中，他清晰地梳理了新诗发展的历史线索。按编年记述，作为诗人的朱自清在诗歌评论上更是能够抓住要点、讲出新鲜的意见，给人留下深刻印象。

　　第四部分：以"现象"的提炼展示"过程"

　　"在《大系》诸集中，特别具有典范意义的是鲁迅所编的《小说二集》及其导言"。鲁迅负责编选的作家范围很广，多是没有流派组织的"杂牌军"。但鲁迅凭着自己独到的文学眼光和历史感觉从"杂牌军"中识别有文学史意义的"现象"，归纳出不同的创作流向，突出文学史中的"点"和对"点"的评说，展现文学思潮的兴起与衰落，从而折射社会心态的变迁。

　　鲁迅通过发掘提炼特定的文学现象来把握文学进程，并在解释这些现象时，充分注意其与社会思潮的联系，注意形成典型文学现象的创作心态与情感表达方式。值得一提的是，鲁迅对文学现象的认识和文学概念的界定都秉着实事求是的原则，没有陷入西方概念的怪圈。

第五部分：文学史观的多元对话

这部分集中介绍了其他导言各具风格，如蔡元培高屋建瓴、综观古今的总序；郑伯奇对创造社发生经过及思想主张的重新整理；洪深史料详尽，可作为早期话剧史阅读的6万字戏剧导读等。

结语：独特意义

温儒敏认为，比起后代人修史，他们的评论有着不可替代的鲜活性和真切感。《大系》编选人角色搭配的历史均衡性，立场参差形成多元互补的有整体感的历史对话。

以上是这篇论文的大概思路，其中谈到的很多问题都有更复杂的历史背景和现实状况蕴含其中，需要我们继续思考。

二 相关研究

我对《大系》相关问题的初步阅读，涉及以下文献资料。第一篇是罗岗的《解释历史的力量——现代"文学"的确立与〈中国新文学大系(1917—1927)〉的出版》。第二篇是朱智秀的《论〈中国新文学大系(1917—1927)〉的出版与社会影响》，这篇论文分为三点：一是政治立场各异的文化名人通力合作的文化经典，二是参编者对《大系》价值和意义的高度评价；三是文艺界和文化界的强烈反响，有冰心、叶圣陶的高度赞美，也有林语堂的怀疑和不屑。第三篇是刘勇的《关于20世纪中国文学谱系研究的思考——兼论〈中国新文学大系（1917—1927）〉的历史价值与现实意义》，这里有个关键词是谱系学，西方福柯强调的是复杂性和差异性，而中国传统谱系观念强调秩序性和关联性，在作者看来这都是有欠缺和距离的。《大系》在注重编选经典的文学作品、强调文学的发展脉络、构建文学自身的考察体系等方面就给我们提供了重要启示。第四篇是姬凤霞的《异彩纷呈话当年——〈中国新文学大系·导论集〉述评》。论文中作者先对《大系》的出版和分卷情况、导言写作情况做了大致描述，然后分别对各篇导言的写作进行了评述。第五篇是杨义的《新文学开创史的自我证明——为〈中国新文学大系导言集〉所作导言》。

而在进一步阅读中，我认为关于《大系》研究的重要论文主要有如下几篇，它们从不同的视角进入问题，可以拓展我们评价《大系》的眼光。在此之后关于《大系》的研究，或是个案上的拓展，或在规模上扩张，但大局已定，除非冒出新的关键性史料，否则很难有根本性的突破。

1. 刘禾：《〈中国新文学大系〉的制作》，收入《跨语际实践：文学、民族文化与被译介的现代性》一书，1996 年版。刘禾的这篇论文英文原著出版于 1995 年，是最早将《大系》作为研究对象的学术论文，后收入《跨语际实践：文学、民族文化与被译介的现代性》一书的"民族建设与文化建设"部分，强调当时五四作家凭借其理论话语、经典制造、文学史写作"着力于生产自己的合法性术语"，而编选《新文学大系》时，"自我合法化不得不同时消解他者的合法性，这常常需要用自己的措辞来虚构他者的语言，而不是对他者的声音进行实际的压抑"，具体的例子便是"王敬轩事件"以及对于学衡派的攻击。

2. 陈平原：《学术史上的"现代文学"》，《中国现代文学丛刊》，1997 年第 1 期。这篇论文指出编选《大系》乃是五四新文化人"自我经典化"的过程，胡适等人以"五四新文学"为标尺，抹杀与之相悖的文学潮流，一点儿也不稀奇。只是如此立论，更接近批评家的"提倡"，而不是史家的"总结"。陈平原老师特别指出，最明显的偏差莫过于对待"晚清文学"以及"通俗小说"的态度。这也体现了陈平原老师近几年对相关研究的推崇和关注。

3. 杨义：《新文学开创史的自我证明》，《文艺研究》，1999 年第 5 期。杨义的这篇文章是为《中国新文学大系导言集》所作的导言，高度评价《大系》的编写体例以及其对于现代文学史写作的深刻影响，指出"诸导言成为新文学开创史的现身说法或自我证明"，是"当事人对这段文学过程的发难期的荣誉权，进行再分配。任何历史说明，都是经过说明者心灵过滤的历史，当事人的说明更是不可避免地烙上当事人的主观印记"。

4. 罗岗：《解释历史的力量——现代"文学"的确立与〈中国新文学大系（1917—1927）〉的出版》，《开放时代》，2001 年第 5 期。这篇论文和温儒敏老师的论文同年发表，但学术立场与刘禾接近。此文重点在于批判阿英处理《学衡》时"在史实和史料上的粗率"，由此可见新文化人"通过有效的暗示、彼此的联接和精细的安排，《新文学大系》得以把'他者'对'新文学'的批判，迅速转化为'新文学'话语产生的有机组成部分"。

5. 乔以钢、刘堃：《试析〈大系·小说一集〉的性别策略——以冰心早期创作为中心》，《南开学报》2005 年第 2 期。这篇文章从性别策略入手，以冰心《两个家庭》等文本为例，讨论《大系》背后暗藏的对女性作家有选择的形象建构和宣传，并以此来树立一个以男性为权力中心的新文化话语。

6. 陈平原：《在 "文学史著" 与 "出版工程" 之间》，《现代中国》，2014 年总第 15 辑。陈平原老师的这篇论文从 "出版工程" 的角度重新进入《大系》，还原当时《大系》的编纂过程，包括组织、出版、宣传、反响等。出版是陈平原老师一直关注的问题，尤其是现代中国文人，在创作的同时亲力参与刊物出版活动，这样一来，"文学史著" 和 "出版工程" 成为无法分割的两面，必须看到二者之间的联系，才能理解《大系》以及其他近现代文学现象的原生态状况。

接下来我会以这几篇论文为基础，从几个专题来展开对于《大系》的了解和反思。

三 《大系》作为问题

（一）"文学史著" 与 "出版工程"

无论《大系》具有多大的文学史价值，它都是一种策划得当的商业出版行为。陈平原提出，《大系》的特点在于兼及 "文学史著" 和 "出版工程"，二者缺一不可。没有史家眼光，《大系》缺乏高度，没有企业管理，《大系》无法成形。所以还原《大系》所谓出版物的策划、实践、宣传过程是全面了解《大系》的关键。

1. "大系" 构想

主编赵家璧在回忆中提到："有一次，内山先生送了我几本日本的新书目录，目录中有一套日本创作文学的文库，按时代先后编成完整的一套，当时正值国民党提倡复古运动，叫青年学生尊孔读经；进步的文人都认为应当继承和发扬 '五四' 运动的革命传统，才能拯救中国。'五四' 运动离开那时不过十多年，但是许多代表作品已经不见流传，文学青年要找这些材料同古书一样要跑旧书摊。日本的文库计划触动了我要出版一个'五四以来文学名著百种'的念头。"

　　但这涉及一个棘手的问题，就是版权。重要的成名之作皆由不同的书店所出，"版权所有，翻印必究"，如何冲破这条出版法呢？赵家璧想到："如果能改用编选各个单篇合成一集，那就不存在侵害他人版权的法律问题了。我们可以分编成五四以来小说集、散文集、诗歌集等等。物色每一方面的权威人士来担任，由他择优拔萃，再由他在书前写一篇较长的序言，论述该一部门的发展历史，对被选入的作家和作品进行评价。每个文艺团体有一篇历史，每个重要作家附一段自传，再把这一部门未入选作品编一详目附于书后，说明出处，好让读者去自己查阅，借此可了解这一部门十多年来的收获。"

　　一个年轻的编辑即便是有这样的眼光和头脑，但能够召集众多文化名人配合编写，躲过当局图书审查，绝非易事。所以出版界以此大做文章，表彰赵家璧"主帅点将"，指挥着11员新文学名声赫赫的宿将，共同成就了这样的创举和奇迹，犹如交响乐智慧走向雄浑壮丽的乐曲，等等，实在是言过其实。事实上，正是因为这位主编的不权威，才能够有效协调各方，当时的主编相当于责编，他的任务是联络各位编者，协调各方利益，宣传和推广等。

　　"这个《新文学大系》的计划，得益于茅盾先生，阿英先生，郑伯奇先生，施蛰存先生的指示者很多，没有他们，这个计划绝不会这样圆满完备的。……诸位先生花费了他们宝贵的时间，替我们搜材料，编目录，写导言，使这十部大书得以如愿的实现……"

　　也是在各位先生多方前线的帮助加上赵家璧的社交和组织能力，才能够集齐11位文学大家，几位编选人立场各异，但还能维持表面平和，在大系的编选上目标一致，对待传统具有精神统一性。保证了大系的顺利完成。其中胡适等非左派人士的加盟即使处于对其文学贡献和影响力的考虑，也是为了躲过国民党审核。当时诗歌集编者原定郭沫若，但因为他写过痛骂蒋介石的文章，禁止他的作品出版，于是改为朱自清。

　　陈平原在文章中指出，读《话说〈中国新文学大系〉》容易产生两点误解，第一，容易认为十位编者会因分属不同阵营而相互排斥；第二，人们常常认为前辈们"虚怀若谷"，会回避自己的作品入选集。实际上，当时的各位编者虽然已经出现分歧，但仍然能够心平气和地坐在一起，也知道哪些作品该选，哪些作品不该选，这也体现了这套《大系》的从容气度和胸襟。

2. 宣传策划与社会反响

良友出版公司借助自家杂志打广告的便利，大力宣传《大系》。在广告中，打出了《大系》多种预约方式，并有"五百万字选材，二十万字导言"的标题，可见编者对导言部分的重视。除此之外，《良友画报》第103期还有两大副张，具体内容如下：以赵家璧《编辑中国新文学大系缘起》打头，接下来是黑底白字的"中国文学史上千古不朽纪念碑"。包括"全国名流学者对《中国新文学大系》之评论摘录"，蔡元培手书《中国新文学大系总序节要》、十卷大书介绍以及各位编者的"编选感言"。中间穿插两则广告："最理想的编选人、用最客观的目光，在最复杂的材料里，作中国新文学史上最有价值的伟举"；"有了这部'新文学大系'，等于看遍了五四运动以来十年间数千种的刊物杂志和文艺书籍。专家选择了最好的作品，可以省却你许多时间和金钱！"

以上是《大系》出版的相关情况，主要参考资料为：赵家璧《编辑忆旧》，北京：生活·读书·新知三联书店，2008年版；陈平原《在"文学史著"与"出版工程"之间——〈中国新文学大系导言集〉导读》。

（二）文学史写作中的权利再分配

关于《大系》文学史写作中对权利的争夺和再分配问题讨论的非常充分，几乎每篇论文都有涉及。这个权利争夺的过程可以分为对自身合法化和架空对手两个方面，这两个方面是相互作用，不可分割的。第三个方面，大系对女性作家作品的处理其实是新文化先驱建构自身形象的一个特殊的方面，是一个独特的视角。

1. 如何进行自我经典化

经典化从确立经典开始。取舍的一般标准来自于人们关于文学的普遍预设（何谓文学——尤其是何谓新文学），各卷在将这个标准运用于历史材料的权威性阐释的时候进一步加强了这种预设。入选的文学作品被分为四个类型：小说、诗歌、戏剧和散文，分类使这些作品在经典化尝试中再一次得到合法化。

关于"话语权力"的重新分配,杨义论文中,以胡适为例进行了论述。胡适的导言突出个体和偶然在新文化运动中的作用,突出"多元的、个别的、个人传记的原因",反驳陈独秀"最后之因"的主张。杨义犀利地指出胡适写导言时态度和前期的微妙变异和后退,字里行间蕴含着改写荣誉再分配方案的言外之味。谈论五四新文学运动的发难过程,"如果忽略或淡化群体机制和文化语境,就是忽略或淡化新文化运动作为运动的整体性。郑振铎强调新文化运动的整体性和群体功能……这种见解超越了胡适的新导言,返回胡适十几年前的《五十年来中国之新文学》的持重态度上去了"。

对这段论述,我的疑问是,杨义对胡适"话语争夺"的论述是否考虑到了胡适思想观、历史观的特殊性呢?胡适在导言中对自己在新文化运动中所起作用的强调除了所谓"话语权力"的重新分配,更和自己一直以来的历史观一致。胡适在理论建设集的导言中写道:"治历史的人,应该向这种传记里去寻求那多元的,个别的因素,而不应该走偷懒的路,妄想用一个'最后之因'来解释一切历史事实……但是,正因为个个'最后之因'都可以解释一切历史,所以都不能解释任何历史了……所以凡可以解释一切历史的'最后之因',都是历史学者认为最无用的玩意儿,因为他们其实都不能解释什么具体的历史事实。"

当然,不可否认《大系》导言是有荣誉争夺目的的,但把功利目的和学者的史观完全混为一谈还是有问题的。

自我合法化离不开理论支撑,由胡适、郑振铎分别编选的第一、二卷包括了"建设理论"和"文学论争",这使得五四文学的"理论"方面得以突出。这些"理论"卷和各卷卷首的导言与蔡元培的总序,以及阿英主编的末卷《资料与索引》一起,基本上限定了《大系》所选的作品,当然也包括中国现代文学本身应有的阅读评价方式。

正是由于提倡理论的努力,五四作家才能在和鸳鸯蝴蝶派的竞争中取得胜利。刘禾在论文中提道:"理论起着合法化作用,同时它自己也具有了合法性地位,它以其命名能力,引证能力、召唤和从事修辞活动的能力使象征财富和权利得以复制、增值和扩散。五四作家和批评家凭借这种象征权威而自命为现代文学的先行者,同时把其对手打入传统阵营,从而取得为游戏双方命名和发言的有力地位。"

面对传统是新文化人必须面对的问题，在这个问题上，杨义提出，"十余年的时间流逝和思潮演进，历史已经把他们安放在不同的位置，他们面对历史的态度也不能不有所变化。五四时期他们要横空出世，创造历史；如今他们已经要探溯源流、解释历史了"。创造历史的时候，要"推倒偶像"，"重估一切价值"，使自己跳出历史的束缚；解释历史的时候，要从历史中寻找自己的精神脉络，使自己纳入历史的因果关系中去。

自我合法化的同时要伴随着对他者合法性的消解。这不是用说对他者声音实行实际的压抑，而是用自己的措辞来虚构他者的语言。

2. 让对手失语（预设立场、暴力定义）

（1）对传统：以林纾为例

新文化运动在刚刚发起之时，并未引起关注，钱玄同和刘半农联手上演双簧戏，化名王敬轩用旧派文人的语言对进步思想家进行攻击，这一虚构的挑战受到他的朋友刘半农的反驳，其他人很快加入了刘的阵营，直至论争逐步升级为林纾为首的文言文捍卫者同《新青年》的现代白话文倡导者之间的著名斗争。有趣的是，当林纾认同了王敬轩这个虚构人物的观点并用自己的声音说话时，他就不如一个已为他设置好的话语位置，并发现自己卷入一场在敌方领土进行的必败之战。

（2）对西方：以学衡为例

如果说林纾由于被归入"传统阵营"而代表了一种失败的事业，但"学衡派"立足于西学根基发出足以同新文化人士相抗衡的声音。但这次论争被新文化人士牢牢控制着，而且必须为《大系》的编者所限定。这场斗争成败的关键完全在于谁能掌握代表中国和西方发言的权力。反对新文化可能是《学衡》的意图，但绝不是唯一倾向，只是这个意图被对手捕捉到，加以放大，最终定格在历史的终结视野中，以恒定的形象掩盖了自身的复杂性，同时也遮蔽了后来者深入研究的眼光。正是通过有效的暗示和精心的安排，《中国新文学大系》得以把"他者"对"新文学"的批判迅速转换为"新文学"话语生产的有机组成部分。

另外，在蔡元培总序中，他把中国新文化运动和欧洲文艺复兴相联系。并在结尾处把新文化文人作为中国文学发展的重担所在："吾国历史，现代环境，督促吾人，不得不有奔铁绝尘的猛进。吾人自期，至少应以十年的工作抵欧洲各国的百年。所以对于第一个十年先作一总审查，使吾人有以鉴既往而策将来，希望第二个十年与第一个十年时，有中国的拉飞儿与中国的莎士比亚等应运而生啊！"由此可见，蔡元培把中国文学发展的大任放在新文化学人身上，是一种"主导力量"的确立。

（3）关于《大系》的女性策略

在《大系》中，《小说一集》所选的第一位作家就是冰心，茅盾等编者借助对冰心"问题小说"的选择和采录，确立了新文学"反映时代焦点，关注现实问题"的传统，并且引导女作家将自己的创作融入这一传统，那些与特定意义上的"问题小说"写作取向不同，相对来说更有女性自我指涉意味的作品则被忽视。如小说《两个家庭》，就很有女性独特的思考价值，却没有被收录进去（这是冰心的第一部小说，按理说没有收录不应当是因为反响不大）。作者认为茅盾等人通过对部分作品的宣扬和部分作品的遮蔽，建构了以男性为主体的文学批评、审美标准，更可以看到新文学话语的建构。

（三）对文学史写作的影响

1. 述史方式

《大系》的述史方式对后世文学史写作产生了重要影响：注重理论，文体分类、按社团、流派。

刘禾：人们总是从《新青年》说起，文学革命、文学社团的形成、白话文运动、现实主义小说的兴起等，自从胡适、郑振铎、鲁迅以及《大系》的其他编者奠定了经典性的中国现代文学史观的基础后，这种千篇一律的叙述在中国大陆、在美国和欧洲被一遍遍地讲述着。

2. 权威评述观点

《大系》导言中对作家作品的经典评论至今仍在被各种文学史不断引用。

例如，茅盾评价叶绍钧"冷静地谛视人生，客观的，写实的，描写着灰色的卑琐人生……第一个十年中反映小市民智识分子的灰色生活的……是叶绍钧"。

鲁迅在介绍浅草社时评价冯至为"中国最杰出的抒情诗人"；鲁迅对乡土文学概念的归纳（凡在北京用笔写出他的胸臆里的人们，无论他自称为用主观或客观，其实往往是乡土文学，从北京这方面说，则是侨寓文学的作者）。

郁达夫对周氏兄弟散文特征的概括："鲁迅的文体简炼的像一把匕首，能以寸铁杀人，一刀见血。重要之点，抓住了之后，三言两语就可以把主题道破……与之相反，周作人的文体又来得舒缓自在，信笔所至，初看似乎散漫支离，过于繁琐，但仔细一读，却觉得他的漫谈，句句含有分量……近几年来，一变而为枯涩苍老，炉火纯青，归入古雅遒劲的一途了。"

……

五四学人对文学现象的判断延续至今，可见其深厚的文学功力，对创作的敏感和文学史潮流的捕捉。

3. 打破经典叙事：夏志清

能够打破文学史经典叙事的是夏志清《中国现代小说史》，他将目光投向了张爱玲、沈从文、钱钟书等边缘作家身上，通过对这些作家作品的重新发现，影响了人们看待现代文学的眼光。

但与此同时，我们也应当看到他所谓"反经典"叙事的背后隐含的反共的冷战意识形态。由此刘禾在文中感慨，无论何时何地，学者们都难以保持其作为学者的独立性，尽管他们各自的诉求是截然不同的。

（四）传奇未能延续

《大系》筹备之初，蔡元培在总序中说的是"第一个十年"，茅盾在《编选感想》中也称"《新文学大系》第一辑"，也就是说，当初的当事人对"新文学大系"是有第二、三辑的预设的。可惜抗战打断了他们的计划，新中国成立后，虽然有《中国新文学大系续编》的香火传承，但实在不可同日而语。

改革开放后，在赵家璧等人的鼓动下，上海文艺出版社 1981 年影印刊行了一万多套《中国新文学大系》（各卷印数不一），获得学界的广泛好评。于是，上海文艺出版社将"大系"作为该社的"重要品牌""无形资产"来认真经营。现实在 1984—1989 年陆续出版了《中国新文学大系 1927—1937》二十卷，1990 年出版了《中国新文学大系 1937—1949》二十卷，至此，"从五四到新中国成立三十余年间的中国新文学优秀篇章，尽收在这五十册、三千万字的三辑《大系》之中了"。1997 年，上海文艺出版社再鼓余勇，编辑刊行《中国新文学大系1949—1976》二十卷，对于这次的编选，黄子平评论说："这一辑的编选，时间上，在'外部'覆盖了'当代文学'与'现代文学'的断裂'内部'焊接了'文革文学'与'十七年文学'的断裂；空间上，则弥合了内地社会主义文学或工农兵文学与台湾文学香港文学的区隔。"随后，又在2009年推出了《中国新文学大系1977—2000》三十卷。王蒙在第五辑《序言》中所说，"百年沧桑，百卷心事，百卷才具，百卷风流"，沧桑感慨之下，读者以及评论界都并不买账，只留下编者尴尬的抒情。真所谓"强弩之末，力不能入鲁缟"也。

《大系》的传奇为什么没能延续呢？我认为有两方面原因。

1. 自主性

一方面是后来的《大系》不再有第一辑的自主性，当年赵家璧作为一个并不权威的"主编"，实际上做的都是"责编"的工作，所有自主权都交给各位编者。以导言为例，在字数方面，当初出版社约定，每人编辑费三百，序言千字十元。但鲁迅表示，有话则长，无话则短。"导言"不一定非要撑到两万字不可。于是，鲁迅致信赵家璧，称"意思完了而将文字拉长，更是无聊之至"；后来出版社也意识到用两万字来作统一标准确实不可取，便听任每位编者自由取舍。于是就产生了鲁迅两千字、阿英五千字、洪深六万字的热闹景象。在体例方面，朱自清的《导言》分为五个部分，短论加上四个附录——"编选凡例""编选用实际及期刊目录""选诗杂记"和"诗话"；周作人编选《散文一集》，撰《导言》时继续"文抄公"实验，不断因循自家以往所撰文章。在编选标准上，几位大家更是全凭自己脾气秉性，各家有各家的标准，只看郁达夫所选《散文二集》将三分之二的篇幅都给了周氏兄弟便可知一二。相比之下，《大系》后来的几辑都是萧规曹随，没有自主性和创造性，自然无法相提并论。

2. 新文化作为运动

另一方面，要考虑到不同的时代背景。《大系》的第一辑形成于1935年，当时新文化作为运动对整个社会的震动力量尚未过去，五四文人亲自写史更是有独特意义，这种语境在当下是无法复制的。如今的作者面对《大系》之后的几辑更多的把它当作文献整理的出版物，而不是一部有文学史意义的著作。这一点可从导言的引用上来得到证明，后四辑的导言很少被研究者引用，更没有"导言集"出版。这种种的无奈是整个国家的意识形态、文化思潮、出版体制、编者眼光、读者需求等诸多因素决定的，无人能力挽狂澜，再续传奇。

除了中国现代文学，其他学科也受到《大系》的编辑体例影响。例如，1991—1996 年上海书店陆续出版的《中国近代文学大系 1840—1919》。此外《大系》写作的影响还包括，它确立的文学史内容的"三大板块"和"四种文体"以及分期的"三个十年"，还有一些具体观点的阐释例如文学革命的发展背景和历史动因、文学革命的过程等。王瑶的《中国新文学史稿》，唐弢的《中国现代文学史》，钱理群、温儒敏、吴福辉的《中国现代文学三十年》都受到影响。在此需要重新提及的是，本篇论文本身也因极具魅力，引的一系列评价《大系》的文章给刊物研究增色。

四　进入《大系》的方法

杨义先生曾提到，"应该看到，30 年代离新文学第一个十年毕竟为期甚短，中国文学数千年的延续和发展，充满着纷繁而漫长的曲线，任意取下短促的一段，都可能把曲线误认为是直线。因此，现代读者在阅读《中国新文学大系》诸导言之时，应该寻找更广阔的历史文化视野，拓展与 60 多年前的前辈们进行关于跨世纪中国人文建设的对话空间。对于诸的思维方式，应该抱有一种'入乎其里，出乎其表'的自由精神，入乎其里而取其精粹，出乎其表而超其局限。从而建立一种中国文学整体观，把'以五四标准评析五四'，升华到以面对新世纪的中国现代文学建设标准来论衡'五四'文学现象"。杨义先生的话虽然是在提示我们如何看待《大系》导言，实际上也可以推而广之地用在《大系》的整体研究上。

通过对《中国新文学大系》的阅读和对出版情况、研究成果的了解，我们看到了更鲜活的历史，更丰满的文本。让人印象最深的是五四文人在各种场合下关于时过境迁的感慨，刘半农反复提到陈衡哲那句"我们都是三代以上的人了"的背后，含着意气风发的当年和时过境迁的眼前。蔡元培在完成《大系》总序的撰写半个月后，又为《新青年》重印本题词："《新青年》杂志为五四运动时代之急先锋。现传本渐稀，得此重印本，使研讨国人最近思想变迁者有所依据，甚可嘉也！"如此种种，都是各位先生对那个永远消逝的时代的怀念。这种共同心理也使得《大系》不只是一部冷冰冰的文献整理出版物，更是一部带着温度的活历史，我们从中可以窥见诸位文人对历史的叙述夹杂着怎样隐秘的话语权争夺，从而把握历史缝隙处蕴藏的独特深意。

在整个学习过程中，我感到很多本课程讨论过的问题会不断穿插交融在新的问题中，给我们提供思考新问题的角度，同时也促使我们重新反思之前讨论过的问题。比如，新文化学人情感同一性的问题；五四运动与传统、与西方的关系的问题；民族文化建构等问题。在接下来的学习中，我会带着这些问题不断思考，以期有新的体悟。

（侯晓彤）

讨　论

张桃洲：现当代文学专业的同学，如果不读《大系》将是很大的缺憾，它是我们研究的奠基性出版物，是了解现当代文学学科历史脉络的基本前提之一。我们应该对《大系》的出版、编纂情况都有一个大概的了解。温老师这一篇文章从史实入手来梳理当时《大系》编辑出版的过程，以及之后产生的影响、确立的范式。

这是一篇学术规范性很强的论文，如果你们今后想做文学出版研究，该文可以是很好的借鉴范例。这几年有关文学出版、报刊、期刊、编辑、研究等方面的论文开始大量出现，显示了现当代文学研究不仅仅着眼于作家作品，还要关注文学生产、文学接受过程等环节，这是现当代文学研究领域拓展的表现。

学生A：在我看来，温儒敏老师的这篇文献颇具新意。近年来关于《中国新文学大系》的研究颇为丰富，角度也不尽相同，比如：有新历史主义角度、话语理论角度、对《大系》各卷本导言的分析、对《大系》与现代文学史的关系分析等，而从学科史角度出发讨论《中国新文学大系》的价值却少之又少，因此，温儒敏老师在这一点上可谓高屋建瓴。或许可以这样说，如果没有《中国新文学大系》，我们无法想象如今的文学史该以怎样的方式进行书写，尽管有很多人对《大系》确定下来的三大板块（文学理论、文学运动和文学作品）、四大文体（诗歌、散文、戏剧、小说）和十年分期的方法存有质疑，但是我们必须注意到这套丛书出现的时间，在当时动荡不安的国内背景和文坛形势下，能有这样一套清晰的理论框架出现已实属不易。今天，当我们开始学习现代文学史时，《中国新文学大系》仍是我们必读的经典入门书目。通读本篇论文可以看出，温儒敏老师在总体上对《中国新文学大系》的价值持肯定态度，尤其是对郁达夫、鲁迅、朱自清和周作人的导言以及选择的篇目进行了分析，尽管个人化色彩较为浓厚，但在温老师看来并不影响其整体的价值和魅力。不过我认为，既然是出于保护史料的目的而编写了这套丛书，那么是否应该尽量客观地去编选篇目，我们不仅应该知道鲁郭茅巴老曹，也应该知道张爱玲；不仅应该熟悉文学研究会，也应该了解鸳鸯蝴蝶派；不仅应该知道新文学，也应该知道旧文学。总而言之，《中国新文学大系》的出现为现代文学史奠定了深厚的根基，直到今天仍魅力不减，关于其所显示出的局限性，学者们也在慢慢跳脱出来，重新思考。

学生 B：我个人认为，对《大系》研究的推进中，我们可以进一步加强文学整体观，将《大系》置于更广阔的历史背景中进行分析和考察。和福柯的西方谱系学相比较，中国文学谱系研究有着自己的特点。福柯注重历史背后的断裂、差异和偶然性，反对一味地追问历史规律和逻辑性。而中国文学谱系更注重历史性、秩序性和考据性。中国历来有文学谱系的研究传统。南北朝时期钟嵘的《诗品》对于诗歌题材和作家艺术流派的探讨品评、宋代吕本中作《江西诗社宗派图》，尤其是到了明清时期，前七子、后七子等流派的纷争既推进了文学发展，又构成了文学全局。但这种流派、思潮的定义又是否真实反映了历史呢？这些被我们定义属于某种流派的作家，他们是否就自觉属于这一流派？都有待考察。文学谱系研究不同于我们通常熟知的文学史建构，文学史主要以时间为线索，梳理出文学发展的历程，而对文学中的一些很重要的细节和相互关系有体会不到之处，这就不免影响文学本身的丰富性和复杂性。文学谱系研究则是以文学自身的问题为中心，从而进行辐射。因此能够尽可能还原文学自身的细枝末节，体现文学自身历史感和真实的一面。总之，文学谱系研究是以一个更加宏观、综合、深入的视角研究中国文学，通过文学自身的逻辑关系打通各个阶段、各种文体、各种现象之间的界限，把文学史、作家作品、文学思潮、社团流派的各种研究综合起来，又不乏微观分析的研究模式。而统观《大系》，由于当时历史背景的限定和新文学处于一个不太成熟的阶段，不拘一体的风格、不同政治立场的编者出现在同一部书中的原因，可能就是在于以新文学运动为核心从而辐射出各种文学现象的谱系研究立场。可以说，《大系》的成功之处在于它是用作品本身的编选来确立新文学本身的谱系脉络和编写体例。较好地呈现了文学的完整性。

学生 C：我比较认同你所说的《大系》这种文学谱系研究的性质和价值，但同时也要细致来看《大系》与文学史之间的区别和联系。如果把《大系》看作是一部新文学史确实并不能使人完全满意。原因在于不同的编者所贯彻的不同编选原则，使得《大系》没有形成大致统一的风格。现在的学科建设已经相对成熟，学科面对的对象也更有针对性，这就使得文学史的书写面临新的挑战。虽然《大系》有着"史"的意义，但并不完全等同于文学史。郁达夫和周作人以个人喜好为原则和鲁迅、茅盾、朱自清注重历史客观呈现的不同风格，难免使其呈现的历史顾此失彼，不够完整。可是，如温儒敏所说："然而比起后代人修史，他们的评论又有着后写的文学史不可替代的鲜活性和真切感。而且由于编辑这角色搭配本身就很匀称，有历史均衡性，而各集编目的角度与各自撰写导言的立场观点也互有参差，无形中进行了一种多元互补的有整体感的历史对话，这也是这部《大系》最诱人的学术特色。"因此，《大系》在对五四新文学运动的全景展现方面可谓精彩绝伦。其中所渗透出的理论贡献和学科史价值对于文学史建构更有着独特的意义，不知道，这是不是当时的编辑赵家璧所没有预料到的。《大系》其中的学科史价值：包括文学史分期、按文学体例分集、导言结合作品的建构模式以及理论分析、研究方法的内部框架，还有各位名家的治学态度和思想光芒都是今天的我们需要慢慢吸收、消化的。

学生 D：通过对《中国新文学大系》的阅读和对出版情况、研究成果的了解，我们看到了更鲜活的历史，更丰满的文本。让人印象最深的是五四文人在各种场合下关于时过境迁的感慨，在刘半农反复提到的陈衡哲的"我们都是三代以上的人了"这句话的背后，含着意气风发的当年和时过境迁的眼前。蔡元培在完成《大系》总序的撰写半个月后，又为《新青年》重印本题词："《新青年》杂志为五四运动时代之急先锋。现传本渐稀，得此重印本，使研讨国人最近思想变迁者有所依据，甚可嘉也！"如此种种，都是各位先生对那个永远消逝的时代的怀念。这种共同心理也使得《大系》不只是一部冷冰冰的文献整理出版物，更是一部带着温度的活历史，我们从中可以窥见诸位文人对历史的叙述夹杂着怎样隐秘的话语权争夺，从而把握历史缝隙处蕴藏的独特深意。

学生 E：通过查阅相关资料，我发现目前学术界对《大系》的研究主要还是针对"导言"部分的内容。这些由大师编撰的导言，展现了一代文学风貌，其地位自不必说。除此之外，我们还应该重视其中大量收集的文学作品，有些作品在今天看来似乎很不成熟，但正像茅盾所提出的，只要能体现文坛的某种倾向的作品，都应得到重视，这样才是真正做到把文学放到历史场景中去研究。正如我们平时的学习，很多时候都是只注重文学理论、文学史教材的学习，反而忽视了其产生的土壤——文学作品，岂不是本末倒置。

学生 F：通过这篇文章可以有很多的启发，比如：关于不同的学者所持观察角度不同的问题。我们常说"有什么样的编者就会有什么样的选本"，话题范围扩大后还涉及评奖等文学活动。所以以什么标准来选作品其中也有很大的学问，而且选本有时也会充当文学史的角色，它通过作品来叙述历史，构成了历史面目、建构了文学秩序、塑造出历史的形象、呈现历史的面貌。《大系》的编纂就很大程度实现了以上功能，而今天我们在总结对《大系》评述、分析的成果的同时，也可以进行更加充分和具体的探讨，而不仅仅是对它做出单一的价值判断。

张桃洲：通过这篇论文，还可以进一步思考两个问题：第一，《大系》与中国现当代文学学科、历史以及文学本身的关系为何？正面的关系自不必说了，至于负面的关系，已有学者提出了自己的看法，比如，刘禾认为《中国新文学大系》对中国现当代文学的话语、实践、制度、机制方面存在着"规训"作用，罗岗也提出了类似观点；第二，由《大系》的编辑出版还可以思考制度与作家、作家与文学之间的关系。目前除《大系》之外，学界对于《新青年》《小说月报》《学衡》《甲寅》《语丝》《良友》《现代》《诗刊》《文艺报》等文学期刊的研究已经初具规模。对文学期刊进行研究，要将其置于历史语境中的复杂因素来考量，并将其参与历史叙述的可能性、历史价值呈现出来。

第八讲

现当代文学研究的重要议题之四：史料

基本文献

老方法与新问题：从文献学的
校注到批评性的校读

解志熙

现代文学文本需要校注吗？直到今天仍有许多人是不以为然的。因为他们觉得五四以来的现代文学文本使用的是以现代口语为基础的语体文，近乎大白话，人人看得懂，纵使版本有差异，文字有出入，也无碍大体，而夹杂其中的诸多外国文和外国事，就算弄不清楚也不至于影响大意的理解，所以校呀注啊的，即使不说是多此一举，也是不急之务。

坦率地说，我自己过去也是这样想的，但后来逐渐发现事情并非那么简单。事实上，大量的现代文学文本累积了颇为繁难、亟待校注的问题，成为阅读和研究的拦路虎，而得到认真校理的却只有《鲁迅全集》等个别大家之作。所以，对现代文学文本的校注不仅是必需的，而且几乎需要从头做起。不难想象，这项工作的量有多么巨大，并且与古代典籍相比较，现代文学文本的校注也确乎别有所难、问题多多。由于问题的类型和造成问题的原因不一，解决问题的条件和方法自然也有不同。这里即以自己在研读和整理现代文学文献过程中碰到的校注问题为例，按问题类型略述个人的一点体会，以就教于学界前辈和学科同行。

一 文字讹误的本校与理校

古代中国自雕版印刷术昌明以来，除坊间为牟利而草率印刷通俗文学外，凡是重要的典籍和严肃的著述之印行，必先请善书者精心书之、参校者仔细校之，方可上版刷印问世，态度颇为矜重。而现代文学文本在最初发表和出版时，依据的都是作者提供的手稿，其间书写潦草、不规范以至出现笔误等情况，往往而有，加上赶稿的匆忙和校对的粗疏（坦率地说，不少现代作家、编辑的校对态度似乎远逊于古人），这就使许多现代文学文本从初刊本或初版本开始就留下了不少令人惋惜的文字讹误问题，而在此后或者未能结集、再版，或者即使结集、再版，也很少能得到认真的校正。所以，我们今天对现代文学文本的初刊本或初版本的校勘，事实上，常常是在纠正当初排版中的误排以至作者原稿中的笔误。

这正是现代文学文本校勘的一个特别难题：由于是"从头"校订，别无更早、更可靠的版本为据，也难觅作者原初的手稿为本，所以，在许多情况下我们其实无法运用在古典文献整理中行之有效的对校之法，而只能退而求其次，被迫采用本校和理校的方法。在本校和理校中，所可借助的只有同一文本中的类似语句、同一作者的其他相关文本，再加上对文本上下文义的推断。这就颇为困难了。我自己在校勘于赓虞佚诗佚文的过程中，常为这类问题所苦。当然，并不是每一个讹误都那么难以校订。例如，丁赓虞《受难者的口历》诗句"惊异着怅望空虚的大空"中"大空"显然有误，即可据上文"我游离于太空的倦魂又慢慢的睡去"一句，推定此句中"大空"当作"太空"。有些讹误显然是当初的误排，据上下文义即可予以纠正，如于赓虞《公主墓畔》诗句"那摧眠的暮钟"，其中"摧眠"当作"催眠"。诸如此类的问题是比较容易的。但有些刊发本的误排，可能源于作者手稿的潦草，校理起来就颇费斟酌了。例如，于赓虞《我怕》诗句"我怕看潺潺小溪的微波／不停的滚下去了"中的"滚"字用得实在有些别扭，似有错误，可错从何来，如何校订？思量良久，才觉出大概作者原稿中本作"流"字，书写潦草近似"滚"字，遂致误排。有些地方，例如，于赓虞组诗《秋蝉》之五《旅客》末句"又很兴奋的奔结他的旅程去了"，其中"奔结"显然不词，可我和王文金先生在合作编校《于赓虞诗文辑存》的过程中，一直想不出该如何校订这个不词的词，只得作存疑处理；现在想来，"奔结"在作者原稿上很可能作"奔往"，只是由于作者书写潦草，"往"字写得看似"结"

字，因此导致了误排。记得最让我头疼的是于赓虞的信《〈北风〉之先声》的校释。该信连载于 1925 年 8 月 2—3 日出版的《豫报副刊》第89—90 期上，当年的编者据于赓虞来信手迹直接排印而校对粗疏，甚至可能未作校对，所以错谬满篇，殊难校理。例如，其中有这样几句——

> ……不但说我的生活似觉狭溢，方面不妨广些；自然很有道理。他有我满书架尽是红经绿黄……的书友儿，翻开看尽是蛮形文字的诗原理，诗作法，诗论，诗的批评，诗的创作……故他终交说出这样□觉来。

这真是错得一塌糊涂，我绞尽脑汁为之校理，才勉强可以读通："承祖说我的生活似觉狭隘，方面不妨广些；自然很有道理。他看我满书架尽是红经［"经"字疑衍］绿黄……的书皮儿，翻开看尽是蛮形文字的诗原理，诗作法，诗论，诗的批评，诗的创作……故他终究说出这样［感］觉来。"推原致误之由，则多与作者原信书写的潦草和当初排印的草率有关。如将人名"承祖"误排为"不但"，就实在错得荒唐，我只是从后文推测"不但"当是一个人名，复检于赓虞在该信一开始就说自己同承祖（张承祖）等出去喝酒、聊天，才悟到作者乘醉疾书，竟潦草到将"承祖"写得近似"不但"，遂致误排如此。当然，《〈北风〉之先声》乃是一个近乎极端的例子，但诸如此类的问题在现代文学文本中，尤其是散佚文本的校勘中程度不同地存在着。在这种情况下，本校和理校实属不得已而为之，校勘者所提供的也只是一己的推测，聊供读者参考而已，所以必须出校说明，而切忌逞臆改动原文、随意妄断是非。如上例中"他有我满书架尽是红经绿黄……的书友儿"一句，"有"字可能有误，"经"字诚然不经，"书友儿"确实不词，但校记最多只能说"有"字似应作"看"，可能因"看"字和"有"字草书近似而致误排，"经"字疑衍，"书友儿"似应作"书皮儿"；至于末句中的"这样□觉来"在校记中也只能说"觉"前似脱一"感"字。校注中所谓"疑""似"云云，即表示这些意见仅供读者参考，而并非定谳。事实上，我对这段文字的校释确有未尽与不妥之处，如"红经绿黄"中的"经"字，我们虽然判断它也像"红绿黄"三字一样，指的是书籍封面的颜色，但当时怎么也想不出"经"字该如何校正才能读通，只得加注说"经"字疑衍；现在看来，"经"字并非衍文，于赓虞原信可能作"缁"（黑色），而由于书写潦草，将"缁"写得近似于"经"字的繁体"經"，遂被误认并误排为读不通的"经"字了。再如当时我判断末句"觉"字前似脱一"感"字，也很勉强，现在看来原信中"□觉"很可能作"意见"，只因作者草书连笔，遂被误排如此了。

　　或许有人会这样说，诸如此类的文字讹误影响不大，不校也罢。但有些文字讹误，的确"差之毫厘，谬以千里"，若不校理，文章是读不通也不能援引的。例如，研究初期新诗理论，俞平伯的诗论《做诗的一点经验》是不可不读、甚至不能不引的，然而最能表现作者诗学观念的两段话，却暗藏着严重影响文义的文字讹误。开篇的一段话即申明作文主旨——

　　　　在这篇文字里，要申明一点重要的观念。就是好诗没有是"天籁"的。天籁是什么？简单说来，即适之先生在《建设的文学革命论》上所谓"有什么话说什么话"。但这个旧信条，我以为到现在还有重新解释的必要，而且要严密的解释。

同一文中的另一段话论作诗的灵感道——

　　　　盛兴来了，我们不得不写下来；若不来，虽要写也写不出，即写出来的也不是诗。随盛兴来的诗，未必定是好的，却还不失诗底精神。听他底自然来去，不加一些人为的做作；已是我深信的一条最有效的做诗方法。

　　按，前段话中的"好诗没有是'天籁'的"一句，与全文的意思恰恰相反；后段话中的"盛兴"则根本不是一个可以理解的诗学概念，甚至可以说是"不词"。所以，这两处都不是无关紧要的文字讹误。《做诗的一点经验》是1920年12月在《新青年》第8卷第4号上发表的，可是近年出版的《俞平伯散文杂论编》（上海古籍出版社1990年版）、《俞平伯诗全编》（浙江文艺出版社1992年版）、《俞平伯全集》（花山文艺出版社 1997 年版），都一无例外地对这两处未作校勘——事实上所有收录这篇文章的集子和选本都没有校勘。而正由于初刊失校，此后的各种版本均因仍其误，现在也就无法通过不同版本的对校来解决问题了。所以，我们只有退而求其次，采用理校和本校的办法：细绎《做诗的一点经验》全文，不难发现文章的中心思想就是强调"好诗是'天籁'的"或者说"好诗没有不是'天籁'的"，而且次年 10 月俞平伯在《诗底进化的还原论》中为强调诗"是自然而然的表现"，即推本求源，认为"原始的诗，——诗底素质——莫不发乎天籁，无所为而然的"。据此推测，则"好诗没有是'天籁'的"一句当作"好诗没有不是'天籁'的"。推想致误之由，则要么是原刊在"是"前漏排了一个"不"字，要么是作者的原稿在连续使用否定词时就出现了笔误，而发表时失校，一直延误至今。至于显然不词的"盛兴"，很可能是俞平伯原稿作"感兴"，只因"感"字手写潦草一点，看着形似"盛"字，排字者遂误排为"盛"字，而当时作者失校，此后各版因袭未改。应该说，校"盛兴"为"感兴"，既合乎特定语境也合乎一般语言习惯；而且"感兴"也是当时诗论中颇为流行的一个概念，俞氏在一个月后所写的《诗底自由和普遍》一文即谓诗人"所生的感兴各各不同，从而所发生的文学诗歌，亦各各不同"可证；并且，"感兴"也是一个常见的传统诗学概念，汉魏六朝人论诗，常常是"感""兴"对举，而唐人论诗则如罗庸所说，"唐人有两个很常用的字叫做'感兴'"（参见罗庸《鸭池十讲》第 50 页，辽宁教育出版社 1997 年版）。

再举小说家沈从文的一篇文章为例。在 1947 年 2 月 15 日天津出版的《人民世纪》第 1 卷第 8 期上刊有沈从文的《新废邮存底·四十二·经验不同隔绝了理解》。这是一篇佚文，作者在该文中坦诚地向读者解释了其乡土叙事的真实性以及自己的创作态度，这对我们理解沈从文的创作是相当重要的信息。但这封废邮中至关重要的一句话却读不通，那句话是在这样的语境中出现的——作者先是追述了自己所从生长和熟悉的乡土环境，然后强调说："因为我从这么一个环境中受过情感教育，我的对于写作弃扑单纯态度，也是从这个环境影响成的。"这句话中的"弃扑"一词近乎不词，只能勉强解释作"抛弃"。可是，在单纯的乡土环境中接受情感教育，影响于作者的不正是写作的单纯吗，怎么反倒使沈从文"抛弃"了单纯的写作态度呢?! 所以，把"弃扑"解作"抛弃"，很可能是有违作者本意的。既然勉强解释不通，就不能不使人怀疑"弃扑"二字乃是原刊的排印错误。推测起来，"弃扑"或许当作"素朴"，只是因为"素朴（素樸）"与"弃扑（棄撲）"手写近似而导致排字工人误认和误排了。如此校理，当然并无版本上的根据，但检点沈从文在本文和其他文章中对其创作态度的表述，大体上是可以成立的。比如，沈从文在本文的开头就强调："真的成就应当是同时有上千作家，素朴诚恳的每个人来写个三十年"。此意正与"写作素朴单纯态度"相近。这其实是沈从文一以贯之的创作态度，它集中表现在其乡土叙事上。1934 年沈从文在《〈边城〉题记》里就强调说，自己"对于农人与士兵，怀了不可言说的温爱……我动手写他们时，为了使其更有人性，更近人情，自然便老老实实的写下去"。所谓"老老实实的写下去"不正是一种"素朴单纯"的创作态度吗？20 世纪 30 年代的沈从文是这样，到了 40 年代，他仍然在《〈七色魇〉题记》里反复申说要"素朴老实低头努力写文章"和"保持这个素朴实作态度"。而沈从文对并世的一些海派作家和京派作家的最大不满，也是因为他们或者竞尚时髦、追逐新奇，或者卖弄趣味、走入邪僻，都失去了"朴素"或者说"素朴"（参阅沈从文的《论冯文炳》《论穆时英》等文）。这些都可以作为校"弃扑（棄撲）"为"素朴（素樸）"的佐证。

以上三例说明，有些乍看是小小的文字讹误，其实不可等闲视之，由于它们关系到如何理解文章主题以至于作家思想的大问题，所以即使没有其他版本，也有必要仔细斟酌上下文义，并参考同一作者相关著述等，使之得到合情合理的校正。

二　文本错简的校订和旧文献电子化的新错版问题

竹帛简册的简陋时代早已过去，现代出版业的发达无疑大大降低了文本错简的概率。然而，完全根除错简是不可能的。因为，排版仍会看错行、拼版仍会出错乱，加上校对的粗疏，所以现代文学文本就仍有错简。错简的影响不限于字词，而涉及段落以至篇章，所以问题更为严重。一般而言，理校有助于发现错简却难以纠正它——《史记·屈原列传》

的错简问题至今众说纷纭、难有定论，就是一例。所以，寻找其他版本来与有错简的文本对校，才是纠正错简的可靠办法。前几年我和王文金先生搜集、整理于赓虞的诗文，就曾有过这样的遭遇。记得有一天我在《文艺月报》第 1 卷第 1 期（1934 年 9 月 1 日出版）上找到久觅不得的于赓虞诗论《诗辩》（上）后，真是欣喜莫名，可阅读中却发现有一段话怎么读都不通——

> ……平仄就。想将其活的动的神思，以死的静的文字表现无余，只有极力使文字的缺陷减少，同时使其可能助长或蕴蓄情境的长处尽量发泄。使这死静的文字，联合起来作合乎节律的舞蹈就是诗人创造的一个奇迹。在旧诗里，将这种音韵调协看得过重，甚至，如有声无义的音乐，自然是本末倒置，因美的调音，乃为烘托渲染那不得不表现的情思，而不是每一字的抑扬轻重，将这种抑扬轻重调和得适当。就能达到"口吻调利"。但新诗里平仄的讲求，只是基于文字的调和之理，并不是要恢复旧诗里死板的押韵法，以文字表现一个情境，或如雨后长虹的气象，或如一朵蔷薇的馥媚能牺牲在它的脚下。新诗的作者，应在这道理上，加以深思熟虑。应在古今中外的诗的杰作上，游神凝思，为新诗悟出一康庄大道。

显然，这里存在着错简，但一时找不到其他版本对校，所以问题无法解决。幸运的是，后来我们又在《行素》杂志第 1 卷第 1 期（1934 年 8 月 10 日出版）上发现了于赓虞的另一篇诗论《新诗的艺术问题》，我初读之后觉得似曾相识——尤其与《诗辩》颇多雷同，于是索性把两篇诗论放在一起对校。校勘的结果让我既欣喜又失落。失落的是发现《新诗的艺术问题》原来是《诗辩》（上）的后半篇——后者只在文末多了这么一句："故谓诗的艺术成分，即诗的品格的建立。"而欣喜的则是上述《诗辩》的错简及其他文字、标点问题，可以通过与《新诗的艺术问题》的比勘来解决了。事实上，上述《诗辩》中的那段话确是严重的错简，同样的话在《新诗的艺术问题》中是这样说的——

> ……平仄就是每一字的抑扬轻重，将这种抑扬轻重调和得适当，

就能达到"口吻调利"。但新诗里平仄的讲求，只是基于文字的调和之理，并不是要恢复旧诗里死板的押韵法。以文字表现一个情境，或如雨后长虹的气象，或如一朵蔷薇的馥媚，想将其活的动的神思，以死的静的文字表现无余，只有极力使文字的缺陷减少，同时使其可能助长或蕴蓄情境的长处尽量发洩。使这死静的文字，联合起来作合乎节律的舞蹈，就是诗人创造的一个奇迹。在旧诗里，将这种音韵调协看得过重，甚至，如有声无义的音乐，自然是本末倒置，因美的调音，乃为烘托渲染那不得不表现的情思，而不能牺牲在它的脚下，[。]新诗的作者，应在这道理上，加以深思熟虑。应在古今中外的诗的杰作上，游神凝思，为新诗悟出一康庄大道。

问题就这样顺利解决了。这可以说是利用不同的刊发本对校来解决错简问题的一个例子。对校是校勘学最基本也最可靠的方法，而汇集一个文本的诸多版本，以其一为底本，参酌其余版本，求同存异，又称会校或汇校，那其实是对校的扩大。对校方法在现代文学文献整理中的功用已经渐渐为大家所认识，对一些现代文学经典进行汇校也早有成功的先例，如湖南文艺出版社出版的《〈女神〉汇校本》和四川文艺出版社出版的《〈闹城〉汇校本》，专业研究者一册在手，同异俱备，是颇为方便的。就我个人的体会，对校在现代文学散佚文本的整理上特别有用：几乎每个现代作家都有佚文散存于旧报刊上，这些刊发本往往疏于校对，留下了不少文字讹误以至错简，成为阅读和整理的拦路虎，但值得庆幸的是，那时的作家没有重复发表的限制，他们的不少文字都曾不止一次地发表过。所以，如果我们注意搜集同一佚文的不同刊发本，则佚文的文字讹误和错简，就可以借助不同刊发本的对校来解决了。

不过，更多的现代文本并没有多个版本可以对校，对这类只有一个版本的文本中的错简，就只能靠本校和理校来解决了。我在辑校林庚先生佚文的时候，就碰到过这样的情况。例如，《为什么为文学》（载《星火》第2卷第1期，1935年10月）一文中就有这样一段话——

　　我总觉得人虽然无论如何确实是一个生物，自然总与鸟兽有别；而且总要有别，这人生才算有意义。（中略）当然我这没落是没落到头了。所以我以则"朝闻道夕死可也"，这类话鸟兽绝不会想到，对不对？"朝闻道夕死可也"在今日看来当然又是逃避现实，否为''朝闻道"为何不"夕革命"？"夕作杂文"？"夕办杂志"？偏偏"夕死可也"，其没落真不可思议！

显然，这段话中的"以则"和"否为"均不词；细察上下文，"以则"当作"以为"，"否为"当作"否则"。推原致误之由，则大概因为"以为"之"为"和"否则"之"则"在原刊都为当行的首字，并且两行邻近，排字工在排版时不慎将"为"和"则"放错了位置，遂成为"以则"和"否为"这样不可读通的错简了。这种错误是典型的"现代错简"，在电子排版术尚未普及的前些年，我自己的文字在发表时也曾经有过这样被排错的遭遇，这或许是我对现代文本中的这类错简比较敏感的潜在原因吧。

当文本的错简从个别语句扩大到整段、整块以至整页的拼排失误，那就变成了"错版"。于此可见传统的雕版印刷与现代的排版印刷的一个差别：前者是书写、雕刻成版，虽然难免错简却很少出现大面积的错版，后者是活字排版，在拼接板块过程中稍一疏忽，就会导致文本出现整段整块整页的错乱。例如，最近我翻检1935年11月1日出版的《妇女生活》杂志上的一篇文章《冰心女士访问记》，就发现刊载该文的第50页至54页整整5页前后不能连读，仔细寻绎，才发觉是页与页之间的拼接出现了失误。这错误当然很严重，但倘若我们明白出错不在字句之间，而在页面之间，则纠正起来并不难，如上文各页的正确拼接就应该是第50页→第53页→第52页→51页→第54页。需要格外注意的倒是一些原本不错的现代文献在被处理成电子版时会造成新的错版。尤其是现代报纸文艺副刊，它的版面比较大，一版往往刊发多篇文字，如今当人用扫描、照相等手段把它复制处理为电子版时，倘若原封不动地将整整一版复制为一个页面，其实不便于读者阅读，所以整理者有时会把每一篇文字单独处理成一个页面，但原版上的每篇文字并不一定都拼排得整齐规则，有些文章需要重新剪辑、拼版，才可以制作成便于阅读的电子版；在这样重新剪辑、拼接的过程中稍不留意，就会造成上下左右不能衔接的新错版。可是读者面对照相、扫描而来的电子版，往往会以为原版就是那个样子，而很少想到这有可能是现代文献在被制作为电子版时新生的"错版"形态。我自己就产生过这样的误断。前不久，我通过电子版阅读 1940 年 8 月 11 日香港《大公报》"文艺"第 901 期上冯亦代的《哑剧的试验——〈民族魂鲁迅〉》一文，发觉这篇文章多处错版、难以通读，但起初我误以为原版就这样错了，所以便根据上下文的意义逻辑重新调整该文的板块次序，终于使之"畅通无碍、怡然理顺"了，心里颇感欣慰；后来突然想到这也许只是电子版的错误，《大公报》"文艺"副刊的原版未必错：于是找到该报原件来核对，果然原版无误，错在电子版。这种错版似乎是个尚未被人注意到的新情况，所以下面附录了《哑剧的试验——〈民族魂鲁迅〉》的报纸原版和新近经人处理的电子版，以便比较观照。

三 "外文""外典"及音译词语的校注

一般以为。现代作家使用的是明白如话的语体文，并且坚持"不用典"（这一点事实上不可能完全做到），所以现代文学文本比使用文言而且充满典故的古典诗文更为易读易懂。事实诚然如此，但也不尽然。因为事情的另一面是，现代文学乃是直接地而且大规模地借鉴外来文化和文学，尤其是吸收西方语言文学以至思想文化的丰富营养而产生的现代化新文学。这是现代文学与古典文学的最大不同。随着"拿来主义"的热情书写，现代文学文本中充满了蟹行的"外文"和"拟外文"式的音译词汇，还有触目皆是的种种"外典"（此处"外典"不是相对于作为"内典"的佛教经籍而言的儒学典籍等传统的"外典"，而借指现代文学文本广泛涉及的外来文化）。这些东西已成为现代文学文本无法剔除的构成因素，却又往往成为阅读和研究的阻碍。没有人敢说他对现代文学文本中的外文、外典和拟外文式的音译词语都通晓无碍，更何况现代文本中的"外文"往往难免拼写和排印错误，而现代作家随手援引"外典"亦常常不注出处，漫不经心读来易，认真追索起来就颇为犯难了，甚至比索解古典之难有过之而无不及。所以，外文、外典和音译词语便成为现代文学文本校注的特有难题。这特别表现在两个方面。一是由于作家拼写的潦草和排印的误认，现代文学文本中的外文常常有误，令人茫然不知所云，这就需要从上下文寻找可资利用的线索来校订之。二是注释外典尤其是外国人名及其中文译名时，常常会遇到人名相同或译名近似而其实未必真是同一人的问题，这就要求校注者格外小心、仔细检核。

有一部现代作家的文集业已经人认真校注过，而其中的几个失校和误注的例子却引人注目地凸显出校注外文、外典的典型难题，所以在此略作分析，以资参考。首先是两条外文失校的例子：原作在一处讲到英国诗人"Eizerold（1809—1883）"，另一处讲到英国诗人"Facon 的诗"，校注者没有觉察到 Eizerold 和 Facon 这两个英国人名都有拼写错误，而据此去查工具书和文学史，那自然无法找到这两个人的踪迹，只得在这两处都加注曰"未详"。其实，Eizerold 当作 FitzGerald（1809—1893），他以翻译波斯诗歌 The Rubaiyat of Omar Khayyam 著称，1923 年郭沫若将之转译为《鲁拜集》，自此之后汉译不断，此处这位中国作家所谓英国诗人"EiZerold（1809—1883）"云云，说的正是 FitzGerald 英译 Omar Khayyam 诗的功绩；Facon 当作 Bacon（1561—1626），他是英国著名哲学家和文章家，偶尔也写诗，因为曾做高官而弄权受贿，官声不佳，此处这位中国作家谈及"Facon"时也称他为"千古权奸"，正与 Bacon 的行事相合，可证"Facon"实乃 Bacon。其次是两条误注外典的例子：原作在一处讲到"何尔巴哈"的思想，校注者于"何尔巴哈"下加注谓"今译费尔巴哈（Ludwig Audreas Feuerbach1804—1972），德国唯物主义哲学家。"其实"何尔巴哈"不会是"费尔巴哈"，而可能是 Paul Heinrich Dietrich D'Holbach（1723—1789），通译霍尔巴赫，他出生于德国，幼年随父亲移居法国，后来成为与狄德罗等齐名的法国唯物主义哲学家。原作在另一处说"蓝孙先生（Mr. Ransome）对于王尔德批评，在他那本巧妙的、有趣味的、正正经经写的书里，有些不能使人满意……"，校注者于"蓝孙先生"下加注曰"可能是兰塞姆（John. Crowe. Ransom1888—1947），美国批评家，诗人。他发表《新批评》一书，从而使'新批评派'得名"。其实"新批评派"的兰塞姆并未写过关于王尔德的专著，蓝孙先生另有其人，他本名 Arthur Ransome（1884—1967），其专著 Oscar Wilde：a critical study 于 1917 年出版，至今仍是关于王尔德研究的必读书。

然则为什么会发生这样的错失，而又如何避免这样的失误呢？

说来可笑的是，我自己起初只是凭一点有限的外语知识和直觉，来勉强校理外文讹误的，后来逐渐发现现代文学文本中外文的错拼和误排，是有一些"错误"的规律可循的。就我的观察所及，在现代文学文本中容易出现错乱的西文字母依次是：小写的 n 与 u（如 Auden 误作 Anden，Introduction 误作 Introdnction，spiritual 误作 spiritnal，Orpheus 误作 Ophens），小写的 c、e、o（如 Lodovico 误作 Lodovieo，Hesiod 误作 Hesicd，of 误作 ef），小写的 d、b、p（如 Worship 误作 Worshid，Dowden 误作 Dowben），以及小写的 i 与 1（如 Havelcok 误作 Haveiook）、r 与 v（如 Prescott 误作 Pvescott）、s 与 z（如 Hazlitt 误作 Haslitt）、u 与 v（如 vita 误作 uita）、ur 与 w（如 Courthope 误作 Cowthope，Swinburne 误作 Swinbwne）；其次是大写的 J 与 T（如 Trevelyan 误作 Jrevelyan，Thomas 误作 Jhomas）、大写的 E 与 F（如 FitzGerald 误作 Eizerold）、大写的 B 与 F（如 Bacon 误作 Facon）、大写的 R 与 P（如 Repetition 误作 Pepetition），等等；此外，大写的 I 与小写的 1 也极易混淆（如 Dilthey 误作 DiIthey）。推测其致误之由，则可能因为这些本来就有些形似的字母，在书写时即易近似以至出现笔误，因而导致排字者误认和误排的概率自然也就更大些，何况当年排字工人的文化程度一般都比较低，大多缺乏外文的辨别能力，并且在排版过程中有些字母铅字如 n、u 与 d、b、p 也很容易随手放错了方向。了解这些致误之由，或许有助于现代文本中的外文讹错之校正。因为有些错拼错排的西文一看就能感觉出不合拼写习惯，而乃笔误和误排所致。这就为外文讹误的理校提供了可以"就错改错"的思路。至于注释外典，当然首先依凭的是个人的知识储备和当前的学术视野，但这往往也会成为不自觉的误导。因为外典，尤其是西方人名本来就颇多重复，其拟外文式的音译也有近似之处，而面对异人同名或译名近似的情况，校注者很容易想当然地用自己比较熟悉者去对号，那自然有恰好对上号的，但也难免"张冠李戴"的误认。上述"何尔巴哈"之所以被看成"费尔巴哈"，显然是因为费尔巴哈乃当代中国知识界最熟知的德国唯物主义哲学家；而"蓝孙"之所以被当作"兰塞姆"，则或许因为"新批评派"乃是近 20 多年来中国学界最熟悉的西方批评流派。为了避免这种情有可原的误认，对一时难以准确解释的外典如人名，就宁可阙疑待考，而切忌想当然。说实话，由于想当然，有些外人、外典的错认，差不多成了"经典"。我在近几年受命评阅一些比较文学论题的博士、硕士论文，就看到不止一位论文作者说 T. S. Eliot 在 20 世纪 30 年代的影响已经及于诗人小说家废名，其根据是废名在一篇文章中曾经提到过"艾略特"。不错，废名确实提到过"艾略特"，然而废名所说的"艾略特"指的是 T. S. Eliot（1888—1965）还是 George Eliot（1819—1880）？所以，仔细审核、验明正身，是注释外典以至于从事比较文学研究必须认真履行的手续。前不久，我的研究生裴春芳拿来她发现的汪曾祺早年的一篇散文《蝴蝶：日记抄》让我看，该文开篇即云——

> 　　听斯本德聊他怎么写出一首诗，随着他的迷人的声调，有时凝集，有时飘逸开去；他既已使我新鲜活动起来，我就不能老是棲息在这儿；而到："蝴蝶在波浪上面飘荡，把波浪当作田野，在那粉白色的景色中搜索着花朵。"
>
> 　　从他的字的解散，回头，对于自己陈义的抚摸，水到渠成的快感，从他的稍稍平缓的呼吸之中，我知道前头是一个停顿，他已经看到这一段的最后一句像看到一棵大树，他准备到树下休息，我就不等他接住话头，飞到另一片天地中去了。少陪了，去计划怎么继往开来吧，我知道你已经成竹在胸，很有把握，我要一个人玩一会儿去。我来不及听他吩咐些甚；已经为故地的气息所陶融。

这个外国人"斯本德"究竟是谁、他在何处"聊他怎么写出一首诗"的，就是需要考释的外典。我隐约记得有个与 W. H. 奥登、路易士·麦克尼斯齐名的英国现代诗人斯本德，曾经写过一篇"聊他怎么写出一首诗"的诗论，仿佛被人翻译发表在抗战胜利后朱光潜主编的某期《文学杂志》上，所以建议裴春芳去查一下，果然在 1947 年 7 月 1 日出版的《文学杂志》第 2 卷第 2 期上找到了俞铭传翻译的斯本德诗论《一首诗的形成》，不难推断，由于汪曾祺也是这一时期《文学杂志》的作者，所以他应该是在《文学杂志》第 2 卷第 2 期上读到斯本德的这篇诗论的，证据就是汪文中引用的那句话——"蝴蝶在波浪上面飘荡，把波浪当作田野，在那粉白色的景色中搜索着花朵"——正出自《文学杂志》第 2 卷第 2 期上俞铭传的译文。不待说，一般读者不清楚这个外典，那并不妨碍他阅读这篇散文，可是一个文学研究者若满足于不清楚的境地，那他就不大能够理解汪曾祺那种充满诗化想象与现代敏感的风格，是创造性地化用了西方现代派诗艺的结果，所以与沈从文的抒情风格其实是似而不同的。

至于在行文中大量夹杂"拟外文"式的音译词汇，乃是中国现代文学文本的一个相当普遍的语言特征。有些音译词汇经过频繁的运用，已经成为现代汉语的通用语汇，如"摩登""沙发""咖啡""模特"等，即使完全不识外文的普通读者，对这些音义词汇也通晓无碍，不会产生误解了。所以，像这样的音义词汇也就不需要注释了。但是，时移世易，当年的不少"拟外文"式的音义词汇如今不再使用，今日读来颇感陌生，令人难以索解；还有不少外文在当年有多种音译，其中的一些译法现在早已不用，当今的读者和研究者未必都了解。诸如此类的情况，也就需要仔细寻绎、认真注释了，否则，是很容易被人误读和误解的。

四 "今文"与"今典"的考释

现代文学文本中有一些特定的语言习惯用法，是不能望文生义地按照当前规范化的用法和标准化的意义去理解的。我把这些特定的或者说特别的现代语文现象，简称为"今文"。按，"今文"原本是传统经学的概念，这里自然是借用。"今文"而外，还有"今典"。"今典"的概念来自陈寅恪，这里借来指称现代文学文本包含着的一些关于当时文坛以至国事的"故事"和"事迹"，由于它们与古典文学中的"典故""用事"不同，所以姑且称之为"今典"。时移世易，事过境迁，现在的读者对现代文本中的"今文"和"今典"难免隔膜而影响理解，所以也就需要注释以至考释。这是现代文学文本校注不同于古典文学的又一个特别的难点。

需要注解才能避免误解的"今文"到底有多少，我也不清楚，这里只能略举数例，以概其类。其一是当年和现在都在使用而意义并不一致的词语，如不少现代作家是在"严肃"的意义上用"严重"，在"厉害"的意义上用"利害"、在"委屈"的意义上用"委曲"，在"普遍"的意义上用"普通"。若按现在的规范和意义去理解它们，恰恰成了误解，若贸然去纠正，更会把原本不错的用法"改正"错了。例如，浦江清在20

世纪30年代的一篇文章中有这样一句话："《黑人的艺术》倒是一篇严重的论文"，当代的整理者于"重"字后随文加按语说："疑应为"肃"字"（《浦江清文史杂文集》第120页，清华大学出版社1993年版）。其实浦江清的用法在当时是相当普遍的；于赓虞的诗论《论作诗》中有句云："那所谓'诗人是天生的，而不是制造的'，就含有严重的意义"，就是同样的用法。其二是一些方言俗语，它们与目前规范的写法有别而意义无差，但看似难解并且容易被视为错误，所以有必要注解。我自己在这方面就曾犯过武断之过。那是在编校《于赓虞诗文辑存》的时候，看到他的诗评《读〈将来之花园〉》引了徐玉诺诗句"轩松松的浅草，在我足下亲吻"，觉得"轩松松"可能有误，于是加了这样一条校注："查《将来之花园》此处也作'轩'，疑当作'轻'"。现在看来是疑不当疑，因为"轩松松"乃是北方方言，不过"轩"字的正确写法可能是"暄"——据《现代汉语词典》解释，暄是方言，意指物体内部空隙多而松软，如说"馒头很暄"。在河南以及我的家乡甘肃等地的口语中，形容某物"蓬松"是常常用"暄"和"暄松松"之类说法的，只是人们一般不知道应当写作"暄"而已。此诗的原作者徐玉诺是河南人，他很可能是借"轩"为"暄"，用"轩松松"来形容草地蓬松，原是不错的；而我疑"轩"当作"轻"，只注意到字形，而疏忽了方言，并且没有意识到用"轻松松"来形容草地其实并不妥当。为了免使读者对诸如此类不合当前书写规范的方言产生误解，在仔细考核清楚后，应该加注说明。其三是一些当年曾经流行而现在已很少使用的时髦语汇，如"德律风""朔拿大"之类，这与前述"拟外文"式的音译词汇其实是同一现象，此处不再赘述。

现代文学文本中的"今典"有隐显二种。明显的好懂，可注可不注；而闪烁其词以至故意含糊其辞的，也不在少数，如今时过境迁，更让读者莫名所以了，即使专业研究者也不尽了然。尤其是理论批评文章中的"今典"，往往与文章主旨有关，所以颇为重要，但作者常常不愿明说，遂令后人难以索解。正因为如此，破解"今典"有时比解释古代文学中的典故更为困难——古诗文中的典故还可以借助工具书求解，对现代文学文本中的那些一空依傍、别出心裁的"今典"，则只能先考证其"本事"，然后再解释其意义。

比较明显的"今典"自然比较容易考释。如在 1920 年 4 月 30 日出版的《学艺杂志》第 2 卷第 1 号上，潘大道发表了一篇重要的理论文章《何谓诗》，其中有一段话针对的是新诗的开拓者胡适——

> 以论理学的脑筋来论诗，是不对的。以理学家的见解来说诗，是不对的。以古文家的本领来做诗，是不对的。胡适之说杜工部诗"独留青冢向黄昏"，问他何以不作向早晨和正午，而独作向黄昏？这便是以论理学的脑筋来论诗了。

这段话里有一个"今典"，那就是胡适批评杜甫诗句"独留青冢向黄昏"不合逻辑，潘大道并加注说："（胡适）原文见《新青年》。杜工部的意思是将青冢和黄昏的景物合起来，然后倍觉凄切。若是早晨和正午，有什么趣味呢？"所以，这是个说明了来源的"今典"。当然胡适的原话究竟是怎么说的，还有待查考。这不算太难。查胡适 1918 年 7 月 26 日给任叔永的回信曾说："'一去紫台连朔漠，独留青冢向黄昏'，是律诗中极坏的句子。上句无意思，下句是凑的。'青冢向黄昏'，难道不向白日吗？一笑。"原信刊载于 1918 年 8 月 15 日出版的《新青年》第 5 卷第 2 号上。所以，这的确是一个很近的"今典"。弄清了这个"今典"，才能理解潘大道这篇诗论的针对性，体会出他与胡适诗学观念的和而不同，进而认识到在赞成新诗革命的先驱者中间，其实存在着两种不同的声音。

比较难以破解的是那些隐晦的"今典"。例如，在 1936 年 3 月 27 日出版的《自由评论》第 17 期上，刊载了一篇书评兼诗论《意义与诗》，作者署名"叶维之"。该文的主旨是如何看待晦涩难懂的现代派诗风以及如何解读诗，其批评的锋芒则反复指向另一个诗人兼诗评家。一则曰："有人根据这两句诗（指《枫桥夜泊》中的"姑苏城外寒山寺，夜半钟声到客船"二句——引者按），说中国旧诗的内容是散文的，不是诗的，大概是因为这两句诗不像他自己的作品那么'高山滚鼓'。"再则曰：

> 但是辨别一首诗的有无意义，读者是非十分细心不可的。斯帕娄在第四章中说："我们说一首诗'隐晦'时，先得问问自己，我们的困难是否由于自己头脑不灵或智识不足"。这种缺乏脑筋或知识的

人，甚至于可以把很通的诗，解释成狗屁不通的诗。例如李商隐的"我是梦中传彩笔，欲书花叶寄朝云"，有位先生不懂"题叶"的典故，竟硬在"书"字下添了一道，又不知"朝云"是人名，竟把"云"改成"阳"，以为这两句诗是说："这些好看的花朵，虽然是黑夜之中，而颜色自在，好比就是诗人画就的寄给明的朝阳"。

这些批评是很严厉的，但针对的是谁却不曾说破，而且作者署的也是不为人知的笔名。这到底是怎么回事呢？我曾经对此作过一点考证，结论是作者"叶维之"乃是时在北京大学任教的叶公超的化名，被他批评的人则是同在北大任教的废名。按，20 世纪 30 年代的废名作文写诗，已经告别质朴与节制，而有点神神道道、飘飘忽忽，而又好谈新诗、解旧诗，所谈所解虽不无慧心妙解，但也多信口开河、神乎其神的想当然之论。这里被叶维之所批评的废名诗见，均见废名的《新诗问答》一文，该文最初发表在 1934 年 11 月 5 日出版的《人间世》第 15 期上。不难想见，深受英美现代"批评科学"即"分析文学作品的理论"影响的叶公超，对废名的那种不脱浪漫的诗学见解和非常印象式的解诗作风，恐怕的确是看不惯，如骨鲠在喉不吐不快；但同样可以理解的是，由于叶公超在 1935 年转任北京大学讲席，与废名同在一校任教，而且同是朱光潜主持的"读诗会"中人，所以叶公超也不能不顾及彼此抬头不见低头见的脸面。这或者正是他把《意义与诗》署上人所不知的"叶维之"之名的原因吧。

再以沈从文的《〈七色魇〉题记》为例，该文发表在 1944 年 11 月 1 日昆明出版的《自由论坛》周刊第 3 卷第 3 期上，而为《沈从文全集》所失收。就其重要性而论，《〈七色魇〉题记》是可与 20 世纪 30 年代的《〈边城〉题记》《〈习作选集〉代序》相比的，因为在这篇写于 40 年代中期的作品题记中，沈从文郑重其事而且坦率恳切地表达了他对其乡土小说的反省和中国农民问题实际的再认识，较之过去，这些反省和再认识确实有很大的进展，所以特别值得注意和重视。说来有趣的是，促动沈从文做出反省和再认识的触媒，乃是 1944 年夏天大后方文坛上庆祝"某某先生"创作二十周年的活动，其中西南联大国文系主任罗莘田（罗常培）关于那位作家的讲演短文里的几句话，尤其引起了沈从文的敏感，甚至成了他这篇题记所要回答的主要"问题"。据沈从文在题记中所述，他1944年10月前的大半年都住在昆明郊外的乡下，埋头读书写作，偶尔进城一次，却发现在自己不知情的情况下，他的名字"被人派到为某某先生庆祝写作二十年消息上，登载出来了"。这"某某先生"是谁，沈从文故意按下不表，或许当时的读者不难猜出，今天的我们却需要一点考证。好在到1944年从事创作正好二十年并且举办了庆祝活动的，不会有许多人，而有一位作家恰好符合这两项条件，他就是老舍。查1944年4月16日昆明文艺界曾经举行茶会，纪念老舍从事创作二十周年，4月18日陪都重庆文艺界人士为纪念老舍从事创作二十周年，也曾举行茶会祝贺。这些消息在当时重庆的《新华日报》和昆明的《扫荡报》等媒体上都有报道，还有多篇祝贺诗文发表。让沈从文敏感的，正是昆明那次庆祝活动的主席罗莘田"还有一篇演说文章发表，说到有个什么贩卖乡土神话的作家，想打倒他的老朋友，老朋友那么活跃，那里打得倒！"按，沈从文所说罗莘田的"演讲文章"，应即是《我与老舍——为老舍创作二十年》一文，该文就发表在1944年4月19日昆明《扫荡报》的副刊上。由于沈从文蛰居乡下，没有及时看到这篇文章，直到他写这篇题记的"两个月以前，有一次进城时"经人提醒才注意到罗莘田的文章，其时大约在1944年8月，已是那次纪念活动和罗莘田文发表的数月之后了。沈从文所引述的那几句话只是大意，原话在《我与老舍——为老舍创作二十周年》中是这样说的——

> 假如，让我这三十多年的老友说几句话，那么，老舍自有他"不废江河万古流"的地方，既不是靠着卖乡土神话成名的作家所能打倒，也不是反对他到昆明讲演的学者所能诋谋。然而，我们却不能不希望他有更伟大的成就以塞悠悠之口。

虽然罗莘田所谓"靠着卖乡土神话成名的作家"并未指名道姓，但沈从文显然认为那影射的就是他自己。从某种意义上说，沈从文如此对号入座并非多疑的误认。因为他不仅是20世纪30年代以来新文坛上最著名的乡土小说家，而且他的乡土小说也确是以对湘西农村自然美、人性美的理想化抒叙著称的，这给他赢得了大量读者和诸多好评，也招致过不少批评和非议，誉之者赞为尽善尽美的田园牧歌，而批评者则恰恰认为那些田园牧歌掩盖了中国农村社会落后、黑暗和矛盾的真相，其如诗如画的抒写误导了读者对乡村社会现实的认知。罗莘田就是严肃的甚至严厉的批评者之一。他所谓"靠着卖乡土神话成名"的讥刺显然深深地刺激了沈从文。并且，正因为罗莘田的批评那么重而又在那样一个场合说出，加上他的联大国文系主任的身份，沈从文就不能不正视、不能不做出回应，这回应就成了《〈七色魇〉题记》借题发挥的主要内容。就此而言，应该感谢罗莘田的那句批评——"靠着卖乡土神话成名的作家"——话虽然难听了些，却格外有力地促成了沈从文反省和改变的自觉。

后面的这两个"今典"事例也许可以说明，现代文学史研究中自有亟待考释的"事情"在，而不单是纯文学的文本分析和新话语的理论阐发就够了。事实上，对一些现代文学文本归属的考辨及其中隐藏的"今典"之考释，具有不可轻忽的学术意义。即就上述两例来看，如果我们弄不清"叶维之"就是叶公超的化名，被他严厉批评的乃是废名的诗论，我们就很容易忽视 20 世纪 30 年代的这两位重要诗论家的诗学主张其实存在着重大的差别，那就难以对当年京派批评以至于现代派诗潮作进一步的深入分析了——近十多年来屡屡有学者把叶公超和废名视为现代派诗潮之志同道合的同志，不就源于对有关文献粗枝大叶、一知半解的理解吗？而倘若我们不知道罗莘田所谓"靠着卖乡土神话成名的作家"乃是隐射沈从文，以及沈从文故意按下不表的"某某先生"就是老舍，我们对罗莘田的批评及其引发出来的沈从文的反思之意义的理解，无疑就要大打折扣了。

五　一点回忆与补充：从文献学的
"校注"到批评性的"校读"

近几年，我侧重在现代文学文献的搜集和整理上做了一点力所能及的工作，有时也顺手以新发现的文献史料为线索，尝试着对有关的作家作品及其他相关问题作点分析和阐释工作，从而撰写了一些长长短短的"校读札记"。做这些工作，在我其实既有自觉的成分又有不自觉的因素。

有所自觉，是因为这些工作基本上都是我对自己前些年曾经强调过的现代文学研究不妨"古典化"一点的有意尝试；而又不很自觉，是因为我对自己从事这类工作的学术方法渊源，并没有清楚的意识，只以为那不过是个人的一些瞎摸索而已。即如我的那些校读札记，在自己乃是苦于无以名之而姑妄名之，颇觉近乎杜撰，而从未意识到"校读法"早就有人提倡在先。直到 2007 年 10 月重回母校西北师范大学小驻，得以重读先师彭铎先生近 30 年前发给我们的讲义《文言文校读》，始悟彭先生的教诲对我的潜移默化之深，连我自己也始料未及。这或许是因为我只是受教于彭先生的一个普通学生，后来虽然也辗转走上学术道路，但所攻以现代文学为限，与彭先生专长的古代语言文献研究显然间隔甚远；并且我自 1981 年底毕业离校之后，再也没有见过彭先生，过久的暌违淡化了记忆，加上《文言文校读》这本讲义早已遗失，所以在我模糊的记忆里，只记得彭先生给我们开过训诂学课，讲义的名称也仿佛是《训诂学简论》之类，怎么也想不起它叫作《文言文校读》。所以多年来，我对彭先生的教诲所给予我的专业研究的启迪，几乎毫无自觉。如今重读先生当年的讲义，才发现我在现代文学文献史料的搜集与整理工作中尝试运用的辑佚、版本、考证、校注等文献学方法，其实都得益于彭先生当年的开启；而我之所以把自己的那些随手札记命名为"校读札记"，现在看来也并非事出无因——在我模糊到近乎无意识的记忆里，实际上还是深刻地铭刻着彭先生教诲的印记。

遗憾的是，再也没有机会当面向彭先生请教——他辞世已经 20 多年了。彭先生是湖南湘潭人，1934 年入中央大学受教于黄侃、汪东、汪辟疆诸先生，抗战时期任教于中央大学和蓝田国立师范学院，1952 年来到西北师范学院中文系任教，直至终老。由于长期僻处远离学术中心的西北，彭先生不大为学界所知，其实，他是卓有成就的古典文献学家，精熟先秦两汉典籍，治学尤长训诂与校勘，收入"新编诸子集成"中的《〈潜夫论笺〉校正》就是他的著作；同时他也是当代少见的辞赋家。记得 30 年前的春天，我考入甘肃师范大学（稍后恢复西北师范学院之名、再后来更名为西北师范大学）中文系，年逾花甲的彭先生复任系主任，在迎新大会上与我们这些"文化大革命"后首届考入大学的学子初见，他曾兴奋地随手在黑板上写了一篇《复考试赋》，其典雅的词采和铿锵的音韵，令我们这些初出茅庐的学子大开眼界。次年彭先生又为我们这一届学生开设了训诂学的课程，发的铅印讲义即今整理出版的《文言文校读》（甘肃人民出版社 2007 年版）。在这门课程和讲义中，彭先生针对我们这些年轻学子读古书难的问题，精心选择了先秦两汉文献中记述同一事件的各种文本，进行比较对勘，指示给我们一种阅读、理解古书的方法。即如初看古书的人掌握词义是个难关，而词义往往可以通过比较对勘去了解，其例如关于"邵公谏厉王弭谤"的记载，《国语·周语》中有句云："是故为川者，决之使导；为民者，宣之使言"，这两句话中的"为"字究竟该怎样解释？参照《吕氏春秋·达都》中的相关记载——"是故治川者，决之使导；治民者，宣之使言"，则《国语·周语》中两"为"字之意义便涣然冰释。彭先生开示的这种方法，显然继承了汉学家校理文献的方法，但难得的是，彭先生并不泥守汉学家法和文献学的范围，而有意推而广之，使之成为一种超越了文献校释的读书方法，以至于一种"通过参校材料，对比地去分析问题"的治学方法论。对这种方法的历史源流与应用前景，彭先生在 1961 年和 1979 年曾经两次发表专论（《古籍校读法》，载 1961 年 11 月 18 日《光明日报》；《古籍校读与语法学习》，载 1979 年第 5 期《中国语文》）。予以申说，并明确地将之命名为"校读法"，积极主张从校书家的校勘走向读书家的校读，热情呼吁进一步扩大"校读法的应用范围"。

现在看来，把原本于古代典籍研究的"校读法"运用于现代文学文献的整理和考释中，不仅是必要的而且也是行之有效的。这一点已经无须费词了。如今我重读彭先生的讲义，最感兴趣的问题，乃是他所揭示的"校读法"作为一种读书—治学方法，是否有必要推广到现代文学批评中、是否有可能成为一种行之有效的批评方法呢？按照通常的学术概念，校注、考释的工作属于文献学的范畴，而对文本的整体性解析和评价，则属于文学批评的范畴。这种基于习惯的区分自有其道理，从上述校注与考释的诸多例证即可看出，它们大多局限于文本中具体字词句的校勘与解释，而无关乎篇章大义。但是，也有一些字词句的校注与考释关系到对文本之整体篇章的解读与评价，所以把文献学与文学批评的区分强调到互不往来的地步，也未必妥当。何况说到底，文学文本乃是由语言建构起来的意义结构，读者和批评家对文本意义的把握，固然需要创造性的想象与体会，却不能脱离文本的语言实际去望文生义、胡思乱想、穿凿附会，而必须有精读文本、慎思明辨的功夫，并应比较观听作家在文本的"话里"和"话外"之音，才可望对文本的意义以至作家的意图做出比较准确的体认和阐释。就此而言，"校读法"在文学批评中尤其在文本批评和作家评论中是颇可以派上用场的。这当然不是要求每个文学研究者都来从事文本的校理工作，而是强调面对作为语言艺术的文学文本，文学研究者在发挥想象力和感悟力之外，还有必要借鉴文献学如校勘学训诂学家从事校注工作的那种一丝不苟、实事求是的治学态度与比较对勘、观其会通的方法，而如果我们能够这样做，那也就有可能将文献学的"校注法"引申为批评性的"校读法"——一种广泛而又细致地运用文献语言材料进行比较参证来解读文本的批评方法或辨析问题的研究方法。

窃以为，把"校读法"运用于文学批评中，可能有保守和积极的两重效能。

在保守的意义上，由于"校读法"坚决反对脱离文本语言实际的望文生义之解、力戒游谈无根的想当然之论，始终注意文本语言意义的解释限度，因而它无疑有助于预防各种主观主义批评的过度阐释以至于逞臆妄说。这里不妨举一个文本批评的失误之例，其失误与我有关，而最初的失误则发生在 2007 年第 5 期《上海文化》杂志上的一篇文章《章秋柳：都市与革命的双重变奏》，其作者陈建华先生在这篇文章中提出了这样一个创见：茅盾当年"尽管行将就范，臣服于'历史必然'的铁律"，却仍然意犹未尽，所以便借《蚀》三部曲的最后一部《追求》的女主人公章秋柳的形象，曲折地表达了不"跟着魔鬼跑"即对"左"倾政治"盲动主义"的质疑，而被质疑的"左"倾"盲动主义"代表人物，则"不仅是指瞿秋白，恐怕也包括毛泽东"。这真可谓石破天惊之论。当然，如此立论，自无不可，只要论者有根据。但可惜的是陈先生的分析多为推测之论。依他的推论，《追求》中唯一能够与毛泽东挂上钩的乃是描写章秋柳的一句里的一个词："她的光滑的皮肤始终近于所谓'毛戴'。"尽管陈先生觉得"毛戴"一词"指的是什么，令人费解"，他却在未提任何有力证据的情况下，随意发挥议论，引导读者将"毛戴"视为对毛泽东的影射。这就不仅是望文生义、穿凿附会，而且实在有点成见在胸、急不择言了。如此作论，在学理和学德上是有缺憾的。所以我在看到陈先生这篇文章后，便写了一篇商榷性的短文《"毛戴"的影射问题——〈章秋柳：都市与革命的双重变奏〉说文解字之疑义》，批评陈先生的阐释根据于不足据的隐射思维而又运用着很不可靠的"情色的讽喻"的阐释方法——从作品描写女性体肤的一句话里抓住一个比较"费解"的词"毛戴"，居然大胆地假设这是在影射毛泽东——如此"情色的讽喻"的阐释显然是一种想当然的曲解和缺乏理据的过度阐释。而说来可笑的是，尽管我对陈先生推论"毛戴"为影射毛泽东之说不以为然，但我也在无形中受了陈先生的"情色的讽喻"阐释思路的启发，并且陈先生说"毛戴"一词"令人费解"，也使我误以为他已经翻检过汉语辞书、确证汉语里没有"毛戴"这个词，所以当我在自己的那篇小文之末尝试对"毛戴"另作解释时，便只从外来语词的音译角度考虑问题，以为在《追求》的具体语境中用"她的光滑的皮肤始终近于所谓'毛戴'"来描写漂亮的摩登女士章秋柳，乃是说她的皮肤近乎 model（模特）那样好，遂断言"'毛戴'肯定是指模特"。其实，我的这个断言也是一个想当然的推论，并无文献根据。可是孤陋寡闻的我对自己的误断并无意识，直到最近陈建华先生发表了他的反批评文章，其中对 model 在现代汉语里的翻译史做了精细的梳理，我才意识到自己的误断之武断。然则，"毛戴"究竟该作何解释呢？陈建华先生在质疑了我的武断之后，又表示他其实是希望我的"毛戴"即 model（模特）的推断能够被证实的，据说那反而更能支持他的"影射"之假设。我很感谢陈先生的反批评纠正了我的武断，也很愿意助他一臂之力，可惜的是爱莫能助了，因为翻检辞书，重新校读，我发现"毛戴"这个词自有来头、并非无解。其实，陈建华先生和我都忽视了"毛戴"这个词在汉语里古已有之，意即"寒毛竖立"，一般用来形容人的恐惧震惊，如唐段成式《酉阳杂俎·盗侠》："先溜至檐，空一足，欹身承其溜焉，观者无不毛戴。"并且我们也都忽视了茅盾不止一次用过这个词，如《三人行》："惠简直狂笑了，笑声是那样磔磔地令人毛戴。"这古今两例"毛戴"都是令人惊恐之极而不禁寒毛竖立之意。此外，这个词也用以形容人的愤怒，如鲁迅《中国地质略论》："其他幻形旅人，变相侦探，更不知其几许……然吾知之，恒为毛戴血涌，吾不知何祥也。"应该说，"毛戴"这个词确乎不大常用，但毕竟有人用过，而且茅盾本人也在别处用过，如此比较参照古今用例，再结合具体语境来看，则茅盾在《追求》中写章秋柳"她的光滑的皮肤始终近于所谓'毛戴'"，大致也不出"寒毛竖立"之意，至于章秋柳之"毛戴"到底是出于惊恐还是愤怒，从上下文看似乎都可以成立，或者兼而有之吧。倘若此解成立，则无论章秋柳像不像 model，她的"毛戴"都与毛泽东无关。当然，如果真能证明章秋柳的"毛戴"与毛泽东有关系，那也没有"关系"，我关心的只是解释的准确与否，反对的乃是没有根据的影射与索隐。回头检讨，我的自以为是的武断和陈先生的没有根据的曲解，似乎都证明现代文学研究确实需要一点"古典化"的治学态度和治学方法，比如，在阅读现代文学作品过程中碰到"毛戴"之类不大常见、不好理解的词，也不妨借鉴文献学家的"校读法"，认真翻检辞书、比勘相关文献，力求解释得切当，即使一时难以解决，则存疑可矣，而切忌望文生训、附会曲解。倘如此，则我和陈先生都可以少犯错误、少走弯路了。说实话，正是诸如此类失误的教训，使我深感说文解字之难，而自惭功夫不够，常犯轻率的错误，所以益发觉得有必要把彭铎先生揭示的"校读法"引入文学批评和文学史研究之中，以预防望文生义、穿凿附会、逞臆妄说等主观主义疾病的感染。

在积极的意义上，"校读法"要求对特定文本的上下文及与其相关的各种文献材料进行广泛细致的参校、比勘和对读，以观其会通、识其大体，并且要细心揣摩文学文本的语言修辞特点、努力倾听作家的话里话外之音，从而也就有可能穿透作家言说的表面意义并突破单一文本语境的封闭性，达致"读书得间""别有会心"的发现和"照辞若镜""鞭辟入里"的分析。在这方面，一个值得推荐的成功范例是高恒文先生的近作《话里话外：1939 年的周作人言论解读》，它就刊发在最近出版的《中国现代文学研究丛刊》2008 年第 2 期上。该文通过对周作人 1939 年言论的解读来探讨他在沦陷时期的特殊心态和思想。应该说，这确是周作人研究中的重大问题，而周氏渊博的学养和曲折的修辞，更增加了文本分析的难度，所以关于这个问题虽然曾有许多人写过文章以至专著，进行了深刻的思想义理分析，可是不少刻意深刻的分析往往越说越玄也越说越乱，令人有治丝愈棼、说不胜说之感。与此类深刻之作不同，高恒文先生的文章是一篇平易亲切的读书札记，他只是选取了周作人在初下水的 1939 年所写的两篇文章——《最后的十七日——钱玄同先生纪念》和《禹迹寺》，联系相关文献和背景材料，对周文中的事实与说辞、前言与后语、明言与暗示、自言与引文、要语与闲笔，等等，进行了仔细的比勘笺释，从而观其会通、识其大体、发其情伪，将周作人在那个特殊时刻的作文目的及其修辞策略揭示得清清楚楚：一、周作人充分利用纪念钱玄同的契机开始"说话"，为自己的"下水"做了精心的掩饰和巧妙的辩解；二、由《禹迹寺》开始，周作人对他所谓的"半是儒家半释家"赋以新义，将自己的"下水"事伪修饰成了仿佛"儒而近墨"的大禹之舍己为公，和佛之不惜舍身饲虎以普度众生的伟大义举。这无疑是发人之所未发、道人之所未道的洞见，可我们读来却没有什么刻意之感和尖新之味，所以也就毫不勉强地接受了他的解读和判断。这归功于高恒文先生的解读方法：坚持不做脱离文本语言实际的推论和思辨，而始终着力从文献史料和语言修辞的比勘笺释中一点一点地发掘出周作人言说的真用心和言外意，凡所分析都细密周详、文献足征、可堪复验，所以令人读后深感怡然而理顺、可信而无疑。而推原高恒文先生的比勘笺释方法，其实是把文献学的校读法扩展、运用到文学批评和文学史研究中了，而且运用得相当成功，真可谓读书得间、照辞若镜、鞭辟入里，充分发挥了校读法在文学批评和文学史研究上的积极效能。读这样难得的好文章真是一种幸运，而我恰好是高先生这篇文章的最初读者兼编者，所以拜读之后，真有喜出望外之感，曾在该期刊物的编后记中略抒感想道："说到思想的丰富、深刻和复杂，现代作家中大概无过于周氏兄弟了，所以面对他们，研究者也就特别容易着迷于其言论之思想义理的发挥与抽象，以至于常常陷入刻意求深的甚解或过度阐释的迷障中不能自拔。其实，周氏兄弟的所说所思多是因'时'而作、为'事'而发，显然与抽象的思想或纯粹的思辨不同，所以研究者也不妨联系其'话里话外'的语境和事情，仔细寻绎其言说脉络、修辞策略和言外之意。高恒文的文章就是他联系周作人特定时刻的'话里话外'因素来'听话听音'的独特心得，文章在具体细致的比勘笺释中将问题的分析逐渐推向深入，于从容自然的叙说中轻轻点出微妙的关节，读来不仅发人深省而且让人觉得是一种享受，如此深入浅出的好文章和好文风，在我们这个学科确乎是久违了。"应该说，高恒文先生这一批评实践成功地证明，来源于古典文献学以及解释学传统中的校读法，是完全可以转换生成为一种文学批评和文学史研究方法的，这种方法若运用得当，是可以行之有效地解决现代文学史研究中的一些疑难问题的。

当然，虽说校读批评有其保守的与积极的批评效能，但这并不意味着对其他批评方法的排斥——事实上高恒文先生的校读批评也对一些外来批评方法如新批评的细读法有所参酌；并且，作为一种批评方法的校读法也有它的适用范围，不可能对一切问题都奏效，而运用任何批评方法都要求相应的学术涵养与知识积累，生搬硬套是不可取也行不通的。

（2006 年 11 月为《河北学刊》作前四节，2008 年 4 月修订并补写第五节）

研　读

一　论文构架

　　该文引言和前四节的原貌是作者发在《河北月刊》2006 年第 6 期上的文章，题目是"现代作家全集文本校注中的问题"，后来作者在 2008 年将其修订、增补为现在的样子。修订的地方是引言部分，将其中关于作文动机的六行半删掉，后面又增加了第五节，并且换了标题。因此，按写作时间和文章的逻辑结构综合来看，文章大体由引言、前四节和第五节三部分构成。

　　1. 现代文献中文字讹误的本校和理校

　　（1）需要本校和理校的原因：初稿难寻，不能对校。

　　（2）具体方法：从同一文本中的类似语句、同一作者的其他相关文本，再加上对文本上下文义的推断来校正文字讹误。

　　（3）具体实例：于赓虞一些佚诗佚文的文字校正，俞平伯《作诗的一点经验》的文字校正和沈从文《新废邮存底·四十二·经验不同隔绝了理解》的文字校正。

　　2. 现代文献中文本错简校订和旧文献电子化新错版问题

　　（1）通过对校来校订文本错简，如通过不同的刊发本来对于赓虞的诗论《诗辩》进行对校。

　　（2）通过理校和本校来校订文本错简，如对林庚佚文《为什么为文学》的校订。

　　（3）旧文献电子化的新错版问题，如《冰心女士访问记》的错版，《大公报》上冯亦代《哑剧的试验——〈民族魂鲁迅〉》电子化后的错版。

3. 现代文献中"外文""外典"及音译词语校注

（1）"外文"的缺注，如"Eizerold"和"Facon"的缺注。

（2）"外典"的误注，如把"何尔巴哈"注成"费尔巴哈"；把"蓝孙先生"注成"兰塞姆"。

（3）对"外文"外典缺注和误注的一些经验，如"外文"错拼和误排的常见规律；注释"外典"要有足够的知识储备和学术视野。

（4）一些如今不通行且难以理解的音译词汇的校注。

4. 现代文献中"今文""今典"考释

（1）需要注释的今文类型。

①当年和现在使用意义不一致的词语，如不少现代作家在"严肃"的意义上用"严重"、"厉害"的意义上用"利害"、在"委屈"的意义上用"委曲"、在"普遍"的意义上用"普通"。

②一些与目前规范的写法有别而意义无差的方言俗语容被视为错误，如"轩松松"就是北方方言而不是写错了。

③当年曾经流行而现在很少使用的时髦词汇，如"德律风""朔拿大"。

（2）现代文献中的隐显二典。

明显的"今典"好考证，如对潘大道《何谓诗》中有一段话是针对胡适的"今典"考证。隐晦的"今典"难以破解，如作者对叶维之发表的《意义与诗》其实是批评废名的"今典"考证；再如考证出沈从文《〈七色魇〉题记》中的一些内容是对罗常培在老舍创作二十周年活动上关于沈从文的演讲做出的回应。

5. 用"校读法"解读现代文献

（1）追述渊源：解先生的老师彭铎提出过"校读法"。彭铎先生于《中国语文》1979 年第 5 期中的《古籍校读与语法学习》中说道，"古籍校读作为一种读书方法，是校勘学方法在古代汉语学习中的推广应用。罗列各种本子，比勘文字异同，正其讹误，以复古书之旧，这是校勘，其法始于刘向。推寻本书句例，或参校群书相关相类篇章，通过对互文，异文等材料分析，以求得一书正确的理解。这是校读"，这样一来就把局限于订正解释文字的校勘扩展到理解文章大义的校读，是一种从"校"

向"读"的转换。

（2）作者给出了校读法的基本概念："一种广泛而又细致地运用文献语言材料进行比较参证来解读文本的批评方法或辨析问题的研究方法。"

（3）校读法的意义。

①"坚决反对脱离文本语言实际的望文生义之解、力戒游谈无根的想当然之论，始终注意文本语言意义的解释限度，因而它无疑有助于预防各种主观主义批评的过度阐释以至于逞臆妄说。"如作者和陈建华先生不清楚"毛戴"的本义而妄加猜测的例子。

②"'校读法'要求对特定文本的上下文及与其相关的各种文献材料进行广泛细致的参校、比勘和对读，以观其会通、识其大体，并且要细心揣摩文学文本的语言修辞特点、努力倾听作家的话里话外之音，从而也就有可能穿透作家言说的表面意义并突破单一文本语境的封闭性，达致'读书得间'、'别有会心'的发现和'照辞若镜'、'鞭辟入里'的分析。"如高恒文《话里话外：1939年的周作人言论解读》中对《最后的十七日——钱玄同先生纪念》和《禹迹寺》两篇文章的解读。

（4）校读法的局限。

"校读法作为一种批判方法也有它的适用范围，不能对一切问题都奏效。"

6. 论文框架图示

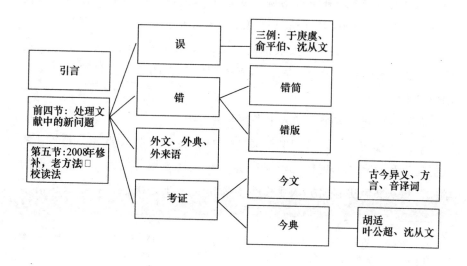

7. 涉及术语

（1）版本学：研究各种版本的用纸、墨色、字体、刀法、藏章印记、款式提跋、刻印源流、行款版式、封面印记，以辨明版本真伪、优劣的学问。

（2）版本：一部书在编辑、传写、刊刻过程中所出现的不同的本子。

（3）目录：按照一定次序编排，记录图书的书名、作者、出版、内容与收藏等情况，以供读者检索之用的工具。

（4）校勘：用同一部书的不同版本和有关资料互相比较核对，考订文字异同，审定其是非，力求准确恢复古籍原文的本来面目。

（5）对校：用同一书的各种版本对校异同。

（6）本校：以本书校本书，根据本书的体例，用词的情况，各篇章中相同或相近的语句等前后比照，考异其同，校正谬误。

（7）他校：以他书校本书。

（8）理校：据事理或文理去发现和订正古书上词语的错误，往往在无古可据，或数本互异而无所适从时用之。（以上术语解释均出自洪波《立体化古代汉语》高等教育出版社 2005 年版）

二　源起与反响

解志熙为何要增补第五节呢？我们据他的论文内容猜测有两件事很重要：一件是他 2007 年回访母校西北师范大学，由此追忆彭铎先生；另一件事是 2008 年有他编辑发表的高恒文的文章。那除此以外，他倡导现代文学的文献研究有没有别的原因触发呢？学界的呼声及相关活动又是如何发生的呢？

我们可由解志熙个人切入来考察全局。

解志熙曾在《“导师”的意义》① 中谈道："记得 2003 年后半年，钱理群先生和我有感于现代文学研究界一些人喜欢搬弄话语、游谈无根的学风，想从文献史料研究入手多少有所匡正，于是决意该年年末在清华

---

① 关爱和、胡全章编：《从同适斋到不舍斋》，人民文学出版社 2015 年版。内收解志熙 2013 年作的《“导师”的意义》，此下两处引文皆出自本文，不一一注明。

中文系召开一次小型的'中国现代文学文献问题座谈会'。"钱理群先生对学风的慨叹和那次清华座谈会的召开，或许是解志熙这篇文章以及这种想法的源起。而这个源起的影响远不止于一个人或几个人。"此后，北大召开了一次小会，中国现代文学馆召开了一次大会，而河南大学文学院则在刘先生的倡议下，举办了两次规模不小、反应颇大的学术研讨会——'史料的新发现与文学史的再审视——中国现代文学文献问题学术研讨会'（2004年10月）、'史料问题与百年中国文学转捩点学术研讨会'（2006年9月）。"而今年（2016年）一南一北又举办了两场会议。"

我们将他说的这五场会议与今年的两场会议列表如下：

序号	时间	会议名称	会议规模	地点	与会者与论文成果
1	2003.12	"中国现代文学文献问题"座谈会	小	清华文学院	解志熙作《共识述要》
2	2004.09	"现代作家全集（文集）整理编纂"学术研讨会	小	北大文学院	王风、解志熙等
3	2004.10	"史料的新发现与文学史的再审视——中国现代文学文献问题"学术研讨会	小	河南大学	钱理群《对现代文学文献问题的几点意见》、解志熙等《文学评论》《中国近现代文学转捩点研究》刘增杰编
4	2006.09	"史料问题与百年中国文学转捩点"学术研讨会	小		
5	2009.11	"中国现代文学新史料的发掘与研究"国际学术研讨会	大	现代文学馆	温儒敏、解志熙等会议成果出《论文集》
6	2016.04	"中国现代文学文献学的理论与实践"国际学术研讨会议	大	长沙理工	现代文学馆中华文学史料学学会长沙理工：中国文学文献整理与研究中心

续表

序号	时间	会议名称	会议规模	地点	与会者与论文成果
7	2016.08	"年谱与新文学研究的经典化"学术论坛	大	东北师大文学院	《文艺争鸣》《新文学史料》《现代中文学刊》

可以看到，解志熙对 2003 年清华座谈会作了《共识述要》一文，以记录会议达成的共识。这篇文章全称是《"中国现代文学的文献问题座谈会"共识述要》①，该文总结的会议共识有：中国现代文学文献是亟待抢救的文学和文化遗产，要搜集、整理并将它们刊布出来；改革不合理学术评价机制体制；借鉴古典文献学，制定工作标准；文献保护的同时，开放共享；学风建设；保持会议传统。而近期的会议中，解志熙在"中国现代文学文献学的理论与实践"研讨会上发言，名为《"穆时英的最后"——关于他的附逆或牺牲问题之考辨》。那么，将解志熙先生关于现代文学的文献研究活动做成年谱，如下。

·2003 年 12 月清华座谈会后，写《"中国现代文学的文献问题座谈会"共识述要》。

·2004—2006 年北大、河南大学开会后，2006 年 11 月写此文前四节，发《河北月刊》。

·2008 年 4 月修、补该文，提出"校读法"本文写成。

·2009 年开现代文学馆的会，本文编入论文集。

·2009 年集结出书《考文叙事录》。

·2013 年集结出书《文学史的"诗与真"：中国现代文学文献校读论集》。

·2016 年集结出书《文本的隐与显：中国现代文学文献校读论稿》。

·2016 年参加长沙会议并发言。

上面年谱中提到的三本著作，可以看作解志熙对他提出的"校读法"

---

① 解志熙：《"中国现代文学的文献问题座谈会"共识述要》，《中国现代文学研究丛刊》2004 年第 3 期。

的实践。《考文叙事录》① 中本文被选为该书首篇，我们看后两本的书名——《文学史的"诗与真"：中国现代文学文献校读论集》② 和《文本的隐与显：中国现代文学文献校读论稿》③ ——也都含有"中国现代文学文献校读"的字样。

那其他人对现当代文学的论说与著作是怎样的呢？

比较有影响的还有王风、钱理群的文章。王风对编辑《废名集》工作总结经验，此外他认为要避免现代文献学，称"现代文本的文献学"更合适，认为文献学都是针对古籍而进行的工作，不存在对当下文本的文献学工作。随着现代文学的发展，现代文学核心文本成为文献学的目标是学术深化的必然路径。认为文献问题与史料问题不同。他尤其关注现代文学文本不同于古代文学文本特性的校勘，例如，文字繁简、标点、通假字的校勘问题。钱理群在《对现代文学文献问题的几点意见》[《河南大学学报》（社会科学版）2005 年第 1 期] 中谈到：文化研究和文献研究不能取代文本分析的研究。他认为，每种研究思路、方法都有局限、盲点，不能把一种用到极端。这个意见与解志熙先生文末的意思是想通的。

此外，当代文学学者也注意到研究中的文献、史料问题，例如洪子诚的《当代文学史研究中的史料问题》和吴秀明的《一场迟到了的"学术再发动"——当代文学史料研究的意义、特点与问题》。

另外，值得关注的是徐鹏绪的《中国现代文学文献学研究》一书。该书认为现代文学文献工作的成果有：《大系》和《鲁迅全集》等作家作品集、《中国现代文学史参考资料》《中国现代文学总书目》《中国现代文学期刊目录汇编》等，对现代文学的文献研究问题做了翔实的叙述。

这些学者的文章多发表在以下刊物上：《中国现代文学研究丛刊》《文学评论》《新文学史料》。这些刊物密切联系会议，总结、展示会议成果，无疑是相关活动的重要推手与阵地。学者常将在刊物上发表的零散

---

① 解志熙：《考文叙事录》，中华书局 2009 年版。

② 解志熙：《文学史的"诗与真"：中国现代文学文献校读论集》，北京大学出版社 2013年版。

③ 解志熙：《文本的隐与显：中国现代文学文献校读论稿》，北京大学出版社 2016 年版。

文章集结成册。此外，中华文学史料学学会作为一个重要组织也值得注意。

三 总结评价

首先，通过《老方法与新问题：从文献学的校注到批评性的校读》和一些其他参考文献，来总结一下解志熙先生"校读法"的基本步骤和方法。

第一，做好现代文学文献方面的基础性工作，包括辑佚、辩证、编排、校注等，以此来获得全面准确清晰的文献材料。

第二，进行立足文本和联系相关文献资料的解读。

（1）将文本语言联系作者的生平资料来对照解读。如解志熙在《爱欲抒写的诗与真——沈从文现代时期的文学行为叙论上》将沈从文在生活中感情上的遗憾与《边城》中的爱情的遗憾进行对比，揭示出了《边城》创作在作品和生活中的双重"错过"的主题。

（2）联系作者的其他相关文章进行解读。如解志熙在《爱欲抒写的诗与真——沈从文现代时期的文学行为叙论上》中通过沈从文其他作品《水云》《从现实学习》《情绪的休操》来揭示《边城》写作的生活背景和心理背景。

（3）联系作者对他人文章的评论来解读。如解志熙的《乡下人的经验与自由派的立场之窘困——沈从文佚文废邮校读札记》，作者通过沈从文对《三秋草》评价发掘出沈从文关于"现代诗派的京海差异观"的观点。

（4）联系别人对作者评价的文献来解读。如解志熙在《爱欲抒写的诗与真——沈从文现代时期的文学行为叙论上》中林徽因信件中对沈从文的评价反映出了沈从文当时较为真实的感情状态。

（5）通过不同作家间相似的文献比较来解读。如解志熙的《妥协的或不妥协的男女之爱——〈色·戒〉与〈海的沉默〉之校读》，将两部同样属于"人的文学"的相似文献做比较。

其次，一些想法和疑惑。

第一，通过这次的整理我们看到了两种关于现代文学的解读方法：一种是从理论到文本的解读方法。这样的解读是以理论为筋骨构造框架，文本为血肉填充于内，可以丰富理论同时使文本解读有一定的深度。但这样做有可能造成一种公式化概念化的解读，压缩了文本的丰富性；另一种是从文本到理论的解读方法，从文本出发进行多方位的具体的解读。这样可以丰富文本的内涵，利于对文本做出更具体的分析和评价。两种方式都有可取之处，但后一种明显更具有创造性，有可能生发出新的理论和观点。最好是在自己独立解读的过程中联系理论（如果必要的话）来做出自己的分析。

第二，要慎重对待理论。我想理论更多的是给我们提供的一种视角，为我们提供一种分析问题的方式，而不是让我们盲目排他或是囿于一种理论而不思进取。

第三，最后是疑惑：文学似乎和文学研究已经割裂，文学研究好像什么都说了就是没有说文学。我们考证史实创造理论分析技巧，用历史事实、哲学观念和技巧手段来解剖文学，我们追求的是严肃深刻，全面准确，却失去了文学的美丽和有趣，而这才是文学的独特之处。当然，我不是说那些真理性事实性的东西不重要，只是说我想文学研究可不可以做得更加富有生命力，就像对文本做出的一种再创造的活动，这样也许更能接近研究文学的初衷吧。

（许鹏鸣　燕　晓）

讨　论

张桃洲：近年来，现当代文学研究界越来越重视文献、史料的基础性作用，而且在研究思路、研究方法方面做了很多拓展。从文献入手可以进行的工作非常多，这次课以这个话题展开讨论，意在提醒大家一方面要重视史料，另一方面要学习如何从史料入手，发现新问题来获得新的研究方法。从文献入手拓展研究思路，这是我们学习和研究过程中应有的视野和责任感，如果史料不对，即使再振振有词，所谈论的问题、得出的结论都会出问题。解志熙老师这些年从文献角度进行现代文学研究，成果非常丰硕，他在史料方面做了很多工作，也和其他学者一起编了许多作家文集。据说现在大部分的作家全集是不可使用的，因为大多没有经过解老师这样的校勘工作，也没有在选择作品时保持原来的面貌，用起来有很多不可靠的地方。这方面的工作，我还特别要提到两位学者的成果：一是谢泳先生的史料学，他所著的《中国现代文学史研究法》针对现代文学史料的收集、整理和使用工作进行了论述；二是刘福春老师，他从 20 世纪 80 年代初就有意识地搜集新诗方面的资料，各种诗集、诗刊、各地正式或非正式出版物等，如今已是蔚为大观，俨然一座宝库。

学生 A：中国现当代文学文献资料问题的重要性尽管已经得到了学界的重视，但还未深入到中国现当代文学研究和教学的方方面面，特别是没有被提高到学科存在合理性的高度上来认识。众所周知，文学研究需要建立在坚实的文献资料基础之上，例如，古代文学有发达完备的文献学体系：中国古代文学专门有古典文献学研究版本、校勘、目录、注释、考证、辨伪、辑佚、编纂、检索等方面的理论与方法，科学地分析、整理、研究中国古代文献。进而探讨古代文献的产生、分布、交流和利用的规律，并总结对古代文献进行分析、整理、研究工作的规律与方法的学科。中国古典文献学大致形成以下分支：古典文献形态学、古籍版本学、古籍校勘学、古籍目录学、古籍注释学、古籍考证学、古籍辨伪学、古籍辑佚学、古籍编纂学、古籍检索学。而在现当代文学研究领域，并没有文献学这样的学科存在，甚至连作为研究基础的文献资料也存在着大量错漏问题，这就引出了一个严肃的问题：如果研究基础的文献资料并不真实、权威，那么据此得出的研究结论的真实性就应该受到质疑，从而部分现存的研究成果就应该被重新审视。

学生 B：所以我认为在整理中国现当代文学文献资料的时候，特别是涉及作家全集作品的选择时，如何取舍是非常重要的。原始资料文献并不易得，如何选取材料能既满足研究者的需求，而又最大程度上保持作家作品的风格，同样是中国现当代文学文献资料整理的一大难题。选取的标准将直接影响对作家作品的理解。因而对编辑出版的要求相应更高，这也涉及另一个问题，作家作品集的选编是应该由编辑出版工作者，还是应该交由专业的中国现当代文学来做，同样也值得思考。现有的中国现当代文学作家作品集很多，而经过整理和认真修订的作家全集却少之又少，这在中国现当代文学研究日益深入的今天，不得不引起足够的重视。

学生 C：对选取作家全集的问题，我认为应该把能够搜集到的所有作品全部收集，是非曲直留给读者自己理解，而不是由预先的价值判断左右读者的理解，特别是涉及政治方面的内容，并不应该因为不符合主流价值观而遭到任何粗暴的删改，或者因为符合主流价值观而被过分宣传。

学生 D：除了作品以外，其实还有大量其他文献资料需要保护。在许多中国现当代文学文献资料没有受到应有的重视之时，如何建立协同机制使各级博物馆、文人后代、学科教学点有效合作，共同为保护挖掘更多的文献资料而努力，同样是亟待解决的问题之一。

我们要保存的不仅仅是作品文本，同时，妥善保护文人故居以及所有散落的手稿资料，包括信件日记等都很重要。特别是针对那些以往因为各种原因被忽视的作家，有关他们的文献资料更应该得到应有的重视。即便是已经享有盛名的作家也有很大一部分作品没有得到认真修订，故居也没有被妥善保护，这都是当下文学研究的责任所在。对文化的保护和尊重才是民族传承的精神食粮，是文学研究不可忽视的一环。

学生 E：但是，基于文献工作的文学研究是不是有些脱离了"文学"本身呢？面对文本本身，对理论哲思、实证技巧、历史事实的过分重视反而某种程度上禁锢了文学具有的灵动和活力吧。

学生 C：我感觉你的意思是文学研究应更加注重文本，而不是对广泛外延做过分关注。但是文学研究的方法是多元的，一些手段和技巧在文学研究中必不可少。如何客观评价文学研究的方法也是文学研究中需要思考的问题。我觉得我们在此更应该注意的是关于"校读法"等基于文献工作的研究方法与其他研究方法（如：文化研究、文本分析；新批评）的关系问题。钱理群认为应该寻求平衡，防止一种研究方法的极端化，尤其不可取代文本分析，作者在文章末尾也做了呼应。这种方法固然对现下的学风有积极意义，但是要避免极端。考据是治学工具之一，而不是学问本身，不能将考据成果当作学术成果，学术应该有创造性。我们应该是利用考据的办法获得学术上的新见。

学生 F：文章有三点非常值得学习的地方，一是论点与例证结合恰当，符合逻辑，说服性强。二是概念解释清晰，如今文、今典、外典。三是情理兼胜。尤其最后这一点值得关注，如他对先师彭铎先生的追忆，对导师刘增杰的评价，我认为这部分是作者的历史情结的休现，是面向未来的书写，是对历史主体的身份建构。

张桃洲：对于今天的文学研究来说，史料的重要性再怎么强调都不为过。要重视基础性史料、史料的准确性，并重视史料的来源以及产生的语境。比如，特定历史条件下，作家可能会被迫修改原来的作品，这就要求研究者看重最原始的作品版本的价值。从史料意义上来说，解志熙老师的《考文叙事录》《文学史的"诗与真"》等著作具有强烈的历史感和文献意识，能为现当代文学研究提供重要的资料参照。

第九讲

现当代文学研究中的文本细读法

"全装修"时代的"元诗"意识

姜 涛

一

一直以来，如何在不同历史时段之间建立起某种反叛、断裂或纠正的关系，是当代诗歌批评的重点，诸如"后朦胧诗"相对于"朦胧诗"，"90年代"相对于"80年代"等。借助这种批评策略，一茬又一茬的诗人确立了自我的形象、身份，当代诗歌的成长脉络也清晰可见。当然，近年来不少批评家也对此表示了质疑，认为这种说法流畅有余，但或许深刻不足，容易忽略现象的交错以及历史惯性的缓慢沉积，并且容易被居心叵测地利用，服务于诗坛内部粗俗的权力游戏。在诸多质疑当中，张枣的文章《朝向语言风景的危险旅行——当代中国诗歌的元诗结构和写作姿态》，很值得注意。此文一开头就提出这样一个问题："朦胧诗"与"后朦胧诗"的代表性诗人，年龄差距其实不大，在历史记忆与意识上亦无本质区别，因而"真的有着两种从写者姿态意义讲时代精神不同的人吗？"在惯常的文学史区分之外，张枣提出第三种可能，正是它"像一朵玫瑰的芳香一样，将每个有着严肃预感的写作者围结成一体"，构成了多元状态之下内在的统一，"忽略对这统一性的揭示，也就不可能真正揭示我们今天的写作"。这"第三种可能"或内在统一性，被他概括为一种新的写作姿态的出现，即"将写作视为是与语言发生本体追问关系"，一种"元诗"结构得以从中涌现。

所谓"元诗"，依照诗人的说法，是一种"诗歌的形而上学"："诗是关于诗本身的，诗的过程可以读作显露写作者姿态，他的写作焦虑和他的方法论反思与辩解的过程。"① 从"朦胧诗"到"后朦胧诗"的"断裂"神话，在此无疑被拆解了，但这却是为了建立一种更大规模的"断裂"，即"对语言本体的沉浸"的态度，在中国新诗的历史记忆中是相当陌生的，它构成了当代中国诗歌写作的独特性。诚然，张枣的判断在多大程度上吻合于历史实际，又在多大程度上不是一种个人的解剖和表白，是可以讨论的，但他无疑敏锐地捕捉到了当代诗歌的核心气质：对写作过程的关注，似乎凝聚于许多当代诗人的表达之中。因而，"元诗"不仅作为一种诗歌类型（以诗论诗），更是作为一种意识，广泛地渗透于当代诗歌的感受力中。在这种意识驱动下，诗人们挣脱了"真实性"的规约，普遍相信人类的记忆、经验、思辨在本质上都是一种语言行为，现实也不过是一种特殊的符号关系。

20 世纪 90 年代，"向历史的幸运跌落"似乎构成了对 80 年代激进的语言实验和"纯诗"倾向的反拨，一种广义上的"时事诗"的风行，增强了诗歌对当代日常生活、世俗经验的"介入"感。但实际上，90 年代出现的种种叙事性，及物性的写作方案，在根本上仍属于瑞恰兹所言的一种"伪陈述"，语言本体论的立场非但没有被放弃，反而可能变得更为极端了。诚如另一位诗人所概括的："历史的个人化"与"语言的欢乐"构成了 90 年代诗歌的两大主题。② 这两个主题其实已合成了一个主题，因为只有在独特的文本组织中，"历史"才能真正被个人把握，只有站在词语的立场上，现实才能被想象力吸纳为风景。在这个意义上，90 年代诗歌对诸多人文主题的接纳，也往往是围绕"元诗"意识展开的，道德的追问、历史的关怀，最终仍会落回对写作本身的检视。

张曙光在他的《尤利西斯》中就这样写道：

这是个譬喻问题。当一只破旧的木船

① 参见张枣《朝向语言风景的危险旅行——当代中国诗歌的元诗结构和写作姿态》，陈超编《最新先锋诗论选》，河北教育出版社 2003 年版，第 455—472 页。

② 参见臧棣《90 年代：从情感转向意识》，载《郑州大学学报》（哲社版）1998 年第 1 期。

　　　　拼贴起风景和全部意义，椋鸟大批大批

　　　　地

　　　　从寒冷的桅杆上空掠过，浪涛的声音

　　　　像抽水马桶哗哗响着，使一整个上午

　　　　萎缩成一张白纸……

　　写作者的当下历史境遇问题，其实成了一个譬喻的选择问题，"生活的世界"的展开，也只发生在一张空白的纸上，这一点强烈地构成写作的虚幻性和现实性。诗歌对历史的"介入"，因此也只能是一种奠基于语言本体论的象征式"介入"，体现为西尼所阐述的一种诗歌的"纠正"①。

　　宽泛地说，从浪漫主义开始，现代诗歌作为一种"感伤的"文学类型，自我反思的因素就包含在其中，浪漫派的开山之人施莱格尔就曾提到一种"超验诗"的存在，它要求"把现代诗人里屡见不鲜的超验材料和事先的练习，与艺术反思和美的自我反映结合起来，造就一种诗论，讨论诗的能力……在这种诗创造的每一个描绘中同时也描绘自己，无论在什么地方都既是诗，又是诗的诗"②。在现代主义的诗学传统中，对语言与现实关系的沉思，也是一个最常见的模式，无论是马拉美言及的"终极之书"，还是史蒂文斯笔下君临荒野之上的那只"田纳西的坛子"，都是经典的"元诗"表达。由此看来，当代中国的先锋诗人，似乎只是"迟到"地领受了这一传统。在张枣的文章中，"元诗"意识的涌现也被看作对"寰球后现代性"的参与，并最终导致了一种"文化身份"的危机。

　　对普遍主义的批判，在今天已经是知识界的时尚，当代中国诗歌对现代主义原则的狂热屈从，也是它为人所诟病的"原罪"之一。但应注意的是，"屈从"是发生在中国特定的思想、历史情境中的，包含着特定

---

　　① 所谓诗歌的纠正，是指用想象力抗衡外部压力，它的效应来自一种"一闪而逝的替代物"，"是一种仅仅可能被想象而仍然有其重量的现实，因为它在实际的重负作用下被想象，进而能够把握住它自身并抵抗这种历史局面"（西默斯·西尼：《诗歌的纠正》，周瓒译，《西尼诗文集》，作家出版社2001年版，第280页）。

　　② 施莱格尔：《雅典娜神殿断片集》，李伯杰译，生活·读书·新知三联书店1996年版，第95—96页。

的诉求和隐衷。无论是说"对语言本体的沉浸",还是说"当代诗歌的本质寄托在写作的可能性上"①,在这些诗人的表述中,不难听到一种激烈的抗辩意识,以及对一种新的文学秩序的渴望,这恰恰暗示"元诗"意识本身就是一种政治意识。如果说它真的被普遍分享的话,那么它最大的功效,不是简单地等同于语言活力的激发,而是通过对一种自明的、绝对的"现实"的瓦解,在与既定社会意识秩序的疏远中,建立了当代诗歌可贵的场域自主性。与此同时,诗人的社会身份也得到重新塑造,不再扮演公众舞台的主角或社会法庭上一个吃力的自我辩护者,在文学自律的现代想象庇护下,他们通过放弃大写的自我而获得专业的自我,成为一群"词语造就的亡灵"。

然而,问题的复杂性也由此产生了。随着时间的推移和社会环境的变化,当现代性承诺的幻境以全球化的消费现实从天而降,当既定的社会意识秩序已灵活多变,与大众的趣味一道容忍了诗人的冒犯,甚至将这种冒犯吸纳为一切的原则的时候,诗人们对"语言本体的沉浸"是否还能如此高调,是否在暗中也变得暧昧不明,则是一个应该继续追问的问题。

二

有关当代诗歌中的"元诗"意识,张枣从批评的角度进行了说明,他的诗歌写作也以此为前提来展开,这一点已有年轻的批评者予以细致的阐发②。在当代诗人中,同样纠缠于这一话题的并不鲜见,陈东东就是另一个颇为典型的例子。

由于将写作自觉定位于"演奏内心的音乐",陈东东的名字已成为标志,代表了当代诗歌在语言"不及物"性方面的超卓努力。在他的手里,诗歌不是内在经验的线性表达,而是一种语言配置、雕刻的艺术,通过

---

① 臧棣:《后朦胧诗:作为一种写作的诗歌》,《中国诗选》总 1 期,成都科技大学出版社 1994 年版,第 340—341 页。

② 关于张枣"元诗"意识的细致解读,参见余旸《张枣诗歌中元诗意识的历史变迁》,载《新诗评论》第二辑,北京大学出版社 2005 年版,第 151—165 页。

词、意象、标点、语气乃至空白的精心演绎，夯筑出一个"纸上的乌托邦"。对语言非现实性的执着体认，使得"解禁"一词，在他的写作和生活中成为核心的概念，用他的话来说："把一座由意义警察严加管束的语言看守所，变成哪怕只片刻的虚无，以获得和给予也许空幻却神奇邈然的解禁之感，是我常常求助于诗歌的一项理由。"（《把真相愉快地伪装成幻象》）相对于日常逻辑的呆板、单调，写作使物化的、沉沦的世界得以自由敞开，甚至飞升起来。与之相应，在他的很多诗作中，也存在着一种特殊的势能感，如同阳光照在大海上，世界在书写中被卷入升腾的气流，不断变得透彻、清明。① 这种"势能"，吻合于经典"元诗"的图式：在语言的作用下，世界向着超现实的维度运动。

　　近年来，诗人的面目当然也有了一些变化。如果说在过去，陈东东主要是一个高调的、"饮日"型诗人，在他笔下浮现的是一个由阳光、海洋、钻石、水晶、飞鸟构成的熠熠闪光的世界，那么在《解禁书》等20世纪90年代后期的作品之中，世界的混沌与嘈杂大面积地侵入，或袅然或高亢的独白，也更多地为不同场景、文体的戏剧性展现所替代。这似乎是另一重意义上的"解禁"，从神话的、纯诗的世界向尘世的经验敞开。这在读者的接受中也造成了一种印象，似乎高蹈的诗人也难免趋时，参与了90年代的叙事性浪潮。对于这种皮相的认识，陈东东是予以否认的，他曾重申自己仍致力于一种"抽象"，只不过从"语言的抽象"转向了"本地的抽象"②。有意味的是，在对"抽象"（语言非现实性）的坚持中，一种更复杂的"元诗"意识也随之浮现。在《窗龛》这样一首标准的"元诗"中，诗人这样写道：

　　　　现在只不过有一个窗龛
　　　　孤悬于假设的孔雀蓝天际
　　　　……

----

① 曾有人指出，陈东东的诗作很多以"飞升"的意象开篇。出于一种高傲和对主题学阐释的拒绝，诗人自己对此说似乎并不认同（参见陈东东《二十四个问题书面回答》，《明净的部分》，湖南文艺出版社1997年版，第237页）。

② 蔡道：《陈东东访谈——它们只是诗歌，现代汉语的诗歌……》，蒋浩编《新诗》第6辑，海南2004年12月，第175页。

> 窗龛如一个倒影，它的乌有
> 被孔雀蓝天际的不存在衬托
> 像幻想回忆录，正在被幻想

在"孔雀蓝"的背景中，"窗龛"不过是诗人拟想的存在，它的乌有是叠现在"天际"这个更大的不存在之上的，"乌有"或"不存在"因而也是有层次的，相互嵌套的。这有一种诡辩的意味，但"窗龛"的视角，显然就是诗歌的视角，它的超现实性毋庸置疑。然而，与以往"解禁"的向度不同，在这里语言之所以超越现实，不是因为指向另外一种秩序，而是因为它正混同于现实本身。写作只是提供了一个契机，让"你透过窗龛/看见自己……"看见内室的幻象，并进一步看见整个世界已彻头彻尾陷落于词语的镜像之中："语言与世界的较量不过是/跟自己较量——窗龛的超现实/现在也已经是你的现实……"在近年来的写作中，这一"窗龛"的视角，或者说从某一高悬之处俯瞰的视角，对于诗人而言，似乎是支配性的。它也曾出现于《下扬州》等作品，为那个站在天幕里的杂技演员分享。只不过对幻觉的体认，换成了俯瞰广大"下界"时的眩晕之感：

> 他站在杂技场最高的天桥上
> 光着膀子，仿佛云中君
> 为下界繁华里一丝
> 寂静而低眉……神伤

类似的还有《导游图》中攀登者在山梯上不断地"回望"，《New York Public Library》中天使"探身"向下的阅读，以及《蟾蜍》中作为"俯瞰"视角颠倒的井底之向往。与此相伴随，上面言及的那种飞升之势，也越来越多被下降、回落的势能取代。在俯瞰与回望、上升与降落、攀爬与沉沦的交替中，诗人像是拥有了一种深度幻视的能力：从"窗龛"里望下去，"下界"的实在无论怎样繁华、绚烂，也不过是一堆庞杂的幻象。世界在词语中被"解禁"的同时，也似乎深深地以另一种形式被拘禁起来，陷入了一种循环往复的白日梦中。

在当代诗歌中，"元诗"意识的渗透，带来的往往是对语言"解禁"力量的信任，如臧棣《猜想约瑟夫·康拉德》一诗的结尾所表明的：

> 一群海鸥就像一片欢呼
> 胜利的文字，从康拉德的
> 一本小说中飞出，摆脱了
> 印刷或历史的束缚……

在这一"欢乐颂"般高亢的表白中，语言非但没有使世界封闭在"成规"中，恰恰是将它拯救出来，在风格化的书写中使其焕发出清新的感性。通过这一表白，诗人无疑参与进"为诗一辩"的伟大传统中：当世界被写进一首诗里，它也获得了解放。陈东东也主动置身于这一传统中，去构筑他"超现实"的现实感，但他的想象力，似乎更倾向于书写这一"传统"幽闭的一面。"解禁"同时又是一种"被禁"，在"写作高寒的禁地"（《解禁书》），诗人在享用语言欢乐的同时，一种挣脱不得的苦闷和压抑之感也弥漫在他笔下。这种特殊的"元诗"意识，直接化身为那些反复出现的循环句式："……实际上，他们循环在/循环的游戏里……"（《途中的牌戏》）；"循环系统为循环循环着……"（《幽隐街的玉树后庭花》）；"空旷以空旷容纳着空旷"（《马场边》）；"他纯粹的一生，在每个七天里循环周行"（《……不属于个人》）；"一个逊于现实之魔幻的/魔幻世界是他的现实"（《全装修》）。

这种"幽闭症"的感受，往往伴随着语言挥霍的激情。譬如在海子的诗中，作为王者的诗人，在命名万物的同时，也为一种深深的弃绝感所围困。在陈东东这里，语言的幽闭则与一种南方文人的享乐主义气息相连。在超级情色之诗《幽隐街的玉树后庭花》中，那种曲尽其妙又苦苦沉溺的情调，被发挥到了极致，诸多感官被诗人既云卷云舒又古奥生涩的句法拖曳着，混入一个细颈的烧瓶，剧烈地化合出无穷。但在语言放纵的背后，暗藏的却是一种深深的无力感，一种文人纤细的矜持感，二者相互勾兑，终于使得那"反应不至于更化学了"。

诗人的幽闭感受，或许归因于上述颓废的文人情调；或许还与诗人的生活状态相关，因为长年与文字为伍，书写行为对日常生活的剥夺，已成为诗人基本的生存感受①。但从批评的角度，它更应看成是当代"元诗"意识的症候表现。陈东东诗歌的奥妙，在于能够发展出一种洞察力，让语言的幽闭包含了时代生活的隐喻。换言之，在当下的社会场景中，对于语言与现实的崭新关系的体认，对于诗歌社会位置的艰苦思辨，已介入当代诗人的"元诗"意识中。对陈东东另一首诗《全装修》的细读，将有助于将这种社会关联进一步揭示出来。

三

《全装修》写于 2003 年，属于诗人比较晚近的作品。诗的结尾，标明此诗"写给波波"。"波波"，指的是杭州诗人潘维，据陈东东自己交代，当时他正在装修家里的房子，听说潘维也正忙于装修，故成此诗。在诗的开头，诗人还引用史蒂文斯《弹蓝吉他的人》中的名句"诗是这首诗的主题"作为题记。首尾呼应之间，无疑形成了一种强烈的阅读提示，即：这不仅是一首朝向公众阅读敞开的诗，同时它还是发生在两个诗人之间的隐秘对谈，要分辨其中的真意，需要同行之间的会心与默契。但有意味的是，"元诗"的话题又是展开在"装修"这个日用的层面，在两个诗人的对话中，生活世界与诗歌世界形成了一种微妙的重叠。

在结构上，此诗由三个段落组成，每一段落分六节，每节三行，整饬、有序的展开方式，显示了诗人在修辞上良好的自控能力。全诗以一个没有来由的、具有魔幻色彩的场景开始：

> 来自月全食之夜的沙漠
>
> 那个色目人驱策忽必烈
>
> 一匹为征服加速的追风马

在空漠的背景中，一个色目人独骑奔驰，"来自月全食之夜"一语，

---

① 对于当代诗歌已成为"一种空前的、不及其余的、以自身为目的的写作"，陈东东有着明确的体认，他曾将此比作一个吞噬诗人真实生活的"寄儿之梦"（参见陈东东《有关我们的写作》，《明净的部分》，第 246—250 页）。

则烘托神异的氛围，并让人联想到种精神上的分裂或臆想（"月全食"似乎是陈东东的偏爱，曾有一首长诗专门演绎）。在诗行随后的展开中，诗人像一个画匠那样，工笔描绘了这个色目人的衣着、身形，以及周遭落日的光线，由于头盔、红缨、锁子甲、护心镜等一系列意象过于鲜明，一种超级写实的效果由此产生了：在落日之光的反复折射中，一切仿佛被镀上了釉彩，由于过于逼真而接近了幻觉。如果不是后面的诗行马上告之读者，这是卫生间瓷砖上的一幅图案，那么读者似乎是被引领到一个"窗龛"的位置上，窥视到的是窗外的"超现实"，而月色全无的沙漠，也不过是为了衬托乌有之乡的无垠。

果然，在第一段的结尾，描绘的视角终于拉开了：一人一骑的魔幻之旅，不过是装饰一片瓷砖的图案，"装修"的主题第一次在诗中得到了确认。随着视角的拉开，"卫生间""客厅"的相继出现，勾画出一个更大范围的私生活场景。然而，这并不等于诗句已从"超现实"转入"现实"，因为一个沉溺于电脑游戏的主人公随即出现了：当瓷砖上色目人胸前折射的光线已"舔破"图案、照入了现实，"客厅里那个人"的脑袋也正"顶入"他的超现实。在这个意义上，客厅里的"液晶显示屏"也就是另一片"瓷砖"，因为它也类似于某种"窗龛"，正朝向另外的世界敞开。

如果说在第一段，"瓷砖上的图案"与"液晶显示屏"的出现，已在"装修"和"电脑游戏"之间建立了关联，那么在第二段落，诗人似乎已按捺不住了，请看第一节：

> 一个逊于现实之魔幻的
> 魔幻世界是他的现实
> 来自月全食之夜的沙漠

可以说，这是全诗的点题之句。在上文引用的循环的句法中，"现实之魔幻"与"魔幻之现实"虽有所区别，但毕竟循环自指，暗示生存从内到外都是梦魇的螺旋。

点题之后，诗人稍显拘谨的写法终于得到某种解放，在随后的诗行中，工笔的描绘被眼花缭乱的意象组接所替代，诗人发挥了他在不同类型的经验、语言缝隙间的游刃能力，在电脑游戏（"帝国时代"）、社会百态（"温州炒房团"）、娱乐资讯（"无间道"）之间自由地穿梭、出入。在这场戏剧中，我们似乎读到了两个主角：一个是赤裸着身体、彻夜无眠的游戏者，另一个是用"锁子甲""追风马"掩盖生活之赤裸的"装潢者"。两个男人的形象，飘忽于纸上，实际上也可看作同一个人，同样孤独、同样自闭、同样沉溺于一场游戏无边的仿象。这意味着，现实与魔幻的辩证，不仅是数码的重叠，也不仅是私生活中的一场"火焰山之梦"，同时它也是更大范围内生活世界的法则。正如室内的装潢之于室外的霓虹与灯海，"夜色"原来也是另一种釉彩，让世界全面沦入一种装饰。这或许是"全装修"这一术语在家居之外的更深含义，它接近于一种鲍德里亚式的命题：我们的"生活世界"其实已成为无边的仿象，它从来不会以"毛坯的名义挂牌"。

"这情形相当于一首翻译诗"，第三段起始劈空而出的一句，中断了前两段关于生活仿象的铺陈。一方面，形成节奏上的突变，另一方面，第一次在"装修""电脑游戏"的主题之外，引入了"写作"的维度，诗人之间关于日用装修的对话，终于露出了"元诗"的底牌。下面出现的是一个典型家居男人的形象，诗歌的视角从更广泛的社会视野又回到私生活的领域：

> 遛着小狗忽必烈的那个人
> 将一头短发染成了金色

而当被遛着的小狗"忽必烈"与瓷砖上那匹追风马同名，主人的金发也未尝不可鲜明地闪耀，如同画中色目人的头盔与红缨。果然，在单身夜奔的色目人与孤独自闭的"那个人"之间，诗人的想象力持续地展开了。上面两个段落，探讨的主要是"现实之魔幻"与"魔幻之现实"的关系，在这一段中，话题则集中在了置身于魔幻与现实交界之处的"人"身上。"他如何能设想他被设想着"，我们又一次读到了循环的句法，诗人在这里提醒读者，沉溺于无边仿象的"那个人"，实际上也被诗行深深地拘禁，他或许已意识到了（设想）自己也只是一个虚构的存在，只是另一个人笔下的想象。

在另一个人的笔下，在另一个人的想象中，"那个人"的生活场景虽不出客厅、卫生间与小区水景，但"他"其实也像画中的色目人那样，不断穿越着他的"火焰山之梦"：当他从"虚拟的包月制现实"退出，赤身走入卫生间，也就是再一次投身于或将身影"镶嵌"于超现实。在"浅睡与深困"之间，在"小区水景"与"不锈钢假山"之间，两个世界虽一实一虚，但互为倒影，而且穿行的路线相同。这情形，是否就相当于同一个梦境被两种不同的语言、符号书写，或者说这情形是否就"相当于一首翻译诗"？答案当然是肯定的。

当墙上的"月全食之夜"与私生活中的"包月制现实"，最终被揭示为一首诗的两个不同版本，读者也似乎被引入了一个《骇客帝国》式的终极网络，"——天哪，我在哪儿"，这是诗人代替诗中的"那个人"、瓷砖上的"色目人"以及所有阅读此诗的人，发出的最后一声惊叹。

四

在魔幻与现实、自我与非我、毛坯与装修、浅睡与深困之间，诗人轻巧地来往于诸种事物的边际，编织了一个复杂的意义迷宫。表面上看，在一个全民装修时代，诗人玩味的是一个关于现实与魔幻的哲学命题。但请注意，作为一首"元诗"，在"装修""游戏""写作"之间，一种螺旋在曲折展开。在螺旋之中，诗人的语言"幽闭症"不仅没有被化解，反而扩大成一种无边无际的生存梦魇。作为诗人，也作为一个居家男人，那个飘忽的主体一样被困于符号、影像的囚牢中，无法找到自身。在颓废而迷人的玄学气息背后，一种强烈的现实隐喻，不言自明。

试想一下在经典的"元诗"模式中，诗歌会以什么样的形象出现呢？它或是济慈的"希腊古瓮"，或是史蒂文斯的"田纳西坛子"，或是冯至《十四行集》中那面"把握住把不住的事体"的风旗，或是布罗茨基的"蝴蝶"。这些形象虽各不相同，但有一个共同的前提，那就是基于词与物的现代分离之上的诗歌对现实秩序的挣脱。从这种挣脱出发，语言能够在惰性的现实之外，发展出一种更高、更自由的秩序。在《全装修》中，"装修"则成了一种新的写作类比物。在"全装修"的世界中，复制的、仿真的现代性逻辑统摄了一切，也为一切抹上了幻想的釉彩，支撑语言"解放"神话的一系列二元区分，如原本与模仿、虚构与实在、词与物、现实与超现实等，都被纷纷动摇了，代之以一种崭新的经验。用诗人欧阳江河的话来说，在这种新的经验中，"不仅词是站在虚构一边的，物似乎也站在虚构一边"①。显然，消费时代的生存现实，为"写作"与"装修"的类比提供了历史依据。在数码、图像、广告的覆盖下，消费的神话将一切变成商品，又接着将商品变成迷人的符号。"生活世界"的各个领域，无论是公共的政治、经济、文化，还是私人的欲望、游戏、起居，都被卷入与"符号的搏斗中"，正像一首诗卷入"与语言的搏斗中"。这情形相当于一首诗吗？新的灵感当然会产生，请看欧阳江河《时装店》一诗的片段：

> ……你迷恋针脚呢
>
> 还是韵脚？蜀绣，还是湘绣？闲暇
>
> 并非处处追忆着闲笔。关于江南之恋
>
> 有回文般的伏笔在蓟北等你：分明是桃花
>
> 却里外藏有梅花针法。会不会抽去线头
>
> 整件单衣就变了公主的云，往下抛绣球？
>
> 云的裤子是棉花地里种出来的，转眼
>
> 被剪刀剪成雨：没拉链能拉紧的牛仔雨，
>
> 下着下着就晒干了，省了买熨斗的钱。
>
> 用来买鸭舌帽吗？帽子能换个头戴，
>
> 路，也可以掉过头来走：清朝和后现代
>
> 只隔一条街。华尔街不就是秀水街吗？

蒙太奇的原则，曾是现代艺术的"金科玉律"，但如今也扩张成全球化的消费时代的原则，不同地域、不同时空、不同性质的经验被穿插、并置在一起，形成刺绣、衣着、时尚的繁复流变。在世界这个无边的"时装店"中，诗人裸露的语言器官，显然也兴奋起来。他不仅在谈论时尚，而且用自己的语言回应、效仿着时尚的原则，在诸多元素间穿走、

---

① 欧阳江河：《站在虚构这边》，生活·读书·新知三联书店2001年版，第135页。

编织，使得一首诗同构于这个"花花世界"。

在陈东东的近作中，读者也会不止一次接触到"魔幻化的现实"，但他显然没有那么兴奋，《全装修》中飞奔的色目人也罢，客厅里电脑的沉迷者也罢，私生活中狂热的装修者也罢，连同在语言中"设想"万物的诗人，他们的命运又何其相似，都被封闭在这样一个审美的却也是吊诡的幻境里。诗人在最后的惊叹之外，或许还隐藏了另一重的疑问：当诗歌的原则成为一切的原则，那么"一首诗又究竟在哪儿"？当文学的自主性被大幅削弱，文学性却作为一种"幽灵"散播于生活的各个角落之时，已有批评家欢呼在这样一个泛文学的时代，凭着原来的专业技巧，蜕变为"文化研究"的批评仍大有可为。[①] 那么对于诗人来说，当想象的原则不战而胜，这是诗人的胜利吗？

作为一个消费时代的抒情诗人，他不可能拥有明确的答案，也没有义务和能力去承担诗歌之外的道德批判，但如果他仍然有某种妄念，想使诗歌成为一种进入现实的独特方式，那么如何打破修辞与现实的合谋，如何挣脱"无边的仿象"的囚禁，或许仍是清新的诗歌感性得以脱颖而出的关键。在这个意义上，陈东东写作中的"元诗"意识，的确发生于"为诗一辩"的传统中，因为它仍然涉及诗歌位置、形象的艰苦指认。但那种高调的现代诗歌神话，却被转换成一种语言"幽闭症"。这意味着，当代诗人对"语言本体的沉浸"，曾针对着写作自由的被剥夺，但当剥夺变得更为隐晦、更为内在的时候，"元诗"意识指向的，不应再是语言的无穷镜像，而恰恰是指向循环之镜的打破。

（发表于《文艺研究》2006 年第 3 期）

---

① 陈晓明：《文学的消失或幽灵化》，载《问题》第 1 辑，中央编译出版社 2003 年版。

研　读

一　背景

（一）对语言的重新认识（哲学的语言学转向）

进入 20 世纪，哲学领域发生了一场被称为"哥白尼式"的革命，即由传统的认识论哲学向语言学哲学的转向。传统认识论哲学认为，"心灵是自然之镜"，把主观与客观对立，把主观等同于虚构，把客观等同于真理，等同于自在之物意义上的客观的本来面貌，即强调语言符号与外在对象具有严格的指称关系。（语言工具论）这一观点的最大缺陷在于忽视了认识主体在认识系统中的作用，因为在认识系统中，主体对客体的客观认识是不可能脱离主观而存在的，心灵对有关对象的知觉与反映，要受到主体的成见、欲望和过去的知识背景及价值观的影响。

而语言哲学家否认人类使用的语言符号具有语义的单义性和指称性，进而否认语言符号表征客观真理的可能性，而强调语义的内在性、不确定性和多元性。在这场"革命"语言的本体论地位得到强调，语言取代认识论成为哲学研究的中心课题，哲学关注的主要对象由主客体关系或意识与存在的关系转向语言和世界的关系。

索绪尔将语言本体论建筑在社会，即社会规范之上；能指与所指的对应具有社会性，认为社会规范决定语言系统，分析语言就是分析社会现象。

海德格尔的语言本体论在于追问"存在"的意义，在语言和存在的本质关系方面，海德格尔提出了"语言是存在之家"，语言首先是存在的语言，存在只有通过语言才能显现，存在"永远在走向语言途中"。不是我们在说语言，而是语言本身在向我们说话；语言必须对我们说它自己的"本质"。实际上是人用语言在语言中发现了自己。

伽达默尔认为"语言是理解本身得以进行的普遍媒介"，"能被理解的存在就是语言"人是通过语言拥有世界的，世界也只有进入语言并通过对语言的理解才有意义。

福柯在《词与物》中认为，自"巴别塔"之后，语言已经失去了与物的相似性，语言不再是物的完全透明和相似的符号。针对语言的不确定性，罗兰巴特更认为："文学就是用语言来弄虚作假和对语言弄虚作假。"

面对上述语言观的转变，郑敏在《语言观念必须革新——重新认识汉语的审美与诗意价值》（《文学评论》1996 年第 4 期）中指出："基本上我们的语言观仍停留在语言是工具，语言是逻辑的结构，语言是可以驯服于人的指示的。总之人是主人，语言是仆人。语言是外在的，为了表达主人的意旨而存在的身外工具。这些是属于早已被抛弃了的语言工具论，它愚蠢地阻拦我们开拓文学、历史的阐释、创作、解读的广阔的天地；并且进一步扭曲我们对客观世界的认识，也错误地掩盖了语言文字的多层次，语言的潜文本，语言的既呈现又掩盖的实质。"

元文学的产生，就是建立在对语言的重新认识这一基础之上。

（二）关于元文学的起源

李凯霆《现代汉诗的元文学倾向》（《安庆师范学院学报》2000 年第 4 期）指出，元文学是在现代反思精神和文学本体意识凸显的背景下出现的。李文还借用罗兰·巴特《文学与元语言》中的理论认为，在现代文学之前，文学从未有过关于自己的语言，也从未有过对自身存在的思考。罗兰·巴特将马拉美看作最早的"元文学"的例子之一，在巴特看来"马拉美的雄心壮志是把文学与关于文学的思想融合在同一文字实体中"。关于马拉美的文学本体论，秦海鹰《马拉美的文学本体论》（《欧美文学论丛》2002 年 12 月）一文指出："在马拉美看来，诗人的职责就是通过写诗'逐字逐句的战胜偶然'，建立一个虚构的秩序，一个具有意义的本真世界，以此证明'绝对'的存在。"马拉美认为："词作为概念，不仅不指涉物，而且是对物的否定，这是'文学不及物'观点的主要来源之一。"（例子，花———一切花的缺席）马拉美的文学本体论（纯诗论）观点认为，任何语言都不能与纯粹精神完全相符……语言早已不透明……诗，从哲学上讲，弥补语言的缺陷，是上等的补偿。所以，李凯霆在《现代汉诗的元文学倾向》一文中下结论道："元文学现象可以追溯的源头来自于现代诗歌。"（W. 史蒂文斯、加里·斯奈德（《石砌的马道》、美国"新超现实主义"W. S. 默温、弗兰克·奥哈拉、"纽约派"约翰·阿什伯利等。有一种说法"超现实主义本身就是元诗"。）

马永波《元诗歌论纲》[《文学界》（专辑版）2007 年第 8 期]中指出："元文学意识的产生是随着对元叙述的怀疑而产生的"，"元叙述是现代性的根本特征，它的典型特点是以超越、普遍的真理为形式，忽略了人类存在的多样性、异质性……在后现代时代，元叙述已经丧失了其令人信服的力量——它们是虚构，目的在于使各种版本的'真理'合法化。因此，后现代主义者企图将元叙述代之以所有多样性的共存和局部合法化"。不难发现，对"元叙述"的怀疑，就是对古典语言论中，语言符号与外在现象一一对应关系的否定，看到了语言本身的多义性和不确定性。

（三）关于元文学在中国的出现

在李凯霆《现代汉诗的元文学倾向》指出："现代汉诗的元文学倾向的出现，与当代中国诗歌自我意识的觉醒是分不开的。"他将现代汉诗的元文学倾向总结为三个特征：其一，它一般呈现两种话语交织的双线结构，意象的、叙述的诗性话语和思辨的、反观写作自身的话语，或者单语之中存在巴赫金所谓具有双重意义指向的"双声"现，其中必有关乎诗歌写作自身的意旨，从而构成与世界、生存，也与文本、诗艺的对话、辩解关系。其二，它常常是从虚构与自在、想象与真实、词与物、言与意、传统与现代、文本操作与阐释等关系入手和展开，在二者之间形成沟通或"短路"，并据此营造一个复合的、多维的或反讽的空间。这一特征是与现代哲人对语言的思考从而引发语言意识的更新密切相关的。其三，元诗歌裸露或戏仿写作程序/技巧，或者直接与阅读对象进行对话，在文本与写作文本的行为之间形成错置、矛盾或解构关系，造成一种突兀、反讽、间离的效果。

在该文中，李进一步指出，20 世纪 80 年代后期以来的诗歌中，对写作自身的关注与发现，对语言在诗本体中的意义，尤其是词与物、写作的及物与不及物关系的探寻进一步加深，并认为，20世纪90年代后现代汉诗的元文学倾向更加明显。李凯霆的观点表现了诗歌在八九十年代断裂又相连这一复杂的关系。

（四）现代汉诗中的元文学倾向

20世纪90年代后，随着社会环境的转变，一方面，80年代诗歌赖以生存的"对抗"环境不复存在，另一方面，伴随着影视媒体的兴起，诗歌的地位也越来越"边缘化"，无疑，中国新诗进入了一个新的历史时期。欧阳江河提出"中年写作"这一有别于80年代的激情化创作概念，并倡导"知识分子写作"；孙文波等人，将目光转向了对诗歌"技艺"的关注，并通过创作突出了诗歌中"叙述"这一"技艺"的运用，总的来说此时的诗歌不再像80年代"广场式"的抒情，而变为一种平等的"实况式"的诉说。

除了诗歌在社会处境的变化，一些论者看来，20世纪90年代诗歌与80年代诗歌的根本区别在于语言观念的革新。在80年代"对抗"的环境下，朦胧诗的出现无论从内容（人的觉醒）上还是从形式（现代技法"隐喻"）上，都对自革命年代以来的极权话语进行了消解，但朦胧诗仍是"语言工具"论的表现，在朦胧诗人看来诗除了是诗，更是对抗极权话语的工具，在朦胧诗这里，人虽然觉醒了，但"词"作为一个自足的本体，仍未觉醒，朦胧诗在反抗一种"圣词"的同时又树立了另一种"圣词"。80年代中期后的"第三代"诗人，立足于对朦胧诗语言的反叛，韩东的"一切到语言为止"、于坚的"拒绝隐喻"以及周伦佑等人提出的"语言还原"，都显现出较为明显的语言自觉意识。但对于这一"运动性"的诗学观念，似乎仍未冲出"语言工具论"的牢笼，仍是在"对抗"语境下的自发性行为。正如孙文波所言"都不是作为中心问题进入到写作中来"的。

欧阳江河在《89后国内诗歌写作：本土气质、中年特征与知识分子身份》（《花城》1994年第5期）一文中指出："抗议作为一个诗歌主题已经被消耗尽了……它是写作中的意识形态幻觉的直接产物。"并指出诗歌面临"从一种写作可能到另一种写作可能的转换……过渡和转换必须首先从语境转换和语言策略上加以考虑"。"语境关注的是具体文本,当它与我们对自身处境和命运的关注结合在一起时,就能形成一种新的语言策略。""将诗歌写作限制为具体的、个人的、本土的。……知识分子写作。"对于语境的转换,欧阳江河认为"是在同一作品中出现了双重的,或者是多层的上下文关系"(翟永明《咖啡馆》时间、性、政治多重主题在同一文本中的多层次展开)。这与李凯霆对于现代汉诗的元文学特征的论述类似。欧阳江河还指出:"知识分子"含义之一即"我们的写作已经带有工作和专业的性质"。这一论述,凸显了诗人主体对诗歌"写作"这一行为的再认识。

孙文波《90 年代:个人写作、叙事及其他》(《诗探索》1999 年第 2期)指出,作为一种"技艺"的"叙述"并不是一种写作风格或讲故事的工具,"而是在讲述的过程中,体现着语言的真正诗学价值"。"诗歌通过语言,使人返回到与生活更紧密的、进而揭示其真相的关系中去。""写作始终要解决的,仍然是人类思维与认识世界的关系。"在孙文波看来,对技艺的关注,就是对诗歌语言如何处理现实材料的思考。

程光炜《90 年代诗歌:另一意义的命名》(《山花》1997 年第 3 期)指出:"在上述即将进入经典的文本中(指朦胧诗),词的所指和能指的关系是单一的、极其明确和不容置疑的。"(北岛诗中常出现的典型意象:白鸽、铁栏、网等)而"90 年代诗歌很难再会产生类似 80 年代那种能指性的紧张关系了"。此外,程认为,20 世纪 90 年代诗歌对 80 年代的告别之一是"对'诗就是诗'的本体论重视"、"诗人的职责不单是民族的良心,而主要是在这一工作中对语言潜能的挖掘,正因为语言是诗歌能否成为诗歌的本质因素,所以,诗人的天职就在于寻求语言表现的可能性。他是为语言的最理想的存在而写作的"。

总的来看,相对于 20 世纪 80 年代诗歌,论者对 90 年代诗歌写作的描述更集中于"诗歌"本身,是以语言为主体的,关于诗歌与现实,诗歌与技艺,诗歌与诗人之间关系的看法。可以看出,语言在诗歌中的本体位置,无论是在理论上还是在创作上都得到了自觉的凸显。正如耿占春在《一场诗学与社会学的内心争论》(《山花》1998 第 5 期)中表明:"语言作为主体,作为对象已经成为诗歌写作的一个基本动机。"

与上述论者将 20 世纪 90 年代与 80 年代诗歌对立起来不同,臧棣在

《后朦胧诗：作为一种写作的诗歌》〔原载于《中国诗选》（理论卷）成都科技大学出版社 1994 年版〕将 20 世纪 80 年代中期以后的诗歌（后朦胧诗），作为一个统一的创作群体，详细论述了后朦胧诗作为一种"写作"的共性。臧文指出："第三代诗……敏捷的捕捉到了朦胧诗已隐约预示的，但却没有机会加以张扬的，更趋附于诗的本体自觉的写作的可能性。""相信写作是后朦胧诗人的共同特征"，"写作发现它自身就是目的，诗歌的写作是它自身的抒情性的记号生成过程，针对诗歌的写作不再走向诗歌，不再以成为诗歌为目的，它开始作为一种独立的语言领域向诗歌敞开。……在后朦胧诗中，写作远远大于诗歌"。"后朦胧诗将对诗歌的钟情转变为对仅仅是朝向诗歌写作自身的发现。"臧棣还介绍了海子、陈东东等后朦胧诗的代表诗人的创作观念，他指出："海子是第一位乐于相信写作本身比诗歌伟大的当代中国诗人……在海子的诗歌理想中，诗歌从来就不是名词，而是动词。他关注的是语言怎样取代存在，成为唯一的现实。""陈东东优美地专注于文本的快感。他的诗是文本的文本，执着于文本表层的语言的光泽，犹如汉语诗歌的巴黎时装。"臧文进一步指出，后朦胧是对中国现代诗歌最有价值的贡献，在于"将诗歌的写作从一种文本到文本的文学经验的转承模式中解救出来"。臧棣在文中还着重论述了"技艺"的重要性："在现代诗歌的写作中，技巧永远是主题和语言之间相互剧烈摩擦而后趋向和谐的一种针对存在的完整的观念及其表达。"（对诗歌的"技艺"，臧棣一直用自己的创作来证明着"技艺"的重要性）

从臧文中不难看出，作者有意识的填补了诗歌在 20 世纪八九十年代的断裂，即将 80 年代中期以来的诗歌创作，以"追求写作的可能性"这一特点统一起来。

（五）关于"元诗"的定义

虽然在以上关于 20 世纪八九十年代诗歌的论述中，已经充分体现了中国当代诗歌创作中对"诗之为诗"的本体性追求，以及一种新的语言观的显现，但对于"元诗"这一概念仍未做出具体界定。

较早明确对"元诗"做出明确界定的是在张枣《朝向语言风景的危险旅行——中国当代诗歌的元诗结构和写者姿态》（2000 年）一文。张枣从对"现代性"追求的角度，指出："自白话文的全面确立……是要求写作语言能够容纳某种'当代性'或'现代性'的努力。""中国文学在遵循白话这一开放性系统的内在规律追求现代性时，完成现代主义文学的技法在本土的演变和生成并非难事，成败关键在于一种新的写者姿态的出现……关键在于是否在中文中出现将写作视为是语言发生本体追问关系的西方现代意义上的写者。"进而张枣将中国当代诗歌写作的主要特征总结为"对语言本体的沉浸"，并明确地提出"元诗"这一概念："这就使诗歌变成了一种'元诗歌'或者说'诗歌的形而上学'，即：诗是关于诗本身的，诗的过程可以读作是显露写作者姿态，他的写作焦虑和他的方法论反思与辩解的过程。因而元诗常常首先追问如何能发明一种言说，并用它来打破萦绕人类的宇宙沉寂。"之后，张枣通过对后朦胧诗的代表文本进行了分析，指出："中国诗歌的先锋性是通过新的写者姿态所征用的元诗因素以及语言反思获得的，它也是中文诗歌继续向前实验所依赖的最重要内在原理。"很明显，张枣在此试图通过"元诗"这一概念指明现代汉诗的前进方向，因此元诗概念的提出与现代汉诗的现代性追求是离不开的。

（六）关于"元诗"论述的对比分析

马永波在《元诗歌论纲》［《文学界》（专辑版）2007 年 8 月］中指出："'元诗歌'是一种突出诗歌文本构成过程及技巧的诗歌，它不让读者忘记自己是在读诗。"

陈超在《论"元诗"写作中的"语言言说"》［《华中师范大学学报》（人文社会科学版）2013 年第 3 期］认为，"元诗"，即关于诗本身的诗。这是一种特殊的诗歌类型，意在表达诗人对语言呈现/展开过程的关注，使写作行为直接等同于写作内容。在这类诗人看来，诗歌"语言言说"的可能性实验，本身已经构成写作的目的，诗不仅是表达"我"的情感，更是表述"元诗"本身的。

结合张枣对"元诗"的论述，可以看出，"元诗"关注的是诗歌本身，元诗歌不是与抒情诗、叙事诗同等地位的诗歌类型，而应看作诗歌中或多或少普遍存在的一种表现形式或者写作姿态。张枣认为"诗的形而上学"谓之"元诗"，形而上学谓之道，是对事物的根本观点根本看法，诗歌的形而上学就是诗歌之道，即关于诗歌的根本观点根本看法，是诗人专注于诗歌本体，在诗歌写作中显现出来的，对诗歌语言，诗歌与现实关系，诗歌技艺，诗人与读者关系，等各个方面的自觉的关注，这种关注通过关注诗歌语言本身达成。

（七）张枣在新诗"现代性"视角下的"元诗"观点

张枣认为，中国新诗"现代性"追求的关键在于"是否在中文中出现将写作视为是与语言发生本体追问关系的西方现代意义上的写者"。这种姿态，在20世纪90年代，诗歌"边缘化"的环境下，成为诗人保持自身独立位置的写作策略，在世风日下、诗意消失的现实中，诗歌可以在对"语言的本体沉浸"中以一种旁观者的"冷"姿态，审视着日益复杂的现实。而当社会的发展越来越显现出"后现代"特征时，文学（诗歌）与社会的关系又发生了某种潜在的变化，正如余虹《文学的终结与文学性蔓延》（《文艺研究》2002年第6期）一文指出，"消费社会是文学性而非道德性的"，"广告原则将虚构隐喻戏剧表演抒情浪漫和仿真叙事等文学手段运用的淋漓尽致"。"按'美'的编码原则对'现实'进行'面部化装'正是媒体信息的文学性之所在"。可见，在后现代的社会现实中，文学已经成为组织"消费"的重要（或主要）原则之一，现实不再像20世纪90年代那样排离文学（诗歌），反而在某种程度上与文学（诗歌）同构。那么，在这样的现实中，20世纪90年代诗人们高举的"语言本体沉浸"的姿态，能否打破这面"现实之镜"？还是会陷入空虚的语言游戏，"能指的封闭"当中？这或许是张枣没有注意到的。而姜涛《全装修时代的元诗意识》则试图在"全装修"这一后现代背景下，对"元诗"这一概念进行重新考量。

二　陈东东诗歌中的"元诗"意识

（一）早期的元诗创作

元诗的典型实践者，其诗歌在语言方面现实卓越的不及物性的努力。

语言的及物/不及物，即语言与客观现实世界的认知关系，涉及文学与客观现实、文学与主体性、文学与意义等核心命题。这一话题是伴随着现代语言学的发展而形成的，语言及物与否被看做传统语言学和现代语言学的分野。

语言的及物性首先是承认词与物的同一性的，认为语言具有描述和再现客观现实的功能，因而以语言及物性为准则的文学自觉承担着反映社会现实，联系时代精神的职责。

相对而言的，语言不及物性则是否认了词与物的同一性，使两者分离，将物（外部世界及其认知）排斥于文学之外，也可以说是语言的自律性。那么语言的自觉也就推动了文学观念的解放，将文学独立于社会政治生活，表现出一种诗性的超越。

由于陈东东在诗歌写作中对于"语言不及物性"的坚持，所以他写作的核心特征就是"解禁"。这正符合于"元诗"沉浸于"语言本体论"所想要达到的效果。

（二）20世纪90年代后期以来元诗意识的变化

从单纯的词语的解禁力量向着更为复杂的一种元诗意识的变迁。具体在作品中呈现为从原本的"语言的非现实性"向"现实性"的慢慢靠近。即诗歌的超越现实不是因为排斥现实，而是因为混同于现实。那么陈东东的这种"解禁"力量在作品中就常常体现为一种"幽闭感"，一种苦闷和压抑之感弥漫在笔下，具体显示为循环句式的大量构造。诗人的这种幽闭感受其实就是现代元诗意识的普遍症状，幽闭中包含了时代生活的隐喻，是对时代和现实生活的全新体认。那么这种认识是什么呢？就要细读《全装修》这首诗。

三 《全装修时代的"元诗"意识》解读

（一）

文章首先引用了张枣《当代中国诗歌的元诗结构和写作姿态》一文中的观点，即将朦胧诗和后朦胧诗的断裂以"第三种可能"，即"将写作视为是与语言发生本体追问关系"，一种"元诗"结构，加以统一。之后作者指出，"对语言本体的沉浸"的态度捕捉到了当代史的核心气质，因此，"元诗"不仅作为一种诗歌类型，更是作为一种意识渗透与当代诗歌。在这种意识的主导下，诗人们专注于语言所营造的现实世界的符号性这一本质特征。

之后，作者将目光集中到 20 世纪 90 年代以来的诗歌创作，指出 90 年代诗歌对众多主题的接纳是围绕"元诗"意识展开，所有主题都会落回到对写作本身的检视。并引用张曙光《尤利西斯》一诗，表明诗歌对历史的"介入"，也只能是一种奠基于语言本体论的象征式介入。

接下来，作者指出，在 20 世纪 90 年代特殊的历史语境下，元诗意识，可以在 80 年代对抗语境消失的情况下，建立当代诗歌场域的自主性，建立一种新的文学秩序，及诗人们通过放弃大写的自我而获得专业的自我，成为一群"词语造就的亡灵"。但作者也表明了自己的担忧，本身作为一种政治意识的"元诗"意识，在新的社会语境下（全球性消费时代的到来），对"语言本体的沉浸"是否还是保持诗歌自身独立性的有效方式。

（二）

作者以陈东东诗歌创作中的"元诗"为例。首先对陈东东诗歌的总体特征做了概括，指出陈东东代表了当代诗歌在语言"不及物"性方面的努力，并表明陈东东诗歌表现出一种语言配置、雕刻的艺术。对陈东东诗歌语言自足性的论述，臧棣在《后朦胧诗，作为一种写作的诗歌》中指出："陈东东的诗歌自有一种文本的自足性……陈东东的写作不仅直接包容着诗歌，而且由于诗人对具体文本操作持有严格态度，写作在其内部具有一种自我缩减的功能。这种功能巧妙的制约着语言实验所特有的癫狂性质，并最终把写作压缩成阅读意义上的诗歌，从而出色的避免了大多数后朦胧诗人在语言实验中所陷入的难以自拔的混乱状态。"本文中，作者指出，陈东东诗歌中的语言意识正符合经典"元诗"的图式：在语言的作用下，世界向着超现实的维度运动。正如耿占春所言，"诗的玄学品质，诗语的反讽性或反语格言性，乃是一种'本体论的释义冲动'"，"它来自语言内部的启示，来自语言与不可言状之物之间的张力……诗的语言似乎提供了使人窥见另一片领域或许是'逻辑空间'之外的可能"。（《隐喻》耿占春，河南大学出版社 2007 年版，第 115 页）陈东东早期的《点灯》一诗这样说道："把灯点到石头里去……灯也该点到江水里去…我想他们会向我围拢／会来看我灯一样的／语言。"海德格尔说过"语言是存在之家",诗人的职责是"命名",《点灯》中"诗一样的语言"正是命名万物的语言。诗人把灯点进江河湖海,点进峡谷之间,在这充满超现实主义色彩的空间中,解构了日常语言所建立起来的逻辑的现实世界,在这里"点灯"隐喻了"命名",点灯的过程就是发现存在,命名存在的过程。

　　之后,姜文进一步指出了陈东东诗歌在 20 世纪 90 年代之后的变化。在以《解禁书》为代表的 90 年代后期的作品中,世界的混沌与嘈杂大面积的侵入……从神话的、纯诗的世界向尘世的经验敞开。作者进一步指出陈东东诗歌中出现的"窗龛"这一视角,并指出,从"窗龛"里望下去,"下界"的实在无论怎样繁华、绚烂,也不过是一堆庞杂的幻象。世界在词语中被"解禁"的同时,也似乎深深地以另一种形式被拘禁起来,陷入一种循环往复的白日梦中,陈东东的解禁同时又是一种被禁。此外,陈东东诗歌语言的"幽闭"包含了时代生活的隐喻:当代诗歌写作中的"元诗"意识,在新的社会场景中,面临语言与现实崭新关系的体认和对诗歌社会位置艰苦位置的思辨。

　　陈东东诗歌由早期《点灯》中的纯净、空旷,变为杂芜甚至"幽闭",表明在新的社会环境下,"语言本体的沉浸"这一"元诗"意识在发生着新的意义。诗歌语言的意义在于,"诗的语言恢复了语言的隐喻本质",而语言的隐喻本质正是在创世之初一种最原始的性质,盘古开天辟地后双眼化为日月,血液为江河,皮毛为草木……人与自然正是通过隐喻达到统一,语言的隐喻性是这种通过符号象征建立起的文化体系的一部分。而随着社会的发展,尤其是以逻辑原则为核心的社会语言的发展,取代了原始的象征性秩序,语言活动已经丧失了其最初的"命名"的功能,成为一种指示标记的"工具"。而诗歌语言的"解禁"力量就是对已经成为规范系统的日常语言的解构,"诗的语言使思想和意义从约定俗称的语言的规范与强制中解救了出来","使一种命名和赋予意义的活动成为可能的新的结构方式"(《隐喻》耿占春,河南大学出版社 2007 年版,第 117 页),而这正是《点灯》中"灯一样的语言"所担负的使命。在最初的象征世界中,"人以符号的方式领受世界,并以符号的方式对世界作出反应"。创世神话中人们将自然万物与人的肉身联系起来,正是将自然符号化的过程，在现实世界中，人们通过感知上天的"征兆"来活动，"天垂象，见吉凶，圣人象之"（《周易》）正是将自然事物和现象看作征兆，并将之化为"卦象"，象形文字也是人通过"符号"建立起一个意义体系，来感知世界。在失去象征的世界，诗歌中"元诗"意识的凸显，正是诗歌创作认识到了语言本体上与"创造""命名"的一致性，从而建立起一个与原始生命力统一的世界。而当社会发展到 20 世纪 90 年代后期，随着大众传媒的兴起，在消费主义商业化的裹挟下，世界开始了新一轮的符号化过程，为了能够占领市场，商品纷纷利用广告包装自己，使自己穿上"品牌"的外衣，"符号化的商品是消费社会的基本结构元素和交往语汇，消费者之间的特殊社会交往是以'商品—符号'为媒介的"（余虹《文学的终结与文学性蔓延》《文艺研究》2002 年第 6 期），以至于消费社会中产生了这样的生活方式：人们拿着"苹果"，吃着"麦当劳"，穿着"阿迪耐克"，开着"奔驰宝马"，建立在文字游戏上的消费社会成为一种令人眩晕的符号迷阵。随着大众传媒的发展，媒体已经成为后现代人获得现实经验的主要方式，而根据消费的原则，媒体要对现实世界进行重新剪切、整合，使其充分适应整个文化工业机制，变成可以消费的符号材料，媒体正是在"按'美'的编码规则对'现实'进行'面部化装'"。由此可见，在以消费主义为主导的后现代社会已经被商品符号媒介符号所充斥，而这种符号的编排生产正是完全按照文学（诗歌）的原则来进行，曾经被边缘化的诗歌，突然又成了戏仿的对象，在某种程度上，现实的符号世界与诗歌的符号世界是"同构"的。所以，在这样双重的符号世界中，以往诗歌通过建立超验的语言世界来解构现实的策略瞬间变得无力，因为诗歌的原则已经成为时代的原则。

（三）

这一部分作者主要是对陈东东《全装修》一诗的文本分析。全诗分为三部分，第一部分以极具魔幻色彩的两个"窗龛"式的意象：卫生间色目人的瓷砖图案和客厅中被顶入脑袋的显示屏，使得现实与魔幻之间的界线变得模糊。第二部分一句"一个逊于现实之魔幻的/魔幻世界是他的现实"是全诗点题之笔，暗示了魔幻现实虽有区别，但在现实条件下，生存从内到外都是梦魇的螺旋。之后作者以实笔，塑造了一个生活在无边镜像中的主人公的形象，帝国时代、温州炒房、无间道……他生活的世界似乎在某种程度上与卫生间的装潢同构，我们的生活世界其实已成为无边的仿象，"全装修"的原则也是生活的原则，整个社会已经成为消费符号所装潢的镜像，消费符号编码的原则正是文学，正是诗歌的原则，正如第三部分开头"这情形相当于一首翻译诗"，将本诗引入了"写作"的维度，主人公，在电脑的虚拟世界和全装修的现实世界之间徘徊，两个世界虽一虚一实，但互为倒影。而最后主人公发出的惊叹"我这是在哪儿"即是诗中主人公的惊叹，也是诗人在无边镜像中对诗歌位置艰难的指认。

其实，除了"窗龛"的范式，陈东东在许多诗中还表现出一种"镜像"范式，《莫名镇》中"从电脑显示屏颤抖的对话框/到来者跨出，来到了此地/他其实不想找在此要找的"通过电脑屏幕，到来者如同在一个镜子中看到了在镜子中的自己，进而发出"这么个时刻……这么个时代……"这样无力的叹息。《影像志》中"两个人回头看，液晶宽屏的高清镜子里/照样有两个人，喘吁未来的此时此地……自我的毛片里……两个人照样款睐款情"，现实已经同构于影像。《马场边的幽灵别墅》中"透过望远镜看到的雨滴近乎水晶球/核心里有一只虹膜映现马场弧光的/变形马眼，对视过路人眼中的侦探/——幽灵液化与稍纵即逝，不让他/有可能再次走神……有回过神来"，当人试图穿过遮蔽来看清生活的本质时，你所看到的无非是镜子另一端同样的对视。

（四）

在消费主义的后现代社会中，作者对诗歌创作中"元诗"意识的反思。作者指出，在传统"元诗"模式中，诗歌语言能够在惰性的现实之外，发展出一种更高、更自由的秩序。而在《全装修》中，却明显地表现出一种穿透现实的无力感。这表明，在新的社会条件下，"不仅词是站在虚构一边的，物似乎也站在虚构一边"。正如欧阳江河《时装店》所描述的一样，语言在效仿回应着时尚原则，使得一首诗同构于这个花花世界。

在此，作者正是借用《全装修》中"我这是在哪儿"发出了对当下社会中诗歌位置的艰难指认，对于诗歌如何打破修辞与现实的合谋的焦虑，同时也是对"语言本体沉浸"的"元诗"意识的反思。

四　进一步讨论

由于姜文主要内容是针对陈东东诗歌中"元诗"意识的表现以及在消费主义的社会背景下对"元诗"的反思。所以后续讨论主要着眼于诗歌与消费时代以及诗歌与语言等方面。

1. 诗歌与时代

陈仲义在《诗歌的出逃、承载、挣扎——新世纪诗歌生态剧变》（《探索与争鸣》2007 年第 11 期）指出，现在的诗歌面临来自四面八方的压力，在尴尬中进行了两方面的突围：一方面是滑向世俗感官；另一方面是逃向诗人内心。同时，面对相对宽松的诗歌语境，诗歌也出现了新的机枪的承载功能，并进一步指出诗歌的承载，应是深层次的独立的，诗歌永无止境的追求，是唤醒心灵、唤醒语言，继续义无反顾的精神历险和语言历险。而诗歌的挣扎主要表现在诗歌市场与诗歌技术上。马永波在《大众媒介时代的文学与真实》（《绥化学院学报》2008 年第 4 期）一文中指出，大众媒介的平面化、虚拟化使得话语生产消费化、幻象化，文学也概莫能外，变得娱乐化和市场化。在这样的时代，充斥人们耳目的是大众文化所制造的超级"仿象"，艺术与现实之间的界限彻底瓦解了，再现与现实之间的区别业已崩溃，要从大众媒介的巨量信息中分辨出真实，已经是难上加难。在这样的背景下，文学社会功能的衰微已经成为作家的难言之隐，文学不但在处理"重大主题"时显得苍白无力，在面对日常生活的琐碎细节时也陷入了一个怪圈，成了欲望符号的能指游戏。同时作者也乐观地指出，大众媒介有利于文学意象的扩大再生产，为文学自我更新提供了一个广阔的再造空间，它对文学有着既限制又解放的作用。

陈超 2011 年 7 月发表在《文艺报》上的《"泛诗歌"时代：写作的困境和可能性》一文，针对诗歌边缘化的传统论述并结合 21 世纪诗歌的特征，提出了诗歌的"幽灵化"，指出，作为文体的诗歌，其影响力在减弱，但作为一种审美气质，诗歌其实已经像幽灵般地渗透在生活中，它们广泛地在大大小小的广告等媒介语言中渗透。陈超指出，在这种情况下讨论现代诗的标准，不能长久的徘徊在"好不好""美不美"的问题上，而是首先应将写作的"有效性"和"活力"考虑进来。而活力，是从写作发生学、题材和技艺以及接受效果的综合性提出的要求。陈超在第二届亚洲诗歌节上发表的《我看近年来的中国诗歌》一文，立足于 21 世纪以来中国现代诗的外部和内部生长态势，主要围绕着写者姿态的变化、去浪漫化、警觉泛诗歌话语、个人化历史想象力、用具体超越具体、注重本土经验的展现等问题，意在探寻如何激发当下诗歌写作的活力和有效性。

张桃洲《死亡的非形而上之维——析〈万古愁丛书〉》（《名作欣赏·新世纪十年诗歌观察（二）》2011 年第 15 期）以文本细读的方式，通过分析臧棣悼念张枣的《万古愁丛书》与张枣诗歌的对话和互文关系，指出"元诗"在当下所遇到的困境，即当诗歌迎合消费市场的内在逻辑时，真正的"诗"处于一种迷茫的状态。作者在结尾大量引用了姜涛《"全装修"时代的元诗意识》中的观点，可以看作对于姜涛文章的对话与回应。

2. 诗歌与语言

马永波《客观化写作——复调、散点透视、伪叙述》（《当代文坛》2010 年第 2 期）一文指出，20 世纪 90 年代中期以降，汉语诗歌的叙述诗学得到了极大彰显，引入叙述手段以平衡抒情的单一，这种尝试在经验占有的本真性和此在性上具有很大优势。但是，叙述的普泛化同时也带来了精神力量的萎缩，迷恋私己的叙述话语变成了对真实的又一重遮蔽。作者提出了"客观化写作"诗学命题重点在于揭露文本的符号性质、任意性和历史性，使写作重新回到生活世界。毛靖宇的《先锋诗歌"自指性"写作研究》[《首都师范大学学报》（社会科学版）2010 年第 2 期]一文，通过对张枣"元诗"理论的树立，对诗歌"自指性"概念进行了辨析，指出，所谓的"语言论转向"后的"自指性"，应该称作"语言的自指性"，这是因为在"语言论转向"后，诗歌已经变成一种"纯语言活动"。接着作者阐述了自指性写作的诗学内涵，作者认为"语言论转向"后的诗歌写作，就意味着要使这种被遮蔽、被遗忘了的"语言自身"，重新呈现出来。因此，诗歌写作的自指性就意味着词语的所指和语句、语篇的所说不是像通常那样指向一个"语言之外"的情境或事物，而是指向能指、语句（语篇）以及写作过程本身。胡桑的《语言的孤独，及边界——当代汉语诗歌的语言伦理》（《诗江南》2010 年第 6 期）一文，以文本细读与理论结合的方式，梳理了各个时期汉语诗歌的语言伦理。李心释的《语言观脉络中的中国当代诗歌》（《江汉学术》2014 年第 4 期）一文，以语言论转向为线索审视了当代诗歌对西方语言本体论的接受，同时指出当代诗人在写作中直接与语言搏斗，把语言的媒介性提升为发明性，直至建立一种语言的发展观，表明当代诗歌已经完成语言工具论向本体论的转变。

五　思索

（一）"元诗"意识中"超验"与"介入"的悖论

正如张枣《朝向语言风景的危险旅行》一文中指出："对写作本身的觉悟，会导向将抒情动作本身当作主题，而这就会最直接展示诗的诗意性。这就使得诗歌变成了一种'元诗歌'，或者说'诗歌的形而上学'。"毛靖宇在《先锋诗歌自指性写作研究》一文将张枣"诗歌的形而上学"定义为在"语言论转向"下理解的诗歌和形而上学，元诗歌就是用语言去陈述自身。从语言本体论角度来看，世界万物都是由语言建构的，万物由于语言才能被我们看到认识和说出。所以，语言内在地包含在了世界万物之中，而这种被海德格尔所称为"本真的语言"或"诗"，在日常语言的使用中已经被遮蔽不显了。因此，诗歌就是要"去蔽"，还原语言的本真状态，海德格尔认为，诗歌语言是一种"召唤"，召唤主体的人回归到天地人神的关联之中，回归到作为命运的"中间"，诗人的使命就是引领人们归家，现时代一切伟大之诗都是"归家诗"。陈东东诗歌中的元诗意识，正是在追求海德格尔所谓的"本真的语言"，《点灯》中，"灯一样的语言"就是这种"本真的语言"，陈东东对本真语言的追求正是通过营造出一个超现实主义世界，从而实现对日常现实语言的"去蔽"。通过姜文中对陈东东诗歌中的"元诗"意识分析不难发现，在语言本体论的话语中，当代诗人"元诗"意识的表达往往是通过一种"向上"的维度来表达，陈东东专心于超现实主义世界的营造，而耿占春则将本真的语言追溯到创世神话与宗教，"如果创世的道——语言，必须追溯到万物的存在本身，追溯到神之化身，而不仅仅是一无凭借的有声的语言，那么这种创世的语言也就存在与盘古化身创世的行为中了"。而《全装修》一文中作者所反思的后现代消费社会下的元诗意识，正是由于这种一味追求"超验"效果的诗歌创作在消费符号的镜像下，陷入了无边的彷徨。

针对当代诗歌追求"向上"的语言意识而造成的困境，当代诗人应该有意识地将诗歌"向下"，当然此处的"向下"，并不是"下半身"写作的"向下"，而是一种具有当下感的对现实的"介入"。"介入文学"是萨特基于语言本体论生发出的具有综合意义的理论观点，萨特认为，语言有着两种存在方式，一种是作为符号、工具而存在的语言，语言总是指向某物，即语言的及物性，这是语言的事实性，也是传统语言工具论的观点；另一方面，语言又总是不同于它所指的物，总是作为自身、作为物的某种超越而存在，即语言的超越性，这是语言的不及物性，这也是语言本体论的核心。在萨特看来，只有当两方面统一时，语言才能引导人达到自由的境界，而一旦分裂，语言就会导致人的自欺。针对语言本体论坚持语言的超越性，萨特指出了片面强调语言超越性而造成的自欺，在这样的作品中，语言不再指向外在世界，而是指向它自身，它不需要表达意义，因为它本身就是意义。表面上这种文学作品不受现实的限制，是绝对自由，但由于它脱离事实性去追求超越性，这样的自由只是虚假的自由。陈东东诗歌中由于陷入"对语言本体的沉浸"，在试图"解禁"现实的过程中，又陷入了"被禁"的彷徨正是这种虚假自由的表现。

萨特的"介入文学"理论，首先要求作家必须介入现实，而通过语言"阻断人的道路，把人打发回他自己那里去"，这种自我循环的方式在本质上都是一种失败。介入现实，必须通过写作，揭示世界的本来面目，但这并不是又重新回到传统语言工具论的窠臼，艺术通过揭示世界，最终是要揭示人的自由。此外，介入文学还要求作家必须重视和保卫读者的自由，正如毛新宇在《先锋诗歌"自指性"写作研究》一文中指出的，当代诗歌的"自指性"写作，在很大程度上拒绝了读者的参与，从而成为一种个人化的"亡灵式"写作。萨特认为，写作，是作者向读者的自由发出的召唤，只有当读者响应了作者的召唤，读者和作者才能都获得自由。而陈东东等在诗中营造出来的超现实主义世界，在语义上是封闭的，是"自指性"的，完全排斥了"他者"进入这个世界的可能性。

（二）用具体超越具体

用具体超越具体，是陈超在《先锋诗歌 20 年：想象力维度的转换》一文中针对未来先锋诗歌走向而提出的。陈超指出："新世纪开始，有一些现代诗人为反对泛诗歌气质的、小资化的唯美遣兴，和过度玄学化倾向，寻求诗歌真正触及现实生存的活力，而把诗歌写的更为'具体'了。"陈超把"用具体超越具体"的运思图式归纳如下"具体—抽象—新的具体"，所以"用具体超越具体，并不是达到抽象，而是保留了具体经验的鲜润感、直接性"。而这里的"超越"，并不再指向空洞的玄思，而是可触摸的此在生命和历史生存的感悟。用具体超越具体的想象力方式，不是单维线性的通向升华，它达到的是既具有本真体验甚至是"目击感"，又有巨大精神命名势能的个人化历史想象力世界。将"用具体超越具体"的思维方式，引入"语言本体沉浸"的"元诗"意识，无疑会加强诗歌对现实的介入感，同时，避免其在消费符号的世界中陷入无边彷徨的镜像。

（王炳欣　郝梦迪）

讨　　论

张桃洲：从索绪尔的"分析语言就是分析社会现象"、海德格尔的"语言是存在之家"到伽达默尔的"人是通过语言拥有世界"，可以看出西方哲学的语言学转向。"元诗"意识的提出，也可以反映当代诗论者对语言的关注。姜涛《"全装修"时代的"元诗"意识》一文在文本细读的基础上，关注诗歌写作行为意义的问题。这篇论文讨论的是"元诗"概念，它借助了文本细读，即单个的诗歌作品来把这个话题引出来。姜涛的工作做得非常细致、缜密，把有穿透力的文本读解和问题探讨结合起来，二者相互阐发、穿插、糅合。此文可见出姜涛的诗学研究如何巧妙沟通内部与外部所下的功夫。

学生 A：《全装修》引发出了全装修时代下"元诗"意识的一些形态特征。全装修时代就是仿真时代，即指明了现代社会的生活都是超现实的，魔幻的，是背离了真实性以后的模拟现实，因为整个社会是消费主义下的社会，是由各种符号构建起来的，那么我们也就是被符号囚困起来的囚徒，连我们自身也是虚幻的，不真实的，当然也就分不清自己是谁了。在这里，陈东东的幽闭感也得到了很好的解释，他所感到的被困于牢笼之中的无法打破其实就是仿真时代的符号给他造成的困扰。

那么全装修和元诗写作的关系是什么呢？一句话来概括就是，装修就是写作的类比。装修指的是消费社会用符码来支配一切，一切都是虚假的，符码也就失去了其所指，只剩下能指。而在元诗写作中，诗人是使用语言符号来书写，语言符号失去了所指，只具有能指的意义。原本的词与物、现实与超现实的二元对立统统消解了，只剩下虚幻。这样一来，诗歌写作的原则就和社会、人类世界的一切具有同样的超现实原则了，那么一首诗的位置就丧失了，其独立性和自主性就没有了。所以最后诗人指出，全装修时代的元诗写作同样被剥夺了写作自由，只不过以前写作自由的被剥夺是由于权力话语或政治体系，诗人们可以选择用语言本体论的方式将现实排斥在诗歌之外。但现在的剥夺却是由于消费社会中仿真造成的全体社会真实性的丧失。所以诗人们应该做的不再是沉浸在语言本体中，而是想办法打破符号的围困。

学生 B：解决先锋诗歌内部危机的关键仍在于要以一种更广阔的视点反观诗歌自身，而非褊狭一隅于语言本体的无限沉浸或盲目拒斥写作传统，与此同时，需为诗歌写作确定应有的界限，其转机将在精神高度的维持以及艺术想象力的充盈合作中得以出现。

学生 C：我在阅读《全装修》这首诗时有一些感受和思考想和大家一起分享。在姜涛的论文中以这首诗作为例子来体现笔者对元诗的观察，尤其是还将这首诗的标题纳入了论文的题目之中，显然这首诗在笔者看来是元诗的一个典型的代表作品。在细读这篇诗歌之后，关于它和元诗之间的关系，我认为对于理解"元诗"可以带给我们一些启发。（1. 诗歌表达技巧；2. 诗歌表达内容；3. 作者体现出的元诗全装修思想和姜涛的全装修思想）首先我关注到的是：这首诗讲了些什么，它又是如何建立与"元诗"之间的联系的呢？在一开始阅读时，这首诗的确并不像一般的抒发感情或者记叙事或描摹物品的那些诗歌一样，那么容易让人捕捉到它表达的主体，尤其是最后一个问句："不免对自己说/——天呐，我这是在哪儿"，更让人摸不着头脑。但后来我发现，如果从诗歌的形式上来看，其实它是挺清晰明了的：三小节的诗歌，每一节的长度都一样，但都在写不一样的情景：沙漠、游戏、小区，并且情景之间有着很大的差异，只有一位主体指向不明的"那个人"不停地反复出现，让人困惑。但就像姜涛文中对"这情形相当于一首翻译诗"一句的解读一样，我们会发现，其实这首诗中一共容纳了两首诗，第一小节是一首，第二小节是另一首，两首诗以一种特殊的方式来进行了联结和转换；到了第三小节，诗人则站在了一个旁观的角度，对这一联结和转换的过程表达了另一番思考、追问和陈述。这时我们就会发现，这一过程其实就是作者对元诗的思考。一方面，我们可以观察这三小节的联结和转换是怎么发生的。这时，我们会发现许多反复出现的词语带来的呼应和牵引作用。也就是说，诗人用同一个词语修饰不同时空的不同物件，因为彼此在诗歌中的反复出现与叠加，它们造成了一种奇幻的穿梭时空的效果。同时，我们还会发现：同一个人因为几个变化的词语而展开了不同的境遇；这些在体现出诗人极佳的支配词语的能力同时，又都体现出语言——词语的力量：我们被词语带着走。一、二两首诗之间的呼应，正像是词语所达到的对诗歌的转换、"翻译"效果，体现出了语言的力量。另外，还有一个小细节引起了我的注意：在三个小节的两个衔接处，都反复出现了白天与黑夜交界时分的"黄昏时分"的光，随着那束光的穿梭前进，我们的视野也随之开始转移，这束"光"在不同时空的同一物件中多次穿梭，这样的安排也许别有用意。另一方面，我们可以也试着从第三小节所展现的旁观的视角去理解这一小节的内容。我们会发现这一小节书写的第三个"那个人"和上文其实就是同一个人，这只是他在日常生活中的另一个场景；那么他与另两个自己之间是什么关系呢？诗人给予了一个这样的视角："他如何能设想他被设想着。"无疑这句话是陈东东诗学思想的一个核心，也是姜涛的论文所重点讨论的"元诗"中的幽闭倾向。正是在这种"设想"和循环往复中，诗人向诗中的"那个人"和读者同时提出这一问题："我这是在哪儿"，"我在读哪一首诗"？从这个层面上来说，这首诗一方面在向读者展示一个对极限的追求和尝试，即作家对使用词语所能达到的技巧和表现到底能到什么程度，此时，诗歌本身便是对写作技艺的探讨与表现。这是它作为"元诗"的一个例证。另一方面，诗歌的标题"全装修"，暗指的也是词语对这个世界的装修。当我们的视野和世界随着词语/语言而开始变化，你能否分辨自己在哪个世界，是在诗外还是诗内呢？这也就是姜涛论文中"全装修"所讨论的，和当下世界相关联的一个现状，即消费时代中符号化的世界，与处在其中的人之间的关系。这样，其实就将诗歌与外在世界进行了一种关联和对照。语言，本身就是一种符号。在这个层面上，诗歌究竟是以什么形式什么意义存在，是诗人在诗中所体现出来的深入思考与探寻。这一探寻显然被姜涛捕捉到了，并随之推及和当下社会与世界的关联。前者，我想这是它作为"元诗"的另一个例证。而由之，"全装修"一词，同时兼为诗歌的标题与论文的一个关键词，各自展现出多层面的丰富而又互相关联的内涵。

学生 D：有些诗歌，如果不是告诉我这是一首"元诗"，或者说，诗人没有在自己的诗中标注诸如"诗是关于这首诗的主题"，像华莱士·史蒂文斯的那首特别经典的《坛子轶事》《弹蓝色吉他的人》我开始完全没有读出来它是"关于诗本身"的，可是当我以一种"诗是关于这首诗的主题"再去读它们，我发现，好像确实是那么回事；还有前段时间，我读了陈超先生的《我看见转世的桃花五种》，在读这首诗时，初读时我单纯地赏析它的语言，把"桃花"想象成女子，想象成美好的事物，某种程度上当然可以读通，并且读出了美，读出了思想；当我把"元诗意识"应用到这首诗的阅读经验中，把它看作一首"元诗"，我惊讶地发现，我仍然读得通，还读得懂！无疑我仍是读出了美，读出了思想，除此之外更读出了陈超先生对诗歌那颗诚挚的心，"元诗意识"无疑在某种程度上扩大了我们的诗歌阅读，它为我们解读诗歌提供了一种可能性，而这种可能性极有可能是最接近诗人的内心。但是，我感到困惑的是，我对这几首诗的解读是不是在"被引导呢？"如果是完全没有这方面的意识或知识面的读者来读这些诗，他们可能读出的是完全不同的东西，比如，《坛子轶事》，我最初以为诗人就是在单纯想象或者诗意地简单地叙述一件事。我们读一首诗，到底是要读出自己的东西还是要去还原诗人的原意，还有我们自以为自己读到的东西是否真的存在？是否完全？或者，对于读诗是否要有一个无形中的标准？一首诗歌到底有没有"真相"？当我们初遇到类似《坛子轶事》这样的诗，如何来解读这样的诗？

学生E：随着后工业时代的来临，消费（其背后是市场经济）成为当下的社会热点以及强大的推动力量。当经济高速发展、网络技术日益成熟，潜藏在人内心深处的利维坦式的欲望逐渐被释放了出来，随之而来的便是消费时代、网络时代中人的异化。这种异化是在某种程度上表现为一种符号异化。首先是消费者因商品而存在。决定着消费者购买行为的已不仅仅是消费者自身的生活或生存需求，很大程度上是满目琳琅的商品所激发出的购买欲望引诱消费者去购买并不十分需要的商品，仅仅是为了买而买，成了一种虚假消费；同时人们所消费的已经不是商品本身，而是附着在商品之上的符号价值（如明星、包装等）。也就是说，人在某种意义上已经被"商品"（或者说是消费欲望，这种消费欲望显然是已经符号化）所控制进而异化。其次是在网络信息的轰炸之下，貌似人们可以通过网络媒体来了解丰富的世界，获取大量的信息。但是，在网络中信息的传递具有不透明性和符号性，即人们是以网络媒体为中介，以网络文字为工具（在计算机中运作这一切的实际上是二进制代码）而了解这个世界，而这两者的不可靠性是有目共睹的。而且人的生活范围、交往圈子实际上越来越狭窄，以至于出现某种虚无的想法（如前几天流传的北大学生的"空心病"）而越来越依赖于网络获得某种真实进而被网络所异化。而网络游戏（端游、页游、手游）、网剧等为人构造了另一个虚幻却十分真实的世界，使人欲罢不能。

在脱离虚幻的"商品世界"或虚拟的"网络世界"而进入所谓的"现实世界"之中，而现实世界却是由符号化的修辞所装饰的世界（就像装修一样）（铺天盖地的信息网组织的信息世界，庞大的社会工厂工作链中的人），人逃离虚无却又坠入了另一种虚无，从而陷入了虚无的循环之境中。

对于异化的解决途径，马尔库塞针对发达资本主义社会工业一体化情况下，肯定性思维取得胜利，社会进入了没有反对派的单维度之中的这一历史境遇，提出了一种艺术异化理论，以艺术的升华对抗异化了的世界。马尔库塞面临的历史困境与我们今天面临的何其相似。然而，在当今这样一个全球化、一体化的消费时代，当诗歌的修辞原则和符号行为成了当下消费时代所依仗的异化策略（符号化、虚构行为、虚假叙事）之时，当如今的诗歌的写作行为暗合消费时代的生存状态（浮躁化、随意性、碎片化、噱头化），当诗歌反叛现实世界从而重新以语言构筑"真实"的秩序及世界（海德格尔等人的语言哲学，《艺术作品的本源》）这种行为被消费时代的文化所容忍的时候，即反抗自身因对抗性的消失而无意义之时；当诗歌的写作内容迎合现实生活而日益世俗化、琐碎化，诗歌的精神力量就像现实世界中人们的精神家园与过去相比显现得贫乏，诗歌的价值与意义究竟在哪里？这种对于位置的迷茫带有比"边缘化位置"更为强烈的悲剧色彩。（然而，这种同化在某种意义上体现着消费时代的现实世界对于诗歌世界在各方面的主动殖民，而并非仅仅是诗歌原则的现实泛化）这便是陈东东的《全装修》一诗所表达出来的困惑，以及"全装修"（符号化、虚拟化、仿真性）的含义，也是姜涛这篇文章所要探讨的问题，不过相比于《一首诗究竟在哪》那篇文章的困惑，姜涛在这里企图从"元诗"意识中找寻出路。

学生 F：我不同意同学 A 所说的。《全装修》这首诗当然可以理解为一首元诗，但无疑也是及物的，是对生活现实发声的。那么，现实生活却并不是这位同学所说的并不是超现实的。诗中的世界要与现实世界分开才行。虽然我们的生活包含着各种符号，虽然我们被符号大潮所裹挟进而异化，但我们还是确确实实地活着，真真切切地生活着。因此，现实生活是超现实的这一命题是个伪命题。我们无法否认当下现实中存在着符号式的虚假，但即使是符号也是遵循着现实生活逻辑、市场逻辑而运行的。

学生 G：大家说的都有道理。我想要谈一谈关于元诗的一些问题。首先，我们如何来判别一首诗是否是元诗？这在某些诗中似乎可以清晰地辨别出来，尤其是当里面出现"诗""词""语言"等词汇的时候。而有些诗并未出现这些词语，而是以隐喻的方式来表达。因而，最重要的还是看诗中是否有关于诗歌自身的、诗人自身的表达。那么，元诗实际上也就成了诗人诗学观念的一种表达。如果诗人意欲表达这样的观念，那就说明在整个诗学体系中诗歌的标准、诗歌的本质以及诗歌的功能并没有一个统一的固定的答案。也就是说，整个诗学体系还是不太稳定。而当这样的诗大量出现的时候，那就说明诗歌正处在一种激荡变革的转型阶段，同时也说明它处在某种危机之中。元诗便是这种不稳定的体现。那么，这种不稳定的诗歌写作是否能解决诗自身的某些问题呢？我同样也是持怀疑态度的。

关于元诗，我们也不能仅仅谈论其本身，考察其与及物写作、叙事性等诗学特征的关系也是一个很有意思的事情。首先，我们应该清楚的是，我们无法将这些诗学的特征完全归为某一概念丛。比如说，叙事性，及物性和口语写作是否能捆绑在一起？实际上，在具体的写作当中，尤其是涉及日常生活经验，对社会人生发声的作品中常常有着及物的元素，而同时也是力图接近口语的表达，其表达形式中掺杂了叙事的元素。他们常常能够有效地结合在一起。但实际上，这三个术语是不同层面的，其联系是相伴而生的，但不是必然关联的。这个道理相信大家应该都能理解。那么，推而广之，元诗中是否就一定会表现出某种形而上的探索以至于不及物？是否依靠的是内在的思的关联而不是叙事的逻辑？这也就不必然了。我在这里反对的是那种将概念或观念固化的倾向。

　　另外，我也想到，如果大家都在诗中体现叙事性，都是用的那种情感克制的语言，都是涉及日常生活，这种名义上称之为个人化的写作是否成为一种"类群体"写作？

　　学生B：对，你的想法让我想到了20世纪90年代诗歌中人们鼓吹的冷抒情式的写作，鼓吹的那种叙事的表达的写作。我想，这些观念的讨论者和参与者基本上都是30—40岁左右的诗人了，他们所提出的观念自然是符合他们所在的历史阶段和人生阶段。但是，对于初学者尤其是年轻人，那些冷静、克制、回避抒情的做法是否合适呢？诗本就是抒情的文体，这毋庸置疑。而青年那种蓬勃的朝气、昂扬的激情在诗歌中表达也是正常的，甚至有必要的。20世纪90年代诗歌含有的冷静与去抒情化的书写与述说，不应该成为年轻诗人的枷锁，而一味压制诗中本应传达出来的情感。

　　张桃洲：最后我简单补充一下。读这篇论文一个很重要的目的是学习怎样"读"诗，这涉及文本细读的方法，理想的细读是既充分阐释文本的意义、又不过度诠释，不过何为过度诠释，其实没有明确的界限。文本细读还有一个如何将内部与外部进行勾连的问题，也就是将"外部"因素引入文本"内部"，考察"外部"作用于"内部"的过程、形态等，而不是简单地将内外融合、交会起来。

后　记

　　本书的内容，源自近 10 年来本人给首都师范大学文学院现当代文学研究生开设的课程"中国现当代文学研究方法论"。该课程是现当代文学专业研究生的一门学位课，在研究生进校后的第一学期开设，与本专业研究生的另一门学位课"中国现当代文学学科概要"（由李宪瑜教授主讲）堪称姊妹课——这两门课程各有分工：后者侧重于从学术史角度介绍中国现当代文学学科的历史沿革和一些议题的累积与进展，而本人的课程意在通过引导学生研读一些具有代表性的理论文本，了解最近 40 年间中国现当代文学研究的状况和趋向，并从中提炼出一定的研究方法。这些论文显然只是引子，每一篇论文引出一个现当代文学研究话题，进而以之为基点扩展开去，将更多文献和相关话题纳入讨论的范围。这 10 年的课程讲授过程中，虽然研读的篇目不时有所调整，但讨论始终围绕近 40 年现当代文学研究的重要话题展开，最后拣选凝结为本书的 9 个专题。无疑，一学期的课程不可能穷尽所有话题，且对近年来现当代文学研究的一些新变化也未能尽然涉猎和体现，这是本书要引以为憾的。

　　课程开设和本书出版过程中，得到了首都师范大学中国现当代文学学科负责人张志忠教授的指导与支持，在此谨表谢忱。同时，感谢 10 年来在课堂上参与讨论的历届学生，所谓教学相长，本人从他们的研读和发言中受益良多。博士生吴昊、梁盈，硕士生林琳、郝梦迪在资料搜集、文稿整理方面做了很多具体工作；中国社会科学出版社李炳青女士以极大的耐心和细心助力本书的出版，这里一并致谢！

张桃洲

2017 年 6 月